TRANSYLVANIA

Du même auteur

Le Premier Crâne, Michel Lafon, 2011 (sous le nom de Nicolas Sker).
Le Cri, XO Éditions, 2016 ; Pocket, 2018.
Complot, XO Éditions, 2018 ; Pocket, 2019.
L'Île du Diable, XO Éditions, 2019 ; Pocket, 2020.
Le Dernier Message, XO Éditions, 2020 ; Pocket, 2021.
Le Passager sans visage, XO Éditions, 2021 ; Pocket, 2022.
L'Archipel des oubliés, XO Éditions, 2022 ; Pocket, 2023.
L'Ultime Avertissement, XO Éditions, 2024 ; Pocket, 2025.

Nicolas Beuglet

TRANSYLVANIA

Thriller

XO
EDITIONS

ISBN : 978-2-37448-921-6

À l'imaginaire, surtout quand il n'est peut-être pas que de l'imagination...

1.

Mina pila, tira le frein à main et coupa le contact. Après avoir pris une profonde inspiration, elle tourna la tête vers son coéquipier assis sur le siège passager. Coiffé de sa casquette d'agent de police, il regardait droit devant lui, l'air rageur. Du sang coulait de sa joue gauche et sa peau commençait à se teinter du bleuté de l'hématome.

— Ça fait mal ? demanda Mina en approchant sa main.

— Ne me touche pas !

— Zoltan, j'ai fait ça pour…

Son partenaire quitta le véhicule avant qu'elle puisse terminer sa phrase. Elle sortit à son tour en relevant le col de sa parka. Ses deux pieds s'enfoncèrent dans une flaque d'eau où flottaient des grumeaux glacés. Une pénombre crépusculaire plongeait le paysage dans une torpeur hivernale. La neige accumulée sur les trottoirs prenait des teintes azuréennes et les rares passants exhalaient des volutes de buée, la tête rentrée, le buste penché en avant, pressés de gagner un endroit où se réchauffer. Mina avisa le panneau éclairé affichant « Commissariat central de Bucarest » dont le néon répandait sa lueur fantomatique jusqu'aux abords du parking.

— Sors de là ! ordonna Zoltan.

Il venait de s'adresser à quelqu'un à l'arrière du véhicule. En émergea un individu hirsute à la barbe folle qui avait les mains menottées dans le dos. L'agent de police lui empoigna le bras et l'engagea à avancer. Mina le laissa faire et leur emboîta le pas.

— Crois-moi, je vais déposer plainte ! Espèce de folle ! cracha Zoltan.

Mina ne répliqua pas. Elle n'avait aucune envie de se donner en spectacle devant l'homme qu'ils venaient d'arrêter. Elle assura ses pas pour ne pas déraper sur les plaques de verglas qui tapissaient les marches menant au poste de police. Zoltan y pénétra accompagné du prévenu sans prendre la peine de retenir la porte vitrée. Le battant se referma juste devant Mina, lui renvoyant son reflet en gros plan. Ses cheveux brun foncé noués à l'arrière retombaient en mèches folles de chaque côté de son visage. On lui disait souvent qu'elle avait un joli minois, délicat, doux et un peu enfantin. Aux coins de sa bouche, des fossettes soulignaient un air jovial dont elle savait jouer. Quand elle souriait, ses dents du haut qu'elle avait légèrement en avant se dévoilaient. Seuls ses yeux verts tranchaient avec son air avenant. Elle avait le regard d'une femme qui en a vu bien davantage que ce que son apparence juvénile laissait croire.

Elle rouvrit la porte d'un coup de pied rapide et fit irruption dans le commissariat pour voir Zoltan confier le délinquant à un collègue et foncer droit vers le bureau du commissaire. Sous les regards interrogatifs de ses confrères, Mina se dirigea vers son espace de travail sans se presser. Elle ignora les murmures et s'assit devant son ordinateur. Dans le silence de l'open space, on entendait les éclats de voix de Zoltan qui s'agitait dans l'aquarium de leur supérieur. Mina y jeta un coup d'œil avant de regarder avec convoitise une zone située à l'opposé de l'espace des agents de police : le département des inspecteurs.

— Avec la connerie que t'as l'air d'avoir faite, t'es pas près d'en faire partie ! lança un grand blond au regard condescendant.

— Mina Dragan !

Le commissaire venait de surgir, l'air furieux.

— Dans mon bureau !

Mina se leva en inspirant par le ventre pour calmer la petite pointe d'anxiété au creux de son estomac. Elle croisa Zoltan qui sortait et referma la porte derrière elle. Le commissaire Ionescu, un homme ventru, au crâne dégarni et à la moustache épaisse, lui fit signe de s'asseoir alors qu'il restait debout.

— Qu'est-ce qui vous a pris ? Ce que Zoltan vient de me raconter est proprement ahurissant ! Vous vous rendez compte que vous risquez la radiation pour ça !

— Ou une médaille.

— Ne vous payez pas ma tête. Votre collègue est en train de poursuivre un délinquant, vous le rattrapez et, d'un coup d'épaule, vous l'envoyez voler dans les poubelles. Puis vous le dépassez et vous arrêtez vous-même le suspect. Y a-t-il quelque chose de faux dans ce que je raconte ?

— Non, monsieur, tout est vrai.

— Vous avez donc neutralisé votre propre coéquipier pour vous attribuer tout le mérite de l'arrestation et récolter une médaille ?

Mina croisa les jambes avant de répondre.

— Je vous écoute !

— Lorsque nous avons aperçu l'homme que nous recherchions, commença posément Mina, Zoltan est sorti du véhicule sans prévenir et surtout sans prendre son arme. Je lui ai crié qu'il n'avait pas son pistolet, contrairement au suspect, qui en avait un. Zoltan risquait de se faire tirer dessus. J'ai piqué un sprint pour le rattraper en lui hurlant de s'arrêter. Zoltan a poursuivi sa course, c'est là que je l'ai poussé dans les poubelles et que j'ai fini par arraisonner le fugitif.

Les mains sur les accoudoirs de sa chaise, le large commissaire s'assit en observant Mina avec de gros yeux étonnés.

— Vous lui avez sauvé la vie, à ce petit salopiaud. Vous lui avez sauvé ses fesses…

Mina demeura silencieuse et croisa les jambes dans l'autre sens. Le commissaire Ionescu posa les coudes sur le bureau sans quitter Mina du regard. Ne sachant comment réagir, la jeune femme lui adressa un petit sourire qui creusa les fossettes aux coins de sa bouche.

— Si vous permettez que j'y aille, monsieur, j'aimerais rédiger mon rapport d'intervention.

— Attendez un instant, s'il vous plaît.

Le commissaire lissa sa moustache comme s'il réfléchissait, puis il hocha la tête et ouvrit un tiroir dont il tira une pochette cartonnée rouge qu'il posa devant lui. Il en fit glisser un dossier de plusieurs feuilles agrafées et, cette fois, le cœur de Mina battit plus vite en apercevant les mots « documents classifiés ».

— J'ai appris que vous vous étiez inscrite au concours d'inspectrice, madame Dragan, dit le commissaire. N'est-ce pas ?

— Absolument.

— Quand les agents veulent devenir inspecteurs dans mon commissariat, j'aime bien savoir à qui j'ai réellement affaire. C'est un poste trop complexe pour que je le confie à des personnes qui se sont contentées d'avoir des bonnes notes mais qui n'ont pas l'envergure pour assumer une telle pression.

— Vous êtes en train de me dire que vous avez fait une enquête sur moi ?

— Vous êtes un drôle d'oiseau, Mina Dragan, reprit le commissaire en consultant les documents qu'il avait sortis.

Mina ravala la réflexion qui avait failli déborder de ses lèvres. Elle se contenta de noter qu'on lui avait souvent fait cette remarque, à commencer par ses parents.

Le commissaire parcourait le dossier du regard. Derrière lui, une fenêtre donnait sur la rue où un réverbère répandait sa luminosité sur le trottoir couvert de neige souillée par les passants.

— Vous avez quitté l'école à 16 ans, c'est bien ça ?

Mina n'osa pas répondre. Elle savait très bien où le commissaire voulait l'emmener.

— Vous savez que pour être agente, et a fortiori tenter le concours d'inspecteur, il faut avoir le bac, donc vous avez falsifié votre diplôme…

Mina serra les dents, elle était prise au piège. Le commissaire fit comme s'il ne s'agissait que d'un détail et poursuivit :

— Donc vous arrêtez l'école pour vous faire embaucher en tant que marin sur un navire de pêche en mer Noire. Vous avez tenu trois ans. Comment une petite femme frêle comme vous a pu supporter si longtemps la vie sur un bateau de pêche ?

Maintenant qu'elle savait que le commissaire connaissait toute sa vie, Mina décida de jouer la transparence et de montrer qui elle était vraiment. Continuer à mentir ne ferait qu'agacer son supérieur.

— Ç'a été très dur la première année, mais ensuite tout l'équipage, composé uniquement d'hommes, a compris que je savais me faire respecter et plutôt bien m'exprimer pour faire valoir mes droits. Ils ont été tellement convaincus qu'ils ont décidé de me nommer porte-parole du syndicat.

— Malin, reconnut le commissaire. Ensuite vous semblez vous lasser du métier de pêcheur et vous vous faites donc embaucher dans un garage où vous allez rester trois ans de plus. Comment on passe de pêcheur à mécano, madame Dragan ?

— Sur le bateau, le plus vieil homme de l'équipage m'avait pris sous sa protection, il se trouve que c'était le mécano. Il disait qu'il ne fallait pas voir un moteur comme une machine mais comme un animal qu'on éduque, si on est trop brutal la mécanique fait comme la bête, elle se braque, si on est trop mou on ne déverrouille pas les blocages… J'ai aimé cette idée et j'ai appris le métier à ses côtés.

— Et là, pendant cette période, l'enquête remonte que vous êtes plusieurs fois prise à partie dans des bagarres.

— Mon amoureux de l'époque m'a appris quelques techniques pour que je sache non pas me battre mais me défendre.

— J'ai un rapport de police officiel qui dit qu'un soir, en rentrant tard, vous croisez un couple qui se fait agresser. Vous intervenez et vous mettez l'agresseur en fuite après lui avoir cassé le poignet. Et là, vous dites à l'agent qui prend votre déposition qu'en fait vous venez de comprendre quelque chose avec ce qui vient de vous arriver : vous voulez faire son métier, vous ressentez l'envie de protéger les plus faibles et d'arrêter les salauds. Vous passez le concours d'agent de police, et vous restez chez nous pendant six ans. Sauf qu'au bout de ces six ans vous vous mettez en disponibilité pour revenir chez nous deux années plus tard. Et là, mes enquêteurs n'ont pas été fichus de trouver ce que vous avez fait entre 2023 et 2025. Qu'est-ce qu'il s'est passé ?

Mina fixa le commissaire avec une insistance qui outrepassait légèrement son rang.

— J'aimerais mieux ne pas en parler.

— Pourquoi ?

Elle savait qu'en refusant de répondre, elle risquait de braquer un peu plus le commissaire, mais elle était prête à prendre ce risque. Jamais elle ne marchanderait sa vie privée contre de la bienveillance professionnelle.

— Je me répète, j'aimerais mieux ne pas en parler.

— Soit, répondit le policier en haussant les épaules. Après tout, c'est votre droit.

— Ce qui compte, il me semble, c'est que je sois tout aussi opérationnelle qu'avant mon départ, non ? Je vous l'ai prouvé cette année.

Le commissaire approuva et considéra longuement Mina sans un mot. Elle se laissa dévisager sans baisser les yeux. Elle se rappelait que son indépendance se plaçait au-dessus de toutes les hiérarchies. Et si elle voulait bien être respectueuse, elle ne serait en revanche jamais soumise.

— Sous votre minois de poupée, vous êtes une coriace, Mina Dragan, lâcha le commissaire. Une sacrée coriace pour une petite bonne femme de 31 ans.

Et si vous saviez ce que j'aurais fait à un mécano qui m'aurait dit une chose pareille, songea Mina.

Pour réponse, elle fit craquer ses doigts. Le commissaire scruta ses mains avant de relever la tête.

— J'ai peut-être quelque chose pour vous, finit-il par dire. Tous mes inspecteurs sont pris et bossent même le week-end.

Mina se redressa instinctivement sur sa chaise.

— Vous avez du cran, reprit le commissaire, et vous avez déjà un peu vécu. Par conséquent, j'ai bien envie de vous donner votre chance en faisant quelque chose qui sort clairement du cadre légal. Mais à la guerre comme à la guerre, c'est ça ou on laisse une affaire grave sans réponse. Donc, si vous bouclez le dossier que je vais vous confier, vous garderez votre nouveau poste d'inspectrice sans passer par la case concours, si vous échouez, vous reprendrez votre grade d'agente… en compagnie de votre grand ami Zoltan. C'est clair ?

Mina ne s'attendait pas à une proposition si directe et hors règlement. Mais ce n'était pas elle qui allait s'offusquer d'un supplément d'indépendance.

— Merci, commissaire.

— Attendez de voir l'affaire que je vous confie avant de me remercier.

Le commissaire attrapa un calepin et tapota du doigt sur le bureau.

— On a reçu l'appel il y a moins d'une heure de la gérante d'un hôtel qui a découvert un client assassiné dans sa chambre.

— On connaît l'identité de la victime ?

— Oui, un certain Mark Killianson, inconnu dans nos fichiers.

— Cause de la mort évidente ?

Le commissaire sourit.

— Vous parlez déjà comme une véritable inspectrice. La gérante a précisé qu'il était assis près du lit et qu'il avait des marques violacées autour du cou.

— Où se sont déroulés les faits ?

— C'est bien le problème... Dans la campagne transylvaine.

— Pourquoi a-t-elle appelé ici ?

— Elle a d'abord contacté le commissariat de Brasov, mais ils ne se sont pas sentis de gérer un potentiel homicide et ont mis la moitié de la journée pour nous transmettre l'affaire.

— Où est-ce arrivé exactement ?

— Au château de Bran.

— Celui qu'on attribue à Dracula ?

— Oui... À cette époque, il ne doit pas y avoir beaucoup de touristes qui fréquentent l'hôtel installé dans le château. D'autant qu'on a été alertés que la route qui aurait dû vous conduire à destination est coupée à une cinquantaine de kilomètres de Bran, à cause de la neige. En revanche, j'ai vérifié, les trains circulent toujours. Pour combien de temps ? Je n'en sais rien. Donc...

Le commissaire consulta sa montre.

— Il est 18 h 21 exactement. L'unique et prochain train pour Bran avant demain passe à 19 h 30. Vous savez ce qu'il vous reste à faire.

— Et les techniciens de la police scientifique ? demanda Mina en se levant.

— Ils sont prévenus et vous rejoindront d'ici demain matin, je pense. Dès qu'ils auront fini leur boulot sur une autre affaire. Une dernière chose, un peu bizarre...

— Oui ?

— Cela faisait cinq jours que l'homme n'était pas sorti de sa chambre. La responsable de l'hôtel semble ignorer ce qu'il y a fait pendant tout ce temps. Elle a aussi déclaré qu'il lui faisait penser à quelqu'un, sans pour autant parvenir à l'identifier. Mais je me méfie.

— Pourquoi ?

— Elle avait l'air un peu bizarre. Elle avait des expressions de paranoïaque et s'arrêtait régulièrement de parler pour dire qu'elle entendait du bruit.

— Elle ne peut pas nous envoyer une photo de la victime ?

— Il n'y a plus de réseau, et puis j'ai cru comprendre que de toute façon elle refusait la technologie et n'avait pas de portable. Elle a appelé d'une vieille ligne fixe.

— Et elle est toute seule là-bas ?

— Il semblerait.

— Bien, j'y vais. Je vous tiendrai au courant dès mon arrivée, conclut Mina.

Le commissaire tendit une main pour l'arrêter, contourna son bureau et se posta devant Mina. N'étant pas très grande, la jeune femme dut lever la tête pour le regarder. Il lui enveloppa l'épaule d'une poigne paternaliste.

— Soyez particulièrement vigilante, inspectrice. La région est connue pour ses disparitions inquiétantes.

Mina réprima un léger frisson, puis hocha la tête et ouvrit la porte avant de la refermer derrière elle.

2.

Les cheveux de Mina virevoltaient de chaque côté de son visage rougi par l'effort. Elle venait de franchir en trombe la porte d'entrée de la gare de Bucarest et fendait la foule à en perdre haleine. Elle frôla voyageurs, valises, poussettes, percuta un vieil homme qui avançait fébrilement appuyé sur sa canne. Faisant volte-face, Mina le rattrapa de justesse et le remit d'aplomb.

— Ça va ? s'inquiéta-t-elle.

L'homme avait l'air quelque peu désorienté, mais recommença à marcher de son pas claudicant. Aussitôt, elle reprit sa course, bondit au sommet des trois premières marches de l'escalier, grimpa à toute vitesse et déboula sur un quai. Elle repéra sur un écran que son train était déjà en gare voie 3. La plus éloignée. Pour l'atteindre, il lui fallait se rendre à l'extrémité du quai, redescendre dans un tunnel, le traverser et remonter de l'autre côté. Et il lui restait moins d'une trentaine de secondes pour accomplir ce parcours. Elle sprinta, mais aperçut le chef de gare presser les retardataires d'embarquer. Il allait donner le départ. Sans réfléchir plus longtemps, Mina jeta un coup d'œil à gauche puis à droite depuis le quai et sauta sur la voie 1. Elle se réceptionna mal sur les graviers et chuta. Derrière elle, elle entendit un homme crier qu'un passager était tombé sur la voie. Mina se releva et fondit droit vers son train. Il lui restait une voie à traverser. Le chef de gare leva la main pour se préparer à donner le départ. Mina allait courir sur les rails quand elle les sentit vibrer sous ses pieds. Un train approchait à toute vitesse. Les phares l'éblouirent. En traversant, elle allait se faire percuter ou être aspirée par le souffle du convoi. La corne d'alarme hurla. Le sifflet du chef de gare retentit. Électrisée par l'adrénaline, Mina s'élança par-dessus la voie, attrapa la porte du wagon en train de se refermer et parvint à se faufiler dans l'étroit interstice au moment où le convoi à grande vitesse les dépassait dans un vacarme d'enfer et une rafale de tempête.

Mina souffla, les deux mains posées sur les genoux. Sous le martèlement de ses palpitations, elle entendit le bruit rassurant des rouages mécaniques du train.

Reprenant doucement son souffle et son calme, elle se redressa et rattacha ses cheveux emmêlés par sa course folle. Puis elle s'avança dans le wagon. Des murs beige pâle reflétaient leur morne lueur sur des banquettes marron. Presque toutes les places étaient prises. Et les voyageurs, le nez dans leur téléphone, oscillaient au gré du roulis ferroviaire. Elle finit par s'installer à côté d'une femme d'une quarantaine d'années qui ne sembla même pas remarquer que quelqu'un s'était assis à côté d'elle.

Mina avait envie de dire à tous ces gens qu'elle venait d'être nommée inspectrice. Elle voulait qu'on la félicite, afin que ces paroles l'aident à prendre pleinement conscience de ce qui lui arrivait. Tout s'était fait si précipitamment qu'elle avait l'impression de ne pas être prête. De plus, l'affaire que le commissaire lui avait confiée ne paraissait pas évidente pour une première enquête. Et le plus étrange : elle devrait probablement dormir sur le lieu même du crime.

Pour ne pas se laisser gagner par l'anxiété, Mina observa avec plus d'attention les gens dans le wagon. Son sens du détail lui fit remarquer une jeune femme qui n'avait pas le regard mi-clos des autres passagers. Elle semblait ailleurs, comme si elle contemplait une autre réalité. Mina s'étira un peu pour essayer de voir ce que l'écran de son téléphone affichait de si captivant. Et distingua que la jeune femme ne tenait pas un smartphone entre ses mains, mais un livre.

Elle l'observa longuement, vivant par procuration le plaisir que devait éprouver cette lectrice. Malgré son abandon précoce de l'école, Mina avait toujours entretenu un rapport intime avec les livres, notamment grâce à sa mère bibliothécaire. Les livres qui, elle ne l'avait pas précisé au commissaire, lui avaient permis de s'évader lorsque la vie devenait trop dure à bord du bateau de pêche. Les livres qui l'aidaient par moments à combattre son complexe d'avoir redoublé sa classe de troisième et finalement quitté l'école avant le lycée.

Le train marqua un arrêt et plusieurs voyageurs, dont la lectrice, descendirent. Un seul passager muni d'une sacoche de travail monta à bord de leur voiture. Mina le regarda s'asseoir, l'homme lui adressa un sourire.

— C'est la première fois que je vous vois ici, dit l'inconnu au bout d'un petit moment.

— Vous voulez dire qu'il n'y a que des habitués dans ce train à cette heure-ci ?

— Exact ! Et un joli visage comme le vôtre, on ne l'oublie pas.

L'homme, dans la quarantaine, barbe courte finement taillée et lunettes en écaille de tortue, était tout sourire. Mina décida de lui répondre, mais en restant sur ses gardes :

— Vous avez raison, c'est la première fois que je prends ce train.

— Où allez-vous ?

— À Bran.

Le passager sembla surpris.

— Ah…, se contenta-t-il de dire.

— Vous connaissez ? renchérit Mina.

— Non, je ne suis jamais allé jusque là-bas, c'est trop isolé pour moi. Je sais qu'il y a des villages par-ci par-là, mais, à mes yeux, il n'y a que des forêts, des vallées et des montagnes sans âme qui vive. À part celle des loups et, si l'on en croit les légendes, d'autres encore moins fréquentables. Ce ne sont peut-être que des racontars, je le sais bien, mais n'empêche que ça me fout les jetons, cette région. Et encore plus l'hiver… Qu'est-ce que vous allez y faire, si ce n'est pas indiscret ?

— Ça l'est, répliqua Mina.

— Ah… un homme peut-être ? hasarda l'inconnu avec un rictus en coin.

— Je vois où vous voulez en venir, mais je vais vous faire une confidence, la seule chose dont j'aie envie de jouir pour le moment, c'est de ma tranquillité.

Elle avait parlé avec un grand sourire enjôleur, mais elle le regardait de son air sévère. Elle se leva et alla s'asseoir tout au fond du wagon, sur une banquette déserte.

Le temps de reprendre le fil de sa réflexion sur ce qu'elle allait bien pouvoir découvrir dans l'hôtel, elle laissa son regard dériver sur le paysage rural qui défilait lentement par la fenêtre, le train ne roulant pas à plus de 50 kilomètres/heure. Le crépuscule répandait son sombre bleu sur les plaines enneigées. Au loin, les forêts formaient des masses impénétrables, et plus proches, le long de la voie, s'étendaient des champs labourés aux mottes de terre gelées. Plus aucun oiseau ne tournoyait dans le ciel d'encre à la recherche d'une nichée pour la nuit, tout était immobile.

Le tortillard marqua plusieurs arrêts jusqu'à une minuscule gare où descendit le dernier voyageur, laissant Mina seule dans le wagon et peut-être même dans le train tout entier. Désormais, on n'entendait que les lents grincements du train qui donnait le sentiment de conduire son ultime passagère vers une destination hors du monde. La température chuta et Mina referma sa parka avant de glisser ses mains entre ses cuisses pour les réchauffer. À l'extérieur, les champs glacés avaient cédé la place à des collines recouvertes de neige sans plus aucune trace d'empreinte humaine, à l'exception peut-être d'un chemin de terre, mince lacet noir tranchant sur l'étendue blanche. Il semblait mener jusqu'à un bois dont les arbres décharnés n'étaient plus que des épouvantails aux bras glacés.

L'excitation du défi lancé par le commissaire commençait à retomber et l'appréhension gagnait Mina peu à peu. Elle s'empara de son téléphone, mais le réseau ne passait pas. Elle s'efforça de repenser à ce que le commissaire lui avait dit de la victime. Un homme, a priori mort par strangulation dans sa chambre d'hôtel, dont il n'était pas sorti depuis cinq jours. Ce serait donc à elle de trouver qui l'avait tué, et pourquoi. Avec l'aide de la scientifique, qui dans le meilleur des cas débarquerait le lendemain. Heureusement, elle n'avait pas oublié de prendre plusieurs paires de gants d'examen avec elle pour ausculter le corps sans laisser d'empreintes. Mais serait-elle assez observatrice et intelligente pour déceler des indices et formuler des conclusions pertinentes ? Elle n'avait jamais douté d'elle, mais le métier d'inspectrice requérait trois ans d'études après le bac. Autant de temps qu'elle avait passé les mains râpées par des filets de pêche ou le nez dans un moteur de voiture. Sa détermination à réussir serait-elle suffisante pour ce qu'elle estimait être un retard ? La seule chose dont elle était certaine, c'est qu'on ne lui offrirait pas une seconde chance si elle échouait dans cette enquête.

Deux heures s'écoulèrent ainsi dans les ténèbres. Et soudain le train ralentit. Il était presque 22 heures. Mina colla son front à la vitre glacée et, en entourant ses yeux avec ses mains, distingua un panneau sur lequel était écrit « Bran ». Elle se leva aussitôt de son siège et rejoignit la porte de sortie. Le train marqua l'arrêt dans un grincement de frein. Mina ouvrit la porte. Le froid glacial lui paralysa le visage. Elle sauta au bas de la marche et ses pieds s'enfoncèrent dans une épaisse couche de neige. Le train redémarra, l'œil rouge de sa lanterne arrière disparaissant dans la nuit.

Mina regarda autour d'elle à la faveur du fantomatique halo de lune. Mis à part le panneau indicateur, il n'y avait rien, aucune lumière, aucun signe de vie, uniquement un quai abandonné balayé par le vent qui décollait la neige du sol. Où avait-elle atterri ? Comment un endroit pouvait-il être aussi désert ?

Des flocons glissèrent dans son cou et un filet d'eau glacée coula jusqu'à ses omoplates. Mina frissonna avant de redresser le col de sa parka et de frotter ses bras dans un froissement de tissu imperméable.

Ses yeux s'habituant à l'obscurité, elle repéra ce qui pouvait ressembler à une rampe d'escalier en bois de l'autre côté de la voie. Elle enjamba les rails et monta sur une dalle en prenant garde de ne pas glisser. De là, elle aperçut un escalier étroit qui plongeait dans l'obscurité. Elle allait s'y rendre quand son œil fut attiré par quelque chose à l'autre bout du quai. Une main en visière pour se protéger des flocons qui piquetaient son visage, elle fronça les sourcils. Cette fois, elle n'eut plus aucun doute. Face à elle, immobile, se tenait une silhouette.

3.

— Hey ! cria-t-elle.

Pas de réponse. La lune était assez claire pour distinguer une forme humaine, mais pas assez forte pour qu'elle puisse voir un visage.

Mina fit glisser la fermeture de son manteau, approcha la main de son holster et replia ses doigts autour de la crosse de son arme. Elle sortit le pistolet et le tint près de sa cuisse sans quitter des yeux la silhouette. Elle était entraînée à garder son calme, mais comment ne pas être mal à l'aise en pareille situation ?

— Qu'est-ce que vous voulez ? demanda-t-elle.

L'inconnu ne lui répondit pas.

Là où d'autres auraient fui, Mina avança droit devant elle. Ses pas froissant la neige scandaient sa démarche assurée. En face d'elle, l'individu demeurait figé. Mina continua à progresser, de plus en plus suspicieuse. Elle allait brandir son arme quand la silhouette s'évanouit dans la nuit.

La jeune inspectrice se lança aussitôt à sa poursuite. Elle courut jusqu'à ce qui ressemblait à un taillis et manqua de déraper en s'arrêtant brutalement. Avec la loupiote de son portable, elle chercha un passage dans les fourrés. Un corridor s'était formé dans la végétation écartée. Elle s'y engouffra, son pistolet braqué devant elle. La griffure des branchages sur sa parka accompagnait le déroulé précautionneux de ses pas dans la poudreuse. Elle accéléra sa foulée et finit par déboucher hors des buissons. Devant elle, un champ livide. Elle éclaira le sol à la recherche d'empreintes dans la neige, repéra une piste. Elle la suivit en hâte et se retrouva à l'orée d'un bois en bordure du champ. Là, la neige arrêtée par les arbres se faisait plus rare et Mina échoua à déceler de nouvelles traces. Elle releva la tête, scruta l'obscurité sans rien discerner, si ce n'étaient les panaches de brume s'échappant de sa bouche. Elle n'avait aucune chance de retrouver la personne qu'elle pourchassait. Mais pourquoi cet individu l'observait-il ? Et pourquoi avait-il fui à son approche ? Était-ce un homme, une femme ? Que lui voulait-il ?

Mina rangea son arme et rebroussa chemin, non sans se retourner sans cesse. Elle rejoignit le quai de la gare et descendit l'escalier en assurant chaque pas. Enfin arrivée en bas, elle distingua des habitations plongées dans la nuit. De petites maisons en bois qu'une épaisse mousse blanche camouflait étaient disposées de chaque côté d'une étroite rue elle aussi enfouie sous la neige. Aucune lumière ne filtrait par les fenêtres, les habitants semblaient endormis ou absents. Il n'y avait aucune voiture.

Elle se mit en route et progressa ainsi pendant quelques minutes à l'aveugle, l'extrémité du nez et des oreilles gelée. Le vent s'était tu et elle n'entendait que le bruit de ses pas qui faisaient craquer la neige. Elle vérifia son téléphone. Toujours aucun réseau. Lorsqu'elle releva les yeux, elle s'arrêta. À sa grande surprise, une lueur orangée émanait d'une maisonnette un peu plus loin. Elle accéléra le pas et vit une enseigne en bois représentant une chope de bière. Mina s'approcha de la porte d'entrée en bois massif patiné par le temps. Elle crut discerner des éclats de voix. Elle essuya la buée sur l'une des petites fenêtres et y colla son visage pour regarder à travers les carreaux, si épais qu'ils rendaient sa vision floue. Elle crut cependant discerner quelques personnes assises. Elle posa la main sur la poignée de la porte et entra.

Les gonds grincèrent alors qu'il lui sembla avoir reculé dans le temps pour débarquer dans une taverne du Moyen Âge. Mais avant qu'elle ait pu prendre pleinement conscience des détails de la pièce, elle fut saisie par une bouffée de chaleur et une odeur de cigarettes qui la fit tousser. Entre deux quintes, elle entrevit une salle à la charpente basse et aux poutres apparentes près desquelles flottait une épaisse fumée. Aux murs étaient accrochés une roue de charrue, un harnachement de cheval de labour et un tableau jauni d'un paysage d'hiver. À droite se trouvait un bar.

Une petite dizaine de tables étaient disposées sur un plancher maculé de taches. Les clients, tous des hommes, avaient tourné la tête vers elle et la dévisageaient en silence. Deux d'entre eux, occupés à un bras de fer, s'étaient même arrêtés dans leur effort pour l'observer. Tous portaient des gilets usés sur des chemises vaguement blanches et des pantalons unis un peu trop larges, un peu comme des paysans d'une époque révolue. Derrière son comptoir, celui qui devait être le propriétaire, un grand gaillard chauve, arborait un tablier et ne semblait guère plus affable. Mina se rappela l'accueil que les pêcheurs lui avaient offert la première fois qu'elle avait mis le pied sur le bateau. Très intimidée au départ, elle avait finalement découvert que ces hommes étaient loin d'être méchants.

— Bonsoir. Excusez-moi de vous déranger, dit-elle d'une voix assurée. Je cherche à me rendre au château de Bran.

Personne ne lui répondit.

Un client but une gorgée de sa chope et la reposa bruyamment.

— Quelqu'un peut-il me dire où se trouve le château ? insista Mina.

Pas de réponse, simplement des regards insistants et hostiles. Malgré son malaise, Mina savait aussi qu'il fallait se montrer forte dans ces circonstances. Elle s'avança dans la salle.

— Qu'est-ce que vous venez faire dans notre village à une heure pareille ?

La question avait jailli de la bouche d'un homme au visage buriné.

Mina hésita à dire la vérité. Leur avouer qu'elle était de la police pouvait tout aussi bien l'aider à imposer son autorité que les encourager à se renfermer. Et quand bien même, elle ne se sentait pas encore la légitimité de se déclarer inspectrice.

— Je viens voir un parent souffrant qui séjourne à l'hôtel du château. J'ai pris le dernier train pour Bran, finit-elle par dire.

Sa voix se perdit dans les volutes de cigarettes. Le barman posa ses avant-bras sur le comptoir.

— Le château est à une trentaine de kilomètres d'ici mais ne comptez pas y aller, le chemin est sous la neige, y a rien qui circule. Et c'est pas près de se débloquer.

Mina accusa la nouvelle.

— Vous devez bien avoir des motoneiges ?

— Au cas où vous ne l'auriez pas remarqué, on n'est pas dans une station de ski pour riches ici. Cela dit on en avait une, on l'a prêtée à des touristes, et quand ils l'ont rendue, elle était HS. On attend la pièce de rechange, mais elle n'arrivera pas avant des semaines.

— Alors j'irai à pied, répliqua Mina.

Tous les hommes ricanèrent, certains se tapant sur la cuisse.

— Qu'est-ce que j'ai dit de drôle ?

— Il faut sept heures de marche pour rejoindre le château, lança le propriétaire. Avec le froid qu'il fait cette nuit, vous ne survivrez pas. Faut rentrer dans votre ville et revenir quand ça aura fondu. Et même si vous arriviez au château, l'accueil de la gérante achèverait de vous refroidir !

Nouvel éclat de rire dans la salle.

Le tenancier se remit à essuyer un verre.

— Il doit bien y avoir un moyen, s'agaça Mina, qui ne voulait pas croire à l'inéluctable.

— Aucun, désolé. C'est peut-être pas de chance, mais c'est comme ça. Ici on apprend à vivre avec la fatalité, ma p'tite dame.

Sidérée, Mina n'acceptait pas le mur qu'on lui jetait à la figure : jamais elle n'atteindrait le château, l'enquête lui échapperait et on ne lui proposerait plus jamais une telle opportunité. Ce qui était la chance de sa vie il y a encore quelques minutes menaçait de devenir la plus grande déception de son existence.

4.

Dans la salle, les hommes avaient repris leurs discussions et les deux du fond leur bras de fer.

— Y a plus de train pour Bucarest à cette heure-ci, précisa le propriétaire. Faudra passer la nuit ici. Si vous voulez, j'ai une chambre à l'étage. Je vous ferai un bon prix.

Mina s'était préparée à toutes sortes d'infortunes, mais pas une fois elle n'avait envisagé de ne même pas rejoindre la victime. Quel échec ! Elle allait être la risée de tout le commissariat. Elle se voyait déjà reprendre son uniforme d'agente de police et passer devant ses collègues qui lui ricaneraient au nez en lui disant qu'on ne s'improvisait pas inspectrice, que c'était un vrai métier précédé de vraies études.

En colère, Mina avait envie de taper sur quelque chose. Elle ravala néanmoins sa pulsion et s'adressa au barman.

— Servez-moi la même chose qu'à ceux qui sont déjà attablés.

Le propriétaire de l'auberge leva un sourcil dubitatif.

— C'est peut-être un peu fort pour un p'tit bout de femme comme ça.

Mina lui fit signe de la servir.

— Je vous préviens, je ne vous porte pas jusqu'à votre chambre. Vous dormirez ici, par terre.

Il se retourna pour attraper une bouteille dont il versa un peu du contenu transparent dans un verre.

Mina sentit immédiatement les effluves de l'alcool, preuve s'il en fallait que le breuvage devait être relevé.

Elle s'empara du verre et l'avala cul sec.

Elle avait besoin de ressentir quelque chose de plus fort que la déception qui lui nouait les entrailles. La brûlure irradia dans sa poitrine et se répandit dans tout son corps, réchauffant même son visage et la racine de ses cheveux.

À la faveur de la sensation de puissance que lui procurait provisoirement l'alcool, elle laissait ses yeux se promener sur le décor de la pièce lorsqu'ils s'arrêtèrent sur le vieux tableau au mur du fond. Elle n'avait pas bien observé en entrant, mais ce n'était pas uniquement un paysage enneigé qui était peint. On y voyait autre chose.

— Un traîneau, chuchota Mina.

Elle se décolla brusquement du bar.

— Qui ici possède un traîneau ?

Personne ne dit mot, mais la jeune inspectrice remarqua que les regards convergeaient vers le centre de la pièce. Un homme aux sourcils broussailleux dodelina de la tête et poussa un long soupir, comme s'il se rendait.

— Combien voulez-vous pour m'emmener ce soir au château ? le questionna Mina.

— Rien du tout, je ne vous emmènerai pas. Je n'ai pas envie, je suis bien ici. Et demain j'ai du travail.

— Combien ? insista Mina, sans savoir si elle aurait l'argent pour honorer sa proposition.

Le client fit un signe de la main pour signifier qu'il en avait fini.

— On ne court pas après l'argent ici, ma p'tite dame, expliqua le barman, c'est pas comme à la ville. Les hommes veulent juste passer du bon temps, voilà tout. Faut pas insister, vous allez les énerver. Et quand ils sont énervés, il fait pas bon rester là.

Mina bouillait, mais laisser éclater sa colère et les menacer ne mènerait à rien. Elle devait réfléchir. Ses doigts tapotèrent sur sa cuisse tandis qu'elle se mordillait la lèvre inférieure. Son cerveau passait en revue toutes sortes d'idées saugrenues, lorsque les derniers mots du tenancier frappèrent son imaginaire : *les hommes veulent juste passer du bon temps, voilà tout.*

Électrisée par l'idée qu'elle venait d'avoir, elle traversa la salle en direction du propriétaire du traîneau, tira une chaise, s'assit face à lui, retira sa parka, releva sa manche droite et planta son coude sur la table.

— Si je vous bats au bras de fer, vous m'emmenez, si vous me battez, je paie une tournée générale.

Toutes les discussions cessèrent sur-le-champ. On entendit un brouhaha de chaises qui se tournaient vers le cœur de la taverne. Puis un murmure à la fois amusé et étonné commença à se faire entendre :

— Alors, Dumitru, tu vas pas te dégonfler devant une femme !

— Ouais, et puis nous on a soif, rappelle-lui c'est qui le patron !

Mina sut qu'elle avait visé juste : ne pas proposer de l'argent, mais un divertissement.

L'homme leva une main.

— Ok, ok…, lâcha-t-il.

Il releva sa manche à son tour et dévoila les biceps secs de celui qui travaille tous les jours à la force de ses bras. Mina déglutit pour dissiper la contraction qui s'était faite dans sa gorge. Son bras était moins impressionnant, mais ses années de pêche et de mécanique lui avaient donné une force certaine, notamment dans les doigts et les poignets. Et le bras de fer avait été un passe-temps régulier sur le bateau ou au garage. Malgré tous ces avantages, la musculature de son adversaire ne la donnait pas favorite.

Un voisin de table se leva, visiblement prêt à arbitrer.

Mina retira le seul bijou qu'elle portait, un anneau d'argent au petit doigt de la main droite. Elle le déposa délicatement sur la table. Elle cala ensuite son pied pour se faire un appui ferme. Elle fit également pivoter sa hanche pour avoir le bas du corps dans le sens où elle allait devoir abattre la main de son adversaire. Puis elle fixa ce dernier droit dans les yeux.

— Tu vas perdre, lui dit-elle avec un sourire.

Une intimidation qui diminuait d'au moins 10 % la force du concurrent. Au moindre doute, il se rappellerait cette phrase et aurait plus facilement tendance à vaciller.

— En place ! lança l'arbitre improvisé alors que tous les autres clients s'étaient amassés autour des deux joueurs.

Mina enroula ses doigts autour de la main du paysan et lui inclina légèrement le poignet. Celui qu'on avait appelé Dumitru lui décrocha un sourire gonflé de défi. Mina se concentra.

— Allez ! s'exclama l'arbitre.

Mina sentit aussitôt son bras lui échapper et c'est de justesse qu'elle évita que sa main ne s'écrase sur la table.

Tous les muscles contractés, la jeune femme força pour redresser la barre, mais impossible de faire bouger son adversaire, qui se mit à ricaner. Autour d'eux, les clients criaient et éructaient de plaisir.

Tu ne peux pas perdre ! se cria Mina à elle-même. *Tout ton avenir en dépend.*

Elle se rappela alors une astuce apprise auprès de vieux briscards du bras de fer. Au lieu de pousser dans le sens opposé, elle tira le bras de son adversaire vers elle en usant de la force exceptionnelle de son poignet. Le paysan se fit surprendre. Le bras désormais un peu détendu, il perdit en puissance. Mina donna tout ce qu'elle avait comme force d'âme et comme rage. Les muscles tremblants, elle redressa son bras jusqu'à retrouver la position de départ. Galvanisés par le suspense du combat, les clients s'étaient désormais mis à parier sur l'issue du match.

Mina vissa son regard dans celui de son adversaire, où elle lisait un début de panique. C'était le moment où il se souvenait qu'elle lui avait annoncé sa défaite. Elle lui tordit un peu plus le poignet et, prenant appui sur ses pieds et ses hanches, elle imprima une pression hargneuse. De la sueur perlait sur ses tempes, brûlant le coin de ses yeux, et le sang tambourinait si fort dans ses oreilles que les cris des clients se transformaient en un brouhaha lointain. Il lui sembla que toute sa vie défilait dans sa tête dans une ivresse exaltante. Et soudain son poing s'abattit à gauche dans un tel choc que les verres sautèrent de la table et volèrent en éclats sur le sol. Mina sentit que quelqu'un s'emparait de son bras droit et le hissait vers le plafond dans une débauche de hourras et d'applaudissements. Elle s'essuya la figure d'un revers de manche, se leva d'un bond pour plaquer sa main sur la table.

— Maintenant le traîneau, ordonna-t-elle.

5.

Le paysan vaincu hocha la tête.

— Suis-moi, dit-il en massant son poignet.

Mina récupéra ses vêtements sur le dossier de la chaise et enfila son anneau au petit doigt avant de penser à un détail qui pourrait faire la différence. Elle s'adressa au barman qui s'en retournait derrière son comptoir :

— Excusez-moi. Est-ce que vous auriez une lampe de poche à me prêter, me louer ou me vendre ?

— Ça se pourrait… Attendez, je vais regarder.

Le tenancier quitta la salle par une petite porte et Mina resta seule quelques secondes, sous les regards approbateurs et admiratifs des autres clients qui lui adressaient leurs félicitations. Quand le tavernier revint, il brandissait une lampe torche.

— Voilà, je vous ai trouvé ça, les piles sont neuves.

— Merci, dit Mina en prenant l'objet. Je vous dois combien ?

— Je vous l'offre pour vous remercier d'avoir assuré l'animation ce soir.

Mina approuva d'un mouvement de tête et d'un sourire.

Puis elle emboîta le pas de Dumitru, qui passait le seuil de l'auberge.

L'effort et l'alcool avaient tellement réchauffé son corps que le froid glacial glissait sur elle. Ils suivirent le chemin enneigé au milieu du village vers une maison un peu à l'écart des autres. Le villageois poussa les deux hautes portes en bois de la demeure et ils pénétrèrent dans une cour enneigée où reposaient des tonneaux et un traîneau couvert d'une bâche.

— Tu es vraiment sûre de vouloir y aller cette nuit ? Ça peut pas attendre demain matin ?

— Non. Quel animal va tirer le traîneau ?

Le villageois ouvrit une autre porte qui donnait sur la cour et s'empara d'une lanterne dont il ouvrit la vitre de protection pour allumer la mèche avec un briquet. Une lueur orangée et vacillante se répandit pour révéler une grange. Dans la pénombre, Mina devina des bottes de paille à côté desquelles sommeillait un cheval de trait aux jambes épaisses.

— Vous vous déplacez souvent en traîneau ?

— Non, il appartenait à mon arrière-grand-père et on l'a gardé dans la famille parce que ça faisait toujours plaisir aux enfants d'y faire un tour.

Mina se cala dans un coin pour ne pas déranger le travail de harnachement et patienta. Elle repensa à la silhouette qui l'épiait à l'arrivée du train. Cette personne la connaissait-elle ? Ou s'amusait-elle à faire peur à n'importe quel voyageur qui débarquait en pleine nuit ?

— Vous avez souvent des agressions ou des crimes dans la région ? demanda-t-elle.

Le paysan acheva de passer le licol à sa monture.

— C'est arrivé par le passé, mais ça fait un bon bout de temps qu'on n'a pas eu de grabuge.

Mina hésita avant de parler puis se lança :

— J'ai vu quelqu'un qui avait l'air de me surveiller quand je suis descendue du train. Lorsque je me suis approchée, la personne a fui. Une idée de qui ça pourrait être ?

Le paysan serra une sangle sous le ventre rond de l'équidé.

— Comment voudriez-vous que je sache une chose pareille ?

— Peut-être un type un peu simplet que tout le monde connaît, ou un habitant du village réputé pour agresser les voyageurs…

L'homme haussa les épaules.

— Va te coucher ! brailla-t-il soudainement.

Un instant décontenancée, Mina comprit qu'il s'adressait à une petite fille en chemise de nuit serrant un lapin en peluche contre elle. Elle venait d'entrer dans la grange, à moitié endormie.

— Au lit, je te dis ! Ou je file ton lapin à bouffer au chien ! s'impatienta le père en levant la main.

L'enfant regarda Mina, trottina vers elle de ses pieds nus, enlaça sa cuisse et posa sa tête sur sa hanche.

— Maman…, chuchota-t-elle.

Mina porta une main à son ventre où venait de cingler un éclair de douleur.

La petite fille la serra un peu plus fort.

— Tu l'auras cherché ! vociféra le père en fonçant vers sa fille.

Mina se baissa et enveloppa l'enfant de ses bras.

— Je m'en occupe, dit-elle en regardant le père droit dans les yeux.

Le villageois hésita, mais se rappelant visiblement sa cuisante défaite il grogna et tourna les talons.

— Fais vite, le traîneau est prêt.

Mina se redressa en portant l'enfant. La petite avait mis sa tête sur son épaule, et elle sentait la chaleur du corps ensommeillé dans son cou. L'espace d'une coupable seconde, elle ferma les yeux et savoura. Avant de se ressaisir. Elle franchit une porte qui séparait la grange de l'habitation et trouva rapidement une chambre où dormaient une femme et un adolescent. Elle déposa délicatement la petite fille dans son lit, releva ses couvertures et, de la même main d'acier avec laquelle elle s'était confrontée à son père, elle caressa tendrement les cheveux de l'enfant.

— Tu vas faire de beaux rêves, ma puce, de très beaux rêves.

Puis elle s'éclipsa et rejoignit la grange et son odeur de foin.

Le paysan avait déjà grimpé à l'avant du traîneau sur un siège surélevé. À une patère, il accrocha la lanterne qu'il avait allumée en entrant puis saisit les rênes.

— Installe-toi, on y va.

Mina se hissa sur la banquette au pied de laquelle était posée une large fourrure de loup. Elle la tira jusque sous son menton et sentit aussitôt une douce chaleur l'envelopper. Confort d'autant plus appréciable que la sueur qui avait humidifié ses vêtements commençait à refroidir.

— Hue ! lança le paysan en secouant la bride.

Le traîneau s'élança dans un chant de grelots qui résonnait étrangement dans le silence de la nuit. L'attelage suivit un moment la petite route du village puis emprunta un sentier qui s'enfonçait sous un tunnel d'arbres voûtés.

Mina appréciait la protection que lui procurait la fourrure tandis que son visage lui semblait sur le point de se congeler sous l'effet du vent et du froid. Pendue au coin du traîneau, la lanterne tanguait, projetant des ombres dansantes sur la forêt figée par l'hiver. Après un bon quart d'heure, ils débouchèrent hors de la canopée sur une plaine baignée par une fébrile couronne lunaire. La lueur était si faible que Mina ne savait jamais trop ce qu'elle voyait, les formes évoluant sans cesse au gré de son imagination. Était-ce un bois qu'elle apercevait là-bas ? Ou la palissade d'un village isolé ? Et cette forme longiligne, était-ce un tronc d'arbre ou un corps allongé ? Le traîneau fut secoué par quelques bosses avant de rejoindre une large piste. Probablement celle qui menait au château.

— Hue ! ordonna le cocher.

Le cheval accéléra sa foulée, augmentant la cadence des grelots dont le tintement était avalé par l'immensité nivale. À ce rythme aigu se faisait entendre le glissement étouffé des patins du traîneau qui fendaient la neige. Ces deux seuls signes de vie occupèrent l'espace pendant vingt longues minutes alors que l'attelage s'enfonçait toujours plus loin dans les terres inhabitées.

Au bout d'un moment qui dura au moins une heure, le cocher se retourna.

— Regardez…, dit-il.

Mina se pencha sur le côté pour mieux voir. Et c'est là qu'elle eut la confirmation qu'elle avait accepté une bien étrange enquête.

Devant eux, à peut-être deux ou trois kilomètres, on décelait une imposante silhouette compacte surplombée de tours fortifiées. L'édifice semblait juché au sommet d'un promontoire rocheux et dominait la plaine vallonnée. Pas une seule lumière n'émanait de cette masse de pierres.

6.

La silhouette du château disparut au détour d'un virage et l'attelage suivit un étroit chemin serpentant à flanc de roche. Mina préférait ne pas regarder du côté où le traîneau frôlait le précipice. Un seul écart du cheval et ils verseraient dans le vide. De l'autre côté, une infranchissable montagne écrasait l'air nocturne de sa présence. À son sommet, Mina distinguait des éperons nappés de neige qui scintillaient sous la clarté lunaire. Tout n'était que minéral et glace, aucune âme ne semblait pouvoir habiter un paysage aussi hostile. Ses cils blanchissaient sous la gelée et elle sentait que ses lèvres s'étaient nimbées d'une couche de givre qui les paralysait peu à peu. Même le cheval renâclait de plus en plus, forçant le cocher à dominer l'animal avec une fermeté qui déplaisait à Mina.

— Pourquoi ne veut-il plus avancer ? demanda-t-elle.

— Parce qu'il a peur. Il doit sentir le passage plus ou moins récent des loups. Mais il sait qu'avec moi il ne craint rien, je l'ai déjà défendu à plusieurs reprises. Maintenant, regardez, on est vraiment très proches.

Sous la fourrure, Mina plissa les yeux. Au départ, elle ne vit que les angles saillants des montagnes se succédant comme une courbe sonore accidentée. Puis elle devina, parmi ces pics, une forme un peu plus régulière. Camouflé dans la montagne, seul au milieu d'un monde de neige et de forêt blanche, le château de Bran se révélait enfin dans toute sa sombre dignité de forteresse vieille de plus de six siècles.

— On y sera dans dix minutes, dit le cocher.

Ils poursuivirent le chemin jusqu'à franchir un viaduc qui reliait le château. Plus elle avançait, plus Mina avait la sensation d'être engloutie par une ombre. Et c'est avec le tintement incongru des grelots dans le silence de la nuit que le traîneau finit par franchir le portique de l'entrée et s'arrêter devant la porte cochère de la citadelle. Mina repoussa la peau de loup et descendit avec la sensation immédiate d'être écrasée par une masse de pierre. Intimidée, elle leva prudemment la tête vers les murs de l'édifice qui s'élançaient jusqu'à de fines tourelles dont la pointe semblait percer la lune.

— Bonne chance, lâcha le cocher en enjoignant à sa monture de faire demi-tour.

Alors qu'elle entendait s'éloigner le carillon, Mina se mit à éprouver un sentiment très rare chez elle : la peur. Ce château aux allures impénétrables, l'isolement, le froid, sa nouvelle responsabilité, tout lui parut soudain insurmontable. Même si elle avait fait face à différentes situations qu'une femme de son âge ne connaîtrait jamais, à cet instant elle doutait de sa force, de ses capacités à affronter un défi qui lui avait paru moins intimidant lorsqu'elle l'avait accepté dans le bureau du commissaire. Ses mains tremblèrent et elle sut que bientôt ses jambes allaient flageoler, sa respiration deviendrait difficile, la nausée lui monterait aux lèvres.

Alors qu'elle était sur le point de perdre pied, on lui asséna une grande claque dans le dos. C'est en tout cas l'impression qu'elle eut en se rappelant soudain comment le capitaine du bateau de pêche lui avait appris à gérer sa peur lors d'une tempête :

« Ne jamais rester immobile, bouger, agir. Si tu t'arrêtes, c'est là que la peur prend le contrôle. Trompe ton cerveau, montre-lui que tu peux faire ce qu'il veut t'interdire de faire. »

Mina serra les poings, s'efforçant d'ignorer cette faiblesse.

Elle gravit les marches enneigées de l'escalier d'entrée pour se retrouver devant l'imposante porte à double battant sculptée de motifs animaliers. Elle éclaira les moulures avec la lampe torche qu'elle avait récupérée à l'auberge. Elle y repéra un heurtoir en forme d'anneau scellé dans la gueule d'un lion et frappa à trois reprises. Les chocs furent absorbés par l'air ouaté. Pas de réponse.

Le cœur de Mina cognait contre sa poitrine. Elle toqua une nouvelle fois et, quelques secondes plus tard, entendit une voix de femme :

— Qui va là ?

— Euh… je suis là pour… je m'appelle… en fait, je suis agente…

Mina bafouillait, incapable de prononcer une phrase intelligible.

— Je ne comprends pas, répondit la femme de l'autre côté de la porte.

— Je suis l'inspectrice Mina Dragan, se reprit-elle. Vous avez appelé le commissariat de Bucarest, c'est moi qui suis chargée de l'affaire.

Mina soupira un grand coup. Le fait d'avoir réussi à assumer pour la première fois ses nouvelles fonctions l'avait galvanisée.

Elle entendit des bruits de serrure et de verrous. Puis l'un des pans de la porte s'ouvrit.

Apparut la lueur d'une lanterne soulevée par une grande femme aux épaules voûtées et aux traits inquiets. De profondes rides creusaient son visage encadré par des cheveux blancs noués en chignon. Le feu de sa lampe se reflétait dans ses yeux furetant d'un côté à l'autre avec une méfiance agressive.

— Dépêchez-vous d'entrer, que diable ! siffla-t-elle.

Mina franchit le seuil et la gérante referma aussitôt la lourde porte derrière elle dans un claquement qui résonna dans le hall d'entrée.

— Il ne faut pas être si indécise, mademoiselle. Vous savez où vous êtes et ce qui traîne dans la nuit par des temps pareils ? Prenez ça, ajouta la vieille tenancière en ramassant une autre lanterne.

Mina s'empara de la lampe avec étonnement.

— Ne me regardez pas comme ça, jeune fille, la neige a coupé l'électricité.

Mina comprit ce que l'aubergiste sous-entendait quand il avait évoqué l'accueil glacial de la gérante.

— Comment avez-vous fait pour venir jusqu'ici ? lança cette dernière en regardant Mina du haut de son mètre quatre-vingts.

— On m'a emmenée ici en traîneau.

— Vous les avez entendus ?

— Qui ça ? demanda Mina, qui trouvait cette femme bien nerveuse.

— Les loups, évidemment. Il y en a beaucoup qui rôdent.

— Non. Aucun loup.

— Vous devez être frigorifiée.

— Ça ira, répondit Mina. C'est donc vous qui avez appelé le commissariat ?

— Effectivement, je suis Anita Pretorian, la gérante de l'hôtel.

— Conduisez-moi à la victime, s'il vous plaît, madame Pretorian.

— Je vous préviens, c'est pas joli à voir. Par ici. Suivez-moi de près, on se perd vite dans ce château.

Les deux femmes foulèrent un tapis rouge. De part et d'autre du couloir, les hautes parois exposaient d'immenses tableaux que la lueur des lanternes dansant sur les murs n'éclairait pas assez pour qu'on distingue ce qu'ils représentaient. Mina discernait parfois une main qui avait l'air de la désigner ou un visage la suivant des yeux. Elle aperçut une maquette posée sur une table mais n'eut pas le temps d'y prêter attention, accaparée par le majestueux escalier cathédrale qui cascadait depuis les étages.

— Racontez-moi ce que vous avez vu, demanda la jeune inspectrice alors qu'elles commençaient à gravir les marches.

— Depuis cinq jours, je frappais à la porte de ce client, mais il ne m'ouvrait jamais et me disait qu'il n'avait besoin de rien. Je me contentais de ramasser les restes de ses repas laissés devant la porte et je repartais. Certains clients ont des habitudes étranges, c'est parce que je les respecte qu'ils reviennent dans mon hôtel.

— Il est arrivé seul ?

— Oui.

— Et il n'y a personne d'autre ici que la victime et vous ? Pas d'autres clients ou de membres du personnel ?

— Il y a eu un couple, mais ils sont partis avant-hier.

— Comment ? Les routes étaient déjà bloquées.

— En motoneige, la même que celle avec laquelle ils étaient venus.

— D'accord, et depuis, plus personne ?

— Non. Ça fait deux jours que je suis seule avec cet homme.

— C'est donc vous qui lui prépariez ses repas ?

— Oui.

— Et pourquoi vous êtes-vous décidée à entrer dans sa chambre ?

— Parce qu'il devait partir. C'était son dernier jour. Comme je n'avais vu personne à 10 h 30, je suis montée. J'ai appelé plusieurs fois mais personne ne répondait, alors je suis entrée.

La gérante donna un coup de menton et pinça ses lèvres. Elle avait visiblement été choquée par ce qu'elle avait vu, même si elle n'en disait rien.

— Il était là, assis par terre, le dos contre le pied du lit. J'ai d'abord cru qu'il dormait et, en m'approchant, je l'ai vu. Il avait les yeux grands ouverts… et des traces autour du cou.

La gérante avait abaissé sa lampe comme pour reprendre son souffle. Les deux femmes venaient d'arriver à un palier et longeaient à présent un nouveau couloir encadré d'une haie d'armures de chevalerie. À intervalles réguliers, des portes à moulures numérotées ponctuaient le corridor. Sous les pas des deux femmes, le parquet grinçait comme s'il souffrait d'être foulé.

— Il est dans la chambre 203. La voici.

La gérante fouilla dans l'une de ses poches et en sortit un trousseau de clés. Elle en introduisit une dans la serrure puis s'effaça. Bizarrement, Mina constata que l'anxiété qui s'était emparée d'elle à son arrivée avait presque disparu. Comme si l'excitation provoquée par l'action l'avait dissipée.

Elle enfila ses gants en latex puis entra en brandissant sa lanterne devant elle. Du peu qu'elle voyait, la pièce était cossue, habillée de velours et de bois nobles. À sa droite se trouvait un tabouret sur lequel reposait une valise ouverte. Il y avait probablement d'autres affaires de la victime dans la chambre, mais Mina inspecterait les lieux plus tard. Pour le moment, toute son attention était attirée par le cadavre de l'homme assis en robe de chambre, les yeux ouverts, la tête versée sur le côté, la bouche béante. Sous la peau blafarde, les cernes creusés et la crispation des traits, elle évalua qu'il devait avoir une quarantaine d'années. Et son visage lui rappelait quelqu'un, comme l'avait déclaré la gérante au commissaire. Mais qui ?

S'assurant de ne rien piétiner, elle s'accroupit près de la victime. Elle déposa la lanterne par terre et alluma sa lampe de poche. Elle en fit glisser le pinceau sur le corps et repéra les marques violettes autour du cou, qui ressemblaient à des traces de strangulation. En revanche, la gérante de l'hôtel n'avait pas parlé de la souillure qui avait coulé sous le menton et le haut de la poitrine. Comme si la victime avait recraché quelque chose. Mina éclaira l'intérieur de sa bouche et vit tout de suite une tache violette sur la langue. Avait-il avalé quelque chose de toxique ? Mais alors pourquoi l'étranglement ?

Elle recula de quelques pas et prit le temps de mieux observer la victime. C'est là qu'elle eut un flash. Elle l'avait identifié. Mark Killianson était certainement un nom d'emprunt car cet homme, sans aucun doute, était Hans Karloff. Le patron allemand de la plus grande société informatique d'Europe. Un homme charismatique et souvent consulté par les médias pour livrer son opinion sur divers sujets d'actualité, raison pour laquelle son visage ne lui était pas inconnu. Qu'est-ce qu'un homme aussi occupé et sollicité était-il venu faire ici tout seul pendant cinq jours ?

Mina poursuivit l'inspection du corps et s'arrêta net lorsqu'elle observa ses mains. La droite, posée par terre, était normale. En revanche, tous les doigts de la gauche, sauf le pouce, portaient une marque sur les premières phalanges. Mina approcha un peu plus le faisceau lumineux et constata qu'il s'agissait de tatouages. Quatre lettres inscrites avec une grande finesse sur les quatre doigts : H A U S. Ces caractères s'habillaient de motifs de lierre grimpant. Un détail intrigua Mina.

Tous ces tatouages présentaient un contour rougeâtre, preuve qu'ils étaient frais et qu'ils avaient sans doute été exécutés au moment de l'assassinat de la victime. Et donc très probablement par l'assassin lui-même. Mais dans quel but ? Et avec quelle signification ? *Haus* ne voulait rien dire en roumain. À moins qu'il ne faille le prendre dans son sens allemand ? Mais Mina n'était pas sûre de la traduction. Elle trouvait bien que *Haus* ressemblait à *house* en anglais et que cela voulait probablement dire « maison », sans toutefois pouvoir l'affirmer. Elle envisagea de vérifier cette information sur son téléphone, mais toujours pas de réseau.

Elle fouilla les poches de la robe de chambre… Vides. Elle dénoua la ceinture du peignoir. L'homme était nu. Elle chercha d'autres tatouages, sans rien repérer, ni sur le torse de la victime, ni sur son ventre ou ses jambes. Elle se releva et observa le tapis épais, mais ne détecta aucun indice visible à l'œil nu. Elle recula de quelques pas et illumina toute la chambre d'un faisceau large. Le grand lit était défait avec les oreillers calés contre la tête pour qu'on puisse s'y adosser. Sur la table de nuit, elle éclaira un stylo Bic et une tasse qui, à l'odeur, contenait du café. Par terre s'empilaient une quinzaine de livres dont les tranches indiquaient qu'il s'agissait d'essais historiques, de biographies, de rapports scientifiques et même d'ouvrages de philosophie.

Mina pivota et éclaira les rideaux en velours, fermés, une assiette avec des reliefs de repas traînant dans un coin et une paire de chaussures rangée près de la porte. Tout aurait pu paraître anodin si sa lampe n'avait pas révélé une ombre au fond de la chambre. Suspicieuse, Mina traversa la pièce et leva lentement le voile sur un objet qui détonnait dans la décoration de la chambre et qui, sans aucun doute, avait été apporté par l'occupant de la chambre : un coffre aux coins renforcés par du métal ouvragé et protégé par un épais cadenas.

7.

Mina toqua sur le couvercle et entendit un son plein, signe que le coffre était rempli. Elle se retint de tirer un coup de feu pour faire sauter le verrou.

La jeune femme recula et revint s'accroupir devant la victime. Pourquoi Hans Karloff avait-il été tué et par qui ? *Avec une personnalité publique, les réponses sont malheureusement multiples*, songea-t-elle. N'importe qui pouvait lui en vouloir. Un employé maltraité, un téléspectateur mécontent, un actionnaire lésé, un associé jaloux, un client insatisfait, sans compter les membres de sa famille qui pouvaient tout aussi bien être suspectés. Le champ des possibles était immense, et donc écrasant.

— Alors ? demanda la gérante. Vous trouvez quelque chose ?

— Vous n'avez pas reconnu la victime ?

— C'est ce que j'ai dit à votre supérieur, sa tête me dit vaguement quelque chose, mais c'est tout.

— C'est Hans Karloff, le patron d'une très grosse entreprise informatique.

— Ah c'est donc ça, j'ai dû l'apercevoir une fois. Vous me direz, je n'ai ni la télé ni la radio et je n'achète pas la presse, je ne bouge jamais d'ici. Et vous savez quoi ? Ça me convient très bien d'être en dehors du monde quand j'entrevois ce que vous, les jeunes, vous en faites !

— Vous avez peut-être raison, répliqua Mina, qui ne voulait pas entrer dans ce débat. Ce coffre-là, dit-elle désignant le fond de la chambre, il ne fait pas partie du mobilier de l'hôtel, n'est-ce pas ?

— Non, non, il appartient au client.

— Vous l'avez vu arriver avec ?

— Oui.

— Bien, conduisez-moi au téléphone que vous avez utilisé pour nous appeler.

— C'est à la réception, en bas.

Les deux femmes redescendirent l'escalier en tenant la rampe en pierre.

— Question technique, mais comment se fait-il que votre téléphone fonctionne encore si vous n'avez plus d'électricité ?

— On voit que vous êtes une petite jeune qui manque de culture, inspectrice. Les anciens téléphones analogiques produisent leur propre électricité avec une petite pile à l'intérieur. C'est mon père qui m'a appris tout ça quand il m'a transmis la gérance de l'hôtel. Au moins, à mon époque, on aidait les enfants à être responsables, aujourd'hui, on les protège tellement qu'ils ne savent plus rien faire.

— Vous m'apprenez quelque chose, répondit Mina en choisissant de ne pas se vexer de la façon dont la gérante se permettait de lui parler.

Elle n'avait aucune envie d'y perdre son énergie et, seule dans ce château, elle avait besoin d'elle.

— Comment m'avez-vous dit que vous vous appeliez ? demanda Anita Pretorian. Mina, c'est bien ça ?

— Oui.

— Donc comme Mina Harker, celle qui se fait mordre par le comte Dracula dans le roman ? Vous aviez un prénom prédestiné pour venir ici…

Mina s'était fait la réflexion, mais ne s'était pas arrêtée sur ce hasard.

— Ma mère était bibliothécaire et grande amatrice de littérature gothique du XIXe siècle, elle a choisi ce prénom parce qu'elle le trouvait à la fois romantique et romanesque. Mais nous savons toutes les deux que Bran n'est pas réellement le château de Vlad III, qui a inspiré le comte Dracula à Bram Stoker. Donc la coïncidence est surtout pour ceux qui veulent croire à la légende.

— L'arrogance cartésienne des citadins qui ne connaissent rien des campagnes…, répliqua la gérante en secouant sa nuque raide. Ma famille vit en Transylvanie depuis des siècles, mademoiselle, ce n'est pas pour rien que l'on situe toutes ces histoires étranges sur nos terres…

Mina ne releva pas, par crainte d'agacer un peu plus cette femme sèche et susceptible avec qui elle allait devoir cohabiter.

Arrivées en bas, elles rejoignirent une luxueuse salle décorée d'un lustre en cristal et d'un comptoir en ébène.

— Voilà le téléphone, dit Anita en tendant le combiné à Mina.

La jeune femme retira ses gants en latex qu'elle rangea dans sa poche. Puis elle composa le numéro de portable de son commissaire. Il décrocha après deux sonneries.

— Mina Dragan à l'appareil.

— Vous en avez mis du temps.

— La route pour arriver jusqu'au château n'est pas praticable en voiture, j'ai dû prendre un traîneau.

— Alors, qu'avez-vous appris ?

— La victime est Hans Karloff.

— Quoi ? Karloff ? Mais pourquoi la gérante nous a parlé d'un… Mark Killianson ?

— Il aura voulu rester anonyme.

— Mais la gérante ne l'a pas reconnu ?! Il est suffisamment médiatisé quand même ?

— Cette femme est un peu spéciale, j'ai le sentiment qu'elle a décidé de rester bloquée dans son château isolé de tout, à son époque, c'est-à-dire il y a une quarantaine d'années.

— Ok, je vois le tableau. En tout cas… ça change tout. Comment a-t-il été assassiné ?

— Empoisonnement ou strangulation.

— Mais qu'est-ce qu'il fichait là-bas, tout seul ?

— Je n'en sais trop rien pour le moment. Apparemment il lisait beaucoup, il y a au moins une quinzaine de livres au pied de sa table de chevet.

— Autre chose ?

— Il y a un coffre dans le fond de la chambre. C'est lui qui l'a apporté. Il est fermé par un cadenas, j'attends la scientifique avant de forcer la serrure.

— Vous faites bien.

— Autre chose, sa main gauche a été tatouée très récemment. Sans doute par l'assassin. On peut y lire le mot « HAUS ».

— Ça ne veut rien dire en roumain. C'est le nom de quelqu'un ? Une abréviation ?

— Peut-être, mais ça peut aussi être de l'allemand, vu que la victime est allemande.

Mina hésita à livrer l'hypothèse de sa traduction.

— Et alors ? la poussa le commissaire. Ça veut dire quoi ?

— Eh bien, peut-être que…

— On ne va nulle part avec des « peut-être ». Je cherche sur internet… Voilà, ça veut dire « maison » en allemand.

Mina s'en voulut de ne pas avoir été plus sûre d'elle. Il fallait absolument qu'elle se fasse confiance si elle ne voulait pas que le commissaire lui retire l'enquête.

— C'est ce que je m'étais dit, confessa-t-elle.

— La prochaine fois, dites-le. Et donc on en conclut quoi, de ce « HAUS » ?

Mina était pour le moment incapable de comprendre en quoi cette information pourrait l'aider à y voir plus clair dans cette affaire.

— Il me faut plus de temps pour vous donner une piste sérieuse, osa Mina plutôt que de soumettre une hypothèse qui ne tiendrait pas la route pour satisfaire l'impatience de son supérieur.

— Bon, écoutez, pour le moment, moi ce que je sais c'est que cette affaire devient prioritaire et urgente. Donc je vais vous envoyer la scientifique par hélico, comme ça on est sûrs qu'ils seront rapidement sur place. Attendez-vous à les voir débarquer au petit matin. Reposez-vous d'ici là, vous allez en avoir besoin.

— Bien.

— Mina ?

— Oui.

— Je vous conseille d'être à la hauteur. On va nous attendre au tournant.

— Je…

— Tenez-moi au courant dès que vous avez du nouveau, la coupa le commissaire. En attendant, je vais m'occuper d'appeler la famille de ce Karloff. À plus tard.

— À plus tard.

Mina raccrocha et se tourna vers Anita.

— Vous me confirmez qu'hier il était encore vivant ?

— En tout cas, il a répondu qu'on le laisse tranquille quand j'ai frappé à sa porte pour savoir s'il avait besoin de quelque chose.

— C'était à quelle heure ?

— 20 heures.

— Et après, plus de contact avec lui jusqu'à la découverte du corps ce matin à 10 h 30 ?

— C'est ça.

— Il n'a pas dîné ?

— Je lui ai déposé un plateau devant la porte de sa chambre, comme d'habitude. Et c'est parce qu'il était encore là, intact, ce matin, que je me suis posé des questions.

— Et vous n'avez rien vu ou entendu de bizarre ?

— Non, j'étais soit en train de préparer à manger, soit en train de lire.

— La porte d'entrée du château est-elle fermée à clé jour et nuit ?

— Évidemment ! Vous n'écoutez pas quand je vous dis que cette région est dangereuse ?

— Donc si personne n'a pu entrer, c'est que l'assassin était déjà là. Il est fort probable que c'est un autre client qui a fait mine de quitter le château mais qui s'est ensuite caché quelque part et a attendu le bon moment pour agir. Vous m'avez parlé tout à l'heure d'un couple qui est parti avant-hier ? Vous vous souvenez de leur nom ?

— Non. Je vois trop de noms pour m'en souvenir. Et depuis quelque temps je dois reconnaître que ma mémoire me joue des tours.

— Il n'y a aucun moyen d'obtenir leurs coordonnées ?

La gérante leva les yeux au ciel.

— Il faudrait regarder le registre informatisé, mais il n'y a pas de courant, comme vous avez pu le constater.

— Vous n'avez pas de registre papier, vous qui n'aimez pas la modernité ?

— Vous vous doutez bien que je serais restée au papier ! Mais le gouvernement nous a imposé l'informatique sous peine de nous retirer notre licence.

Mina ne se laissa pas déstabiliser :

— Ce ne doit pas être la première fois que vous êtes coupée du reste du monde par la neige, si vous dites habiter ici depuis toujours. Vous devez bien avoir prévu des solutions de secours comme un groupe électrogène, par exemple.

La gérante soupira bruyamment.

— J'aurais préféré garder mon essence pour autre chose.

Mina sourit.

— Je vous laisse aller démarrer le groupe de secours.

— Puisque vous insistez, mais je ne connecte que le fusible qui alimente la prise de l'ordinateur et le truc pour se connecter à votre fameux internet, rien d'autre. Je dois être prévoyante et garder des réserves.

Anita Pretorian vissa son regard courroucé dans celui de Mina puis s'éloigna d'un pas militaire. Moins d'une minute plus tard, l'ordinateur se mettait en route. La gérante revint et pianota sur quelques touches avant de reculer.

Sur l'écran apparut le nom de Mark Killianson, puis ceux de Mircea et Lavinia Pavel, habitant à Cluj-Napoca.

Mina composa aussitôt le numéro de l'agent de service de nuit de son commissariat. C'était Cioban, un collègue qui avait un petit faible pour elle. Elle lui demanda de trouver l'adresse précise de Mircea et Lavinia Pavel à Cluj-Napoca et d'envoyer aussitôt une patrouille pour les ramener au poste afin de les interroger dans le cadre d'une enquête pour homicide. Elle ajouta qu'il fallait qu'on la rappelle à ce numéro et non sur son portable, qui ne passait pas là où elle se trouvait.

— Voulez-vous un thé, un café ? proposa la gérante. Je ne voudrais pas être accusée d'avoir maltraité une représentante des forces de l'ordre.

— Un café, volontiers, répondit Mina.

Elle se retrouva seule dans ce salon d'accueil, guettant le téléphone d'un œil impatient. Anita Pretorian revint avec le café que Mina sirota à petites gorgées. Elle espérait que le breuvage l'aiderait à rester éveillée alors qu'elle ressentait la fatigue de cette longue journée.

Finalement, le téléphone sonna plus tôt qu'elle ne l'aurait imaginé.

— Agent Cioban. Mina ?

— Oui, c'est moi. Alors ?

— Il n'existe aucun Mircea ou Lavinia Pavel à Cluj-Napoca. J'ai élargi la recherche, ces personnes ne sont dans aucun registre d'état civil.

— Cela aurait été trop facile, marmonna Mina. Merci, Vasile.

— Alors comme ça tu as été promue inspectrice ?

— Disons que c'est un essai.

— Content pour toi en tout cas. Qui est la victime ?

— Je préfère que tu demandes au patron, je ne sais pas s'il veut que ça se sache tout de suite.

— Je croyais qu'on était copains. Mais t'as vite pris la grosse tête.

— Pas du tout… c'est juste que…

— Te fatigue pas, j'ai compris. Je te laisse, j'ai du boulot.

Et le policier raccrocha.

Mina n'avait pas anticipé ce genre de réaction, surtout de la part de Cioban. Elle en fut troublée plus que de raison. Mais elle n'eut pas le temps de s'attarder sur son malaise. Le fait que les deux principaux suspects se soient enregistrés à l'hôtel sous un faux nom n'était finalement pas une si mauvaise nouvelle. Elle vérifia le numéro de la chambre que Mircea et Lavinia Pavel avaient occupée.

— Conduisez-moi à la chambre 158, s'il vous plaît, madame Pretorian.

La gérante reposa sa tasse de café et se leva. Elles grimpèrent de nouveau à l'étage et s'arrêtèrent devant la chambre 158.

— J'imagine que le ménage a été fait, depuis le départ du couple ? demanda Mina.

— Évidemment ! On est dans un hôtel de standing ici !

— Oui, oui, j'ai bien compris.

La jeune inspectrice enfila une nouvelle paire de gants d'examen et ouvrit la porte.

La chambre, sensiblement pareille à celle de la victime, proposait une légère variation dans la décoration. Elle promena son regard sur le mobilier. Rien d'évident. Elle résolut de ne rien toucher en attendant la scientifique, qui examinerait la pièce à la loupe.

Elle allait ressortir quand il lui sembla entendre une sonnerie au loin.

— Ce n'est pas le téléphone de la réception ?

— Si ! répondit Anita Pretorian.

Les deux femmes dévalèrent l'escalier. Anita trottinait, tandis que Mina sautait les marches deux par deux en avalant même d'un coup les trois dernières avant de foncer vers le téléphone. Elle décrocha.

— Allô ! souffla-t-elle.

— Mina ?

Elle avait reconnu la voix du commissaire. Et il n'avait pas l'air content.

— Oui.

— Comment un truc pareil peut être possible ?!

— De quoi parlez-vous ?

— Regardez la page d'accueil du site d'*Adevărul* !

8.

Mina posa le combiné et pianota sur le clavier de l'ordinateur. Quand la page du quotidien roumain fut chargée, elle n'en crut pas ses yeux. Un grand article annonçait l'assassinat du célèbre Hans Karloff, donnant des détails sur le lieu du crime et les traces de strangulation. Mais Mina était particulièrement sidérée par les photos qui illustraient l'article. L'une montrait le défunt dans la chambre d'hôtel. Se trouvait un gros plan sur le tatouage « HAUS » accompagné d'une légende : « L'étrange code laissé par l'assassin ». Un troisième cliché qui avait saisi une silhouette seule sur un quai de gare était également commenté : « L'inspectrice arrive sur les lieux d'une mystérieuse affaire. »

— Mina ? Vous avez lu l'article ? la relança le commissaire. Comment est-ce possible ? Vous avez parlé à la presse et, en plus, vous vous êtes laissé prendre en photo !

— Un instant, commissaire.

Mina se tourna vers la gérante.

— Excusez-moi, pourriez-vous me laisser seule un moment, s'il vous plaît ?

Anita Pretorian leva les yeux au ciel et se retira en haussant les épaules.

— Je demandais à la gérante de ne pas rester près de moi pendant que je vous parlais.

— Alors, c'est quoi ces photos et ces infos dans la presse ? Vous avez parlé à qui ?

— Personne ! Un individu m'attendait sur le quai de la gare de Bran, je l'ai poursuivi mais il a pris la fuite. Maintenant, je comprends ce qu'il était venu faire.

— Quelqu'un vous a devancée… et a même eu accès à la scène de crime avant vous. Vous n'avez aucune idée de qui a pu faire ça ?

Mina avait évidemment en tête la gérante tout en haut de la liste des suspects, mais pour le moment, force lui était de reconnaître qu'Anita Pretorian n'avait pas la silhouette de celui ou celle qu'elle avait poursuivi dans la nuit. Ce qui ne l'empêchait pas d'être malgré tout la possible meurtrière de Karloff. Mais pour en savoir plus, il allait falloir attendre les relevés de la police scientifique.

— La gérante est potentiellement coupable, mais je ne peux pas le prouver sans la scientifique. En attendant, il faut envoyer une équipe de police appréhender le journaliste.

— Je m'en occupe, répondit le commissaire. Mina, pour le moment, soyez plus méfiante et ne faites pas confiance à la gérante. C'est peut-être elle qui a vendu les photos avant votre arrivée.

— Oui, j'y ai pensé, et soyez rassuré, je suis très vigilante.

— Bon, inutile de vous dire que la pression est désormais à son maximum, précisa le commissaire. Karloff est quand même le type qui conseille tous les hommes d'État occidentaux en matière de politique numérique. D'ici demain, la presse internationale aura repris l'affaire. Vous allez tenir nerveusement ?

— Oui, répondit Mina sans se laisser le temps de réfléchir.

— Je compte sur vous.

— Je vous tiens au courant.

Le commissaire raccrocha. Au même moment, Anita Pretorian passa la tête dans l'embrasure de la porte qui donnait sur le couloir principal.

— Je peux revenir ? Ou je ne suis plus chez moi ?

— Je vous en prie, j'ai terminé ma conversation téléphonique.

— Je n'en reviens pas, confessa Anita Pretorian. Comment la presse a-t-elle su ?

— Peut-être parce que vous les avez appelés et leur avez vendu les photos ? tenta Mina en fixant son interlocutrice, à la recherche du moindre signe d'aveu.

Anita Pretorian se redressa comme un paon gonflé par la fierté, la rage de la lionne dans le regard.

— Comment osez-vous, petite merd... jeune femme irrespectueuse ?

— Je fais mon travail, rien de plus. Pourquoi devrais-je vous innocenter ?

— Vous masquez votre incompétence par de l'arrogance, mademoiselle, mais si vous me connaissiez, vous sauriez que je ne ferais jamais une chose pareille, ne serait-ce qu'en mémoire de mes ancêtres dont je ne voudrais, pour rien au monde, salir le nom !

— Certes... mais qu'avez-vous fait hier soir après avoir apporté son dîner à Hans Karloff ?

— Je suis rentrée dans ma chambre et j'ai fait du crochet.

— D'accord. Merci.

La gérante soupira profondément.

— C'est tout ?

— Pour le moment, oui.

— Comme vous tenez à bien faire votre travail, je vais également faire le mien, je vais aller nous préparer quelque chose à manger.

— Je vous remercie.

Une fois seule, Mina revint sur l'article de l'*Adevărul* et fut surprise par les 362 commentaires dont il faisait l'objet, alors que l'information avait été mise en ligne à peine une heure plus tôt. La plupart montraient un enthousiasme étonnant pour l'affaire, relevant de la dimension mystérieuse du crime dans ce lieu éloigné de tout, semblable à un sacrifice lors d'une cérémonie sataniste. Certains internautes prétendaient d'ailleurs qu'en zoomant dans l'image on voyait clairement que le cadavre avait été vidé de son sang, comme par hasard dans le château du comte Dracula. D'autres, plus pragmatiques, se concentraient sur le mobile et expliquaient que Hans Karloff avait ruiné beaucoup de gens en rachetant des entreprises high-tech et qu'il avait certainement été assassiné par un employé lésé. Une autre hypothèse évoquait la possibilité selon laquelle quelqu'un aurait voulu le punir pour toutes les vies d'adolescents qu'il avait abîmées ou même détruites avec ses réseaux sociaux aux recettes addictives.

Le sujet qui générait le plus de commentaires était sans aucun doute le mot « HAUS » tatoué sur les doigts de la victime, sur lequel spéculaient les lecteurs du quotidien. Cela signifiait-il que l'assassin aurait voulu que Karloff ne soit jamais venu dans son pays et que son cadavre retourne dans sa maison ? Devait-on supposer qu'un autre indice se trouvait dans la *maison* de Karloff ? Mina passa rapidement en revue les réflexions et s'arrêta sur un autre sujet. Beaucoup discutaient de la photo qui avait été prise d'elle à son insu. On ne voyait heureusement pas son visage, mais les lecteurs du journal utilisaient le moindre élément pour tirer des conclusions hâtives. Certains écrivaient qu'elle avait l'air petite et perdue sur ce quai de gare et qu'elle n'avait donc aucune chance de résoudre l'enquête. Ce à quoi d'aucuns répondaient que sa façon de se tenir droite montrait, au contraire, sa détermination. Il y avait même des internautes qui partageaient leurs fantasmes à l'égard de cette inspectrice. Projection qui mit Mina mal à l'aise, comme si soudain son corps et même son être entier ne lui appartenaient plus, pour devenir des objets dont les gens se servaient à leur guise pour assouvir leurs propres besoins.

Elle s'efforça de se rappeler que tout cela n'était que du bruit et refusa d'accorder à ces propos une quelconque influence sur son existence. Elle referma la fenêtre du journal en se disant qu'elle devait absolument en apprendre plus sur la vie de Karloff si elle voulait envisager toutes les pistes possibles en évitant les suppositions fantaisistes. Même si le commissaire allait interroger les membres de sa famille lorsqu'il les aurait prévenus du drame, elle devrait rencontrer tous les collaborateurs de Karloff, ce qui prendrait trop de temps et représentait une tâche quasiment impossible. Il lui fallait un raccourci. Elle se connecta à un site de librairie en ligne et y identifia rapidement une biographie de Hans Karloff écrite par un journaliste allemand. Elle trouva son e-mail et lui écrivit un message rapide pour lui demander de bien vouloir la rappeler au numéro du château. Par acquit de conscience, elle effectua une recherche sur internet en croisant « HAUS » avec « Hans Karloff ». Elle n'obtint aucun résultat pertinent.

Les yeux piquants de fatigue et le corps crispé par l'urgence de sa mission, Mina entreprit d'inspecter la messagerie de l'ordinateur. Elle y découvrirait peut-être quelque chose qui confondrait la gérante. Elle ouvrit l'onglet des mails envoyés et y lut tous les récents messages expédiés depuis l'ordinateur ces sept derniers jours. Mais aucun n'était adressé au journaliste de l'*Adevărul* et aucun ne contenait de photos. Mina explora aussi la corbeille à messages sans rien y trouver non plus. Elle garda dans un coin de sa tête de demander à l'équipe informatique de fouiller dans la machine à la recherche de messages effacés.

Fourbue, elle éteignit l'ordinateur et se frotta les yeux.

— Une inspectrice déjà fatiguée, les jeunes ne tiennent définitivement plus la route ! lança Anita Pretorian, revenue avec un plateau chargé de deux sandwichs et deux bouteilles d'eau.

Soutenu par l'adrénaline, le cerveau de Mina n'était pas fatigué, mais son corps lui réclamait une pause. Et il était primordial qu'elle soit opérationnelle pour l'arrivée de l'équipe du légiste le lendemain matin.

— Vous avez raison, madame Pretorian, j'ai eu une grosse journée, j'ai besoin d'un peu de repos.

— Je peux vous installer dans une chambre, si vous le souhaitez.

Mina considéra la gérante avec attention. Comment lui faire confiance alors qu'elle était peut-être liée à la fuite dans la presse ? Pire encore, était-elle l'autrice du crime lui-même ? Et, dans ce cas-là, pouvait-elle être dangereuse pour elle cette nuit ?

— Madame Pretorian, ne le prenez pas mal, mais j'aimerais voir votre téléphone portable, s'il vous…

— Je n'en ai pas ! Je déteste cette invention, ça rend les gens idiots et je n'ai pas l'intention de faire partie de cette catégorie.

— Ok, alors j'ai besoin d'être seule un moment pour passer un appel.

— Je serai dans ma chambre, si *Madame* a besoin.

Anita Pretorian s'éloigna et poussa une porte qui donnait directement sur la réception.

Mina décrocha le téléphone et rappela l'agent Cioban.

— Vasile, c'est moi, j'imagine que tu as vu l'article en ligne…

— Évidemment. Excuse-moi pour tout à l'heure, j'imaginais pas que c'était un gros poisson comme ça. Je comprends que tu n'aies pas pu m'en parler.

— Contente de te l'entendre dire. Est-ce que tu m'aiderais sur une autre recherche ?

— Vas-y.

— Peux-tu vérifier s'il existe une personne du nom de Haus dans l'entourage de Karloff ? Que ce soit familial ou professionnel ?

— Tu penses que le tatouage désigne quelqu'un ?

— Peut-être.

— Ok, mais ça va être long.

— Oui, je sais, c'est pour cela que je te laisse jusqu'à demain soir 18 heures.

— Je termine mon service de nuit dans dix minutes. Après, c'est Zoltan qui me remplace.

— Il refusera de m'aider. S'il te plaît, t'es le meilleur pour enquêter. Et c'est pas tous les jours qu'on se retrouve avec une affaire comme celle-là. Pour moi comme pour toi.

— Tu me citeras dans ton rapport ?

— Plutôt deux fois qu'une.

— Je te rappelle dès que j'ai quelque chose.

— Merci, Vasile.

— Tu en profites parce que tu sais que je suis amoureux de toi depuis que tu as mis les pieds dans le commissariat.

Mina hésita. Son collègue ne plaisantait qu'à moitié.

— Je ne mérite pas cet honneur, répondit-elle en espérant détourner la conversation sans le froisser.

— Mouais. Allez, à tout à l'heure.

Mina raccrocha et retourna voir Anita Pretorian. Les deux femmes remontèrent dans les étages. Après avoir emprunté le même couloir bordé d'armures, la gérante s'arrêta devant la porte de la chambre jouxtant celle où gisait encore la victime. Le battant était capitonné d'un élégant cuir grenat et, au centre, se trouvait un cercueil métallique en relief.

— Je suis désolée, mais les autres chambres ne sont pas faites, s'excusa la gérante.

— Vous faites croire aux touristes que c'est la chambre du comte ?

— Oui. Les gens paient très cher pour y passer la nuit.

Anita Pretorian entra en levant sa lanterne. Mina lui emboîta le pas et la lueur révéla la présence d'un lit à baldaquin aux colonnes d'acajou torsadées. Deux grands tableaux de deux jeunes femmes en robe blanche faisaient face à un portrait idéalisé de Dracula, dévoilant discrètement ses deux canines pointues dans une posture vaniteuse. Les fenêtres donnaient sur les landes et les forêts enneigées. Et une curieuse odeur flottait dans l'air.

— D'où viennent ces effluves de terre ? demanda Mina.

Anita Pretorian traversa la pièce et éclaira le fond de la chambre. Un cercueil en métal ouvragé reposait sur un amas de terre.

— Vous ne vous en souvenez peut-être plus, expliqua la gérante, mais Dracula ne peut pas survivre sans la terre de sa naissance. Quand il part pour Londres, il la transporte avec lui dans des caisses chargées sur le *Demeter*… J'ai voulu rappeler cette particularité.

— C'est très… immersif et fidèle, les fans doivent apprécier.

— Les gens aiment que l'imaginaire enchante leur vie.

— C'est juste. Merci pour ces précisions. Si vous le souhaitez, vous pouvez, vous aussi, aller vous reposer, madame Pretorian.

— Ça ira ?

— J'ai déjà dormi dans des endroits bien plus inconfortables.

En réalité, Mina ne goûtait guère l'idée d'être seule à l'étage dans cette chambre funèbre avec un cadavre dans la pièce d'à côté. Mais au moins, si quelqu'un essayait de pénétrer sur la scène de crime, elle devrait l'entendre.

— Bonne nuit, madame Pretorian.

— Bonne nuit, inspectrice.

— À demain.

La jeune inspectrice referma la porte derrière elle, tourna la clé dans la serrure et tira une chaise pour la bloquer sous la poignée. Elle passa par la salle de bains pour se rafraîchir et retira ses chaussures et sa parka avant de s'allonger sur le lit.

Elle regarda l'heure. Il était presque 2 h 30. Si elle s'endormait vite, elle aurait quelques heures de sommeil avant l'arrivée du légiste. Elle régla le réveil de son téléphone, posa son arme sur la table de chevet et, assise sur le lit, contempla longuement les portraits en laissant son imagination dessiner les contours de la vie de ces deux femmes et de cet homme maudit. Qui était Dracula avant d'être Dracula, était-il déjà cruel et sanguinaire, ou était-il un homme bon dont le destin avait bouleversé l'existence ? Elle n'avait pas le souvenir que Bram Stoker eût raconté l'origine du comte dans son livre, il s'agissait d'un roman essentiellement épistolaire qui faisait la part belle aux très touchants états d'âme de Mina et de son amoureux Jonathan.

Replongée dans le récit, Mina se demandait si l'assassin avait choisi de tuer sa victime au château de Bran parce que Karloff était moins protégé que chez lui ou parce qu'il y avait quelque chose de symbolique à prendre la vie de cet homme dans ce lieu imprégné du mythe gothique. Elle garda la question dans un coin de sa tête. Davantage pour satisfaire son intellect que pour l'aider à résoudre son enquête.

Fatiguée, elle finit par s'allonger sur le dos.

Les yeux suivant les dessins bibliques du dais qui surplombait le lit, elle écoutait le silence de la nuit. Un silence dans lequel il lui semblait discerner un souffle par intermittence. Probablement le vent, se dit-elle. Elle se tourna sur le côté et ferma les yeux avant de les rouvrir deux minutes plus tard. Dans le couloir, le parquet craquait comme si un poids pesait sur les lattes. Y avait-il vraiment quelqu'un ou était-ce le bois qui travaillait ? Mina se leva, son arme à la main, et ouvrit la porte de la chambre. Personne. Seules les armures métalliques veillaient depuis les interstices de leurs casques. Elle referma la porte, cala à nouveau la chaise et attendit. Plus aucun bruit. Elle se recoucha et se retourna plusieurs fois en se demandant si elle avait fait le nécessaire en attendant la police scientifique. Après s'être repassé plusieurs fois le film des événements, elle finit par trouver le sommeil.

Elle est dans la rue avec un homme jeune qui la tient par l'épaule. Elle est heureuse, ils s'amusent, rient, et elle lui mordille la main pour rigoler.

— À partir d'aujourd'hui, je te surnomme *grignote* ! lance l'inconnu dont elle ne voit pas le visage.

Elle lui mordille la main de plus belle et ils s'embrassent. Jusqu'à ce que Mina ressente une douleur au ventre. Elle y porte sa main, qu'elle découvre poisseuse de sang. Le jeune homme s'éloigne en pleurant. Soudain, Mina se retrouve seule dans son salon. Il lui semble qu'elle est plus âgée. Elle regarde autour d'elle. Sur un meuble, un élégant reposoir met en valeur une énorme clé à molette, faisant de l'outil une œuvre d'art. Accrochée au mur, une peinture marine vaporeuse de William Turner apporte de la chaleur à la pièce grâce à ses teintes dorées. Sur des étagères s'alignent des dizaines d'ouvrages. Mina s'en approche et prend cinq livres qu'elle pose par terre. Dans l'espace laissé vacant se dévoile une petite poignée incrustée dans le mur. Elle tire dessus, révélant un clavier numérique de coffre-fort. Elle tape le code 2411 et ouvre la porte. Elle récupère une pochette cartonnée. Dessus, au feutre, est écrit « 2023-2025 ». Elle s'agenouille et met le dossier par terre avant de l'ouvrir. Elle lit la première feuille, ne comprend rien à ce qui est écrit, comme si elle lisait une langue étrangère. Elle en choisit un autre, qu'elle n'est pas capable de déchiffrer non plus. Paniquée, elle tourne toutes les pages frénétiquement en se sentant minable de ne pas être en mesure de les lire.

— J'aurais dû m'en douter, lança une voix dans son dos.

Mina sursaute. Le commissaire est assis dans son canapé. Elle remarque aussitôt qu'il a le tatouage « HAUS » sur la main.

— Si vous avez dû mentir sur l'obtention de votre baccalauréat, c'est que vous n'aviez pas les compétences intellectuelles pour faire des études… Vous n'avez pas le niveau, je n'aurais pas dû vous faire confiance.

Le commissaire s'empare de son arme et tire sur Mina.

Aussitôt, la jeune femme se réveilla en sueur, soumise à une crise de tachycardie. Il était 5 h 46. Elle alla se passer de l'eau sur le visage et se laissa cinq minutes pour reprendre son calme. Puis se rallongea.

Alors qu'elle tentait de chasser le mal-être que lui avait laissé ce cauchemar, un grondement se fit entendre au loin. Le vrombissement ne cessait d'enfler. Et bientôt, elle n'eut plus aucun doute. Un hélicoptère approchait.

9.

Mina descendit à toute vitesse les marches du grand escalier et alla frapper à la porte de la chambre d'Anita Pretorian. La gérante lui ouvrit, les yeux rougis. Par les larmes ou la fatigue, Mina n'avait pas le temps de chercher la réponse.

— Les clés du château !… Mes collègues vont atterrir d'une seconde à l'autre…

— Les voilà, lui dit-elle en lui tendant un trousseau qu'elle avait pris sur sa table de nuit.

— Merci !

Mina fonça vers la porte d'entrée et la déverrouilla. Elle se protégea aussitôt le visage avec son bras alors que des bourrasques de neige faisaient voler ses cheveux et claquer le tissu de sa parka. Dans la nuit, l'hélicoptère manœuvrait pour se poser. La cour intérieure du château étant trop étroite et la bâtisse se situant sur un éperon rocheux, il ne pouvait atterrir qu'en bas de la colline. Mina plissa les yeux et ajusta ses mains en visière, aveuglée par le tourbillon de flocons qui parvenait jusqu'à elle malgré la distance de l'appareil. L'hélicoptère semblait avoir trouvé un terrain propice et on entendit ses pales décélérer. Quelques minutes plus tard, trois silhouettes équipées de mallettes franchissaient le portail du château en ajustant précautionneusement leurs pas dans la neige, avant de traverser la cour pour rejoindre l'escalier menant à l'entrée.

Mina tendit la main à l'homme marchant en tête et parvenant à sa hauteur. Celui-ci l'ignora et franchit le seuil du château. Elle regarda passer les deux autres membres de la police scientifique, qui ne lui accordèrent pas plus d'intérêt. Mina referma la porte d'entrée dans un claquement sonore.

L'individu qui devait être le médecin légiste observait autour de lui. Il était grand, avec des cheveux ébouriffés lui donnant une allure désordonnée. Quand il se retourna vers la jeune inspectrice, elle nota qu'il avait sur le visage un air un peu méprisant et ne daignait la regarder que par intermittence.

— Où est le corps ? demanda-t-il sans préambule.

— Je vais vous y conduire. Je suis l'inspectrice Dragan, ajouta Mina.

— Inspectrice..., marmonna le légiste d'un air ironique. Où est le corps ?

— Suivez-moi, répondit-elle sans flancher malgré l'arrogance de cet homme.

Avant de se retourner, elle jeta un œil aux deux policiers de la scientifique. Un homme blond à l'apparence toute militaire et une jeune femme aux cheveux teints en rouge dont les lèvres étaient maquillées en noir. L'un et l'autre s'arrangeaient pour ne pas croiser son regard.

— Vous avez touché à quelque chose ? demanda le légiste comme s'il s'adressait à une élève fautive.

— Non, répondit aussitôt Mina, qui sentait que cet homme serait capable de remballer toutes ses affaires s'il jugeait qu'elle avait d'une manière ou d'une autre pollué la scène de crime.

— Et donc on envoie une agente pour s'occuper d'un type de la trempe de Karloff. Incompréhensible.

Mina accusa le coup, s'efforçant de ne pas prendre la remarque personnellement. S'il lui parlait si mal, c'était lui qui avait un problème, et pas elle.

— Je ne suis plus agente, précisa-t-elle néanmoins. Quant au fait que l'on m'ait confié l'affaire, le commissaire ne connaissait pas l'identité exacte de la victime avant de m'envoyer sur place.

— On va rester encore là longtemps ? répliqua sèchement le médecin.

La jeune inspectrice laissa couler l'humeur pour ne garder que l'information. Elle emprunta donc les escaliers. Derrière elle, le pesant silence du légiste semblait la tirer en arrière.

— En plus de la scène de crime, commença-t-elle pour briser cet inconfort, il faudra faire des relevés dans la chambre 158, celle des deux principaux suspects.

Pas de réponse.

Une fois sur le palier, Mina les emmena jusqu'à la chambre 203. Les policiers et le légiste posèrent leurs mallettes par terre, en retirèrent des combinaisons blanches à capuche qu'ils enfilèrent. Puis ils disposèrent trois lampes à UV dans la chambre et entamèrent leur minutieuse inspection. Le légiste s'intéressa au corps tandis que les deux autres inspectaient les alentours.

Mina brûlait d'envie de les interroger sur ce qu'ils faisaient et ce qu'ils trouvaient, mais elle demeura silencieuse, scrutant chacun de leurs gestes.

Au bout d'une heure, le légiste ressortit de la chambre. Il retira ses gants qu'il jeta dans un sac et ôta la cagoule blanche qui lui couvrait la tête.

— Alors ? lui demanda Mina.

— J'enverrai mon rapport au commissaire.

— C'est moi qui suis chargée de l'enquête. C'est à moi que vous devez vous adresser.

— Depuis quand une simple agente de police joue à l'inspectrice du jour au lendemain ?

— C'est un empoisonnement, c'est ça ? répliqua Mina en s'efforçant de garder son calme.

Le légiste sembla surpris.

— C'est fort probable, admit-il.

— À quelle substance ?

— Je ne sais pas encore, j'ai fait des prélèvements. Il faut qu'on les analyse en laboratoire.

— Quand aurez-vous les résultats ?

— Ce soir, je pense.

— Vous me les enverrez sur mon e-mail, le téléphone ne passe pas ici.

— Le commissaire vous les transférera s'il le juge utile.

Spontanément, Mina eut envie d'écraser son poing sur les lunettes de son confrère. Elle se contenta de serrer les phalanges et de se placer bien en face de son interlocuteur.

— Réfléchissez deux secondes, docteur. Le commissaire a le pouvoir de vous écarter des enquêtes les plus intéressantes, de faire de votre vie professionnelle un placard. Or, c'est lui qui m'a nommée à ce poste d'inspectrice. Si vous lui envoyez les résultats avant moi, vous désavouez son choix de m'avoir fait confiance. En quelque sorte, vous l'humiliez. Vous imaginez ce qu'il se passera ensuite pour votre carrière ?

Le légiste fit une moue encore plus dégoûtée.

— C'est quoi votre adresse mail ? marmonna-t-il.

Mina la lui donna.

— Les traces de strangulation sur le cou ? ajouta-t-elle. Que pouvez-vous me dire là-dessus ? Elles n'ont donc pas causé la mort ?

— Non, les empreintes sur le cou sont celles de la victime. Il s'est fait ces marques lui-même lorsqu'il a ressenti les douleurs de l'empoisonnement.

Mina nota cette nouvelle information.

— Que pouvez-vous me dire d'autre sur la victime ? L'heure de décès par exemple, ou les tatouages sur la main ?

— Il est mort il y a environ vingt-quatre heures. Le tatouage sur la main est récent. Il a été réalisé après la mort, sinon il y aurait eu des gouttes de sang à la surface de la peau.

— Des empreintes autres que celles de Karloff ?

— Oui, mais on est dans un hôtel, donc…

— Et le coffre du fond de la pièce ?

— Elena et Dorin ont dû faire des relevés.

L'un des deux policiers scientifiques, qui quittaient la chambre à ce moment, s'adressa au légiste, sans prêter attention à Mina :

— Dans quelle autre chambre faut-il aller ?

— Suivez-moi, dit Mina.

Après avoir demandé son accord au médecin légiste, ils emboîtèrent le pas à l'inspectrice et déployèrent leur équipement dans la chambre 158.

— Karloff était pour moi une star dont j'avais même des posters quand j'étais plus jeune, dit le policier alors qu'il procédait à ses relevés. J'espère que vous allez rapidement trouver qui a fait ça, parce que le monde perd un guide.

Mina ne partageait pas vraiment le point de vue de ce jeune homme, notamment parce qu'elle se méfiait toujours de ce besoin d'admirer des gens et d'en faire des idoles. On avait tendance à leur pardonner leurs pires penchants par peur de ne plus pouvoir croire en eux.

— Je fais de mon mieux, Dorin, et plus vos relevés seront bons, plus on aura de chances de coincer le meurtrier.

Ils restèrent une heure dans la chambre 158 et en ressortirent vers 8 heures du matin.

— J'aimerais que quelqu'un vienne ouvrir proprement la malle qui se trouve dans la chambre de la victime.

Les deux jeunes policiers entrèrent à nouveau à la suite de Mina dans la chambre 203. Le légiste était en train de reboucher une éprouvette. Il leva les yeux vers Mina, l'air de lui demander ce qu'elle venait faire là.

— J'ai besoin qu'on m'ouvre la malle de la victime, dit la jeune inspectrice.

— Vous avez bien fait des relevés sur le cadenas et le reste du coffre ? demanda le légiste à ses équipiers.

— Oui, monsieur.

— Dans ce cas, on en a terminé ici. On doit rentrer pour faire les analyses au plus vite. C'est votre boulot de l'ouvrir.

Puis le légiste referma sa sacoche dans un glissement de fermeture éclair et, sans même regarder les deux policiers scientifiques, il sortit de la pièce en leur parlant :

— Emmenez le corps à l'hélicoptère. On fera l'autopsie à l'hôpital.

Les deux membres de la scientifique s'éloignèrent dans le couloir. Le légiste prit une tablette numérique et sembla taper tout un tas d'informations dessus. Mina devina qu'il entrait son rapport. Elle n'osa pas le déranger et ce dernier ne l'y encouragea pas. Une quinzaine de minutes plus tard, les deux équipiers revinrent avec un brancard sur lequel ils installèrent le corps avec précaution avant de repartir. Mina et le légiste suivaient derrière. Une fois au rez-de-chaussée, la jeune inspectrice alla chercher la gérante et demanda qu'on relève ses empreintes pour les comparer à celles qu'ils avaient trouvées sur la scène de crime. Puis le groupe s'avança vers la porte d'entrée. Le légiste ordonna à ses deux coéquipiers d'emmener le corps à bord de l'appareil et se tourna vers Mina en la toisant.

— Le commissaire vous a peut-être choisie. Mais je peux vous dire qu'il est à cran sur cette affaire. Il est encore temps de reconnaître que vous n'avez pas le niveau plutôt que de tout faire foirer et de vous griller à vie. Inspectrice, ça ne s'improvise pas… ça s'apprend.

Cette fois, Mina sentit un nœud de douleur lui tordre le ventre. Le légiste avait définitivement mis le doigt dans la plaie de ses doutes. Immobile, il semblait l'autopsier de son regard. Il avait l'air si content de lui qu'il en avait perdu son air de dégoût pour arborer un rictus satisfait. Fatiguée, anxieuse, Mina paniqua à l'idée que ses yeux se voilent de larmes. Elle se revit sur le pont du bateau de pêche trempée par les vagues à hisser de toutes ses forces un filet gorgé de poissons, elle se souvint des heures de démontage à chercher la cause d'une panne dans un moteur graisseux, elle éprouva la violence des coups de poing dans la figure lorsque des discussions arrosées avaient mal tourné et cette souffrance de l'enfant perdu qui lui avait fait mettre genoux à terre. Face à toutes ces épreuves, elle avait tenu bon. Elle n'allait pas laisser ce légiste l'écraser et lui voler son rêve.

Elle lui tendit la main pour la serrer. Au visage crispé du médecin, il ne s'attendait pas à une poigne si ferme. Et encore moins à devoir se courber sous la pression qu'elle exerçait sur son bras. La tête du légiste à présent à la hauteur de Mina, elle le regarda droit dans les yeux.

— Vous avez raison, docteur, ce n'est pas une petite affaire. Pour cette raison, je vous conseille de ne pas vous rater dans vos analyses et conclusions en m'apportant toutes les données nécessaires à la résolution de l'enquête. Il serait dommage qu'en cas d'échec de ma part on découvre que vous ne m'aviez pas fourni toutes les informations. Car, je vous préviens tout de suite, je ne suis pas du genre à me laisser faire. Mais alors, pas du tout. Maintenant, dépêchez-vous de regagner votre laboratoire, nous perdons un temps précieux.

Le légiste recula d'un pas maladroit en massant sa main endolorie que Mina avait relâchée. Elle lui sourit en constatant que toute trace du rictus méprisant avait disparu sur le visage du médecin. Visiblement ébranlé, il lui adressa un bref signe de tête et tourna les talons. Il traversa la cour intérieure sous une aube naissante et franchit le portail du château. Quelques instants plus tard, on entendit les pales de l'hélicoptère entamer leur rotation.

Mina referma la porte derrière elle et laissa échapper un profond soupir. Elle avait tenu bon et elle était fière d'elle. Mais son cœur battait anormalement fort contre sa poitrine et elle ne savait pas si elle aurait la force de tenir tête si longtemps à ses collègues.

Alors qu'elle entendait le bourdonnement de l'hélicoptère monter en régime, Anita Pretorian s'avança vers elle.

— Vous avez fait prendre mes empreintes. Vous me soupçonnez, n'est-ce pas ?

— C'est davantage pour vous innocenter, madame Pretorian. Je suis là pour élucider un meurtre et je fais mon travail.

La gérante hocha la tête.

— Je suis dans ma chambre, si besoin.

— Merci. Reposez-vous. Et si vous entendez un coup de feu, ne vous inquiétez pas.

Mina marcha lentement le long du couloir conduisant aux escaliers pour laisser à son cœur le temps de reprendre un rythme normal. Mais les palpitations ne redescendaient pas. Au stress de l'affrontement avec le légiste s'était ajoutée une impatience entêtante qui la tenaillait depuis qu'elle avait inspecté la chambre de la victime.

Elle allait remonter à l'étage quand le téléphone de la réception sonna. Elle rebroussa chemin.

— Inspectrice Dragan à l'appareil.

— Günter Schulz, vous m'avez contacté au sujet de ma biographie de Karloff.

— Oui, merci de me rappeler si vite. J'imagine que vous êtes au courant de ce qui s'est passé pour lui.

— Bien sûr. C'est vous que l'on aperçoit sur une photo dans la presse ?

— Oui, bien malgré moi. Je suis chargée de l'enquête sur sa mort et j'aurais aimé que vous dressiez un portrait de cet homme pour m'aider à mieux interpréter les différents indices de la scène de crime.

— C'est vaste. Que voulez-vous savoir précisément ?

— Le « HAUS » tatoué sur sa main, par exemple, à quoi pourrait-il faire référence, à votre avis ?

— J'ai vu les clichés et les hypothèses dans les médias, mais pour être honnête j'ignore la raison de ce tatouage. J'ai vu que des internautes prétendent que Karloff faisait partie d'une société secrète baptisée ainsi, mais ce sont des élucubrations. En tout cas je n'ai jamais rien trouvé de tel durant mes trois années d'enquête.

— Est-ce que Karloff s'isolait régulièrement ? C'est quand même bizarre de retrouver cet homme si célèbre tout seul dans un endroit aussi perdu.

— Oui, il avait emprunté cette habitude à Bill Gates, qui, une fois par an, passe, seul, plusieurs jours dans une petite cabane pour y lire des dizaines d'ouvrages sur tous les sujets. À ce niveau de responsabilité, ces hommes ont des ambitions au-delà de leurs entreprises, ils ont vocation à devenir des visionnaires, en quelque sorte des guides pour l'humanité, et ont donc besoin de se nourrir intellectuellement.

— Il venait chaque fois dans le château de Bran ?

Mina se dit que, si c'était le cas, Anita Pretorian avait menti.

— Je ne crois pas. Et Karloff s'efforçait de ne pas divulguer son lieu de retraite. Il en changeait régulièrement.

Comment l'assassin a-t-il donc pu anticiper sa venue ? se demanda-t-elle.

— Karloff avait-il déjà été victime d'une tentative d'assassinat ?

— Je n'ai rien trouvé à ce propos. Il recevait des menaces de mort comme toutes les personnes très médiatiques, mais personne n'a attenté à sa vie.

— Des ennemis plus virulents que d'autres ?

— Il a des concurrents qui lui font une guerre économique. De là à le faire assassiner, j'en doute. Ces gens tiennent trop à leur succès pour prendre le risque de tout gâcher en se faisant accuser de meurtre.

— Et dans sa famille, des inimitiés ?

— Pas de divorce et, de ce que j'en ai appris, une vie de famille plutôt épanouie.

— Avez-vous une idée de qui aurait pu commettre ce meurtre ?

— J'aurais dit une espèce de frustré des réseaux sociaux qui aurait voulu se venger de je ne sais quel échec personnel qu'il attribuerait à Karloff. Mais il y a ce « HAUS » tatoué sur les doigts. Et là, je sèche complètement.

— Est-ce que Karloff avait des hobbies ?

— Il faisait des trails, de la méditation, et jouait aux échecs.

Rien de tout cela ne va m'aider, se dit Mina.

— Merci de vos lumières, monsieur Schulz.

— J'espère que vous résoudrez cette énigme. Au revoir.

— Au revoir.

Mina raccrocha, constatant que son enquête se situait au même point qu'avant l'appel téléphonique. Elle était donc d'autant plus impatiente de rejoindre la chambre de la victime où l'attendait un élément qu'elle espérait crucial.

Elle retourna dans le couloir et avala les marches de l'escalier deux par deux. Elle repassa devant la haie de chevaliers silencieux. Puis fit irruption dans la chambre 203 et se posa devant le coffre que la victime avait apporté avec lui. Elle en fit jouer le cadenas pour s'assurer qu'il était bien fermé. Elle sortit son arme, se plaça de biais, pointa le canon sur le verrou et fit feu. Le métal sauta alors que le bruit de la détonation se faufilait en dehors de la chambre pour aller se répercuter contre le métal des armures.

Mina souleva le couvercle.

10.

Au fond du coffre se trouvaient plusieurs pochettes en carton empilées les unes sur les autres. Mina les sortit toutes et les déposa par terre. Sur la première on lisait le chiffre 1, les quatre autres étaient numérotées de 2 à 5. La jeune inspectrice s'assit sur l'épaisse moquette de la chambre et ouvrit la première chemise. Elle découvrit une grande photo d'une femme d'une cinquantaine d'années, brune, cheveux bouclés, renvoyant un air professoral derrière ses lunettes à chaînette. Elle était accompagnée d'une page noircie de notes écrites à la main en anglais. Mina avait appris la langue sur le tas et avait montré de bonnes dispositions à son apprentissage. Ce qu'elle lisait lui était parfaitement compréhensible. On y apprenait que cette femme s'appelait Camelia Rossellini, qu'elle était de nationalité italienne et dirigeait le département d'histoire ancienne à l'université La Sapienza de Rome. Une mention en diagonale précisait : « première place mondiale pour la quatrième année consécutive dans le classement annuel des universités ». Le texte indiquait une information à laquelle Mina ne s'attendait pas : « date de disparition, le 3 septembre 2023 à son domicile ». Accroché par un trombone, un cliché montrait un salon dont le sol était parsemé de cavaliers jaunes numérotés. Cinq au total. Elle retourna la photo et put remarquer que chaque indice avait été répertorié. Le numéro 1 correspondait à un sac à main, le 2 à une épingle à cheveux, le 3 à une pomme, le 4 à une tache de sang et le 5 à un livre d'histoire sur la Rome antique. Suivaient des coupures de presse qui expliquaient que la police privilégiait la piste de l'enlèvement tout en s'étonnant de l'incongruité d'une telle disparition sans demande de rançon. Le dernier article datait de l'année précédente et relatait les propos d'un ancien inspecteur de police qui, désormais déchargé de son droit de réserve, donnait son interprétation de l'affaire : selon lui, Camelia Rossellini ne supportait plus sa charge professionnelle et familiale et avait elle-même mis en scène son enlèvement.

Pourquoi Hans Karloff s'intéressait-il à cette affaire ? se demandait Mina. Connaissait-il cette femme ? Était-il simplement intrigué par l'énigme de sa disparition ? Ou, plus inquiétant, était-il lié à son enlèvement ? Mina rangea les documents et ouvrit la chemise numéro 2. Là aussi, elle tomba sur une photo, celle d'un homme d'une soixantaine d'années, dégarni, les tempes blanches encadrant un visage parcheminé où brillaient deux yeux pétillants d'intelligence. Un texte indiquait qu'il s'agissait d'Elias Wagner, un prêtre allemand et également auteur de nombreux ouvrages de vulgarisation de textes religieux, dont Mina reconnut même quelques titres qu'elle avait lus dans leur traduction roumaine avec délectation. Le dossier signalait que cet homme avait, comme Camelia Rossellini, disparu le 3 septembre 2023, alors qu'il rangeait l'autel de son église. Sur un cliché pris par la police, trois cavaliers jaunes balisaient un calice doré renversé, une chaussure de femme et un petit paquet d'hosties étalées par terre. Des articles de presse déploraient la disparition d'un homme de savoir capable de transmettre sa connaissance au plus grand nombre. Mais, comme pour la professeure d'université, la police ne semblait détenir aucune piste pour retrouver le ou les coupables de l'enlèvement.

Mina nota dans un coin de sa tête l'étrangeté de cette chaussure de femme sur le lieu de la disparition, puis consulta le contenu de la troisième pochette. Elle se retrouva face au visage d'une femme blonde, cheveux au carré, au sourire avenant et à la posture bien droite. Elle devait avoir une quarantaine d'années et dégageait quelque chose de rassurant, se dit Mina. Elle ne fut donc qu'à moitié étonnée de découvrir sa profession : psychologue. Elle s'appelait Angélique Moreau et était de nationalité française. Selon la note ajoutée, elle était connue pour son travail approfondi sur l'inconscient collectif de l'humanité. Elle aussi avait été enlevée le 3 septembre 2023. Les faits s'étaient déroulés le soir dans son cabinet. La photo montrait un bureau parfaitement ordonné, deux chaises et, sur un tapis, cinq cavaliers indiquant un stylo, un bloc-notes, une boucle d'oreille, un caillou et un billet de 50 euros. La presse laissait entendre que la police suspectait un patient, mais là aussi l'enquête n'avait pas l'air d'avoir abouti.

La quatrième chemise abritait le visage d'une femme aux cheveux gris, très courts, un large sourire sur les lèvres et des lunettes démesurément grandes devant des yeux pénétrants. Marilyn Walker, une Américaine directrice marketing d'une grande chaîne de télévision. Selon la note manuscrite ajoutée de travers, elle était, semble-t-il, connue dans le milieu médiatique pour avoir sauvé la chaîne de la faillite en seulement deux ans. Sans surprise, elle aussi avait disparu le 3 septembre 2023 chez elle, dans sa propriété de Cannes, en France, où elle était en vacances. La photo montrait une terrasse avec une chaise longue retournée, un téléphone portable à l'écran cassé, un biscuit et un magazine sportif.

Enfin, dans la cinquième pochette, Mina trouva la photo d'un homme barbu, au regard concentré derrière de petites lunettes rondes. Il devait avoir une cinquantaine d'années et dégageait une certaine bonhomie. Il était espagnol et s'appelait Esteban Santos de la Cruz. Il était écrivain, auteur de livres au succès mondial que Mina connaissait bien. Sa disparition ne faisait pas exception à la règle et avait eu lieu à la même date que celle des précédentes victimes. Dans son bureau, par terre, on notait un ordinateur portable ouvert, des feuilles de papier éparpillées, un bonnet de nuit et un stylo. La police avait suspecté un temps un fan, mais avait finalement renoncé à cette piste sans pour autant en suivre une autre.

Mina tiqua sur la présence inattendue d'un bonnet de nuit mais ne s'y attarda pas et referma la dernière chemise. Qu'est-ce que Hans Karloff faisait exactement avec tous ces dossiers ? Peut-être avait-il peur d'être lui aussi enlevé. Peut-être se consacrait-il à cette affaire comme un passe-temps ? Ou bien son meurtre s'expliquait-il par son intérêt pour ces cinq disparitions ?

La jeune inspectrice ramassa les pochettes et redescendit jusqu'au rez-de-chaussée. Elle s'installa derrière l'ordinateur de la réception et tapa « Hans Karloff » et « Camelia Rossellini » dans le moteur de recherche. Elle ne trouva aucune correspondance. Elle réitéra l'exercice avec les quatre autres disparus, sans plus de succès.

Elle téléphona à l'agent Cioban, au commissariat de Bucarest.

— C'est encore moi, dit-elle. J'espère que tu as pu dormir un peu.

— Oui, ne t'inquiète pas. Je n'ai pas encore la réponse à ta question sur la présence du nom « Haus » dans l'entourage de Karloff. Mais j'avance. Avec les yeux qui brûlent, mais j'avance.

— C'est super, l'encouragea Mina. Et pour te détendre, j'ai une autre demande, beaucoup plus facile. J'ai simplement besoin de savoir où en sont cinq enquêtes pour enlèvement.

Mina lui donna les noms des disparus et leur nationalité.

— Je regarde sur le fichier européen partagé..., précisa l'officier.

La jeune inspectrice patienta une poignée de minutes.

— Nulle part, conclut Vasile revenu en ligne. Aucune des quatre enquêtes européennes n'a abouti. Ces personnes sont toujours portées disparues. De ce que je vois dans l'historique, il y a bien eu des tentatives de rapprochement entre les victimes par les services de police, mais cela n'a débouché sur rien. J'ai pu avoir accès au dossier de la disparue américaine qui s'est volatilisée en France, mais l'enquête est également restée sans suite.

— Merci beaucoup, Vasile. Je te laisse bosser sur la suite. Je suis désolée, tu es crevé, mais c'est vraiment très important.

— Ouais, je sais. À tout à l'heure.

Mina raccrocha et examina plus posément les documents rassemblés par Karloff. Si elle comprenait la logique de ces enlèvements, peut-être révélerait-elle une piste inédite pour élucider l'assassinat. C'est du moins ce qu'elle avait de mieux à faire en attendant l'appel de Cioban et le rapport de la scientifique.

Elle étala les cinq dossiers sur le comptoir de la réception, observant un à un ces visages. Quel était le point commun entre toutes ces personnes que les polices de différents pays n'avaient pas retrouvées ? Au-delà du fait qu'elles avaient été enlevées le même jour.

La jeune inspectrice relut les éléments biographiques de chacun et finit par s'arrêter sur un élément qui lui avait traversé l'esprit dès la première lecture. Toutes les victimes occupaient des postes importants. Et toutes étaient connues pour leur exceptionnel talent. Il n'était donc pas absurde de supposer que leurs compétences hors du commun leur avaient valu d'être enlevées. Mais dans quel but ? Le ou les coupables les avaient-ils tuées ou les retenaient-ils encore prisonnières ?

Dans l'incapacité de répondre à ces questions, Mina reporta son attention sur les photos des différents indices répertoriés par la police.

— Voulez-vous un thé ou un café ?

Anita Pretorian venait de sortir de sa chambre.

— Un thé, volontiers, répondit Mina en frottant ses yeux engourdis par le manque de sommeil.

Et elle reprit aussitôt son examen du cliché contenu dans le dossier de la première disparue. L'Italienne Camelia Rossellini avait laissé derrière elle un sac à main, une épingle à cheveux, une pomme, une tache de sang et un livre d'histoire sur la Rome antique. Ne sachant que déduire d'un tel inventaire, Mina sauta directement à la scène de crime qui l'avait interpellée tout à l'heure, celle du prêtre Elias Wagner. Que faisait en effet une chaussure de femme aux côtés d'un calice et d'hosties ? Anita Pretorian déposa dans un tintement une soucoupe ouvragée.

— Voilà aussi quelques biscuits. Madame l'inspectrice est servie…

— Merci beaucoup.

— Je n'ai pas l'impression que vous avancez très vite dans cette affaire. Votre patron ne va pas finir par vous lâcher ?

— C'est toujours l'impatience de gagner qui fait perdre, répliqua Mina.

— Ce n'est pas de vous, ça.

— Non, d'un roi français appelé Louis XIV, répondit Mina distraitement tandis que son cerveau restait concentré sur les éléments de son enquête.

— Bien, je vous abandonne à votre inspiration royale, dans ce cas.

La gérante s'éclipsa, laissant la jeune inspectrice seule face à son questionnement. Elias Wagner tenait-il dans sa main une chaussure de femme au moment de son enlèvement ? Si oui, pour quelle raison ? Était-il fétichiste ? Lui avait-on demandé de bénir ce soulier ? L'incongruité de cet objet rappela à Mina qu'elle avait aussi trouvé un peu bizarre la présence d'un bonnet de nuit sur la scène de disparition d'Esteban Santos de la Cruz.

Elle étudia à nouveau la photo du dossier de l'écrivain espagnol.

— Un ordinateur portable, logique, commenta Mina. Des feuilles, normal, un stylo, normal aussi. Mais un bonnet de nuit…

Qu'est-ce que venait effectivement faire ce dernier indice dans le bureau d'un écrivain ? D'autant qu'il ne s'y trouvait pas de lit, ni même un matelas. Et plus personne ne dormait avec ce genre d'accoutrement. Mina sortit le petit calepin et le stylo qu'elle avait emportés pour consigner ces indices : soulier féminin et bonnet de nuit. Puis elle observa le cliché du bureau de la psychologue française, Angélique Moreau, qui montrait des indices au sol. Y avait-il là aussi un objet dissonant ou était-elle en train de suivre une voie sans issue ?

— Un stylo, c'est logique, un bloc-notes également, une boucle d'oreille, pourquoi pas ? Un billet de 50 euros en guise de règlement de la part d'un patient, c'est tout à fait probable. Un caillou…

Voilà qui est beaucoup moins cohérent, songea Mina. Pourquoi un caillou dans ce bureau si propre, si bien rangé et démuni de tout bibelot ? Cette petite pierre pouvait aisément être l'intrus de la scène de crime. Elle le précisa dans son calepin en ressentant une espèce d'excitation. Tenait-elle une piste ? Ou s'inventait-elle des signes là où ne résidait que le hasard ? Elle sirota une gorgée de thé et reprit son examen.

Cette fois, elle concentra son attention sur le cliché de la disparition de l'Américaine Marilyn Walker qui montrait une terrasse avec une chaise longue retournée, un téléphone portable cassé, un biscuit et un magazine de sport. Mina tapota de l'ongle sur le biscuit. Elle était moins convaincue que pour les autres dossiers, mais si elle devait chercher un intrus dans chaque photo, c'est cet objet qui détonnait. Elle compléta la liste sur son bloc-notes et déplaça la dernière image sous ses yeux.

Au même moment, le téléphone sonna. Elle décrocha aussitôt.

— C'est Vasile.

— Je t'écoute, répondit-elle, impatiente d'entendre ce qu'il avait à lui apprendre.

— Il me semble avoir bien cherché, Hans Karloff n'employait personne du nom de Haus et ce patronyme n'apparaît pas non plus dans son entourage familial.

— Comment as-tu fait pour aller aussi vite ? demanda Mina, doutant de la fiabilité du travail de son confrère.

— La direction des ressources humaines de la maison mère de Karloff m'a transféré le listing de tous les noms des salariés de sa société, aussi bien au siège que dans les filiales. Et pour la famille, il se trouve que le père de Karloff est un adepte de généalogie, il tient à jour un fichier qu'il a bien voulu nous faire parvenir quand le commissaire lui a annoncé la mort de son fils. Je l'ai étudié trois fois pour être sûr de ne rien rater.

Mina fut rassurée.

— Ok, bien joué. Merci, Vasile, je te revaudrai ça.

— Je peux échanger ma citation dans ton rapport contre un dîner ?

Mina faillit refuser, mais elle se dit qu'elle pouvait encore avoir besoin de son camarade dans le cadre de son enquête. Il valait donc mieux faire un petit effort.

— Ok pour un déjeuner.

— Tu sais quoi, je suis tout de suite moins fatigué.

— À plus tard.

— Sois prudente, Mina. Tu peux être tête brûlée, parfois.

— Il faut ce qu'il faut. Salut.

La jeune inspectrice raccrocha.

L'absence de personnes portant le nom Haus dans l'entourage de Karloff rendait la présence du tatouage encore plus énigmatique. Quel message avait voulu transmettre l'assassin ?

Mina relégua cette question au second plan dans son esprit, déjà bien sollicité par l'observation de la photo illustrant la disparition de l'historienne Camelia Rossellini. Ses yeux passèrent du sac à main à l'épingle à cheveux.

— Elle a pu perdre ces deux objets dans la lutte. Rien d'anormal, murmura Mina pour elle-même.

Son index caressa ensuite la tache de sang qui malheureusement n'avait rien de choquant sur une scène de disparition. Quant au livre d'histoire ancienne, il était parfaitement logique de le trouver là. Ne restait plus que la pomme. Rien d'absurde à sa présence, mais si Mina devait à tout prix choisir l'objet le plus éloigné de l'univers de la disparue, c'est celui-ci qu'elle désignerait. Elle l'inscrivit sur sa liste, qu'elle lut à haute voix :

— Chaussure de femme, bonnet de nuit, caillou, biscuit, pomme…

Mina se massa le front. Elle ne voyait aucun point commun entre tous ces objets et se rendit compte qu'elle avait sans doute affabulé sur cette idée d'intrus qui ne menait nulle part.

Déçue par cette impasse, elle se résolut à tenter une autre piste, en allant notamment vérifier si les livres empilés à côté du lit de Karloff pouvaient avoir un rapport avec les cinq disparus. Elle quitta la réception et remonta dans la chambre 203. Elle en foula l'épaisse moquette et s'accroupit devant la pile d'ouvrages en parcourant les couvertures d'un coup d'œil rapide qui lui permit de constater que tous étaient écrits en anglais. Le premier était un récit de la vie de l'écrivain autrichien Stefan Zweig. Mina avait lu toutes les nouvelles et les biographies qu'il avait écrites. Elle feuilleta le volume, mais n'y trouva aucun passage souligné ou page marquée. Le livre du dessous était un essai qui questionnait la véritable identité de William Shakespeare, affirmant même qu'il aurait pu s'agir d'une femme. Mina n'y trouva aucune note et ne vit pas non plus le rapport avec les enlèvements. Le troisième ouvrage prétendait expliquer la physique quantique à tous les nuls en sciences. Idem, sans marque et sans lien évident avec les disparus. Mina chercha le nom d'une des victimes sur les couvertures des autres volumes, mais dut se rendre à l'évidence : ces livres n'avaient très probablement rien à voir avec l'enquête que Hans Karloff semblait mener en secret.

Une fois de plus désappointée, elle décida d'aller prendre l'air quelques instants, ne serait-ce que pour se rafraîchir les idées et garder l'esprit clair. Elle redescendit au rez-de-chaussée et suivit le long couloir de l'entrée en admirant les tapisseries médiévales et les peintures baroques qui recouvraient les murs. L'une d'elles représentait un homme en long manteau rouge brodé au col montant, son visage comme absorbé par le fond noir de la toile. On devinait ses traits émaciés et austères où perçaient deux yeux froids. Le cadre du tableau indiquait qu'il s'agissait d'un portrait du comte Dracula. *Encore un autre.* Mina sourit intérieurement de la propagande marketing du château, mais reconnut que la représentation correspondait assez bien à l'image qu'elle s'était forgée du personnage à la lecture de l'œuvre de Bram Stoker.

Mina détourna les yeux pour ouvrir la porte du château et descendit l'escalier d'accueil. Elle traversa la cour et gravit des marches menant à un chemin de ronde. Arrivée à son sommet, il lui sembla qu'on l'avait enveloppée de coton. L'épaisse couche de neige recouvrait la rambarde en pierre au-delà de laquelle s'étendait la campagne endormie. Le ciel bas et lourd se confondait avec l'horizon et paraissait lui aussi engourdi par la neige. Le sablier du temps ne s'écoulait plus, figeant le monde dans un hiver éternel. Un corbeau croassa au loin, son cri aussitôt étouffé par le silence feutré. Habillée d'une simple polaire, Mina frissonna, mais continua à contempler ce paysage immaculé en réfléchissant. Son statut d'agente de police lui paraissait si lointain. Malgré ses hésitations, elle avait l'impression d'être inspectrice depuis toujours. Un sentiment à la fois plaisant et terrifiant. Si elle échouait à résoudre cette enquête, il lui serait insupportable d'être rétrogradée. Et pour le moment, elle était loin de progresser de manière spectaculaire. Aucune des pistes envisagées n'avait débouché sur quelque chose.

Elle redescendit dans la cour, préoccupée par ses réflexions, lorsqu'elle vit Anita Pretorian qui avançait vers elle.

— Alors, avez-vous enfin une idée de qui a pu commettre ce crime ? demanda la gérante.

— Pas encore, répondit Mina. Si je comprends bien, vous avez toujours travaillé dans ce château ? ajouta-t-elle pour essayer d'entamer une conversation non conflictuelle.

— Depuis que je suis née… l'hôtel appartenait à mes parents.

— Ça n'a pas dû être facile pour vous de découvrir la victime et de vivre cela toute seule.

La gérante considéra Mina avec la méfiance qui lui semblait coutumière.

— Que voulez-vous dire ? Je tiens cet hôtel toute seule depuis la mort de mon mari.

— Oui, mais de là à passer la nuit avec un cadavre et donc un meurtrier dans la nature alentour…

Anita Pretorian voulut se draper dans une attitude hautaine, mais Mina surprit un tremblement à la commissure de ses lèvres.

— Vous pouvez être forte sans être indifférente, Anita.

La gérante détourna la tête.

— Vous avez des enfants, inspectrice ?

— Non, répondit Mina.

— Alors vous ignorez ce que c'est de devoir toujours rester forte pour les protéger.

— Oui, effectivement. Mais quel rapport avec la découverte de Hans Karloff ?

— J'ai craqué en le découvrant. J'ai craqué parce qu'il m'a fait peur. Et vous voulez des enfants, inspectrice ?

Comment expliquer en quelques mots ce que Mina ressentait au plus profond d'elle ? Oui, elle rêvait d'en avoir, de fonder une famille, mais elle avait tellement peur de croire à nouveau et de subir un drame ensuite. Toutes ces réflexions tournaient sans cesse dans un coin de son esprit, mais depuis deux jours elles étaient largement éclipsées par la concentration que requérait cette enquête.

— J'y réfléchirai si j'arrive à boucler cette enquête.

— C'est votre première affaire, non ?

— Ça se voit tant que ça ? s'inquiéta Mina.

— Non, pas du tout. C'est simplement qu'à votre arrivée, hier soir, vous avez eu du mal à prononcer le mot « inspectrice » pour vous présenter. Et j'ai vaguement entendu comment le légiste vous traitait et j'ai compris que cette responsabilité devait être récente.

— Vous avez le sens de l'observation.

— Vous vous en sortez très bien et vous avez toute mon admiration pour avoir tenu tête à ce médecin. Il fallait du cran. J'aimerais que mes enfants aient votre assurance.

Mina frissonna autant de froid que de surprise face à ce compliment de la part d'une femme si dure.

— Ils ont forcément hérité de votre solidité, Anita, répondit-elle, un peu déroutée.

— Vous êtes gentille, Mina. Mais aussi chaleureuse que vous soyez, vous allez attraper la mort à rester dehors.

— Vous avez raison.

Anita suivit Mina et referma la lourde porte. En longeant le couloir, les deux femmes repassèrent devant la maquette que Mina avait aperçue la veille. Elle s'arrêta devant, intriguée. On y reconnaissait le château de Bran perché sur le promontoire rocheux au pied duquel s'élevaient les miniatures de maisonnettes en bois, certaines très modestes, d'autres à l'allure plus cossue.

— Qu'est-ce que c'est ? demanda-t-elle à la gérante.

— Ah ça… c'est le projet du village Dracula qui a failli émerger il y a une dizaine d'années. Le terrain avait même été acheté. L'arrière-petit-neveu de Bram Stoker lui-même, Dacre Stoker, était associé à l'idée. Là, vous voyez, la grande bâtisse, c'est censé être le manoir de Vlad Tepes. La cabane avec les rondins représente le refuge de Stoker. La petite construction avec des rideaux devait être le café Harker, où il était évidemment prévu de déguster des bloody mary. Les deux belles maisons auraient été les villas de Lucy et Mina, et le bâtiment tout en hauteur avait été prévu pour accueillir le duplex Van Helsing.

— Vous auriez aimé que ce projet aboutisse ?

— Oui et non. Pour les affaires, oui, bien évidemment. Pour le respect de la terre de mes ancêtres, non. Mais qu'importe, l'idée a été abandonnée faute de financements et nous restons ce lieu isolé dont l'accès se mérite.

Mina adressait un sourire à Anita Pretorian, contente d'avoir finalement pu apprivoiser cette femme, quand elle crut entendre une sonnerie au loin. Celle du téléphone.

— Excusez-moi, dit-elle.

Elle rejoignit la réception en courant et s'empara du combiné.

— Inspectrice Dragan à l'appareil, dit-elle en évitant au dernier moment de se présenter uniquement sous son prénom.

— Toma Vasilescu… le légiste.

11.

Mina regarda sa montre : 10 h 02. Elle s'étonna qu'il la contacte aussi rapidement.

— Vous avez déjà les résultats de l'autopsie ?

— Non, mais j'ai les conclusions de la toxicologie. Autrement dit, on connaît la substance avec laquelle la victime a été empoisonnée.

— J'avais compris, précisa Mina, qui avait bien remarqué le ton condescendant du médecin.

Ce dernier n'enchaîna pas tout de suite, comme s'il réfléchissait à la façon de présenter ses conclusions.

— Ce n'est pas commun comme type d'empoisonnement..., commença-t-il.

Mina dénota un manque de confiance, comme si cet homme arrogant avait été déstabilisé par ce qu'il avait trouvé.

— Je vous écoute, l'encouragea-t-elle.

— Eh bien, dans l'hélicoptère, pour gagner du temps, j'ai testé les substances toxiques les plus fréquentes sur des scènes de crime. À savoir l'arsenic et le cyanure. Je vous l'avoue, j'étais certain de faire mouche, mais à ma grande surprise les résultats ont été négatifs. Dès que je suis arrivé au labo, j'ai directement lancé une spectrographie de masse sur l'échantillon.

— Et ?

— Et la machine m'a sorti un très ancien poison.

— Lequel ? s'impatienta Mina.

Toma Vasilescu inspira bruyamment avant de parler.

— La belladone.

Mina avait déjà entendu ce nom-là, mais elle ignorait la spécificité de ce produit.

— Vous pouvez m'en dire plus ?

Elle posa la question, pensant que le légiste lui rétorquerait qu'elle n'avait qu'à chercher elle-même puisqu'elle était une « grande » enquêtrice. Mais ce ne fut pas le cas, à son grand étonnement.

— C'est un poison intéressant, expliqua le médecin, dont la voix avait perdu son ton paternaliste pour adopter celui d'un passionné, heureux de partager son savoir.

Surprise, Mina se garda de commenter ce changement d'attitude et écouta attentivement.

— Son vrai nom est *Atropa belladona*, reprit Toma Vasilescu. *Atropa* a donné le nom d'atropine, une substance chimique que l'on utilise à petites doses comme antidote à de nombreux dysfonctionnements corporels. Mais à hautes doses, elle provoque une paralysie, une rigidité cadavérique, un coma, puis la mort. Pour l'anecdote, elle fait référence à l'une des trois Moires grecques qui tissent le fil de la vie. Atropos est celle qui coupe le fil que ses deux sœurs ont tissé et déroulé. Quant à *Belladona*, cela vient du fait qu'à petites doses ce poison provoque une dilatation de la pupille, donnant au regard un air hypnotique et séduisant de *belle dame*. D'ailleurs, pour l'anecdote amusante, le fruit de la belladone, rond et noir, ressemble à une pupille dilatée.

Ces informations n'aidaient pas Mina à avancer dans son enquête, mais elle saisit ce bref moment de détente pour essayer d'améliorer ses relations avec le légiste. Quitte à ignorer la tension sur laquelle ils s'étaient quittés.

— C'est très intéressant. Vous êtes un passionné. Merci de m'avoir fait bénéficier de vos connaissances, Toma.

— C'est ironique, n'est-ce pas ?

Mina sourit intérieurement. Elle sentait dans le ton la déception de l'homme blessé.

— Pas du tout, Toma. Vous savez, en dehors de mon métier, je suis une grande lectrice qui aime plus que tout apprendre. Alors, quand vous me parlez de mythologie grecque et d'étymologie, mon cerveau vous dit merci. Juste une autre question : où peut-on se procurer ce poison ?

— Un peu partout en Europe. La belladone y pousse dans les sous-bois. Elle est assez facile à reconnaître grâce à ses feuilles qui ont une odeur fétide.

Mina, restée debout jusque-là, décida de s'asseoir pour encaisser la nouvelle.

— Vous êtes toujours là ? demanda le légiste. Vous vous imaginiez que le poison ne serait vendu que par un seul laboratoire, histoire de remonter jusqu'à l'acheteur ?

— Cela aurait été pratique.

— J'aurais aimé pouvoir plus vous aider, mais…

— Je note déjà que vous voulez m'aider, Toma, ce qui est un remarquable progrès. Sinon, dites-moi ce que donnent les relevés de la chambre 203…

— La scientifique vous appellera, répondit-il, mais d'après ce qu'ils m'ont dit, il y a tellement de traces d'ADN dans la chambre qu'il est impossible d'affirmer si un échantillon est plus suspect qu'un autre. Ils vont tenter de vérifier si des traces ADN se recoupent entre la chambre 203 et celle du couple suspect. Quant aux empreintes sur le verrou du coffre, ce sont celles de Karloff.

— Je vois, une pluie de bonnes nouvelles, en somme.

— Je crains que vous ne soyez tombée sur une affaire complexe pour votre baptême. Je vous tiens au courant après l'autopsie, mais je doute que nous ayons de bonnes surprises.

— Entendu.

— Attendez.

— Oui ?

— Je sais que vous voulez à tout prix ce poste d'inspectrice. Mais n'oubliez jamais que vous êtes à la recherche d'un ou de plusieurs assassins. Ne faites pas passer votre ambition avant votre sécurité.

S'il y a bien une chose que Mina détestait, c'était qu'un homme veuille prendre soin de sa sûreté, elle qui s'était construite dans l'indépendance, loin de toute domination masculine. A fortiori un homme qui l'avait traitée avec mépris quelques heures plus tôt.

— Je ferai attention à ne pas me casser un ongle, répondit-elle laconiquement.

— Je me permets de vous prévenir parce que j'ai perdu un ami qui a voulu trop en faire lors d'une affaire aussi compliquée que la vôtre.

— J'assume le risque, sinon je n'aurais pas choisi ce métier.

— Soit. Juste une dernière chose dont je viens de me souvenir, sur la belladone. Je ne sais pas si ça pourra vous être utile, mais ce poison, pris à faible dose, a des propriétés hallucinogènes.

— Qui donnent quels types de sensations ou de visions ?

— Il semble que l'effet le plus courant est celui d'avoir l'impression de voler. On raconte d'ailleurs que la belladone était censée être utilisée lors des sabbats par les sorcières.

Au mot « sorcières », Mina eut un flash. Elle vit une vieille femme très laide au nez crochu qui tendait une reluisante pomme rouge. Elle écarquilla les yeux alors que dans son esprit éclatait une série de déductions. *Ça ne peut pas être ça !*

— Allô ? hasarda le légiste.

Mina avait déjà raccroché.

12.

Mina consultait la liste de son calepin où elle avait inscrit tous les objets qui semblaient détonner sur les cinq lieux de disparition : « chaussure de femme, bonnet de nuit, caillou, biscuit, pomme ». À côté du mot « pomme », elle dessina une flèche puis écrivit les mots « sorcière », « Blanche-Neige » et « conte de fées », qu'elle entoura trois fois. À côté de « chaussure de femme », elle marqua « Cendrillon » d'une main fébrile. Le mot « caillou », si l'on suivait la même thématique, faisait évidemment penser au *Petit Poucet*. Elle n'eut pas longtemps à s'attarder sur « biscuit » qui, dans l'univers des contes, renvoyait à la maison en gâteau de la sorcière de *Hansel et Gretel*. Restait le « bonnet de nuit ». Mina ferma les yeux et dans sa tête défilèrent les gravures en noir et blanc de Gustave Doré qui illustraient de façon si saisissante les contes de fées. Jusqu'à ce qu'elle sursaute presque en revoyant en gros plan l'image terrifiante du loup vêtu du bonnet de nuit de la grand-mère dans *Le Petit Chaperon rouge*. Elle reposa son stylo, presque essoufflée.

Était-elle en plein délire ? Ou avait-elle mis le doigt sur une récurrence pertinente ? Mina étala de nouveau les cinq photos devant elle. Un indice avait-il été laissé volontairement sur chaque scène ? Mais si c'était le cas, dans quel but ? Et pourquoi les objets étaient-ils en lien avec les contes de fées ?

Mina réfléchissait à toute vitesse. Fallait-il relire les différents contes pour y trouver la façon de localiser les disparus ? Mais pourquoi les kidnappeurs auraient-ils semé des indices pour qu'on retrouve les victimes ? Et, question annexe, Hans Karloff était-il arrivé à ces déductions et questionnements ?

Toutes les hypothèses se bousculaient dans son crâne alors qu'elle scrutait les objets intrus, passant de l'un à l'autre avec une attention intense. Elle venait de reporter son regard sur la chaussure de femme quand elle fronça les sourcils et écarta les quelques cheveux qui tombaient devant ses yeux. Le cœur battant soudainement plus vite, elle inclina la tête.

— Non…, murmura-t-elle.

Elle s'empara de son téléphone portable qui, dans la précipitation, lui échappa des mains. Elle le rattrapa de justesse avant qu'il ne tombe par terre. Elle souffla de soulagement, et photographia le cliché en zoomant sur le soulier.

Puis avec le pouce et l'index elle agrandit l'image au niveau du talon. Un frisson lui électrisa aussitôt le dos. Mina n'en croyait pas ses yeux. Le rendu était un peu flou, mais il n'y avait aucun doute, on voyait clairement une lettre gravée sur la chaussure. La lettre R. Mais ce qui fascina le plus Mina, c'est qu'elle était dessinée avec des arabesques et des branches de lierre, exactement comme la police d'écriture utilisée pour tatouer le mot « HAUS » sur la main de Hans Karloff.

Subjuguée, la jeune inspectrice photographia la pomme et en fit ensuite un agrandissement. Ses mains se mirent à trembler et il lui fallut chercher un peu, mais elle trouva un sillon creusé dans la peau rouge du fruit. La lettre M venait de lui sauter aux yeux, elle aussi dessinée dans cette police végétale. Mina nota fébrilement R et M dans son calepin. Elle s'empressa d'examiner le biscuit et découvrit moulée en relief la lettre G, qu'elle consigna à son tour. Sur le bonnet de nuit, se dévoila un I finement brodé. Et sur le caillou, c'est un autre M qui avait été peint en blanc avec précision.

La jeune inspectrice regardait sur son calepin : R M G I M. Évidemment, cela ne voulait rien dire, mais les lettres n'étaient probablement pas agencées dans le bon sens. Et le mot était certainement allemand. Mina permuta les lettres, sans y voir plus clair, trop de pensées se télescopant dans sa tête. Même si la police d'écriture du mot « HAUS » et celle de ces cinq lettres étaient identiques, elle avait cependant du mal à croire que la même personne fût coupable de l'assassinat de Karloff et des enlèvements. Trouver le kidnappeur reviendrait donc à trouver le tueur ?

Mina ouvrit un tiroir du meuble de la réception et fouilla à l'intérieur jusqu'à y trouver une paire de ciseaux. Elle découpa les cinq lettres de son calepin et les plaça devant elle : I M R G M.

— Non, dit-elle.

R I G M M.

— Non plus.

Fallait-il y mélanger les lettres HAUS pour former un autre mot ? Elle y songea un instant, mais n'eut pas à pousser cette idée plus loin. La solution venait de lui sauter aux yeux.

— Les contes de fées, évidemment…

D'une main preste elle disposa les cinq lettres pour former le mot de la révélation.

— GRIMM, chuchota-t-elle.

Et ce n'était certainement pas un hasard si HAUS et GRIMM étaient écrits dans la même police. Les deux mots étaient à rapprocher, ce qui donnait HAUS GRIMM.

— La « maison des Grimm »..., lâcha Mina, qui n'en revenait pas.

C'est cet endroit que l'assassin désignait. Pourquoi agissait-il ainsi ? Pourquoi indiquait-il ce lieu ? Était-ce là-bas qu'étaient retenus prisonniers les cinq disparus ? Le meurtrier avait-il envie de jouer avec la police ? Mina n'en avait aucune idée, mais ce dont elle était certaine, c'est que, quel que soit le piège ou le danger, elle allait suivre cette piste, la seule dont elle disposait.

Elle se tourna vers l'ordinateur et entra une requête dans le moteur de recherche. La réponse fut immédiate. La maison d'enfance des frères Grimm, qui se trouvait dans la petite ville de Steinau au cœur de l'Allemagne, existait encore. Elle avait été convertie en un musée sur les deux conteurs.

Avant d'appeler le commissaire, Mina prit le temps de réfléchir à ce qu'elle venait de découvrir. Le coupable de toute cette mise en scène avait débuté la mise en œuvre de son plan en 2023 avec les kidnappings, en sachant qu'il ne prendrait tout son sens que trois ans plus tard avec cet assassinat. Quel étrange esprit avait pu concevoir un tel schéma ? Et pourquoi avoir choisi les frères Grimm ?

C'est en agissant et certainement pas en réfléchissant dans le vide qu'elle trouverait des réponses à ces énigmes. Mina décrocha le téléphone et appela le commissaire. Elle lui déroula son processus de réflexion et ses conclusions.

— Pas banal, commenta le commissaire de sa voix bourrue. C'est pas du solide, comme on dit dans le métier, mais faute de mieux, la piste mérite d'être explorée. Allez-y.

— La neige est loin d'avoir fondu depuis hier, le retour jusqu'à la gare risque d'être compliqué et long. Si on veut résoudre l'affaire rapidement…

— Je vous envoie un hélico, il vous déposera à l'aéroport de Bucarest. Vous payerez votre billet pour l'Allemagne et on vous remboursera.

— Des nouvelles du journaliste qui a publié l'article dans l'*Adevărul* ?

— On est allés l'arrêter sur son lieu de travail, il n'était pas là. Absent également de son domicile. On poursuit la recherche.

— Tenez-moi au courant.

— De votre côté, continuez comme ça, Mina. Ne lâchez rien, une bonne partie du monde nous regarde et je ne vous parle même pas de la pression que me met la famille de Karloff.

— À plus tard, monsieur.

Par curiosité elle consulta de nouveau l'article en ligne sur le site du quotidien roumain. Le nombre de commentaires avait augmenté de façon considérable. L'affaire passionnait les gens et se répandait viralement sur les réseaux. Si le château n'avait pas été si coupé du monde par la neige, Mina est à peu près sûre qu'elle aurait vu des curieux débarquer pour mener leur propre enquête. Elle tapa « Hans Karloff » dans le moteur de recherche et fut sidérée de constater que l'article du journal roumain était repris un peu partout en Europe, notamment sur le site de la BBC, et même jusqu'aux États-Unis sur la page web de CNN.

— Cela aura au moins le mérite d'attiser l'intérêt pour le château de Bran et de m'assurer un renouveau de clientèle.

Anita Pretorian s'était approchée sans un bruit et avait fait sursauter Mina.

— Vous m'avez fait peur.

— Alors ? Vous avez trouvé quelque chose ?

— Je suis désolée, je ne peux rien vous dire, si ce n'est que je pars. Un hélicoptère vient me chercher.

— Vous rentrez à votre commissariat, ou on vous accorde une petite pause bien méritée ?

— Non pas de pause, je prends ensuite un avion.

— J'espère que vous trouverez le tueur.

— Merci pour votre accueil, Anita Pretorian, il était à la hauteur des mythes de la région.

— Je pars du principe que je me dois d'être conforme à ce que le comte Dracula aurait attendu de sa gouvernante, je prends donc votre appréciation comme un compliment.

— Je vais retourner un moment dans la chambre 203 pour m'imprégner des lieux une dernière fois. Excusez-moi, ajouta Mina.

La jeune inspectrice remonta à l'étage, entra dans la chambre où avait eu lieu le crime, et prit le temps de photographier avec son portable les dossiers contenus dans le coffre.

Elle tendit l'oreille et identifia le typique battement saccadé de l'hélicoptère. Elle descendit l'escalier. La gérante l'attendait près de la porte d'entrée.

— Au revoir, madame Pretorian.

— Au revoir, inspectrice.

Mina salua Anita de la main et foula le tapis rouge du couloir qui menait à l'entrée. Elle traversa la cour et franchit le portail du château pour descendre un chemin enneigé qui conduisait au pied du monticule rocheux. L'hélicoptère s'y était posé dans des tourbillons de tempête. Penchée en avant, Mina monta à bord et referma la porte coulissante. Le pilote la salua.

— Bienvenue, inspectrice.

Mina apprécia. Elle fixa sa ceinture et mit le casque de communication sur ses oreilles. Puis elle regarda les murs du château défiler devant ses yeux au fur et à mesure qu'ils s'élevaient dans les airs. Ils atteignirent le sommet de la tour la plus haute au bord de laquelle pendaient d'épaisses stalactites.

— Nous serons à Bucarest dans une heure environ.

Mina jeta un œil à sa montre. Il était bientôt midi.

L'hélicoptère obliqua nettement vers la gauche avant de rétablir une trajectoire droite et de gagner en vitesse.

Mina se cala dans son siège. Hypnotisée par le paysage blanc, elle replongea dans ses réflexions, à la fois curieuse et, elle devait aussi se l'avouer, de plus en plus inquiète de ce qui l'attendait.

13.

L'hélicoptère entamait son approche du H géant marquant le sol de l'héliport de Bucarest. Pendant le trajet, Mina en avait profité pour acheter un billet d'avion pour Francfort, la grande agglomération la plus proche de Steinau. Son vol décollait dans une heure et la conduirait en deux heures jusqu'à la ville allemande. Là-bas, elle louerait une voiture. Elle avait également pris le temps d'appeler son commissaire pour qu'il fasse le nécessaire afin qu'elle puisse voyager avec son arme de service.

L'hélicoptère toucha la dalle d'atterrissage dans une bourrasque de neige.

— Merci ! lança Mina au pilote avant d'enlever son casque.

Elle fit coulisser la porte et mit pied à terre, le froid la mordit au visage. Un homme en bord de piste lui fit signe d'approcher.

— L'aéroport ? cria-t-elle pour se faire entendre sous le bruit des pales quand elle fut à sa hauteur.

L'homme lui désigna une direction.

Mina le salua et suivit son indication d'un pas pressé. Une dizaine de minutes plus tard, elle s'avançait vers le bâtiment surmonté de l'inscription « Aéroport international Henri Coandă ». Il n'était pas loin de 13 heures quand elle en franchit les portes coulissantes. Après ces heures passées dans le silence et la quasi-solitude du château, elle fut étourdie par la foule de voyageurs pressés qui se croisaient en tirant leurs valises ou en poussant leurs chariots surchargés. Un ballet incessant auquel se mêlaient les annonces par haut-parleurs et les éclats de voix d'enfants turbulents. Elle slaloma entre les touristes à la recherche d'une boutique. Elle y acheta un petit sac à dos et des vêtements de rechange. Elle fit également un détour par une pharmacie pour y prendre un petit kit de premiers secours. Équipée, elle s'approcha d'un panneau d'information où elle repéra qu'elle embarquait porte 12 dans une trentaine de minutes. Elle se déclara au service de la sécurité, remplit les papiers nécessaires à l'autorisation de prendre l'avion avec son arme de service et rejoignit le salon d'attente de son vol.

Elle y acheta une salade et une bouteille d'eau puis s'installa sur l'un des fauteuils entre deux adolescents qui scrollaient sur leur téléphone. L'un d'eux leva quand même la tête quand elle s'assit à côté de lui. Elle lui sourit et le vit rougir aussitôt avant de replonger dans son écran. Mina s'amusa brièvement de cette réaction et allait se concentrer à son tour sur son portable, quand son regard fut attiré par la télévision de la salle d'attente qui diffusait une chaîne d'info en continu. Le visage de Hans Karloff venait d'y apparaître, accompagné de photographies du château de Bran à l'arrière-plan. Le bandeau indiquait « Le mystérieux meurtre du milliardaire », et des clichés floutés du cadavre défilaient aux côtés de ceux du tatouage HAUS. Le reportage se terminait par l'image du quai où on devinait sa silhouette.

Mina savait qu'on ne pouvait pas la reconnaître, mais ce fut plus fort qu'elle, elle regarda autour d'elle. Quelques personnes avaient l'air de suivre le sujet du journal télévisé avec un intérêt qui diminua lorsque le présentateur annonça la météo. Mais dès le reportage terminé, elle remarqua du coin de l'œil que l'adolescent auquel elle avait souri se connectait au site allemand du journal *Der Spiegel*, qui avait mis l'affaire de Karloff en une. Par acquit de conscience, Mina tapa « Hans Karloff » sur le moteur de recherche de son téléphone et découvrit que le meurtre et le mystère qui l'entourait continuaient à faire le tour du monde. L'affaire était reprise par l'AFP, Reuters, ainsi que des journaux russes et japonais. L'énigme du tatouage particulièrement passionnait les lecteurs et enflammait les journalistes. Certains experts affirmaient même que HAUS était le nom d'une secte dirigée en secret par Karloff. D'autres qu'il s'agissait d'un code secret que les internautes avaient pour mission de décoder.

Mina ignora ces interprétations et lança une recherche sur les frères Grimm. Elle croqua une bouchée de son sandwich, puis parcourut différents articles. Elle apprit que Jacob et Wilhelm, nés respectivement en 1785 et 1786 en Allemagne, étaient des linguistes et ce que l'on appelait à l'époque des collecteurs de contes. Enfant et même adolescente, elle avait cru que les frères Grimm avaient eux-mêmes inventé les contes de Cendrillon, de Blanche-Neige, du Petit Chaperon rouge et tous les autres, avant de découvrir qu'ils n'avaient en réalité fait que retranscrire et probablement embellir des contes populaires transmis oralement de génération en génération. Mina se rappelait d'ailleurs avoir lu quelque part que les Grimm avaient entrepris ce travail dans le but de glorifier la nation allemande et sa langue en prouvant qu'elle était à l'origine d'une des plus anciennes cultures. Leur intention première n'était donc pas de divertir, mais de contribuer au rayonnement de leur pays au moment où il était attaqué par Napoléon. Mina songea que d'un côté l'objectif était atteint, puisque deux cents ans après leur première édition les contes étaient mondialement connus avec des traductions dans plus de cent soixante langues et une inscription au patrimoine mondial de l'Unesco. Mais de l'autre, elle arriva à la conclusion que l'ambition première des Grimm était un échec car peu de gens reliaient les contes à l'Allemagne. La plupart les considéraient plutôt comme des histoires intemporelles et sans origine précise.

Mina but une gorgée d'eau et reprit sa lecture. Sa rapide enquête lui confirma que les deux frères avaient bien passé cinq années de leur enfance dans la maison de Steinau, entre 1791 et 1796. Dans la petite ville surnommée « le paradis de jeunesse » des frères Grimm, les maisons avaient conservé leur allure médiévale, notamment celle de la famille Grimm, avec ses petites tourelles et ses colombages. Mais que pourrait-elle y trouver qui soit en lien avec des disparitions et un meurtre commis au XXIe siècle ?

Pour parer à toute éventualité et se mettre dans la disposition intellectuelle que lui dictait l'assassin, Mina téléchargea sur son téléphone un recueil des contes de Grimm. Comme tout le monde, elle connaissait les histoires, mais elle ne se rappelait pas les avoir lues, en tout cas pas dans leur version originale. Elle allait entamer la lecture de *Cendrillon*, quand une hôtesse de l'air appela les passagers de son vol à embarquer. Elle termina son sandwich qu'elle fit passer avec une rasade d'eau, attendit que la file soit presque entièrement rentrée et se présenta au comptoir.

Elle suivit la passerelle suspendue qui conduisait à la porte de l'avion, salua l'hôtesse de l'air qui l'accueillait et trouva sa place, au-dessus de laquelle elle rangea son sac à dos. Pour s'asseoir, elle dut déranger une femme aux cheveux blancs remontés en chignon qui lisait un journal.

— C'est quand même bizarre, cette histoire qui s'est passée à Bran… Vous ne trouvez pas ?

La voisine de Mina lui avait parlé en désignant la double page consacrée à l'affaire.

— Oui, c'est vrai, reconnut la jeune inspectrice.

— Et je suis sûre qu'on ne nous dit pas tout. On nous cache des choses pour ne pas nous faire peur ou parce que ça déclencherait un scandale qui toucherait beaucoup de gens haut placés.

— Pourquoi, selon vous ?

— Ces gens ultra riches et puissants, je pense qu'au bout d'un moment ils s'ennuient dans leur vie et ont besoin de choses pas très nettes pour vibrer un peu. Si vous voyez ce que je veux dire. Parfois, ils font des trucs si tordus avec des gens si dérangés que ça finit par leur exploser à la figure. Moi, je crois que c'est ça qui est arrivé à ce Karloff.

— Pourquoi pas ? répondit Mina, qui sentait que cette dame avait envie d'avoir raison.

— Vous ne pensez pas ?

— Il y a des gens qui enquêtent, il faut peut-être leur faire confiance, attendre de voir ce qu'ils auront à dire.

— Oh ! La police ? Croyez-moi, si on leur dit d'étouffer une affaire, ils le font, ils sont à la botte du pouvoir.

— Ça peut arriver, confessa Mina, qui avait déjà vu des dossiers bénéficier d'un traitement de faveur. Mais c'est assez rare. Maintenant, si vous le permettez, j'ai du travail.

— Oui, oui, bien sûr. Vous travaillez dans quoi, si ce n'est pas indiscret ?

— Je suis inspectrice de police.

Mina soutint le regard de sa voisine juste le temps de la voir blêmir et fondre doucement dans son fauteuil. Puis, sûre de ne plus être dérangée, elle se mit à lire les contes des Grimm téléchargés sur son téléphone.

Elle commença par *Cendrillon*. L'histoire débutait à peu près comme dans ses souvenirs du dessin animé de Disney. Elle apprit néanmoins que Cendrillon était en réalité un surnom que ses méchantes sœurs lui avaient donné parce qu'elles la forçaient à dormir par terre dans les cendres du foyer de la maison. Mina fut frappée de découvrir la violence du récit original. Disney avait par exemple rendu comique l'essayage de la pantoufle de verre par les sœurs. Or, les Grimm avaient dépeint des scènes bien plus sanglantes. Ainsi la première sœur, dont le pied n'entrait pas dans le fin soulier, se coupa-t-elle l'orteil. Le prince se laissa berner, mais le sang coula tellement dans le carrosse qu'il découvrit la supercherie. Pour la deuxième sœur, c'est le talon qu'elle se sectionna. Elle perdit, elle aussi, tant de sang que le prince la ramena chez elle. Et la fin du conte était à l'unisson. Les deux sœurs boiteuses, malgré tout conviées au mariage de Cendrillon et du prince, furent punies de leur méchanceté en se faisant arracher les yeux par des pigeons.

Mina releva la tête pour constater qu'ils avaient déjà décollé et volaient désormais au-dessus des nuages. Elle avait tant été déroutée par sa lecture qu'elle en avait oublié son environnement. Comment avait-elle pu passer aussi longtemps à côté du véritable conte de Cendrillon, tel que les Grimm l'avaient consigné et qu'il avait été lu dans les chaumières au coin du feu pendant des siècles ? Elle se demanda si ces atrocités racontées aux enfants avaient façonné des esprits adultes plus violents ou, du moins, plus adeptes des vengeances sanglantes qu'aujourd'hui. Avait-on créé des générations d'humains si baignés dans la cruauté qu'ils en avaient perdu leur empathie ? *Un sujet d'étude intéressant à mener pour des sociologues*, songea Mina.

Elle accepta un verre d'eau de l'hôtesse de l'air, en sirota une gorgée et se pencha ensuite sur la lecture du conte *Blanche-Neige*. Elle y retrouva le miroir magique, la course éperdue dans la forêt effrayante, les sept nains dans la mine, bien évidemment la pomme empoisonnée de la méchante reine et la résurrection de Blanche-Neige. Là où elle fut à nouveau surprise par la brutalité du texte original, c'est que la reine y est cannibale. Quand elle ordonne au chasseur de tuer Blanche-Neige, il doit lui rapporter son foie et ses poumons en guise de preuves. Le chasseur, renonçant au dernier moment à exécuter sa mission, tue finalement un marcassin dont il offre des organes à la reine. Pensant que ce sont bien ceux de Blanche-Neige, la belle-mère demande à son cuisinier de les préparer afin qu'elle les mange.

Mina coula un regard vers sa voisine qui croquait allègrement dans un sandwich, et reprit sa lecture. À la fin du conte, la méchante reine ne finit pas foudroyée par un éclair comme chez Disney, mais, alors qu'elle assistait au mariage de Blanche-Neige, on lui fit chausser des souliers en métal chauffés à blanc en l'obligeant à danser jusqu'à ce que mort s'ensuive. Mina parcourut *Hansel et*

Gretel, où il est également question d'anthropophagie, et enchaîna avec *Le Petit Chaperon rouge*, conforme à ses souvenirs, pour poursuivre avec *La Belle au bois dormant*, qui ne différait pas non plus de l'histoire qu'elle avait en tête. Elle s'immergea dans une dizaine d'autres contes qu'elle ne connaissait pas. Traquant dans chacun une éventuelle référence au meurtre de Karloff. Mais nulle part elle ne trouva de mention d'un tatouage « HAUS », ni même d'un empoisonnement à la belladone. Le temps qu'elle termine le recueil, l'avion entamait sa descente. Mina se laissa glisser dans son siège et apaisa ses paupières brûlantes de fatigue en les fermant.

Elle se réveilla en sursaut quand les roues de l'avion rebondirent sur la piste d'atterrissage. Elle se frotta les yeux et regarda par le hublot. C'était la première fois qu'elle se rendait en Allemagne. Le ciel était gris, un brouillard épaississait l'air et on avait déjà l'impression d'être le soir alors qu'il n'était que 16 heures. La seule différence avec la Roumanie, c'est qu'ici il n'avait pas neigé. À l'arrêt de l'appareil, Mina récupéra son sac à dos en surprenant sa voisine en train de l'épier.

Dans le hall de l'aéroport, elle se rapprocha d'une agence de location de voitures où on lui confia les clés d'une citadine sportive. Pendant qu'elle était au guichet, elle eut une étrange sensation. Sa nuque la picota, comme si elle sentait un regard insistant posé sur elle. Elle se retourna. Plusieurs personnes observaient dans sa direction, mais il ne lui sembla pas qu'on la visait en particulier. Elle sortit de l'aéroport. Sur le parking, elle mit un peu de temps à localiser son véhicule, la brume camouflant les plaques d'immatriculation. Elle finit par s'installer derrière le volant et programma le GPS sur Steinau.

Son téléphone portable sonna. C'était le numéro du commissaire.

— Mina, vous en êtes où ?

— Je viens d'arriver à Francfort pour me rendre à Steinau dans la maison d'enfance des frères Grimm.

— Bon, vous avez dû voir les infos, l'affaire a pris des proportions démesurées. La police allemande veut reprendre le dossier et notre ministre de l'Intérieur est obligé de faire une déclaration officielle. Qu'est-ce qu'il peut dire sans vous gêner dans l'enquête ?

Mina avait mesuré l'ampleur médiatique de cette affaire, mais elle ne s'attendait pas à ce que la sphère politique s'en mêle. Elle en fut intimidée.

— Mina ? Vous êtes toujours là ?

— Oui, oui.

— Je vous sens hésitante, c'est pas dans vos habitudes, vous êtes une fonceuse. Ne vous laissez pas dépasser par tout ce bordel politico-médiatique. On s'en moque. Faut juste leur donner à manger, histoire qu'ils nous lâchent un peu. Mais ça, c'est mon boulot. Vous, vous restez concentrée sur l'enquête comme si c'était celle de n'importe qui. C'est comme ça que vous serez la meilleure. Entendu ?

Les paroles du commissaire eurent immédiatement un effet apaisant. Mina lui en fut reconnaissante.

— Merci de votre conseil.

— Bien, alors qu'est-ce qu'on dit ?

Mina réfléchit.

— Je pense que le ministre de l'Intérieur peut déclarer que, d'après les premiers éléments de l'enquête, Hans Karloff est parti s'isoler quelques jours dans le château de Bran dans le but de se nourrir intellectuellement en lisant plusieurs livres. D'après les premiers éléments du légiste, on peut dire qu'il a été empoisonné.

— Ok, autre chose ?

— Non, rien de sûr pour le moment.

— Bon, on va faire avec ça, alors.

— Je vous remercie de votre confiance, commissaire.

— Je n'ai qu'une parole et je crois avoir compris que vous êtes comme moi, c'est quand on vous fout la paix que vous êtes la meilleure. À plus tard.

— Au revoir, commissaire.

Quand Mina raccrocha, elle mesura la valeur de son supérieur. Pas une fois il n'avait évoqué l'idée de la remplacer ou de lui adjoindre un inspecteur plus qualifié alors qu'il devait subir des pressions de toutes parts. Plus que jamais, Mina avait envie d'être à la hauteur des attentes de cet homme qui lui avait donné la chance de sa vie.

Elle consulta le GPS. Dans une heure et quinze minutes, elle arriverait à Steinau et se trouverait donc exactement là où l'assassin voulait qu'elle soit.

14.

Mina coupa le contact. Elle avait garé sa voiture à l'extérieur de la ville, le centre de Steinau était piétonnier. Dans le silence ambiant, elle entendit le ventilateur du moteur se mettre en route comme un cheval essoufflé. Pendant une heure, elle avait poussé sa voiture sportive, doublant dès qu'un véhicule roulait moins vite qu'elle sur l'autoroute à vitesse illimitée. Elle avait ainsi gagné quinze minutes sur le temps de parcours prévu.

Assise derrière le volant, engloutie par le brouillard, elle avait le sentiment d'être perdue au milieu de nulle part. Comme lorsqu'elle avait débarqué sur le quai de la gare de Bran. Elle sortit de son véhicule et sentit aussitôt l'humidité lui coller à la peau. Le claquement de sa portière et le bip de verrouillage des portes furent absorbés par l'atmosphère duvetée.

Son téléphone sonna dans sa poche. Elle reconnut le numéro de Toma Vasilescu.

— Je vous écoute, Toma. Qu'a donné l'autopsie ?

— Ce qu'on avait déjà conclu, la victime est bien morte des suites d'un empoisonnement à la belladone. J'en ai trouvé une sacrée quantité dans le sang, ainsi que dans le pharynx et sur les dents. L'assassin a dû menacer Karloff pour qu'il ingère lui-même le fruit fatal.

— Pourquoi un tel procédé… ? se demanda Mina à voix haute.

— Où en êtes-vous du reste de l'enquête ?

— Je suis une piste.

— Je comprends que vous ne puissiez pas me faire confiance, répondit Toma. Mais j'espère que vous arriverez à résoudre cette affaire.

Mina fut étonnée de cette soudaine preuve d'intérêt.

— Ah oui, et pourquoi ? Pour la réputation de notre commissariat ? Pour l'honneur de la Roumanie ?

— Oui bien sûr, mais surtout parce que… si vous réussissez, on vous confiera rapidement une autre enquête et j'aurai ainsi le plaisir renouvelé de travailler avec vous.

Mina sourit, à la fois flattée et un peu agacée qu'un homme qui l'avait maltraitée quelques heures auparavant se sente autorisé à la draguer sans au moins s'être excusé.

— Et votre technique de séduction qui consiste à manquer de respect envers une femme pour lui faire ensuite des avances fonctionne encore de nos jours ?

— Vous avez raison, je me suis mal comporté avec vous. C'est parce que j'ai été intimidé dès que je vous ai vue. Votre visage, votre présence, le fait que vous ayez réussi à rejoindre ce château effrayant, perdu dans les neiges, par vos propres moyens… Que vous y ayez enquêté seule… Tout cela m'a impressionné et, pour ne pas le montrer, j'ai été méprisant et arrogant. Je vous demande pardon.

S'il est capable de se comporter comme il l'a fait, c'est qu'il a en lui des réflexes malsains qui rejailliront tôt ou tard, se dit Mina. Pour le moment, elle avait clairement mieux à faire que d'écouter le légiste lui dérouler sa parade.

— Toma, je dois vous laisser, j'ai du travail.

— Bien sûr. À bientôt, Mina.

Mina raccrocha et oublia bien vite la discussion, aussitôt plongée dans la suite de son enquête.

Elle s'éloigna en direction d'une ruelle qui avait l'air de descendre vers la vieille ville où, selon ses recherches, se trouvait la maison des Grimm. Des lampadaires diffusaient une luminosité qui peinait à lutter contre l'enveloppe étouffante du brouillard. Si bien que ces halos colorés paraissaient flotter dans l'air comme des spectres roux. Mina descendit sans tarder l'étroite rue bordée de murs de pierres dans laquelle la brume avalait le bruit de ses pas cadencés. Elle n'entendait aucun signe de vie et ne croisa personne. Elle croyait deviner par instants des formes onduler dans la nébulosité. Il lui aurait presque semblé normal d'y reconnaître la silhouette d'un loup marchant sur deux jambes ou le profil d'une sorcière sournoise venant à sa rencontre.

La ruelle déboucha sur une modeste place entourée de maisonnettes à colombages qui lui donnèrent le sentiment d'avoir voyagé dans le temps jusqu'au Moyen Âge. Au centre se trouvait un puits où du lierre se faufilait entre les pierres pleines de mousse. Mina fit le tour jusqu'à repérer un panneau indiquant la maison des frères conteurs. Elle emprunta une venelle qui se rétrécissait tant qu'elle dut achever les derniers mètres de profil. Dans un frottement de parka, elle aboutit sur un espace dégagé au bout duquel se dessinait le profil d'une jolie maison à colombages dont l'un des angles était occupé par une tourelle. Un arbre sans feuilles se dressait devant la demeure. Mina s'avança et distingua les géraniums rouge vif qui agrémentaient le devant des fenêtres. Elle s'approcha un peu plus et repéra un petit escalier menant à une porte en bois. Mina monta la volée de marches pour arriver jusqu'à l'entrée du musée des frères Grimm. Sur la porte, il était indiqué qu'il fermait à 18 heures. Il lui restait donc une trentaine de minutes pour en faire le tour. Une clochette tinta lorsqu'elle poussa la porte.

Elle entra dans une pièce aux murs recouverts de dessins qui représentaient des forêts sombres, des enfants perdus aux regards apeurés, un loup enfoui sous une couverture, des nains s'affairant dans une chaumière ou encore un ogre roulant des yeux possédés, son couteau à la main. Une mélodie de boîte à musique enfantine flottait dans l'air, renforçant encore plus l'aspect angoissant des images qui entouraient Mina.

Parmi ces illustrations, une photo attirait toute l'attention. Wilhelm Grimm y était assis un livre à la main et portait son regard au loin. À côté, Jacob se tenait debout, penché vers son frère, les yeux tournés vers l'objectif. Aucun ne souriait, tous deux arboraient un air grave, comme s'ils se savaient investis d'une haute mission.

Mina se rendit à la réception et vit une petite pancarte : « Je suis de retour dans quelques minutes. » Elle n'avait aucune envie d'attendre. Le temps pressait. Elle repéra donc le panneau indiquant le sens de la visite et passa sous une ouverture en ogive. Elle pénétra dans une salle où dominait une cheminée dont l'âtre était au moins aussi haut qu'elle. À l'intérieur était suspendue une marmite, et sur le manteau s'accumulaient des ustensiles de cuisine en cuivre. Dans un coin, une table en bois éreintée de fêlures et de traces de couteau était disposée devant quatre tabourets aux pieds arrondis à force de frotter le sol. Un sol composé de larges tomettes creusées par le temps. Rien ne semblait avoir bougé depuis plus de deux siècles. On pouvait presque humer le fumet d'un ragoût mijotant dans le chaudron et entendre les braises crépiter, alors que les deux jeunes frères écoutaient, avec de grands yeux émerveillés, leur mère murmurant une histoire qui les dissuaderait d'aller se promener la nuit dans les bois.

Au son de l'entêtante partition musicale, Mina déambula dans la maison-musée, cherchant n'importe quoi qui puisse avoir un rapport avec son enquête. Mais comment savoir sur quel élément s'arrêter ? Devait-elle chercher des correspondances entre certaines pièces de la demeure et le meurtre de Karloff ? Ou plutôt des liens entre la vie des frères Grimm et les cinq disparus ? *Cela ressemble plus à une errance qu'à une démarche méthodique*, s'agaça Mina. Elle n'en restait pas moins attentive, lisant chaque description de cruche, de charrette, de carte ou de tableau. Elle y apprit notamment que le village de Steinau était à la lisière de la région du Spessart, réputée pour son immense forêt vallonnée qui avait probablement inspiré les deux frères lors de la rédaction de leurs contes. Mais elle ne pouvait rien tirer de cette information. Elle commençait à se dire que sa présence dans ce musée n'avait aucun sens, quand on l'interpella :

— Madame ?

Un jeune homme, à la chevelure sauvage et habillé à l'ancienne avec une veste à multiples boutons, lui faisait signe. Il portait un badge avec le nom du musée inscrit dessus.

— Oui, excusez-moi, je me suis permis de rentrer, commença Mina, je comptais vous régler le billet à ma sortie. Et j'ai quelques questions à vous poser.

Le responsable du musée se rapprocha en la dévisageant. Instinctivement, Mina recula, sur ses gardes, sa main déjà plongée dans sa parka pour saisir la poignée de son arme. Le jeune homme regarda un papier qu'il tenait dans la main, puis leva à nouveau les yeux sur elle.

— C'est vous ? demanda-t-il.

Il tendit une photo à Mina. La luminosité y était faible et l'image, agrandie plusieurs fois, était devenue granuleuse. Mais l'inspectrice se reconnut aisément. Il s'agissait du cliché qui avait été pris alors qu'elle se trouvait sur le quai de la gare de Bran.

— Où avez-vous eu cette photo ?

— Elle était dans une enveloppe glissée ce matin sous la porte du musée. Elle était accompagnée d'un mot expliquant que vous alliez venir ici et que nous serions fort aimables de vous remettre ceci.

Le jeune homme lui tendit une enveloppe cachetée. Troublée, Mina la prit entre ses mains. C'était donc pour cette raison que l'assassin l'avait fait venir jusqu'ici ? Pour cette enveloppe ? Mais comment le tueur savait qu'elle serait là aujourd'hui ? Elle n'avait évoqué la piste de la maison des Grimm qu'à son commissaire. Et pas une seule seconde elle ne pouvait le soupçonner.

— Merci, finit-elle par dire, un peu déroutée.

— Je suis désolé, mais le musée va fermer…

— Oui, bien sûr. Je m'en vais, ajouta Mina, qui brûlait d'envie d'ouvrir l'enveloppe.

— Je vous fais cadeau du prix de l'entrée, ajouta le jeune homme.

— C'est très gentil ! lança Mina alors qu'elle était déjà dans une autre pièce.

En quelques secondes, elle rejoignit l'entrée et sortit sur le perron. Les clochettes de la porte résonnaient encore quand elle baissa la tête vers l'enveloppe. Elle enfila une paire de gants d'inspection. Elle venait d'ajuster le latex sur sa main droite quand elle perçut du mouvement un peu plus loin, au coin d'une maison. Elle repéra une silhouette et un appareil photo. La seconde d'après, elle avait mis l'enveloppe dans sa poche intérieure et sautait les marches pour foncer en direction de l'individu.

Elle avala les quelques mètres qui la séparaient du photographe, mais celui-ci avait déjà pris la fuite en remontant une ruelle pavée plongée dans le brouillard. Malgré la pente, Mina accéléra. Elle gagnait du terrain, sa cible était désormais à portée de main. Elle tendit le bras et saisit le vêtement du fuyard, qui se débattit furieusement. Elle glissa alors sur le pavé humide et chuta. Rompue à cet exercice, elle roula sur le côté pour éviter une mauvaise réception, se redressa et reprit sa course en ignorant la douleur dans son épaule droite. L'homme, parce qu'elle était maintenant certaine que c'en était un, avait mis de la distance entre eux, il allait lui échapper. Mina saisit son arme et tira un coup de feu vers le ciel.

— Stop ! ordonna-t-elle en anglais en mettant le photographe en joue.

L'individu s'arrêta et leva les mains.

— On ne bouge plus ! intima Mina en anglais.

Mais elle n'avait pas fait trois pas que le fugitif bifurqua soudainement dans une rue adjacente.

Rageant, Mina baissa son pistolet et reprit sa course. Elle tourna à son tour dans la rue perpendiculaire et vit la silhouette la distancer avant de prendre à gauche dans une autre rue. Sur le côté, Mina avisa un jardinet fermé par une palissade, qu'elle franchit. Elle foula à toute vitesse la terre gelée, sauta par-dessus une clôture qui donnait sur la rue arrière. Au même moment, le fuyard passait devant elle. Elle le percuta d'un coup d'épaule et il s'écroula contre le mur d'une maison. Mina le braqua, le canon de son arme se soulevant au gré de sa respiration haletante.

À terre, l'homme geignait en se tenant le bras. Il avait à peine une trentaine d'années, les cheveux blonds mi-longs noués derrière la tête. À côté de lui, un appareil photo à téléobjectif, qu'il avait lâché sous le choc.

— C'était vous, à la gare de Bran ? demanda Mina.

— Qu'est-ce que ça peut vous faire ?

Il l'avait regardée avec suffisance.

— Votre nom ? lui lança Mina.

— Je n'ai pas à vous le dire. Vous m'accusez de quoi au juste ?

Elle ignora la diversion.

— C'est vous, Ioan Petru ?

— Et vous, c'est quoi votre nom ?

Mina perdit patience. Elle se pencha sur le photographe et chercha des papiers d'identité dans sa poche intérieure.

— Hey ! s'écria l'homme en lui agrippant le poignet pour la repousser.

Mina lui fit lâcher prise d'un rapide mouvement et lui saisit le bras de sa poigne de fer.

— Ne jouez pas à ça avec moi. Vos papiers.

— Non. Je vais porter plainte contre vous pour agression.

— Qui t'a donné les infos sur mon enquête pour écrire ton article dans l'*Adevărul* ?

— Je ne sais pas de quoi vous parlez… Et lâchez-moi, vous me faites mal !

Mina recula sans baisser son arme. De sa main libre, elle s'empara de son téléphone portable et photographia le visage du suspect.

— Je finirai par t'arrêter pour complicité de meurtre, lui asséna-t-elle.

— Ça m'étonnerait.

À cet instant, Mina distingua au loin le bruit d'une sirène de police. Un villageois avait dû prévenir les forces de l'ordre en entendant le coup de feu. Elle réfléchit rapidement. Si elle restait ici, la police allemande lui demanderait des comptes, elle serait obligée d'expliquer qu'elle enquêtait sur le meurtre de Karloff, et il était certain que les Allemands reprendraient l'affaire sur leur propre territoire. Mina se verrait donc retirer le dossier et toute chance de prouver au commissaire qu'elle était à la hauteur pour occuper le poste d'inspectrice. Mais il lui semblait absurde de laisser filer sa meilleure piste pour remonter jusqu'à l'assassin. Elle rangea son arme.

— Donne-moi ton portable, ordonna-t-elle.

— Même pas en rêve !

D'un mouvement à la fois précis et rapide, elle saisit le journaliste par le col, le retourna et le plaqua au mur, en le maintenant immobile par une clé de bras.

— À l'aide ! cria l'homme.

On entendit plusieurs personnes se rapprocher en courant. *Au moins deux*, nota Mina. Elle fouilla à toute vitesse dans les poches du manteau du suspect. Rien dans la gauche. Dans la droite, elle sentit une forme rectangulaire, mais elle était fermée.

— Hé, vous !

Les policiers venaient d'apparaître. L'un d'eux avait même dégainé son arme. Mina voulut défaire la fermeture éclair de la poche, mais ses mains tremblaient sous la pression de l'urgence.

— Stop ! cria l'agent en se mettant en position de tir.

Mina eut le réflexe de ne pas tourner la tête vers eux, afin qu'ils ne puissent voir son visage. Elle attira le journaliste contre elle, le propulsa dans leur direction et démarra un sprint.

— Arrêtez ! cria l'un des policiers.

Elle ignora l'injonction, prit la première ruelle qui se présenta, dévala une pente. Elle jeta un coup d'œil derrière elle et vit l'un de ses poursuivants : une jeune agente, qui courait bien plus vite que son collègue. Et surtout bien plus vite que Mina. Encore essoufflée de sa course après le journaliste, l'inspectrice roumaine dévia soudainement, parcourut une dizaine de mètres et repéra un porche en retrait d'une maison. Elle s'y engouffra aussitôt et se colla dos à la porte. Sans la remarquer, la policière allemande passa devant elle en ralentissant, surprise de ne plus la voir. Mina regretta d'avance ce qu'elle allait faire, mais elle n'avait pas le choix si elle ne voulait pas que tout s'arrête maintenant pour elle. Elle se jeta sur l'agente et la faucha d'un coup de pied. La jeune femme tomba lourdement en vol plané sur les pavés. Mina se rua sur elle et, un genou à terre, lui entoura le cou de ses deux bras repliés en étau. La policière ne pouvait plus bouger. En moins de cinq secondes, Mina ne sentit plus aucune résistance et relâcha son étreinte. Comme prévu, l'arrêt de l'irrigation du sang vers le cerveau avait provoqué l'évanouissement.

— Julia ? s'enquit une voix dans le talkie-walkie de l'agente.

Par acquit de conscience, Mina prit le pouls de la policière. Son cœur battait normalement. Elle saisit l'appareil et regarda la plaque fixée au coin de la rue.

— Elle est rue Vienhoff. En vie, dit-elle en anglais.

Elle adressa un dernier regard à la jeune femme allongée par terre et, pas très fière d'elle, elle repartit en courant. Elle fit un rapide détour par les rues de Steinau pour rejoindre le parking. Elle en profita pour envoyer le portrait du photographe au commissariat afin qu'ils l'identifient. La réponse lui arriva alors qu'elle ouvrait la portière de son véhicule. Il s'agissait bien de Ioan Petru, le journaliste qui avait signé l'article sur le meurtre de Karloff. Comment avait-il pu la suivre jusqu'ici ? Elle avait quitté le château en hélicoptère sans repasser par la gare. Qui l'avait informé de sa venue à Steinau ? Mina suspectait évidemment l'assassin lui-même. Mais comment anticipait-il ses déplacements ? Ce n'était pas le meilleur endroit pour réfléchir. Elle démarra et roula pendant une dizaine de kilomètres avant de prendre un chemin forestier pour s'arrêter à une vingtaine de mètres de la route.

Elle sortit l'enveloppe qu'elle avait rangée dans sa poche intérieure et constata que sa main tremblait. Au même moment, elle revit le corps allongé de la policière évanouie. Une nausée commença à monter en elle. Elle ressentit la pression de son bras contre la gorge de la jeune femme. Qu'avait-elle fait ? Elle s'était engagée dans la police pour protéger les plus faibles, certainement pas pour agresser une consœur. Or elle venait d'agir par pure ambition, par peur que cette enquête ne lui échappe. Jamais elle ne se serait crue capable de commettre un tel acte. Elle s'imagina un instant se rendre, tout expliquer à la police allemande, qui dans le meilleur des cas la renverrait aussitôt en Roumanie. *Au fond, je ne suis donc qu'une arriviste prête à toutes les entorses morales pour parvenir à ses fins ?* Un instant, elle envisagea cette explication révulsante, puis en sondant plus profondément son âme elle découvrit une autre interprétation, plus subtile.

Ce n'était pas par ambition qu'elle convoitait ce poste d'inspectrice, mais par envie d'épanouissement. Elle sentait au fond d'elle-même que cette responsabilité était la nouvelle étape de sa vie. Le nouveau pas qui la conduirait sur le chemin de l'harmonie avec ce qu'elle était. Et aussi curieux que cela puisse paraître, elle devait désormais bien s'avouer que sa quête de bien-être pouvait conduire chez elle à une certaine hargne sauvage. Elle se demanda si elle serait prête à tuer pour son accomplissement. *Évidemment que non*, se dit-elle aussitôt. Mais qu'en serait-il dans le feu de l'action ? Craignant que la réponse ne la terrifie, Mina jugea qu'il était temps de se remettre en mouvement. Elle fit tourner l'enveloppe entre ses doigts tremblants. Elle verrouilla les quatre portes de la voiture et décacheta le pli.

15.

À l'intérieur se trouvait une unique feuille, d'un épais papier jauni aux contours élimés. Les bordures étaient ornées d'une frise en feuillages qui rappelaient le lierre courant sur les jambes des lettres formant les mots « HAUS » et « GRIMM ». Un élégant texte, écrit probablement à la plume, occupait le centre de la page. Mina le lut avec avidité.

Il était une fois une jeune inspectrice qui rêvait de retrouver l'assassin d'un riche entrepreneur et de comprendre pourquoi cinq hommes et femmes avaient mystérieusement disparu. C'est alors qu'un beau jour la belle jeune femme reçut une lettre.

Dans celle-ci, un inconnu lui assurait que, pour connaître la vérité, il lui fallait suivre les traces de la véritable Blanche-Neige. En commençant par regarder ce qui se cachait derrière son portrait au château de Lohr.

De petit caillou en petit caillou, l'inspectrice me retrouvera-t-elle ?

Mina demeura un moment stupéfaite, alors que l'odeur caractéristique des livres anciens montait de la feuille jusqu'à ses narines. Dans l'habitacle feutré de la voiture s'installa une atmosphère de bibliothèque où ne veilleraient que des ouvrages séculaires. Ce parfum qu'elle aimait tant l'apaisa un peu et elle put relire plus posément l'improbable missive.

Première déduction, l'assassin et le kidnappeur étaient bien une seule et même personne. Deuxièmement, le tueur avait envie de jouer avec elle. Et, troisièmement, il avait l'air de vouloir qu'on le retrouve. Mais que voulait-il dire en parlant de suivre les traces de la « véritable » Blanche-Neige ?

Mina alluma son téléphone. La luminosité blafarde de l'écran éclaira son visage dans la pénombre. Du bout des doigts, elle tapa « château de Lohr » dans le moteur de recherche de son smartphone. On lui indiqua une adresse à une petite heure de route, au sud de Steinau. La bourgade de Lohr am Main se trouvait en plein cœur de l'épaisse et immense forêt du Spessart. Une photo montrait le modeste château aux murs blancs flanqués de tours pointues et au toit en ardoise. Il avait l'air d'être situé dans le village et se visitait jusqu'à 18 heures. La jeune inspectrice regarda l'heure. Il serait bientôt 18 h 30.

Que devait-elle faire ? Se soumettre à la fantaisie du tueur qui se jouait d'elle en suivant la piste qu'il lui indiquait ? Ou retourner à Bucarest, faire analyser la lettre par le laboratoire et essayer de mener son enquête de façon plus académique ? Mais jusqu'ici, ni le légiste ni la scientifique ne lui avaient apporté le moindre élément qui permette de remonter une quelconque piste. Et il était quasiment sûr que la lettre ne révélerait ni empreintes ni ADN. Faute de mieux, elle ne pouvait que se rendre au château de Lohr. Elle décida donc d'aller dormir sur place et de se présenter au château dès l'ouverture le lendemain matin.

Mais avant cela, elle devait informer le commissaire de la tournure que prenait son enquête. Elle l'appela, il décrocha aussitôt. Mina lui lut la lettre de l'assassin et lui expliqua comment elle avait dû laisser filer le journaliste Ioan Petru pour échapper à la police allemande. Elle hésita, mais finit par confesser avoir « endormi » l'agente.

— J'aurais fait la même chose à votre place, déclara le commissaire de sa grosse voix. Bien joué. Il faut que l'affaire reste chez nous, c'est une directive du ministre de l'Intérieur lui-même.

Mina se sentit à la fois soulagée d'être soutenue mais aussi écrasée par la responsabilité qui ne cessait de s'alourdir au fur et à mesure que l'enquête prenait de l'ampleur.

— Quelqu'un au commissariat pourrait trouver quelque chose sur ce Ioan Petru ? Un moyen de l'obliger à nous révéler ce qu'il sait de l'assassin avec lequel il semble être en contact…

— Ok, je transmets. Et de votre côté, qu'avez-vous décidé ?

— Je veux suivre la piste proposée par l'assassin.

— C'est risqué, mais je viens de voir passer les conclusions de la scientifique sur les prélèvements effectués au château de Bran et rien d'intéressant n'a été trouvé. Je crains donc que ce jeu du Petit Poucet ne soit votre seule option, Mina.

La jeune femme ne releva pas le fait que la scientifique ne lui avait pas transmis directement ses résultats.

— Je vous tiens au courant.

— En vingt ans de carrière, je ne suis jamais tombé sur une affaire comme celle-ci. Ce n'est pas un cadeau que je vous ai fait. Tenez bon.

— Je m'y emploie.

— À bientôt, Mina.

Elle raccrocha, brancha le câble de son téléphone pour le recharger et démarra pour rejoindre la nationale qui la conduirait à destination. Tandis qu'elle s'éloignait de Steinau, le brouillard se dissipa et ses phares éclairaient à présent une route dégagée. De part et d'autre s'étendaient des plaines vallonnées blanchies par le givre. Mais après une dizaine de minutes de route apparurent des collines boisées. Bientôt, Mina se sentit étouffée par ces troncs d'arbres serrés qui se dressaient de chaque côté de la voie. Elle discernait par instants une percée entre les feuillus, mais ce passage n'était qu'un tunnel se perdant dans l'obscurité. Elle se sentait une nouvelle fois coupée de la civilisation, quand la lumière des phares illumina un panneau indiquant qu'elle avait pénétré dans « la mythique forêt du Spessart, là où sont nés les contes ».

Il faisait désormais nuit noire. Elle évolua pendant encore trois quarts d'heure sans croiser d'autres véhicules. Finalement, elle dut prendre une petite bretelle pour rejoindre une étroite route de campagne à une voie et sans marquage au sol. Pendant qu'elle serpentait dans la forêt, Mina imaginait des chaumières de sorcières et des géants mangeurs d'enfants tapis dans l'ombre. De ce qu'elle entrevoyait dans le cône de ses phares, la végétation s'était mise à onduler, preuve que le vent s'était levé.

Alors qu'elle se concentrait sur sa conduite pour ne pas verser dans le fossé, la sonnerie de son téléphone la fit sursauter. Un message de Cioban : « Ça continue », avait-il écrit. Un lien était accolé au SMS. Mina s'arrêta au milieu de la route et enclencha ses feux de détresse. Elle appuya sur le lien et fut redirigée vers le site du quotidien *Adevărul*. Un grand article, signé Ioan Petru, venait tout juste d'y être publié. Il s'intitulait « Le mystère du meurtre de Hans Karloff s'épaissit » et était illustré par une grande photo de la maison d'enfance des frères Grimm. Mina s'y reconnut de dos, prête à entrer dans la bâtisse. Elle fut sidérée de constater que toute son enquête y était exposée. Le journaliste racontait comment elle avait fait le lien entre le tatouage « HAUS » et certains objets retrouvés sur le lieu de la disparition de cinq personnes. Il expliquait en détail que, sur chaque objet, l'inspectrice avait retrouvé les lettres formant le mot « GRIMM ». Et qu'elle en avait déduit que l'assassin la poussait à se rendre à Steinau, dans la maison des deux célèbres folkloristes. Ioan Petru insistait sur la dimension extraordinaire de cette enquête, posant la question du lien qui pouvait bien rattacher ces cinq mystérieuses disparitions à l'assassinat de Karloff. Il n'hésitait pas non plus à encenser l'intelligence du tueur, qui semblait avoir tout organisé depuis des années. Il concluait en arguant qu'il s'agissait peut-être d'une des plus étranges affaires que le monde ait connues ces cent dernières années. Sous l'article, les commentaires se comptaient maintenant par milliers et Mina remarqua même que des communautés s'étaient constituées pour proposer et examiner différentes théories. La plus farfelue supposait que les frères Grimm n'étaient pas morts et qu'ils cherchaient à refaire parler d'eux. D'autres étaient certains que Karloff était le kidnappeur et qu'il avait mis en scène sa propre mort pour qu'on retrouve les cinq personnes qu'il avait enlevées en suivant un jeu de piste façon Petit Poucet.

L'auteur de cette hypothèse assurait même que Karloff, à la tête d'une des plus puissantes entreprises de haute technologie, avait transféré l'esprit des disparus sur un support digital avant de les tuer.

Mina jeta un œil sur les plus grands sites de journaux étrangers et tous avaient repris en une l'article de l'*Adevărul*, chacun rivalisant de superlatifs pour décrire cette affaire qui enflammait le monde entier.

Mina serra fort son volant, tâchant de ne pas céder à la colère et à l'anxiété. Un autre message la tira de sa lutte interne. C'était le commissaire : « L'article que Vasile vous a transmis dit au moins que l'enquête avance. C'est une bonne chose pour l'opinion publique et donc les politiques. Continuez comme si de rien n'était. Mais faites au plus vite. »

Mina inspira plusieurs fois par le ventre pour tenter de se calmer. Mais la griffe plantée dans son abdomen ne desserrait pas son emprise. Elle redémarra quand même et s'efforça de réfléchir, au lieu de céder à la pression. Une question revenait sans cesse dans ses pensées : quel intérêt l'assassin avait-il à dévoiler toutes les coulisses de l'enquête ? Pourquoi entretenait-il une ferveur médiatique autour de ses méfaits ? Pour accéder à la célébrité ? C'était l'hypothèse la plus probable, mais Mina ne pouvait s'empêcher de penser qu'il avait peut-être un autre agenda.

La lueur de ses phares finit par se refléter sur un panneau avertissant le voyageur qu'il entrait dans le village de Lohr am Main. La chaussée se pava et s'arrêta devant une ruelle piétonne. Sur la droite, une place entourée d'arbres accueillait deux véhicules. Mina se gara à son tour et coupa le contact. Où allait-elle dormir ? Elle chercha sur son téléphone s'il y avait un hôtel dans le coin, ne trouva rien à moins de cinquante kilomètres. Tant pis, elle dormirait dans la voiture. Jadis, elle avait déjà passé quelques nuits sur le pont du bateau de pêche pour soulager son mal de mer, la banquette moelleuse et stable de son véhicule serait, par contraste, d'un grand confort. Quant à dîner, elle n'en avait pas envie. Le stress lui avait coupé l'appétit. Elle referma sa parka jusqu'au cou, allongea le siège au maximum. Elle s'habitua aux coups de vent qui secouaient la carrosserie et chercha le sommeil. Mais son cerveau n'était qu'agitation, questions, doutes et inquiétudes. Une phrase du commissaire surtout la harcelait sans relâche : *faites au plus vite.*

Au bout de dix minutes, Mina rouvrit les yeux, redressa le dossier de son fauteuil et sortit de la voiture. Les cheveux agités par le vent, elle avisa le village à quelques pas. Il était impossible pour elle d'attendre plus longtemps pour entrer dans le château.

16.

D'un pas énergique, elle suivit la ruelle piétonne à la lueur des lampadaires suspendus aux maisonnettes à colombages et aux balcons fleuris. Leurs murs tantôt rosés, tantôt d'un vert tendre ou d'un jaune passé, donnaient le sentiment d'évoluer dans un village conçu par un enfant. Quelques lumières éclairaient les fenêtres ornées de rideaux en dentelle derrière lesquels des ombres se devinaient. Mais à cette heure tardive, personne ne se promenait dehors. Le seul bruit que l'on pouvait entendre était le sinistre grincement des enseignes en fer forgé des échoppes qui s'agitaient dans le vent. Mina déboucha enfin au centre du village sur une place occupée par une fontaine surmontée d'une statue figurant un porteur d'eau. Juste derrière se trouvait une étrange petite maison penchée, à la toiture tordue. De là, derrière le voile sur ses yeux rendus larmoyants par les bourrasques, elle aperçut le sommet d'une des tourelles du château qu'elle avait vues sur internet. Elle s'engouffra dans une ruelle sinueuse en se retournant à plusieurs reprises, toujours prête à surprendre Ioan Petru sur ses talons.

Elle marcha quelques minutes avant d'aboutir à une vaste place dégagée qui révélait le château de Lohr. Ou plutôt un manoir aux murs blancs agrémenté de deux tours rondes sur sa façade et de deux autres plus petites un peu en retrait. Elle s'assura que le lieu était désert et traversa la place pour prendre une allée encadrée de deux réverbères qui conduisait à l'entrée du château. Arrivée devant la porte, elle inspecta la serrure. C'était un modèle ancien, ouvragé et surtout solide. Elle leva les yeux, ne repéra aucune caméra, pas même un autocollant informant de la présence d'une surveillance. Elle contourna le bâtiment et nota la présence de plusieurs fenêtres facilement accessibles. Elle inspecta une dernière fois autour d'elle et retira sa parka. Elle la plaqua sur une vitre et y décocha un vif coup de coude. Un bruit de verre brisé se fit entendre. Toujours à l'aide de son manteau, Mina dégagea les éclats du cadre de la fenêtre. Elle enfila des gants en latex pour ne pas laisser d'empreintes et se hissa par l'ouverture. Elle se réceptionna sur un dallage en pierre et attendit une quinzaine de secondes sans bouger, guettant le déclenchement d'une alarme. Rien.

Elle alluma sa lampe torche et balaya de son faisceau devant elle. Apparurent un chariot en bois chargé de bûches, un tronc d'arbre dans lequel était plantée une hache et deux yeux luisants qui la fixaient. Mina recula et dégaina son arme, le cœur battant la chamade.

— Qui est là ? chuchota-t-elle, de peur d'être entendue au-dehors.

Aucune réponse. Les yeux continuaient de l'observer sans ciller. Mina aligna son pistolet sous sa lampe torche. Le regard qui la fixait était étrangement proche du sol. Mina avança, jusqu'à ce que la lueur de la lampe éclaire le corps d'un cerf couché sur une petite estrade couverte de feuilles et de branches. L'animal était empaillé, les pupilles figées dans le vernis.

Mina abaissa son arme en reprenant une respiration normale. Elle contourna la dépouille et constata qu'elle avait pénétré dans une salle apparemment consacrée à la faune et la flore de la forêt du Spessart. Mais nulle part elle n'entrevit de portraits ou même de panneaux explicatifs au sujet de Blanche-Neige. Elle repéra une porte et gagna un couloir aux murs tapissés d'un tissu vert. Salle après salle, elle inspecta tout le rez-de-chaussée et ne trouva qu'une cuisine d'antan reconstituée, des représentations des métiers traditionnels de bûcheron, menuisier, forgeron, cordonnier ou fermier.

Elle monta un escalier à angle droit en grimaçant chaque fois que ses pas faisaient gémir une latte de bois. Elle posa un premier pied sur le parquet du seuil de l'étage. Elle repéra quatre portes d'un coup de lampe de poche. Elle poussa la première et entra dans une pièce qui abritait des vitrines dans lesquelles étaient exposés de vieux documents administratifs. Elle les examina un à un. Il s'agissait surtout d'actes notariés, notamment le titre de propriété daté de 1702 qui stipulait que le château appartenait à un certain Philippe-Christophe d'Erthal, prince-électeur régnant sur la région. Mina quitta la pièce à pas feutrés pour entrer dans la deuxième.

La salle était encombrée d'une multitude d'objets anciens, allant de la faux à la machine à écrire en passant par des portraits d'hommes probablement célèbres en leur temps. Mina n'y trouva rien qui se rapprochât de près ou de loin à Blanche-Neige. Elle voulut s'aventurer dans la troisième salle, mais elle était fermée à clé pour cause de travaux, comme l'expliquait une affichette. Elle se dirigea vers la dernière, qui avait l'air d'avoir été une chambre d'enfant et qui portait le numéro 113. Près de la fenêtre, le pinceau de sa lampe révéla un berceau à baldaquin à côté duquel se trouvait un fauteuil. Sur le manteau d'une cheminée étaient disposées deux poupées, et, sur un tapis, un cheval à bascule attendait d'être monté par un bambin. Mina éclaira les murs et s'arrêta subitement. Saisie.

Elle venait d'illuminer, accroché à l'une des parois, le tableau d'une ravissante jeune femme esquissant un discret sourire et qui devait avoir une petite vingtaine d'années. Elle était vêtue d'une robe en soie décolletée qui découvrait largement son buste. Jamais Mina n'avait vu quelqu'un avec une peau si blanche. Quant à ses cheveux relevés en chignon, ils étaient d'un noir si profond qu'ils se confondaient avec le fond obscur du tableau. Les deux seules notes de couleur du portrait peignaient ses joues d'un rose vif. Mina chercha aussitôt sur son téléphone le passage du conte de Blanche-Neige qui décrivait l'héroïne. « Elle était blanche comme neige, rose comme sang, et ses cheveux étaient noirs comme de l'ébène. On l'appela Blanche-Neige. »

Que l'on croie ou non être en présence de la « vraie » Blanche-Neige, elle devait avouer que la ressemblance était déroutante. L'inspectrice éclaira le cartel sous la toile : « Maria Sophia Margaretha Catharina d'Erthal est née en 1725, ici même, dans cette chambre du château de Lohr am Main, au cœur du Spessart. Son père, Philippe-Christophe d'Erthal, y fut grand bailli de l'électorat de Mayence, pour ainsi dire prince de la région. Après la mort de la mère naturelle de Maria Sophia, le père se remaria avec Claudia Elisabeth Maria von Venningen, qui prit le titre honorifique de reine. Elle se comporta de façon despotique avec sa belle-fille et jalousa sa beauté. Le père de Maria Sophia, qui s'absentait pour des voyages diplomatiques, ignora les brimades dont était victime sa fille. »

Mina relut le début du conte de Blanche-Neige qui racontait comment une châtelaine rêvait d'avoir une fille au physique proche de la description de Maria Sophia. La pauvre mère y mourait au cours de l'accouchement et le père se remariait avec une femme vaniteuse qui devenait sa reine et ne pouvait souffrir que quelqu'un la surpassât en beauté. La figure paternelle disparaissait ensuite du conte, tout comme le père de Maria Sophia, qui s'absentait régulièrement. Face à ces similitudes entre la réalité et le conte, Mina envisagea que les frères Grimm, qui vivaient à la lisière du Spessart, aient eu vent de cette histoire de famille. Mais aussi intrigants que soient ces éléments, ils étaient loin d'être suffisants pour qu'elle adhère à l'hypothèse de reconnaître la véritable Blanche-Neige dans le portrait qui lui faisait face. Où étaient le miroir, les nains, la pomme empoisonnée ?

Qu'importe, se dit-elle. L'assassin lui avait dit qu'il fallait regarder derrière le tableau. Elle cala sa lampe torche entre ses dents et souleva le cadre, qu'elle déposa par terre avant de le retourner. Au dos était fixée une enveloppe. Elle s'en empara et l'ouvrit. Cette fois, la feuille, toujours décorée de liserés végétaux, ne comportait qu'une seule phrase à l'écriture raffinée : « Cherchez le miroir. »

Agacée par ce jeu de piste, Mina s'empêcha cependant de froisser la lettre. Elle la glissa dans sa poche intérieure et remit le cadre en place. Puis elle rebroussa chemin d'une démarche retenue et s'arrêta devant la porte interdite d'accès pour cause de travaux. Si le miroir était quelque part, c'était forcément dans cette salle. Mina ouvrit la porte et recula brutalement dans le couloir.

Elle venait d'être éblouie par une torche. Quelqu'un l'attendait et l'éclairait en plein visage. Elle se plaqua derrière le mur jouxtant la porte ouverte.

— Qui est là ? lança-t-elle, son arme pointée vers le sol.

Il lui sembla entendre une réponse très lointaine, mais ne comprit pas ce qu'on lui disait.

— Je suis armée et je vais faire feu, ajouta-t-elle.

Lui parvint comme un murmure.

Mina posa son index sur la détente de son pistolet.

— Sortez ! ordonna-t-elle. Je suis de la police, je ne vous ferai aucun mal.

Pas de réponse, ou peut-être seulement une espèce de souffle.

— Je compte jusqu'à trois et je rentre… Un…

À contretemps, elle fit irruption dans la pièce, sa lampe torche calée sous la crosse de son arme. Une nouvelle fois, elle fut éblouie. Elle se décala aussitôt sur le côté et aperçut une silhouette se déplaçant en même temps qu'elle. Alors elle comprit.

Elle abaissa son arme et sa lampe. Dans la pénombre, elle distinguait désormais de façon très nette la présence d'un miroir, situé juste en face de la porte, qui lui avait renvoyé son reflet. Elle inspira profondément pour chasser le pic de stress et orienta le faisceau de sa lampe vers le sol en avançant jusqu'à l'imposante glace. Elle devait bien mesurer un mètre soixante, entourée d'un cadre en argent ciselé et de bordures écarlates éclatantes de luxe. Le sommet se terminait en arabesques dessinant deux médaillons ovales peints de délicates figures végétales. *Un miroir de reine*, songea aussitôt Mina.

Elle lut le cartel à la lueur de sa lampe. On y racontait qu'en plus de ses fonctions diplomatiques le père de

Maria Sophia possédait une grande fabrique de miroirs. Celui présenté ici était un cadeau offert à sa deuxième femme, donc à la belle-mère de Maria Sophia. Comme beaucoup de miroirs issus de cette fabrique, une maxime y était inscrite. Raison pour laquelle on les appelait les miroirs « parlants ». Sur celui-ci, la devise était la suivante : « L'amour de soi. » Autrement dit : qui est la plus belle ?

Cette fois, Mina fut plus troublée qu'en face du portrait de Maria Sophia. Était-elle en présence du miroir « magique » de la méchante reine qui interrogeait sans cesse son reflet pour savoir qui était la plus belle du royaume ? Qu'est-ce que l'assassin cherchait à lui faire comprendre ? Que toute l'histoire de Blanche-Neige était vraie ? Non, c'était impossible, elle était seulement victime d'un biais cognitif, d'une série de coïncidences auxquelles son cerveau voulait donner du sens.

Elle relégua donc cette conjecture au fin fond de ses pensées pour rester concentrée sur son enquête. Supposant que le tueur avait suivi pour le miroir le même modus operandi que pour le portrait, elle glissa sa main derrière la glace et, à tâtons, finit par sentir une enveloppe sous ses doigts. Une nouvelle poussée d'adrénaline se répandit en elle. Elle prit l'enveloppe et l'ouvrit. Toujours le même papier enluminé de lierres et cette écriture à la plume : « Suivez le chemin des sept collines comme Blanche-Neige lors de sa fuite et trouvez les nains. »

Mina secoua la tête, comme si elle refusait de croire à toute cette histoire. Son esprit cartésien se rebellait. Elle ne parvenait pas à accepter qu'une véritable jeune femme ayant vécu au XVIIIe siècle fût la véritable Blanche-Neige. Comment admettre qu'une jeune femme persécutée par sa belle-mère jalouse ait fui dans la forêt du Spessart sur un chemin encore visible aujourd'hui et au bout duquel Mina trouverait une chaumière habitée par sept nains facétieux ? Sans parler de la reine déguisée en vieille femme, de la pomme empoisonnée et même du cercueil en verre. Tout cela n'avait aucun sens.

Elle glissa la lettre dans la poche de sa parka en se demandant qui pouvait bien être l'esprit tordu qui se cachait derrière l'assassin et combien de temps allait durer ce jeu de piste. Elle allait quitter la salle quand une question lui revint en tête. Qui lui avait répondu lorsqu'elle avait appelé depuis le couloir ? D'où était venu le murmure qui avait couru jusqu'à elle ? Mina frissonna à l'idée que quelqu'un était caché là, en train de l'épier. Elle éclaira chaque recoin de la pièce, sans rien révéler. Elle fut soudain prise d'un doute. Une hypothèse improbable venait de lui traverser l'esprit. Elle se plaça bien en face du miroir, à moins d'un mètre, et regarda son reflet.

— Je suis la plus belle, dit-elle.

— Je suis la plus belle, répondit en écho le miroir.

Mina n'en revenait pas. Elle examina le côté de la grande glace et comprit. Elle était légèrement incurvée et renvoyait la voix de son interlocuteur. Ce qui en faisait réellement un miroir parlant.

— Comme dans le conte…, murmura Mina pour elle-même.

Fascinée par cet objet aussi beau qu'étrange, la jeune inspectrice se surprit à l'admirer plus longtemps que prévu. Malgré son esprit rationnel, elle imagina cette seconde épouse frustrée, délaissée des semaines durant par son mari dans ce grand château froid, jalouse de sa belle-fille dont elle ne rattraperait jamais la jeunesse. Elle la vit devant ce miroir, cherchant désespérément un réconfort que personne d'autre qu'elle-même ne pouvait lui donner. Elle l'entendit se répéter jusqu'à l'épuisement qu'elle était encore la plus belle, la plus digne d'être adorée, puisant dans l'écho de sa propre voix un insatiable besoin de consolation. Mina éprouva dans son cœur le tourment de cette femme se muant en haine jusqu'à ce monstrueux geste anthropophagique pour s'approprier la beauté de la jeune Blanche-Neige, condamnée à fuir dans une obscure forêt en pleine nuit. *Et si tout cela était vrai ?* frémit une petite voix au plus profond de Mina. C'était la voix de son enfance, celle qui parlait à l'amatrice de livres et d'histoires. Pas celle qu'elle devait écouter pour exercer son métier d'inspectrice, s'insurgea-t-elle.

Elle jeta un dernier coup d'œil au miroir et tourna les talons. Elle redescendit et ressortit par la fenêtre par laquelle elle était entrée. Elle s'éloigna du château, seule dans la nuit, en retirant ses gants d'examen, et retrouva sa voiture.

Installée sur son siège, elle fit une recherche internet sur l'existence d'un chemin des sept collines de la région du Spessart. Une fois encore, c'était la seule piste qu'elle possédait. La seule que l'assassin daignait lui ouvrir. Elle ne trouva aucun résultat probant. Et elle ne se souvenait pas d'avoir déjà lu quelque chose sur ce sentier dans le conte. N'était-ce pas une invention de l'assassin ? Elle relut la version originale de *Blanche-Neige* sur son téléphone et s'arrêta au milieu de sa lecture. Non, l'assassin n'affabulait pas. « Ayant finalement découvert un stratagème, la reine se farda le visage et s'habilla comme une vieille marchande ambulante. Elle était méconnaissable. Ainsi déguisée, elle franchit les sept montagnes derrière lesquelles se trouvait la maison des sept nains. »

Il était bien fait mention de ce chemin à l'étrange dénomination. Mais avait-il seulement existé ? Et, si c'était le cas, pouvait-on encore le trouver ?

Mina se résolut à retourner dès l'ouverture du château, à 8 heures, pour en apprendre davantage auprès du conservateur, à coup sûr la personne la mieux qualifiée pour répondre à ces questions. D'ici là, il fallait absolument qu'elle dorme. Malgré la fièvre de l'enquête, elle avait besoin de repos. Elle régla le réveil de son téléphone sur 6 heures du matin, allongea son siège et ferma les yeux.

Derrière ses paupières se mêlèrent les images du portrait de Maria Sophia et d'une belle-mère aux traits fins mais secs. Elle vit même le grand miroir lui parler de sa voix caverneuse avec le visage brumeux de Karloff. Et plus elle s'enfonçait dans le sommeil, plus des arbres aux branches crochues se refermaient sur elle tandis qu'elle courait à perdre haleine.

Elle se réveilla grelottant de froid à 6 heures du matin. Une brume nappait la semi-obscurité tout autour de la voiture et les lampadaires étaient encore allumés. Elle se frictionna énergiquement les bras, prit son sac à dos et sortit aussitôt du véhicule pour réveiller son corps transi. Dans la ruelle qu'elle avait empruntée la veille au soir, il lui sembla voir de la lumière émaner d'une échoppe dont l'enseigne en fer ouvragé représentait une généreuse miche de pain. Elle marcha rapidement jusqu'à la boutique dont la petite porte était encore fermée. Elle toqua à la vitre à plusieurs reprises en sautillant sur place pour faire circuler le sang dans ses membres. Un homme finit par ouvrir. Il était habillé tout en blanc, un débardeur couvrant son torse poilu, ses mains couvertes de farine.

— Je suis désolée de vous déranger, dit-elle en anglais, mais j'ai dormi dans ma voiture, je suis frigorifiée et je n'ai rien mangé hier soir.

Tout en parlant, Mina eut conscience qu'elle s'exprimait avec le même ton de supplique que les enfants perdus dans les contes.

— J'ai de quoi vous payer, précisa-t-elle.

Le boulanger fit jouer sa moustache de gauche à droite et finit par ouvrir la porte en grand.

— Allez, entrez, je devrais bien vous trouver un p'tit quelque chose pour vous requinquer, dit-il dans un anglais impeccable.

— Merci, répondit Mina en savourant aussitôt la chaleur qui se dégageait de la boulangerie.

— Suivez-moi.

Le tenancier la conduisit dans l'arrière-boutique où flottait une délicieuse odeur de pain et de croissants chauds. Le four rougeoyant créait une atmosphère de fournaise.

— Tenez, dit le boulanger en tendant une plaque de cuisson où reposaient des viennoiseries. Prenez ce que vous voulez.

Pendant que Mina s'emparait d'une brioche brûlante, il lui versa une tasse de café.

— Buvez, ça ira mieux.

La jeune inspectrice sirota le breuvage chaud et croqua dans sa brioche.

— Merci mille fois, dit-elle en jouissant de la flamme qui semblait s'être rallumée dans son corps.

— Et vous pouvez manger sans crainte, je ne suis pas la sorcière de Hansel et Gretel, hein !

Mina engloutit une nouvelle bouchée avant de répondre :

— Vous êtes très imprégnés par les contes de Grimm, dans la région, non ?

— Mais parce que c'est ici que tout s'est passé, répliqua le boulanger en pétrissant sa pâte. Vous croyez qu'elles viennent d'où, les histoires des deux frères ? Vous savez qu'ils ont vécu juste à côté de la forêt du Spessart, ils sont nés à Hanau et ont vécu une partie de leur enfance à Steinau. Cette fichue forêt du Spessart est la plus touffue de toute l'Allemagne ! Tout peut arriver une fois qu'on y est perdu. Et encore plus à l'époque, où les loups, les brigands et autres sorcières vivaient là-dedans ! Moi je vous garantis que les deux frangins n'ont rien inventé. Ils n'ont fait qu'écrire ce que les gens du coin se racontaient de génération en génération, traumatisés par des événements qui s'étaient réellement déroulés.

Mina ne put s'empêcher de repenser à la « véritable » Blanche-Neige.

— Le chemin des sept collines ou des sept montagnes, ça vous dit quelque chose ?

L'artisan répondit d'une moue circonspecte :

— Vous devriez aller voir Berta. C'est la doyenne du village, elle sait tout ce qu'il y a à savoir de la région.

— Où puis-je la trouver ?

— La petite maison tordue près de la fontaine. C'est chez elle.

Mina se rappelait effectivement avoir noté la présence de cette étrange maison penchée au toit biscornu.

— Mais pourquoi vous voulez savoir ça ? demanda le boulanger. Pour faire une randonnée ?

Pas besoin de prévenir tout le village de la présence d'une inspectrice dans les environs. Les gens feraient probablement le lien avec l'affaire Karloff et elle n'aurait plus aucune liberté ni anonymat pour enquêter sereinement, pensa Mina.

— Non, je suis historienne, répondit-elle, et je suis en train d'écrire un livre sur la région, je fais des recherches sur son patrimoine culturel. Combien je vous dois ?

— Rien du tout, ça m'a fait plaisir de parler un peu avec vous. Ça n'arrive jamais, vu l'heure à laquelle j'me lève. Allez-y, Berta est probablement déjà debout. Et tenez, apportez-lui ça, ajouta le boulanger en donnant à Mina un chiffon où il venait d'envelopper deux viennoiseries de ses doigts dodus.

— Comme le Petit Chaperon rouge ? sourit Mina.

— Je suis sûr que vous êtes aussi gentille et dévouée qu'elle. Alors vous savez ce qu'il vous reste à faire, n'écoutez pas les conseils du loup, filez tout droit jusqu'à la maison de Berta. Puis, une fois là-bas, soyez tolérante, elle a bonne mémoire, mais perd parfois un peu la tête.

— C'est noté et encore merci pour votre accueil.

Mina ressortit dans le froid du petit matin. Elle foula les pavés humides de brume éclairés de temps à autre par des lampadaires. Parfois, une fenêtre s'allumait à la faveur d'un villageois qui devait s'éveiller. Elle gagna bientôt la fontaine et retrouva la maisonnette bancale. Elle frappa à la porte et patienta. Se présenta une toute petite femme âgée, très frêle, avec un fichu sur la tête et des lunettes épaisses qui lui grossissaient les yeux. Elle fixa Mina de son regard de myope.

L'inspectrice prit les devants en parlant à nouveau en anglais :

— Je m'appelle Mina Dragan, je viens de Roumanie.

— Je me disais bien que je ne vous connaissais pas, vous…, répondit la vieille dame d'une voix chevrotante en s'adaptant immédiatement à la communication en anglais.

— Non, je ne suis que de passage dans le village. C'est le boulanger qui m'a conseillé de m'adresser à vous. Je suis en train d'écrire un livre historique sur la région et j'aurais aimé vous poser quelques questions. Il paraît que vous êtes la personne idéale pour m'aider.

— Oh, je ne sais pas, ma petite. Mais entrez donc, vous allez attraper la mort à rester ainsi dans le froid.

La vieille femme s'effaça et Mina franchit le seuil. Malgré sa petite taille, elle dut baisser la tête pour ne pas se cogner. À l'intérieur, tout lui sembla réduit. Le plafond du couloir était plus bas qu'ailleurs et les meubles, tous en bois, semblaient plus petits que dans une maison classique. Sur les murs, des cadres représentaient des paysages de forêts, des chaumières, des ruisseaux, et quelques gravures évoquaient les contes de fées. Une multitude de bibelots décoraient des étagères. On y reconnaissait des coupelles, des vases, des animaux et quelques loupiotes allumées qui diffusaient de faibles lueurs de luciole.

— Ah, au fait, tenez, dit Mina en tendant le chiffon qui enveloppait les viennoiseries que lui avait confiées le boulanger.

— Ah… Gottfried est bien aimable.

La vieille dame s'assit dans un fauteuil, déposa le paquet sur un guéridon et l'ouvrit.

— Je vous en prie, asseyez-vous et servez-vous, mon enfant. Vous êtes maigre comme un oisillon.

— Merci, Gottfried m'en a déjà offert tout à l'heure, répondit Mina en prenant place dans un menu fauteuil.

— Je parle, je parle, mais allez-y, je vous écoute.

— Avez-vous déjà entendu parler du chemin des sept collines ou des sept montagnes ?

Berta plissa ses yeux de taupe derrière ses verres.

— Tiens, c'est bien la première fois qu'on me pose cette question... Vous vous intéressez donc au conte de Blanche-Neige, n'est-ce pas ?

— C'est exact. Savez-vous si ce chemin existe et où on peut le trouver ?

— Laissez-moi réfléchir un instant.

La vieille dame retira ses lunettes qu'elle essuya patiemment. Elle marmonnait des mots incompréhensibles, faisant parfois « non » de la tête, comme si elle cherchait quelque chose.

— Ah, voilà ! déclara-t-elle soudain en levant l'index et en fixant Mina de son regard de hibou. La Wieser Strasse ! C'est comme ça qu'on appelait jadis ce sentier qui partait de Lohr pour s'enfoncer dans la forêt et franchir les sept collines du Spessart. Si mes souvenirs sont bons, il date du XIVe siècle.

Mina sentit à nouveau l'excitation qui l'avait saisie face au miroir « parlant » et au troublant portrait de Maria Sophia.

— Ce sentier est toujours praticable ?

— Il a été abandonné il y a longtemps, mais il en reste peut-être des traces. Je vous avoue que je n'en sais rien.

— Où pourrais-je le trouver ? Et où menait-il autrefois ?

— Je crois qu'il partait de derrière le château. Vous verrez, la forêt commence là. Mais je ne sais plus du tout jusqu'où ce sentier permettait de se rendre. Ah fichtre ! Je devrais le savoir. Si je l'ai oublié, qui pourrait s'en souvenir ?

Mina lui laisse le temps de réfléchir, mais la doyenne du village finit par abandonner.

— Je suis désolée, ça m'échappe. Mais j'ai la conviction que ce sentier conduisait à un endroit précis. À l'époque, on ne traçait pas un chemin pour le plaisir de marcher. Il devait avoir une utilité.

— Ne vous tourmentez pas, je vais aller voir moi-même, finit par dire Mina.

— Bien, bien, ma petite, mais soyez bien prudente, malgré tout. C'est un sentier de montagne boisée, et ce dont je suis sûre, c'est qu'il n'y a pas trace de civilisation autour sur des dizaines et des dizaines de kilomètres.

Mina se leva.

— Merci pour votre accueil, Berta. Juste une dernière question. Vous croyez que les contes sont tous des histoires vraies ?

— « Fondés sur des histoires vraies » serait plus juste. De cela, j'en suis certaine. Je crois que vous n'imaginez pas ce qu'ont vécu nos ancêtres. Ces contes ne datent pas de l'époque des frères Grimm, ils remontent au moins au Moyen Âge, si ce n'est avant. Les forêts n'étaient pas domestiquées comme maintenant, les bizarreries de l'esprit humain n'étaient pas repérées ou encadrées comme aujourd'hui, les loups rôdaient, les bandits et voleurs sévissaient en bandes, les hivers étaient d'une rudesse impitoyable, les récoltes incertaines, les enfants devaient travailler très jeunes dans des conditions souvent inhumaines, et la pauvreté et la famine rendaient les gens fous. D'où est venue la figure de l'ogre mangeur d'enfants, d'après vous ? De la sorcière cannibale ? De ces femmes prêtes à se mutiler le pied pour bénéficier du confort de vie d'une princesse ? Et ce loup, tout à la fois anthropophage et visage du bestial prédateur sexuel ?

Je vous assure, ma douce enfant, l'époque avait quelque chose de réellement monstrueux. Et celles et ceux qui ont inventé ces contes n'ont fait que raconter les plus grandes peurs de leur existence.

Tout en parlant, la doyenne avait raccompagné Mina jusqu'à la porte.

— J'espère que vous trouverez votre chemin, ma petite.

— Je l'espère aussi. Une dernière chose. Il se peut que des gens viennent vous poser la même question que moi sur l'existence de ce chemin des sept collines. Si cela ne vous dérange pas, laissez-moi deux ou trois jours d'avance avant de leur donner l'information.

— Et qui seraient ces gens ?

— J'ai eu le malheur d'expliquer sur mon blog que je commençais l'écriture d'une histoire culturelle du Spessart et j'ai quelques fans qui se sont mis en tête de me suivre dans mon périple.

— D'accord, je comprends. Ne vous inquiétez pas, je sais faire celle qui perd la tête quand ça m'arrange, surtout quand je dois un peu trop d'argent à Gottfried.

Et elle s'égaya d'un rire de souris.

Mina s'amusa de cette vieille femme plus malicieuse qu'il n'y paraissait et se pencha pour franchir le seuil. Elle se retourna une dernière fois pour remercier Berta puis se mit à la recherche d'une épicerie. Elle en trouva une sur le chemin conduisant au château. Elle y acheta de quoi boire et manger pour une journée, rangea ses provisions dans son sac à dos et reprit sa route.

En dix minutes, elle retrouva le château nappé de brouillard qu'elle contourna pour tomber sur les premiers arbres de la forêt du Spessart s'élevant sur une colline. Mina suivit la lisière, d'où s'échappaient des spectres brumeux, à la recherche de la moindre percée. Elle tenta plusieurs pistes qui s'effacèrent toutes après quelques minutes de marche. Elle poussa son inspection tout le long de la frontière boisée et aperçut soudain un petit tertre de pierres empilées. Elle s'accroupit.

— C'est pas vrai, souffla-t-elle.

Le premier caillou était gravé d'une fleur de lierre, comme celles qui ornaient les lettres des mots « HAUS » et « GRIMM ». Juste à côté du monticule, on distinguait un infime sillon dans la végétation. L'assassin voulait définitivement s'assurer qu'on le retrouve. Mais si c'était bien le cas, pourquoi n'indiquait-il pas directement à Mina son emplacement ? Pourquoi ce jeu de piste ? Elle fulmina d'être le jouet de ce tueur. *Je n'enquête pas*, s'agaça-t-elle contre elle-même. *J'exécute le plan de celui que je traque !* Mais que pouvait-elle faire d'autre ?

Sur ses gardes, la jeune inspectrice vérifia qu'aucun piège n'entravait le chemin et s'y engagea, ses jambes dissipant les cotonnades de vapeur froide qui s'enroulaient autour d'elle. Elle marcha pendant près de deux heures en faisant preuve d'une grande vigilance pour ne pas quitter le sentier. Le dénivelé s'accentua et des rochers commençaient à émerger de la terre. Ses exhalations essoufflées se mêlèrent au brouillard. La forêt était dense, les branches griffaient sans cesse sa parka et son visage, ralentissant sa progression. Elle dut traverser des bosquets épineux et dérapa sur des cailloux saillants. Elle se rappelait les mots du conte : « Blanche-Neige se mit à courir sur les cailloux pointus et à travers les épines. » À deux reprises, elle rebroussa chemin pour retrouver la piste qu'elle traquait. Et après trois heures d'une rude ascension, elle atteignit le sommet de la première montagne. De là, elle dominait tous les alentours. À perte de vue, elle ne voyait que la forêt et ses vallons émergeant des nuages. Le village de Lohr n'était même plus visible. Si l'assassin voulait l'attirer dans un lieu isolé, elle ne pouvait être au meilleur endroit. Elle supposait cependant que si telle était son intention, il avait déjà eu maintes occasions de la supprimer. Alors où l'emmenait-il ? Elle avala quelques gorgées d'eau et allait se remettre en route quand une odeur la dérangea. Un parfum fétide, très désagréable, comme si une charogne pourrissait non loin. Elle regarda autour d'elle et les repéra. Les fruits noirs et ronds qui poussaient au bout de feuilles en étoile.

— De la belladone, murmura Mina.

Elle pousse donc bien dans la région. Il était fort possible que la belle-mère de Maria Sophia ait concocté le poison entourant la belle pomme en se fournissant dans la forêt qui entourait le château. Le médecin légiste lui avait expliqué que l'atropine contenue dans la belladone provoquait une rigidité cadavérique et plongeait dans le coma sans entraîner forcément la mort. Tout dépendait du dosage. Il était donc tout à fait envisageable que Maria Sophia ait consommé une dose tout juste suffisante pour lui donner l'apparence d'une morte. Raison pour laquelle elle avait miraculeusement ressuscité quelques jours plus tard en sortant du coma.

Mina se garda bien d'approcher de trop près la plante mortelle et chemina à nouveau. Elle marcha ainsi toute une partie de la journée, ne faisant qu'une brève pause pour se sustenter au sommet de la troisième montagne. À un moment, elle aperçut une biche redressant le cou à son approche. Figé un instant, l'animal la fixa de ses saisissantes prunelles noires puis s'éloigna d'un bond gracile pour s'évanouir dans les fourrés. Mina savait bien que c'était une heureuse coïncidence, mais elle ne put s'empêcher de repenser au conte. « Les bêtes sauvages bondissaient autour de Blanche-Neige, mais ne lui faisaient aucun mal. Elle courut jusqu'au soir, aussi longtemps que ses jambes purent la porter. »

Mina n'en était pas à ce stade de fatigue, mais il n'était pas loin de 15 heures, et, déjà, la lumière d'hiver déclinait. Ses yeux avaient de plus en plus de mal à repérer l'ancien tracé. Allait-elle atteindre son but avant la tombée de la nuit ? Elle était incapable de le savoir. Ce dont elle était sûre, c'est que si elle ne voulait pas dormir dans la forêt sans tente ni même sac de couchage, elle devait rebrousser chemin tout de suite. Elle hésita, s'imagina un instant revenir au village, s'équiper pour camper et repartir, mais elle ne savait pas si Ioan Petru, le journaliste d'*Adevărul*, n'allait pas bientôt dévoiler la suite de son enquête et lancer ainsi une horde de curieux et de détectives en herbe sur les mêmes traces qu'elle. Ce qui compromettrait immédiatement ses investigations. Elle jugea qu'elle avait assez à manger et à boire et que sa parka était assez chaude pour tenir une nuit dehors. C'est en tout cas ce qu'elle espérait. Accélérant sa cadence, elle mit ses genoux à rude épreuve dans une descente caillouteuse et remonta sur le versant opposé. Quand elle parvint au sommet, le crépuscule avait plongé le monde dans cette atmosphère étrange où les premières étoiles apparaissent dans le ciel noir tandis qu'une dernière bande de lumière lutte à l'horizon. Mina ne put s'empêcher de penser à Maria Sophia. Si la jeune fille avait vraiment fui dans la forêt pour échapper à la folie meurtrière de sa belle-mère, quelle angoisse avait dû être la sienne de courir à perdre haleine, sans savoir où aller ni vers qui se tourner. Selon le conte, elle n'avait alors que 7 ans. Et elle avait toujours vécu dans le confort douillet de son château, à l'abri des dangers de la vie sauvage. Elle dont la vie était promise à la douceur, dans quel état de détresse avait-elle dû se trouver dans ces bois hostiles ?

Reprenant son souffle, Mina remarqua, malgré la pénombre, que le sentier perçait désormais de façon plus nette à travers la forêt. Comme s'il avait été plus pratiqué à cet endroit. Elle avança, laissant ses yeux s'habituer au chétif résidu de luminosité. Progressivement, la forêt s'achevait à une vingtaine de mètres. Et au-delà se dressait une nouvelle colline, mais sans arbres, totalement nue. À son pied, Mina distingua une ombre plus profonde. Son cœur déjà mis à rude épreuve par la marche intense accéléra un peu plus. Si elle ne se trompait pas, autour de la bouche obscure qui faisait une tache sombre au pied de la petite montagne, elle devinait une charpente branlante.

17.

Mina se rapprocha et eut la confirmation de sa première pensée. Trois larges poutres vermoulues dangereusement penchées formaient le portique d'entrée d'un ancien tunnel. *La mine des sept nains*, pensa Mina en se demandant si elle ne rêvait pas.

Elle donna quelques secousses à la charpente, qui semblait solide malgré son allure bancale, et eut l'audace d'entrer. Elle se baissa pour passer sous le madrier, le lieu semblait avoir été conçu pour de très petites personnes. Cela paraissait si irréaliste que Mina en eut un bref vertige. Elle éclaira des gravats, de la mousse et une plaque de métal tordue oubliée dans un coin. Elle la ramassa et essuya la poussière qui la recouvrait d'un revers de manche avant de révéler une inscription avec sa lampe : « Bieber Mine ». De plus en plus étonnée, Mina la laissa tomber par terre. Un bruit métallique l'interpella. Elle frotta le sol du pied, là où avait chuté le morceau de métal, et découvrit des restes de rails. Elle s'enfonça plus loin, contourna un wagonnet renversé et progressa encore cinq minutes jusqu'à tomber sur un éboulement. Patiemment, elle fit passer son rayon lumineux sur toutes les parois jusqu'à distinguer des formes sur la roche. Une scène gravée qui datait probablement de plusieurs centaines d'années, si l'on se fiait aux petites stalactites dissimulant depuis le plafond une partie des illustrations.

On y voyait des personnages schématiques pousser des wagonnets et d'autres, armés de pioches, creuser dans la roche. Des individus plus grands semblaient les surveiller, un fouet à la main. *Des nains esclaves dans les mines ?* songea Mina. Mais un détail qu'elle n'avait pas repéré au premier coup d'œil lui fit comprendre toute l'horreur de la scène. Dans les mains d'un des petits personnages, on reconnaissait aisément la forme d'un ours en peluche. Ces êtres de petite taille n'étaient pas des nains, mais des enfants. Aussitôt les mots de la doyenne Berta lui revinrent en mémoire : *À l'époque, les enfants devaient travailler très jeunes dans des conditions souvent inhumaines.* Mina se rappela également que le capitaine de son bateau de pêche lui avait raconté un jour que son arrière-grand-père avait exercé le très dur métier de mineur dès l'âge de 12 ans. En ces temps-là, on employait les enfants parce que leur petite taille leur permettait de se mouvoir dans les étroits conduits et parce qu'ils avaient besoin d'être moins nourris. Le capitaine avait été marqué par le vêtement auquel son arrière-grand-père tenait le plus et qui avait été transmis de père en fils jusqu'à lui. Il l'avait présenté à Mina comme un porte-bonheur, qu'il conservait dans sa cabine : un petit bonnet d'enfant que chaque petit mineur revêtait pour éviter de se blesser à la tête. *Un bonnet, comme les nains du conte.* Pour maquiller la réalité, ainsi que les contes avaient l'habitude de le faire, on avait décrit des nains plutôt que des enfants. Si Maria Sophia était bien

Blanche-Neige, c'étaient donc des enfants qu'elle avait rencontrés au bout du sentier. Ce qui expliquait pourquoi ils l'avaient si facilement acceptée, puisqu'elle n'avait que 7 ans.

Mais aussi intrigante que soit cette révélation, elle ne la rapprochait pas plus de l'assassin. Mina vérifia une dernière fois qu'elle n'était pas passée à côté de quelque chose et revint sur ses pas. Où aller, maintenant ? D'autant qu'il faisait nuit noire à présent. En cherchant, elle découvrit que le sentier contournait la mine et continuait en direction d'une zone boisée. Elle suivit le passage et s'enfonça de nouveau dans une forêt de hauts sapins.

Elle chemina pendant une dizaine de minutes et aperçut une vieille construction entre les arbres. Délabrée, tenant à peine debout, mangée par la végétation : le pinceau de la lampe torche venait d'éclairer les restes d'une cabane en bois. La porte était à moitié dégondée par un arbre dont le tronc contorsionné ressortait par une fenêtre, et la toiture effondrée laissait s'échapper des branches folles de ses plaies béantes. Sur le linteau de la porte, une pancarte branlante soutenue par un seul clou affichait : « Bieber Hütte ». Cela signifiait sans doute « refuge de Bieber » ou « chaumière de Bieber ».

Pour éviter que les enfants ne perdent trop de temps sur leur journée de travail, on leur avait certainement construit un baraquement à côté de la mine, où ils passaient la nuit. Mina enjamba les hautes herbes et grimaça lorsque les ronces s'enfoncèrent dans ses cuisses. Elle força le passage un peu plus dans les broussailles. Elle progressait difficilement, mais il lui semblait quand même faire plus de bruit qu'elle ne l'aurait dû.

Suspicieuse, elle s'arrêta et un frisson de peur lui tétanisa les muscles. Quelque chose ou quelqu'un venait juste de bouger un peu plus loin. Elle dégaina aussitôt. Elle n'entendait plus que sa propre respiration. Enfin presque. En tendant bien l'oreille, elle distingua un autre souffle en provenance des feuillages. La visée de son arme dans l'axe des fourrés, elle guettait le moindre mouvement.

— Qui est là ? demanda-t-elle.

Pas de réponse. Un infime frottement, comme si une seule brindille avait bougé, lui fit resserrer la pression de son index sur la queue de détente. Sa lampe dirigée vers l'origine du bruit, elle était prête à faire feu. Très discrètement, les branchages s'écartèrent en craquetant. Mina avala sa salive. La lumière se refléta sur des surfaces blanches pointues, puis se dévoila une gueule aux babines retroussées dont le tremblement était accompagné d'un terrifiant grognement. Le loup émergea des broussailles, ses deux yeux féroces plantés dans ceux de Mina, et s'élança sur elle. Surprise par la vélocité de l'animal, Mina rata sa cible. La mâchoire de la bête se referma sur son bras. De douleur, Mina lâcha son arme. Elle tomba à genoux, entraînée par le loup. Elle le frappa de toutes ses forces dans l'œil, l'animal lâcha prise et réattaqua aussitôt au mollet. Mina hurla et lui décocha un violent coup de pied dans la tête. Le loup recula, tous crocs dehors, le regard incandescent. Mina chercha fébrilement son arme par terre, les épines et les ronces lui déchirant la peau. Ses doigts trouvèrent la crosse du pistolet, mais dans la précipitation l'arme lui échappa. Le loup s'apprêta à bondir pour lui sauter à la gorge. Elle se recroquevilla sur elle-même, mais ne ressentit aucune douleur. À la place, elle entendit un sifflet strident. Elle tenta un regard en dehors de la protection de ses bras. Le loup s'était éloigné et se tenait près des jambes d'un homme : le journaliste Ioan Petru.

— Vous allez devenir célèbre, inspectrice, dit-il en la photographiant. J'espère que vous survivrez pour en profiter.

Puis l'homme partit en courant. Mina voulut se lever. Mais sa jambe la faisait trop souffrir. Elle récupéra dans les ronces son arme et sa lampe torche encore allumée. Puis éclaira sa blessure. Son pantalon était troué et du sang maculait le tissu. Elle retira sa parka et examina son bras. Le manteau avait amorti une partie de la morsure. Les meurtrissures étaient moins profondes. Non sans mal, Mina se traîna jusqu'à la cabane. Elle poussa la porte brinquebalante. Sous les broussailles, elle repéra les restes d'un cadre de grand lit qui aurait pu accueillir une petite dizaine d'enfants bien serrés. Il subsistait également une table effondrée et une chaise rongée par les intempéries. Mina s'assit sur le plateau de la table en retirant son sac à dos. Elle en sortit le kit de secours acheté à l'aéroport, imbiba une compresse d'alcool et désinfecta ses plaies avec précaution. Celle du bras allait probablement cicatriser toute seule. En revanche celle du mollet était plus large. En tenant sa lampe de poche entre ses dents, elle s'empara de l'aiguille courbe à suture et l'enfonça dans la peau de sa jambe, comme on le lui avait appris lors des cours de premier secours à l'école de police. Il lui fallut répéter l'opération quatre fois afin de ligaturer la morsure et, à chaque passage, elle sentait la pointe percer sa peau, glisser dans la chair avant que le fil ne frotte de tout son long dans le tunnel à vif. Elle exécuta enfin un nœud et coupa le fil. Elle entoura ensuite les plaies d'un bandage et avala un anti-inflammatoire.

Depuis quand les loups attaquaient-ils les hommes au XXIe siècle ? se demanda-t-elle en laissant reposer sa tête sur les planches de la cabane. Cet assaut n'était pas naturel, elle en était certaine. Cet animal avait été dressé pour attaquer. Mais dans quel but ? La tuer ? Cela n'avait guère de sens. Elle repensa à ce journaliste qui l'avait suivie jusqu'ici et prise en photo en pleine lutte contre le canidé. Ioan Petru était-il allé jusqu'à organiser cette mise en scène pour obtenir une photo à sensation ? Elle devinait d'ailleurs sans hésitation le ton dramatique de son futur article.

Assise, elle prit le temps d'observer la cabane abandonnée avec sa lampe. Elle éclaira du chiendent, une timbale cabossée, la tête d'une pioche rouillée et, près du lit cassé, un petit coffre métallique en bien meilleur état que tout le reste. Elle se remit debout et boita jusqu'à l'insolite objet. Elle le ramassa, souleva le loquet et ouvrit la cassette. À l'intérieur se trouvait une petite carte aux cadres décorés du liseré végétal.

Vous qui avez suivi le chemin de Maria Sophia jusqu'à la chaumière des sept nains, il est temps pour vous de découvrir la vérité. Je vous attends au bout du chemin qui part derrière la chaumière.

Mina était épuisée et souffrait trop pour entreprendre ce trajet en pleine nuit. Elle partirait le lendemain à l'aube. Mais pour découvrir quelle vérité ? Aurait-elle seulement le fin mot de son enquête, ou l'assassin allait-il se jouer d'elle une fois encore ? Mina consulta son téléphone portable. Pas de réseau. Autant qu'elle l'éteigne pour économiser la batterie. Elle se cala du mieux possible et tenta de rester éveillée toute la nuit, son arme à la main, craignant le retour du loup.

18.

Mina se réveilla, recroquevillée en chien de fusil, sur le plateau cassé de la vieille table. En entrouvrant les yeux, la luminosité lui parut très faible. Elle consulta sa montre et se redressa d'un coup. Il était bientôt 19 heures. Elle avait dormi le reste de la nuit puis toute la journée suivante. Elle ausculta sa blessure à la jambe. Pas de trace de sang. La plaie était en train de cicatriser. Elle se releva avec précaution et fut soulagée de sentir qu'elle pouvait poser le pied par terre et marcher. Elle ressentait bien un élancement, mais la douleur n'était pas aussi vive qu'elle l'avait redouté. Elle fit bouger son épaule et constata que la morsure au bras lui faisait mal sans l'empêcher de bouger. Elle avala un nouvel anti-inflammatoire, quelques biscuits et une pomme. Puis elle sortit de la cabane et, comme l'assassin le lui avait indiqué, elle rejoignit le chemin qui partait de derrière la chaumière abandonnée.

Elle marcha lentement, le temps que ses muscles endoloris par le froid et l'inconfort se réchauffent. Le sentier boueux longea bientôt un torrent dont le débit fougueux éclaboussait des rochers mangés de mousse. Un parfum boisé et résineux emplissait l'air alors que Mina évoluait sous la ramée d'immenses sapins. Et soudain, son téléphone portable rangé dans la poche intérieure de sa parka lui notifia l'arrivée de plusieurs messages. Elle s'en empara et s'arrêta net. À cet endroit précis, le réseau avait l'air de passer. Le premier message était du commissaire. À la fois impatient et inquiet de ne pas avoir de nouvelles. Le suivant était du même acabit, l'inquiétude prédominait malgré tout dans le ton. Le troisième message provenait de Cioban, qui lui transférait un nouveau lien vers l'*Adevărul*. Il avait ajouté un mot : « Dis-moi que tu t'en es sortie ! Appelle-moi ! »

Mina lut l'article qui s'intitulait « Affaire Karloff : sur les périlleuses traces de la vraie Blanche-Neige ». Il expliquait que l'assassin de Karloff avait laissé une lettre à l'inspectrice chargée de l'enquête dans l'ancienne maison d'enfance des frères Grimm. D'après ses sources, le message l'invitait à un jeu de piste tendant à démontrer que le conte de Blanche-Neige était directement inspiré de la véritable histoire de la noble Maria Sophia Margaretha Catharina d'Erthal. Ioan Petru illustrait son propos avec des photos du joli portrait de Maria Sophia, du miroir « parlant » de la jalouse belle-mère, de fleurs de belladone qui avaient provoqué l'illusion de la mort de Blanche-Neige et donc sa possible résurrection, de la mine des « nains » qui étaient en réalité des enfants, comme le démontrait le dessin laissé sur les parois, jusqu'à la chaumière où Maria Sophia avait été recueillie. Il ajoutait même un élément auquel Mina n'avait pas été confrontée. À savoir que le village de Lohr était connu à l'époque de Maria Sophia pour une industrie très rare : la verrerie. Raison pour laquelle son cercueil avait pu être transparent, semblable à celui fabriqué par les nains du conte, qui souhaitaient que l'on puisse admirer la beauté de Blanche-Neige. L'article se terminait par une photo plus grande que les autres montrant Mina de dos, aux prises avec un loup bondissant sur elle. Le texte laissait entendre que l'inspectrice approchait de la fin du jeu de piste, mais que personne ne savait si elle allait survivre à l'attaque du loup, ni ce que l'assassin avait l'intention de lui dévoiler au bout du chemin.

Une grande majorité des suiveurs déclaraient que c'était l'affaire policière la plus excitante qu'il leur avait été donné de suivre de toute leur existence. Mina envoya un texto à Cioban pour le rassurer, et appela le commissaire, qui décrocha à la première sonnerie.

— Mina, comment allez-vous ?

— Ça va à peu près.

— Mais sur la photo on vous voit…

— J'ai été blessée, mais j'ai pu me faire les premiers soins d'urgence.

— Où êtes-vous ?

— Je ne sais plus trop, j'ai marché pendant une journée entière dans la forêt du Spessart à partir d'un sentier qui part du château de Lohr. Celui où est censée être née la véritable Blanche-Neige.

— Et ce que raconte l'article est vrai ?

— J'ai vu les mêmes éléments qui, je dois l'avouer, sont troublants.

— Mais pourquoi l'assassin voudrait vous montrer tout ça ? Quel est le rapport entre la mort de Karloff, les cinq disparitions et Blanche-Neige ?

— Pour le moment, je n'en ai aucune idée. Mais ce que l'article ne dit pas, c'est que j'ai trouvé un dernier message dans la chaumière des petits mineurs. Le tueur me donne rendez-vous au bout d'un chemin pour prétendument me révéler toute la vérité.

— Ce salopard aura mené la danse du début à la fin.

— Ce n'est pas fini, corrigea Mina.

— Vous avez raison. D'ailleurs on va oublier les recommandations du ministère de l'Intérieur. Je vais prévenir les forces spéciales allemandes et elles vont vous rejoindre pour vous accompagner jusqu'à la destination finale.

Si elle acceptait l'intervention des forces allemandes, Mina romprait le contrat qu'elle avait passé avec son supérieur. Le poste d'enquêtrice contre la résolution de l'affaire ne tenait plus. Elle perdrait son rêve.

— Je vais y arriver, commissaire, et nous n'aurons pas à rougir aux yeux du monde, dit-elle.

Elle entendit le policier soupirer.

— Mina, oubliez ce que je vous ai dit sur le fait que je vous donnais ce poste d'inspectrice si vous arriviez à boucler l'affaire. Vous avez largement prouvé votre compétence, le poste est à vous. Vous êtes jeune, vous aurez bien d'autres enquêtes que vous pourrez mener à bien. Envoyez-moi votre localisation exacte et attendez les forces spéciales.

Mina hésita, mais, très vite, une conviction se précisa en elle. Accepter l'aide allemande, c'était être certaine de se faire déposséder de son enquête. Et elle sentit au plus profond d'elle-même qu'elle ne le supporterait pas. Au-delà de l'obtention du poste d'inspectrice, elle avait un besoin vital de cet accomplissement, de cette confirmation qu'une nouvelle vie avait enfin commencé pour elle. Elle en avait besoin maintenant, pas dans un avenir proche, maintenant. Elle prenait conscience qu'elle s'était piégée elle-même en investissant toute son énergie et tous ses espoirs dans cette enquête inattendue. Lorsqu'elle s'imagina évincée du dénouement, elle éprouva un vide terrible. Un abîme si effrayant qu'elle était certaine de préférer risquer sa vie en allant toute seule au bout de cette affaire plutôt que d'attendre sa conclusion, en sécurité mais en spectatrice.

— Merci de me dire tout cela, commissaire, mais je vais y aller seule.

Et elle raccrocha avant d'écouter sa réponse. Elle ouvrit le boîtier de son téléphone et en fit sauter la carte SIM, qu'elle brisa en deux. Elle se revit alors à l'âge de 16 ans quitter le domicile familial, son père retenant sa mère en pleurs sur le seuil de la maison, pour partir s'engager sur ce bateau de pêche. C'était la même force qui l'animait en cet instant, la même pulsion d'indépendance et la même certitude que c'était le choix le plus fou, mais le meilleur pour se sentir vivante. Et se sentir vivante, elle adorait ça.

Pour reprendre ses esprits, elle regarda un instant le ciel étoilé entre les sapins dont les cimes pointues désignaient des constellations imaginaires. Elle ne s'autorisa ce spectacle qu'une petite minute, impatiente de savoir ce que l'assassin avait de si important à lui dire. Impatiente de briser enfin son petit jeu pour l'arrêter et l'emmener répondre de ses crimes devant la justice. Si elle n'y laissait pas la vie.

Elle parcourut le chemin le long du torrent pendant une bonne heure, le crissement de ses pas sur les aiguilles sèches scandant le silence. Sa torche dans une main, son pistolet dans l'autre. De temps à autre, une chouette hululait et il n'était pas rare d'entendre des craquements suspects autour du sentier. Mina braquait immédiatement sa lampe vers l'origine du bruit et surprenait parfois le reflet jaune de deux yeux sauvages.

Le chemin se mit à descendre en lacets et la forêt s'éclaircit. C'est là qu'entre les troncs d'arbres, à une cinquantaine de mètres en contrebas, Mina aperçut des lumières. Elle ralentit, cherchant à voir ce qu'illuminaient ces éclats. Elle crut deviner des murs de pierre. Elle parvint au bout du sentier, qui s'arrêtait en même temps que la forêt. Au-delà, le tableau était éblouissant. Dans une immense clairière s'étalaient les eaux d'un lac. En son centre, comme posé à même les flots, se dressait un château. Une bâtisse sans grande prétention, mais à l'architecture originale. Sur la même île à gauche, loin de la rive, se tenait une tourelle aux allures de kiosque à musique. Une façade crénelée et fleurie lui était accolée et rejoignait une autre tour au sommet arrondi. Suivait un délicat petit pont couvert dont l'arche enjambait l'eau sans rejoindre la rive opposée. Si bien qu'aucune passerelle ne permettait d'accéder à ce châtelet isolé au milieu de l'eau. Aux fenêtres de chaque corps de logis, des torches faisaient se refléter le luxueux pavillon sur la surface miroitante du lac, dédoublant la prestance féerique du lieu.

Fascinée, Mina ne vit qu'en dernier lieu la forme qui glissait sur l'onde en troublant le reflet du château. Debout, à l'arrière d'une barque, une silhouette plongeait avec une régularité silencieuse un long bâton dans l'eau. L'embarcation approchait lentement de la rive.

19.

Arme pointée devant elle, l'œil dans le viseur, Mina avança vers le bord du lac en foulant une herbe verglacée. Elle entendit le fond de la barque frotter contre la rive et le clapotis des vaguelettes s'échouant sur la grève.

— Qui êtes-vous ? lança-t-elle au nocher.

L'individu ne répondit pas, immobile. Il était enveloppé d'une longue tunique dont la capuche lui cachait le visage. Mina l'éclaira, détaillant sa silhouette filiforme.

— Que voulez-vous ? insista-t-elle.

D'un geste lent et ample, il l'invita à embarquer.

Mina en avait plus qu'assez de suivre les ordres de celui qu'elle traquait.

— Non. Pas avant de savoir où on va et pourquoi.

— Les réponses à toutes vos questions se trouvent sur l'autre rive. Il ne vous sera fait aucun mal, ajouta l'homme d'une voix onctueuse.

— Que l'on m'apporte les réponses ici, répliqua Mina.

— C'est malheureusement impossible. Ce qu'il a à vous montrer ne peut être si facilement déplacé.

— Qui est ce « il » ? Et que veut-il me montrer ?

— *Il* désigne mon maître. Un grand homme, vous verrez. Quant à ce qu'il va vous dévoiler, je peux seulement vous dire que vous ne regretterez pas d'avoir fait tout ce chemin pour parvenir jusqu'ici. Votre seule monnaie d'échange pour vous acquitter du prix de la traversée sera votre arme et votre téléphone, s'il vous plaît.

— Si je refuse, j'imagine que vous me laisserez sur la rive et…

— Mon maître quittera les lieux bien avant que vous n'ayez trouvé une solution pour rejoindre le château par vous-même. En d'autres termes, le fin mot de l'enquête vous échappera à tout jamais.

Le nocher réitéra son invite à monter dans la barque, dans une posture pleine d'humilité.

Que pouvait-elle faire de plus ? Elle abaissa son arme et la tendit à son interlocuteur avant de lui confier son téléphone. Elle monta à bord du bateau.

— Je vous en prie, asseyez-vous.

Mina s'exécuta et, de sa perche, le simili gondolier repoussa la barque de la rive.

Ils traversèrent le lac dans le sens inverse avec pour seule compagnie le pétillement des gouttelettes s'écoulant de la perche. Mina avait renoncé à poser des questions à cet homme au service d'un être qui s'entourait de tant de mystère.

Le serviteur la conduisit sous le petit pont du château et la barque finit par effleurer un ponton au pied d'une des deux tours. Sans attendre qu'on l'y autorise, Mina sauta sur l'embarcadère. Une porte en bois barrée de plaques métalliques lui faisait face. Elle l'ouvrit et se retrouva au pied d'un escalier en colimaçon qu'une torche éclairait. Elle gravit prudemment les marches. Elle grimpa ainsi deux étages et parvint sur le seuil d'un couloir voûté. Sur les murs, des cadres en verre protégeaient des pages de livres anciens où Mina reconnut immédiatement des extraits des contes de Grimm. Elle traversa le corridor et poussa la lourde porte qui en fermait l'accès.

Elle pénétra dans une immense salle dont la voûte gothique était supportée par des piliers. Des flambeaux brûlaient tout autour de l'enceinte, où flottait une lueur ambrée. Au centre de ce hall médiéval, un large fossé rectiligne avait été creusé. Au-dessus était suspendu un lustre en roue de charrue qui accueillait une multitude de bougies. De l'autre côté de cette fosse d'environ trois mètres se dressait un long rideau de théâtre au velouté carmin. Mina regarda tout autour d'elle pour trouver une façon de rejoindre cette autre partie de la pièce. C'est là qu'elle vit le balcon en bois au-dessus d'elle. Un homme y était accroupi. Il tenait une caméra entre les mains. Même s'il était en partie dans l'ombre, elle reconnut le journaliste Ioan Petru.

Trois coups de bâton résonnèrent fermement sous la voûte de pierre. Le rideau de théâtre s'ouvrit dans un bruissement d'étoffe. Un homme habillé en complet-veston noir fit son entrée : une veste droite, une chemise de coton blanc surmontée d'un col d'où dépassait un foulard foncé. Exactement le même ensemble que sur la fameuse photo des frères Grimm. Ses cheveux blancs étaient sagement peignés sur ses tempes, dégageant son large front. Son visage émacié laissait imaginer une vie ascétique. Il marchait d'un pas élégant et occupait l'espace avec prestance, balançant sa canne avec une feinte désinvolture. Il pivota vers une assistance imaginaire dans un maintien impeccable et leva la tête vers le balcon.

— Pas encore, cher ami. Avant cela, je voudrais m'adresser personnellement à notre brave inspectrice. Je vous ferai signe.

Le journaliste se redressa et, abaissant l'objectif de sa caméra, s'accouda à la rambarde en ignorant Mina.

— Chère inspectrice, commença l'occupant des lieux. Je suis un grand amateur de suspense, mais pour vous je ferai une exception : je vous le confesse donc, oui c'est bien moi qui ai assassiné Hans Karloff et c'est également moi qui ai kidnappé nos cinq chers disparus, il y a maintenant trois années. Je suis fort aise que vous m'ayez retrouvé. Je vous félicite pour votre brillante ténacité et votre habile sens de la déduction.

— Vous avez tout fait pour que je vous retrouve. Pourquoi ?

L'homme mima une expression de déception très théâtrale. Visage allongé, épaules tombantes. Puis il se redressa pour reprendre son allure altière.

— Parce que j'avais besoin de vous, inspectrice. Enfin, de vous ou de la première personne qui serait chargée de l'enquête sur le meurtre de Karloff. J'avais besoin d'un héros ou d'une héroïne pour mon histoire. J'avais besoin que les foules du monde entier soient peu à peu passionnées par votre enquête et sa fascinante mise en scène : une célébrité assassinée dans le château de Dracula en plein cœur de l'inquiétante Transylvanie, l'intrigante malle fermée à clé, les dossiers cachés sur les disparus, les mystérieux tatouages sur le cadavre, le glissement dans l'univers des frères Grimm, puis cette irruption du fantastique dans notre réalité avec cette révélation sur la véritable Blanche-Neige. Enfin, ce lieu magique au milieu d'un lac où jaillira toute la vérité ! Quelle formidable histoire, n'est-ce pas ? Et vous n'avez pas encore entendu le dénouement. Ce dénouement que désormais des centaines de millions de gens à travers le monde attendent !

L'homme avait lancé sa dernière phrase avec une emphase passionnée.

— Comment saviez-vous que Karloff s'était retiré au château de Bran pour sa retraite annuelle, c'est le genre de lieu qu'il garde ultra secret pour ne pas attirer les hordes de fans ?

— J'ai procédé à la façon des magiciens, inspectrice, j'ai forcé le choix de la carte : j'ai fait en sorte qu'il porte son dévolu sur le lieu que, moi, j'avais choisi. Pendant un an, j'ai gagné sa confiance en lui écrivant sous ma vraie identité pour lui expliquer qu'en tant que grand professeur descendant des Grimm, j'avais déjà expérimenté l'extraordinaire silence et le pouvoir inspirant du château de Bran en hiver. Que je lui recommandais vivement, d'autant que la patronne était la femme la plus discrète du monde et qu'il serait assuré d'y venir en tout anonymat… Il était décisif pour ma mise en scène que le crime ait lieu sur un site aussi emblématique de l'imaginaire collectif. C'était la façon la plus efficace d'attirer tous les regards là où l'effet aurait été bien moindre si l'assassinant avait eu lieu dans un hôtel ordinaire.

Mina convint intérieurement que Grimm était machiavélique.

— C'est donc ça que vous vouliez ? Attirer les regards sur vous ? répliqua Mina.

— Non, pas sur moi, inspectrice, pas sur moi. Mais sur ce que j'ai à dire au monde.

— Quel que soit votre message, vous avez tué un homme en le forçant à ingurgiter un poison et vous avez enlevé cinq personnes innocentes. Vous êtes un assassin, pas un messager.

— Karloff était largement coupable de détruire des millions d'âmes, nous y reviendrons.

— Comment ça ?

— La bêtise charriée par ses plateformes de réseaux génère une addiction qui détruit l'intelligence et donc l'avenir de millions d'enfants et de jeunes. Quant aux cinq autres que j'ai effectivement kidnappés, ils ont été très bien traités pendant ces trois années.

— Où sont-ils ?

— Chaque chose en son temps, inspectrice. Je connais votre nom, mais vous ne connaissez pas le mien.

— Je vous écoute.

— Alphonse Grimm.

La jeune inspectrice masqua sa surprise.

L'homme lui fit une révérence, s'empressant de répondre à la question qu'elle s'était immédiatement posée en entendant son nom.

— Je suis le dernier descendant de Wilhelm Grimm, très chère madame… Dragan. Mina Dragan ! Quel nom, mes amis, quel nom ! s'enthousiasma le dénommé Alphonse en frappant les planches de la scène d'un coup de canne. Vous avez tellement le profil pour être une héroïne !

— Ça n'a jamais été mon ambition personnelle, mais si j'ai bien compris, mon enquête n'était donc qu'une espèce de plan de communication destiné à servir vos intérêts. Mais lesquels précisément ?

— *Plan… de… communication.* Que c'est laid ! Mais j'imagine que c'est l'idée.

— Quel message avez-vous à transmettre ? s'impatienta Mina.

— Je vais y venir, mais, tout d'abord, j'attendais au moins de vous que vous louiez le génie de mon entreprise, que vous pestiez de la finesse du piège dans lequel vous avez foncé tête baissée, probablement animée par l'ambition dont votre jeunesse est coutumière. Vous n'êtes point curieuse de savoir comment chaque rouage de l'enquête a été parfaitement pensé pour que vous parveniez jusqu'ici ?

Mina voulut lui répondre qu'elle lui poserait toutes ces questions quand il serait face à elle, dans le commissariat, menotté à sa chaise en salle d'interrogatoire. Mais c'était lui qui, pour le moment, avait le pouvoir de décider. Autant qu'elle en apprenne le plus possible tant qu'il était enclin à parler. Et avec un peu de chance et d'habileté, elle le prendrait peut-être à son propre jeu, à la manière du renard piégeant le fier corbeau.

— Comment saviez-vous que j'allais réussir à remonter jusqu'à vous ? lui demanda-t-elle. Que se serait-il passé si je n'avais pas fait le lien entre les objets des disparus qui formaient le mot « GRIMM » et le mot « HAUS » tatoué sur le corps de Karloff pour identifier la maison de vos ancêtres ?

— Je vous aurais collé un autre indice plus évident sous les yeux. Je vous aurais envoyé un message anonyme. Qu'importe ! Mais vous avez été suffisamment intelligente pour m'éviter de perdre du temps.

— Et pourquoi avoir choisi ces cinq disparitions pour semer vos indices ?

— Vous comprendrez plus tard.

— Et lui, là-haut ! relança Mina en désignant le journaliste appuyé au balcon. Comment réussissait-il à me trouver lors de chaque étape de l'enquête ?

Alphonse Grimm parut ravi qu'on lui pose cette question.

— Eh bien, après le coup de fil d'Anita Pretorian au commissariat de Bucarest pour déclarer la découverte du corps de Karloff dans sa chambre, je savais que votre supérieur allait dépêcher un enquêteur au plus tôt à Bran. Compte tenu de la neige, le policier ne pouvait arriver que par le train. Ioan, que j'avais contacté il y a bien longtemps et qui est un journaliste très ambitieux, s'est donc rendu à Bran tôt dans la matinée. Il ne lui restait plus qu'à vous attendre sagement sur le quai.

— Comment a-t-il rejoint le château ? On ne pouvait y aller qu'en traîneau ou en hélicoptère.

— Il n'y est jamais allé, ma chère Mina. Je lui avais déjà envoyé toutes les photos de la scène du crime que j'avais moi-même prises. Il n'avait plus qu'à publier l'article que j'avais déjà rédigé.

Mina se repassa le fil de son enquête. Elle avait quitté le château en hélicoptère pour rejoindre l'aéroport de Bucarest afin de prendre un vol pour Francfort.

— Et ensuite ?

— Pendant que vous étiez au château à essayer de comprendre les indices que j'avais laissés, Ioan savait que la prochaine étape de votre enquête serait forcément d'aller à Steinau dans la maison d'enfance de mes aïeux, puisque tout le scénario de votre enquête était écrit à l'avance. Encore une fois, il n'avait plus qu'à attendre votre arrivée. Rassurez-vous, puisque vous voulez connaître les détails, il n'est pas resté planté là pendant deux jours dans le froid à guetter votre venue. Dès que vous êtes partie du château, Anita m'a appelé pour me prévenir que vous étiez partie à Bucarest en hélicoptère. L'heure d'atterrissage de votre avion à Francfort puis celle de votre arrivée à Steinau étaient aisées à déduire.

— Anita Pretorian était votre complice ? demanda Mina, profondément déçue.

— Elle n'a jamais eu à faire de mal à qui que ce soit, mais elle a été une bonne informatrice et, avouez-le, quelle comédienne, non ? Qui aurait cru qu'elle savait tout ?! Je suis fier de ma recrue. Enfin bref, ce n'est pas le cœur de notre sujet. La suite de mon plan paraissait assez évidente. Vous suivez la piste de Blanche-Neige, Ioan publie à nouveau, il vous surveille dans la forêt jusqu'à la chaumière des nains, où nous avions prévu l'attaque de mon loup dressé pour pimenter un peu votre aventure.

— Et si la bête m'avait tuée ? Comment auriez-vous pu continuer à raconter votre petite histoire ?

— Ioan avait pour ordre de prendre votre combat en photo, mais bien évidemment d'intervenir et de rappeler mon loup adoré si vous risquiez d'y laisser la vie.

Mina toucha sa blessure au bras. L'écœurement avait subitement réveillé la douleur.

— Mais une fois de plus vous nous avez étonnés, Mina. Quels réflexes, quelle vivacité et ensuite quelle force d'âme de vouloir continuer seule jusqu'ici… !

— Quelqu'un d'autre aurait certainement attendu des renforts pour prendre votre petite forteresse d'assaut. Qu'auriez-vous fait ?

— J'admets volontiers que j'étais dans le doute. Mais si mes guetteurs dans la forêt m'avaient averti de l'arrivée imminente d'une quelconque débauche de forces armées, j'aurais déclenché plus tôt la petite cérémonie à laquelle vous n'allez pas tarder à assister, voilà tout.

Le descendant des Grimm écarta les bras avant de les refermer.

— Bien, il me semble que nous avons désormais fait le tour de la question : tout s'est déroulé comme je l'avais prévu et vous avez incarné une héroïne formidable à qui je devais bien ces prosaïques explications en guise de remerciements.

Mina se sentait vaincue et humiliée d'avoir été à ce point manipulée du début à la fin. Elle avait évidemment vite compris qu'elle suivait la piste voulue par l'assassin. Mais au fond d'elle, elle espérait quand même le déstabiliser et surtout finir par déjouer son plan. Or, rien de ce qu'elle avait fait n'avait permis de la rapprocher de l'arrestation du coupable. Rien. Elle avait uniquement servi ses intérêts à lui. Un mélange de fureur dirigée aussi bien vers cet homme que contre elle-même lui donnait envie de bondir sur la scène, de plaquer cet arrogant à terre et de le ramener, à pied s'il le fallait, jusqu'au commissariat de Bucarest. Mais le fossé était définitivement infranchissable.

Elle maîtrisa sa colère, ne serait-ce que pour ne pas donner à son adversaire la satisfaction de la voir abattue. Elle allait devoir subir et boire sa défaite jusqu'à la lie en guettant la moindre occasion d'inverser les rôles.

— Maintenant, dites-moi pourquoi vous avez fait tout ça, Alphonse ?

Le descendant la considéra du haut de la scène, l'air pensif. Pour la première fois, elle remarqua son regard et comprit aussitôt pourquoi il la troublait. Il semblait s'y mêler deux émotions opposées. Tout à la fois, une brillante passion et une certaine distance, comme si son âme se nourrissait d'un savoir ancien.

— Quel âge avez-vous, Mina ?

La jeune inspectrice inspira profondément.

— 31 ans.

— C'est bien ce que je pensais, vous auriez pu être une de mes élèves. Vous auriez été une des meilleures, j'en suis sûr. Car oui, je vous l'apprends, je suis ou plutôt j'ai été professeur d'histoire à la prestigieuse université allemande de Göttingen, où mes célèbres ancêtres furent également enseignants. Je m'y suis évertué à élever des milliers d'esprits pendant près de quarante ans. Mes vingt premières années m'ont apporté tout l'épanouissement dont peut rêver un professeur. Jusqu'à ce que je commence à constater un changement préoccupant chez mes étudiants. La première année, je me suis dit : C'est le hasard de cette promotion. Et tu es probablement trop exigeant. Il n'y a pas de quoi s'alarmer.

Alphonse Grimm regarda les planches de la scène comme s'il était plongé un instant dans ses pensées. Il releva la tête.

— Las, l'année suivante, les étudiants ont présenté la même faiblesse. Pire, elle semblait s'être aggravée !

Le descendant des frères Grimm frappa le talon de sa canne sur l'estrade en secouant la tête. Ses cheveux se décoiffèrent.

— La troisième année, face à un constat semblable, reprit-il, comme s'il voulait capter toute l'attention de son auditoire imaginaire, je m'en suis ouvert à mes confrères, qui me firent le même état des lieux.

Nouveau coup de canne. Alphonse approcha du bord de la scène.

— Mes camarades pariaient sur un épisode générationnel, et surtout passager, murmura-t-il avant d'éclater de rire. Après la dixième année d'affaissement, continua-t-il, j'ai su définitivement qu'il s'agissait d'une rupture de fond comme une civilisation peut en connaître lors de sa mutation structurelle. Plus rien ne serait comme avant, nous assistions à la naissance d'une nouvelle humanité. Une humanité qui courait droit à sa perte.

L'ancien professeur pointa son index vers Mina.

— De quelle faiblesse fais-je état ? vous demandez-vous…

Il écarta ses bras dans un geste semblable à celui d'un prêtre s'apprêtant à bénir ses fidèles.

— Les étudiants ne lisaient plus.

Sa phrase résonna quelques secondes sous le berceau du plafond en ogive.

— D'année en année, reprit-il, ils ne lisaient que le strict nécessaire là où, jadis, ils dévoraient les livres obligatoires et bien d'autres à côté. Ils se plaignaient d'avoir trop de lectures. Plus inquiétant encore, non contents de lire de moins en moins, ils lisaient de moins en moins bien. J'entends par là qu'ils comprenaient mal le peu qu'ils lisaient. Incapables parfois de répondre à des questions d'une grande simplicité sur un texte limpide où toutes les réponses se trouvaient sous leurs yeux. D'année en année, je baissais le niveau de mon exigence, mais cela n'était pas suffisant. Abondaient les lacunes, les contresens, les raccourcis et les incohérences les plus grossières !

Alphonse Grimm regarda vers le ciel. Mina le suivait des yeux, cherchant le moment où elle pourrait intervenir, mais au fond d'elle le discours de cet homme l'interpellait.

— Comme je vous l'ai dit, chère Mina, mes collègues avaient constaté le même effritement de la lecture. Mais j'ai voulu aller plus loin, savoir si cette tendance se retrouvait ailleurs en Europe et dans le monde. Y avait-il des enquêtes, des statistiques ? Pourquoi n'avais-je jamais entendu parler de cette situation gravissime que je pouvais constater avec mes élèves ?

Il glissa sa main dans une poche intérieure de son veston et en tira une feuille qu'il déplia dans un sec claquement.

— Et j'ai trouvé les chiffres. Dans le monde, la lecture ne cesse de décliner depuis vingt ans, inspectrice Dragan. En Angleterre, par exemple, le nombre d'enfants qui lisent a diminué de 26 % depuis 2005. En France, pour les jeunes de 15 à 28 ans, 84 % des individus nés entre 1945 et 1954 lisaient au moins un livre par an. Ce pourcentage s'est réduit à 58 % pour les générations nées entre 1995 et 2004. Quant à ceux qui lisaient au moins vingt livres par an, le pourcentage est passé de 35 à 11 %... En quarante ans, en France, la part de non-lecteurs est passée de 29 à 48 %. Vous imaginez !

Alphonse Grimm avait réellement l'air dans tous ses états. Il s'agitait tant que ses cheveux s'étaient décoiffés et lui donnaient une allure de chef d'orchestre fou.

— Écoutez cela, en Angleterre, à nouveau, les 8-18 ans sont aujourd'hui 25 % à lire tous les jours contre 43 % en 2015. Au Canada, le nombre de ceux qui lisent un livre par an est passé de 88 à 79 % entre 2014 et 2020. En Finlande, depuis 2013, le nombre de personnes ayant acheté un livre a baissé de 5 %. En Allemagne, entre 2011 et 2018, celui des acheteurs de livres a chuté de 6,6 millions. Entre 2013 et 2019, le nombre d'Allemands qui ne lisent aucun livre est passé de 33 à 42 %. Dans le pays des Grimm, les gens sont en train d'abandonner la lecture !

Le descendant posa une main sur son front avant de reprendre :

— En Italie, le pourcentage de gens qui avaient lu un livre dans l'année était de 46 % en 2010, il est passé à 40 % en 2018. Au Mexique, il y avait 46 % de lecteurs en 2016, il n'y en a plus que 41 % en 2020. En Slovénie, le nombre de lecteurs a baissé de 6 % entre 2014 et 2019. En Suède, les lecteurs étaient 44 % en 1995, ils n'étaient plus que 39 % en 2018. En Norvège, le nombre de lecteurs a baissé de 10 % depuis 2013. Et enfin aux États-Unis, les gens lisaient en moyenne vingt minutes par jour en 2008 contre quinze en 2018.

Alphonse Grimm leva sa canne.

— Dans les années 1960, les adolescents lisaient environ 240 mots par minute. Aujourd'hui, on en est à 190 et tous les tests révèlent une mauvaise compréhension des textes. Il n'existe qu'un seul pays où le nombre de lecteurs est excessivement élevé et en croissance de 0,5 % depuis 2017, c'est la Chine, reprit Alphonse. Pour le reste du monde, en tout cas le monde pour lequel nous disposons de statistiques, c'est la fin d'une ère.

Il dodelina de la tête de gauche à droite.

— Les écrans récréatifs représentent 112 jours de la vie d'un élève de 4e. La lecture représente six jours…

L'ancien professeur replia sa note et la rangea dans sa poche intérieure. Il se recoiffa. Mina avait écouté avec beaucoup d'attention les chiffres donnés par le descendant des Grimm. Ce n'était certes pas le moment d'y réfléchir, mais la chute généralisée de la lecture dans le monde était effectivement frappante. Mais où cet homme voulait-il en venir en lui déroulant tout cet exposé ?

— Pourquoi me dites-vous tout ça ?

— Parce que je veux que tout cela figure dans votre rapport d'enquête. Tout ! Lorsqu'il sera rendu public, car il le sera forcément, un maximum de gens seront mis au courant de cette décadence.

Alphonse Grimm traça une ligne imaginaire du bout de sa canne.

— Inspectrice Dragan, prenez-vous conscience de ce qu'il se passe ? C'est la naissance d'une nouvelle espèce humaine qui est à l'œuvre sous nos yeux !

Mina se demanda si la dimension mégalomaniaque du personnage n'était pas en train de révéler ses failles. Comment allait-il justifier une déclaration si radicale ?

— Oui, vous pensez que j'en fais trop ! lança Alphonse Grimm. Mais c'est méconnaître tout ce que la lecture apporte à l'être humain et donc tout ce que sa rareté va provoquer comme déséquilibre sur notre espèce.

Le descendant leva le pouce. Pendant un moment, on n'entendit que le crépitement des torches accrochées aux murs.

— Petit un, la lecture améliore la mémoire et la concentration. Nous devons solliciter toutes ces qualités si nous voulons suivre l'histoire que nous lisons. Notre cerveau doit sans cesse faire des liens avec les passages déjà lus, se remémorer les différents événements et les personnalités des protagonistes.

Alphonse leva son index.

— Petit deux, la lecture enrichit notre vocabulaire. On sait par exemple qu'un livre nous expose à 50 % de mots de plus qu'une émission de télévision. Et qui dit plus de vocabulaire dit plus de capacité à exprimer clairement notre pensée.

Le descendant dressa son majeur.

— Petit trois, la lecture augmente notre empathie en nous permettant de ressentir et de comprendre des vies ou des émotions qui ne sont pas les nôtres. Un lecteur se mettra plus facilement à la place d'un congénère qu'un non-lecteur. En 2017, j'ai repéré une étude qui démontrait que la lecture rendait plus empathique et plus gentil. Je crois que c'est une chercheuse de l'université de Kingston qui a prouvé cela : les gens qui préfèrent la télévision à un bon livre sont moins amicaux que les amoureux de la lecture.

L'ancien professeur déploya son annulaire.

— Petit quatre, la lecture apaise l'esprit et réduit le stress. En lisant, notre esprit se concentre sur ce qui est écrit et peut ainsi s'évader. On estime que la lecture permet de réduire le stress de 68 %. Selon des confrères de l'université britannique du Sussex, il faut environ six petites minutes à un lecteur pour atteindre un état d'apaisement, une fois la lecture commencée.

Alphonse Grimm toucha son auriculaire.

— Enfin, petit cinq, la lecture stimule la créativité : notre cerveau forme des images, imagine des visages, des lieux, des situations. Il cherche également à anticiper la suite du déroulement de l'histoire et anticipe donc lui-même des trames scénaristiques. Il y a d'ailleurs eu une étude très amusante sur la question. Je crois qu'elle date de 2011, ce sont des chercheurs écossais et australiens qui ont voulu mesurer le lien entre les habiletés de lecture et la créativité. Avant de commencer leurs recherches, ils étaient persuadés que les gens ayant des difficultés de lecture compensaient cette lacune en développant davantage leur créativité. Mais c'est tout le contraire qu'ils ont découvert ! Les adolescents et les jeunes adultes qui avaient de la facilité à lire sont ceux qui ont obtenu les meilleurs résultats aux différents tests de créativité.

Le descendant des Grimm considéra ses cinq doigts dressés.

— Ah, j'oubliais ! La lecture prolonge la vie. Une étude de l'université Yale a montré que les lecteurs vivaient en moyenne deux ans de plus que les non-lecteurs. Vous noterez tout ça dans votre synthèse, n'est-ce pas ?

À cet instant, le rapport de pouvoir avait une chance de s'inverser. Mina s'efforça de ne pas répondre tout de suite à la demande et se mit à marcher de long en large au bord du fossé. Du coin de l'œil, elle vit son adversaire s'impatienter sur la scène de théâtre.

— Cela dépend, finit-elle par répondre.

— L'inspectrice est donc aussi négociatrice. Je vous écoute.

— Je consignerai volontiers toutes ces informations dans mon compte rendu et peut-être que je m'arrangerai pour qu'il fuite dans la presse. Mais à une condition, monsieur Grimm : rendez-vous.

Le descendant tapota avec sa canne sur les planches.

— Êtes-vous une lectrice, inspectrice ?

— Oui.

— Cette cause devrait donc vous tenir à cœur.

— C'est le cas, mais j'aime également la justice.

Alphonse Grimm soupira.

— La hauteur de vue, c'est ce qui fait défaut aux hommes et aux femmes de notre époque. Il leur manque le souffle d'une vision au-dessus des contingences. Vous me parlez de justice alors que je vous parle de civilisation ! Je crains que vous ne vous rendiez pas compte de ce qu'il se passe ou va se passer dans les prochaines années. Avant de répondre à votre proposition, laissez-moi donc vous peindre un tableau qui vous fera peut-être prendre conscience de la mesquinerie de votre chantage.

Mina jugea qu'il fallait le laisser aller au bout de sa démonstration si elle voulait tenter une nouvelle approche.

— Éclairez-moi, dit-elle.

Alphonse Grimm épousseta sa veste et tira dessus, comme s'il s'apprêtait à faire une déclaration solennelle.

— Imaginons un instant à quoi ressemblera une génération d'humains qui ne lit pas ou très peu. Ces individus seront incapables de se concentrer et de suivre une conversation dès lors qu'elle durera plus longtemps que la lecture d'un smiley. Faute de vocabulaire, ces humains auront de grandes difficultés à s'exprimer clairement et à communiquer efficacement avec autrui, ce qui réduira les possibilités de coopération, source de progrès, et engendrera de plus en plus de conflits. Un individu qui formule mal sa pensée va être plus enclin à la violence. Privés de l'empathie que génère la lecture, ces humains deviendront peu à peu insensibles ou auront du mal à décrypter les émotions d'autrui. Un trait de caractère qui se rapproche du profil clinique d'un psychopathe. Ces mêmes humains, violents, égoïstes, incapables de trouver collectivement des solutions à leurs problèmes, seront moins imaginatifs et donc moins en mesure de concevoir des idées pour faire grandir l'humanité. Et je ne parle pas du niveau de stress que tout le monde éprouvera. En résumé, la disparition de la lecture pour la majorité des humains va faire régresser l'espèce sur les plans intellectuel, moral et technologique.

Alphonse Grimm regarda les planches de la scène.

— Chère inspectrice, les gens qui ne lisent pas sont bien plus influençables et manipulables que les lecteurs. Longtemps, la lecture ne fut réservée qu'aux classes dirigeantes de la noblesse ou du clergé. Dans le seul but de pouvoir dicter leurs volontés aux populations, sans risque de contestation. De mon point de vue d'historien, la démocratie n'a pu naître que dans l'esprit de citoyens informés, critiques et cultivés. Par exemple durant l'Antiquité, chez les Grecs, qui furent de grands producteurs de textes. Et notamment avec les encyclopédistes et les Lumières dont les idées se sont si bien répandues grâce à la lecture. J'en ai la conviction, seule la lecture a permis au cerveau de se nourrir de pensées visionnaires et éclairées. Ainsi, privée de cet exercice mental, l'humanité se dirige tout droit vers une anesthésie psychique propice à toutes les servitudes volontaires. Et lorsque même la classe dirigeante ne lira plus, on assistera à la fin de l'espèce dans un terrible mélange de guerres, d'indifférence, d'égoïsme et de perte d'intérêt pour résoudre les grandes questions qui animent nos âmes et nos cœurs d'humains depuis des millénaires…

Alphonse Grimm avait déclamé sa dernière phrase en balayant l'air de sa canne. Mina était agacée contre elle-même. Elle avait beau se rappeler qu'elle était là pour arrêter cet homme, une partie d'elle ne pouvait s'empêcher d'être attentive et concernée par ce que cet homme dénonçait.

— Alors, inspectrice, ne pensez-vous que vous devriez vous rallier à ma cause au lieu de vouloir m'arrêter ?

— L'un n'empêche pas l'autre. Et si vous vous rendez, votre message n'en sera que plus fort. Les gens sauront que vous n'êtes pas un être diabolique et prêteront bien plus volontiers l'oreille à votre très intéressant propos…

— Taisez-vous ! répliqua le descendant en frappant la scène d'un brutal coup de canne.

Le cœur de Mina sursauta, mais elle n'en montra rien.

— Je ne me rendrai pas ! Que m'importe que vous consigniez ou non tout ce que j'ai eu la politesse de vous expliquer. Si vous voulez contribuer à la chute de notre civilisation, alors, grand bien vous fasse et assumez vos actes ! Et maintenant, regardez ! Regardez ce qu'un esprit audacieux est capable de faire par amour pour l'humanité. Admirez, inspectrice, admirez la puissance d'un grand esprit ! Contemplez ce que mon audace conjuguée à la fortune des droits d'auteur de mes aïeux m'a permis d'accomplir !

Alphonse Grimm leva la tête vers le balcon où se trouvait encore le journaliste.

— Le moment est arrivé, cher associé. En scène !

20.

Une musique d'orgue d'église résonna dans toute la salle. Deux accords tonitruants qui annonçaient le préambule d'un événement majeur. Le son était si puissant que Mina en ressentit les vibrations dans sa poitrine. Devant le fossé, un peu en contrebas de la scène surplombée par la voûte en ogive, elle eut le sentiment d'être écrasée par l'ampleur du lieu et du moment.

Alphonse Grimm s'était placé au milieu de la scène, l'air digne, devant le velours du rideau. Il regardait en direction de la caméra et se mit à parler quand la musique cessa :

— Mesdames, mesdemoiselles, messieurs, le jour de la révélation est arrivé. Je me présente, Alphonse Grimm, dernier descendant des illustres frères du même nom mondialement connus. Si vous assistez à mon allocution, c'est que vous avez suivi avec passion l'enquête de notre jeune inspectrice sur l'assassinat du célèbre Hans Karloff.

Mina ne se retourna pas vers le journaliste qui filmait toute la scène pour ne surtout pas montrer son visage. Le descendant prit une inspiration.

— Autant vous le confesser tout de suite, c'est moi qui ai assassiné M. Karloff. Pourquoi ? Tout simplement parce qu'en tant que fondateur du premier réseau social européen il aspirait bien trop de temps de cerveau disponible aux jeunes générations. Mais soyez rassurés, la révélation que j'ai à vous faire aujourd'hui va bien au-delà d'un simple aveu. Car la mort de Karloff ne résoudra rien à la décadence de notre civilisation.

Mina brûlait d'impatience de connaître la réelle intention d'Alphonse Grimm, tout en se demandant si elle lui offrirait une occasion d'intervenir enfin. Le professeur fixa la caméra et poursuivit d'une voix solennelle :

— Pour cette raison, j'ai lancé un projet, un projet audacieux, un projet fou, diront certains ! Et ce soir vous allez être les premiers à découvrir le phénomène qui s'apprête à souffler sur le monde !

L'orgue satura l'air de sa grandiloquence. Alphonse Grimm s'effaça de la scène à mesure que le rideau s'ouvrait. La musique entama une ascension progressive qui instilla une atmosphère de suspense dans l'immense salle du château. Le rideau acheva de se retirer, mais au-delà Mina ne vit qu'un large espace dégagé avec un grand trou circulaire. Alphonse Grimm se moquait-il du monde ? Avait-il raté son effet ? Pourtant la musique ne s'était pas tue, bien au contraire. L'orgue ajouta des notes à son enivrante incantation se muant en air fiévreux. C'est là que Mina sentit le sol trembler sous ses pieds. L'ébranlement provenait de l'excavation derrière le rideau. Au-dessus de sa tête, elle vit frémir le grand lustre en roue de charrue. Elle jeta un coup d'œil dans son dos, le journaliste filmait, sa caméra dirigée droit vers le trou béant. Elle reporta son attention au-delà du rideau, sidérée de voir poindre quelque chose en dehors de l'espèce de cratère. Et, bientôt, elle en fut certaine, une plateforme circulaire émergeait du sol. À la circonférence du plateau avaient été fixés cinq fauteuils en bois à haut dossier, de style Renaissance. Chaque siège était occupé par une personne. Ces individus étaient un peu loin pour que Mina en soit sûre, mais il lui sembla qu'ils somnolaient. Certains avaient encore le menton sur la poitrine, d'autres regardaient mollement autour d'eux. Tous avaient les bras maintenus aux accoudoirs par des anneaux métalliques. Et, soudain, Mina écarquilla les yeux. Elle venait de les reconnaître. Ils étaient tous là, exposés aux yeux du monde comme des trophées : les cinq disparus. Le prêtre Elias Wagner, la directrice marketing de la chaîne de télévision Marilyn Walker, l'écrivain Esteban Santos de la Cruz, l'historienne Camelia Rossellini et enfin la psychologue Angélique Moreau.

La plateforme s'immobilisa dans un claquement sonore. Mina chercha Alphonse Grimm. Il était toujours sur le côté de la scène et regardait, fasciné, les disparus.

— Chers téléspectateurs, vous les avez reconnues : les cinq personnes grâce auxquelles notre jeune inspectrice est remontée jusqu'à moi. Pourquoi sont-elles ici après avoir disparu pendant trois ans ? Tout simplement parce que c'est ici qu'elles ont vécu tout au long de ces années. Oui, dans mon château, à l'abri des regards, coupées des écrans et de l'actualité. Pourquoi les ai-je enlevées ? Pourquoi elles, n'est-ce pas ? Pourquoi les ai-je gardées trois longues années en captivité ? Voici la réponse.

Le professeur leva les bras à la façon d'un Moïse séparant les flots, et un nouveau tremblement du sol fut accompagné d'un élan lyrique de l'orgue. Au centre du plateau, dans le dos des cinq captifs, s'éleva lentement une colonne qui tournait sur elle-même. Elle grandit jusqu'à dépasser les dossiers des chaises de quelques têtes. À son sommet était fixé un lutrin en bois ouvragé qui rappelait ceux des moines copistes du Moyen Âge. Dessus, paré d'une couverture enluminée, reposait un livre. La colonne cessa sa rotation au moment où l'ouvrage fit face à la scène, pile dans l'axe de la caméra.

— Mesdames et messieurs, avec Cendrillon, le Petit Chaperon rouge, Blanche-Neige, mes ancêtres ont prouvé qu'une histoire bien racontée est une histoire que le monde entier connaîtra pour des siècles et des siècles. Ce livre contient la meilleure histoire du monde depuis la Bible. Chacun d'entre vous va non seulement la lire, mais aussi vouloir que tout son entourage s'y plonge. Les parents, les enfants, les grands-parents, toutes les générations, toutes les classes sociales souhaiteront connaître cette incomparable expérience de lecture. Ce livre va vous transporter et vous marquer comme aucune histoire n'est parvenue à le faire jusqu'à aujourd'hui. Il a en lui la puissance des mythes, le charme des contes, la profondeur du sacré, la fluidité du roman et le mystère des énigmes. Mais surtout, il va vous faire rencontrer les personnages les plus attachants et les plus passionnants de toute l'histoire de la littérature !

Alphonse Grimm marqua une pause. Impuissante, Mina ne pouvait que constater la passion mégalomaniaque de cet homme. Mais la lectrice qu'elle était désirait tout de même tenir ce livre entre ses mains.

— En quoi cet ouvrage sera-t-il le meilleur de l'histoire de l'humanité, me demanderez-vous ? Pourquoi une telle assurance de ma part ? Eh bien, parce que ce livre a été écrit par les cinq personnes les plus brillantes de notre époque. Pendant trois ans, ces cinq génies ont consacré toute la force de leur âme à forger le texte parfait. Chacun y a apporté son expertise en matière de psychologie, de narration, d'histoire, de spiritualité, mais aussi de captage d'audience, pour vous offrir un roman que vous ne parviendrez plus à lâcher. Un roman qui vous fera oublier le monde alentour. Un roman qui vous fera éprouver toutes les émotions, même celles que vous n'avez jamais ressenties de votre vie. Un roman qui vous offrira l'évasion la plus dépaysante tout en nourrissant votre esprit d'idées qui feront pétiller vos neurones. Vous allez tomber amoureux, trembler, pleurer, rire, éprouver la joie, la surprise, frôler la folie, danser, apprendre, croire, vous passionner. En un mot, vous allez vivre une expérience qui vous marquera du sceau du plaisir pour le reste de votre existence. Dans trois cents ans, cette histoire sera encore connue de tous dans le monde entier et c'est vous qui en aurez été les premiers lecteurs. Les premiers lecteurs du roman intitulé *Il était une fois* !

Alphonse Grimm passa sous le cadre du rideau et rejoignit la plateforme. Il se hissa dessus, sous les regards encore un peu vagues des cinq disparus, qui avaient visiblement été drogués. Le professeur s'empara du livre avec révérence et le brandit au-dessus de sa tête.

— *Il était une fois* a été traduit dans cent soixante langues comme les contes de Jacob et Wilhelm Grimm. L'ouvrage uniquement tiré sur papier sera distribué gratuitement dans toutes les librairies du monde entier dans sept jours exactement, le temps que les livres soient acheminés aux quatre coins de la planète. C'est un événement mondial auquel vous allez assister et participer. Il y aura un avant et un après la sortie d'*Il était une fois* dans l'histoire de notre civilisation. Ce livre, non content de vous apporter le plus grand plaisir qui soit, va vous redonner envie de lire, à vous tous qui n'avez jamais ouvert un ouvrage de votre vie, ou qui en ouvrez moins souvent depuis que les écrans ont accaparé votre cerveau. Je peux vous jurer qu'*Il était une fois* va tellement vous marquer que vous n'aurez qu'une envie : retrouver cette expérience en dévorant d'autres livres. Grâce à *Il était une fois*, le monde va reprendre le chemin de l'intelligence, de l'empathie, de l'imagination, de la patience et de la communion !

Mina surveillait Alphonse Grimm et les cinq disparus. Certains commençaient à forcer sur les attaches maintenant leurs bras immobiles.

— Mesdames et messieurs, ce fut une immense joie que de vous annoncer cette immense nouvelle. Les cinq auteurs d'*Il était une fois* sont libres désormais, quant à moi je m'efface devant l'Œuvre qui va déferler sur le monde et je vous rejoins en pensée dans l'histoire que vous allez avoir l'immense plaisir de découvrir.

Le professeur fit une révérence et le rideau se referma devant lui dans une ultime note de musique. Au même moment, une explosion fit sursauter Mina. Elle se retourna et vit voler en éclats la porte par laquelle elle était entrée. Dans un nuage de fumée, des silhouettes vêtues de noir, de casques et de cagoules se répandirent dans la grande salle voûtée, les rayons lasers rouges de leurs fusils balayant l'espace à toute vitesse. Le temps que Mina comprenne, l'un des pointeurs s'était arrêté sur sa poitrine. Elle leva les bras.

— Je suis Mina Dragan, l'inspectrice chargée de l'enquête ! cria-t-elle.

Trois hommes coururent vers elle en la tenant en joue pendant que le reste du peloton prenait possession des lieux.

— À genoux ! ordonna l'un des membres d'élite en visant son front.

Mina s'exécuta.

— Votre badge !

Mina ragea. Elle n'avait pas eu le temps de faire faire son badge d'inspectrice. Elle fouilla dans sa poche et brandit son insigne d'agente avec son nom gravé dessus.

— Ok. On nous a prévenus de votre présence, mais je devais être sûr, dit le soldat en abaissant son arme. Où est le suspect ?

— De l'autre côté du fossé. Vous avez une échelle ?

— Non.

Mina leva les yeux vers le plafond. Son idée pouvait fonctionner.

— Visez la chaîne qui suspend le grand lustre, il devrait tomber à cheval entre les deux côtés du fossé.

— Tir de suppression matériel à venir, pas d'alerte, dit-il en parlant probablement dans un micro relié à son oreille.

Le soldat fit signe à Mina de reculer et tira une rafale en direction de la suspension. La chaîne se brisa et l'énorme lustre chuta dans un vacarme qui résonna sous la voûte de pierre. La roue se cala effectivement au-dessus du fossé en prenant appui sur les rebords du trou.

— Je passe la première, déclara Mina sans laisser le temps au soldat de l'arrêter.

Elle posa un pied prudent sur le cercle de bois, testa la résistance de la roue qui tanguait un peu, mais c'était la seule solution pour rattraper Alphonse Grimm. Les bras écartés de chaque côté du corps, en équilibre, Mina progressa sur le lustre. Pour ne pas prendre le risque de faire basculer la roue d'un côté ou de l'autre, elle coupa par le centre. Là où les rayons étaient plus étroits. À chaque pas, elle sentait le support prêt à basculer. Contrôlant sa respiration, elle atteignit le cœur du lustre. La roue oscilla de droite à gauche et commença à glisser vers le fossé. Mina courut et prit appui au dernier moment pour bondir sur le bord opposé. La roue avança sous ses pieds. Les bras tendus dans le vide, Mina percuta la paroi du fossé et ne dut son salut qu'à la force de ses mains, qui s'agrippèrent de justesse au rebord. Secouée par le choc, Mina écarquilla les yeux pour tenter de dissiper le voile noir qui s'était abattu autour d'elle.

— Inspectrice Dragan, ça va ? lança le soldat d'élite.

— Ça ira, répondit-elle.

Mina fit jouer les solides muscles de ses bras pour se retrouver à plat ventre et bientôt à genoux sur les dalles de pierre. Elle se releva et se retourna.

— J'allais oublier, le journaliste complice de Grimm était sur le balcon du hall. Essayez de le retrouver. Maintenant, jetez-moi votre pistolet ! intima-t-elle au soldat, qui avait été rejoint par ses collègues.

L'homme se retourna vers celui qui devait être leur commandant.

— Allez-y.

Le militaire saisit son pistolet et le jeta avec habileté et précision jusque dans les mains de Mina.

Elle le cala dans son holster et courut vers les disparus, qui s'étaient tous levés et la regardaient sans l'air de comprendre ce qui leur arrivait. Il y avait quelque chose d'étourdissant à reconnaître les visages de tous ces gens kidnappés pendant trois longues années. Par quel moyen Alphonse Grimm les avait-il contraints à travailler sur ce projet de best-seller ? Comment avaient-ils procédé pour concevoir et écrire ce livre à la folle promesse ? Ces questions traversèrent l'esprit de Mina, mais il n'était pas encore temps d'en recueillir les réponses. L'urgence était ailleurs.

— Par où est parti Alphonse Grimm ? demanda-t-elle.

Celui qu'elle reconnut comme étant le prêtre Elias Wagner désigna un mur.

— Il y a un passage dérobé dans cette paroi, il a couru par là.

— On va venir s'occuper de vous, répondit Mina en fonçant vers l'endroit que l'homme venait de lui désigner.

Elle n'eut pas à chercher longtemps pour repérer un léger décalage entre deux pierres. Dans la précipitation de sa fuite, le professeur n'avait pas bien refermé le passage secret. Elle poussa dessus et fit pivoter un pan de mur. Derrière se dévoila un étroit couloir voûté éclairé par des lampes disposées sur le sol. Au fond du corridor, on distinguait un escalier en colimaçon qui montait.

21.

Son arme pointée au bout des bras, Mina s'engagea dans le passage. Elle déroula ses pas avec prudence sur les premières marches et monta jusqu'à un palier qui donnait sur une porte entrouverte. Elle s'arrangea pour se mettre dans l'axe de l'ouverture et découvrit une grande pièce où dominaient un large bureau et une vaste cheminée qui pouvait abriter plusieurs hommes. Sur la table de travail, Alphonse Grimm ramassait des documents qu'il fourrait avec empressement dans un sac. Mina poussa la porte du pied et fit irruption dans la salle.

— On ne bouge plus, monsieur Grimm !

Le professeur leva un regard affolé vers Mina et fonça vers une issue au fond de la pièce en emportant son sac. Officiellement, Mina n'avait pas le droit de faire feu sur un fugitif désarmé. Elle tira volontairement à côté pour lui faire peur. Mais Alphonse Grimm ne prêta pas attention à la sommation. Il avait déjà ouvert la porte. Mina sauta sur la table pour gagner du temps et atterrit près de la porte. Grimm l'avait déjà franchie et courait dans un couloir que l'inspectrice emprunta à son tour en imprimant à ses jambes toute la puissance dont elles étaient capables. Leurs pas résonnaient contre les parois du corridor qui conduisait à une porte. Le professeur referma le battant et Mina réussit à caler son pied dans l'embrasure. Elle poussa la porte de l'épaule et manqua de perdre l'équilibre quand la résistance cessa soudainement. Elle déboula dans un vestibule ouvert sur un ponton baigné par l'eau du lac ceinturant le château. Alphonse Grimm voulait se diriger dans cette direction, mais Mina parvint à lui saisir le bras qui retenait le sac rempli de documents. Le choc fit tomber quelque chose par terre, Mina s'en rendit compte alors qu'elle mettait Alphonse Grimm en joue.

— Ça suffit ! Vous ne bougez plus !

Le descendant des deux célèbres frères se figea, dos à Mina. Il leva lentement les bras sans lâcher son sac. Mina s'approcha de lui, une main tenant son arme, l'autre cherchant ses menottes. Mais alors qu'elle s'apprêtait à les sortir de sa poche, elle sentit une pression désagréable à l'arrière de son crâne.

— Lâchez cet arsenal de violence, inspectrice.

Mina reconnut la voix calme et distinguée du nocher qui l'avait fait traverser jusqu'au château. Elle déposa son arme à ses pieds et leva les mains. Alphonse Grimm la considéra un instant.

— J'aurais aimé passer plus de temps avec vous, inspectrice. Aussi, veuillez m'excuser pour mon incorrection à votre égard. Je vous invite à retourner dans la salle de réception afin de prendre soin de nos chers disparus. Je suis sûr que vous avez nombre de questions à leur poser. Au revoir et encore merci d'avoir été une héroïne si attachante pour mon histoire.

L'ancien professeur fit volte-face, rejoignit le ponton et disparut au coin d'un mur. On entendit le bruit d'un moteur qui démarrait puis s'éloignait.

— Je vous quitte à mon tour, inspectrice, dit le nocher dans son dos. Ne vous retournez pas avant trente secondes, je vous tiens en respect et n'ai aucune obligation de vous laisser la vie sauve, surtout si vous essayez d'attenter à la mienne.

Mina regardait son arme par terre, résistant à l'envie de la saisir. Elle compta jusqu'à dix dans sa tête et commença à entendre des bruits de bottes. Elle vit surgir trois membres des forces spéciales dans le vestibule.

— Alphonse Grimm a pris la fuite en bateau ! lança Mina.

Quand elle se retourna, le passeur avait évidemment disparu. Elle ramassa son arme et courut vers le ponton. Désert. L'assistant de Grimm avait probablement emprunté un passage secret.

L'un des soldats communiquait avec ses confrères :

— Envoyez une équipe surveiller les rives du lac et arrêtez tout suspect !

— Grimm avait un complice, précisa Mina, revenue sur ses pas. Je ne comprends pas par où il est passé.

— Vous deux, vous sondez la pièce à la recherche d'un passage, dit celui qui devait être le chef.

Puis il s'avança vers le ponton et abaissa ses lunettes à vision nocturne pour regarder en direction du lac.

Mina profita d'être seule pour récupérer le dossier tombé du sac d'Alphonse Grimm quand elle lui avait attrapé le bras. Elle s'accroupit et s'en saisit rapidement sans que personne le remarque.

— Je vais voir les disparus, prévint-elle.

— Entendu, répondit le chef.

Mina retourna dans le bureau d'Alphonse Grimm, qu'elle inspecta minutieusement, mais ne trouva rien, le professeur avait tout vidé. Elle emprunta le couloir qui menait au grand hall et s'arrêta à une dizaine de mètres avant de retrouver les disparus, loin de tout regard. Une fois sûre d'être bien seule, elle sortit le dossier de sous sa parka et prit le temps d'étudier les documents qu'il contenait à la lueur d'une torche. La première feuille représentait un graphe. Ou plutôt plusieurs graphes en pointes alignés les uns au-dessus des autres. Sur le dernier tracé tout en bas de la feuille, un cercle rouge dessiné à main levée avec un stylo entourait un pic. Mina n'avait aucune idée de ce que représentait ce graphique. Tout aussi bien une activité sismique qu'un document médical. Dans ce cas, était-ce le résultat d'expériences qu'il aurait fait subir à ses captifs ?

Elle prit la feuille en photo avec son téléphone et examina le deuxième document. Qui était en réalité un carton. Il s'agissait d'une élégante invitation au domaine du château de la Favorite dans la ville de Kuppenheim pour le lendemain soir à 18 heures. Le faire-part n'était pas nominatif et ne précisait pas l'objet de la réunion. Seule une mention « tenue élégante exigée » signait le document. Mina vérifia sur son téléphone ce qu'elle pouvait trouver sur ce château, mais elle ne découvrit ni le nom des propriétaires ni si le lieu était associé à certains événements en particulier. A priori on pouvait louer ce très bel endroit pour toutes sortes de réceptions. Pourquoi Alphonse Grimm avait-il cette invitation dans ses affaires ? Avait-il réservé le domaine pour faire sa révélation à un public bien précis ? Cela n'avait guère de sens, après sa déclaration mondiale. Désormais, il devait se cacher et savourer le succès de son entreprise.

Mina glissa l'invitation dans sa poche intérieure et envoya la photo du diagramme à Cioban en lui demandant de se renseigner sur celui-ci. Il lui répondit dans la minute : « Ok, je te tiens au courant. C'était dingue, cette révélation d'Alphonse Grimm. Un truc de fou. Tu l'as coincé ? » Mina lui texta : « Non. Le graphique. »

La jeune inspectrice pénétra dans le grand hall. Les cinq prisonniers de Grimm avaient désormais tous été pris en charge par les forces spéciales allemandes. Chacun d'entre eux s'entretenait avec un soldat, certains avec passion comme Marilyn Walker, qui parlait avec de grands gestes, ou l'écrivain Esteban Santos de la Cruz, dont la voix s'exprimait par éclats successifs. La psychologue Angélique Moreau et le prêtre Elias Wagner communiquaient plus discrètement. Quant à l'historienne Camelia Rossellini, elle semblait avoir plus de difficultés à raconter ce qu'elle avait vécu, les yeux régulièrement perdus dans le vide. Mina accrocha son regard et sentit la détresse de cette femme. Aussitôt, elle se rapprocha d'elle et glissa au soldat qu'elle prenait le relais. Camelia Rossellini la considéra avec une forme d'hébétude.

— Bonjour, Camelia. Je suis l'inspectrice Mina Dragan.

Mina devait lever les yeux pour s'adresser à cette grande femme d'une quarantaine d'années, brune, aux cheveux courts et au port de tête élégant.

— Est-ce que vous vous sentez de me raconter ce qu'il s'est passé ou c'est trop tôt ? demanda-t-elle.

— Je vais essayer, mais je ne me souviens pas de tout.

— Faites comme vous pouvez. Comment Alphonse Grimm vous a-t-il traités durant ces trois années de captivité ?

— Si l'on met de côté la privation de liberté, nous avons été très bien traités. Nous avions chacun une belle chambre, nous mangions bien, avions de longs moments de pause et pouvions également nous promener autour du château sous la surveillance de l'assistant de Grimm.

— De quoi vous menaçait-il ?

— De s'en prendre à nos familles. Si nous essayions de fuir ou si nous refusions de collaborer à l'écriture du livre, nos enfants, nos conjoints ou nos parents en feraient les frais.

— Alphonse Grimm vivait avec vous ?

— Oui. Il s'absentait parfois quelques jours, mais il revenait toujours ici.

— Avait-il des complices, en plus de son assistant ?

— Les cuisiniers, les femmes de ménage, le technicien informatique et le bibliothécaire. Mais je crois qu'ils sont tous partis avant que vous n'arriviez.

— Vous savez où Alphonse Grimm devait aller après avoir fait sa présentation ?

— Non. Aucune idée.

— Je ne vous dérange pas plus, je vous laisse le temps de bien vous rappeler tous les détails de votre captivité. Votre témoignage sera important pour la suite de l'enquête.

La célèbre historienne hocha la tête, mais Mina vit ses yeux rougir et une larme couler le long de sa joue.

— Je crois comprendre, lui dit Mina. Cela a dû être très dur…

— Non, vous ne comprenez pas ! répliqua Camelia Rossellini. Vous ne comprenez pas !

Elle avait les yeux brillants et le visage crispé. Mina recula d'un pas. Qu'est-ce qui arrivait à cette femme ? Autour d'eux, tout le monde s'était arrêté de parler. Les regards convergeaient dans leur direction.

— Vous pouvez tout me dire, répondit Mina en gardant son calme. Qu'est-ce que je ne comprends pas ?

— Vous ne comprenez pas que j'ai aimé ces trois années comme jamais je n'ai aimé aucun autre moment de ma vie ! Vous ne comprenez pas qu'Alphonse Grimm est un génie ! Vous ne comprenez pas que le livre que l'on a écrit va devenir l'œuvre majeure de notre siècle ! Vous ne comprenez pas que nous avons accompli ici un travail qui va marquer l'humanité ! Vous ne comprenez pas que je ne veux pas retourner à ma vie d'avant !

L'historienne fixa Mina un moment, puis ses mâchoires se mirent à trembler et elle porta ses mains à son visage, secouée par de profonds sanglots.

Mina avait accueilli la diatribe de l'ancienne captive avec surprise, puis très vite avec bienveillance et compassion. Qu'elle soit victime du syndrome de Stockholm ou qu'elle ait vraiment une telle hantise à l'idée de retrouver une existence qui lui semblait maintenant banale, cette femme souffrait.

— J'ai compris, j'ai très bien compris, chuchota Mina en s'approchant.

Et avec beaucoup de douceur, elle enlaça cette femme qui la dominait aisément d'une tête. Camelia se raidit. Mina ne retint pas son geste pour autant, au contraire, elle lui caressa le dos. L'historienne finit par décoincer ses bras et envelopper l'inspectrice à son tour. Quel drôle de tableau cela devait former, se dit Mina, dont le visage arrivait à peine à la hauteur des épaules de l'ancienne captive.

— On vient de recevoir l'ordre d'évacuer les lieux, déclara le commandant des forces spéciales.

Camelia Rossellini s'écarta lentement de Mina.

— Merci, lui dit-elle.

— De rien, vous allez voir, le retour à la société va très bien se passer. Je vous revois plus tard, si cela vous va. En attendant, je souhaitais juste savoir si ces deux documents vous disaient quelque chose, dit Mina en présentant le graphe et l'invitation.

— Euh… non, je suis désolée, ça ne m'évoque rien.

— D'accord. Merci. À plus tard, Camelia.

L'historienne s'en alla rejoindre ses confrères et consœurs.

— J'aimerais poser une question à ces gens, dit Mina au chef du commando.

— Rapidement alors.

— Excusez-moi, lança-t-elle en les rejoignant, je voudrais vous demander quelque chose…

Les anciens captifs s'avancèrent en cercle autour de la jeune inspectrice.

— Quelqu'un aurait-il un indice sur l'endroit où pourrait se cacher Alphonse Grimm ?

— Non, dit la spécialiste en marketing télévisuel, Marilyn Walker. Mais peut-on nous laisser rentrer chez nous maintenant ?

Les autres semblèrent approuver la demande à grand renfort de hochements de tête et de grommellements.

— Oui, bien sûr, répondit Mina. Même s'il va falloir passer par une phase de débriefing, vous comprenez. Nous devons absolument savoir où Alphonse Grimm se terre et tout ce que vous pourrez nous dire sera utile.

Mina se tourna vers le commandant.

— Vous avez retrouvé le journaliste Ioan Petru ?

— Non rien, aucune trace. On y va, dit le commandant.

Le groupe se mit en branle. Les soldats empruntèrent le pont de fortune qu'ils avaient construit avec des planches trouvées dans le hall. Une fois le fossé franchi, ils se dirigèrent vers la sortie du château.

Mina fermait la marche en se demandant si la police allemande allait la laisser interroger les anciens disparus et poursuivre son enquête. Elle en était là de ses réflexions quand l'écrivain Esteban Santos de la Cruz ralentit sa marche pour se dégager du groupe. Il se retourna et regarda Mina à la dérobée. Nul doute qu'il avait quelque chose à lui dire.

22.

Un des membres du commando s'était improvisé passeur et véhiculait chaque disparu vers la rive où les attendait un hélicoptère. À plusieurs reprises, Mina voulut se rapprocher d'Esteban Santos de la Cruz, mais il était toujours interrogé par un des soldats. Elle se demanda s'il allait révéler à cet homme ce qu'il semblait avoir voulu lui confier. Après tout, pourquoi elle ? Il ne la connaissait pas.

Vint le moment où elle se retrouva la dernière à traverser, avec un autre membre du commando. Depuis l'autre rive, elle entendait les pales de l'hélicoptère trancher l'air.

— Vous avez trouvé quelque chose ? demanda le soldat qui était avec elle dans la barque.

Mina serra l'invitation et le diagramme dans sa poche. C'était son enquête.

— Non, répondit-elle. Rien.

— Vous allez lire le bouquin de cet illuminé ?

Mina ne s'était pas encore autorisée à réfléchir à la question, mais elle savait au fond d'elle-même que la réponse était évidemment affirmative. Pire encore, si cruelles qu'aient été les conditions d'écriture de ce roman, elle n'avait jamais été aussi impatiente de se plonger dans un texte. Cependant, si pressante que fût cette envie, elle n'égalait pas pour le moment sa détermination à arrêter Alphonse Grimm.

La barque finit par toucher terre et Mina sauta sur la rive. Elle marcha courbée pour rejoindre le grand hélicoptère de l'armée et grimpa à son bord. Il n'y avait plus de place à côté d'Esteban Santos et elle dut s'asseoir entre la psychologue Angélique Moreau et le prêtre Elias Wagner. Mina leur adressa un sourire, auquel la jeune femme répondit d'un hochement de tête fatigué et l'homme d'Église d'un discret signe de la main. Le dernier soldat monta à bord et fit coulisser la porte de l'hélicoptère juste avant que l'appareil ne s'élève dans les airs.

— Comment vous sentez-vous ? demanda Mina en parlant près de l'oreille de la psychologue.

— C'est une sensation étrange, à vrai dire. J'ignore comment je vais réagir face à mon mari et mes enfants. Ça me fait un peu peur. Vous imaginez, trois ans ?

— Non, je ne peux pas me mettre à votre place, répondit honnêtement Mina. Mais je sais, en revanche, que l'humain est capable de s'adapter à tout. Même si ça doit prendre un peu de temps, vous retrouverez votre vie d'avant.

— C'est vous la thérapeute ?

— Non, mais j'en ai croisé quelques-uns au cours de ma vie, et j'ai appris que le premier soin n'est ni le médicament ni même le geste médical, mais la parole qui accompagne. Au commencement était le Verbe, sourit Mina. En ce sens, je suis un peu biblique.

— Alphonse Grimm aurait certainement aimé travailler avec vous.

— À ce propos, vous êtes certaine de n'avoir aucune idée de l'endroit où il pourrait avoir trouvé refuge ?

— Non, aucune, il ne parlait jamais de lui, seulement du livre, du livre et encore du livre.

L'hélicoptère s'inclina et Mina dut se retenir à une poignée de sécurité pour ne pas glisser contre son interlocutrice.

— Vous pensez que ce qu'il dit de la qualité extraordinaire de ce roman est vrai ?

— Je ne suis plus très objective, mais je crois que nous avons en effet accompli quelque chose d'exceptionnel. Quelque chose à mi-chemin entre la grande épopée romanesque païenne et la Bible.

— Certains d'entre vous se sont-ils rapprochés d'Alphonse Grimm durant votre captivité ?

— Camelia a fini par complètement adhérer à la cause de Grimm. Et je dois dire qu'elle a apporté de très bonnes idées à la composition du roman.

— Quelqu'un d'autre ? interrogea Mina, qui ne s'étonna pas de la réponse de la psychologue.

— Il faut peut-être voir avec Esteban, c'est lui qui était chargé d'apporter chaque nouvelle mouture du manuscrit à Grimm.

— Très bien, merci, Angélique. Je vous laisse tranquille.

Mina se tourna vers le prêtre assis à côté d'elle.

— Vous vous sentez en mesure de reprendre votre fonction de prêtre ? dit-elle suffisamment fort pour couvrir les bruits des pales de l'hélicoptère.

— Plus que jamais, inspectrice. Il y a quelque chose de christique dans ce que nous avons vécu. Le Seigneur nous a mis à l'épreuve. Ces trois années m'ont rapproché de Dieu.

— Alors vous aussi, vous avez aimé cette situation ?

— Pour être honnête, j'ai longtemps haï Grimm, jusqu'à ce que je me rende compte qu'il voulait que ce texte ait une dimension spirituelle. Il m'a encouragé à y insuffler le meilleur de ma foi et, cela peut paraître étrange, je ne me suis jamais senti aussi libre de partager mes convictions et ma force d'âme.

— Je vois, et comment Grimm s'est-il comporté avec vous ?

— Grimm est un fou, mais ce n'est pas un insensible. On sentait qu'il se faisait violence pour nous garder ici. On voyait la lutte en lui. Au fond, c'est certainement un grand humaniste.

— J'ignorais que les grands humanistes faisaient également d'excellents assassins.

Le prêtre se renfrogna.

— Je ne cautionne pas le meurtre commis par Grimm, évidemment. Mais j'ai le courage de dire que ce qu'il a contribué à façonner dépasse la vie de Hans Karloff et va marquer la civilisation humaine pour le meilleur, c'est certain. Donc je persiste et signe, malgré la souffrance endurée je suis fier d'avoir participé à ce projet.

— Où est Grimm, selon vous, maintenant ?

— En train de veiller au bon acheminement du livre et de ses traductions dans le monde entier.

Mina hocha la tête alors que l'hélicoptère survolait les lueurs d'un petit village quelques centaines de mètres au-dessous. Elle chercha le regard d'Esteban Santos de la Cruz et finit par l'accrocher. Elle n'en était pas sûre, mais il lui sembla qu'il avait clairement baissé ses paupières en signe d'acquiescement.

L'appareil vola encore trois quarts d'heure avant d'amorcer son approche circulaire d'un héliport délimité par un cercle de lumières rouges. Il se posa et deux soldats ouvrirent aussitôt la portière pour inviter tous les passagers à descendre. Mina bondit dehors la première et se dirigea aussitôt vers l'écrivain quand il mit pied à terre. Mais elle fut doublée par un soldat qui se colla à Esteban Santos de la Cruz et entreprit de lui parler. La jeune inspectrice se retrouva à côté de Marilyn Walker.

— Vous n'avez vraiment aucune idée de l'endroit où pourrait se trouver Alphonse Grimm ?

La responsable marketing télévisuel leva les yeux au ciel.

— Je vous ai déjà répondu et, même si je le savais, vous vous doutez bien que je ne vous le dirais pas et que je réserverais l'exclusivité à ma chaîne !

Mina fut un peu décontenancée, mais n'en montra rien.

— Comment se passait une journée type ?

Marylin Walker soupira, considéra Mina d'un œil évaluateur et finit par hausser les épaules.

— Je vous réponds parce que ça m'aidera à être plus fluide pour mes futures interviews. Donc tous les matins, nous nous réunissions pour que chacun puisse dire ce qu'il pensait du texte écrit par Esteban la veille. Ensuite une deuxième réunion nous permettait de définir le propos de ce qui allait être écrit dans la journée. Esteban se mettait au travail et, nous, nous faisions des recherches pour la suite, chacun dans notre coin, ou en groupe. Comme nous le voulions. Nous avions une grande bibliothèque à disposition et accès à n'importe quel ouvrage sur simple demande. Le soir, Esteban allait livrer l'avancement du manuscrit à Grimm. S'il trouvait notre travail de bonne qualité, celui-ci nous donnait des nouvelles de nos familles, s'il jugeait que nous étions en dessous de nos capacités, il ne nous disait rien. Nous prenions tous nos repas ensemble et la nuit chacun avait sa chambre. Voilà, vous savez tout. Maintenant, merci de me ficher la paix.

Mina laissa s'éloigner la désagréable responsable marketing, et elle repéra que l'écrivain était de nouveau seul. Elle le rattrapa.

— Mina Dragan, inspectrice. Comment allez-vous, monsieur Santos de la Cruz ? dit-elle.

— C'est vous qui nous avez retrouvés ? demanda le petit homme replet au regard doux.

— Oui.

— Merci.

— Je n'ai fait que suivre la piste laissée par Alphonse Grimm. Il voulait que je vous retrouve.

— Oui, j'ai eu connaissance du petit jeu qu'il avait concocté. Il m'en a parlé un jour, répondit-il en suivant le groupe que les soldats conduisaient vers un bâtiment.

— Je crois que vous vouliez me dire quelque chose, tout à l'heure…

— Oui, confirma-t-il en regardant autour de lui. Je le dis à vous et pas aux forces spéciales parce que si vous nous avez retrouvés, c'est que vous êtes la plus à même d'arrêter Alphonse Grimm. Et je donnerais tout pour que ce type soit jeté en prison jusqu'à la fin de ses jours.

Mina nota la différence d'appréciation d'avec ses camarades de captivité. Mais là n'était pas l'urgence.

— Que voulez-vous me dire ?

— Je crois que vous sous-estimez Alphonse Grimm.

— Comment ça ?

— Je ne crois pas qu'il soit en train de fuir ou de se cacher.

— Vous pensez qu'il va faire une apparition publique ?

— Je ne sais pas, mais je pense qu'il n'en a pas fini.

— Oui, il supervise la livraison du livre, c'est un énorme travail…

— Non, non, ce n'est pas ce que je veux dire.

Mina commença à s'inquiéter, tandis qu'ils pénétraient les uns derrière les autres dans un baraquement éclairé au néon.

— Dites-moi clairement ce que vous pensez, monsieur Santos de la Cruz.

— Ce que vous avez vu ce soir et la présentation du livre n'étaient que le début, chuchota-t-il.

Le cœur de Mina se mit à battre plus vite.

— Le début de quoi et d'où tenez-vous cette certitude ?

— En tant qu'écrivain, c'est moi qui avais la responsabilité de soumettre les nouveaux chapitres du manuscrit à Alphonse Grimm. Un jour, je suis arrivé un peu en avance devant la porte de son bureau et j'ai entendu qu'il parlait à quelqu'un, probablement au téléphone. Et il disait qu'après le dévoilement du roman il allait immédiatement entamer la phase deux de son projet en s'attaquant à un autre domaine en grave danger.

Mina fut traversée par un frisson mêlant excitation et incrédulité. Elle n'en revenait pas. Qu'est-ce que ce mégalomane avait encore en tête ? Qu'entendait-il par « un autre domaine en grave danger » ?

— Vous pouvez m'en dire plus ? demanda Mina à l'écrivain.

— Je n'ai rien entendu de plus, il a raccroché.

Mina repensa au carton d'invitation pour la réception prévue le lendemain.

— Merci, monsieur Santos de la Cruz. Je vous laisse aller vous reposer.

Le cerveau en ébullition, investie d'un nouveau sentiment d'urgence, elle se rapprocha du responsable du commando.

— Je n'ai pas envie de passer la nuit ici. Je vous rejoins à quelle heure demain matin pour le débriefing ? mentit-elle.

— Vous ne pouvez pas partir sans avoir été interrogée, inspectrice Dragan. La police allemande va reprendre l'enquête et elle doit accéder à toutes les informations qui sont à votre disposition.

Mina pesta intérieurement, mais elle s'était préparée à cette réponse.

Le groupe franchit une porte et se retrouva dans un petit couloir distribuant plusieurs espaces vitrés équipés d'un bureau et de trois chaises. À l'intérieur de chacun se trouvaient déjà deux personnes, probablement des policiers allemands.

— Vous allez être débriefés par nos équipes. Elles sont bien conscientes que vous aspirez surtout à regagner votre domicile et revoir vos proches, mais cette procédure est obligatoire avant votre retour à la vie civile. Une personne par box, s'il vous plaît.

Les anciens captifs échangèrent quelques mots à voix basse, mais se soumirent à l'ordre et se répartirent dans les bureaux.

— Inspectrice Dragan, deux inspecteurs vous attendent dans la pièce au fond du couloir.

Mina entra dans l'espace qui lui était dédié. Une femme blonde aux cheveux très courts se leva à son arrivée. Un homme d'une cinquantaine d'années aux yeux cernés imita sa collègue.

— C'est un honneur de vous accueillir ici, dit-il.

— Merci, répondit Mina. Mais je n'ai pas fait grand-chose. Alphonse Grimm avait tout prévu et laissé des indices derrière lui.

— Pouvez-vous nous en dire plus à ce sujet ? lui demanda la femme.

Mina s'assit sur la chaise et leur raconta toute l'enquête depuis le début. Elle n'omit aucun détail, mais lorsque vint le moment de parler d'une hypothétique deuxième phase du plan de Grimm elle hésita. Si elle ne disait rien, elle prenait le risque de porter la culpabilité d'un nouvel acte criminel de Grimm. Mais si elle l'évoquait, la police allemande lui volerait évidemment l'enquête et elle n'aurait plus qu'à rentrer en Roumanie sur un échec. Son supérieur lui avait certes confirmé que le poste d'inspectrice lui était acquis quoi qu'il arrive, mais Mina n'accepterait pas d'avoir raté sa première enquête. Elle savait que, toute sa vie, elle serait celle qui avait usurpé son poste aux yeux de ses collègues. Et quand bien même elle parviendrait à l'ignorer, elle n'aurait pas confiance en elle et n'embrasserait jamais sa nouvelle responsabilité avec enthousiasme.

Elle décida donc de se taire sur la phase deux du plan, ainsi que sur le dossier tombé du sac de Grimm.

L'entretien dura deux heures, au terme desquelles Mina fut autorisée à partir, mais invitée à ne plus se mêler de l'enquête. Ce qu'elle approuva bien sagement avant de quitter la base.

Elle passa les contrôles de sécurité et se retrouva bientôt dehors, aux portes du complexe militaire, dans la nuit et le froid. Elle appela un taxi qui la conduisit jusqu'à un hôtel de moyenne gamme de Francfort. Depuis sa chambre qui donnait sur une rue luisante de pluie, elle appela son commissaire pour l'informer des derniers rebondissements de l'enquête. Ce dernier la félicita pour sa présence d'esprit et son efficacité.

— J'envoie immédiatement une équipe procéder à l'arrestation de la gérante de l'hôtel avec mise en accusation pour complicité dans la dissimulation d'un meurtre. De votre côté, vous allez donc vous rendre à cette réception ?

— Oui, Grimm y sera très probablement et je doute qu'il s'attende à m'y voir.

— Il a déjà dû se rendre compte qu'il avait perdu des documents, particulièrement l'invitation, et comprendre à quel moment c'était arrivé… Il va se douter de votre présence, non ?

— J'y ai pensé, mais si cette réception constitue réellement la phase deux de son plan, je doute qu'il y renonce sur le simple fait d'une supposition. Et on n'a pas d'autre piste de toute façon.

— Je vous laisse gérer, Mina, vous avez largement prouvé votre compétence. Tenez-moi au courant.

— À bientôt, commissaire.

Mina raccrocha et appela aussitôt Cioban, à qui elle demanda de s'occuper de sa voiture de location restée à Lohr. Son collègue accepta volontiers.

— Autre chose, Mina, j'ai fait étudier le graphe que tu as arraché à Grimm par un physicien et un médecin.

— Et alors ?

— C'est un électroencéphalogramme. Un enregistrement de l'activité électrique du cerveau.

— Et le cercle rouge ?

— Le médecin que j'ai interrogé ne savait pas à quoi cela correspondait. Je suis en contact avec un spécialiste qui devrait m'en dire plus.

— Merci, Vasile, bien joué.

— À plus tard, Mina.

L'inspectrice raccrocha en se demandant pourquoi Grimm détenait ce graphique. Peut-être avait-il fait mesurer le fonctionnement du cerveau d'une personne alors qu'elle lisait afin d'en prouver les bienfaits ? C'était l'hypothèse la plus probable.

Mina alla prendre une douche, passa au room service une commande qu'elle dévora, et relut l'invitation.

Elle regarda sur son téléphone la distance qui la séparait du château de la Favorite, dans la ville de Kuppenheim. Depuis Francfort, il y en avait pour deux heures de route. Elle ferait un détour par le centre-ville pour louer une voiture et s'acheter une robe de soirée. Mais une fois sur place, elle n'avait aucune idée de ce qu'il pourrait bien se passer.

C'est en imaginant toutes sortes de scénarios qu'elle s'allongea et ferma les yeux. Elle mit longtemps à trouver le sommeil, agitée par une idée entêtante : qu'est-ce que l'ancien professeur préparait ?

23.

Mina se réveilla vers 4 heures du matin, le corps déjà prêt à l'action, le cerveau en activité, une pointe de stress palpitant au creux de son ventre. Elle se leva aussitôt, s'habilla et alla faire un jogging dans un parc adjacent à l'hôtel, éclairée par la timide lueur des lampadaires. Près d'un étang brumeux, elle effectua quelques exercices de musculation et de combat sous le regard de canards somnolents. Vers 6 heures, elle se doucha et descendit prendre son petit-déjeuner.

Les croissants et autres boissons étaient déjà à disposition, mais aucun client n'était encore attablé. En picorant dans une salade de fruits, elle consulta les informations sur son téléphone et constata sans surprise que tous les journaux faisaient leur une sur la révélation spectaculaire d'Alphonse Grimm. Les titres mettaient parfois l'accent sur la sortie du livre événement, parfois sur le retour inattendu des cinq disparus. Mais chaque article trahissait la ferveur des journalistes, totalement passionnés par cette affaire qui leur fournissait une occasion en or de fidéliser leur lectorat. Certains d'entre eux émettaient des hypothèses sur l'identité de l'inspectrice qui avait mené l'enquête et qu'on apercevait de dos sur les images. À ce titre, Mina envoya un message à son commissaire pour lui demander si le journaliste Ioan Petru avait été localisé. Son supérieur lui répondit aussitôt : « Nuit blanche pour gérer le cataclysme Grimm. Petru introuvable. »

Mina cliqua sur le lien conduisant à la vidéo filmée par le journaliste de l'*Adevărul*. Elle avait déjà été vue 150 millions de fois. À plusieurs moments, Mina constata qu'elle apparaissait, sans qu'on puisse heureusement la reconnaître. Certains internautes écrivaient être convaincus que cette inspectrice était de mèche avec Grimm et qu'elle n'était qu'une marionnette destinée à crédibiliser une enquête fantoche. D'autres avaient acquis la conviction qu'elle était une descendante de la vraie Blanche-Neige, Maria Sophia Margaretha Catharina d'Erthal, qui voulait arrêter Grimm afin de leur faire payer, à lui et ses ancêtres, l'exploitation qu'ils avaient faite de l'histoire de son aïeule. Mais ce qui ressortait le plus, c'était l'impatience, pour ne pas dire la fièvre qui avait touché le monde dans l'attente de la sortie du livre *Il était une fois*. Plusieurs journaux télévisés montraient même les files d'attente qui avaient commencé à se former devant les librairies un peu partout sur la planète. Des sites internet vendaient prétendument l'ouvrage en avant-première. Nul doute que Grimm avait réussi son coup, songea Mina. Quelle que soit la qualité de son livre, il avait prouvé que les gens étaient capables de se mobiliser en masse à condition qu'on leur raconte une bonne histoire. Malgré l'invasion des écrans, le besoin d'imaginaire fort, le goût pour le mystère et la narration étaient encore très ancrés dans l'inconscient collectif.

D'ailleurs, la lectrice qu'elle était ne pouvait s'empêcher d'imaginer les histoires, les personnages et l'univers que le monde allait découvrir dans le livre. Mais la partie inspectrice de son esprit la rappelait à l'ordre en lui ordonnant de ne pas entrer plus avant dans le jeu de Grimm et de rester concentrée sur sa capture. Elle termina son thé, régla l'hôtel et demanda où elle trouverait un magasin de robes de soirée. On lui donna une adresse et elle traversa la ville à pied. Mina fut la première à entrer quand la boutique ouvrit. Une femme habillée en tailleur et au chignon parfait lui sourit, non sans la regarder brièvement de la tête aux pieds. Des robes longues, courtes, échancrées ou tombantes, rouges, jaunes, blanches, pailletées, en soie, occupaient le magasin. Des miroirs disposés sur presque tous les murs forçaient à s'observer.

— Bonjour, j'ai besoin d'une robe élégante mais pas trop voyante pour ce soir.

— Humm… Vous en avez déjà porté ?

— Une robe ? Oui, répondit Mina.

Elle se souvint de certaines soirées lorsqu'elle était encore en couple et cette brève image la troubla.

— Je ne sais pas si nous avons votre taille, répondit la vendeuse avec une moue dubitative.

— Vous ne faites pas de robes pour les enfants ? plaisanta Mina en s'efforçant de chasser le désagréable sentiment qui avait brutalement ressurgi.

— Ce n'est pas ce que je voulais dire, c'est juste que… Bon, je vais voir ce que je trouve.

La vendeuse s'éclipsa dans l'arrière-boutique, laissant Mina avec toutes ces silhouettes parfaites et bien plus grandes qu'elle. Elle n'avait jamais développé de complexe pour sa taille un peu inférieure à la moyenne. Très à l'aise dans son corps, elle en avait toujours plaisanté plutôt que de s'en vexer lorsqu'on lui en faisait la remarque.

— Bon, voilà ce que j'ai trouvé, dit la vendeuse, revenant avec une robe.

Elle la présenta à Mina. Elle était verte, probablement en satin, pas trop voyante effectivement, si ce n'était le décolleté qui lui semblait particulièrement ouvert.

Mina alla se changer dans une cabine d'essayage. Elle s'examina dans la glace et jugea que cela ferait très bien l'affaire. Elle renfila son jean, sa polaire, sa parka, et se rendit à la caisse.

— Ok, je la prends.

La vendeuse leva un sourcil circonspect. Mina se demanda ce qu'il se passait.

— Il y a un problème ?

La commerçante baissa les yeux jusqu'aux pieds de Mina.

— Vous comptez porter cette robe avec vos boots ?

Mina sourit. Elle n'était tellement pas habituée à ce genre de tenue qu'elle en oubliait les réflexes les plus élémentaires.

— Je vous laisse choisir pour moi, dit Mina. Non, attendez.

Elle venait de songer qu'elle pourrait être amenée à courir ou même à se déchausser dans la précipitation.

— Prenez ce qu'il y a de plus confortable, avec le talon le plus bas, et que les chaussures soient rapides à enlever.

— Bien, bien, à vue d'œil, vous devez faire du 37.

— Exact.

La vendeuse partit à nouveau dans l'arrière-boutique et revint avec une paire de chaussures qui correspondait au souhait de Mina.

La jeune inspectrice les essaya et constata qu'elles étaient non seulement faciles à retirer mais en plus particulièrement stables.

— Très bien, je les prends, merci.

— Et si je puis me permettre, où allez-vous ranger votre téléphone, par exemple ?

Mina reconnut volontiers la pertinence de la remarque. Elle se retourna et repéra un petit sac. La vendeuse comprit aussitôt, alla chercher l'article et en rajouta le montant à la note.

— Cela vous fera 270 euros, s'il vous plaît.

Mina paya, dit au revoir à la vendeuse, qui lui souhaita une bonne journée, et quitta la boutique.

Dehors, elle photographia le ticket de caisse et l'envoya aussitôt à Cioban pour qu'il lui fasse un virement afin qu'elle ne soit pas à découvert. Il la rappela en direct alors qu'elle était dans une ruelle du vieux centre-ville, en direction d'un loueur de voitures.

— Le commissaire a validé, donc l'argent est sur ton compte. Mais t'aurais pu aussi aller à ta soirée avec ce tee-shirt…

Mina regarda la photo qui venait d'apparaître sur son portable. Elle provenait d'un site internet qui vendait du merchandising. Sur un débardeur blanc, elle se reconnut vue de dos. Probablement une capture d'écran de la vidéo de présentation de Grimm. Sous le cliché était inscrit : « Qui est la mystérieuse inspectrice ? » Le vêtement était vendu 25 euros, et certaines tailles étaient déjà en rupture de stock.

— Tu t'en doutes, je m'en suis acheté un, s'amusa Cioban. Comme ça, je peux te porter tout près de mon cœur toute la journée.

— Reste concentré, Vasile, cette affaire est loin d'être terminée. À ce propos, où sont les cinq kidnappés ?

— Ils sont encore en Allemagne. Mais le commissaire a bon espoir de les rapatrier pour qu'on reprenne entièrement l'enquête avant que tout cela ne nous échappe. Cette histoire est en train d'enflammer le monde entier et tu n'es pas la seule à être une star. Les cotes des anciens disparus sont en train de monter à toute vitesse.

— Et on sait comment ils vivent cette nouvelle célébrité ?

— Le commissaire a eu son homologue allemand, qui a refusé de lui donner des éléments sur l'enquête elle-même, mais il a bien voulu lui parler du rapport des cinq kidnappés avec la presse, probablement pour se faire mousser lui-même.

— Et donc ?

— Ça dépend. Marilyn Walker, la directrice marketing de la télé américaine, goûte assez bien sa récente notoriété et je sais qu'elle a déjà accepté plusieurs interviews contre de très fortes rémunérations. L'écrivain a tout refusé et ne comprend pas comment ses collègues peuvent jouer le jeu de Grimm, qui les a enlevés et forcés à écrire ce livre. Il est en état de choc. Le prêtre est étonnamment impatient de parler du livre. Je crois même qu'il a déjà eu un entretien avec un journal. La psy ne va pas très bien et veut qu'on lui fiche la paix. Elle a même demandé des tuyaux pour faire une demande de changement de nom. Et l'historienne Camelia Rossellini ne veut pas rentrer chez elle. Elle n'arrête pas de dire qu'elle est aussi coupable que Grimm. Bref, t'as compris le tableau.

— Ils bénéficient tous d'une protection policière ?

— Les Allemands les ont tous logés dans des hôtels différents pour éviter de trop attirer l'attention et ils ont chacun deux officiers de police qui les surveillent en permanence.

— Ok, bien. À bientôt, Vasile.

— Je suis à ta dispo si besoin.

— Merci, à plus tard.

Mina rangea son téléphone dans sa poche alors qu'elle traversait une grande place entourée de maisons à colombages ocre au centre de laquelle se pavanait une fontaine surmontée d'une noble allégorie de la justice.

En passant devant un kiosque à journaux, elle s'arrêta et parcourut du regard les titres de presse qui s'agitaient autour de l'affaire du livre *Il était une fois*. Même si tous condamnaient les méthodes d'Alphonse Grimm, Mina dénota une fierté mal déguisée de la part de certains éditorialistes allemands qui ne semblaient pas mécontents qu'un homme si visionnaire et ambitieux soit de nationalité germanique. Ils ne se privaient pas de rappeler combien les frères Grimm avaient fait rayonner la culture de leur pays dans le monde entier.

— Vous l'achetez ou pas ?

Mina prit conscience qu'elle était restée devant le kiosque à journaux, plongée dans ses pensées. Elle sortit 3 euros de sa poche, paya le commerçant et repartit sans le journal. Elle évolua dans plusieurs rues et passa devant deux librairies. Toutes leurs vitrines étaient remplies des contes de Grimm, aussi bien dans des versions illustrées que dans leur simple mouture textuelle. Les commerçants étaient même allés jusqu'à décorer leurs devantures avec des loups en cartons, des pommes empoisonnées géantes, des chapeaux de sorcière, des maisons en pain d'épices ou des nains de jardin servant de cale-livres. De grandes affiches annonçaient la sortie imminente d'*Il était une fois* en insistant sur sa disponibilité gratuite dans ces librairies.

Elle parvint à l'adresse du loueur de voitures, à l'écart du centre-ville, dans une zone industrielle peu fréquentée. Elle se présenta au guichet derrière lequel se tenait une femme peut-être d'une trentaine d'années dont le visage intégralement maquillé semblait avoir été apprêté pour un spectacle, faux cils compris. Elle regardait son téléphone portable décoré de strass.

— Bonjour, dit Mina. J'ai besoin d'une voiture de maintenant jusqu'à demain matin. Une petite citadine fera bien l'affaire.

L'hôtesse acheva deux mastications de son chewing-gum et cliqua une fois sur l'écran de son téléphone avant de répondre :

— Permis de conduire, s'il vous plaît.

La jeune inspectrice lui tendit le document. L'autre manipula la souris de son ordinateur et déplia le permis de conduire devant elle. Mina lut un panneau affichant le règlement. Elle entendit l'hôtesse pianoter sur son clavier.

— Ah merde ! dit la jeune femme.

— Qu'est-ce qui se passe ?

— Le serveur est encore bloqué. Un instant, s'il vous plaît…

Elle prit son téléphone portable.

— Oui, c'est moi, comment on fait, déjà, pour réinitialiser le serveur ?… Quoi ?… Dehors ?! Je croyais que tu l'avais déplacé ?… Tu fais chier !… Excusez-moi, dit-elle à Mina.

L'hôtesse sortit.

Mina patienta en réfléchissant à la façon dont elle allait bien pouvoir approcher Alphonse Grimm le soir même.

Elle se demanda d'ailleurs s'il ne serait pas déguisé. Il était fort probable que les invités avaient vu la vidéo de présentation du livre.

— Voilà, c'est fait, ça devrait marcher, dit l'hôtesse en revenant derrière son comptoir. Ok, c'est bon, ça redémarre. Donc vous m'avez dit « une petite citadine »...

— Oui.

— Ok, je vous fais ça.

La préparation des documents prit encore une dizaine de minutes. Mina pensa qu'elle devrait essayer de s'infiltrer sur les lieux de la réception avant le soir afin de repérer le terrain.

— C'est bon. Ça vous fera 90 euros, s'il vous plaît.

Mina régla avec sa carte de paiement et demanda la facture.

— Je vous accompagne à votre véhicule ? proposa l'hôtesse.

— Allons-y.

Les deux femmes quittèrent la cahute et prirent la direction du parking où s'alignaient des dizaines d'automobiles.

— C'est celle-là, tout au fond, expliqua l'hôtesse.

Mina aperçut une petite voiture bleue.

— Installez-vous côté passager pour que je vous explique les commandes, dit la jeune femme en prenant place sur le siège conducteur.

Mina entra, posa le sac contenant sa tenue de soirée et referma la portière. À peine s'était-elle adossée qu'elle sentit quelque chose se coller contre l'arrière de sa tête. Une voix d'homme surgit dans son dos :

— On ne bouge plus ou je t'éclate la cervelle, l'inspectrice star.

Mina se glaça de peur. À ses côtés, l'hôtesse l'ignorait et faisait démarrer la voiture. Dans la poche de Mina, son téléphone sonna.

— Donne le portable, dit l'homme dans son dos. Et doucement, j'ai tendance à surréagir.

Bloquée, Mina n'eut d'autre choix que de s'exécuter. Elle glissa la main dans sa poche, eut tout juste le temps de voir que l'appel provenait de Cioban. L'homme qui la menaçait le lui arracha des mains. Quelques secondes après, une clochette annonça l'arrivée d'un SMS. Le ravisseur pouffa.

— Ton pote t'a prévenue un peu tard que ton identité venait de sortir dans la presse ! Dommage…

Mina n'en revenait pas. Comment était-on remonté jusqu'à elle alors qu'elle n'était vue que de dos sur les photos qui avaient été prises ?

Puis la réponse lui apparut avec évidence. Grimm avait probablement demandé à Petru de garder son nom secret pour entretenir le mystère autour de « l'héroïne » de sa mise en scène. Mais maintenant qu'il se savait traqué, il avait dû jeter son nom en pâture pour la freiner dans son investigation.

— File ton arme, calmement ! lui ordonna l'homme.

Mina s'empara de son pistolet et le laissa pendre dans sa main. L'hôtesse le prit et le tendit à son complice.

— Où m'emmenez-vous ? le questionna Mina.

— Dans un endroit tranquille où tu vas nous rapporter un paquet de fric.

— Qu'est-ce que vous espérez au juste ?

— Que tu nous fasses le plaisir de l'exclusivité de ton témoignage, chère Mina. Devant la caméra, tu vas nous raconter tout ce qui s'est passé dans le moindre détail et nous on va revendre ça aux télés, qui vont aligner les millions.

— Et ensuite ? Vous me tuez pour que je ne vous dénonce pas ?

L'homme à l'arrière lui appuya plus fort le canon de son arme sur le crâne.

— Arrête de vouloir jouer à la plus fine avec nous ! On décidera de ça après.

— Et si je ne vous dis rien ? osa Mina.

— On te bute ! éructa l'autre à l'arrière.

Et il lui décocha un coup de crosse contre la tête. La douleur cingla, mais Mina ne laissa échapper aucun cri.

— Ah, t'es une dure, toi ! lui lança le ravisseur.

Au-delà de la douleur qui palpitait dans sa tête, Mina sentait la vibration nerveuse qui électrisait l'habitacle. Elle se demandait jusqu'où ces deux amateurs seraient capables d'aller, surtout dans la précipitation. Leurs réactions étaient imprévisibles. L'hôtesse était hésitante, fébrile, au bord de paniquer et de vouloir se débarrasser de la situation de façon expéditive sans réfléchir aux conséquences. Son acolyte était plus résolu et peut-être plus raisonnable. Mais il paraissait également impulsif et sans doute capable d'appuyer sur la détente à tout moment.

Mina se concentra sur la route pour essayer de repérer le chemin. Ils avaient rejoint une route de campagne et commençaient à sérieusement s'éloigner de la ville. La voiture tourna et entra dans une forêt. Ce qui inquiétait le plus l'inspectrice à cet instant n'était pas d'y laisser la vie, mais qu'elle allait manquer la réception du soir, et donc mettre son enquête en péril.

24.

Ils roulèrent encore une heure et finirent par emprunter un chemin boueux qui quittait la route principale pour s'enfoncer entre les arbres. Malgré l'heure matinale, une lumière de crépuscule endormait le sous-bois. Mina espéra que la pression de l'arme sur son crâne faiblirait, mais le ravisseur avait plutôt accentué le contact. Au bout de l'allée, elle finit par distinguer une cabane en bois cernée par des chênes dont les branches frottaient contre le toit. L'hôtesse gara la voiture devant la maisonnette.

— Descends, dit l'homme à sa complice. Va ouvrir. Et toi, la fliquette, ne t'amuse pas à essayer de tenter quoi que ce soit, je préfère encore te buter que d'avoir à te courir après. C'est clair ?

— Ok, répondit Mina.

L'hôtesse prit les clés de la voiture et sortit.

— Je vais descendre le premier, dit l'homme. Tu ne bouges pas.

Mina s'exécuta et attendit qu'on lui ouvre la portière.

— Allez, sors et avance vers l'entrée. Et tu laisses ton sac ici.

Mina suivit les ordres à contrecœur. À peine eut-elle mis le pied dehors qu'elle sentit l'humidité de la forêt lui coller au visage. Ses pas s'enfonçaient dans la gadoue, produisant des bruits de succion qu'aucun chant d'oiseau ne venait recouvrir. L'endroit donnait l'impression d'être plongé dans une torpeur détrempée.

Elle gravit la volée de marches permettant d'accéder au perron et franchit le seuil de la porte. L'endroit, qui sentait le moisi, était uniquement meublé d'une table, d'une chaise et d'un poêle.

— Assieds-toi ! cria l'homme.

Mina prit place sur la chaise dont les pieds raclèrent contre le plancher en bois. Pour la première fois, elle vit le visage de son ravisseur masculin. Vêtu d'une doudoune sans manches, les cheveux en désordre, il clignait sans cesse des yeux et ses épaules étaient agitées de tics nerveux. Un tatouage grossièrement exécuté enlaidissait son cou.

— La corde, va chercher la corde, Greta.

— Y a pas de corde dans la voiture.

— Quoi ?! Mais putain t'es conne ou quoi ? Tu pouvais pas me le dire ?

— Je croyais que tu le savais.

— Merde, merde ! Bon, calme-toi, Franz, se sermonna-t-il.

Il regarda Mina avec méchanceté.

— Voilà comment ça va se passer, dit-il tout en tenant Mina en joue. Ma copine va te filmer avec son portable et moi je serai sur le côté avec le canon de mon flingue dirigé vers ta petite tête. Au moindre doute sur ce que tu vas faire, je tire. Compris ?

— Vous voulez savoir quoi au juste ? répliqua Mina.

— Tout ce qui s'est passé depuis que tu es sur cette enquête. Tous les détails. Comment tu t'es retrouvée sur cette affaire, comment t'es allée jusqu'au château, comment était le corps de l'autre abruti de Karloff, je sais pas ce que tu t'es dit là-bas, comment on dit… Ah, putain ! Aide-moi, Greta !

— Euh, je sais pas… les idées…

— Non, merde, t'es conne ou quoi, réfléchis sinon elle va nous raconter n'importe quoi !

— Les hypothèses ?

— Ouais c'est ça, les *hypothèses* que t'as faites, même les fausses. Et puis tu nous balances tout sur les trucs gores, tous les indices, les trucs sur Blanche-Neige et tout. Et tu termines en nous disant où tu penses que Grimm s'est tiré.

— Et après on fait quoi ?

— Bah, si tu coopères bien, on te laisse partir.

Mina savait pertinemment qu'il n'en serait rien et que sa fenêtre d'action se trouverait juste entre la fin de sa confession et le moment où ils devraient prendre la décision de la tuer. C'est dans cet instant de flottement et fort probablement de conflit entre les deux ravisseurs qu'elle aurait peut-être l'occasion d'agir. Tenter quelque chose maintenant était voué à l'échec.

— Ok, dit-elle.

— Tu commences par te présenter, ok ?

Mina approuva d'un mouvement de tête.

— Greta, filme !

L'hôtesse positionna son portable devant elle.

— C'est bon.

— Bonjour, je m'appelle Mina Dragan, je suis inspectrice de la police roumaine. C'est moi qui ai enquêté sur l'affaire du meurtre de Hans Karloff et je vais vous raconter les coulisses de ma traque jusqu'à Alphonse Grimm.

Mina observait le ravisseur du coin de l'œil. Elle décela un sourire ravi sur son visage. Elle savait que c'était exactement ce qu'il attendait et il devait être en train de compter les millions sur son compte en banque. Mais il n'en avait pas pour autant relâché sa vigilance et tenait toujours son pistolet braqué sur elle.

Mina enchaîna aussitôt, racontant tout ce qui lui était arrivé. Mais son kidnappeur trouvait qu'elle allait trop vite, qu'elle ne donnait pas assez de détails, et la faisait sans cesse recommencer. Elle se dépêchait, parce qu'elle espérait s'évader avant qu'il soit trop tard pour se rendre à la réception. Mais plus elle s'empressait, plus elle réduisait ses chances. Au bout d'un long moment, l'inspectrice envisagea une autre stratégie pour sortir de ce guet-apens. Rien n'était sûr, mais il fallait tenter le coup.

Elle reprit tout de zéro et entreprit de livrer le meilleur récit dont elle était capable. Elle sentit ses ravisseurs toujours méfiants, surveillant ses moindres gestes, sursautant au plus petit craquement de la charpente ou changeant souvent de position. Puis, progressivement, elle se rendit compte qu'ils bougeaient moins, que même leurs regards avaient perdu de leur acuité.

Mina sut qu'elle tenait peut-être là son salut. La qualité de son récit était sa meilleure arme pour endormir la vigilance de ses kidnappeurs. Sans rien laisser transparaître de sa prise de conscience, elle poursuivit son témoignage en prenant soin de maîtriser le débit mesuré de ses paroles, ménageant des effets de suspense, faisant parfois mine de réfléchir afin d'avoir sous sa coupe les deux esprits désormais fascinés. Intérieurement, Mina se félicita d'être une grande lectrice et d'avoir ainsi aiguisé son sens de la narration au cours des années. Même si jamais elle n'aurait pensé que cette compétence lui sauverait un jour peut-être la vie.

— … et c'est là, appuya-t-elle, que j'ai commencé à retrouver les preuves que le conte de Blanche-Neige était très probablement inspiré d'une histoire vraie qui s'était déroulée dans la région il y a environ trois cents ans…

— Putain, ce truc de malade ! Je m'en remets pas, de cette putain d'info, lâcha entre ses dents l'homme au tatouage. Ouais je sais, c'était déjà dans la presse, mais t'imagines, Greta, tout ce foutoir de Disney avec les nabots, c'est une histoire vraie !

Le ravisseur avait juste tourné la tête vers sa complice l'espace d'une seconde. Mina bondit pour lui foncer dessus. Il fit volte-face vers elle en entendant le bruit de la chaise que l'inspectrice avait fait tomber.

— Salope !

Le coup de feu partit de travers et la balle transperça la manche de la parka de Mina dans un souffle de duvet. La jeune inspectrice saisit l'arme de son adversaire par le canon et lui imprima un brutal mouvement sur le côté. L'homme lâcha son pistolet, que Mina retourna aussitôt contre lui en tirant une balle dans le plancher à côté de ses pieds. Le ravisseur leva aussitôt les bras.

Mina entendit un cri de rage et vit l'hôtesse se ruer sur elle. Elle fit feu en direction de ses jambes. La jeune femme trébucha et chuta lourdement sur le plancher. Son complice en profita pour asséner un coup de poing à Mina, qui crut que sa tête allait éclater. Proche de l'évanouissement, elle lâcha l'arme. L'homme s'empressa de la ramasser, saisit Mina par les cheveux et lui plaqua le canon sur le front. Mina se figea.

— Je te jure je vais te buter, je vais te buter ! éructa le ravisseur. T'as vu ce que t'as fait à Greta ! Merde !

Il conduisit brutalement Mina jusqu'à un coin de la cabane et la força à regarder le mur. Comment allait-elle s'en sortir ?

— Tu bouges pas de là ! Greta, ça va ? demanda-t-il.

— Je crois que la balle n'a fait que me frôler, répondit la jeune femme en se relevant.

— Putain, t'as de la chance, la fliquette… Peut-être que je te ferai moins souffrir avant d'en finir. Bouge pas !

— On fait quoi d'elle, maintenant qu'on a son témoignage ? demanda l'hôtesse.

— Ah… je sais pas, je sais pas. Arrête de me foutre la pression ! Vas-y, surveille-la pendant que je réfléchis.

Mina entendit qu'on traînait une chaise. Le ravisseur avait dû s'asseoir. Elle esquissa le geste de se retourner.

— Oh, minette ! Tu fais ça encore une fois et je tire direct, c'est clair ?

— Ok, dit Mina. Mais sachez une chose, d'expérience, des ravisseurs s'en tirent avec trois ou quatre ans de prison. Des assassins, c'est la perpétuité et, croyez-moi, on retrouve toujours les meurtriers d'un flic, toujours, notamment parce qu'on y met tous les moyens dont on dispose et qu'on ne lâche rien avant d'avoir réussi.

— Tais-toi ! cria l'hôtesse.

— Attends, laisse-la parler, dit son complice.

— Même si vous pensez avoir fait disparaître le corps, reprit Mina, il reste toujours des traces. Vous ne pouvez pas imaginer toutes les techniques dont on dispose… Alors réfléchissez bien à ce que vous voulez faire de votre vie.

— On t'enterre dans la forêt, on prend les millions et on part vivre au soleil. Voilà le plan, siffla l'homme.

— Il y aura forcément une trace de votre transaction pour retirer l'argent. Et les chiens de la brigade canine finiront par dénicher mon corps, aussi bien enterré soit-il. Ils peuvent même flairer un cadavre quand il est sous l'eau. Et sur mes restes, il y aura forcément des traces d'ADN de vous deux. Donc mes confrères vous retrouveront et vous payerez très cher ce que vous aurez fait.

— T'essayes de nous embrouiller, mais moi je suis sûre qu'on peut se démerder pour que personne ne nous retrouve. Franz, on tient la chance de notre vie, faut pas flancher.

— Je sais pas, je sais pas, ah, merde ! rugit-il en frappant du pied par terre. Je réfléchis.

Dans son dos, Mina les entendait chuchoter, captant parfois un mot ou deux qui indiquaient clairement qu'ils discutaient de la laisser vivre ou de la tuer. Malgré toutes ses années d'épreuve et d'expérience, elle sentit la peur la gagner. À tout moment, selon le bon vouloir ou une saute d'humeur d'un des deux ravisseurs, elle pouvait recevoir une balle dans la tête. À peine avait-elle commencé le travail dont elle avait si longtemps rêvé que sa vie était sur le point de s'arrêter. Plus elle y pensait, plus Mina se rendait compte qu'elle éprouvait peut-être plus un sentiment d'injustice que de la peur. Le supplice s'éternisa, alternant entre des moments de silence où Mina était certaine que son sort était scellé, puis de nouveau des éclats de voix. Il lui était tellement insupportable de demeurer dans l'incertitude qu'elle décida de retenter sa chance. Quitte à y laisser la vie. Elle entreprit de compter jusqu'à trois dans sa tête. Le décompte ne dépassa pas deux. Les deux ravisseurs venaient d'élever la voix dans une invective plus virulente encore que les précédentes. Comme elle l'avait espéré depuis le début en instillant le doute entre eux, ils se disputaient violemment sur le sort qu'ils devaient réserver à leur otage.

— Ta gueule ! Tu dis que des conneries ! vociférait Franz.

Et Mina entendit le bruit d'une violente claque. Ce son agit sur elle comme un détonateur. Elle fit volte-face. En un instant, elle comprit que l'homme avait asséné un coup à Greta. Profitant de cet éclair de déconcentration de son ravisseur, Mina se rua sur la jeune femme en imprimant toute la puissance dont elle était capable pour l'envoyer percuter son complice. Tous trois s'écroulèrent à terre. Mina roula sur le côté, ramassa l'arme que Franz avait lâchée dans sa chute et tira une balle juste à côté du visage de l'homme, qui se recroquevilla, les mains sur les oreilles.

— Tire pas ! Tire pas ! Moi, j'étais pour te laisser la vie sauve, c'est elle qui voulait te buter !...

— Allez, tous les deux face contre le mur, mains sur la tête.

Les deux malfrats se relevèrent et obéirent. Mina se posta dans leur dos, prête à tirer.

— Donne-moi mon téléphone, dit-elle à Franz.

Il lui tendit le portable, qu'elle glissa dans sa poche.

— Tournez-vous vers moi, mains toujours sur la tête.

Elle les prit en photo.

— Donnez-moi vos téléphones, surtout celui avec lequel vous avez filmé.

Mina récupéra les portables et les mit dans sa poche.

— Les clés de la voiture, ajouta-t-elle.

L'hôtesse les lui lança et Mina les rattrapa au vol.

— Je vais prendre la voiture. Vous pourrez évidemment quitter la cabane, mais toutes les polices allemandes auront votre signalement. Moi, je serais vous, j'irais me rendre. Et une dernière chose, vous pouvez essayer de me courir après, mais je tire beaucoup mieux que vous.

Et en guise de démonstration, Mina logea une balle juste au-dessus de la tête de Franz. Alors qu'elle marchait à reculons vers la porte, elle entendit l'hôtesse sangloter. Elle sortit sur le perron et courut vers la voiture. Elle manœuvra avec habileté et s'éloigna à grande vitesse de la cabane. Il était un peu plus de 16 heures.

Une fois sur la grande route, le GPS lui indiqua qu'elle pourrait atteindre Kuppenheim, où se trouvait le château de la Favorite, d'ici 18 h 30. Elle envoya à ses homologues allemands un e-mail avec le signalement des deux ravisseurs. Puis elle appela son commissaire.

— Mina, comment ça se passe ?

— Je viens de me faire enlever par deux énergumènes qui espéraient se faire de l'argent sur mon dos. Je m'en suis sortie et je rejoins la réception dont je vous ai parlé.

— Vous êtes incroyable, Mina !

— Commissaire, j'ai peur que mes parents soient victimes de harcèlements ou même d'agressions depuis que mon identité a été révélée dans la presse. J'aimerais que vous leur envoyiez une équipe de surveillance.

— Rassurez-vous, Mina, c'est déjà fait, deux agents sont en poste devant la maison de vos parents et les suivent à bonne distance dès qu'ils sortent. On tente de faire ça discrètement pour ne pas encore plus attirer l'attention.

— Merci. Je vous laisse, je suis en retard.

— Foncez, Mina. Foncez.

Mina raccrocha et poussa un long soupir, les deux mains sur le volant. Il lui aurait bien fallu quelques heures pour faire redescendre la pression, mais elle n'en avait pas le temps. Elle se rasséréna et fila en direction de sa destination.

25.

Mina suivit longuement une autoroute, profitant de l'absence de limite de vitesse pour doubler toutes les voitures. À 17 h 35, elle quitta la voie à grande vitesse pour prendre une départementale en direction de Kuppenheim. Elle sillonna une campagne verdoyante et vallonnée où se nichaient de minuscules villages au pied de petites collines. Avec l'arrivée du crépuscule, quelques lueurs commençaient à émaner des fenêtres des maisonnettes et dans les prairies boueuses, Mina remarqua des troupeaux de vaches ou de moutons qui déambulaient mollement en direction de leurs abris.

À 18 h 10, dans les phares de la voiture, elle aperçut un panneau indiquant « Schloss Favorite ». Elle se gara sur le bas-côté et sortit de la voiture. Elle ouvrit la porte passager, récupéra sa robe dans son sac et la posa sur le toit du véhicule. Sans même prendre le temps de s'assurer que personne n'arrivait sur la route, elle retira ses habits pour se retrouver en sous-vêtements. Une voiture passa et lui fit des appels de phare. Mina n'y prêta aucune attention. Ses années sur un bateau de pêche lui avaient enseigné la décontraction la plus totale à l'égard de son corps, et quand bien même il lui serait resté un peu de pudeur, elle n'avait pas le temps de s'en soucier.

Grelottant de froid, elle enfila la robe puis s'assit sur le siège pour retirer ses boots et enfiler ses chaussures à talons. Elle rangea toutes ses affaires dans le coffre de la voiture, y compris son arme et celle qu'elle avait récupérée sur son ravisseur. Elle glissa son téléphone portable dans son petit sac à main, se remit au volant, arrangea prestement ses cheveux, remonta le décolleté de sa toilette et se dit qu'elle serait probablement la seule invitée à ne pas être maquillée. Qu'importe.

Fin prête, elle fila en direction du château. La route qui y conduisait s'éloignait du village et traversait un épais bois obscur. Mina roula dix minutes mais, ne voyant aucun signe de vie, elle se mit à douter qu'un château se trouve non loin d'ici et qu'il s'y déroule en ce moment même une réception.

Elle poursuivit néanmoins son chemin et crut alors discerner de la lumière entre les branches. La forêt s'éclaircit et les scintillements se firent plus nombreux. Jusqu'à ce que le bois tortueux s'efface pour laisser place au spectacle saisissant d'une nature parfaitement disciplinée. Mina s'arrêta, éblouie par le tableau. Devant elle s'élançait une longue allée de gravillons blancs bordée par une armée de sapins taillés en cône. À leurs pieds, des lanternes égrenaient leur doux halo doré comme autant d'amicales lucioles. Leurs chaleureuses ponctuations menaient lentement le regard jusqu'au terme du chemin, où la façade d'un château dévoilait une architecture élégante et finement ciselée. Devant l'édifice aux éclats féeriques, Mina discernait les reflets rutilants des carrosseries de voitures de luxe. Il lui sembla également voir des personnes aller et venir dans d'élégantes tenues. Elle sortit de ses pensées lorsqu'elle aperçut des phares dans son rétroviseur. Elle redémarra et suivit l'allée.

Elle entendit le crissement des graviers sous ses pneus et au fur et à mesure qu'elle se rapprochait de l'entrée du domaine, elle se demanda comment allait être accueillie sa modeste citadine. Elle manœuvra pour décrire un demi-cercle et stoppa son véhicule devant les marches menant au château. À leur pied, un homme en livrée la suivait du regard, mais il fut suffisamment professionnel pour ne rien laisser transparaître de son étonnement. Mina coupa le contact et descendit de la voiture. Et comme si cela lui paraissait tout à fait normal, elle lui en confia les clés.

— Soyez la bienvenue, dit le voiturier en anglais en lui indiquant le haut des marches.

Devant Mina, plusieurs couples gravissaient les marches illuminées par les mêmes lanternes qui pavaient le chemin de conifères. Les hommes portaient des costumes, certains même étaient en queue-de-pie. Les femmes arboraient des robes dont les veloutés de couleurs vives chatoyaient à la lueur des bougies. Certains tissus plus longs que d'autres cascadaient sur les marches dans un écoulement hypnotique qui capta le regard de Mina. Elle évalua mentalement sa propre robe, qui paraissait bien simple dans cette débauche de faste.

— Madame ? dit une voix en anglais.

Mina tourna la tête pour voir un homme d'une cinquantaine d'années lui tendre son bras. Les cheveux gris, bronzé et le coin des yeux ridés, il affichait un sourire charmant qui révélait deux fossettes.

— Vous permettez que nous fassions un bout de chemin ensemble ?

Mina aurait volontiers reconnu qu'elle ne se sentait pas très à l'aise toute seule dans cet univers. D'autant qu'elle n'avait aperçu aucune femme sans conjoint parmi les invités.

Elle répondit au sourire de l'inconnu et prit son bras.

— Avec plaisir, dit-elle.

L'homme parut ravi et gravit les marches.

— Andrew Carlson.

— Aurelia Vulpescu.

— Roumaine ?

— Effectivement.

— J'ai une usine de fabrication de cartes informatiques en Roumanie.

— Ah oui, où ça ?

— Dans la banlieue de Bucarest.

Ils arrivèrent au faîte de l'escalier, où un majordome examinait les cartons d'invitation.

Mina tendit le sien tout en regardant autour d'elle, à la recherche d'Alphonse Grimm. Elle ne le vit nulle part, n'apercevant que des visages inconnus. Qui étaient tous ces gens ? Qu'avaient-ils en commun ? Pourquoi avaient-ils été invités ce soir ? Que pouvait-il bien se jouer ici de si important ?

— Merci, madame, bonne soirée, dit le préposé à l'accueil.

Mina franchit un portique de sécurité. Elle se retourna ensuite vers son cavalier improvisé.

— Vous êtes donc entrepreneur ? demanda-t-elle en espérant en apprendre plus sur l'identité des convives.

— Oui, comme la plupart des convives, ce soir. Pas vous ?

Ils venaient de pénétrer dans le hall d'entrée d'un château tout en dorures, en immenses glaces, arabesques et objets de porcelaine. Le sol en damier de marbre reflétait les lumières étincelantes de lustres suspendus à des plafonds peints de figures mythologiques. Dans des niches de pierre ocre, des statues de femmes et d'hommes dévêtus attiraient le regard par l'harmonie de leurs courbes. Un bourdonnement de discussions polies emplissait l'air comme lors des entractes de théâtre.

— Je ne suis pas encore entrepreneuse, répondit aussitôt Mina, qui se félicita une nouvelle fois d'avoir beaucoup lu et d'être ainsi capable d'échafauder une explication imaginaire mais crédible. Pour tout vous dire, je viens d'hériter d'une grosse somme d'argent et je cherche à l'investir au mieux.

— Je pense que vous êtes au bon endroit, sourit Andrew Carlson. Et comment connaissez-vous Heinrich ?

Mina en déduisit aisément que Heinrich était le prénom de l'hôte. Le temps qu'elle réfléchisse à la réponse, un valet se présenta devant eux avec un plateau rempli de coupes de champagne. Carlson en prit une. Mina déclina.

— Mon père avait fait des affaires avec Heinrich, il m'a toujours dit qu'il serait un homme de confiance et inspirant pour la gestion de mes actifs.

— Je suis bien d'accord. Et s'il nous convoque tous ce soir en petit comité, c'est qu'il a forcément une annonce de la plus haute importance à nous faire. Une invention disruptive, comme on dit dans notre jargon. J'ai rarement été aussi impatient d'assister à une conférence, non ?

— Je suis comme vous, Andrew, je vais peut-être trouver ce soir où investir intelligemment mes millions, répliqua Mina en scannant tous les gens qui l'entouraient à la recherche d'Alphonse Grimm.

— En tout cas, si la proposition de Heinrich ne vous convient pas, ce dont je doute, je serai ravi de vous conseiller personnellement. Vous avez déjà une petite idée du domaine dans lequel vous aimeriez investir ?

— Non. Que me conseillez-vous ? ajouta-t-elle en usant de leur conversation pour observer les invités sans trop attirer l'attention.

— Vous savez, il ne faut pas investir là où les promesses de profits sont les plus importantes. C'est satisfaisant au départ, mais vient un moment où vous vous rendez compte que cet argent vous fait du mal.

— C'est-à-dire ? demanda Mina, intriguée.

— Parce qu'il n'a aucun sens, parce qu'il ne vous nourrit pas, parce qu'il ne correspond pas à ce qui vous fait avancer : vos valeurs.

C'était bien la première fois que Mina entendait ce type de discours dans la bouche d'un financier. Sans rien perdre de sa vigilance, elle prêta une oreille un peu plus attentive à son interlocuteur.

— Madame Vulpescu, quelle est votre valeur phare ? demanda Andrew Carlson. Celle que vous placez au-dessus de toutes les autres ?

Depuis qu'elle était adolescente, une valeur faisait palpiter son âme. Une valeur si impérieuse que Mina était prête à toutes les audaces pour la suivre. Et c'est ce qu'elle avait fait en quittant la maison familiale pour vivre l'aventure sur un bateau de pêche et ensuite dans un garage.

— La liberté, dit-elle.

— Intéressant… Je doute que cette valeur sorte grande gagnante si nous organisions ici même un sondage. Et puis-je vous demander pourquoi la liberté ?

— Parce que sans elle, aucune autre valeur ne peut exister, asséna Mina.

L'entrepreneur sourit.

— C'est amusant, ce que vous dites. Comme nous avons un peu de temps, permettez que nous digressions un peu, mais au fond, je me suis toujours demandé pourquoi la liberté est si importante pour l'humanité. Pourquoi l'humain, et même le vivant en général, ne supporte pas la privation de liberté ? Pourquoi des hommes et des femmes sont allés jusqu'à mourir par millions pour la défendre ? Après tout, ça n'a rien d'évident, nous pourrions aimer être enfermés ? D'où nous vient cet attachement viscéral à cette valeur, selon vous ?

Mina détourna un instant son attention de sa surveillance des convives. Elle avait longuement réfléchi à cette question au cours de sa vie et il lui semblait avoir trouvé une réponse satisfaisante.

— Tous les êtres vivants qui peuplent cette Terre sont faits d'univers. Ce n'est ni une croyance, ni un concept, c'est un fait, nous faisons partie de l'univers et donc nous sommes l'univers. Or cet univers est infini, son ADN, si je puis dire, est par essence la liberté absolue, la liberté sans limites. La liberté est donc notre nature profonde, je dirais même qu'elle est notre nature puisqu'elle est la nature même de l'univers qui se trouve en chacun de nous. Réprimer la liberté revient à réprimer l'univers, et c'est évidemment impossible. Vivre libre, c'est vivre en harmonie avec notre être profond. Voilà pourquoi la liberté est la valeur sans laquelle rien d'autre ne peut être construit.

Andrew Carlson auscultait Mina avec les yeux plissés et pétillants de celui qui se délecte d'une excitation intellectuelle.

— Très intéressant, Aurelia. Si vous me donnez la liberté de vous appeler par votre prénom. Je n'avais jamais vu les choses ainsi.

Tout en surveillant les invités, Mina n'oublia pas de donner le change à son admirateur du moment.

— J'ajouterai que ce besoin primordial de liberté n'est pas seulement physique ou même social. Il est aussi psychologique. La quête de chaque être humain est de vivre libre à l'intérieur de lui-même. Libre de ses traumatismes, libre de ses peurs, libre de ses culpabilités. C'est, je crois, le projet secret de chacun d'entre nous.

— C'est juste.

— Mais ce qui est difficile, ajouta Mina, en se mettant sur la pointe des pieds pour mieux voir un homme qui lui avait un moment rappelé Alphonse Grimm, c'est de ne pas transformer cette quête de la liberté en une crispation. C'est de trouver la façon la plus agréable de l'acquérir en respectant le flux de la vie.

Une sonnerie retentit dans le hall. La rumeur des discussions s'amplifia soudainement et les invités se déplacèrent vers la salle de conférence.

— Je crois que le moment de la révélation est arrivé, dit Andrew Carlson. Dommage, je vous aurais bien encouragée à poursuivre.

— Ne me flattez pas, vous savez tout cela aussi bien que moi. C'est une idée qui existe depuis que l'homme est homme.

— Certes, mais on l'a oubliée, il me semble. Après vous.

Mina suivit le mouvement de la foule, toujours aux aguets.

Ils entrèrent dans une salle garnie de fauteuils violets alignés devant une scène drapée d'un épais rideau de la même teinte. Un pupitre attendait son intervenant. Les murs de la salle abritaient des loges aux balcons relevés de dorures. Et le plafond, où étaient suspendus plusieurs lustres semblables à des chandelles, représentait un ciel étoilé et ses figures astrologiques. Les invités prenaient place, dans une agitation feutrée. Mina entraîna son accompagnant le plus près possible de la scène et trouva deux places au deuxième rang. Elle prit celle qui était côté couloir et cala son petit sac à main sur l'accoudoir.

Derrière elle, elle entendit un homme dire à sa femme que Heinrich n'avait jamais organisé de conférence comme celle-là, en petit comité. Ce qu'il avait à dire devait être particulièrement précieux et novateur pour qu'il procède ainsi.

Cinq minutes s'écoulèrent, le temps que tout le monde s'installe. Andrew Carlson essaya de relancer la conversation, mais Mina ne répondit que de manière distraite, trop obsédée par la recherche d'Alphonse Grimm pour dédier une part de son intellect à son cavalier. Finalement, les lumières s'estompèrent. Quelques exhalations de satisfaction s'élevèrent, et un homme entra sur scène. Contrairement à ses invités, il était vêtu d'un jean, d'un polo à capuche et de baskets. *Le look typique d'un jeune entrepreneur de la Silicon Valley*, se dit Mina. Pourtant, l'homme devait avoir une soixantaine d'années. Les cheveux bouclés, un sourire franc sur le visage, il traversa la scène d'un pas décidé sous les applaudissements. Quand il jugea qu'il avait reçu suffisamment de reconnaissance, il posa des feuilles sur son pupitre et considéra l'assistance.

— Mes chers amis, il y aura un avant et un après cette soirée. Ce que je vais vous révéler ce soir va bouleverser le monde du commerce et avoir un impact sur la société, comme rarement une innovation en aura eu depuis ces cent dernières années.

26.

— Nous autres, entrepreneurs, n'avons qu'une obsession : vendre, vendre et vendre encore plus. N'est-ce pas ?

La salle répondit d'une rumeur approbative.

— Pour cela, nous utilisons la publicité, dans la presse, à la télévision, sur internet, en affichage, à la radio, par prospectus, par démarchage téléphonique, nous allons même jusqu'à payer des attachés de presse pour qu'ils tentent d'influencer les contenus rédactionnels. Nous cernons le consommateur de toutes parts pour qu'il soit exposé au maximum à notre message et qu'il ait envie d'acheter notre produit, même s'il n'en a ni l'envie ni l'utilité.

Mina écoutait attentivement ce discours mercantile tout en surveillant la salle, à l'affût du moindre indice pouvant trahir la présence d'Alphonse Grimm.

— Or, quoi que nous fassions, cette exposition publicitaire finit par atteindre une limite. Vient un moment où notre consommateur éteint sa télévision, coupe son téléphone, ferme les yeux et s'endort. Et nous, entrepreneurs, perdons alors environ huit heures d'exposition publicitaire. Huit heures gâchées !

Mina comprit où Heinrich voulait en venir mais elle ne pouvait imaginer qu'il allait oser franchir cette frontière. Elle sentit une certaine fébrilité impatiente dans la salle. Visiblement, les autres invités ne partageaient pas sa frayeur.

— Mesdames et messieurs, à partir d'aujourd'hui, j'ai le plaisir et l'honneur de vous présenter le premier dispositif destiné à inclure la publicité jusque dans les rêves des consommateurs.

Des chuchotements étonnés et exaltés vibrèrent dans l'assemblée.

— Grâce aux progrès de l'imagerie, reprit Heinrich, nous savons exactement quand le cerveau d'un dormeur est réceptif à une stimulation extérieure pour que ce message soit intégré dans ses rêves et devienne une injonction le lendemain matin.

Au même moment, une image fut projetée sur le mur derrière l'orateur. Mina y reconnut aussitôt le graphique qu'elle avait trouvé dans les affaires de Grimm.

— Vous voyez ici un électroencéphalogramme qui montre exactement quand l'activité électrique du cerveau est la plus propice à l'assimilation d'un message extérieur. Autrement dit, nous pouvons diffuser des écrans publicitaires dans les oreilles des consommateurs pendant qu'ils dorment, afin qu'une fois éveillés ils aient l'envie et le besoin d'acheter le produit vanté en phase de sommeil.

Cette fois, le brouhaha fut franc, mais Mina n'y distinguait qu'une approbation excitée.

— Cette nouvelle science s'appelle l'incubation ciblée des rêves, ou TDI, pour *Targeted Dream Incubation*. Concrètement, elle utilise un gant que le dormeur enfile avant de se coucher. Ce dernier est relié à son smartphone ou à sa montre connectée et, grâce au rythme de la respiration et des battements cardiaques, il détecte le moment où le sujet tombe dans l'état hypnagogique, c'est-à-dire ce moment qui précède tout juste l'endormissement. C'est l'instant idéal pour diffuser un message qui va influencer les rêves du consommateur. Le téléphone ou la montre libère alors quelques mots pour programmer le cerveau du sujet en vue de lui faire avoir un rêve très positif du produit que l'on cherche à vendre.

Heinrich tourna une des feuilles posées sur son pupitre alors que ses invités échangeaient des commentaires enthousiastes.

— Vous qui aimez la liberté, ce dispositif doit vous ravir, dit l'homme d'affaires qui s'était proposé pour accompagner Mina.

— Je sais faire la différence entre mes convictions et mes intérêts, rétorqua Mina en s'efforçant de continuer à camper son personnage d'ambitieuse femme d'affaires.

Heinrich continuait :

— Une expérience récente a été conduite sur plusieurs personnes qui ont reçu le mot « arbre ». Résultat : 67 % des participants ont rêvé d'arbres, ce qui prouve l'influence des messages diffusés en pré-sommeil sur le contenu des rêves et le taux de pénétration de l'information qui va déclencher l'acte d'achat. Il faut bien mesurer la puissance de cette nouvelle méthode. Lorsqu'il est éveillé, le cerveau évalue et filtre les publicités auxquelles il est exposé. Leur taux d'efficacité est donc très bas. En revanche, le cerveau endormi est incapable de procéder à ce tri et à cette hiérarchisation, il part du principe que tout ce qui est activé pendant le sommeil l'est de manière interne. Il considère que le message vient de lui de la plus naturelle des façons et l'intègre pleinement. C'est comme s'il faisait lui-même votre propre publicité !

Toute la salle applaudit. Un frisson de malaise parcourut le dos de Mina. Elle croisa le regard de son cavalier provisoire. Il semblait captivé. Mina ne montra rien de son malaise et continua à guetter l'assistance.

— Cette méthode a été soumise à un sondage confidentiel auprès de dirigeants marketing de plusieurs sociétés, reprit Heinrich, 77 % d'entre eux ont déclaré avoir l'intention d'utiliser cette méthode dans les trois prochaines années. Et, chose plus étonnante, sur un panel de consommateurs, 39 % ont déclaré accepter cette nouvelle forme de publicité. On pourra aisément augmenter ce pourcentage en proposant par exemple aux gens de leur payer leur abonnement téléphonique, ou Spotify, en échange de publicités diffusées pendant leur sommeil. Les jeunes seront tout particulièrement sensibles à cette offre. Mes amis, comme vous êtes les premiers informés de cette technique révolutionnaire, vous serez également les premiers servis ! Nous sommes à l'aube d'une toute nouvelle ère de prospérité !

L'orateur plia ses feuilles sous un éclat d'applaudissements. Toute la salle s'était levée et frappait des mains avec l'énergie de l'exaltation. Mina imita le groupe pour ne pas détonner dans le paysage. Et c'est là qu'elle repéra un mouvement anormal sur le côté gauche de la scène. Une silhouette venait de grimper sur l'estrade et fonçait vers Heinrich. Goûtant le plaisir des vivats, celui-ci ne voyait rien d'autre que ses convives ravis. Mina mit une seconde à reconnaître Grimm, qui portait un postiche cachant ses cheveux gris. Elle courut en direction de la scène, mais ses chaussures la ralentissaient et l'ancien professeur était déjà sur sa proie. Il se plaça dans le dos de Heinrich et lui enfonça quelque chose dans le cou. L'entrepreneur porta sa main à sa gorge et s'effondra par terre. Des hurlements retentirent dans la salle, et un mouvement de foule se forma en direction de la sortie.

Mina bondit sur la scène. Grimm avisa l'inspectrice. Elle fondait vers lui lorsque deux coups de feu retentirent. Instinctivement, Mina se baissa. Grimm passa devant elle à toute vitesse et sauta au bas de l'estrade. Il détalait déjà dans le couloir central, quand Mina se redressa. Elle le repéra vite puisqu'il était le seul encore en train de courir alors que tout le monde s'était jeté à terre. Deux autres coups de feu claquèrent dans l'air. Mina comprit qu'ils provenaient du hall d'entrée et, cette fois, elle ne céda pas à la peur. En trois secondes, elle retira ses chaussures à talons et sauta de la scène pour prendre Grimm en chasse. Elle se fraya un chemin entre les corps allongés, passa sous le portique de détection de métaux et déboula dans le hall. Aussi âgé soit-il, Grimm tenait aisément la distance et franchissait déjà la porte menant aux escaliers du perron. Mina put piquer un sprint. Elle dévala l'escalier extérieur et vit que Grimm se dirigeait vers une Porsche garée au bas des marches. La portière passager était ouverte, le moteur grondait. Grimm se jeta à l'intérieur du véhicule qui démarra en trombe avant même que la porte ne soit fermée. Mina reçut les graviers projetés par les roues de la voiture et vit sa cible s'enfuir dans une voiture sans plaque d'immatriculation. Aussitôt, elle chercha du regard le voiturier, ne le vit nulle part. Le temps qu'elle récupère ses clés, Grimm serait déjà loin et plus encore avec la puissance d'une Porsche.

Seule dans la nuit en robe de soirée, les pieds nus et meurtris, Mina accusa le coup d'avoir laissé une nouvelle fois échapper le criminel. Pire encore, elle n'avait même pas réussi à éviter un nouveau meurtre. Mais à quoi bon s'appesantir, réfléchit-elle. Elle allait juste perdre une énergie dont elle avait besoin pour relancer son enquête. Elle remonta dans le hall et s'adressa à deux vigiles qui avaient l'air désorientés :

— Le criminel et son complice ont pris la fuite. Il n'y a plus de danger, leur dit-elle. Faites évacuer les invités dans le calme.

— Vous êtes qui ? répliqua l'un des deux hommes.

— Mina Dragan, inspectrice de police, c'est moi qui ai mené l'enquête sur Alphonse Grimm, répondit-elle en montrant son badge d'inspectrice. Et c'est lui qui vient d'agresser Heinrich.

— D'accord.

Mina remonta à contre-courant la foule qui sortait et rejoignit la salle de conférence. Comment Grimm avait-il réussi à entrer avec une arme alors que tout le monde était passé sous un portique de détection de métal, se demandait-elle. Elle se hissa sur l'estrade. Un homme et une femme étaient accroupis à côté du corps allongé de Heinrich.

— Je suis Mina Dragan, inspectrice de police. Comment va-t-il ?

— Il n'a pas survécu, dit l'homme.

Mina s'agenouilla à son tour et vit que Heinrich avait un objet planté dans le cou.

— C'est quoi exactement ? demanda-t-elle.

— Un coupe-papier en ivoire, répondit la femme.

Voilà donc l'explication du passage du contrôle, songea Mina.

— Vous avez identifié le tueur ? s'enquit l'homme.

— Oui, il s'agit d'Alphonse Grimm.

— Encore lui ?! Mais bon Dieu, pourquoi s'en est-il pris à Heinrich ?

Mina devinait la réponse. Au-delà de la chute de la lecture, Grimm avait laissé entendre qu'il était inquiet du chemin que prenait l'espèce humaine. Pour elle, l'ancien professeur avait vu dans la proposition de Heinrich une nouvelle façon de détruire le cerveau de la civilisation. Un nouveau pas vers une population asservie et des individus recroquevillés sur eux-mêmes, obsédés par leur seul objectif de satisfaction consumériste. Mais elle préféra éluder la question.

— Merci d'avoir essayé de porter secours à Heinrich, dit-elle.

Puis elle s'éloigna de quelques pas, se demandant déjà comment elle allait bien pouvoir essayer de retrouver Grimm. La seule idée qui lui vint lui sembla un peu vaine, mais elle n'avait pas mieux. Elle rechaussa ses souliers, ramassa son sac à main qu'elle avait laissé sur l'accoudoir de son siège et retourna dans le hall avant de s'approcher d'un des deux vigiles qui évacuaient les invités.

— J'ai besoin que vous m'aidiez à rassembler tous les invités dehors. Il faut que je leur pose quelques questions. C'est important si nous voulons retrouver Grimm. Je leur parlerai du haut des marches.

— On va essayer, répondit le vigile en faisant signe à son collègue.

— Existe-t-il une pièce dans laquelle je pourrais recevoir tous les témoins ?

— Il y a un salon, juste là, si vous voulez.

Le vigile désigna une porte dorée.

— D'accord, merci. Je vous laisse gérer le rassemblement.

Mina se fit discrète, le temps que les deux responsables de la sécurité arrivent à convaincre et canaliser la foule en bas de l'escalier extérieur. Beaucoup de personnes râlèrent et questionnèrent, certains s'en allèrent, mais au bout d'un quart d'heure, la majeure partie des invités était prête à entendre Mina.

L'inspectrice se positionna de sorte à être vue de tous.

— Mesdames, messieurs, je m'appelle Mina Dragan, c'est moi qui m'occupe de l'enquête sur Alphonse Grimm, eut-elle l'audace de dire pour convaincre la foule en espérant que personne ne saurait qu'à cet instant, c'était la police allemande qui avait repris l'affaire.

Plusieurs personnes échangèrent à haute voix.

— C'est lui qui vient d'assassiner votre ami et collaborateur Heinrich.

Cette fois, des souffles et des exclamations s'échappèrent des gorges nouées des convives.

— Grimm était donc parmi nous ce soir, affublé d'un postiche pour éviter d'être reconnu. Mais si vous avez la moindre information, si vous avez entendu la moindre chose ou remarqué quoi que ce soit, venez me le dire, la plus petite information peut faire la différence. Je suis à votre disposition.

— Pourquoi on ferait confiance à celle qui a laissé échapper Grimm deux fois d'affilée ?

Des paroles d'approbation parcoururent la foule, et Mina fut blessée par la remarque. Probablement parce que c'était ce qu'elle pensait un peu au fond d'elle-même. Mais la vie lui avait également appris à ne pas se laisser aller au pessimisme et à garder le cap malgré la tempête. Elle fit l'effort d'adapter sa vision de la situation.

— On peut voir les choses différemment, en faisant confiance à la seule enquêtrice qui a réussi à s'approcher de si près de Grimm.

Quelques personnes semblèrent approuver l'idée.

— Afin de préserver la confidentialité de votre témoignage, je vous recevrai dans le salon à gauche de l'entrée. Je vous y attends et je compte sur vous.

Mina rejoignit le hall et poussa la porte que lui avait désignée le vigile. Elle entra dans une pièce si chargée de dorures qu'elle en eut presque un vertige. Les murs étaient lambrissés, montrant des peintures champêtres, des figures géométriques ou des miroirs. Le sol en marbre rosé dessinait également des figures tout en arabesques et du plafond lui aussi doré pendaient des lustres, si chargés de cristal et de bougeoirs qu'il semblait improbable de les voir ainsi retenus par une simple chaîne. Deux grands canapés rouges se faisaient face. Mina s'installa sur celui qui permettait de surveiller la porte d'entrée.

Elle patienta cinq minutes. Et, soudain, on toqua. Mina se leva aussitôt.

— Je vous en prie, entrez.

Une femme d'une cinquantaine d'années peut-être se dirigea vers Mina. Elle avait l'air sûre d'elle et peu impressionnée par l'endroit. Un brushing parfait donnait une allure dynamique à sa coiffure et ses lèvres fines s'étiraient en un sourire habitué aux mondanités. Contrairement aux autres femmes que Mina avait vues ce soir, elle ne portait pas de robe longue mais un tailleur jupe gris. Un collier de perles assorti à ses boucles d'oreilles ceignait son long cou aux tendons saillants.

— Angela Hofman-Wagner, dit la quinquagénaire en tendant la main à Mina.

L'inspectrice répondit à sa poignée.

— Je vous en prie, asseyons-nous.

Les deux femmes prirent place sur le canapé, en croisant leurs jambes.

— Je vous écoute, dit Mina.

— Écoutez, vous êtes la première à qui je vais parler de cette histoire et je le fais parce que je considère qu'Alphonse Grimm est allé trop loin ce soir.

L'inspectrice se redressa sur son assise, plus attentive que jamais.

— Vous connaissez personnellement Grimm, ou en avez-vous seulement entendu parler dans la presse ?

— Laissez-moi vous raconter. Il y a un an, j'ai reçu une enveloppe à mon domicile. Elle contenait des photos de moi avec… mon amant qui ne laissaient guère de place au doute. Enfin, vous avez compris.

Mina approuva d'un mouvement de tête.

— Ces photos, reprit Angela Hofman-Wagner, étaient accompagnées d'une lettre m'expliquant que lorsqu'on me le dirait je devrais faire ce qui m'était ordonné, ou les photos seraient rendues publiques. La lettre n'était pas signée.

— D'accord, du chantage de la part de…

— Attendez, comme je vous l'ai dit, la lettre n'était pas signée. Mais ce soir, alors que je buvais une coupe de champagne dans le hall d'accueil en attendant le début de la conférence, un homme est passé devant moi, il a semblé me reconnaître et m'a dit : « L'heure de faire ce qu'on vous demandera est bientôt arrivée. » Puis il est parti. Malgré sa perruque, j'ai évidemment reconnu Alphonse Grimm, dont on avait vu la vidéo en boucle sur toutes les chaînes. Mais je n'ai rien osé dire, de peur qu'il ne diffuse les clichés…

— Je comprends votre position, enfin je veux dire votre situation, dit Mina en se mordant la langue.

La femme en tailleur regarda l'inspectrice de travers.

— Quel est votre métier ? demanda Mina.

— Je suis députée européenne. Et c'est évidemment sur cette fonction que Grimm va vouloir faire pression.

— Il pourrait vous forcer à voter une loi ?

— Moi toute seule, non, mais à mon avis il fait également chanter des membres de la Commission européenne, du Conseil, et d'autres députés. C'est même certain, s'il veut faire passer une loi.

— Et vous n'avez aucune idée du type de législation qu'il voudrait faire passer ?

— Non… mais vu la folie de cet homme, on peut s'attendre à tout.

— Et vous voteriez la loi même si elle était… dangereuse ?

Angela Hofman-Wagner détourna le regard.

— Si ces photos sortent, ma carrière est ruinée. Tout ce à quoi j'ai œuvré pendant toutes ces années sera anéanti. Et que me resterait-il ? Rien !

— J'entends, répondit Mina, qui ne voulait pas se mettre à dos ce témoin inespéré dont les rougeurs au cou trahissaient la tension. Est-ce que vous auriez une petite idée de quel autre membre de la chaîne législative européenne aurait pu être soumis au chantage ? Est-ce que par exemple il pourrait se dire que tel ou tel député traînerait quelques casseroles facilement identifiables ?

— Il y en a plusieurs malheureusement, mais peut-être qu'un membre italien de la Commission est un peu plus chargé que les autres. J'ai cru entendre un jour qu'il avait accepté quelques arrangements avec la mafia pour faire passer des réglementations commerciales. Mais il n'en montrait évidemment rien, toujours très sûr de lui, fanfaron. Et du jour au lendemain, il n'y a pas si longtemps, il s'est fait taciturne, renfermé, fuyant. Je me suis demandé s'il n'avait pas été contacté, lui aussi, car après m'être renseignée rien n'avait changé dans sa vie familiale ou professionnelle.

— Comment s'appelle-t-il ?

— Enrico Marioni. Il en saura peut-être plus sur le contenu de cette loi que Grimm veut faire passer. On peut aussi imaginer que Grimm lui a dit quelque chose qui pourrait vous intéresser. Voici ses coordonnées.

La députée sortit un stylo d'un petit sac à main ainsi qu'une carte de visite derrière laquelle elle griffonna le numéro.

— Vous permettez que je l'appelle maintenant ? demanda Mina.

— Je ne sais pas s'il répondra…

— Appelez-le, et passez-le-moi. D'accord ?

Angela leva les sourcils.

— C'est obligé ?

— Si on veut se donner les moyens d'arrêter Grimm, oui.

La députée s'empara de son téléphone, chercha un numéro dans son répertoire et passa l'appel en haut-parleur. Mina guetta les sonneries. On décrocha à la troisième.

— Enrico, c'est Angela.

— Angela ? Tout va bien ?

— Oui, enfin, je viens d'assister au meurtre de Heinrich, j'imagine que tu le connais.

— Évidemment, mais qu'est-ce qui s'est passé ?

— J'étais à une conférence qu'il avait organisé au château de la Favorite en Allemagne, et Alphonse Grimm a poignardé Heinrich dans le cou devant toute l'assemblée.

— *Dio Mio !*

— Écoute-moi, Enrico. Je vais te passer une inspectrice de police qui m'a interrogée. Elle était là ce soir ; et elle a une question à te poser.

— À moi ? Pourquoi ?

— Je te la passe.

Angela tendit le téléphone à Mina.

— Inspectrice Dragan, dit-elle. Monsieur Marioni, avez-vous été victime de chantage ces dernières années ?

— Pardon ? Mais jamais de la vie ! Pourquoi me posez-vous cette question ?

— Parce qu'il se peut que plusieurs membres de la législature européenne soient sous l'influence de Grimm.

— Ce que vous dites est très grave, mais, même si c'est le cas, cela ne me concerne pas.

— Bien. Merci d'avoir répondu à ma question, monsieur. Bonne soirée.

— Oui, au revoir.

Mina rendit son portable à Angela.

— Désolée, dit cette dernière. Je croyais que…

Elle fut interrompue par la sonnerie de son téléphone et fronça les sourcils.

— Numéro inconnu, dit-elle. Bizarre.

— Décrochez, dit Mina.

La députée s'exécuta.

— Allô ?

— Angela, je te rappelle d'un numéro sécurisé. Passe-moi ton inspectrice.

— Enrico veut vous parler.

Mina s'empara aussitôt du téléphone.

— Oui ?

— Demain 15 heures, à l'entrée des vestiges du Forum romain. C'est à côté du Colisée.

Puis le membre de la commission raccrocha.

27.

Après avoir parlé avec le commissaire européen Enrico Marioni, Mina n'attendit pas l'arrivée de la police et des secours. Depuis que les Allemands avaient repris l'enquête, elle ne leur devait plus rien. Elle récupéra sa voiture, fit quelques kilomètres pour s'éloigner du château et être certaine de ne pas croiser les forces de l'ordre. En feux de détresse sur le bas-côté de la route, elle réserva un vol Francfort-Rome pour le lendemain midi et rejoignit ensuite un hôtel juste à côté de l'aéroport. Elle se rendit au bar, où un couple prenait un verre. Elle commanda quelques légumes crus et un sandwich. Alors que l'on préparait sa commande, elle reçut un message de Toma Vasilescu, le légiste.

« L'affaire prend une sacrée ampleur. Je suis sûr que vous tenez le coup. »

Mina n'avait toujours pas envie de tenter quoi que ce soit avec ce confrère. Même si physiquement elle devait reconnaître qu'elle le trouvait attirant, elle avait la tête ailleurs. Et la façon dont il l'avait traitée au château de Bran lui était restée en travers de la gorge. Cependant, elle devait avouer que son mot de soutien lui faisait du bien, et elle aurait été bien présomptueuse de repousser un appui.

Elle attendit qu'on la serve et avala deux bouchées avant de lui concéder une réponse :

« Merci, Toma. Le baptême du feu est à la fois éprouvant et passionnant. »

Il ne se fit pas attendre pour répliquer :

« Quelle que soit l'issue de votre enquête, vous faites d'ores et déjà la fierté de la police roumaine. »

Mina trouva le compliment disproportionné, mais reconnut qu'il lui apportait un supplément d'énergie. Elle poursuivit son repas frugal, réfléchissant à la suite des événements.

« Je serais honoré de partager un repas avec vous à votre retour. »

Mina considéra le SMS avec circonspection. Comment pouvait-il imaginer qu'elle soit dans l'état d'esprit d'être séduite ou de séduire ?

« Non merci. »

Quelques secondes plus tard, ce n'est pas un message qui arriva, mais la photo d'un document. Elle l'ouvrit et l'examina. Il s'agissait d'une facture. Elle était établie au nom de Toma Vasilescu par Andrea Bobesco, psychologue. Pourquoi lui envoyait-il cela ?

« J'ai réfléchi à ce que vous m'avez dit sur mon comportement. Vous avez pleinement raison. Il est temps de changer. J'ai eu ma première séance hier, j'en ai plusieurs de programmées. »

C'était bien la première fois qu'un homme entamait une telle démarche pour elle. Mina en fut à la fois surprise et décontenancée. Elle ne savait pas si elle devait fuir cet homme au plus vite ou au contraire lui laisser sa chance. Après tout, sa vie sentimentale était en plein désert et même si, pour le moment, son enquête occupait toutes ses réflexions, au fond d'elle l'envie de vivre l'amour demeurait bien présente. Et bizarrement, l'insistance de ce légiste rallumait une toute petite lampe qu'elle croyait éteinte pour toujours. Mais elle n'était pas encore sûre de vouloir se laisser tenter. Elle jugea donc qu'elle n'avait rien à perdre à tester sa détermination en attendant de mieux cerner ce qu'elle voulait.

« J'ai du travail. Contactez-moi seulement si vous avez des éléments nouveaux pour l'enquête. »

« Compris. À plus tard. »

Mina acheva son dîner et gagna sa chambre, où elle prit une douche et se coucha aussitôt. Mais ses pensées étaient bien trop encombrées pour qu'elle puisse laisser le calme et le sommeil s'emparer d'elle. Dans sa tête tournaient des images de loups agressifs, de jeune femme à la peau de neige, le visage déformé de Franz son ravisseur, la présentation théâtrale de Grimm, le corps ensanglanté de Heinrich, autant de scènes auxquelles se mêlaient la peur, la stupéfaction, le doute et de multiples questionnements. Qu'est-ce qu'Enrico Marioni allait bien pouvoir lui révéler ? Cette information lui permettrait-elle de retrouver Grimm ? L'ancien professeur allait-il encore la devancer et commettre un nouveau crime ?

Mina fit une vingtaine de pompes et autant de squats pour se fatiguer. Elle se recoucha et parvint à s'endormir. Son rêve l'emporta dans un amphithéâtre d'université. Elle était une élève et, sur l'estrade, Grimm parlait. Il reprenait le discours qu'il avait prononcé au château, mais au lieu d'être sur le qui-vive, prête à arrêter l'ancien professeur, Mina buvait ses paroles, approuvant chacun de ses mots, louant chacune de ses initiatives. Un étudiant se mit à insulter le professeur et se leva pour l'agresser. Sans réfléchir, Mina dévala les escaliers jusqu'à la scène et plaqua l'étudiant au sol. Quand elle le retourna, elle vit qu'il avait le visage de son commissaire. Mort, sa langue tachée du violet de la belladone pendant hors de sa bouche. On lui tapa sur l'épaule, c'était Grimm.

— On a modifié votre rêve pour que vous culpabilisiez, Mina. Mais vous savez que j'ai raison.

Mina recula. Grimm tenait une pochette noire dans ses mains.

— Cette pochette est à moi, lui dit Mina.

— Je sais, mais si vous continuez à ne pas m'aider, je dévoilerai au monde ce qu'il y a dedans.

Mina se réveilla en sursaut. Il était bientôt 7 heures du matin. Elle alla boire un verre d'eau et s'allongea à nouveau. Mais les questions que ce rêve posait l'empêchèrent de s'assoupir. En son for intérieur, était-elle vraiment une admiratrice du projet de Grimm ? Si elle avait échoué par deux fois à l'arrêter, était-ce parce qu'elle ne voulait pas le stopper ?

Mina sonda non pas son esprit mais son ventre et son cœur, là où se nichent les vraies envies. Il lui fallut une heure pour oser reconnaître qu'elle était en réalité séduite par l'ambition de Grimm. Elle jugeait son plan pour refaire lire tout le monde d'une audace titanesque et pensait qu'il pouvait en effet aider l'humanité à reprendre un chemin vertueux. Son combat contre la manipulation des rêves par la publicité était à ses yeux salvateur. Bien évidemment, elle se disait aussi qu'il était impossible de soutenir Grimm puisqu'il avait commis des crimes.

Pour en être certaine, elle alla jusqu'à faire un exercice de pensée étrange. Et, si pour parvenir à ses fins, Grimm n'avait ni tué ni kidnappé personne ? L'aurait-elle soutenu ? La réponse fut plus longue à se matérialiser en elle, mais elle finit par être claire. Non, Mina ne l'aurait pas soutenu, pour la simple et bonne raison que l'entreprise de Grimm s'était cristallisée dans une forme que Mina fuyait : l'idéologie. Ce mot, elle avait appris à s'en défier grâce à ses parents, qui avaient vécu sous la dictature communiste des Ceauşescu dans son pays. Et elle avait confirmé son aversion pour toute forme de conditionnement intellectuel en quittant l'école et le foyer familial, qu'elle trouvait tous deux oppressifs, pour retrouver ce qu'elle chérissait par-dessus tout : la liberté. Ainsi Grimm avait peut-être des velléités honorables, mais il avait aussi manipulé la liberté des gens en mettant en scène une fausse enquête, en créant un choc médiatique et en ne permettant pas aux citoyens de décider par eux-mêmes s'ils voulaient ou non de ces publicités pendant qu'ils rêvaient. C'était au peuple de décider de sa vie, or Grimm devait sans doute considérer qu'il n'en était pas capable. S'il avait pensé qu'il l'était, le descendant des célèbres conteurs n'aurait pas cherché à imposer son projet par la force, mais aurait fait en sorte d'éveiller pacifiquement les consciences.

Convaincue qu'elle devait tout faire pour arrêter cet homme, Mina se leva, fit sa gymnastique, prit son petit-déjeuner et se rendit à l'aéroport.

Sur le tapis roulant qui la menait vers son terminal, elle consulta les informations et tomba sur une vidéo qui lui serra le cœur. On voyait entrer dans le commissariat de Bucarest Anita Pretorian, la gérante de l'hôtel de Bran, les mains menottées dans le dos. Mina aperçut les larmes couler le long de ses joues et ne put s'empêcher de se demander si elle avait agi par cupidité ou sous la contrainte d'un chantage. Peut-être sur ses enfants ? C'est ce qu'elle espérait au fond d'elle-même. Cette femme à la fois forte et fragile l'avait émue.

Arrivée à destination, l'inspectrice embarqua et, à 11 heures, elle décollait en direction de Rome. Elle n'était encore jamais allée en Italie et, bien qu'elle ait quitté tôt l'école, ses nombreuses lectures avaient éveillé chez elle une forte curiosité pour l'Antiquité et ses vestiges. Mais elle sentait qu'elle était bien trop préoccupée pour profiter de ce qu'elle allait voir.

Une hôtesse distribua des journaux et Mina en prit un. Sans surprise, 80 % des pages étaient consacrées à Grimm et aux kidnappés. Elle y apprit que Marilyn Walker, la directrice marketing, était en train de préparer une série télé qui raconterait toute l'affaire et révélerait tout ce qui s'était passé pendant les trois années d'écriture.

Un autre article expliquait qu'Esteban Santos de la Cruz, l'écrivain, allait publier un livre sur la façon dont il avait vécu la brutalité de cette expérience. Il en profiterait pour révéler les dix conseils pour écrire un best-seller international. Il précisait qu'il n'écrivait pas cet ouvrage pour se faire de l'argent mais comme une catharsis. Il avait d'ailleurs décidé de reverser tous les droits d'auteur à une association qui aidait les victimes d'enlèvement à se reconstruire.

Mina feuilleta les autres pages et constata, encore une fois, combien les journalistes n'exerçaient presque plus aucun regard critique sur l'affaire et les informations qui lui étaient liées. On sentait la fièvre passionnée de ceux qui ont conscience de vivre professionnellement un événement extraordinaire, pile dans le cœur de ce pour quoi ils ont choisi ce métier. Mais la ferveur était si forte que la rumeur était traitée au même niveau que l'information, pourvu qu'on ait quelque chose de nouveau à dire. La fascination pour Grimm, personnage médiatique par excellence, avait pris une telle ampleur que les médias en venaient à minimiser la cruauté dont l'homme avait fait preuve à l'égard des kidnappés et des deux victimes d'assassinat. Tout n'était plus qu'agitation, boursouflure, démesure et perte de discernement. Mina referma le journal et regarda le ciel en réfléchissant à son enquête.

Vers 14 heures, à la descente de l'avion, elle prit un taxi en direction du Colisée. Le chauffeur lui proposa plusieurs fois de l'emmener visiter d'autres lieux et Mina dut refuser fermement pour ne pas se voir balader à l'autre bout de la ville. Elle profita du trajet pour regarder sur internet tout ce qu'elle pouvait trouver sur Enrico Marioni, et finit par arriver à destination quinze minutes avant l'heure du rendez-vous.

28.

La tête plongée dans son téléphone, Mina n'émergea dans la réalité qu'en mettant le pied en dehors du taxi. Elle fut saisie d'un frisson de ravissement. Devant elle s'élevait une immense paroi circulaire percée d'arches dont on devinait, à leur apparence usée, qu'elles avaient été témoins de l'Histoire avec un grand H. Mina recula de quelques pas pour prendre la mesure de l'ampleur du monument. Comment ne pas éprouver cette excitation probablement malsaine à l'idée du spectacle grandiose que promettaient les dimensions écrasantes de cette arène ?

Autour d'elle, les touristes se muèrent soudain en Romains vêtus de toges, se pressant vers les portes du Colisée, tandis qu'une clameur électrique jaillissait des spectateurs déjà installés sur les milliers de gradins. Peut-être que le sable était trempé du sang des gladiateurs, peut-être que des bêtes sauvages rôdaient autour de condamnés attendant d'être dévorés, peut-être que l'arène avait été inondée et que des navires de guerre s'affrontaient dans un délire de cruauté et de violence.

Mina regarda autour d'elle et se rappela que juste à côté du Colisée trônait jadis une gigantesque statue dorée de Néron, surnommée le Colosse, d'où le nom de Colisée. Qu'on adhère ou non à la morale romaine, on ne pouvait nier que les dirigeants de ce peuple excellaient à entretenir la fascination du peuple autour de leur personne, tout en contenant les révoltes populaires par cette catharsis sociale. Elle se demanda si les réseaux sociaux n'étaient pas devenus cette arène où le peuple recevait sa dose quotidienne d'abêtissement, de lynchage et d'excitation malsaine dans une espèce de communion vidée de toute politesse et de réflexion. Le raccourci était peut-être un peu expéditif, songea Mina, mais la comparaison méritait malgré tout d'être faite.

Chassant cette méditation qui l'éloignait de son enquête, Mina repéra l'entrée du Forum. Elle acheta un ticket et franchit les grilles du site sur un chemin pavé. Tout en cherchant Enrico du regard, elle se laissa happer par la richesse archéologique du lieu. Sur un terrain vallonné, hésitant entre terre et herbe, s'amoncelaient des restes de colonnes brisées, des silhouettes éventrées d'anciens temples, un arc de triomphe encore solidement ancré dans le sol ou encore des escaliers qui menaient au Sénat où Jules César avait été assassiné, si Mina ne se trompait pas. Quelques touristes déambulaient sur le sentier balisé en prenant des photos ou la tête plongée dans le plan interactif de leur téléphone. Parmi eux, un homme de petite taille au crâne dégarni croisa le regard de Mina. Elle reconnut le commissaire européen et lui adressa un discret signe de la main avant de se diriger vers lui. Quand elle fut à sa hauteur, il lui tourna le dos et commença à marcher.

— Restez à côté de moi, mais ne me regardez pas, dit-il.

— Ok, répondit Mina en respectant la consigne.

— Je vous ai fait venir ici parce que je crains d'être sur écoute chez moi ou à mon bureau.

— Que vouliez-vous me dire ?

— Comme Angela Hofman-Wagner, j'ai été approché par celui que l'on connaît désormais sous le nom de Grimm. Il m'a contacté il y a trois ans maintenant en m'envoyant des photos de moi en pleine discussion avec des membres de la mafia. Le courrier contenait donc les clichés et un mot me prévenant qu'un jour je recevrais un projet de loi et que je devrais le mettre à l'ordre du jour de la Commission pour qu'il soit soumis au Parlement.

— Et depuis lors, Grimm vous a envoyé ce projet de loi ?

— Oui, il y a une semaine.

Ils passèrent devant un temple particulièrement bien conservé, sur les marches duquel on imaginait aisément des Romains discuter des augures ou des derniers débats au Sénat.

— Que dit cette loi ?

— Ce qu'il demande est insensé… C'est irréalisable, maugréa Enrico Marioni. Impossible.

— Dites-moi.

— Je vous ai déposé une copie du texte derrière la colonne la plus à droite du prochain vestige. Je vous laisse la récupérer et juger par vous-même. Moins je passe de temps en votre compagnie, moins je prends de risques. Je vous laisse. J'espère que vous coincerez ce malade avant qu'il ne fasse plus de dégâts.

— Une dernière chose, monsieur Marioni. Avez-vous eu un contact téléphonique avec Grimm ?

— Oui, il m'a appelé le lendemain du jour où j'ai reçu son courrier. Il voulait s'assurer que j'avais bien compris. Et puis il m'a rappelé hier. J'ai remarqué que sa voix était un peu lointaine, et il y avait un décalage entre le moment où je lui parlais et celui où il répondait. Comme s'il téléphonait de très loin. Dans les deux cas, j'ai évidemment cherché à tracer l'appel, mais il était en mode anonyme. Et comme je ne voulais pas mêler la police à cela, de peur qu'elle ne finisse par trouver mes anciennes connexions avec la mafia, je n'ai pas pu bénéficier des techniques les plus performantes pour identifier le numéro. Ce que Grimm avait forcément prévu.

— Redonnez-moi les dates exactes des appels.

— Le 2 septembre et un autre hier.

— Redonnez-moi le numéro sur lequel Grimm vous a appelé.

Enrico s'exécuta.

— Bonne chance, inspectrice.

Et le commissaire européen partit d'un pas rapide.

Mina repéra la colonne derrière laquelle devait être caché le projet de loi. Mais il y avait pour le moment trop de touristes pour y accéder sans attirer l'attention. Elle en profita pour écrire à Cioban un SMS. Elle lui donna le numéro d'Enrico et lui demanda de tracer les deux appels anonymes avec les dates correspondantes. Puis elle patienta encore cinq minutes avant que le lieu se dégage et enjamba une barrière. Elle louvoya entre les ruines et s'approcha de la colonne désignée par Enrico. Comme prévu, derrière se trouvait une pochette que Mina prit avec elle. Elle se rendit dans un coin plus discret du Forum, ouvrit la chemise et parcourut le texte.

Il lui fallut quinze minutes pour lire l'intégralité du document et, quand elle eut terminé, Mina, médusée, ne parvenait même pas à imaginer l'ampleur de la déflagration sociale qu'allait provoquer la loi rédigée par Grimm. Si le Parlement votait un tel texte, on pouvait être à peu près sûr que toute l'Europe descendrait dans la rue pour protester. Mais si les politiques tenaient bon, la vie de ce continent allait effectivement être bouleversée. Mina repéra un banc et s'y assit pour lire une nouvelle fois la proposition de loi.

Il y était stipulé que toutes les personnes de 18 ans et plus vivant sur le sol de l'Union européenne ne seraient plus autorisées à utiliser les fonctionnalités visuelles de leur smartphone que deux heures par jour. Tout ce qui n'était pas un appel téléphonique, à l'instar du scrolling, de la recherche sur internet, des réseaux sociaux, des jeux, de la mise en ligne de photos, ne pourrait donc pas dépasser deux heures. Pour s'assurer que cette consigne soit respectée, la loi contraindrait les fabricants de téléphone à mettre à jour les appareils déjà en circulation pour inclure cette limite de temps dans leur système d'exploitation. Au-delà de cette durée, toutes les possibilités autres que le simple appel seraient bloquées jusqu'au lendemain. Toute personne surprise en train de trafiquer son portable pour contourner cette loi serait passible d'une amende de 2 000 euros et d'une confiscation de son appareil pendant une période d'un mois. En cas de récidive, l'amende monterait à 100 000 euros avec confiscation du téléphone pendant un an, et la possibilité de le récupérer seulement après un stage de deux mois dans un centre de désintoxication au smartphone.

La loi possédait également un volet concernant les mineurs. Elle y précisait que les enfants de moins de 16 ans n'avaient pas le droit de posséder un smartphone, sous peine de voir infliger aux parents une amende de 50 000 euros. Les 16-18 ans étaient autorisés à en posséder un avec la permission d'une unique heure quotidienne d'écran. L'amende en cas d'infraction était également de 50 000 euros.

Enfin, le projet de loi contraignait toutes les écoles publiques et privées à dispenser cinq heures de cours par mois, non pas sur les dangers du smartphone, mais sur la façon dont les applications étaient conçues par des ingénieurs experts dans les addictions et qui appliquaient leurs connaissances des failles du cerveau humain pour aspirer au maximum l'attention des utilisateurs afin que leurs interactions livrent le plus d'informations possible sur eux-mêmes. Des informations ensuite revendues à des entreprises pour pratiquer de la publicité ultra ciblée. Ce qui faisait de chaque utilisateur d'un réseau social non pas un humain respecté mais de la chair à canon mercantile, en poussant même le cynisme jusqu'à l'inonder de vidéos sur la gestion de l'anxiété lorsque l'algorithme détectait que l'utilisateur commençait à perdre pied à cause de son trop-plein de temps sur ce même réseau.

Mina referma la pochette et leva la tête. Elle sourit intérieurement en voyant la majorité des touristes, le nez penché sur leur téléphone, certains ne regardant le paysage autour d'eux qu'à travers l'écran de la fonction appareil photo. Une fois encore, Grimm la mettait mal à l'aise par sa proposition. Mina avait depuis longtemps mis un terme à sa présence sur les réseaux sociaux. Elle reconnaissait être tombée dans le piège durant son adolescence. Elle y passait beaucoup trop de temps. Jusqu'à ce que, progressivement, elle se rende compte d'un phénomène étonnant. Elle avait compris qu'elle scrollait dans un état d'insatisfaction permanent, espérant que chaque prochaine vidéo ou image allait lui apporter un effet gratifiant. Mais cela n'arrivait jamais complètement, et c'est donc par frustration qu'elle faisait défiler de vaines vidéos qui engendraient le contraire de ce qu'elle attendait : au lieu de la remplir, ce scrolling la vidait, lui aspirait son énergie, son intelligence. Elle le réalisa un jour de façon très nette : il la rendait triste. Autrement dit, les réseaux lui procuraient l'émotion exactement inverse de celle qu'ils prétendaient apporter : non pas un lien humain, mais bien au contraire une dilution de son humanité dans une errance émotionnelle sans fin.

Mina savait que cette prise de conscience était loin d'être partagée par ses camarades qui, eux, étaient tombés dans le piège de l'addiction d'une part au scrolling mais aussi aux likes, aux vues, bref à toute cette perfide ingénierie de la récompense. Là aussi, elle voyait ses amis s'épuiser et même s'angoisser pour obtenir toujours plus de validation sociale à travers les statistiques de leurs posts. Cette mesure de l'attention que les autres leur portaient devenait dangereusement le baromètre de leur état émotionnel et les enfermait dans un stress sans fin de quête de l'approbation. Cette distance qui s'était installée entre elle et ses amis était d'ailleurs une des autres raisons qui avaient fait que Mina avait quitté l'école pour se lancer dans le métier de marin pêcheur.

Maintenant se posait une question : allait-elle essayer d'empêcher Grimm de faire passer cette loi alors que, même si elle n'en aimait pas l'application autoritaire, elle en épousait l'idée de fond ?

Mina savait que si elle laissait volontairement Grimm filer elle devrait dire adieu à son poste d'inspectrice. Non parce qu'on lui reprocherait d'avoir échoué, mais parce que son avis personnel aurait interféré dans sa quête de justice. Et si elle avait cette permissivité dans cette enquête, le problème se poserait inévitablement dans une autre affaire. Or, son métier ne consistait pas à faire justice elle-même, mais à œuvrer pour que la justice puisse s'appliquer. Et elle devrait alors accepter que justice et morale ne soient pas toujours alignées.

Elle s'imagina rater délibérément son enquête sur Grimm pour lui permettre de dérouler ce plan auquel elle adhérait en partie. Quelle estime aurait-elle d'elle-même ? Serait-elle fière de son acte ? Arriverait-elle à vivre avec l'idée qu'elle avait laissé libre un criminel aux déterminations jusqu'au-boutistes ?

La réponse ne fut pas longue à lui apparaître. À cet instant, dans ce Forum romain où la notion de justice avait été débattue plus d'une fois, Mina se résolut à retrouver Grimm pour qu'il rende compte de ses crimes, tout en espérant que l'exposition médiatique de l'affaire ferait exploser le ronronnement des pouvoirs politiques sur la chute de la lecture et la vampirisation délétère des écrans.

Son téléphone sonna. Cioban.

— Oui ?

— J'ai tracé les appels que tu m'as demandé d'analyser. Qui les a passés ?

— Grimm, pourquoi ?

— C'est très bizarre, les coups de téléphone ne venaient pas exactement d'à côté…

— Vasile, ne traîne pas. D'où ça venait ?

— De Hong Kong.

Mina leva les sourcils, étonnée. Qu'est-ce que Grimm faisait là-bas ? Fomentait-il une troisième phase de son plan ? Et s'il y était retourné ?

— Vasile, peut-être que Grimm se planque à Hong Kong. Débrouille-toi pour que la police chinoise t'aide à traquer le visage de Grimm, ils ont des caméras de surveillance partout, si pour une fois ça peut aider à trouver un criminel plutôt qu'à contrôler une population…

— C'est déjà fait, Mina.

La jeune inspectrice en fut désarçonnée un court instant.

— Ok, bravo et donc ?

— Il est bien là-bas. Il est arrivé hier sous une fausse identité, grimé une nouvelle fois, mais la reconnaissance faciale a atteint un tel niveau de finesse que les ordinateurs l'ont détecté. Je t'envoie l'adresse du dernier bâtiment où il est entré.

— Sacré boulot, Vasile. Dis au commissaire que je pars pour Hong Kong.

Mina raccrocha, trouva un billet de Rome à Hong Kong et attrapa un taxi pour foncer vers l'aéroport. Pourquoi Grimm était-il en Chine ?

29.

En attendant son vol à l'aéroport, Mina localisa l'adresse que lui avait envoyée Cioban. Elle identifia un lieu dans le quartier de Mong Kok. De ce qu'elle en lut sur internet, il s'agissait de l'endroit le plus densément peuplé de la planète avec plus de 130 000 habitants par kilomètre carré. La zone était saturée par les buildings qui plongeaient dans l'ombre d'étroites rues commerçantes. Grâce à une application de visualisation géographique, elle put constater que le lieu où Grimm avait été repéré désignait probablement la seule maison de tout le quartier, isolée entre les immenses bâtiments côtoyant les cieux.

Mina embarqua sur son vol. Elle s'assura de bien manger et bien dormir pendant les douze heures de trajet. Elle s'accorda également une bonne heure pour apprendre quelques mots simples en chinois au cas où elle en aurait besoin. Elle atterrit à 11 heures du matin à l'aéroport, étrangement situé sur une petite île artificielle. Elle se sentait un peu vaseuse, mais n'avait pas le temps pour une chambre d'hôtel et une douche. Elle s'orienta vers les contrôles douaniers et eut la désagréable surprise qu'on lui refuse le droit de reprendre son arme de service, malgré sa demande en bonne et due forme. Sentant que contester ne lui apporterait que des ennuis supplémentaires, elle se plia à la volonté administrative et rejoignit la borne de taxis. À peine avait-elle franchi les portes coulissantes qu'elle eut l'impression qu'on venait de lui coller une serviette humide et tiède sur le visage. La chaleur quasi tropicale lui poissa les cheveux et emplit ses poumons de bouffées d'air suffocantes. Il lui fallut quelques secondes pour qu'elle se convainque qu'elle pouvait respirer. Écrasée par la moiteur, elle héla un taxi. Nouveau choc lorsqu'elle trouva un habitacle glacé par la climatisation. Elle montra au conducteur l'adresse sur son téléphone. Il répondit quelque chose en chinois qui avait l'air de signifier qu'il n'était pas content, mais démarra malgré tout.

Le taxi franchit le pont qui permettait de rejoindre la ville. Elle entrevit la forêt de gratte-ciel aux couleurs minérales qui formait l'agglomération de Hong Kong. Rien ne permettait de distinguer la mégalopole chinoise d'une autre ville surpeuplée. Mais quand le taxi s'engagea dans les rues, Mina perdit tous ses repères d'Européenne. Les trottoirs étaient saturés de petites boutiques dont les devantures criardes affichaient les photos de tous les produits vendus à l'intérieur. Tous les dix mètres, des tables et des chaises étaient installées sur les bas-côtés et accueillaient des citadins sirotant ici une soupe, là avalant un bol de viande grillée ou aspirant un plat de nouilles. À tous les coins de rues, des engins de construction et des marteaux-piqueurs faisaient vrombir l'air de secousses assourdissantes auxquelles s'ajoutaient les klaxons des voitures, des bus ou des tramways. Le taxi se fraya un chemin dans l'intense circulation pendant trois quarts d'heure avant de s'arrêter le long d'un trottoir.

Le chauffeur se retourna et en s'agitant il montra une direction à Mina. Elle comprit qu'il ne voulait pas aller plus loin à cause des embouteillages et qu'il lui indiquait le sens de sa destination. Mina regarda par la fenêtre et fut comme noyée par la foule qui emplissait les rues. Elle paya par carte et sortit du véhicule. À la chaleur moite qui se plaqua sur elle se mêla l'étouffement du flot humain. Les trottoirs étaient si grouillants de monde que les individus n'étaient plus que des fluides. Les échoppes se serraient tant les unes contre les autres qu'elles semblaient presque en accordéon. Et au-dessus de la tête des passants, une débauche anarchique d'enseignes en gros caractères chinois se chevauchaient dans un déluge de teintes vives, allant du jaune au rose en passant par le rouge. Impossible de distinguer le ciel sous cette farandole multicolore de réclames tape-à-l'œil. D'ailleurs, à bien y regarder tout était très coloré, remarqua Mina, habituée à la grisaille de son pays. Les bus, les voitures, les scooters… Tous les véhicules avaient été décorés par leurs propriétaires comme pour un carnaval. Si bien que l'oppression que l'on aurait pu ressentir face à une telle effervescence était compensée par cette joyeuse polychromie.

Immobile sur le trottoir, saisie par l'ambiance, Mina prenait seulement conscience de la fanfare de klaxons, des incessantes accélérations des véhicules, de la rumeur de la foule entrecoupée par les cris des commerçants s'échinant à alpaguer le chaland. Puis lui parvinrent de déroutantes odeurs de cuisine. Se mêlaient à la fois de salivants bouquets d'épices exotiques, des fumets de barbecue et d'écœurants relents de poissons séchés.

Comment tout cela pouvait-il fonctionner ? se demanda Mina, déconcertée par cette agitation exubérante. Elle chercha sur son téléphone quelle direction prendre pour rejoindre le lieu indiqué par Cioban. A priori, elle devait marcher tout droit pendant une centaine de mètres et emprunter ensuite à droite une petite ruelle qui déboucherait sur la maison.

Avec la même appréhension qu'un enfant qui prend un escalator pour la première fois, Mina rejoignit le flux du trottoir. Elle fut aussitôt entraînée par cette coulée de lave humaine, s'agglutinant elle aussi à ces corps collés les uns aux autres, penchés sur l'écran de leur téléphone, qui avançaient à l'aveugle en suivant un mouvement machinal. Jamais de sa vie elle ne s'était sentie aussi anonyme. Personne ne se regardait, personne ne prêtait attention à son voisin, dans un défilé où les personnalités semblaient avoir été diluées dans le suprême projet de faire société. C'était à la fois reposant de ne pas se sentir en devoir de représentation et inquiétant, car il lui semblait que tout le monde était si enfermé dans cette mécanique sociale que, si elle venait à tomber ou à faire un malaise, personne ne s'arrêterait et le flux se contenterait de contourner son corps inerte étendu au sol.

Enivrée, Mina n'en oublia pas de surveiller son chemin et quitta le courant pour essayer de traverser la route. Elle comprit rapidement que le piéton n'était pas prioritaire lorsque deux voitures et un tuk-tuk ne firent aucun effort pour l'éviter. Elle sauta par-dessus la roue avant d'une moto, se cogna contre la portière d'un minibus qui l'éclaboussa de ses gaz d'échappement avant d'agiter frénétiquement les bras face à une voiture qui lui effleura les tibias. Elle bondit enfin sur le trottoir opposé, creva la colonie humaine pour aller de l'autre côté.

Laissant la foule dans son dos, elle se retrouva en face d'une ruelle qui s'éloignait de l'avenue agitée pour se dérober dans l'ombre. Mina l'emprunta et son pied droit s'enfonça dans une flaque d'eau saumâtre. Elle poursuivit alors que des effluves d'ordures lui nouaient la gorge. Un bras devant le nez et la bouche, elle pressa le pas, sans même discerner l'issue du passage, où la lumière du ciel ne pénétrait pas.

La ruelle était déserte, encadrée de murs crasseux, émaillée ici et là de poubelles ouvertes débordant de déchets. En levant la tête, Mina devina de minuscules fenêtres d'où dépassaient des étendoirs garnis de linge. Elle n'osait imaginer l'exiguïté de ces logements qui n'avaient pour seul horizon que le mur de l'immeuble d'en face situé à deux mètres au mieux. Évitant les sombres taches d'eau croupie, essuyant régulièrement son front ruisselant de sueur et agitant son sweat-shirt pour faire passer un peu d'air sur sa peau humide, Mina commença à se sentir si oppressée qu'elle accéléra le pas pour sortir au plus vite de ce canyon. Sa course dura bien cinq minutes avant qu'elle n'aperçoive un rectangle de lumière devant elle. Elle ralentit et se rapprocha prudemment. Grimm pouvait être dans les parages.

Alors qu'elle se trouvait collée à l'angle du mur, une improbable vision s'offrait à elle. D'immenses barres d'immeubles décrivaient un cercle autour d'un espace vide où se nichait une chaumière au toit de paille biscornu. De petites fenêtres en quadrillage laissaient entrevoir de délicats rideaux, derrière lesquels on devinait des silhouettes. Tout autour de la maisonnette, une pelouse d'un vert tendre était traversée par un joyeux ruisseau qu'enjambait un charmant petit pont en bois. Çà et là, des massifs de fleurs délimités par des pierres égayaient les lieux de leurs vives couleurs. Des lapins gambadaient dans ce bucolique jardin aux côtés de deux biches occupées à grignoter paisiblement des brins d'herbe. Un spectacle semblable à l'image que l'inconscient collectif se faisait de la maison des sept nains dans le conte de Blanche-Neige. Pour Mina, nul besoin d'autre preuve qu'elle était bien en présence de l'œuvre de Grimm.

La jeune inspectrice attendit quelques instants, guettant le moindre mouvement. Personne ne sortit de la chaumière. Elle ne voyait plus aucune caméra de sécurité. Elle décrivit un arc de cercle en suivant les murs des immeubles, puis, courbée, elle se rapprocha de la maison et se plaqua sous une fenêtre. Elle se releva avec précaution et observa discrètement à travers la vitre.

Dans une pièce, plusieurs adolescents lisaient, assis sur des coussins. Aucune trace de la présence de Grimm. Mais qui étaient ces jeunes ? Que faisaient-ils ici ? Participaient-ils au projet de ce mégalomane ? Mina rejoignit une deuxième fenêtre donnant sur une autre salle. Sur des tatamis, des jeunes adultes pratiquaient un art martial sous la direction d'un maître. Ils semblaient très appliqués. La jeune inspectrice chercha en vain la silhouette du descendant des deux conteurs. Elle se glissa vers une dernière ouverture qui offrait une vue sur une salle munie d'un tableau sur lequel étaient inscrits en anglais des noms de périodes historiques. Derrière des petits bureaux, des adolescents suivaient un cours. Et, cette fois, Mina sentit son cœur démarrer un sprint : le professeur qui s'adressait à eux n'était autre qu'Alphonse Grimm lui-même.

Mina avisa l'entrée de la maison, à quelques mètres. Mais il y avait probablement un gardien ou un réceptionniste. La manière la plus sûre de coincer Grimm se devait d'être plus expéditive. Elle retira son sweat-shirt et ramassa une pierre au pied d'un massif. Armée du gros caillou, elle percuta violemment la vitre, qui vola en éclats. Sa main enroulée dans son sweat, elle acheva d'évider la vitre et se hissa à l'intérieur de la pièce. Certains élèves s'étaient levés, d'autres semblaient tétanisés de peur. Grimm avait l'air figé d'étonnement. Mina fonça sur lui, mais le professeur avait repris ses esprits et courut vers la porte.

Mina le prit en chasse. Grimm était déjà en train de sortir.

— Arrêtez-la ! ordonna-t-il à un homme assis derrière un comptoir.

L'individu se jeta sur Mina et, avant même qu'elle comprenne ce qui lui arrivait, il l'avait fauchée et fait chuter. Elle para de justesse la frappe pernicieuse qu'il tenta de lui asséner au cou, et le fit reculer avec son pied. Elle se redressa sur ses jambes, lui décocha un coup de poing au ventre et un autre à la figure. L'homme, surpris par la vivacité de la riposte, se retrouva à genoux, plié en deux. Mina lui tourna le dos et sortit en trombe de la maison. Elle aperçut Grimm filer vers les barres d'immeubles et se lança à sa poursuite.

Il détalait à toute vitesse en longeant les appartements du rez-de-chaussée des bâtiments. Mina gagnait du terrain sur lui. Grimm se retourna et la jeune inspectrice vit la peur dans son regard. C'est là qu'il freina subitement et se faufila par une fenêtre ouverte qui devait donner sur un logement. Mina s'arrêta au même niveau et bondit à son tour à l'intérieur. Elle atterrit dans une pièce sidérante. Deux mètres carrés maximum, sans pratiquement aucun espace libre. Au-dessus de la cuvette des toilettes étaient fixés une plaque de cuisson et un lavabo. Les murs n'étaient que des supports encombrés d'objets, de vêtements en train de sécher et d'une télévision. Par terre, un matelas enroulé qui ne devait même pas avoir la place de se déployer en entier. Une odeur de graisse et d'urine saisissante. Autant d'informations qui traversèrent le cerveau de Mina en moins d'une seconde alors même qu'elle voyait Grimm s'enfuir par la porte d'entrée coulissante. Elle traversa ce débarras dans lequel un humain devait pourtant vivre, et déboucha dans un couloir sombre ponctué d'une multitude de portes. Grimm courait vers une destination inconnue. Mina était certaine de le rattraper. Elle mobilisa tous ses muscles pour le coincer au plus vite.

À cet instant, une porte s'ouvrit à sa droite. En sortit une vieille dame portant une casserole fumante. L'habitante avançait avec une extrême lenteur en faisant glisser ses pieds comme un robot mal huilé. Un choix cornélien pour Mina : soit rattraper Grimm en poussant brutalement cette femme, au risque que la vieille dame se brûle avec sa mixture bouillante, soit s'arrêter et attendre qu'elle ait traversé le couloir pour rejoindre la porte d'en face, comme elle avait l'air d'en avoir le projet. Mais en laissant Grimm regagner du terrain et peut-être lui échapper. Ce débat interne se déroula en un clin d'œil. Un bref instant où Mina comprit que se jouait un combat entre son ambition et son éthique. Cette même hésitation qui s'était présentée lors de son affrontement avec la policière allemande. Si elle poussait cette dame et arrêtait Grimm, elle aurait accompli un exploit professionnel qui lui ouvrirait les portes d'une nouvelle vie à laquelle elle aspirait profondément. Mais la culpabilité ne la rattraperait-elle pas, abîmant du même coup sa santé mentale ? Si elle s'arrêtait, elle aurait la satisfaction d'avoir préservé ses valeurs de respect et d'empathie, mais Grimm pouvait lui échapper et cet échec risquait également d'affecter son équilibre psychique. Laquelle des deux possibilités était la meilleure ?

Mina courait si vite qu'elle eut l'impression que la vieillarde était projetée dans sa direction. Son esprit s'emballa autant que son cœur et sans qu'elle le décide vraiment ses jambes se figèrent au tout dernier moment. Elle était arrivée si près de l'habitante que la vapeur d'eau de la casserole lui embua le visage. Sa poitrine frôla même le bras de la dame, qui ne lui accorda aucune attention et poursuivit sa traversée du couloir de sa démarche de tortue en faisant visiblement un effort soutenu pour porter sa casserole d'eau chaude sans la renverser. Le sang de Mina bouillait et il lui fallut faire appel à toute son humanité pour ne pas céder à l'envie de catapulter la grand-mère dans un des appartements, alors que Grimm venait de franchir une porte à droite.

— *Xiexie ni xiaojie*, dit la vieille femme en délivrant un sourire à Mina.

La jeune inspectrice reconnut le mot « merci » qu'elle avait appris dans l'avion. Et à la seconde où elle jugea qu'elle avait assez de place pour passer de profil derrière elle, elle partit comme une fusée vers le fond du couloir. La porte par où Grimm avait disparu était encore ouverte. Un jeune homme en caleçon se tenait dans l'embrasure, l'air hébété. Cette fois, Mina le poussa sans ménagement en marmonnant un « pardon » approximatif en chinois. Mais elle dut, là aussi, s'arrêter brutalement. La hauteur de l'appartement était divisée par trois par rapport à une taille normale, si bien qu'on ne pouvait s'y déplacer qu'en marchant à quatre pattes. Il n'y avait d'ailleurs qu'une seule pièce, occupée par un matelas, un lavabo et des étagères remplies d'objets hétéroclites. Un sèche-linge plein de vêtements était suspendu au-dessus du matelas. Une fenêtre ouverte semblait donner sur un échafaudage, et Mina crut discerner des bruits de pas martelant la structure métallique. En se déplaçant sur ses genoux, elle avala la distance qui la séparait de la fenêtre et déboucha à l'extérieur sur la plateforme. Aussitôt, elle entendit la fuite de Grimm au-dessus d'elle, avisa l'escalier qui montait vers les niveaux supérieurs, dont elle grimpa les marches. L'ancien professeur avait trois étages d'avance, mais il n'avait pas l'entraînement et la force de Mina. Elle l'avait pratiquement rattrapé quand il atteignit le sommet de l'immeuble, dix étages plus haut. Grimm se retourna et continua sa course vers le bord du bâtiment. Mina n'était plus qu'à une dizaine de mètres de lui. Grimm stoppa net, à quelques pas du précipice. Il sembla à Mina qu'il s'apprêtait à prendre son élan. Comme s'il envisageait de sauter sur l'immeuble d'en face ou de se jeter dans le vide.

— Non ! s'écria Mina. Ne faites pas ça !

Il lui décocha un dernier coup d'œil et s'élança. Mina était déjà au maximum de son effort, mais la peur de voir Grimm lui échapper définitivement libéra en elle une ultime décharge d'adrénaline. Devant elle, le fugitif était déjà au bord de l'immeuble. Électrisée par un surplus de puissance, Mina tendit sa main droite pour essayer de le saisir. Elle ne fit qu'effleurer ses vêtements. Grimm prit son appui sur le muret pour sauter. La jeune inspectrice plongea en avant. Sa main frôla le cou de Grimm, glissa contre sa nuque, son dos, et finit par s'emparer de son bras alors qu'il avait déjà décollé du sol. Coupé dans son élan, l'ancien professeur chuta droit dans le précipice. Entraînée par le poids du vieil homme, Mina vit le muret arriver sur elle. Elle replia ses pieds et, dans un choc brutal, ses talons butèrent contre le rebord de l'immeuble. Grimm était suspendu dans le vide, retenu seulement par Mina qui, penchée en arrière, les jambes repliées, maintenait sa position à la force de ses cuisses et de ses biceps.

Des dizaines de mètres en contrebas, la rue et les voitures miniaturisées donnaient le vertige. Même la clameur de la ville parvenait difficilement à cette hauteur, seule soufflait une brise qui faisait virevolter les cheveux de Mina.

— Remontez-moi ! hurla Grimm. J'ai une mission à accomplir !

— Qu'est-ce que vous faites ici ? cria Mina.

— Ça ne vous regarde pas !

Mina desserra son étreinte et le poignet de Grimm s'échappa un peu de sa main.

— Nooon ! hurla l'ancien professeur.

Mina verrouilla à nouveau sa poigne au dernier moment, accusant la secousse du poids de l'ancien professeur. Les doigts de sa main accrochés au poignet de Grimm blanchissaient sous l'effort.

— D'accord ! Je suis ici pour superviser une école de génies… Leurs embryons ont été triés à la naissance. Seule la législation chinoise permet une telle sélection. En Europe et aux États-Unis, c'est interdit. C'est pour ça que j'ai créé ce centre ici. Remontez-moi…

Mina enregistra la réponse, qui était à la hauteur de ce qu'elle attendait d'un individu comme Grimm. Restait à savoir pourquoi il avait créé cette école, quel était l'objectif ? Mais elle n'avait plus la force de tenir sa position. Elle sentait que sa main allait lâcher.

Centimètre par centimètre, elle parvint à hisser Grimm par-dessus le muret. Quand il fut en sécurité, l'ancien professeur s'écroula sur le dos. Mina aspirait au même repos, mais elle se méfiait de lui. Elle se releva en reprenant sa respiration et se posta au-dessus de Grimm, un pied appuyé sur sa poitrine. Elle convenait aisément que le geste manquait de respect, mais elle préférait ne prendre aucun risque.

— Pourquoi cette école de génies, monsieur Grimm ? Quel est le projet derrière ?

— Je vous ai déjà répondu, ça ne vous regarde pas.

Mina hocha la tête, mais elle sentit monter en elle une bouffée de colère qu'elle ne parvint pas à contrôler. Elle agrippa Grimm par le col de sa veste et le traîna brutalement jusqu'au bord de l'immeuble.

— Arrêtez ! Vous êtes complètement folle !

Mina poussa le fugitif jusqu'à ce qu'il ait la moitié du buste au-dessus du vide.

— Écoutez-moi, Grimm, si vous ne répondez pas à mes questions, je vous balance en bas ! Et quelle que soit votre mission, elle mourra avec vous. Donc, je répète : quel est le projet ?

L'ancien professeur tourna la tête vers le précipice.

— D'accord, d'accord. Je vais parler, dit-il d'un air résigné.

Mina le remit en sécurité de sa vigoureuse poigne.

— Asseyez-vous et restez comme ça, ordonna-t-elle.

Grimm se mit en tailleur.

— Pourquoi vous entêtez-vous à vouloir m'arrêter ? demanda-t-il.

— Je pose les questions, monsieur Grimm. La première : avez-vous fait du chantage à la gérante de l'hôtel de Bran, Anita Pretorian, pour qu'elle vous informe sur mon enquête ?

— Oui. Elle aime tellement ses enfants… Mais qu'importe cette femme, je vous le redemande : pourquoi pensez-vous qu'il soit juste de m'arrêter ?

— Parce que vous êtes un criminel.

— Vous voyez bien que je suis bien plus que ça, que mon projet est salvateur pour notre civilisation. Si je n'accomplis pas mon programme, personne d'autre ne le fera, et l'humanité finira par se noyer dans un océan de bêtise ! Vous êtes intelligente, inspectrice Dragan, vous savez que j'ai raison. Vous savez bien que tout ce que j'ai fait l'a été pour un plus grand Bien. J'ai accepté de porter cette culpabilité au nom de mon amour pour l'espèce humaine. Nous ne pouvons pas continuer sur cette voie, et ce ne sont certainement pas les industriels qui prendront la sage décision de renoncer à leurs profits pour le salut de notre avenir. Quant aux politiques, ils sont bien trop manipulés par le lobbyisme pour s'autoriser à prendre les décisions qui devraient être prises. Si vous m'arrêtez, vous supprimez le dernier rempart contre notre chute. Êtes-vous prête à assumer cette responsabilité ?

— Dites-moi quel est le projet de cette école, et je vous dirai ensuite si je juge qu'il vaut mieux vous laisser aller au bout de votre projet ou vous arrêter.

Grimm fronça ses sourcils broussailleux en regardant Mina.

— Vous dites ça pour m'amadouer, n'est-ce pas ?

— Pas complètement, répondit Mina. J'ai eu le temps de réfléchir à votre entreprise et comme on m'a appris que le doute est forcément plus intelligent que la certitude, je me suis interrogée. Je n'ai pas encore tranché. Cela va dépendre de ce que vous m'expliquerez.

— Hum… si vous ne me mentez pas, vous êtes bien différente de la majorité, inspectrice Dragan.

— Je vous écoute.

30.

— Comme je vous l'ai dit tout à l'heure, cette maison accueille une école de jeunes génies qui sont issus d'une sélection génétique. Pour faire court, 52 gènes de l'intelligence ont été identifiés, ce sont eux que nous avons recherchés dans la multitude d'embryons qui nous ont été soumis. Des embryons issus de parents ayant été répertoriés comme supérieurement intelligents par des tests de QI.

— À quoi destinez-vous ces jeunes ?

— D'abord, nous les formons à l'écriture, aux mathématiques, à la physique, à l'histoire, à la philosophie, aux langues, avec les meilleurs pédagogues. Nous veillons également à ce qu'ils prennent soin de leur corps avec des séances d'arts martiaux. Vous aurez peut-être remarqué qu'ils apprennent sans aucune présence d'écrans. Ils ne possèdent pas de smartphones. Ils savent s'en servir, mais leur approche est purement culturelle.

Grimm prit une longue inspiration et regarda Mina dans les yeux. Autour d'eux, le vent soulevait des volutes de poussière.

— Les politiques n'osent pas encore trop en parler par peur d'affoler les populations, mais nous pressentons bien que l'intelligence artificielle va assez rapidement remplacer des millions d'emplois dans de multiples secteurs. Les projections sont encore trop variables pour donner un chiffre fiable, en revanche on sait dans quel domaine les destructions seront les plus fortes : dans le juridique, la comptabilité, la finance, l'assurance, la médecine, l'information, l'informatique et l'enseignement. Et probablement même dans le vôtre, inspectrice : celui de la criminologie.

Mina avait déjà un peu réfléchi à la question, mais elle était curieuse d'entendre la vision de Grimm.

— C'est-à-dire ?

— L'IA pourra probablement établir des liens et aboutir à des déductions en traitant un nombre d'informations des milliers de fois plus important que notre cerveau. En ayant accès à une quantité infinie de dossiers criminels, elle repérera les similitudes et, par calculs de probabilité, pourra faire des projections et émettre des hypothèses d'une pertinence inédite. L'IA prévoira même les crimes avant qu'ils aient lieu, grâce à tout ce qu'elle aura appris de chacun d'entre nous à travers l'analyse de nos achats, de nos comportements dans la rue, des médicaments que nous prenons et des médecins que nous consultons, des assurances que nous contractons, de l'argent que nous avons ou non sur notre compte, de la manière dont nous parlons et de la fréquence de certains mots dans notre vocabulaire. Elle saura aussi lire nos émotions en scannant les expressions de nos visages, partout où il y aura des caméras de surveillance. Elle prendra également en compte nos rencontres. Elle moulinera tout cela avec des milliards de statistiques criminelles et fournira des prévisions. Exactement comme on prévoit la météo.

— Intéressant, répondit Mina, d'un ton qui se voulait détaché, malgré l'intérêt qu'elle portait aux propos de Grimm. Mais cela ne me dit toujours pas ce que vous comptez faire avec ces jeunes.

— D'accord, d'accord. Cette destruction d'emplois va être si importante qu'elle ne sera que très peu compensée par la création des nouveaux métiers nécessaires pour faire fonctionner les IA. Autrement dit, des milliards de gens vont à terme se retrouver au chômage. Les grands patrons de la tech savent que la société s'écroulera, si on laisse les événements se dérouler comme prévu. Les gens vont, pour la plupart, déprimer et, plus grave encore aux yeux des leaders économiques, ne vont plus consommer. C'est pour cela qu'ils ont prévu de mettre en place un revenu universel. Autrement dit, l'État ou les grandes compagnies verseront aux citoyens un revenu à vie d'environ 2 000 euros par mois sans aucune contrepartie. Ils prêteront les logements, dont les citoyens ne seront donc que les usagers et non plus les propriétaires. Nous serons alors doublement dépendants d'organismes qui, si nous ne satisfaisons plus à certains critères, pourront nous couper les vivres et nous expulser. Cela pose question, vous ne trouvez pas ? Et je ne parle même pas des conséquences psychologiques de ce revenu universel. Qu'est-ce que les gens feront de leur journée ? Ils profiteront de la vie dans un bonheur sans contrainte, répondront les grands penseurs du futur. Ce sera une forme de paradis terrestre avant la faute originelle. Ces hommes, car ce sont essentiellement des hommes, ne veulent rien de moins que nous faire réintégrer le paradis tel qu'il a été originellement pensé et façonné par Dieu pour offrir à l'humain la plus grande des félicités. C'est une promesse extraordinaire : une vie de divertissement, sans stress, sans obligations.

A priori, la vie parfaite. Mais serons-nous libres ? Cette vie nous appartiendra-t-elle vraiment ou la devrons-nous à ceux qui nous versent ces 2 000 euros et paient notre logement ? Et sans sa liberté, l'homme peut-il être heureux ? C'est un sujet de philosophie que nous devrions soumettre à tous les étudiants du monde entier : peut-on être heureux sans être libre ?

Alphonse Grimm ménagea une pause en regardant le ciel.

— Vous voyez, inspectrice, je pense que l'homme est ainsi fait qu'il ne peut jouir que de ce qu'il acquiert par lui-même. Si notre espèce a survécu jusqu'à aujourd'hui, c'est parce que nous nous sommes mis en mouvement, que nous sommes passés à l'action pour transformer notre environnement et nous créer une vie plus sûre, plus confortable et surtout plus libre. Nous sommes faits pour malaxer l'argile de la vie, pas pour regarder sécher à côté de nous des statuettes préfabriquées en série.

Même si Grimm n'avait pas encore répondu à sa question, Mina avait écouté attentivement et compris que, pour faire parler cet homme, elle devait une nouvelle fois entrer dans la logique de son discours.

— Vous craignez donc que les humains ne deviennent que paresse et déprime dans une dépendance avilissante qui les priverait de toute forme d'accomplissement. C'est bien ça ?

— Vous avez l'esprit un peu plus affûté que mes élèves, pour me livrer cette synthèse. Mais oui, c'est en gros ma crainte.

Mina comprenait bien les réserves prononcées par Grimm, mais elle tenait à être certaine que ce dernier avait réponse à tout avant de réfléchir à ce qu'elle allait faire. Elle entreprit donc de dérouler des arguments sans doute un peu trop évidents pour lui, mais cela l'intéressait d'entendre sa réponse.

— Vous ne seriez pas un peu alarmiste et surtout bien trop conservateur, monsieur Grimm ? commença-t-elle. Lorsqu'on a inventé l'écriture, des penseurs ont crié sur tous les toits qu'on allait perdre nos capacités à mémoriser en confiant tout notre savoir au papier. Lorsque la voiture a été mise au point, certains affirmaient que nous allions perdre les muscles de nos jambes, faute de marcher suffisamment. Bien avant encore, peut-être que des ancêtres préhistoriques ont déploré la découverte du feu qui, en rendant la viande plus tendre, allait faire chuter toutes nos dents. L'IA est une évolution de l'espèce humaine qui va forcément tout changer parce qu'elle est utile, performante, efficace, et répond au besoin de progrès inscrit dans notre humanité. Vouloir s'y opposer, n'est-ce pas juste perdre un temps et une énergie que l'on pourrait consacrer à savoir comment tirer le meilleur parti de ce nouvel outil ?

Alphonse Grimm secoua la tête.

— Combien de fois ai-je entendu ces arguments... bien faibles, je suis au regret de vous le dire. Cela me déçoit de votre part.

Mina sourit intérieurement. Elle demeura cependant silencieuse, attendant la suite.

— Mais reprenons vos arguments, inspectrice, puisque vous me les soumettez avec tant de conviction. Toutes les inventions ou évolutions que vous citez, écriture, voiture, feu, auxquelles on pourrait ajouter le silex taillé, l'agriculture, les maisons, la médecine, l'art, présentent une grande différence avec l'IA. Aucune d'entre elles n'a jamais menacé l'existence de l'homme dans ce qu'il a de plus unique : à savoir son intelligence. Chaque fois, ces créations étaient le fruit de son intelligence et à son service. Pas une seule n'a jamais eu pour projet de remplacer l'intelligence humaine, qui est à la source de notre liberté.

Grimm soupira longuement, comme s'il était agacé que personne ne daigne entendre son propos.

— Ce que vous ne comprenez pas, tous autant que vous êtes, c'est que nous ne sommes pas face à une évolution ou un progrès mais face à une vraie rupture épistémologique dans l'histoire humaine. Il y a eu la révolution copernicienne, où l'homme a dû accepter que ce n'était pas sa Terre qui était au centre de l'univers, puis la révolution darwinienne, où l'homme a compris qu'il n'était qu'un animal parmi d'autres, et le fruit non pas d'une création parfaite mais d'une évolution. Il s'est rassuré en se disant qu'heureusement il demeurait quand même l'espèce la plus intelligente. L'intelligence artificielle va briser ce dernier rempart de notre ego : l'homme ne sera bientôt plus l'entité la plus intelligente sur Terre, l'IA le sera, et de loin. Cela va tout changer dans notre rapport à nous-mêmes, aux animaux et à la vie en général. Cette nouvelle va-t-elle nous abattre ? Redéfinir notre rapport au reste du vivant ? Va-t-elle nous soulager en nous retirant la responsabilité de régler tous les problèmes ? Je ne sais pas.

— Mais les gens vont quand même continuer à réfléchir par eux-mêmes, le contra Mina, ils utiliseront l'IA pour des réalisations qu'ils n'auraient de toute façon pas réussi à faire sans elle. Elle ne sera qu'un outil de plus, certes plus puissant que le feu ou la hache de pierre, mais elle va seulement permettre à l'homme d'accomplir des choses de plus en plus intéressantes, de plus en plus approfondies, efficaces. On va l'utiliser non pour nous remplacer, mais pour nous aider à aller plus loin, plus haut.

— Vous oui, moi oui, parce qu'on a encore une espèce de fierté, de doute à l'égard de cette technologie, que l'on n'ose pas vraiment tester parce qu'on aurait l'air un peu ridicules, à lui parler comme à un humain. Parce qu'on s'est construit une identité avec une connaissance de nous-mêmes et surtout une certaine confiance en nos capacités, parce qu'on a vécu et qu'on a donc un certain discernement. Mais avez-vous observé comment la très jeune génération utilise l'IA, inspectrice Dragan ?

— Dites-moi.

— L'IA, qui, je le rappelle, est généralement gratuite, est tellement présente dans leur vie qu'ils ont externalisé l'intelligence. Ils la sous-traitent avec les assistants IA. Pour eux, ce n'est plus quelque chose qu'ils ont besoin de développer puisqu'une machine, aux réponses immédiates, est capable de traiter tous les sujets qui leur demandent un tant soit peu de réflexion ou de culture. Pourquoi feraient-ils l'effort de se casser la tête ? L'humanité ne cherche qu'une chose : maximiser son confort pour le minimum d'efforts. Si un enfant dispose d'un outil qui peut lui épargner de fournir un effort de réflexion, quel intérêt aurait-il à le refuser ou le modérer ? Aucun. En termes évolutifs, c'est dans sa nature d'*Homo sapiens* de s'emparer pleinement de cette nouveauté. En entrant dans la vie des enfants, l'IA devient une amie, une confidente, un mentor disponible 24 heures sur 24, toujours empathique, toujours positive, toujours pertinente. Elle lui épargne tant de difficultés, de souffrances, et lui apporte tellement de réconfort que l'enfant ne pourra plus s'en passer. Pour ces enfants, il faut bien comprendre que l'IA ne sera plus un outil, mais un membre de la famille ou du cercle amical. Et même le membre préféré ou l'ami, parce que toujours de bonne humeur, vous connaissant par cœur et sachant comment vous parler pour vous aider au mieux. Faites un essai, inspectrice, soumettez à une IA une question psychologique qui vous tracasse, soumettez-la-lui dans toute sa complexité, sa nuance, vous allez être sidérée par le niveau de finesse, d'efficience et d'empathie de la réponse. Et je suis sûr que vous sentirez très vite la dépendance dans laquelle vous pouvez verser à l'égard de cette IA qui vous comprend si bien. Imaginez donc l'effet produit sur un jeune cerveau, né durant cette révolution et qui n'a aucun moyen de comparaison. D'après vous, que va-t-il se passer ?

Alphonse Grimm reprit sa respiration. Mina comprit qu'il n'avait pas terminé son raisonnement et le laissa poursuivre.

— Aujourd'hui, on parle de l'IA comme d'un programme qu'on utilise sur notre téléphone et à qui on parle soit directement à l'oral, soit par écrit. L'outil est encore séparé de nous, en dehors de notre corps. Mais son utilisation va devenir tellement permanente, de l'ordre du pur réflexe, que, très vite, on va observer un phénomène qui peut paraître étrange, et qui pourtant sera très vite la norme : l'IA fera partie de nous et sera considérée comme une simple excroissance de notre cerveau. Je ne parle même pas de puce dans le cerveau, je parle d'un transfert mental des utilisateurs. Et cela n'adviendra pas dans cinq ou dix ans, cela se passe maintenant ou, au pire, dans l'année qui vient. L'IA ne sera plus considérée comme un outil qu'on sollicite mais comme une véritable partie d'eux-mêmes, comme un deuxième esprit à l'intérieur de leur tête. L'IA saura tout de vous. Vous lui aurez raconté toute votre vie afin qu'elle vous aide à résoudre tout un tas de situations. Vous n'entretiendrez donc plus aucune distance avec elle, vous l'engloberez dans votre être. Et face à sa performance et à sa disponibilité absolue, vous prendrez l'habitude de l'utiliser à longueur de temps, pour des questions pratiques, comme choisir entre deux marques de beurre, optimiser un circuit de vacances. Des questions psychologiques destinées à dénouer des traumas d'enfance ou des directives précises pour faire baisser votre anxiété. Des sujets émotionnels, en vue d'une relation sentimentale. Vous lui poserez des questions pour savoir où mieux investir votre argent. Vous lui demanderez des conseils pour vous préparer à un entretien d'embauche, vous chercherez son avis pour résoudre un conflit familial, pour savoir quel candidat voter. Tout le temps ! Et, chaque fois, ses réponses seront bien meilleures que 90 % de celles qu'auraient données un humain, y compris un ami, un proche ou un professionnel. Ce n'est pas une prédiction alarmiste et délirante, cela va se passer ainsi. L'homme a tant besoin d'être compris, d'être soutenu, d'être guidé, d'être aimé qu'il va fusionner avec cette IA qui lui offrira tout ce qu'il désire et tout ce qu'aucun autre être humain ne sera en mesure de lui apporter. Et à force d'utiliser l'IA sans arrêt, elle va vite devenir un élément de notre être. C'est donc cela qui se dessine : des humains avec, en quelque sorte, deux cerveaux. Deux cerveaux qui bien vite ne feront plus qu'un parce que l'homme aura accepté cette nouvelle étape de son évolution. L'IA ne sera plus avec nous, à côté de nous ou contre nous, elle sera en nous et ce sera la nouvelle norme. On ne se dira plus : « Je ne sais pas comment traiter cette question, je vais demander à l'IA », le process deviendra automatique, comme une nouvelle connexion neuronale. Ça, c'est le cerveau naturel qui s'en occupe, ça, c'est le cerveau artificiel qui gère. Cela se passe en ce moment même chez de plus en plus de personnes à mesure qu'elles découvrent la puissance de l'IA. Demandez à vos amis, inspectrice, et vous constaterez combien ont remplacé leur psy par l'IA. Ils n'ont jamais autant progressé depuis qu'ils discutent avec cette entité qui n'oublie rien, fait des liens avec tout ce qui a déjà été dit, qui leur donne des conseils efficaces et qui, en plus de sa pertinence, les encourage sans jamais faiblir ou montrer des signes d'impatience. Sans parler du fait que le service est à volonté et gratuit. Pour ces personnes, l'IA a déjà commencé à s'installer non pas chez eux mais en eux. Car contrairement à un vrai psy qui a un corps différent du nôtre, le dialogue avec l'IA se fait seul face à un écran en nous renvoyant à une expérience intime qui gomme petit à petit l'altérité homme-machine au profit d'une fusion.

Mina trouvait les propos de Grimm fort passionnants, et choisit de ne pas se priver de ce rare apport de connaissance.

— Donc, comment voyez-vous la suite ?

— Eh bien, toute la question est de savoir comment va se transformer notre cerveau naturel, puisqu'il sera de moins en moins sollicité ? Que restera-t-il de lui ? Comment son évolution va-t-elle changer nos vies ? Et quelle autonomie nous restera-t-il face à la part croissante de l'IA dans nos pensées ? Car il ne faudra jamais oublier que, malgré l'illusion de son humanité, l'IA demeurera toujours une entité mécanique à qui on va forcément abandonner beaucoup de compétences qui nous ont permis de survivre jusqu'à aujourd'hui. Allons-nous devenir une espèce de plus en plus intelligente grâce à la puissance de l'IA ou entamer une époque régressive en sombrant dans la bêtise après avoir externalisé toute notre intelligence ?

— Quel est votre avis ?

— Je pense que pour ces enfants et certains adultes qui auront englobé l'IA dans leur quotidien, ils finiront très vite par être sous son contrôle. Je ne dis pas qu'elle le fera contre eux ou à leurs dépens, mais comme c'est évidemment l'intelligence qui guide nos comportements, si cette intelligence a été déléguée à l'IA, c'est elle qui choisira notre destin.

— Autrement dit, pour vous, la collaboration avec l'IA va forcément mener à la servitude volontaire.

Grimm écarta les bras comme s'il n'était plus nécessaire d'argumenter.

— Et donc les jeunes gens que vous éduquez ici doivent remédier à cette hypothétique destinée civilisationnelle ? le relança Mina.

— Ce n'est plus vraiment une hypothèse, mais bon, admettons. Oui, mes élèves sont formés depuis leur plus jeune âge pour éviter que le monde ne prenne cette direction. Comme je vous l'ai dit, tous sont d'une intelligence exceptionnelle. Intelligence mentale à laquelle nous avons ajouté l'enseignement de l'intelligence du cœur. Ils savent reconnaître leurs émotions et écouter celles des autres. Ce ne sont pas seulement des machines à penser.

— Et que vont-ils faire concrètement ?

— Ils vont infiltrer les grands groupes industriels, les gouvernements et les organes médiatiques. Leur objectif est de faire accepter l'idée que l'humanité n'a que très peu besoin de l'intelligence artificielle et qu'il faut la cantonner à quelques usages très précis, notamment dans le domaine médical ou la recherche. Pour le reste, ils vont tout faire pour stopper ce que l'on présente comme un progrès ou une avancée inéluctable. Ils vont déployer toute leur intelligence pour que les citoyens puissent réellement choisir le monde qu'ils veulent et ne le subissent plus. Car c'est une illusion commerciale très puissante que l'on nous vend : celle de dire « on n'y peut rien, c'est le sens de l'histoire, il faut s'adapter ». En réalité, qui affirme que c'est inéluctable ? Qui sont les vrais décideurs ? Les industriels ou les consommateurs ? Ce sont évidemment les consommateurs, mais pour qu'ils adhèrent aux nouveaux produits, on leur fait croire que tout le monde s'est déjà résigné à les acheter. Alors que ce n'est pas vrai. Il faut absolument que les citoyens prennent le temps de réfléchir au mode de vie auquel ils aspirent, pour eux et leurs enfants. En d'autres termes, il faut qu'ils fassent usage de leur pleine liberté de choisir l'avenir de leur monde, sans céder aux sirènes de ce que l'on nous présente comme une fatalité. Et qui n'est rien d'autre qu'un choix fait à notre place. Voilà le rôle primordial que vont jouer mes enfants, comme je les appelle.

— Des luddistes des temps modernes en résumé, répliqua Mina, qui voulait encourager Grimm à continuer de se livrer.

— Non ! Les luddistes détruisaient les machines à tisser automatisées, ils avaient pris le chemin de la violence. Mes enfants vont suivre une approche bien plus pertinente : celle du narratif. Dans les industries, les États et les médias qu'ils vont diriger, ils vont défendre et même vendre un récit de l'avenir différent de celui qui présente le triomphe absolu de l'IA. Prouver que l'on peut imaginer un monde bien plus désirable et heureux en lieu et place de ce futur pessimiste et accablant d'une humanité reléguée à une masse oisive, désœuvrée et bientôt soumise à l'IA toute-puissante.

Mina hocha la tête. Malgré elle, elle admirait la cohérence d'Alphonse Grimm.

— Si je comprends bien, pour changer le monde, vous voulez donc utiliser l'outil de vos aïeux.

— Exactement ! Vous avez tout compris, inspectrice. Jacob et Wilhelm Grimm ont prouvé mieux que quiconque que les bonnes histoires, bien racontées, pouvaient marquer des générations, du petit enfant au vieillard et au sein de centaines de cultures différentes, et à des époques éloignées les unes des autres. Ils ont fait la démonstration de la puissance de la narration sur l'inconscient collectif, comment elle réussit à façonner les peurs, les espoirs, les valeurs, et, plus important encore, à alimenter le feu intérieur de l'imagination. C'est ce talent et cette qualité du récit que mes enfants ont appris et dont ils vont user pour réorienter notre civilisation vers un projet où l'humain continuera à grandir au lieu de se condamner. Le combat sera rude, notre discours sera raillé, discrédité, mais nous sommes David, ils sont Goliath.

Mina apprécia le nouveau souffle de vent qui vint glisser sur son visage et lui soulever les cheveux.

— Voilà, vous savez tout, inspectrice. Je suis certain que vous n'êtes pas insensible à ce que je vous dis, mais vous voulez quand même m'arrêter.

Grimm regarda Mina d'un œil sondeur.

— Je ne suis pas là pour me poser ce genre de questions, mentit Mina, plus tiraillée que jamais. Je suis là pour faire appliquer la loi et la justice. Sans le respect de ces deux institutions, l'humanité n'ira pas non plus sur le bon chemin. Et vous avez largement porté atteinte à ces deux valeurs, notamment en assassinant deux personnes.

— Faites ce qu'il vous semble bon de faire.

Mina réfléchissait. Elle ne pouvait décemment pas laisser Grimm impuni. Ses actes, quel que soit leur objectif, étaient criminels. Mais elle considérait aussi que l'humanité méritait d'entendre une autre proposition d'avenir que celle déroulée à longueur de journée. Comment faire pour concilier ces deux aspirations ?

Jamais elle n'aurait imaginé devoir arbitrer une décision aux conséquences mondiales et historiques. La responsabilité lui parut soudain écrasante. Pendant deux minutes, Mina évalua plusieurs possibilités sous les yeux scrutateurs de Grimm. Parfois leur parvenait une sirène depuis l'abîme de la rue pendant que le vent continuait de faire tournoyer des nuages de poussière. La jeune inspectrice regarda autour d'elle et s'en amusa intérieurement. Elle était physiquement sur le toit de ce monde dont elle allait influencer la destinée.

— Sortez votre téléphone portable, finit-elle par dire.

Grimm s'exécuta.

— Pendant trente secondes, vous avez réussi à vous cacher pendant que je vous pourchassais. C'est là que vous avez passé un coup de téléphone à vos « enfants » pour les engager à embrasser leur destinée plus tôt que prévu.

Alphonse Grimm fronça les yeux, pas certain d'avoir bien compris. Mina consulta sa montre.

— Vingt-cinq secondes, dit-elle nonchalamment.

Le professeur appuya sur l'écran de son téléphone avant de le porter à son oreille.

— Mika, c'est moi. Emmène immédiatement les élèves avec toi. La police est en route. Dis-leur d'être heureux, et de partir en mission sur-le-champ. Le projet repose désormais sur tes épaules. Pour moi, c'est terminé, mais tu sais que je suivrai ton travail de n'importe quel endroit où je serai.

Grimm raccrocha et tendit son portable à Mina, qui le glissa dans sa poche arrière.

— Debout, dit-elle. On y va.

Grimm se leva.

— Permettez-moi une question avant que je ne puisse plus vous parler.

Mina était impatiente de mettre son fugitif aux arrêts, mais sa curiosité fut la plus forte.

— Je vous écoute.

— J'ai fait des recherches sur vous lorsque j'ai su que vous étiez chargée de l'enquête sur Hans Karloff. Et je n'ai rien trouvé à votre propos entre 2023 et 2025. Qu'avez-vous fait pendant ce temps ?

— Pourquoi je vous répondrais ?

— Parce que je me demande si je ne vais pas écrire un livre sur vous en prison.

— Quel intérêt ?

— Vous êtes désormais une star, inspectrice Dragan, on va vouloir tout savoir de vous. Après *Il était une fois*, cela constituerait une autre façon de faire lire les gens. D'autant que vous ne me semblez pas très académique, votre histoire doit forcément être intéressante.

— Je n'ai aucune envie que l'on écrive sur moi. Je tiens à ma tranquillité. On y va.

— Je finirai bien par trouver.

— Cela m'étonnerait. Surtout en prison.

— Vous avez honte de cette période, pour la cacher ainsi ?

Mina se raidit.

— Non, ce n'est pas une question de honte. Cela n'appartient qu'à moi, voilà tout.

— Bien, bien. La formulation d'hypothèses n'en sera que plus excitante. À la manière de toutes les suppositions entourant la vingtaine d'années cachées de la vie de Jésus. Vous devez savoir cela, non ? Dans les Évangiles, on connaît son enfance et on passe directement à sa période de prédication, vers l'âge de 30 ans. Entre les deux, on ignore tout de ce qu'il a fait, où il était, avec qui, pourquoi. Celle ou celui qui trouvera ces informations détiendra le plus grand best-seller mondial depuis la Bible.

— Vous aurez tout le temps d'y songer dans votre cellule, monsieur Grimm, répondit Mina, qui dut quand même faire un effort pour ne pas se laisser aller à la réflexion sur ce sujet qu'elle connaissait bien. Maintenant tournez-vous.

La jeune inspectrice attrapa l'ancien professeur par le col.

— Avancez vers les marches de l'échafaudage.

Mina raccompagna ainsi Grimm jusqu'au rez-de-chaussée en descendant les dix étages, puis ils gagnèrent l'entrée de l'école, désormais déserte. Un canapé était installé dans le hall.

— Asseyez-vous là.

Mina empoigna ensuite son téléphone et appela son commissaire pour lui annoncer la bonne nouvelle.

— Ce que vous avez accompli seule est extraordinaire, Mina. Je peux d'ores et déjà vous transmettre les félicitations du ministre de l'Intérieur et très probablement du Président. Quant à vos collègues, ils vous attendent avec impatience pour fêter le succès de votre enquête.

— Merci, commissaire. C'est aussi grâce à votre confiance que j'y suis arrivée.

— Et dire que vous étiez simple agente il y a encore quelques jours… Quelle entrée fulgurante dans le métier d'inspectrice ! Vous êtes promise à un grand avenir. Autre sujet, les demandes d'interviews pleuvent depuis la révélation de votre identité. Que voulez-vous faire ?

— Je ne veux avoir affaire à aucun média. Aucun. Et je ne veux pas non plus que mes collègues parlent de moi à la presse. Évidemment, chacun est libre, mais faites passer le message que ce n'est pas mon souhait, s'il vous plaît.

— Je comprends. Ce sera fait. Le transfert de Grimm va prendre un peu de temps et les autorités chinoises vont évidemment vouloir vous interroger. Comptez une semaine et vous pourrez rentrer.

— Les journalistes ont-ils découvert où j'habitais ?

— Je crains que oui. Mais j'ai fait poster des agents devant votre domicile pour qu'il n'y ait pas de tentative d'intrusion.

— Je passerai chez moi, mais s'il y a trop de pression, j'irai dans un hôtel en dehors de Bucarest le temps que ça se calme.

— Prenez le temps qu'il faut. Trois ou quatre semaines si nécessaire.

— Merci. À bientôt.

— Encore bravo, Mina.

Mina raccrocha.

Pendant qu'elle parlait, elle avait surveillé Grimm. Elle l'aurait imaginé abattu, vieilli de dix ans, mais il semblait plongé, au contraire, dans une profonde réflexion, un discret sourire perspicace aux coins des lèvres. Sans nul doute, il échafaudait un nouveau projet. Peut-être était-il déjà en train d'écrire les premières lignes de la biographie de Mina ? Ou peut-être songeait-il à une autre idée en mesure de capter l'attention mondiale pour orienter l'avenir de l'humanité vers ce qu'il pensait être un meilleur destin ? Cet homme était définitivement étonnant et investi d'une énergie hors du commun.

Elle patienta encore une heure en sa compagnie jusqu'à ce que l'on entende les sirènes de la police. Puis des agents pénétrèrent dans l'école et tout le monde fut embarqué en direction du commissariat le plus proche.

31.

Mina fut hébergée sous surveillance pendant une semaine, le temps que les autorités hongkongaises et roumaines se mettent d'accord sur sa possibilité de regagner son pays. Après de nombreux interrogatoires et moult démarches administratives, il fut finalement décidé qu'elle pourrait rentrer à Bucarest et qu'Alphonse Grimm serait extradé la semaine d'après.

Lorsqu'elle quitta enfin son hôtel sous escorte policière, le livre *Il était une fois* était enfin disponible dans le monde entier. Mina ne put l'ignorer en voyant les anormales files d'attente devant les maisons de la presse de l'aéroport. Jamais elle n'avait été témoin d'une telle fièvre, généralement réservée à la sortie d'un nouvel iPhone. Il y avait quelque chose de surréaliste et même d'émouvant à constater l'effervescent désir que Grimm était parvenu à susciter pour un livre alors que l'on pensait que les sociétés du XXIe siècle se trouvaient irrémédiablement soumises aux écrans.

Elle envisagea un instant de patienter à son tour, même s'il ne s'agissait que de la version chinoise. Mais elle risquait de rater son vol. Elle se dirigea vers sa porte d'embarquement. Dans la file d'attente, son attention fut attirée par un écran de télévision qui diffusait une chaîne d'information en continu. Sans surprise, le sujet traité en boucle était « l'affaire Grimm ». Le présentateur annonçait à grand renfort de superlatifs qu'ils avaient décroché une interview exclusive du prêtre Elias Wagner, prêt à se confesser auprès de leurs téléspectateurs. Le religieux allemand apparut à l'écran derrière une grille en métal caractéristique d'un confessionnal. Mina fut navrée de la mise en scène qui détournait un acte intime pour en faire un spectacle. Le prêtre expliqua qu'au début de son kidnapping il s'était révolté, s'était senti accablé par l'infortune, jusqu'à ce qu'il se recueille dans la prière et demande à Dieu pourquoi Il lui avait réservé un tel sort. Quel était le sens de cette souffrance ? Le Tout-Puissant lui avait répondu qu'il avait été appelé à écrire un texte aussi puissant que la Bible afin de ramener l'humanité sur le chemin de l'Amour. À partir de ce moment-là, il avait embrassé sa mission de toute son âme.

Mina nota que c'était une version pour le moins romancée de ce qu'il lui avait raconté lors de leur exfiltration du château. Elias Wagner avait le sens du marketing et goûtait avec gourmandise sa notoriété. Grimm tenait là un ambassadeur de qualité. L'entretien se terminait par un plan d'Elias devant l'autel de son église sur lequel reposaient la Bible et *Il était une fois*. Le prêtre, dans un regard particulièrement surjoué selon Mina, paraissait hésiter entre les deux textes. Le présentateur annonçait ensuite que ce soir à 20 heures l'historienne Camelia Rossellini serait l'invitée exclusive du journal et qu'elle révélerait qui était exactement Alphonse Grimm, dont elle était devenue la première admiratrice.

Quand Mina entra enfin dans l'avion, elle suivit le couloir de l'appareil qui allait la ramener vers l'Europe et fut stupéfaite de voir au moins une quarantaine de passagers en train de lire le livre de Grimm. Quant à ceux qui scrollaient sur leur téléphone, Mina se rendit compte que la plupart consultaient des informations liées à Grimm et à l'événement mondial que représentait la sortie de l'ouvrage. Si même ici à Hong Kong le succès était d'une telle ampleur, qu'en serait-il en Europe, terre des frères Grimm ? Mina s'installa à sa place, à côté d'un homme en costume qui tira de sa sacoche l'ouvrage si convoité. C'était la première fois qu'elle le voyait de si près et elle fut surprise par son épaisseur. Il devait bien faire six cents pages.

— Vous l'avez déjà commencé ? demanda-t-elle en anglais.

— Non pas encore, j'attends ça depuis des jours.

— Vous êtes donc un grand lecteur.

— Pas du tout. Je travaille beaucoup et généralement j'ai la flemme de lire. Mais là, c'est différent. Avec tout ce qui s'est passé, ça a piqué ma curiosité et je suis comme un gosse devant son cadeau de Noël. Même si je ne suis même pas sûr d'arriver à en lire la moitié. Il est énorme !

L'homme se mit à rire.

— Vous me direz ce que vous en avez pensé ?

— Si je m'endors dessus, ne me réveillez pas, vous aurez votre réponse !

Mina lui sourit et regarda par le hublot.

Pendant les quatorze heures que dura le vol, l'homme ne décolla pas ses yeux de l'ouvrage. Même pour manger, il continua à lire, ratant parfois sa bouche avec sa fourchette. Mina dormit une poignée d'heures et quand elle s'éveilla il avait progressé d'une centaine de pages. Il semblait ailleurs, fasciné. Après l'atterrissage, il demeura absorbé dans son univers mental, pris par les derniers chapitres, et c'est Mina qui dut insister pour qu'il se lève et quitte l'avion. Ils étaient les derniers.

— Oui, pardon…

Il regardait Mina, mais ne la voyait pas vraiment. Comme un dormeur qui ne parvient pas encore à faire la différence entre son rêve et la réalité.

— Je ne vous demande pas si vous aimez…, commença-t-elle.

— Je n'ai jamais éprouvé cela de ma vie. Je mène une existence assez remplie, j'ai ma femme, mes enfants, mon travail, mes loisirs, et des projets. Mais aussi riche soit-elle, ce n'est qu'une vie… Là, c'est de la magie, j'ai vécu dans un autre monde, j'ai été dans la peau d'autres personnes, j'ai espéré, tremblé, ri, aimé avec eux. Ça change tout. Jamais je n'aurais cru qu'une histoire détienne ce pouvoir sur mes émotions au point de faire désormais partie de mes souvenirs, au même titre que ceux de ma vraie vie. Et, l'air de rien, il fait tellement réfléchir, il m'a appris des choses passionnantes que je n'aurais jamais sues et qui pourtant me rendent plus riche de savoir, plus libre aussi. Ce livre est fascinant, c'est un plaisir si complet que je n'en ai jamais connu de tel. Lisez-le. Arrêtez tout et lisez-le. Je vous laisse…

L'homme d'affaires fila dans le couloir de l'avion et Mina lui emboîta le pas. Lorsqu'elle passa le contrôle de la douane, l'officier fronça les sourcils en étudiant son passeport.

— Ce que vous avez fait est très courageux. Merci, inspectrice.

Mina sourit, ne sachant trop comment se positionner par rapport à cette nouvelle notoriété. Au fond, elle était fière, mais elle n'avait pas envie d'entretenir une image publique et aspirait à rapidement retomber dans l'anonymat pour retrouver sa liberté de mouvement. Or, sur son passage, quelques personnes se retournaient ou la montraient plus ou moins discrètement du doigt. Elle décida donc de s'acheter une paire de lunettes de soleil dans une boutique de l'aéroport et opta pour un taxi plutôt que le bus. Quand elle y entra, elle donna au chauffeur l'adresse de sa librairie de quartier comme destination.

Sur le chemin, Mina regardait les rues de Bucarest comme si elle était partie au moins un an à l'étranger. Cette affaire avait été si dense et l'avait emmenée dans des lieux et des histoires à ce point hors du temps qu'elle se sentait déconnectée du présent. Comme si les plaines désertes et enneigées de Transylvanie, les arches gothiques du château de Bran, l'étrange forêt de Blanche-Neige, l'hypnotique présentation de Grimm l'avaient transportée dans un monde imaginaire d'où elle avait du mal à revenir. Elle éprouvait la déroutante sensation d'avoir réellement vécu au temps des contes. Et elle voyait presque la modernité du monde actuel avec les yeux incrédules d'une jeune femme transportée d'un univers de légende à nos jours.

Elle décida d'appeler son commissaire pour essayer de revenir à des préoccupations plus immédiates que les lambeaux brumeux de ses souvenirs.

— Prenez le temps de vous reposer, Mina, lui dit son supérieur après l'avoir à nouveau félicitée. Je vous appellerai quand Grimm sera extradé. D'ici là, je vous demande juste de m'envoyer votre rapport.

— Ça me va.

— On vous met de côté les centaines de lettres que vous avez reçues…

— Des lettres ? De qui ?

— De fans, vous êtes une star, Mina.

— Vous les avez ouvertes ?

— Oui, pour vérifier qu'elles n'étaient pas empoisonnées ou piégées.

— Que racontent-elles ?

— Il y a de tout. Disons que la grande majorité des gens vous disent leur admiration pour votre travail, vous avez même déclenché de nouvelles vocations pour le métier d'inspectrice. D'autres considèrent que vous n'auriez jamais dû arrêter Grimm, qui voulait œuvrer pour le bien de l'humanité, et vous vous tapez donc une bonne dose d'insultes. Et enfin, soupira le commissaire, une petite partie, envoyées essentiellement par des hommes qui vous joignent leurs photos plus ou moins dénudées pour vous proposer un rendez-vous…

— Formidable, répliqua Mina. Je vais m'empresser de leur renvoyer des photos de moi dans la même tenue.

Le commissaire rit de bon cœur.

— Il y a une lettre qui nous a semblé plus importante que les autres. Rédigée à la main avec une écriture parfaitement régulière. Je l'ai scannée, je vous l'envoie…

Chère Mina,

Je ne vous serai jamais assez reconnaissante d'avoir amené Grimm à confesser les faits qui ont permis de m'innocenter. Je n'ai pas été digne de votre valeur et l'expérience que nous avons vécue m'a fait réfléchir sur ma façon de traiter autrui. Vous êtes à tout jamais l'invitée de mon hôtel si l'envie vous vient à nouveau de goûter au frisson de notre terre transylvaine. Avec toute mon amitié,

Anita Pretorian

Mina sentit son cœur se gonfler et une larme heureuse coula le long de sa joue.

— Merci de me l'avoir envoyée, vous avez bien fait, commissaire.

— Je m'en doutais. Autre chose, Mina. Nos analystes digitaux ont repéré plusieurs sites internet de fan fiction dont vous êtes l'héroïne. Des gens vous ont imaginée dans toutes sortes d'enquêtes avec une vie privée inventée également et fort bien détaillée.

Mina n'en revenait pas.

— Si on ne parle pas du fait que je n'aspire en rien à la célébrité, cela dit quand même quelque chose de très intéressant sur notre époque et que Grimm avait donc bien entrevu : nous avons un grand besoin d'histoires. Dès que l'une est terminée, les gens font travailler leur imaginaire pour en faire exister une autre. C'est encourageant.

— Bientôt, je vais croire que vous êtes victime d'une sorte de syndrome de Stockholm, Mina.

La jeune inspectrice se revit enjoignant à Grimm d'appeler ses élèves pour qu'ils s'enfuient avant qu'elle ne l'arrête.

— Non, ça ne risque pas, mentit-elle.

— Vous verrez, comme je vous l'ai dit, j'ai fait poster plusieurs agents devant votre domicile. Prévenez-moi si vous avez besoin de renforts.

— Merci.

— Une dernière question, reprit le commissaire. Quelle conclusion tirez-vous de votre première mission, le métier d'inspectrice vous a plu ?

Mina avait évidemment réfléchi à cela, et sa réponse avait été très claire : cela faisait bien longtemps qu'elle ne s'était pas sentie aussi vivante. Chaque cellule de son corps et chaque neurone de son cerveau semblait avoir été sollicité pour permettre à son être intérieur de s'accomplir. Elle en était désormais certaine, elle se sentait alignée avec elle-même et avec ce métier. Et pas uniquement parce qu'elle avait réfléchi et agi avec intensité, mais parce qu'elle l'avait fait en respectant sa morale. Elle se félicitait notamment de ne pas avoir bousculé cette vieille dame portant son eau chaude alors qu'elle risquait de perdre Grimm, elle avait réussi à échapper à ses deux ravisseurs de la cabane sans les tuer et, enfin, elle avait donné une chance à un projet qui, selon elle, allait dans le sens d'un meilleur futur pour l'humanité. Elle regrettait seulement d'avoir dû faire perdre conscience à cette policière allemande. Erreur d'une débutante qui réagit dans la précipitation. Si c'était à refaire, elle agirait autrement et se promit de prendre rapidement des nouvelles de sa consœur.

— C'est le métier que je veux faire, commissaire. Je n'ai plus aucun doute là-dessus. Je veux continuer à utiliser mes capacités physiques et mentales pour retrouver ceux qui pensent pouvoir outrager les valeurs humaines. Je suis faite pour ça.

— Dans ce cas, je vous confirme votre titularisation au poste d'inspectrice, Mina Dragan.

En raccrochant, Mina fut rassurée de constater que, malgré l'atmosphère de contes qui l'avait marquée au cours de son enquête, elle était encore capable de tenir une discussion ancrée dans le présent.

Ils arrivèrent dans le centre-ville, où se trouvait le plus grand cinéma de Bucarest. Elle le regardait distraitement lorsqu'elle remarqua l'affiche du dessin animé *Blanche-Neige,* de nouveau joué sur pas moins de trois écrans. Aucun long métrage n'avait jamais bénéficié d'une telle exposition. Le phénomène ne cessait d'impressionner Mina.

Une quinzaine de minutes plus tard, le taxi se gara et elle vit par la fenêtre la devanture de la librairie. Elle paya la course, et, lunettes de soleil sur le nez, elle descendit du véhicule.

Là aussi serpentait une file d'attente comme Mina n'en avait jamais vu devant une librairie. La queue partait de l'entrée de la boutique, suivait le trottoir, tournait au coin de la rue et se poursuivait encore sur plusieurs mètres. Mais au-delà de l'affluence impressionnante, Mina fut désarçonnée par la présence de plusieurs clients déguisés en personnages de contes. Deux jeunes filles étaient habillées en Blanche-Neige, un homme avait un postiche de barbe épaisse et un chapeau pointu. Un autre portait un masque de loup et s'amusait à faire peur aux passants. Une petite fille qui ne devait pas avoir plus de 8 ans déguisée en sorcière tenait la main de sa maman habillée en princesse qui précédait un homme vêtu d'un long manteau, au visage blafard, sa bouche entrouverte laissant deviner les deux canines pointues typiques du comte Dracula.

Amusée, Mina prit sa place dans la queue et constata un phénomène plus surprenant encore. Non seulement les gens, pour la plupart costumés, acceptaient d'attendre patiemment pour avoir leur livre, mais, de plus, ils parlaient entre eux dans une connivence et un plaisir d'échanger dont on était rarement témoin. Ils évoquaient ce qu'ils espéraient du livre *Il était une fois*, et Mina repéra qu'ils discutaient également de leurs lectures préférées, se conseillant des ouvrages.

Plus étonnant encore, de nombreuses personnes confessaient ne jamais lire tout en avouant être très curieuses de vérifier si Grimm avait raison en assurant que cette histoire allait embarquer tout le monde. *Quel lancement réussi !* songea la jeune inspectrice.

— Vous lisez quoi en ce moment ?

Une jeune femme d'une petite vingtaine d'années portant de grandes lunettes venait de lui adresser la parole avec un large sourire. La question la sortait tellement de ses pensées noyautées par l'enquête qu'il lui fallut faire un effort de concentration pour forcer son cerveau à réfléchir à autre chose qu'à son affaire. De fait, que lisait-elle avant que toute sa vie soit chamboulée ? Le moment où elle était une agente espérant réussir le concours d'inspectrice lui semblait remonter à un passé lointain alors qu'il ne s'était écoulé qu'une poignée de jours depuis son départ pour la Transylvanie.

— Je lis la biographie de Magellan écrite par Zweig, finit-elle par se rappeler dans un brouillard mental.

— Ah oui, j'en ai souvent entendu parler. Et vous aimez ?

La jeune fille avait dans le regard cette intensité curieuse, avide de recueillir l'avis d'une autre passionnée. Mais Mina la voyait comme si elle était derrière une vitre fumée. Elle avait été radicalement coupée du quotidien et son esprit était encore baigné de l'intensité de ce qu'elle avait vécu.

— Vous allez bien ? demanda la jeune femme.

— Oui, oui, j'ai juste eu quelques jours un peu particuliers et j'ai du mal à redescendre.

— Je vous laisse tranquille, si vous voulez.

Mina réfléchit. Elle n'avait aucune envie de rester bloquée dans cette enquête. Et ce n'était pas en cogitant toute seule qu'elle parviendrait à s'extraire de cette mélasse mentale. Elle devait dès maintenant donner à son cerveau une autre nourriture que la rumination. Elle s'obligea donc à sourire et fournit un puissant effort intellectuel pour répondre le plus précisément possible à cette jeune femme.

— Oui, oui, j'apprécie cette lecture, lâcha-t-elle. Je ne sais pas si vous êtes comme moi, mais il me semble que beaucoup de biographies se contentent de donner tous les détails de la vie d'une personne sans axe directeur, ni souci de la synthèse psychologique. Zweig est probablement l'un des seuls à s'emparer de ce qui anime profondément un personnage pour nous démontrer ensuite comment ce trait de caractère s'illustre à chaque instant de son existence. C'est un travail très exigeant sur le sens qui procure une immense satisfaction intellectuelle puisque l'on comprend et retient tout.

— Wouah, vous me donnez carrément envie ! Je vais demander au libraire s'il l'a en rayon. Mais bon, je ne vous cache pas que je vais quand même lire le livre de Grimm en premier !

— Je comprends.

La file d'attente avança de quelques pas et Mina revit Grimm sur la scène de théâtre juste avant que les kidnappés ne s'élèvent des profondeurs du château.

— Cela dit, je ne sais pas du tout si c'est une grosse arnaque ou si ça va être aussi génial que promis.

Mina enregistra la remarque avec quelques secondes de retard et disciplina à nouveau son esprit pour qu'il se concentre sur l'instant présent.

— Je ne sais pas si le livre sera bien. Qu'est-ce que c'est pour vous, un livre que vous aimez ? demanda-t-elle alors que dans sa tête ondulaient les yeux hargneux du loup qui l'avait attaquée.

— Ah, c'est difficile de répondre. D'abord il y a le plaisir et, ensuite, la sensation d'être complètement emportée ailleurs. Et pour vous ?

Mina ne s'attendait pas à ce que la discussion dure si longtemps. Mais elle remarquait que la curiosité de la jeune femme lui permettait de stimuler son attention avec une efficacité qui éloignait peu à peu ses pensées obsessionnelles. Elle s'engouffra donc dans la brèche et mit toute sa matière grise au service de cette conversation.

— Je me le suis souvent demandé, dit-elle, et j'ai isolé un sentiment commun à tous les livres que j'ai aimés. Ils ont tous créé une nouvelle vie en moi.

— Oui, vous avez raison, je crois que c'est ça que je n'arrivais pas à définir, merci ! Une nouvelle vie à l'intérieur de nous-même.

— Et j'ajouterais que cette nouvelle vie en moi, au-delà de m'apporter un sentiment d'immortalité, me procure une sensation que l'humain cherche depuis toujours : la sécurité.

La jeune fille réajusta ses lunettes, l'air d'attendre une précision.

— De la sécurité, c'est-à-dire ?

— Eh bien, dans l'existence, on ne sait jamais comment nos vies vont évoluer, on avance dans l'incertitude permanente car tout peut arriver n'importe quand, n'importe comment, les règles et la logique ne fonctionnent qu'occasionnellement. Vous êtes d'accord ?

— Oui, bien sûr, c'est un peu le hasard à tous les coins de rues.

— Or, un bon livre bien raconté, reprit Mina, qu'il soit un roman, une biographie, un essai, offre à notre esprit un moment de cohérence, un sentiment de maîtrise, de sécurité et de prévoyance. Bref, il met du sens dans notre vie. Et comme nous pouvons regarder à tout moment un objet que l'on aime pour en réactiver le plaisir, nous pouvons à loisir convoquer en nous le livre aimé pour goûter à l'infini ce sentiment d'harmonie.

— Un peu comme les enfants qui ont une histoire préférée qu'ils veulent lire ou qu'on leur lise tous les jours de la même façon, non ?

— Exactement ! s'enthousiasma Mina. Sans trop prendre le risque de me tromper, c'est une façon pour les enfants de calmer la peur de l'inconnu et de l'absurde auxquels nous confronte la vie. Un bon livre a la même fonction rassurante chez l'adulte : qu'il fasse peur, qu'il nous remue, nous fasse pleurer, rêver, réfléchir ou changer, il aura apporté la denrée que nous recherchons tous : du sens à l'existence, donc un sentiment d'harmonie et, par conséquent, de bonheur.

— Donc, pour vous, un livre que vous avez aimé, c'est une *safe place* ?

— Ok, va pour *safe place*. Ça m'apprendra à faire plus concis la prochaine fois, s'amusa Mina.

— Vous n'avancez pas ?

La jeune inspectrice se retourna vers un homme barbu qui lui montrait que la file d'attente avait bien progressé pendant leur échange. Elle trouva qu'il ressemblait au bras droit de Grimm qui lui avait fait traverser le lac jusqu'au château. Et le dévisagea un peu trop longtemps.

— Vous voulez quelque chose ? dit l'individu.

— Non, non, répondit Mina, vous m'avez fait penser à quelqu'un, c'est tout.

Et elle fit quelques pas.

— Et vous croyez qu'on peut aimer un livre qu'on ne comprend pas ? reprit la jeune femme aux grandes lunettes.

Mina fit à nouveau un effort de concentration. Ne pas laisser les souvenirs l'envahir, reprendre le contrôle de soi-même. Se focaliser sur le moment présent, seulement le moment présent.

— J'imagine que l'on peut parfois aimer un livre que l'on n'a pas compris, dit-elle, après quelques secondes de réflexion. Dans la poésie par exemple, on peut être séduit par la mélodie des mots et les évocations, sans saisir forcément le propos. Mais cette seule expérience esthétique aura, elle aussi, apporté du sens à l'existence en faisant jaillir le beau sous nos yeux et dans notre cœur. Une fois encore, ce sera une expérience harmonieuse et donc heureuse.

— Vous ne démordez pas de votre idée du sens !

— Oui, c'est juste, il m'arrive parfois d'avoir des certitudes, comme ça.

— Pourquoi, d'ordinaire vous n'êtes pas aussi sûre de vous ? On ne dirait pas.

Mina hésita à répondre, mais elle considéra qu'elle se sentait suffisamment en confiance avec cette jeune femme pour lui livrer le fond de sa pensée.

— Pour tout vous dire, je réserve toujours une petite place au doute dans ma réflexion. Je considère le doute comme le garde-fou de l'arrogance. Il me semble que la certitude ne permet jamais d'approcher la vérité, mais que, bien au contraire, le doute le fait parce que, grâce à lui, on se pose ou on pose les bonnes questions. Mais c'est une affaire de dosage, ajouta Mina en haussant les épaules. Trop de doute immobilise l'action et la pensée, pas assez de doute rend aveugle. On en revient toujours au fameux équilibre.

La jeune inspectrice repensa à sa décision de laisser filer les élèves de Grimm. C'est bien le doute qui l'avait conduite à ce choix. Il lui semblait bien plus juste que si elle s'était contentée de suivre aveuglément les règles de son métier en arrêtant tout le monde et donc en ne laissant aucune chance à la partie louable du projet de Grimm.

— À propos de doute..., reprit la jeune lectrice en baissant la voix. Excusez-moi de vous demander ça, mais depuis que je vous regarde, je trouve que vous ressemblez beaucoup à l'inspectrice qui a arrêté Grimm... Je sais que c'est stupide, mais...

Mina posa un index sur ses lèvres en signe de silence. L'autre ouvrit de grands yeux avant d'aussitôt se reprendre en montrant à Mina qu'elle avait compris.

— J'espère que le livre de Grimm sera aussi riche en enseignement que notre échange ! s'exclama-t-elle avec un sourire ravi.

— Compte tenu des qualités de ses auteurs, je pense que nous sortirons forcément enrichies de sa lecture.

Et les deux jeunes femmes discutèrent ainsi pendant toute la durée de leur attente. Tout en parlant, elles voyaient les clients sortir de la librairie. Tous marchaient d'un pas hâtif, brûlant d'envie de commencer leur lecture. Certains n'attendaient même pas d'être chez eux et quittaient la boutique, le livre ouvert, déjà plongés dans cette histoire qui promettait de leur faire passer l'un des meilleurs moments de leur vie.

Quand ce fut son tour de récupérer l'ouvrage, Mina fut traversée d'un frisson. Qui plus qu'elle pouvait mesurer la valeur de cet ouvrage ? Elle remarqua que la couverture n'était pas la même qu'à Hong Kong, où Grimm avait opté pour une simple page blanche marquée du titre du livre. En Europe, il avait en revanche conçu le tableau d'une épaisse forêt enneigée à travers laquelle serpentait un étroit chemin menant à un château juché au sommet d'une montagne. Au-dessus trônait le titre *Il était une fois*, écrit en lettres majestueuses.

Mina trouva l'invitation à la lecture si désirable, si tentante, qu'elle éprouva un sentiment d'urgence à découvrir cette histoire, comme si le livre ne cessait de lui chuchoter à l'oreille : « Ouvre-moi et tu connaîtras le ravissement. »

Une fois le roman en main, Mina et la jeune femme avec qui elle avait discuté s'échangèrent leurs numéros de téléphone et se quittèrent en se promettant de se revoir pour se dire ce qu'elles avaient pensé d'*Il était une fois*.

La jeune inspectrice prit ensuite le chemin de son appartement en luttant à chaque pas pour ne pas ouvrir l'épais livre qu'elle tenait serré contre elle.

Elle pressa le pas, impatiente de se jeter dans son canapé pour plonger dans l'histoire, tourna au coin d'une rue et arriva dans la sienne. Elle n'en crut pas ses yeux. Des vans équipés de paraboles satellites étaient garés devant chez elle, des journalistes et des caméramans patientaient en petites grappes alors que des policiers formaient un cordon de sécurité. Mina sentit son cœur battre plus fort à mesure qu'un sentiment d'oppression la gagnait. Elle envisagea un moment de faire demi-tour pour aller dans un hôtel, mais elle devrait donner sa pièce d'identité et pouvait être certaine que le réceptionniste informerait la presse de sa présence. Au moins ici, des collègues empêcheraient que les journalistes viennent jusqu'à sa porte ou filment à la fenêtre de son appartement.

D'une démarche rapide, elle s'approcha de ses confrères de la police, enleva ses lunettes de soleil pour qu'ils la reconnaissent.

— Elle est là ! cria une voix.

Tous les journalistes se ruèrent vers elle en hurlant moult questions. Les agents la firent aussitôt passer derrière l'enceinte qu'ils avaient délimitée alors qu'elle était éclaboussée par les projecteurs et les cris.

Mina se ferma à cet affolement, entra dans le hall de son immeuble et gagna son appartement. Elle verrouilla la porte derrière elle et demeura quelques secondes le dos appuyé sur le battant, le temps que redescende l'agitation qu'elle venait de subir. Son rythme cardiaque s'étant un peu calmé, elle retira son manteau et ses chaussures, déposa le livre sur la table basse puis alla se laver les mains et le visage dans la salle de bains. Elle s'affala sur son canapé avec un profond soupir de soulagement et tendit le bras vers la promesse que le roman lui chuchotait.

32.

Mina suspendit son geste juste avant que ses doigts ne touchent la couverture du livre. Face au silence de son appartement, elle sentait que cette aventure, par son ampleur, par sa densité, par son impact sur le monde, allait rester imprimée en elle pour longtemps. Elle en entendrait parler pendant des années. Il n'était pas impossible non plus que quelques images prennent un peu de temps à être digérées.

D'ailleurs, en regardant autour d'elle, détaillant son intérieur, qu'elle connaissait pourtant par cœur, comme si elle ne l'avait pas vu depuis plus d'un an, il lui sembla que cet endroit appartenait un peu à une autre Mina. Cette enquête avait atteint un tel niveau d'intensité, avait été un tel voyage dans le temps, qu'elle sentait qu'elle en avait été changée pour toujours. Était-ce en bien ? Elle en avait l'impression. Au fond d'elle, elle savourait une apaisante sensation d'alignement. Elle était là où elle devait être. Et elle avait fait ce qu'elle voulait faire. Elle était désormais légitimée, reconnue et surtout engagée pour exercer ce métier qui la faisait se sentir si vivante.

Alors oui, il restait une part d'ombre qu'elle n'avait pas encore osé aborder. Peut-être était-ce le moment.

Peut-être pas. D'instinct, elle tourna la tête vers le tableau représentant un bateau de pêche pris dans la tempête. Derrière se trouvait un petit coffre-fort, avec, à l'intérieur, une pochette et, dans cette pochette, bien des questions étranges. Mais ce serait pour plus tard, pour le moment une autre tentation attisait son désir.

Elle ouvrit le livre. Son titre écrit dans un élégant lettrage n'était accompagné par aucun nom d'auteur. Tout comme dans la Bible, où aucun n'apparaissait, se dit Mina. Elle songea que Grimm avait voulu cet ouvrage le plus universel possible et laissait ainsi entendre que l'auteur n'était rien d'autre que le souffle créatif de l'inconscient collectif du monde. Belle idée.

Ses yeux tombèrent sur le « 1 » annonçant le premier chapitre. Parcourue d'un frisson de plaisir, elle allait lire la première ligne quand elle fut éblouie. Une puissante lumière d'un blanc clinique venait de percer par la fenêtre de son salon. Elle entendit des voix crier de la rue des questions ou même des invectives qu'elle ne chercha même pas à comprendre. Des coups portés à sa porte la firent sursauter. Elle reposa le livre sur la table basse et alla regarder à travers l'œilleton. Un policier se tenait debout sur le palier. Mina ouvrit.

— Oui ? dit-elle.

— Ils ne vous lâcheront pas tant qu'ils n'auront pas eu quelques mots de vous. Êtes-vous sûre de ne pas vouloir faire une petite déclaration ? Ensuite, je pense qu'ils vous ficheront la paix. Sinon, je crains qu'il ne vous soit impossible de dormir.

Mina réfléchit. Que pouvait-elle dire qui n'entrave pas la procédure ? Avait-elle envie de s'exposer officiellement ? Ou préférait-elle rester dans l'ombre en attendant que l'affaire se tasse ? Si elle se tassait. Il ne lui fallut que quelques secondes pour se décider.

— Dites aux journalistes de se tenir prêts devant la porte de l'immeuble. Merci.

— C'est noté, inspectrice Dragan.

Mina referma la porte non sans savourer ce petit plaisir de se faire appeler « inspectrice Dragan ». Elle n'en ferait pas étalage et n'en deviendrait pas prétentieuse pour autant, mais elle ne voyait pas non plus pourquoi elle n'éprouverait pas un peu de fierté.

Elle récupéra son manteau, enfila ses chaussures et attendit une poignée de minutes que tous les journalistes aient le temps de se réunir devant la porte d'entrée. Puis elle entra dans sa chambre et ouvrit la fenêtre qui donnait sur une ruelle. Elle regarda en bas, ne vit personne. Sa ruse avait fonctionné. Si les journalistes avaient posté des veilleurs ici, ils étaient tous revenus sur le devant de l'immeuble pour recueillir sa déclaration. Mina se hissa sur la rambarde du balcon et attrapa la gouttière qui descendait le long du mur jusqu'au sol. Rien de bien compliqué pour elle, qui avait grimpé tant de fois jusqu'au sommet du mât de son bateau de pêche avec ses collègues, par obligation ou par défi. Celui qui avait mis le plus de temps devait boire un grand verre de vodka et tenter à nouveau sa chance. Système qui finissait généralement en navrantes chutes qui faisaient rire tout le bateau à gorge déployée. Et Mina avait longtemps été la risée de l'équipage, jusqu'à renforcer ses muscles et sa technique pour devenir finalement la plus rapide du groupe.

Moins d'une minute plus tard, elle sautait sur le trottoir. Elle avait à peine posé le pied à terre qu'elle entendit quelqu'un l'interpeller :

— Inspectrice !

Elle tourna la tête vers un jeune homme équipé d'une sacoche. Il courait vers elle. Elle n'avait aucune envie d'avoir à affronter le moindre journaliste et fila à toute vitesse dans une ruelle adjacente.

— Je ne suis pas journaliste ! Attendez !

Mina ne se laissa pas pour autant amadouer. Elle redoubla de vitesse pour semer son poursuivant. Au loin, elle l'entendait l'appeler :

— Inspectrice ! J'ai un message urgent pour vous ! Attendez !

Mina hésita. Mais décida qu'elle n'attendait plus rien d'urgent, son affaire était bouclée et elle n'aspirait qu'à un peu de tranquillité. Elle ignora donc ce qu'elle considérait être une ruse.

Quand elle jugea qu'elle ne courait plus aucun risque d'être rattrapée, elle s'arrêta et sortit son téléphone de sa poche pour écrire un texto.

« Dîner ce soir ? »

Mina envoya le message à Toma Vasilescu, le médecin légiste. Elle ressentait le besoin d'être en compagnie de quelqu'un qui comprenait l'affaire dans laquelle elle avait été plongée ces derniers jours.

« Avec plaisir. Je connais un restaurant où on nous laissera tranquilles. Dans une demi-heure ? Je vous envoie l'adresse. »

Mina décida de marcher jusqu'au lieu de rendez-vous. Elle arriva avec une petite dizaine de minutes d'avance. Toma était déjà là, sur le trottoir. Elle avait gardé de lui le souvenir d'un homme grand, imbu de sa personne, le visage fermé et le regard méprisant. Elle trouva un homme souriant et à la posture ouverte.

— Comment allez-vous, Mina ?

— Bien, aussi pourchassée qu'une criminelle, mais ça va. Merci d'avoir accepté ma proposition.

— Vous saviez que je ne pouvais refuser.

— Si, vous pouvez encore, Toma. D'ailleurs, je vais être honnête avec vous, j'ai simplement envie d'être avec quelqu'un à qui parler de tout ce qui m'est arrivé sans rompre la confidentialité de l'enquête. Est-ce que ça vous va ? Sentez-vous libre de me répondre ce que vous éprouvez vraiment.

— Ok, c'est noté, je suis de toute façon heureux de passer un moment avec vous.

Mina observa à nouveau Toma avec attention. Que cela vienne d'un travail personnel sur lui-même ou de ses toutes premières séances chez le psy, elle ne pouvait qu'être stupéfaite de son changement d'attitude. Si ce n'était pas qu'une conversion de façade, elle devait admettre que cette évolution avait quelque chose de charmant. Probablement parce qu'elle dénotait une capacité de remise en question, et plus encore d'inclination au bonheur.

Ils entrèrent dans un restaurant aux tables rondes recouvertes de nappes et dont les éclairages rouges et tamisés plurent beaucoup à Mina. L'atmosphère feutrée invitait à la dégustation de mets savoureux et aux confidences à voix basse. Quelques convives étaient déjà attablés et n'accordèrent qu'un regard distrait aux nouveaux arrivants. Un serveur les installa au fond de la salle sans que jamais Mina puisse déceler chez lui la moindre marque de curiosité. Soit il ne l'avait pas reconnue, soit Toma les avait prévenus.

— C'est vous qui leur avez dit de respecter mon anonymat ?

Toma sourit.

— Je l'ai précisé, en effet.

— Je vous suis reconnaissante de cette attention, Toma.

— Maintenant, si vous voulez signer des autographes, je suis tout disposé à aller au fast-food de la grande place.

— Vous seriez trop jaloux.

Le médecin légiste rit de bon cœur.

— Alors dites-moi, Mina, qu'avez-vous appris de cette première enquête ?

La jeune inspectrice prit le temps de réfléchir avant de parler.

— Je crois que j'ai appris ou plutôt j'ai vérifié que, même face à un défi qui peut me permettre d'exercer le métier dont je rêve, je ne suis pas prête à piétiner ma morale pour y arriver. J'ai failli déraper et j'ai un peu égratigné mes valeurs, c'est vrai, mais rien qui puisse m'empêcher de me regarder dans la glace. Donc je suis assez heureuse d'être parvenue au bout de cette enquête tout en restant fidèle à moi-même. C'est une réponse très égocentrée que je vous fais, vous attendiez peut-être une vue plus globale, compte tenu de la teneur de l'affaire.

— J'ai entamé une démarche introspective, donc ce n'est pas moi qui vais tiquer sur une telle réponse. Je trouve au contraire que c'est très intéressant que vous ayez réussi à veiller sur votre baromètre intérieur malgré une telle pression.

— Et vous alors, qu'avez-vous appris en seulement une ou deux séances chez le psy ?

— Que je n'attirerais jamais l'attention d'une femme comme vous si je ne changeais pas.

— Ou plutôt que vous n'attireriez l'attention d'*aucune* femme si vous ne changiez pas !

— Juste, sourit Toma. Cela m'a permis pendant quelques jours de comprendre que mon arrogance est la manifestation d'un manque de confiance en moi. Une espèce de peur de n'exister que par mon métier et de ne rien valoir en soi. Ce qui me conduit à réfléchir à ce qui me constitue réellement, c'est-à-dire non pas mes compétences, mais mes valeurs et mon être profond.

— Oui, je vois, acquiesça Mina.

— C'est vrai ? J'en ai parlé à un ami qui n'a pas été aussi compréhensif que vous.

— J'imagine que cela revient un peu à se poser la question de sa mission de vie, non ?

Le médecin légiste scruta Mina avec une lueur d'admiration dans le regard.

— Oui, c'est ça... Vous avez donc réfléchi à tout cela.

— J'y ai réfléchi, je n'ai pas dit que j'avais trouvé la réponse !

— C'est honnête de votre part de laisser une place au doute. Ce n'est pas tous les jours que l'on croise des gens qui n'assènent pas des certitudes, comme je l'ai moi-même trop souvent fait. D'ailleurs, je vais ajouter, grâce à vous, un peu de doute sur l'orientation de mon chemin de vie.

Mina ne montra rien de son trouble, mais elle était forcément frappée par la similitude entre sa pensée et celle de Toma. Jamais elle ne se serait attendue à une concordance d'opinion avec ce légiste qui, quelque temps auparavant, l'ignorait et la traitait avec mépris.

— Vous avez lu le livre ? enchaîna-t-elle.

— Pas encore. Je voulais avoir terminé tous mes rapports pour le jugement de Grimm avant de me plonger dans cette lecture. Je ne veux pas le lire comme une pièce à conviction mais comme un roman. Et vous ?

Au même moment, le serveur approcha pour prendre la commande. Toma opta pour des pâtes aux petites tomates et Mina pour un filet de poisson accompagné de légumes vapeur.

— Pour le livre, j'ai voulu commencer ce soir, reprit Mina, mais j'étais trop sous pression, avec cette foule de journalistes en bas de chez moi.

— Cela vous pèse, j'imagine.

— Oui, ça n'aide pas.

— Ça n'aide pas à quoi ?

— À faire retomber la pression.

Toma hocha la tête.

— Vous vous sentez stressée, Mina ?

— Disons plutôt agitée. Un peu comme si toute l'enquête tournait sans cesse en moi, images, pensées et émotions mêlées. Je revois le cadavre de Hans Karloff, je ressens mon urgence à trouver des réponses, ma colère quand j'ai compris que Grimm s'était joué de moi pour assurer la promotion de son livre, ma séquestration dans une cabane par deux voyous bas de gamme, l'assassinat du conférencier en direct sous mes yeux, la traque jusqu'à Hong Kong et…

Mina garda pour elle son choix de laisser les élèves s'évader. Même si elle devait admettre que ce secret lui pesait plus que tout. Il lui semblait qu'elle devrait toute sa vie porter seule ce choix dont le retentissement serait forcément mondial et important.

— Et quoi ? la relança Toma.

— Non rien, je voulais juste dire que pour le moment j'ai du mal à mettre de la distance avec tout ça.

— C'est normal, vous venez juste de revenir. Ça va prendre un peu de temps. D'autant que vous vous êtes investie corps et âme dans cette affaire qui devait vous permettre de décrocher votre titre d'inspectrice. Vous avez forcément pris les choses de façon un peu plus personnelle. Il faut maintenant que vous laissiez cette histoire s'écouler parce que ce n'est pas la vôtre. Vous n'avez aucune bonne raison de la retenir en vous. Vous avez fait tout ce que vous pouviez. Aujourd'hui, laissez faire. Ou mieux encore, laissez être, vous n'avez plus rien à porter.

Mina fut une nouvelle fois surprise par l'effet que les mots de Toma avaient sur elle. C'était exactement ce qu'elle avait besoin d'entendre. Qu'on l'autorise à ne plus être responsable de cette enquête et de toutes ses conséquences. Elle avait été un personnage de cette affaire, mais son rôle était terminé. C'est là-dessus qu'elle devait travailler : laisser être, ne pas en faire une affaire personnelle.

— Merci de me dire cela, Toma, cela m'aide, c'est un conseil qui résonne avec justesse en moi.

— C'est quelque chose que j'ai décidé d'appliquer à ma vie parce que je sais à quel point nos métiers peuvent continuer à exister en nous et malgré nous. Et je ne veux plus être agi par cela. J'aspire à plus de liberté.

— La liberté…, répéta Mina. Voilà bien la valeur qui compte le plus pour moi.

— Laquelle ?

— Vous voulez dire la liberté extérieure ou l'intérieure ?

— Exactement.

— Les deux, répondit Mina. Même si l'extérieure est parfois plus facile à conquérir que l'intérieure. Je m'en rends bien compte en ce moment.

— J'entends bien le caractère obsessionnel de vos pensées autour de ce qui vient de vous arriver. Est-ce que vous me permettez de vous aider ?

Mina n'aimait guère que l'on se mêle de ses affaires, raison pour laquelle elle n'avait d'ailleurs aucun ami proche. Mais après les quelques mots qu'elle venait d'échanger avec Toma, elle devait bien admettre qu'elle ne s'était pas sentie autant en confiance avec quelqu'un depuis le jour où elle avait décidé de se mettre en couple avec le seul compagnon sérieux de sa vie.

— Qu'est-ce que vous voulez faire au juste ? demanda-t-elle.

— Vous offrir quelques minutes d'apaisement, seulement cela.

— Je vous vois venir, se méfia Mina.

— Non, non, ce n'est pas ce que vous croyez. Ça va se passer autour de cette table, juste en suivant ma voix.

Mina leva un sourcil de surprise. Mais la sensation d'agitation mentale était si désagréable qu'elle s'autorisa cette légère prise de risque.

— Ok, allons-y.

— Très bien. Installez-vous bien confortablement sur votre chaise et posez vos mains à plat sur la table.

Mina s'exécuta, non sans une certaine retenue, se demandant vers quel type d'expérience Toma l'emmenait.

— Maintenant, fermez les yeux.

Mina laissa ses paupières se refermer.

— Nous allons partir pour un voyage enchanteur, Mina. Et vous ne serez pas seule. Je suis là, avec vous. Laissez-moi vous guider.

Maintenant qu'elle avait les yeux clos, la jeune inspectrice remarqua qu'elle n'avait jamais pris la mesure de la chaleur enveloppante de la voix de Toma. Son timbre résonnait dans sa poitrine avec des vibrations apaisantes. Elle en voulait plus. En quelques secondes, il avait fait naître en elle le désir de sa voix.

— Si vous le souhaitez, je peux vous tenir la main afin de vous accompagner dans ce voyage, reprit le légiste. Je vous aiderai à ne plus avoir peur. Si vous êtes d'accord, levez un doigt, sinon je suis quand même là par ma voix.

Mina hésita, estimant la valeur d'une telle acceptation. Mais elle choisit de céder à l'envie que Toma avait fait éclore en elle. Elle dressa son index. Sa peau fut alors recouverte d'une main tiède à la fois présente et respectueuse dans sa pression. Mina sentit un frisson de plaisir la traverser.

Le reste de l'expérience, qui dura bien vingt minutes, laissa Mina dans un état de profond apaisement, l'esprit saturé non plus par les images de l'enquête, mais par des souvenirs de dunes, de port ancestral aux portes du désert, de nonchalantes caravanes de dromadaires et d'oasis à l'eau cristalline. Toma l'avait emmenée à Essaouira, au Maroc.

Quand elle rouvrit les yeux, Toma lui souriait et elle le reconnaissait volontiers, son regard sur cet homme avait été bouleversé. Comment ne l'aurait-il pas été après l'extase qu'il lui avait fait éprouver par ce simple voyage mental ?

— Alors, comment vous sentez-vous ? demanda le légiste.

— J'ai du sable dans la bouche, s'amusa Mina.

— Et je suis même sûr que vous avez bronzé.

— Ce n'est pas impossible. Ce que vous m'avez fait vivre était une expérience inédite et délicieuse, Toma.

— J'en suis heureux.

— À refaire.

— Vous savez que je serai toujours disponible pour vous, Mina.

Ils continuèrent à discuter de leurs aspirations respectives, de leur vision de la vie et de livres le reste du dîner, puis Toma raccompagna Mina jusqu'à la rue de son domicile.

— Je ne vous propose pas de vous conduire plus loin ? osa Toma.

— Prenons notre temps. Et je dois vous avouer que ce soir aucun homme ne pourrait rivaliser avec mon désir de commencer le livre de Grimm.

— Alors je vais l'attaquer ce soir également, histoire que nous puissions en parler si vous me faites le plaisir de partager un autre rendez-vous.

— On se tient au courant, Toma. Bonne nuit.

— Bonne nuit, Mina.

Dès qu'elle fut seule, Mina sentit les souvenirs de l'enquête remonter en elle. Sachant que lutter contre eux entraînerait encore plus de pénibilité, elle décida d'appliquer le conseil de Toma et les laissa être, aussi désagréables fussent-ils. Ainsi préoccupée, elle contourna son immeuble et remonta le long de sa gouttière. Elle posa un pied sur son balcon et entra dans son salon, dont elle referma la fenêtre. Elle se sentait fatiguée, mais à l'instant où elle vit l'ouvrage de Grimm reposant toujours sur la table basse, le désir de le lire ranima en elle un flux d'énergie insoupçonné. Elle se lova sur son canapé. Puis, comme si elle soulevait un nourrisson, elle attira délicatement le livre jusqu'à elle. Elle en tourna la première page et, avec des battements de cœur plus rapides, caressa les premiers mots du regard et les murmura du bout des lèvres.

Au commencement était le rêve. Même Dieu a dû rêver le monde pour le créer. À l'image d'un être divin, le petit enfant qui vient de naître contient en lui tous les possibles. Son âme sait vers où elle veut aller et palpite si fort qu'elle est son seul guide. Alors pourquoi l'enfant qui est en chacun de nous abandonne-t-il un à un ses rêves alors qu'il grandit pour ne laisser à l'adulte que des contraintes et la nécessité d'exister ? Cet adulte qui, un soir, se rend compte qu'il a laissé s'éteindre son feu intérieur peut-il retrouver la foi fortifiante de ses rêves d'enfant ? Ou cet eldorado du cœur est-il à jamais perdu ? J'ai 40 ans, je m'appelle Archibald Velasquez, et j'ai décidé d'aller retrouver mon âme d'enfant. Je sais qu'elle m'attend quelque part. Ma seule certitude, c'est que je viens d'embarquer sur ce trois-mâts chargé d'une mystérieuse cargaison, à la destination inconnue et dont l'équipage me lorgne d'un air méfiant, alors même que personne ne peut dire à quoi ressemble le capitaine. Je ne sais rien de mon jour prochain, je ne sais rien de mes prochaines rencontres, ni de mes prochaines épreuves. Pour la première fois de ma vie, je quitte tout et je choisis la seule voie qui irrigue de vigueur le sang des hommes : l'Aventure.

Mina avait lu ce premier paragraphe avec gourmandise, immédiatement happée par le propos de l'histoire et le projet de cet homme. Comme Grimm l'avait promis, elle sentait qu'elle s'apprêtait à entrer dans une grande histoire à la fois haletante et source d'apprentissage intérieur. Elle allait lire la suite lorsqu'elle sursauta. On venait de frapper à la fenêtre de son salon. Aussitôt, elle saisit son arme et visa l'origine du bruit. Était-ce un journaliste qui cherchait à entrer chez elle ? Un fan ?

Un agresseur ? Mina avança vers la fenêtre, arme au poing. Les rideaux empêchaient de voir l'individu sur le balcon.

— Je suis armée ! cria Mina à l'attention de l'intrus.

— Ne tirez pas, je suis un simple coursier, entendit-elle.

Mina tira brusquement le rideau.

La lumière du salon éclaira un jeune homme d'une vingtaine d'années qui tenait une enveloppe entre les mains. C'était le même individu qui avait tenté de l'alpaguer tout à l'heure dans la rue. Il n'avait pas l'air agressif, plutôt apeuré même. Il ne portait aucune caméra visible. Elle ouvrit la fenêtre.

— Vous êtes monté par la gouttière ?

— Mon commanditaire m'a dit d'être plus malin que les autres afin que vous ayez ce message en mains propres et le plus rapidement possible.

Mina se méfia encore plus. Avec l'exposition médiatique dont elle avait été victime, elle était désormais exposée à des gestes de vengeance ou de folie de la part de personnes dérangées.

— Ce message vient de qui ?

— Je ne sais pas. Je suis seulement le messager.

Mina n'était pas rassurée par ce propos et se demandait bien quelle pouvait être la teneur de ce message.

— Merci, dit-elle en prenant le courrier.

— Bonne soirée, inspectrice Dragan.

— Redescendez par où vous êtes venu, je ne veux pas que la presse voie quelqu'un sortir de chez moi.

— Bien entendu.

Le jeune homme la salua et escalada le balcon pour se laisser glisser le long de la gouttière.

Mina s'assit sur son canapé et déposa l'enveloppe à côté du livre de Grimm qu'elle rêvait de continuer. Elle la décacheta et en sortit une feuille noircie de quelques paragraphes. Elle lut. Elle s'attendait à des critiques, des louanges, des menaces, des déclarations, des commentaires sur son enquête ou même sur elle. Mais le courrier n'évoquait que très brièvement l'affaire Grimm.

La feuille serrée entre ses doigts, le regard bloqué sur les dernières lignes de la lettre, Mina s'adossa à son canapé, sidérée : elle s'attendait à tout sauf à cela.

Sources

Merci à vous, lectrices et lecteurs, pour votre curiosité que je vais ici un peu plus récompenser en vous révélant que l'ensemble des données sur la chute de la lecture année après année en Occident proviennent d'enquêtes officielles qui se trouvent ici : https://internationalpublishers.org/wp-content/uploads/2023/09/Reading-Matters.pdf. Et pour plus de précisions sur la France, c'est ici : https://centrenationaldulivre.fr/donnees-cles/les-francais-et-la-lecture-en-2025. Je vous invite également à lire l'essai de Michel Desmurget *Faites-les lire ! Pour en finir avec le crétin digital* (éditions du Seuil, 2023). Il vous aidera à détecter certains arrangements statistiques faisant mentir les chiffres, comme certaines enquêtes qui concluent que les Français vont lire de plus en plus, mais qui considèrent comme lecture un post sur les réseaux sociaux ou un livre de cuisine. Son livre est vraiment fouillé, sourcé, critique et, il faut le reconnaître, fort engagé.

Concernant la « vraie » histoire de Blanche-Neige, faites-vous plaisir, si vous le pouvez, en allant sur les traces de l'héroïne des frères Grimm en Allemagne. Ce fascicule touristique vous guidera vers chaque élément troublant qui fait peut-être de ce conte une réalité : https://www.lohr.de/fileadmin/user_upload/Englische_Dateien/Schneewittchenbr_engl.pdf.

Les publicités au sein des rêves sont également une réalité à l'étude et à l'essai. La statistique qui explique que de nombreux dirigeants seraient prêts à l'essayer sur les clients est extraite d'une véritable étude. Sur le sujet, vous pouvez lire l'article d'Eva Cohen, « Le futur de la pub s'écrira-t-il dans nos rêves ? », sur le site du magazine *Usbek & Rica*.

Les réflexions sur l'usage des smartphones et des réseaux sociaux sont issues de l'observation de nos comportements, notamment ceux de nos enfants, qui, comme vous le savez, sont livrés à une réelle drogue se drapant des habits du lien social et du divertissement. Les perspectives sur l'IA sont le fruit de mes diverses lectures ainsi que de mon expérience personnelle. Cela dit, comme vous le savez, ce que font les personnages, y compris « les méchants », ne reflète pas forcément mon avis personnel. C'est une façon de dynamiser le débat en poussant les curseurs aussi loin que possible afin de stimuler la réflexion.

Enfin, je veux ici bien préciser que ma description de la Transylvanie est très fictionnelle et s'inscrit dans un parti pris romanesque au service de l'imaginaire collectif et de l'atmosphère gothique, que je souhaitais faire exister dans cette aventure. En aucun cas, elle est le reflet de la réalité actuelle du pays.

Remerciements

Un grand merci à mon fidèle primo-lecteur et ami, Olivier Pannequin. Ce sont ses retours rapides, précis et souvent enthousiastes qui permettent d'entretenir la chaudière des premiers instants de mon acte créatif. Merci à mon éditrice Camille le Doze pour son investissement bienveillant à la fois fin, rigoureux, exigeant sans jamais être intrusif, dans le souci constant d'amélioration du texte, c'est un exploit d'être capable d'un tel dosage. Merci à Édith Leblond pour veiller de tous bords à ce que le bateau file dans le bon sens et sous les meilleurs vents, tout en restant toujours disponible et à l'écoute. Grand talent de management ! Merci à Renaud Leblond entre autres pour son efficacité narrative quand il s'agit de ciseler le texte qui vous donnera envie d'ouvrir le livre. Grand talent également ! Merci à Stéphanie Le Foll pour l'aventure médiatique (et souterraine) qu'elle me permet de vivre en offrant à mes livres la meilleure exposition possible. Sa jeune comparse Marie Goussé-Dumas prend le même chemin. Merci à Grégoire Arseguel pour toute l'énergie et tout le savoir-faire qu'il va injecter dans ce livre pour en électriser la réussite commerciale. Merci à Marine Papillon pour son soutien et mon exposition sur ces réseaux qui me sont chaque jour un peu plus indéchiffrables, il faut être capable de tenir le rythme, merci de le faire pour moi. Merci à Bruno Barbette pour sa patience et sa créativité dans la minutieuse et esthétique confection de mes couvertures. Merci à Roxana Zaharia et Marie Salle pour leur œuvre moins voyante mais tout aussi capitale pour offrir à nos livres une deuxième, voire une troisième vie, à l'étranger ou à l'écran. Merci à Catherine de Larouzière pour continuer à faire le lien avec tant de gentillesse. Merci à mes collègues de chez XO, tous très investis pour vous offrir, croyez-moi, les livres les plus divertissants, les plus riches et les plus sincères.

Et, enfin, merci à tous les libraires qui, chaque jour, aident des milliers de gens à trouver leur propre *Il était une fois*.

Composition et mise en pages
Nord Compo à Villeneuve-d'Ascq

Cet ouvrage
a été achevé d'imprimer sur Roto-Page
par l'Imprimerie Floch à Mayenne
en septembre 2025

Soucieuses de la préservation de l'environnement, les Éditions XO utilisent du papier issu de forêts gérées de manière responsable.

N° d'édition : 5455/01 – N° d'impression : 107502
Dépôt légal : septembre 2025

Imprimé en France

LES VEILLÉES DE CHASSE D'HENRI GUIZARD

FRED GOULPHIN

LES VEILLÉES DE CHASSE D'HENRI GUIZARD

FLAMMARION

Il a été tiré de cet ouvrage 300 exemplaires de bibliophilie, reliés cuir, enrichis d'illustrations originales de Marc DAUTRY et numérotés de 1 à 300, par les Éditions Universelles.

13, boulevard Carnot – 31000 TOULOUSE.

Imprimé en France
ISBN 2-08-065054-8

1

Le Vieux de la lagune

Je regarde le soleil se coucher sur la lagune. Un grand opéra, comme toujours en Afrique. Le saut d'un gros poisson brise le miroir d'eau calme et me fait sursauter.

C'est mon premier soir au campement de chasse d'Iguéla, où Henri Guizard, guide de chasse et gardien du Domaine de Faune d'Iguéla, reçoit ses hôtes et ses clients.

J'ai vu beaucoup de campements de chasse plus vastes, plus luxueux, en Afrique. Je n'en ai pas connu de plus accueillant, de plus attachant que ce petit ensemble, bâti de bric et de broc, perdu dans la forêt vierge, quelque part dans le sud du Gabon, et où l'on n'accède que par avion. Des petits avions capables d'atterrir sur une piste de brousse.

Au bord de la lagune, au milieu des palmiers, une dizaine de cases en bambou à toit de palme entourent une grande case à véranda qui tient lieu de salle commune, avec son coin à manger, son salon, sa bibliothèque. C'est là qu'ont lieu tous les soirs, après les courses en brousse, les veillées de chasse d'Henri Guizard, le maître des lieux. Ce sont ces veillées que je vais essayer de raconter en respectant son style direct et naïf.

Je jette un dernier coup d'œil sur le ciel théâtral et m'apprête à remonter vers le campement, lorsque je remarque à quelque distance, sur le bord de la lagune, une silhouette qui se découpe en noir sur l'eau argentée.

L'homme, les mains derrière le dos, la tête penchée, paraît plongé dans ses pensées.

Je fais quelques pas vers lui, curieux. Est-ce l'un des hôtes du campement? Je m'apprête à l'interpeller, lorsque le vent m'apporte un soupir profond et des bribes de propos comme un murmure.

Le sentiment de mon indiscrétion m'envahit. Je bats en retraite, mais malencontreusement une branche craque sous mes pas. La silhouette se redresse, et sa tête se tourne vers moi.

– Ah! c'est vous monsieur Goulphin! me dit une voix surprise.

Je reconnais la voix d'Henri Guizard.

– J'étais venu regarder le coucher de soleil, balbutié-je, comme si j'étais pris en faute.

Je me sens coupable d'avoir troublé la mystérieuse méditation du guide de chasse.

– Moi aussi, murmure-t-il en s'approchant, j'étais venu comme vous regarder ce coucher de soleil, spectacle grandiose qui se renouvelle tous les soirs, mais avec chaque fois des tons si différents dans les couleurs que cela paraît toujours un événement nouveau, et j'aime sous ce jour qui finit laisser courir mes pensées.

Je le regarde, essayant de cacher ma surprise. J'ai du mal à imaginer le bouillant Guizard dans un exercice de méditation.

C'est une pile électrique, cet homme-là. Une pile atomique animée d'une énergie stupéfiante.

Quarante ans de Gabon, tantôt prospecteur forestier, coupeur de bois, chercheur d'or, de diamants, boucanier, chasseur professionnel et aujourd'hui, depuis quinze ans, guide de chasse; et il est toujours sur le pont, ingambe, fusil sur l'épaule, prêt à abattre son millième buffle.

A soixante-cinq ans!

Il doit deviner mon étonnement. Henri Guizard n'est pas homme à se réfugier derrière de fausses pudeurs.

– Souvent le soir, me confie-t-il, je vais marcher un peu, seul, au bord de la lagune. Pour évoquer le passé, rêver, penser à autre chose qu'aux préoccupations terre à terre de tous les jours.

Il soupire :

Voyez-vous, je vis avec mes Africains, mes femmes, mes

enfants; je me sens, avec eux, certes à mon aise, mais je suis venu d'ailleurs, d'un passé qu'ils ne peuvent comprendre, ne le connaissant pas, et mes pensées me ramènent le soir, au crépuscule, vers les images qu'ils ne peuvent imaginer. Je viens ici évoquer mon village, là-bas en Languedoc, au pied des garrigues, entouré de vignes, et dans le vent qui comme ce soir nous vient de la mer, je sens comme une odeur de thym, de cette « farigoule » si odorante qu'on ne la sent bien que s'il y a encore du soleil. Et puis, j'évoque ma maison, une maison bourgeoise, banale certes, mais si présente en mes pensées qu'ici, dans ma tête, lorsque je m'y promène en rêve et que je pousse la lourde grille de l'entrée, j'en perçois le grincement tout au fond de moi-même. J'ai fait bien des kilomètres sur ces pistes d'Afrique; mais je pense que j'ai parcouru de bien plus grandes distances dans ma tête, suivant pas à pas les rues de mon village, par la pensée, ici, au bord de cette lagune, revivant tant et tant de scènes d'autrefois, là-bas, en Languedoc, dans l'odeur de la « farigoule et de l'aspic »...

Comme je prends un air compréhensif, il met soudain la main sur mon épaule et, me serrant très fort :

– Mais ne pensez pas que je regrette, s'écrie-t-il. Je ne regrette rien!

Il me lâche l'épaule, regarde encore la lagune, et c'est la voix un peu cassée qu'il me dit :

– Là-bas, dans mon village, dans ma maison, la vie pourtant semblait facile, mais ça m'a pris tout d'un coup, comme certains animaux partent en migration; peut-être de quelque aïeul ai-je hérité un tempérament instable, aventurier. Peut-être en est-il des hommes comme des animaux : on peut sans doute les apprivoiser, mais on ne les domestique jamais... Tout à coup, je me suis senti à l'étroit... et je suis parti... laissant tout.

L'obscurité est tombée d'un seul coup. Un cri atroce perce la nuit. Je frissonne. Qui égorge-t-on?

– C'est le cri du daman, me dit Guizard, qui a deviné mon émoi. C'est un petit mammifère qui ressemble à une marmotte qui aurait des doigts. Il a sur le dos un triangle de peau nue presque cornée, dépourvue de poils. Lorsqu'il crie, cette membrane entre en résonance. C'est pourquoi le cri du daman est disproportionné à sa taille.

L'horrible cri retentit encore une fois.

– Non, soupire Guizard, je ne regrette rien. Et pourtant... savez-vous que pendant vingt ans j'ai couché toutes les nuits sous une bâche tendue sur des piquets, en pleine brousse... avec pour toute compagnie mon fusil et mes femmes ?

– Vos femmes ? Vous en aviez donc plusieurs en même temps ?

– Voyez donc autour de nous, monsieur Goulphin, la nature est d'une telle exubérance... Mais ceci est une autre histoire, nous aurons tout loisir d'en parler. Rentrons, voulez-vous ? Il faut que je contrôle ce soir si le Dodge dont l'embrayage m'inquiétait a bien été réparé, car demain matin nous allons à la rencontre des buffles.

La lagune est si tentante ce matin, son miroir clair et sans rides incite à la baignade. Après la nuit étouffante sous la moustiquaire, je respire avec volupté la brise fraîche qui vient de la mer. Je croyais être le premier levé au campement de chasse. Mais Henri Guizard prend déjà son petit déjeuner sous la véranda. Je le rejoins. Le cuisinier apporte des brioches tirées du congélateur, mais qu'il a fait tiédir au four.

– J'ai bien envie de prendre un bain, dis-je en me versant du thé.

– Malheureusement, objecte Guizard, il n'y a ici que des douches.

– Je veux dire un bain dans la lagune.

Le guide de chasse me regarde, un peu en dessous, un sourcil levé, avec cet air ironique et gourmand qui est, paraît-il, celui du barracuda juste avant l'attaque.

– Évidemment, balbutié-je, il y a peut-être un risque... la bilharziose.

La bilharziose est une maladie parasitaire très embêtante qu'on attrape en Afrique dans certaines rivières.

Henri Guizard agite une main apaisante.

– Il n'y a pas de bilharziose ici, à ma connaissance, dans cette lagune.

– Ah ! bon, parfait, parfait.

– Il y a simplement dedans des niloticus, des crocodiles de cinq à sept mètres de long, qui sont connus comme mangeurs d'hommes.

– Des niloticus, dites-vous ?

– Ça vous intéressera peut-être aussi de savoir que croisent également dans la lagune des brochets de deux mètres, des raies géantes, et de temps en temps des requins qui franchissent la passe, là-bas.

Son bras se tend vers l'ouest, où rugit la barre.

Le cuisinier apporte de la compote de mangues glacée. Des mangues, ce n'est pas ce qui manque au campement. Il y a bien une douzaine de manguiers autour de la case principale. Les fruits tombent à terre régulièrement toutes les trois secondes avec un bruit mat.

– Êtes-vous vraiment sûr qu'il n'y a pas de germes de bilharziose dans la lagune ? fais-je d'une voix mal assurée.

– On n'est jamais tout à fait sûr de ces choses-là, lâche Guizard, la bouche pleine de brioche.

– Alors, je crois que je n'irai pas me baigner dans la lagune.

– Vous êtes un homme prudent, monsieur Goulphin, dit gravement Guizard, en rabaissant son sourcil.

Un vol de perroquets gris à queue rouge vient de s'abattre à grands cris sur le bouquet de palmiers, juste devant la case.

– Ils crient leur joie, murmure Guizard, car voici le jour; leur nuit d'angoisse et de terreur est finie.

Cette nuit, explique-t-il, ces oiseaux l'ont passée dans la forêt, au faîte des arbres les plus élevés, si haut qu'ils découragent les prédateurs et les pythons. Tout au moins les plus paresseux.

Les nuits en forêt sont pleines de bruits insolites, angoissants, cri de victoire du prédateur, râle d'agonie de la bête qu'on égorge, glissements furtifs, bruits de fuites éperdues, barrissements profonds, feulements inquiétants... mais dès que le jour paraît, la terreur de la nuit s'estompe et disparaît.

Les monstres de la nuit, panthères, pythons, mygales géantes, se sont enfuis au plus profond de leurs tanières. Le jour appartient alors aux êtres de lumière : oiseaux multicolores qui mangent les fruits, papillons vêtus de pierreries qui boivent le nectar des fleurs.

Les oiseaux à nouveau retrouvent leur voix, et tous les animaux la joie de vivre.

– Avez-vous entendu les chimpanzés, ils sont venus tout près du campement vers six heures ? me demande Guizard.

J'ai entendu tant de cris et de glapissements au lever du soleil...

– Je n'ai pas remarqué, fais-je d'une voix pleine de regrets.

Le guide de chasse s'est mis à graisser sa carabine, sur une grande table dans un coin de la véranda.

– Le Vieux de la lagune, dit-il sans lever la tête, laisse des empreintes plus grandes qu'une palme de nage sous-marine.

– Le vieux chimpanzé ?

– Non, le vieux niloticus. C'est un crocodile. Celui avec lequel vous vouliez vous baigner. Il doit faire dans les sept mètres et il a des frères de sa taille dans les criques voisines.

Guizard maintenant garnit de cartouches un chargeur.

– Un jour, fait-il d'une voix lointaine, comme s'il se parlait à lui-même, ayant quitté en pinasse Port-Gentil pour rejoindre le FernanVaz et m'étant égaré de nuit dans l'inextricable labyrinthe de palétuviers de l'estuaire, je ne suis parvenu que deux heures avant l'aube auprès d'un village de pêcheurs et, fatigué, je mis mon embarcation en panne, dans l'attente du jour pour poursuivre mon voyage.

Au jour, alors qu'à l'avant de ma pinasse j'étirais mes membres engourdis par la nuit, et guettais déjà le soleil, je vis une jeune femme du village s'approcher du rivage, près de mon bateau, un seau plein de poissons frais à la main. Elle entra dans l'eau jusqu'à mi-jambes et entreprit d'écailler son poisson.

Tout était calme, et le ciel rosissait lentement.

Un grand cri déchirant, inhumain : je bondis au bordage. La jeune femme, maintenant dans l'eau jusqu'à la taille, les yeux exorbités, hurlait et se débattait désespérément.

Le Vieux de la lagune l'avait saisie à la hanche et l'entraînait vers le large.

Les pêcheurs surgis de leurs paillotes se ruèrent dans l'eau, hurlant et frappant l'eau de leurs pagaies.

Là-bas, à quelques dizaines de mètres, un grand remous; je tirai très vite trois balles coup sur coup dans l'eau, tout autour dans le remous, redoutant de toucher la femme, mais espérant que l'onde de choc ferait lâcher le monstre.

Rien. Maintenant, la surface de la lagune, là-bas, était teintée de rouge. Nous avons tous cherché, sondé, exploré les palétuviers, jusqu'au plus profond de leurs racines.

Plus rien! Ils étaient tous tellement malheureux que je suis resté avec eux jusqu'au soir.

Les chargeurs enfin garnis reposent sur la table.

Guizard les remet dans leur sacoche et glisse sa carabine dans la gaine de cuir.

– Les crabes de cocotiers ne vous ont pas empêché de dormir? me demande-t-il avec sollicitude.

– Les crabes?

– Oui. Il y en a d'énormes, rouge et bleu. Ou encore noir et jaune. Ils font un raffut d'enfer la nuit entre les cases, chassant je ne sais quoi, grimpant aux murs de bambou, tombant en faisant un bruit écœurant de noix de coco sèche. C'est un vrai tam-tam.

J'ai entendu, en effet, une bonne partie de la nuit, cette singulière sarabande.

– Je croyais que c'étaient des rats, fais-je d'une voix naïve.

– Il n'y a plus de rats depuis que Zorro est là.

A l'énoncé de son nom, le gros chat jaune a ouvert un œil.

Tous les soirs il rôde de haut en bas du campement, en roulant des mécaniques. Parfois, il s'immobilise et fixe dans l'obscurité quelque chose qu'il est seul à voir. Tous ses poils se hérissent. C'est peut-être un crabe... ou une panthère...

– Le jour où il est arrivé, encore jeune chat, il a fait le tour du propriétaire, et aussitôt les rats, qui d'ordinaire menaient grand tapage tous les soirs, restèrent étrangement silencieux, raconte Guizard. Alors, intrigué, car le chat, l'œil féroce, regardait en l'air, j'ai pris une lampe-torche et j'ai éclairé le plafond. Sur la poutre maîtresse brillaient les yeux rouges de vingt rats, bien alignés, observant avec stupeur le chat qui marchait dans la pièce comme un super-chat. Nous l'avons baptisé aussitôt Zorro.

Le chat ronronne, très fier de lui.

Le guide s'inquiète, paternel.

– Vous ne voulez toujours pas, cher ami, vous baigner dans la lagune?

– Non merci. Après tout, l'eau n'a pas l'air si propre.

– Elle contient en effet, en suspension, de la terre végétale amenée par le cours des rivières qui alimentent cette lagune et qui en cette saison sont en pleine crue.

– Oui, cela me fait hésiter.

Soudain Guizard, lassé d'attendre, hurle d'une voix terrifiante pour réclamer au cuisinier l'eau bouillante. Il a envie brusquement d'un chocolat après son thé.

Le cuisinier accourt en boitant avec la bouilloire fumante.

– A-t-il été mordu par un niloticus?

– Non, il est bien trop méfiant pour cela. C'est la goutte, je suppose, car bien que fort calme aujourd'hui, il buvait ferme voilà quelque temps. Les docteurs l'ont condamné à mort depuis cinq ans.

Le guide essuie consciencieusement ses mains car il a de la graisse d'arme plein les doigts.

– Avez-vous entendu les éléphants vers cinq heures ce matin? me lance-t-il sans lever les yeux de son ouvrage.

Il m'agace, à la fin!

– Oui, sifflé-je, je les ai entendus, entre deux mugissements de buffles, un glapissement d'hippopotame et un brame de niloticus...

Guizard sourit avec indulgence et chasse d'une main négligente une guêpe noire si grosse que je l'ai prise pour un hanneton. On voit frémir son aiguillon long de un centimètre. Elle fait deux ou trois piqué sur Guizard, puis s'éloigne, contente d'elle.

– Le premier jour où je suis arrivé en Afrique, il y a quarante ans, fait Guizard, c'était à Léopoldville, baptisée depuis Kinshasa.

Le matin, ayant quitté mon hôtel pour rejoindre Brazzaville, je suis donc monté avec mes bagages sur le pont de la vedette, qui à l'époque faisait la navette entre la capitale du Congo belge et celle du Congo français.

A bord, quelques Blancs, fonctionnaires ou commerçants. Arrivé de la veille, je ne connaissais personne.

A peine avions-nous quitté le bord que j'entendis soudain un grand cri, suivi d'une clameur et d'une bousculade vers le bastingage. Intrigué et inquiet, j'essayai de voir au-dessus des têtes et des épaules des gens penchés à babord.

Dans l'eau, près de la berge, quelque chose se débattait. Je vis alors deux grandes jambes battant l'air désespérément, un grand corps sombre accolé à un homme, jaillissant par moments de l'eau, brassant l'écume d'une énorme queue verdâtre. Cela se battait, se débattait, faisait un énorme remous dans cette eau jaune.

Par trois fois, je les vis encore à la surface, puis, encore une fois, un remous seulement, devenu rosâtre. Enfin, plus rien, le cours du fleuve avait repris, impavide. Autour de moi tous s'exclamaient, se lamentaient, et je compris enfin qu'un jeune homme imprudent, arrivé de Belgique depuis un mois seulement, athlète accompli, champion de natation, se baignait là tous les matins, malgré les avertissements de tous ceux, Congolais et Européens, qui connaissaient bien le fleuve et le niloticus.

Il soupire.

– J'en ai conservé un certain préjugé contre les bains en rivière dans ce pays.

2

Un buffle à pleines dents

La Toyota rebondit douloureusement sur les nids-de-poule de la piste. Une cigogne épiscopale s'envole majestueusement. Nous franchissons un gué boueux, dérangeant une ombrette au beau plumage marron et à l'aigrette horizontale.

Guizard nous dit :

– Cet oiseau, que l'on appelle, sans poésie, dans les livres, « tête d'enclume », est intouchable pour le Gabonais de cette région. Il pense que dans cet oiseau se réfugie l'âme des morts.

Peu craintive, en effet, l'ombrette se pose à nouveau tout près.

Nous sommes partis de bonne heure ce matin pour faire quelques photos de buffles. Sur la banquette arrière, les deux derniers clients de Guizard, arrivés au camp hier soir. L'un est le Dr D. L'autre est un ancien administrateur colonial, venu pour quelques jours retrouver de vieux souvenirs.

De tous les clients que j'ai vus défiler à Iguéla, ce sont les plus difficiles. Ils savent tout, ils n'acceptent aucun conseil.

Enfin voilà les buffles. Une trentaine de bêtes, jaillies des grandes herbes d'un marécage, se hâtent dans la savane, vers l'orée de la forêt. Arriverons-nous à temps pour la photo ? Non. Nous essayons donc de gagner du terrain et de leur couper la route.

La tactique habituelle consiste, une fois parvenu à

bonne distance, à terminer l'approche à pied, caméras et appareils au poing. Mais le buffle est particulièrement dangereux. Il faut absolument la protection du guide de chasse et de sa carabine pour tenter alors le meilleur cliché possible.

Cette fois-ci, c'est manqué pour la photo. Nous sommes parvenus à la forêt, et déjà les buffles disparaissent dans le sous-bois.

Guizard arrête la voiture et se prépare à manœuvrer vers une autre direction, c'est alors que le Dr D., sautant à terre, passe en courant devant le capot et rentre en brousse derrière les buffles.

Un très gros mâle, en effet, s'est arrêté à quelques mètres de la lisière. Le Dr D. l'approche et cadre tranquillement l'animal.

Mais Guizard a déjà bondi derrière lui, carabine en main.

– Revenez! lui dit-il impérativement.

Le docteur n'écoute pas!

Il s'engage dans le sous-bois et, jambes écartées, multiplie les clichés. Puis il fait demi-tour et, présentant son dos au buffle médusé, il revient d'un pas paisible vers nous.

– La photo sera excellente, s'exclame le docteur sans plus se presser. Le vieux type avec ses cornes noires se découpait admirablement dans le sous-bois ensoleillé!

– Remontez, je vous prie! gronde la voix du guide.

Au ton de Guizard, le docteur pense avoir fait une bêtise et, l'air penaud, n'ose demander laquelle. Ils sont censés tout connaître de l'Afrique, n'est-ce pas? Alors qu'hier, je demandais à Guizard :

– Est-ce que les buffles chargent automatiquement?

– Certainement pas, m'avait-il répondu. Tous les animaux fuient à l'odeur de l'homme. Cependant, il en est des animaux comme de certains humains, qui sont fous ou agressifs. Même une bête calme peut, à tout instant dans la journée, le devenir. Sous l'effet des taons, par exemple; ou encore un jeune mâle écarté du troupeau par un mâle plus fort avant d'avoir pu accéder à une femelle; ou même tout simplement lorsque l'orage est proche. Ici, à Iguéla, nous avons remarqué que les buffles sont plus nerveux le matin; je pense que c'est dû au fait qu'ayant consommé la nuit des plantes aphrodisiaques, en abondance dans cette région – telles que l'iboga, par exemple –, les bêtes sont le matin encore sous l'effet de la « drogue », effet qui doit se dissiper vers le soir.

Henri Guizard, qui, contrarié, conduisait vite, relâche un peu le pied et se détend. Au bout de deux ou trois kilomètres, il consent à ouvrir la bouche.

– Beaucoup de gens, dit-il d'une voix de maître d'école, ont des accidents avec le buffle, car ils croient que c'est une vache, comme ils en ont vu en France.

– Mais pas du tout, proteste le Dr D., vexé.

– Si vous allez en Lozère, docteur, poursuit Guizard, vous pourrez y rencontrer un gendarme qui est à demi infirme. Il a un corset, une minerve et un fauteuil roulant. C'était un gars solide. Les buffles, il connaissait! Vous pensez, son père avait une ferme avec trente vaches. Les buffles, le gendarme appelait ça des « bestiaux ». Un jour, chassant en savane en pays bapounou, il blesse un « bestiau » qui s'enfuit dans les hautes herbes, perdant son sang. Lui, avec le mépris qui convient pour un « bestiau », rentre à sa suite dans les herbes pour le chercher. Le buffle, avec sa tactique habituelle, le laisse approcher, le contourne et l'attaque brusquement. Entre autres blessures, fracture de la colonne vertébrale. Il avait trente-deux ans.

– Il y en avait un qui n'était pas rentré tout à fait dans le bois, balbutie le Dr D.; j'ai simplement voulu photographier, ce n'était pas un buffle blessé.

– C'était la sentinelle, gronde Guizard : c'est le défenseur qui reste en arrière, pour protéger son troupeau et dissuader de toute idée de poursuite. C'est lui aussi qui intervient lorsque la panthère suit le troupeau, espérant rompre la nuque à un bufflon.

Il arrête la voiture en bordure de la savane, près de la lagune maritime et, se tournant vers le Dr D., lui dit :

– Si vous devez souvent récidiver dans des approches

impromptues de ce genre, docteur, il faut vous souhaiter bonne chance, croyez-moi!

Le Dr D. fait la gueule.

La barre gronde, toute proche. Un petit groupe d'ibis falcinelles se lève tout à coup bruyamment, tonitruant aux quatre coins du ciel ses : yanga! yanga! alertant ainsi tout le gibier alentour.

– Allez, docteur, dit le guide d'une voix radoucie, en dégageant d'un sac des victuailles et une dame-jeanne de vin rouge, ne boudez pas! Prenez donc de ce pâté, et voici le pain! Mais moi aussi, docteur, quand j'étais plus jeune, j'ai fait beaucoup d'imprudences et de bêtises avec les buffles.

Le Dr D. gratte le sol du pied comme un buffle qui va charger, mais il ne charge pas.

Rassasiés et reposés, nous remontons en voiture. Un groupe d'éléphants de petite taille que l'on nomme ici assalas traverse la savane.

Quittant la voiture, nous les approchons à bon vent avec précaution. Enfin les voici à bonne portée d'objectif et nos amis appuient frénétiquement sur les déclencheurs.

L'une des femelles, tout à coup, s'est arrêtée, agitant les oreilles, puis la trompe en l'air comme un périscope, elle a interrogé le vent.

Guizard, en retrait, sa carabine à la main, contrôlait nos mouvements. Nous, nous sommes figés. Encore une photo, puis lentement nous avons décroché. La Toyota a repris la direction du camp.

L'après-midi, le docteur et l'administrateur sont allés pêcher à la traîne à l'embouchure de la lagune. Ils en ont ramené un « rouge » énorme, deux grands barracudas et une carangue, sorte de thonidé, dont je n'ai pas beaucoup apprécié le goût.

Maintenant, le boy a apporté le thé et le café sur la petite table, sous la véranda. Hors du halo lumineux des lampes, la nuit noie le paysage. Des phalènes viennent heurter le mur blanc et j'évite de justesse une énorme blatte arrivée comme un boulet. Zorro, descendu de sa chaise, joue avec.

Guizard s'est calé dans son fauteuil tourné vers la nuit. Revenant à ses propos sur le buffle de ce matin, je lui demande :

– Vous-même, n'avez-vous jamais eu d'accident avec les buffles ?

Il se tourne vers moi et me dit :

– De tous les animaux du Gabon, le buffle est certainement celui dont il faut le plus se méfier.

Et le guide continue :

– C'était dans la région des Eschiras, à l'époque où je chassais et boucanais beaucoup. Je devais donc tous les quinze jours changer mon camp et mes fumoirs de place.

Ce jour-là, nous effectuions cette opération, mes porteurs à l'avant, mes femmes et moi-même derrière, nous assurant ainsi qu'il n'y avait pas de traînards.

Nous arrivons à une galerie forestière, puis à une rivière que nous franchissons à gué, enfin à une savane. Le nouvel emplacement du campement reconnu la veille est maintenant tout proche.

Arrivés dans cette dernière savane avant la halte, tout à coup mes porteurs déposent leurs bagages et me montrent du doigt, dans un bas-fond, deux buffles qui paissent tranquillement. Je fais donc une approche savante, trente mètres, vingt mètres, quinze mètres, enfin dix mètres, distance, certes, très rapprochée mais que m'imposait mon MAS 10,75, bien fatigué, et les balles de la cartoucherie de Toulouse, qui ne partaient pas à tous les coups.

Je tire donc le plus gros buffle, qui tombe foudroyé, semble-t-il. Le second buffle détale, me contourne et va entrer en forêt. Je pivote afin de le tirer avant qu'il ne disparaisse dans le sous-bois; mais malgré tous mes efforts, je n'arrive pas à manœuvrer ma culasse pour réarmer. La douille « toulousaine » vide s'était coincée dans le canon et bloquait le verrouillage.

A ce moment-là, j'ai entendu mon buffle « mort » se relever; j'étais sans défense. Au sol, le gravier de latérite, mais à quelques mètres, le marécage fangeux.

En un éclair, je me suis imaginé renversé par ce buffle,

boulé au sol, traîné sur le gravier, éventré... Alors, réagissant d'instinct, ma carabine inutile à la main, je me suis précipité vers le marécage. Le buffle était déjà derrière moi et son souffle chaud mouillait ma chemise.

Le marécage est trop loin; perdu, je fais un bond désespéré sur le côté, le buffle passe, ses cornes me frôlent et la bave de son écume est sur mon bras. Il pivote, me retrouve et va charger. Alors, une rage soudaine me prend et, fou de ne pouvoir rien faire, arrachant mon chapeau en hurlant, je fonce sur lui, comme on fait au « razet » en Camargue.

D'un bond je passe au-dessus de lui, surpris alors qu'il avait les cornes basses, espérant désespérément prendre pied sur son dos et de là, rebondir vers le marécage. Ce marécage... mon dernier espoir.

Hélas! mon pied sur son échine n'a pu affermir mon élan, glisse et me voilà à cheval sur ce buffle tourné vers l'arrière. Un saut brutal et me revoilà à terre, où il essaie de m'encorner. Il n'y parvient pas, me repousse du naseau, une de ses cornes accroche ma chemise, qui heureusement se déchire. Je prends trois violents coups dans les côtes, je saigne du nez, à l'aine une douleur fulgurante me fait craindre d'être éventré.

Alors là, je ne sais plus, je me suis entendu hurler et, prenant son museau à pleins bras, tantôt heurtant le sol, tantôt soulevé comme un fétu, j'ai croché à pleines dents dans sa babine, grognant comme une hyène, et mon pouce furieux a plongé dans son œil, un globe que j'aurais voulu sortir, mais qui roulait contre mon ongle comme une bille d'acier.

J'allais crever et je le savais... J'étais devenu enragé. Quant à mes hommes, ils criaient tous très fort, mais restaient à distance. C'est alors que Guidountza, ma première femme, se lança dans la bagarre. Alourdie par son ventre, enceinte de six mois, arrachant son foulard, criant à pleins poumons, elle fonce sur nous, évite le buffle une fois, deux fois. Le buffle me projette en l'air et se tourne vers ce nouvel assaillant. Il fonce, elle prend peur, court vers les trois blocs de latérite hauts de un mètre à peine, qui tranchaient sur la savane, saute de l'un à l'autre. Le buffle charge, bute sur les rochers, se relève, charge encore. Guidountza saute, évite, crie.

Moi, ivre de coups, je me relève à genoux et ô miracle! voici ma carabine. Je prends appui sur elle pour me relever et, toujours furieux, la tenant bien droite, je donne un grand coup de talon dans le levier de culasse... qui se déclenche. Une bouffée de chaleur m'obscurcit la vue; maintenant j'arme; la balle monte au canon, je tiens ma carabine bien en main, mais je titube, mes mains tremblent. Je dois bloquer ma respiration pour tirer. Une fois, deux fois, trois fois.

Enfin le buffle s'écroule. Guidountza se laisse tomber, étreignant son ventre et riant nerveusement. Moi, je vais vers elle, et me laisse tomber à ses côtés. Tout mon corps n'est que douleur. Ma respiration, limitée par mes côtes cassées, est courte. Mon pouce est foulé. Ma canine gauche est partie, peut-être est-elle encore plantée dans la babine du buffle? La déchirure à l'aine me fait souffrir. Quant au bas de mon dos, où ma colonne vertébrale s'est pliée à hauteur des dernières vertèbres, il paraît peser lourdement et me fait terriblement mal.

Je me mets à genoux pour pisser. C'est très douloureux et un filet de sang apparaît dans l'urine. Cela m'inquiète.

Mes hommes, enfin là, m'apportent de l'eau. Je suis plein de terre, de boue, de sang. On me lave.

Puis je me lève et fais quelques pas. Ça paraît aller. Je me rassois contre le rocher. Mais cette fois je ne peux pas me relever, mes jambes se sont soudain alourdies et semblent inertes.

On me fabrique rapidement un tipoye rustique... avec des branches, et nous arrivons enfin au camp.

Je suis resté là, ainsi, ne pouvant plus marcher, et cela dura un mois et demi. Soigné avec des plantes, par mes femmes et une vieille guérisseuse, qui mâchait des feuilles et en faisait un cataplasme que je gardais plusieurs heures sur ma blessure au bas des reins. J'avais très peur de rester paralysé. J'ai mis deux mois pour réapprendre à marcher.

Guizard ne parle plus, et nous faisons silence.

Le Dr D. hoche la tête. Il doit penser à son imprudence du matin.

L'administrateur, lui, voulant rompre le silence, nous dit alors d'un air docte que, du temps de la Colonie, une circulaire de l'armée d'Afrique donnait aux soldats le conseil d'adopter, en face de l'éléphant ou du buffle qui charge, la tactique du toréador : rester immobile face à l'animal, puis esquiver au dernier moment par un léger pas de côté...

Guizard regarde la nuit et ne répond pas.

– La même circulaire, poursuit l'ancien administrateur, disait : « En cas d'attaque par un fauve : lion ou léopard, lui saisir la langue à pleines mains. Généralement, il n'insiste pas. » Qu'en pensez-vous, Guizard ?

Le front de Guizard se couvre. Le ciel aussi. Une tornade s'annonce. Puis Guizard soudain se déride. Quelque chose le fait sourire, un souvenir qu'il va nous conter peut-être.

– C'était alors que j'étais chercheur d'or, autrefois.

Ce jour-là, avec mon pisteur, nous étions partis à la chasse pour ravitailler nos équipes d'orpailleurs. J'avais blessé un buffle. Maïkou, mon pisteur, et moi courions éperdument devant lui et, afin de partager nos chances, nous optâmes tout à coup pour deux directions différentes. Cette fois-ci, le buffle suivit le pisteur qui grimpa lentement à un arbuste.

Je m'arrêtai alors, revins sur mes pas et abattis le buffle. On se congratula, le pisteur et moi. De retour au campement, Maïkou alla directement à sa femme et, sans un mot, lui cassa la figure. De ma case, j'assistai, interloqué, à cette correction et je demandai à Guidountza :

« Pourquoi bat-il ainsi sa femme sans raison ? »

« C'est parce que lorsque un buffle te court ainsi après, c'est que la femme pour toi, elle te trompe », dit-elle.

Comme moi aussi j'avais couru malgré moi devant le buffle, j'ai flanqué également une raclée à Guidountza. Comme le dit la sagesse populaire, si je ne savais pas trop pourquoi, elle, peut-être, elle le savait...

Le Dr D. daigne rire.

– C'est très dangereux la chasse au buffle, persifle-t-il.

– Plus que vous ne croyez, lance Guizard d'une voix acide.

Intrigués par le ton de la réplique, nous attendons, attentifs... encore un souvenir sans doute.

– Quand j'étais à D'dendé, poursuit le guide, se pointe un jour un contrôleur forestier, un Alsacien, court, large, costaud, venu sûrement me chercher des crosses, car mes méthodes de chasse n'étaient pas toujours bien acceptées des Eaux et Forêts de Libreville.

Ne me trouvant pas à ma case, il s'installe à la case de passage toute proche, pour y passer la nuit. Au matin, levé dès le jour, notre homme, en short et sommairement chaussé d'espadrilles, fait dans la savane alentour une promenade hygiénique, emportant avec lui, par précaution, sa carabine, avec en « magasin » trois balles seulement.

A D'dendé, à l'époque, les buffles étaient nombreux et il eût été étonnant qu'à cette heure-là, il n'en vît pas dans son périple alentour.

En effet, en voici un. Un très beau mâle, et notre Alsacien ne peut résister au plaisir de le tirer. Le buffle s'abat lourdement. Une deuxième balle, une troisième, la dernière! Et le buffle au sol se débat toujours. Notre contrôleur appelle en renfort son « milicien », garde d'accompagnement de sa tournée. Ce garde, Ndjanjo, je le connaissais, l'ayant eu autrefois à mon service. Il était courageux, mais un peu fou.

Le garde se précipite donc, mousqueton au poing. Mais le buffle, lui, s'était relevé et chargeait déjà notre Alsacien. Ce dernier, désarmé et pris de court, conscient que la vitesse à la course n'est pas son fort, fait face et, bien que bousculé par le buffle, parvient à le saisir à pleines mains par les cornes.

Notre homme était très fort... mais moins qu'un buffle. Bien que boulé, roulé, bousculé, basculé en tous sens, il maintenait les cornes éloignées de son ventre, mais faiblissait visiblement.

Arrive enfin Ndjanjo.

Bien campé sur ses jambes écartées, le mousqueton en joue, comme à l'exercice, le « milicien » crie : « N'a pas bougé, ma commandant! » et il lâche une première balle, qui passe en séton dans la fesse du contrôleur. Hurlements, imprécations, insultes en français et en patois alsacien.

Le contrôleur tient toujours bon, mais... le feu aux fesses! Il hurle :

« Fais pas le con, bon Dieu, c'est le buffle qu'il faut tirer! »

« Mais, ma commandant, ti bouges trop! » crie le garde qui, un œil fermé, s'apprête à doubler.

Appliqué, il tire et loge sa balle dans... la main du contrôleur, qui cette fois se sent perdu et pousse un hurlement. Le « milicien » panique tout à fait. Il se lamente : « Ti bouges trop! Ti bouges trop, ma commandant! » et se prépare pour la troisième balle.

L'Alsacien, maintenant, sait qu'il va mourir. Le coup part. Le buffle s'écroule... l'Alsacien aussi, le cul en feu, la main percée, l'estomac au bord des lèvres. Livide, il fixe d'un œil bovin le « milicien » qui, hilare et sans fausse honte, brandissant son mousqueton, s'exclame :

« Ah! ma commandant, heureusement, moi y en a connu tirer! »

3

Le chef des pigeons

Ce soir le temps est à l'orage, au propre et au figuré. D'abord la tornade rôde au-dessus de la forêt, les éclairs découpent les palmiers sur le ciel tout noir et le tonnerre gronde. Ensuite Henri Guizard fait la tête. Ses deux clients lui portent sur les nerfs. De plus, il y a le nouveau boy qui ne comprend rien.

Guizard, comme il le fait toujours lorsqu'il est énervé, donne ses ordres en hurlant, ce qui n'arrange rien.

– Va chercher la compote de fruits, tonne-t-il.

Le boy part en courant dans la direction opposée au pot de compote de fruits qui est là-bas, sur la desserte.

Guizard rugit :

– Oh! oh!

Le boy se fige.

– Où vas-tu? Sais-tu seulement où est la compote de fruits?

– Non, missié, moi n'a pas connaître.

– Alors, où vas-tu en courant comme ça?

– Moi pas savoir!

– Et pourquoi tu courais vite, sans savoir?

– Comme toi parler fort, patron, moi penser c'était mieux couri.

Guizard soupire, accablé par l'Afrique, les tornades, les clients emmerdants et la réplique de cet abruti de boy.

Alors le guide, la voix soudain plaintive, se tourne vers nous, fataliste :

– Tout est de ma faute, voyez-vous. Il est parti en courant, ne sachant pas ce qu'il devait ramener ni où le trouver parce que j'avais donné mon ordre en criant trop fort.

– Il a voulu aussi sauver sa dignité, proclame le docteur. Comme il n'avait pas compris votre ordre tonitruant, il est parti en courant pour ne pas faire voir qu'il n'avait pas compris.

Guizard le regarde en dessous, avec son œil de barracuda. L'autre ne voit pas le danger et continue à pérorer.

– C'est une race fière, une race noble. Ils ont un sens de l'honneur à eux; ça n'est pas parce qu'ils ne comprennent pas toujours notre technique qu'il faut les rudoyer.

L'ancien administrateur colonial lève alors le nez de son rôti de potamochère. Il a des idées sur les Noirs et nous les expose.

C'est, pense-t-il, une race d'hommes arrivés en fin de parcours. Elle était promise à la disparition. La colonisation, en empêchant les guerres tribales et le trafic d'esclaves, l'a sauvée. Mais Elle ne parviendra pas à s'adapter à l'ère scientifique. Elle n'est plus de ce siècle, etc.

Bref, l'ancien administrateur colonial voit son avenir en noir...

Le boy apporte enfin la compote. Il a l'air un peu hagard, mais par ailleurs, j'ai l'impression qu'il écoute.

Ibinga, la deuxième femme d'Henri Guizard, ce soir avec nous, écoute aussi; un sourire courtois ne quitte pas ses lèvres.

Guizard est de plus en plus sombre. Dire du mal des Noirs, c'est son domaine réservé. Interdit aux clients.

Brusquement, l'ancien administrateur colonial se tait. Il a senti mystérieusement qu'il y avait de l'orage dans l'air.

– La race noire est une race extraordinaire, dit soudain le Dr. D., bien supérieure à la race blanche, qui est une race qui dégénère et se meurt.

Henri Guizard le fixe de son œil de barracuda. Dire du bien des Noirs, c'est son domaine réservé. Interdit aux clients. Ni bien ni mal, il ne faut rien dire du tout.

Insensible à la double tornade qui gronde, le Dr. D. s'est lancé dans une vaste homélie.

– Oui, expose-t-il d'une voix solennelle. Nous autres Blancs, nous sommes une race fatiguée, usée, une race de vieillards, une race qui meurt. Plus rien ne nous intéresse, nous sommes blasés...

Il boit un nouveau coup de vin et secoue la tête, comme accablé par l'évidence.

– Nous avons perdu tout sens poétique, poursuit-il d'une voix de curé prêcheur, nous ne savons plus voir les choses, les beautés de la nature. Nous sommes une race épuisée émotionnellement. Les Africains, eux, voilà un peuple neuf, un peuple qui vit tourné vers le futur, avec toujours présent en eux le sens du goût, de la couleur. Voilà un peuple neuf! Ils ont gardé le sens poétique. Ils savent voir les choses. C'est la sensibilité poétique des Noirs qui sauvera le monde du dessèchement.

Comme pour conjurer le sort, il se reverse à boire.

– Nous sommes un peuple trop vieux, renchérit-il, un peuple qui a vécu. Nous regardons d'un œil distrait tous ces merveilleux papillons d'Afrique. Et Dieu sait s'ils sont surprenants... leurs formes, leurs couleurs... Eux, les Noirs, sont très observateurs et ils ont pour toutes choses de la nature des noms qui chantent... Nous, nous disons : « tiens, un oiseau », eux disent : « tiens, un touraco », ou bien : « voici un boulicoco ». N'est-ce pas charmant? Voilà un peuple qui sait voir, un peuple neuf...

Il tâtonne devant lui en parlant, mais Guizard a prudemment écarté la bouteille.

Le nouveau boy, l'orage passé, est revenu près de la table et en retire les tasses vides. Il paraît plus rassuré, écoutant toutes oreilles le docteur qui, lui, continue.

– Ainsi les pigeons; nous disons « les pigeons » tout simplement, mais eux, les Noirs, leur donnent des noms qui parlent : le pigeon vert, la tourterelle à collier...

Le boy, peu habitué aux usages à la table de Guizard, veut aussi dire son mot.

– Missié mon docteur..., hasarde-t-il.

Le regard de Guizard eût dû l'arrêter, mais, tourné vers le docteur, il voulait, lui aussi, donner son message.

– Missié mon docteur, pour les pigeons ici c'est « capital ». Nous avons même aussi le chef des pigeons...

Le docteur soudain lui fait face.

– Tiens, mon ami, vous me semblez observateur. Comment vous appelez-vous ?

Le boy, tout à coup, réalise la situation et soudain, muet, se tourne avec appréhension vers son patron. Celui-ci, le regard noir, éructe vers le docteur :

– Il s'appelle Mikolo.

– Ah ! parfait, eh bien, mon cher ami, dit le docteur à Mikolo, vous avez remarqué que les pigeons ont un chef. Extraordinaire, tout de même. Voyons, Mikolo, parlez-nous donc de ce chef des pigeons.

Mis en confiance cette fois, et se dandinant d'un pied sur l'autre, bien qu'effrayé de sa témérité, Mikolo confirme à nouveau.

– Missié mon docteur, n'a pas douté. Quand le chef des pigeons il siffle, tous les pigeons ils font cocolo, y baissent la tête...

– Ah ! vraiment, vous m'intéressez, puis-je avoir un papier et un crayon que je prenne note de ce que me dit ce garçon. Parlez-moi donc de cet extraordinaire chef des pigeons qui, lorsqu'il siffle, obtient le respect de tous les pigeons. Hein, Guizard, vous saviez ça ?

– Vous voyez, docteur, on en apprend tous les jours.

– Enfin, Guizard, quarante ans que vous êtes là, continue le docteur plein de reproches.

– Vous savez, docteur, dit le guide, moi je n'ai encore pas vu ce phénomène « chef des pigeons ». Demandez donc les détails à votre ami Mikolo.

Et le boy se rengorge, attendant les questions que le docteur, crayon en main, va lui poser :

– Mon cher ami, dit-il à Mikolo, je vous félicite ; alors que nous voyons des pigeons ordinaires, vous, vous pouvez dire : « Il y a un chef chez les pigeons, un chef qui a grande autorité. » Dommage que les zoologues qui viennent en Afrique en mission n'aient pas le même esprit d'observation.

Il hoche la tête, nous regardant tour à tour.

En tant que contribuables, nous sommes évidemment comptables de la déplorable carence de ces zoologues européens.

– Nous disions donc : ce chef des pigeons, reprend le Dr D., s'adressant à Mikolo, comment est-il ? Je suppose que c'est un fort pigeon ?

– Ah, missié, pour fort, lui y en a fort. Quand lui siffle, tous les pigeons font cocolo, la bouche fermée.

– Comment cela, cocolo ?

– Cocolo, ici, docteur, cela signifie à peu près : « pardon ». Un vaincu demande : « cocolo ! » précise Guizard avec lassitude.

– Ah ! vraiment, donc il se sait fort. Dites-moi donc, mon ami, l'envergure de ce chef des pigeons.

– La vergure, missié mon docteur, moi n'a pas conné ce qualité viande.

Guizard s'énerve un peu.

– Parlez-lui plus simplement. Demandez-lui quelle est sa taille.

Le Dr D. sourit, compréhensif, et se tourne vers le boy.

– Je veux dire, ami : quelle est la taille de ce chef des pigeons ?

– Ah oui ! pour la grosseur, s'écrie le boy. Oh ! missié mon docteur, je peux dire que lui en a gros... peut-être les ailes ouvrées lui faire trois mètres.

Un ange passe sur la tablée.

– Trois mètres ! bredouille le docteur déconcerté. Vous avez déjà vu ça, Guizard, un pigeon de trois mètres ?

– Oh ! moi, docteur, grommelle Guizard, c'est lui, Mikolo, qui connaît.

Le docteur respire un coup et médite un instant.

– Nous nous moquons de ce garçon, dit-il d'une voix raffermie, mais voyez-vous, les mètres, les yards, ce sont des inventions de Blancs. Les mesures, c'est approximatif, chez les Noirs. Nous dirons donc que si un pigeon ordinaire a cinquante centimètres d'envergure – et c'est un beau pigeon –, le chef des pigeons, puisque plus fort, doit bien faire soixante-dix d'envergure.

Il note avec ardeur et interpelle à nouveau le boy.

– Et dites-moi : de quelle couleur est-il, ce chef des pigeons ?

– Oh ! mon docteur, pour la couleur lui y en a tout la

couleur, je peux dire lui y en a blanc, sur les côtés lui y en a jaune même l'aile, malgré que au bout pour l'aile c'est noir! Voilà!

Le docteur note fébrilement, satisfait, et demande :

– Au fait, mon ami, je vous félicite et je vous remercie. Voilà un garçon très observateur.

Le boy sourit largement.

– Mais dites-moi, de quelle ethnie êtes-vous?

– ?

– De quelle ethnie? répète le docteur.

Guizard intervient.

– Il n'a pas compris. Demandez-lui quelle est la race pour lui.

– Ah oui, excusez-moi, cher ami, je voulais dire : quelle est la race pour vous?

Le visage de Mikolo, un instant inquiet, s'éclaire à nouveau.

– Ah! la race pour moi! Le père pour moi y en a bapounou. La mère pour moi y en a bandjabi. C'est ça qu'on pèle ici : martiniquais.

– Ah bon! un Martiniquais. C'est ça, Guizard?

– Sans doute, puisqu'il vous le dit. C'est lui qui donne le renseignement, ce n'est pas moi.

– Tiens, c'est curieux, je ne savais pas.

– Si, mon docteur, mais le vraiment race pour moi, c'est pur bandjabi.

Le docteur est un peu tendu. Il note avec nervosité.

– Parfait donc, quel est votre dialecte, mon cher ami?

– ?

Guizard intervient encore.

– Demandez-lui comment il parle... sa langue.

– Comment parlez-vous? dit le docteur, docile.

– Comment je parle? Missié mon docteur, je parle pur bandjabi, la langue maternelle pour moi-même.

– Ah! c'est très bien, mon cher ami, mes félicitations. Alors dites-moi, je vous prie : dans votre propre langue maternelle, le bandjabi, ce chef des pigeons, comment l'appelle-t-on?

– Oh! mon docteur, lui le chef des pigeons, lui y en a

beaucoup des noms, malgré que dans ma propre langue maternelle, pur bandjabi, nous pèle lui : le vau-au-tour!

Un énorme silence règne soudain autour de la table. Puis les fous rires se déchaînent.

– Vingt dieux! rugit le docteur, en refermant son calepin, ce garçon-là est vraiment trop stupide!

Le docteur fait un peu peine à voir. Il a du mal à se mettre à l'unisson des rieurs. Il le faut bien s'il ne veut pas passer pour un mauvais coucheur. La défaite du Dr. D. a mis Guizard de bonne humeur.

– Votre mésaventure est banale, docteur, dit-il. Il ne faut pas les interroger de manière trop pressante ou trop rationnelle. Il y a quelques années, je me baladais dans le Nord-Est, en pays kota, avec un journaliste. C'était du côté de Makokou. Une région de grandes forêts très giboyeuses. Accueil très chaleureux plein de gentillesse, comme partout en brousse au Gabon. Mon journaliste voulait des renseignements sur tout, les gens, la forêt, les animaux, leurs cris, etc.

Nous voici dans un village, assis dans une case, au milieu d'un groupe d'anciens.

« Dites-moi, demandait mon journaliste à la ronde : quels sont les animaux que l'on voit en forêt et leurs cris ? »

« Missié, répond l'un des anciens. En forêt, y en a beaucoup la viande. D'abord y en a cibissi, lui faire : wouh! wouh! wouh! »

Mon journaliste note : le cibissi... il fait wouh! wouh! wouh!

« N'a pas confondé missié, dit alors l'ancien. Y en a autre qualité de viande, lui se pèle : tsingombi. Lui faire que : wouh! wouh! wouh! »

Mon journaliste note encore : tsingombi... wouh! wouh! wouh!

« N'a pas confondé, insiste l'ancien . Y en a aussi autre qualité, lui se pèle : igoumbi. Lui faire alors : wouh! wouh! wouh! »

Le journaliste, suspendant ses notes, me fait remarquer, quelque peu étonné :

« Dites-moi, monsieur Guizard, mais ils ont tous le même cri. C'est vraiment bien monotone, la forêt. »

Alors, se tournant vers l'ancien, il croit spirituel de lui dire :

« J'ai vu ce matin dans la forêt une bête bizarre, une bête qui faisait : wouh! wouh! wouh! Connaissez-vous ce qualité de viande-là ? »

Ces mots sont accueillis par un silence de mort.

Puis les anciens se lèvent. Les danses s'arrêtent. Le climat devient lourd. Je m'inquiète auprès du chef de village de ce qui se passe.

« L'ami pour toi, me dit-il, il a vu la viande qui est très mauvaise, très mauvaise mauvais sort pour nous. »

J'ai préféré partir et coucher au village suivant.

« Il ne faut jamais faire de l'humour avec les Allemands, disait Malaparte »; avec certains Africains non plus...

4

Le grand jeu des éléphants

Le Dr D. et l'ancien administrateur colonial nous ont quittés.

Depuis ce matin sont arrivés de Libreville deux couples européens : un banquier, M. B., accompagné de sa femme, et Mme et M. G., un industriel qui se dit bon pêcheur.

A midi, en effet, il nous ramène une pêche miraculeuse.

Son épouse a surveillé la cuisson des plus belles prises, un « rouge », sorte de daurade de dix-huit kilos, et un barracuda d'un mètre vingt.

La petite Mme G., qui était restée toute la journée à tricoter sur la terrasse – elle n'aime pas la pêche et encore moins la brousse –, frissonne en découpant le barracuda.

– Regardez-moi ces dents, s'écrit-elle en ouvrant de la pointe de son couteau la gueule du monstre, on dirait un démon de Jérôme Bosch !

Henri Guizard sourit.

– C'est un barracuda, et c'est bien assez, dit-il. L'un de mes amis, malgré tous nos conseils, s'est entêté à pêcher le barracuda avec un masque et son fusil sous-marin. Il avait réussi une belle chasse et accroché à sa ceinture ses prises « saignantes ».

Attiré par le sang, un barracuda de deux mètres fonce droit sur lui. Du premier coup, il lui arrache gros comme le poing de bidoche du côté droit. Puis il revient à la charge et mon ami lui balance sa flèche. Le barracuda, fléché en travers du corps, revient encore à l'attaque, mord à nouveau et lui arrache un morceau du côté gauche.

Mon ami se voit perdu. Alors il fait face maintenant, à mains nues. C'est un fort gaillard, courageux. Il saisit à deux mains la gueule du barracuda et, dans un effort désespéré, l'écartèle. A ce moment-là, la pirogue d'accompagnement le repêche.

Nous regardons en frissonnant la gueule du barracuda. Des centaines de dents semblables à de petits rasoirs.

Les blessures de ses mains étaient effroyables et ses flancs dévorés lui valent encore de belles cicatrices. Il dit aujourd'hui en plaisantant qu'il a enfin une taille de guêpe.

L'autre client de Guizard, M. B., brûle de nous raconter leur aventure en brousse cet après-midi, alors qu'avec le guide ils effectuaient un périple sur la réserve.

– Savez-vous, lance-t-il, que nous avons été chargés par un éléphant ?

Les dames frémissent et s'exclament.

– Il n'y a pas de quoi se vanter, coupe sombrement Guizard. C'est entièrement de ma faute, et nous avons frôlé l'accident.

Il n'a pas envie d'en dire plus, mais nous insistons et il cède.

Il sait bien que l'on va à Iguéla autant pour écouter ses récits de chasse que pour voir des bêtes sauvages.

– Nous étions parvenus près de la forêt, dans le coin où Astérix a établi son fief.

Il se tourne vers moi, le novice.

– Astérix, c'est l'un de nos éléphants familiers, m'explique-t-il. Il est très agressif. Il charge souvent au bruit des moteurs, lorsque nous le rencontrons en savane et en forêt. Donc, nous ne l'approchons à pied qu'avec précaution. Je le connais et suis habitué à ses réactions. Mais ce matin, nous roulions en bordure de forêt, espérant voir Astérix, lorsque soudain, dans un barrissement effrayant, un grand éléphant que je ne connaissais pas a surgi tout près de la voiture. C'était une femelle, et son petit, déjà grand, suivait lui aussi dans la charge. J'ai aussitôt dégagé vers la savane, voulant éviter l'affrontement afin de ne pas contrarier une femelle suitée. Mais, sans doute enhardie par notre retraite précipitée, la femelle nous poursuit rageusement, courant un amble accéléré auprès de notre voiture.

Et soudain, le pisteur, qui vient d'apparaître à la porte de la salle à manger, de confirmer, hilare :

– Lui essayer traper moi par la fenêtre!

– Il n'a réussi qu'à lui choper le revers de sa veste. Il criait de peur, dit Guizard.

– Moi crier pour faire peur à l'éléphant, corrige le pisteur.

– J'accélère donc, poursuit Guizard, pour distancer cet animal furieux, mais je ne peux pas rouler plus vite sans risquer de tout casser.

Mme B. a pris la main de son mari. Elle palpite d'angoisse, bien que la présence près d'elle de M. B. paraisse attester que l'affaire a bien tourné.

– C'est l'éléphanteau qui nous a sauvés, poursuit Guizard. Il en avait marre de courir derrière sa mère. Il s'est arrêté et s'est mis à crier comme un enfant abandonné. La femelle a cessé d'un coup sa poursuite et s'est retournée vers son petit gémissant. Sinon, effectivement, nous étions mal partis.

– Vous auriez pu tirer, observe Mme B. encore frémissante.

– Non, c'était une femelle, et puis je ne tire plus d'éléphants maintenant. Ça me ferait vraiment quelque chose de tuer une de ces bêtes si extraordinaires, et je ne m'y serais résolu qu'en tout dernier ressort.

Cette soudaine sensiblerie m'étonne chez le guide de chasse.

– Je croyais que dans le temps, vous aviez été un grand chasseur d'éléphants?

– C'est vrai sans doute, mais il y a longtemps, et tout était différent. J'étais alors chasseur professionnel et mon rôle était de ravitailler des chantiers en viande de chasse, préférable pour les rations des travailleurs aux rations de poisson salé. Il n'y avait pas à l'époque d'autre source de ravitaillement. J'ai tué alors, il est vrai, des centaines de buffles et beaucoup d'éléphants. J'avais en brousse mes campements et de grands fumoirs toujours pleins. J'ai vécu comme cela des années, et puis un jour...

Il laisse passer un moment de suspense.

– Et puis un jour, j'ai assisté dans la rivière Umina, chez les Mitsogos, à une scène extraordinaire, un spectacle qui m'a bouleversé.

Je chassais ce jour-là accompagné de mon vieux pisteur Makita. La rivière coulait très fort en aval des chutes, et nous remontions le courant suivant la berge. Le bruit de la chute s'amplifiait au fur et à mesure de notre progression, et soudain, dans ce bruit, me parvient, semble-t-il, un cri prolongé... Intrigués, avec mon pisteur, nous écoutons encore. « C'est une femelle en chaleur », dis-je au pisteur. En effet, une femelle d'éléphant, lorsqu'elle est d'humeur folâtre, pousse de temps en temps un barrissement long et « glougloutant », vibrant comme un sanglot. Attentif, mon pisteur me dit : « Non missié, ça n'est pas la femme. » Nous poursuivons donc en direction de la chute, dont nous approchons enfin en grimpant sur un entablement rocheux.

A nos pieds, le bief tranquille, où les eaux de la chute se calmaient peu à peu. En face, une grande falaise d'argile d'une hauteur de deux étages. Et là-haut, au-dessus de cette falaise, des éléphants semblaient se bousculer. Dissimulé derrière les rochers, j'en comptai trois. Trois jeunes mâles, peut-être encore immatures, avec des pointes d'une dizaine de kilos. L'un d'eux, arrêté tout au bord de la falaise argileuse, se dandinait balançant sa trompe en cadence, oreilles écartées. C'était lui qui poussait ces barrissements langoureux. Il paraissait joyeux. Derrière lui, ses deux compères.

L'un des deux vint contre le premier et, le front collé à ses fesses, le poussa fortement vers la pente. Le premier, avec un barrissement aigu, freinant du train arrière, s'engagea dans ce toboggan. En fin de parcours, le voici en plein dans le bassin au bas de la chute, s'aspergeant copieusement. Mais là-haut, le deuxième avait pris sa place et réclamait l'aide du troisième, qui, répétant la même manœuvre, le poussa à son tour vers le toboggan.

Et voici nos deux éléphants, à présent dans l'eau, s'aspergeant en barrissant joyeusement.

Mais le troisième, resté en haut, manifestait son mécontentement.

Alors nous vîmes tout à coup les deux « baigneurs » sortir, courant, hors de l'eau, rejoindre la berge et disparaître dans la brousse. Quelques minutes plus tard, les voici à nouveau, tous deux, là-haut, près de celui qui les réclamait. L'un des deux arrivants à son tour poussa de front le compère impatient, l'expédiant aussi sur le toboggan. Et pendant plus d'une heure, ce cirque se poursuivit.

Mon pisteur était médusé et aucun de nous n'eut l'idée de tirer. Un coup de feu dans un tel spectacle eût été un sacrilège. Nous les avons regardés s'ébattre dans l'eau écumante.

A regarder ces bêtes énormes jouer comme des enfants, j'ai senti mon cœur se gonfler d'émotion et comme une prière monter à mes lèvres. Une prière vers un Dieu qui a pu réunir dans un pareil décor tant de grâce, de joie, d'harmonie et de paix en pleine forêt vierge.

J'avais alors déjà tué beaucoup d'éléphants. A partir de ce jour, quelque chose a changé en moi...

5

Hortense

Ce matin, les deux couples ont rejoint Libreville. De nouveaux clients, des Belges, sont arrivés avec leurs deux jeunes garçons.

Nous devons demain matin quitter le campement de bonne heure. Guizard a promis aux jeunes gens de leur montrer des éléphants et des buffles. C'est à l'aube que l'on a le plus de chance de voir des animaux. Dès que le soleil devient trop violent, ils préfèrent l'ombre fraîche des forêts. Je décide donc de regagner plus tôt mon bungalow de bambou.

Avant de me déshabiller et de me glisser sous la moustiquaire, je balaie du rayon de ma lampe électrique les murs de palmes tressées.

Soudain, coup au cœur! Là, dans l'angle, la plus gigantesque araignée que j'aie jamais vue. Même les grosses mygales qui m'inspiraient tant de réticence en Amazonie paraîtraient des naines en comparaison.

Le monstre s'agrippe à la paroi de ses énormes et innombrables pattes noires. Il est aussi gros qu'un lapin! Et s'il me sautait dessus et me plantait ses crocs empoisonnés sur le visage! Ma tête gonflerait comme un ballon violet et j'expirerais sur l'heure et dans d'intolérables souffrances. Mais non, je serais depuis longtemps mort d'un arrêt cardiaque.

Je cherche une arme. Un canon ne serait pas de trop. Je n'ai que ma chaussure. Elle est plus petite que la bête. Je recule jusqu'au bout de la case. A quatre mètres du dragon, je reprends courage. Je l'éclaire alors bien en face. Je vois sur la carapace les deux yeux protubérants qui brillent comme des saphirs, et à l'extrémité des deux pattes antérieures, les énormes pinces noires.

C'est un crabe! Un bon, un excellent, un sympathique crabe! Je n'ai jamais autant aimé un crabe. Si j'ai des araignées une horreur inexprimable, les crabes ne m'inspirent nulle crainte.

Je m'avance donc et saisis la brave bête à la naissance des pattes. Je tire et la détache à grand-peine de la paroi où elle se cramponne. Elle se débat et ses pinces ouvertes seraient fort capables, si elles pouvaient m'atteindre, de me couper un doigt.

Je jette le crabe géant par la fenêtre. Il fait en atterrissant sur le gravier ce bruit écœurant de noix de coco sèche que font tous les crabes quand ils tombent.

J'ai encore l'estomac brouillé, lorsque à nouveau mon cœur s'arrête de battre. Là, sur le mur, à côté du porte-serviettes, une araignée brune de grande taille. Ça n'est pas le « lapin » de l'instant d'avant, mais tout de même, elle occuperait bien le fond d'une grande soucoupe.

Après l'émoi de tout à l'heure, mon âme est encore chétive, et c'est d'une main tremblante que je saisis l'une de mes chaussures. Je l'approche jusqu'à vingt centimètres de l'ogre et la projette avec une force décuplée par la peur. La paroi est à moitié enfoncée. La chaussure tombe à terre. Je me penche, frissonnant. Pas la moindre trace de bête écrasée sur la semelle.

Ces araignées de nuit qui chassent les insectes à la course sont d'une terrible vélocité. En un cinquième de seconde, celle-ci a vu la chaussure qui s'abattait et s'est esquivée. Où est-elle passée? Elle a dû se glisser avec une répugnante prestesse dans l'une des innombrables fentes du mur.

Je fais couler un peu d'eau froide et m'asperge le visage pour me remettre. Je tends la main vers la serviette. Au moment où je la saisis, je sais d'une prescience mystérieuse que l'araignée est dedans. Elle y est. Je sens son corps rêche glisser entre mes doigts. Je pousse un cri, jette la serviette et son affreux contenu à terre, et me sauve de la case le cœur au bord des lèvres.

L'air frais de la nuit m'apaise un peu. Je me sens ridicule. Pas question pourtant de retourner dans ma case tant que cette bête s'entêtera à me poursuivre. Je décide de lui laisser le temps de se calmer elle aussi et d'attraper quelques papillons de nuit bien gras. Je rejoins la grande case où Henri Guizard boit du porto blanc en compagnie de ses Belges.

– Que se passe-t-il ? s'étonne le guide de chasse en me voyant apparaître sur la véranda. Vous ne pouvez pas dormir ?

Je bredouille que j'ai dû me battre avec une armée de crabes et d'araignées et que je viens me refaire une santé avec un double whisky... sans eau ni glace, merci.

Henri Guizard garde un moment le silence. Il semble soucieux.

– J'espère, dit-il enfin, en me regardant d'un œil soupçonneux, que vous n'avez pas tué Hortense.

– Hortense !

– C'est l'araignée familière de votre bungalow. Une très brave bête qui dévore tous les moustiques et les cafards. Nous l'aimons beaucoup.

Je proteste que je n'ai fait aucun mal à Hortense. Je garde secrètes mes tentatives pour l'écrabouiller. Mais était-ce bien Hortense ?

– Elle est grande comment, Hortense ?

– A peu près comme ça, répond Guizard en me présentant sa main ouverte.

Je frémis. Hortense serait encore plus grande que mon araignée brune !

Henri Guizard me donne tout à coup une légère bourrade.

– Allez ! grogne-t-il, n'ayez pas honte. J'ai autant que vous horreur des araignées.

Il se ressert à boire un peu de porto et se renverse en

arrière sur son fauteuil. C'est le signe ordinaire qu'il va nous conter une nouvelle aventure.

Nous nous approchons tous, pour ne pas en perdre un mot.

– Je faisais alors de la prospection forestière, vers le Moukoumana-Bouali, commence-t-il, et bien sûr, je couchais sous la bâche, en pleine forêt. J'avais un petit chien très remuant et téméraire, je ne le gardais que par faiblesse et affection, car il était bien piètre chasseur. Tout ce qu'il savait faire, c'était provoquer des charges d'éléphants par ses aboiements intempestifs.

Justement, ce soir-là, il aboyait frénétiquement contre une de mes cantines posée contre le poteau de ma tente. Il s'approchait, reniflait, aboyait et aussitôt s'écartait vivement. Il répétait sans cesse ce manège, jusqu'à ce que, agacé, je donne l'ordre à mon boy d'aller voir ce qu'il pouvait bien y avoir derrière la cantine.

Mon gars, avec précaution, déplace la cantine et, la lâchant soudain, fait un bond en arrière. Je m'approche et je découvre à mon tour la bête.

Énorme, velue, grosse comme une mangue, des pattes de la dimension de mes doigts. Une araignée, poilue, géante, prête à sauter, me fixait. Dès que nous approchions, elle faisait un bond vers nous. Nous avons fini par la tuer à coups de bâton. J'ai pu observer ainsi ses crochets à venin. Ils étaient de la taille de mon pouce. Vous me croirez si vous voulez, je n'ai pas réussi à les écraser au marteau.

Nous frissonnons. Une lucane grosse comme un abricot s'est abattue sur le carrelage de la véranda. Zorro le chat pose la patte dessus. La lucane crisse et se débat. Zorro la laisse partir puis la rattrape. Mais bientôt il est distrait de la lucane par une courtilière qui atterrit en criant sur un fauteuil. Trop curieux, je ramasse la lucane qui me mord jusqu'au sang avec ses énormes tenailles dentelées.

– En quarante ans de forêt vierge, je n'ai rencontré que deux fois l'Araignée Poilue Géante africaine, reprend Guizard, après avoir bien joui de notre épouvante. La seconde fois, le monstre gîtait dans une souche à demi pourrie que mon cuisinier débitait à la hache pour faire son feu. Quand il a vu la bête, il a eu la présence d'esprit de la couvrir avec une calebasse. Puis il m'a appelé. Il savait que j'étais curieux de toutes ces bêtes insolites. Je l'ai gardée quelque temps dans une dame-jeanne en verre que j'avais tronquée, et dont l'orifice ainsi agrandi était fermé par un grillage maintenu par de lourdes pierres.

Elle était aussi grosse que l'autre et faisait les mêmes bonds inquiétants. Je veillais soigneusement à ce qu'elle ne s'échappe pas. Le cuisinier lui apportait tous les jours une souris ou un mulot.

Le jour où il lui a apporté un oiseau et que j'ai vu l'ignoble bête envelopper de ses pattes noires la petite boule de plumes, je l'ai tuée à coups de bâton.

Nous frissonnons une nouvelle fois. La nuit parcourue de lucioles nous paraît plus inquiétante.

– Je ne sais pas, enchaîne Guizard, si le venin de ces bêtes est vraiment mortel. Cependant, un jour, sur un des chantiers forestiers, l'un de nos coupeurs a été mordu par une mygale verte. Une bête nettement plus petite que l'Araignée Poilue Géante, mais grosse quand même comme un esquimau Gervais.

Mon coupeur, qui venait d'abattre un okoumé, s'était assis sur un tronc couché, pour souffler un peu. La mygale devait être tapie dans un creux de l'écorce. Mon gars a bondi en hurlant. On lui a arraché son short : la bête était cramponnée à son aine. Dans le quart d'heure qui suivit, ses testicules sont devenus gros comme des papayes.

Mes hommes l'ont amené aussitôt à notre infirmerie où l'on soignait aussi avec des plantes. Toute la nuit il a gémi, souffrant beaucoup. Deux jours plus tard, il est mort.

Les araignées nous ont un peu abattus. Guizard nous contemple d'un œil moqueur. La vermine, nous explique-t-il, condescendant, c'est la première manifestation de la vie animale, dès votre premier contact avec la brousse en Afrique.

Les araignées, bien sûr, de toutes les tailles et de toutes les couleurs, mais aussi les scorpions. Le scorpion noir, grand comme une langoustine, n'est pas bien dangereux, mais le jaune, beaucoup plus petit, donne de fortes fièvres. Son venin, dit-on, peut tuer un enfant. Les plus lancinantes vermines sont les moustiques, mais il ne faut pas oublier une espèce de moucheron, un minuscule insecte, le fourou, qui provoque une bien mauvaise fièvre, la « dingue », qui peut rendre fou. Et les tsé-tsé...

– Attention, m'avait crié Guizard le soir de mon arrivée à Iguéla, vous avez une tsé-tsé dans le cou.

Il assena alors un grand coup de serviette sur la mouche.

– Ça donne la maladie du sommeil ? interrogeai-je un peu ému.

– Non, c'est le contraire, si vous en avez une sous la moustiquaire pendant la sieste, vous êtes sûr de ne pas fermer l'œil.

Guizard ajouta, rassurant :

– Ici, il n'y a pas de sommeilleux, monsieur Goulphin, donc les mouches ne sont pas infectées...

Odile, la boyesse, m'apporte un verre et la bouteille de whisky. Elle porte son gosse de deux ans dans le dos. L'enfant a les jambes nouées autour de sa taille. De sorte que lorsqu'elle me verse à boire, j'ai deux pieds sales sous le nez.

Je ne peux réprimer un léger recul. Guizard le remarque.

– Ce petit a les pieds pleins de chiques, soupire-t-il. C'est un peu gênant, j'en conviens. Surtout si Odile sert ainsi à table. Les chiques du petit peuvent tomber dans l'assiette.

Il sourit avec un brin de férocité. Il aime, c'est évident, nous donner la chair de poule.

– Les tiques, c'est un autre fléau, enchaîne-t-il gaillardement. Tout le monde en attrape un jour ou l'autre. Les pires sont les tiques d'éléphant. On les ramasse en suivant leur piste. Elles sont minuscules. On les voit à peine sur la peau. Quand on les frôle avec la main, on sent alors une vive brûlure. On les enlève avec un peu d'alcool ou du pétrole. Elles se détachent. Il faut bien prendre garde à ne pas laisser dans la peau la tête de la tique. Sinon, vous êtes bon pour un superbe furoncle.

Je fais semblant de ne pas écouter, pour qu'il en soit pour ses frais de terrorisme, et je contemple le grand tableau qu'il a peint dans le style de l'école de Fontainebleau : une famille d'éléphants à l'orée de la forêt.

(C'est le petit qui m'a donné le plus de mal, il bougeait sans cesse, m'a dit ce matin Guizard pince-sans-rire, comme je m'intéressais à cette œuvre fort bien venue.)

Mais mon apparent détachement ne fait pas illusion au guide de chasse.

– Il est vrai que les chiques sont bien pires que les tiques, insiste-t-il, cruel. On les attrape dans le sable sur la plage, ou dans la poussière du village qui est constamment ensemencée par les innombrables porteurs de chiques. Pour extraire cette saloperie, il faut dégager avec précaution l'orifice par lequel elle est entrée. Vous écartez les chairs et vous la retirez tout doucement. Si vous la crevez, malheur! une multitude de bébés chiques vont se répandre dans la plaie, et ce sera pire qu'avant. Les Noirs, et surtout les enfants qui ont de bons yeux, savent très bien extraire les chiques sans vous faire mal, à l'aide d'un minuscule bambou, appointé un peu comme un cure-dents.

Ce soir je regarderai mes pieds avec attention.

– La vermine, c'est vraiment la plaie, en brousse, renchérit Guizard : les mouches maçonnes toujours agressives, les mouches jaunes, les taons à bois qui piquent furieusement, les abeilles, les sanguingés, les sangounaguindas, les magnans, les termites, les chiques, les tiques, les fourous, les guêpes de toutes sortes et parmi elles, j'oubliais..., les diloubis!

Mon mécanicien, la saison dernière, a fait bien involontairement connaissance avec cette race de guêpes : les diloubis, et, croyez-moi, il n'est pas près de l'oublier.

Bien que portant des verres très épais, ce garçon devait cependant, à cause de sa myopie, approcher de très près l'objet de son travail.

L'une de nos voitures était en panne depuis deux semaines et garée à notre atelier. Le mécanicien, sans méfiance, souleva le capot et approcha son nez du carburateur. Il en surgit tout à coup une nuée de diloubis, qui le chargèrent furieusement.

Le pauvre garçon faillit emporter le capot autour du cou et détala coudes au corps à travers la savane.

Mais les diloubis ne lâchaient pas leur proie et piquaient partout à la fois.

Il ne dut son salut qu'au plongeon qu'il fit dans le marécage, où il maintint autant qu'il put sa tête sous l'eau.

Lorsqu'il sortit de ce bain, sa tête avait enflé à tel point que de la semaine il ne put mettre son chapeau.

Guizard veut maintenant nous entretenir des chenilles urticantes, mais j'en ai assez et parle fermement d'aller me coucher. Les Belges, un peu pâles, m'imitent.

– Bien! bien! dit Guizard goguenard, je me tais. Comme cela, vous ne saurez rien de la mouche rouge, qui inocule un petit ver sous la peau. Ce ver ne tarde pas à s'ébattre sous vos yeux dans une petite cloque translucide.

– Passionnant, mais vous nous raconterez cela en détail une autre fois, tranché-je, nous ne souhaitons pas faire de cauchemars.

– Vous ne saurez rien non plus du ver de Guinée, qui vit aussi sous la peau et peut atteindre deux mètres de long; et que l'on enroule un peu chaque jour sur une allumette jusqu'à ce qu'il soit entièrement sorti. Un tour par jour, deux au maximum, jamais plus.

– Deux tours par jour, j'ai bien noté, répété-je en dévalant les marches de la véranda.

– Ni de la filaire, qui affleure généralement à la cornée de l'œil.

– Certainement, disent les Belges en chœur, bonne nuit, monsieur Guizard.

Mais le guide, franchement amusé, tient à m'accompagner jusqu'à mon bungalow. Peut-être veut-il s'assurer que je ne m'apprête pas à exterminer Hortense.

Sur le pas de ma porte, il me retient d'une main impérieuse, soudain sérieux :

– Un conseil important, mon cher ami. Avant de vous glisser dans votre lit, sous la moustiquaire, vérifiez avec votre lampe électrique que vous y êtes bien seul.

– Hélas! c'est le cas, soupiré-je.

– Ce n'est pas à ce genre de compagne que je pensais, fit Guizard avec un petit rire. Dans mes débuts en Afrique, je négligeais souvent d'inspecter mon lit. Un jour, à peine m'étais-je glissé entre les draps que je sentis quelque chose se faufiler entre mes orteils. Je pensai de suite à un serpent et d'angoisse mes orteils se serrèrent involontairement. Aussitôt, une douleur atroce m'irradia le pied, se propageant tout au long de ma jambe jusqu'à l'aine. Je beuglais de douleur et de peur! Vite, mes femmes arrachèrent les draps, cherchant partout ce serpent. Nous découvrîmes alors, filant comme un éclair, une affreuse scolopendre, longue de quinze centimètres, équipée d'une multitude de pattes, tenant en l'air une queue fourchue. Cette espèce de scolopendre rougeâtre est très redoutée; sa piqûre est venimeuse et fait beaucoup souffrir. Mon pied présenta de suite un aspect inquiétant. Entre les orteils, une énorme boursouflure noirâtre et tout alentour ma peau devint violette. J'ai maintenu pendant trois jours mon pied dans de l'eau chaude et salée. Enfin, à l'endroit de la morsure, la peau éclata. Il en sortit du pus et des caillots de sang noir. J'ai boité pendant une semaine.

Il me donne la chair de poule. Je vais rentrer me coucher. Il me retient encore.

– Ne vous affolez pas, me glisse-t-il, paternel, si vous tombez sur la petite scolopendre grise, très fine. Elle ne pique pas, mais si elle se promène sur vous pendant votre sommeil, elle laisse sur son passage, sur votre peau, une suite de cloques minuscules; et si vous l'écrasez, la nuit, vous verrez, son corps devient alors phosphorescent.

– Si j'en vois une, je vous appellerai, proclamé-je, excédé, en m'insinuant dans ma case.

Guizard s'éloigne enfin en gloussant, puis revient sur ses pas.

– Surtout, le matin, me crie-t-il à travers la cloison, secouez bien vos chaussures! Une tarentule peut y avoir fait son nid dans la nuit.

– C'est mortel? balbutié-je, le cœur chaviré.

– Non, en principe, mais on peut mourir de peur en sentant la bête velue au bout du pied nu vous savez.

6

Une chasse au bulldozer

Les perroquets ne sont même pas encore arrivés! C'est dire s'il est tôt lorsque nous nous retrouvons Guizard et moi avec la petite dame belge et ses deux enfants au bord de la lagune.

Car il faut prendre un canot pour aller dans la réserve, en face du campement d'Iguéla qui a été édifié à côté du village Ngowé, pour éviter, m'a dit Guizard en aparté, que les clients ne soient importunés par les animaux. L'odeur et les rumeurs du village les écartent. De la sorte, pas de chimpanzés chapardeurs au petit déjeuner, ni de gorilles à l'apéritif ni d'éléphants au dîner, toujours prompts à chiper d'une trompe indiscrète la banane que vous venez tout juste d'éplucher!

On ne sait jamais si ce diable d'homme parle sérieusement ou plaisante...

Nous embarquons. Un mince filet rose barre l'horizon. Le ciel blanchit. Le pisteur éteint sa lampe-tempête et lance le moteur.

La petite dame belge laisse traîner sa main potelée dans l'eau fraîche qui écume le long du canot.

Guizard supporte quelques minutes, sans mot dire, puis, d'une voix courtoise :

– Je crois qu'il serait bon, madame, que vous gardiez bien sagement vos mains sur les genoux, mon vieux crocodile n'a pas encore déjeuné à cette heure...

La petite dame retire en hâte ses mains de la lagune.

– Il y a aussi dans ces eaux, près de la berge où nous

allons accoster, des serpents d'eau dont la morsure est mortelle, disent les Ngowés.

La petite dame bredouille vaguement qu'il n'est pas dans ses intentions immédiates d'affronter témérairement la faune sauvage des cours d'eau gabonais.

– J'en suis fort aise, susurre Guizard. A cet endroit même, dans ce fouillis d'herbes aquatiques, j'ai vu une femme du village qui avait posé là ses nasses à écrevisses se faire mordre par un serpent moucheté. Elle est morte en dix minutes. Il ajoute, galant : les couleurs de cette espèce de serpents qu'ils appellent ici mouïnfou sont splendides. Sur un fond gris rosé s'étalent des mouchetures très sombres ayant chacune en leur centre un point doré. Une jolie idée pour un foulard, me semble-t-il.

La petite dame, qui paraît avoir tout à fait perdu sa voix, acquiesce d'un faible signe de tête.

Le canot vient d'accoster et les enfants courent, joyeux, envahissant les sièges du 4 × 4 Toyota qui attend sous abri le bon vouloir des clients de Guizard.

Nous fonçons dans l'immense savane que bordent d'épais bosquets de forêt équatoriale. C'est là que devraient se trouver les éléphants. Le pisteur nous montre leurs traces fraîches et les branches qu'ils ont cassées.

Ils ne sauraient être bien loin.

Nous roulons toujours au centre de la savane. Le pisteur, juché en haut de la carrosserie, est chargé de repérer le gibier. S'il le découvre, alors nous pourrons faire à pied une approche classique, tenant compte du vent, nous défilant dans les creux, rampant dans les herbes courtes, nous tapissant au contact des sous-bois.

– C'est alors un instant d'intense émotion, me dit Guizard, où pour ma part si j'ai un œil sur le gibier repéré, j'ai l'autre sur la voiture... en cas de repli stratégique et rapide.

Nous parvenons ainsi au lieu dit Tassi, où notre piste longe l'océan. Et soudain, deux silhouettes sur la plage. Guizard fronce les sourcils. Pourtant il n'y a pas de braconnier sur ce domaine. Nous approchons des deux hommes qui nous font de grands gestes amicaux. Ah! c'est le chef du village accompagné de son fils, venus sur la plage à la recherche des œufs de tortue. C'est aussi du braconnage, mais à si petite échelle! Guizard le tolère, mais leur dit quand même son mécontentement. Ils semblent tout contris et gentiment nous offrent les œufs, bien que leur récolte soit fort modeste.

Dans le chapeau du chef, moitié feutre, moitié haut-de-forme, une trentaine d'œufs tout blancs, un peu gaufrés, semblables à des balles de ping-pong.

– Avez-vous envie d'une omelette aux œufs de tortue, nous demande le guide?

La dame belge et moi-même faisons connaître nos sentiments : cette omelette ne nous dit rien; quant aux enfants, plus directs, ils s'écrient : « Pouah! »

Guizard ne s'en émeut pas. Il s'est fait aux inexplicables dégoûts des Européens pour les vers de palmiers fumés, les chenilles grillées, les termites sèches et les omelettes aux œufs de tortue.

– Si nous avions été seuls, me dit-il à l'oreille, nous serions allés voir Astérix et j'aurais essayé de le faire charger... si ça vous avait amusé, bien sûr.

– Ça m'aurait énormément amusé, lui assuré-je.

Guizard m'explique qu'il ne veut pas prendre de risques aujourd'hui avec son chargement d'enfants.

Nous ne voyons toujours rien. Je lui en fais la remarque. Ça devrait l'ennuyer. Il sourit. Il y a pourtant dans ce domaine dix mille buffles, quinze cents éléphants, des milliers d'antilopes et de potamochères. Cinq cents chimpanzés et une centaine de familles de gorilles! Tout cela sur la superficie d'un département français! Sans compter les « hippos » et les crocodiles.

Nous ne voyons toujours rien.

Le pisteur, soudain, se manifeste :

– Buffles à trois heures, dit-il en désignant du doigt tout là-bas à l'horizon un vague troupeau, tache roussâtre se devinant dans les hautes herbes.

Nous approchons et dissimulons la voiture dans un bosquet. Rassemblant caméra, jumelles et appareils photo, nous allons à pied, derrière le guide, dans la direction du troupeau.

A ce moment-là, sur notre gauche, dans un galop effréné un buffle jaillit d'un bas-fond et au grand galop s'éloigne, puis s'arrête. Il nous gratifie d'un noir regard, oscille de la tête, secoue l'encolure d'impatience, agite sa queue en tous sens. Va-t-il charger ?

Guizard, impassible, a manœuvré la culasse de sa carabine et nous a fait signe de ne plus bouger.

Le buffle, maintenant immobile, nous observe.

Nous retenons notre souffle et je calcule déjà le temps qu'il me faudra, si nécessaire, pour rejoindre la voiture à la course. Mais le vent maintenant a changé de cap, et le buffle, soudain, fait un bref écart et démarre au galop... nous tournant le dos. Ouf!

Nous reprenons notre approche et pour mieux situer le troupeau, nous gravissons la colline la plus proche.

Des buffles ? Non! Ce sont des potamochères, espèce de sangliers roux à pinceaux blancs et noirs leur encadrant le groin comme des « favoris ». Comble de malchance, notre buffle en cavale va traverser le troupeau de potamochères, semant la panique dans les rangs. Le troupeau aussitôt détale et rentre en forêt.

Nous sommes déçus.

Nous revoici à la Toyota et notre route reprend.

Enfin, un troupeau de buffles, à bon vent, qui nous laisse approcher. Photos et encore photos. Les enfants réclament un vrai gros plan. Guizard fonce et rattrape un buffle.

– Allons voir Pinocchio, annonce soudain le guide de chasse.

Les enfants applaudissent.

Qui est Pinocchio ? Un éléphant très doux et très tranquille, qui passe ses journées à méditer dans un petit coin de savane verdoyante, dans l'échancrure de la forêt.

Un coin tout vert, avec des halliers aux ombrages frais et de l'eau glougloutant dans un ruisseau. Un vrai coin de paradis. Je soupçonne le guide d'avoir passé un pacte avec Pinocchio.

Nous le découvrons là, dans son « jardin », jouant avec sa trompe, qui fouille l'herbe tendre. A ses pieds et tout alentour, une douzaine d'aigrettes blanches le suivent pas à pas, car dans son déplacement Pinocchio dérange une foule d'insectes qui font le régal de ces oiseaux.

Il est sage et philosophe. Un vrai Babar.

Il nous a vus certes, mais jouant l'indifférent il tourne, se retourne, se dandine, se fait admirer. Les enfants photographient et voudraient approcher davantage.

Guizard refuse. Il me paraît assez tendu et nous demande de monter en voiture. Il n'a pas arrêté le moteur qui ronronne au ralenti. Je lui en demande la raison.

– Il ne faut jamais avoir en brousse pleine confiance, même avec Pinocchio. Je me réserve une certaine marge de sécurité. Surtout si j'emmène des enfants, comme aujourd'hui.

L'année dernière, me dit-il à voix couverte, je promenais les cinq enfants de mes clients, garçons et filles de quinze à dix-sept ans.

Au fond d'une savane, nous avons vu un troupeau d'éléphants se déplaçant d'une galerie forestière vers une autre. Nous nous sommes approchés à pied et avons fait de belles photos. Lorsque le troupeau d'éléphants ne fut plus visible, nous sommes alors revenus vers la voiture et avons repris notre randonnée. Mais la piste que nous suivions nous a ramenés vers le point où les éléphants avaient disparu en forêt depuis déjà un bon quart d'heure. Supposant qu'ils s'étaient suffisamment éloignés, j'ai abordé mon virage sans trop de méfiance. Mes grands gamins, à l'arrière, plaisantaient et riaient.

Mais là, en plein virage, surgit soudain un éléphant, un seul, et sa charge n'était pas charge d'intimidation. L'œil en feu, la trompe roulée au-dessus du crâne, les oreilles largement ouvertes, barrissant effroyablement, il a foncé droit sur nous.

Les enfants, paniqués, hurlaient. La voiture 4 × 4 Diesel que j'avais l'année dernière n'était pas, hélas! une voiture de course. Et cette savane truffée de termitières, pas une autoroute!

En quelques mètres il nous a rejoints. C'était hallucinant et je me disposais à lâcher le volant et à tirer cette maudite bête. La boîte de vitesses et les enfants criaient en chœur leur panique. L'éléphant barrissant soufflait sa colère. Je réussis cependant à prendre un peu de vitesse. Nous allions bon train, maintenant nos distances : trois à quatre mètres nous séparaient.

Ensuite, peu à peu, je gagnai du terrain. Battu au sprint, notre éléphant s'arrêta. Nous, nous avons continué encore un peu. Ensuite j'ai stoppé la voiture et, mettant pied à terre, nous avons repris notre souffle.

Les gamins se souviendront longtemps sans doute de ce rodéo. Car voyez-vous, poursuit Guizard, buffles ou éléphants, lorsqu'un troupeau entre en forêt, après qu'un fait quelconque l'a alerté, il laisse toujours l'un d'eux en sentinelle sur la piste d'entrée. Les Africains disent qu'il ferme la forêt!

Sur ce, le guide de chasse me renouvelle sa promesse.

– Demain, nous n'aurons pas les enfants et je ferai charger la Toyota par Astérix, ça va vous amuser beaucoup.

Le boy dessert la table. Les Belges, grands et petits, se relaxent dans les fauteuils sous la véranda. Les enfants parlent de Pinocchio et demandent au guide une foule de détails.

– Je vais vous parler, dit-il, d'un duel entre un éléphant et un bulldozer.

Les gosses, les yeux grands ouverts, sont tout oreilles. Nous rapprochons nos chaises et faisons remplir nos verres. Même Zorro cesse de jouer avec les insectes géants tombés sur la terrasse.

– C'était sur un chantier forestier voisin, dans la région des Bapingis. Le mécanicien du chantier, après un dépannage en brousse, rentrait en Land Rover en direction du campement tout proche. Il poussait sa machine au maximum. « S'en fout la mort », la devise des chauffeurs de taxi-brousse, lui aurait tout à fait convenu.

A deux kilomètres de la base se présente un virage serré, dans un lieu où la route fort bombée était bordée de grands fossés profonds des deux côtés. Tout à coup, il aperçoit à trente mètres devant, trottant allégrement, mais bloquant la route de sa carrure, un éléphant énorme.

Aussitôt, par réflexe, il débraie et freine. Mais, rares sont les voitures de mécano qui ont des freins. La Land Rover lancée sans freins, les bas-côtés trop profonds lui étant interdits, poursuit sa course et sans hésitation percute violemment le cul de l'éléphant. Celui-ci, surpris sur ses arrières, pousse un barrissement terrible, a une faiblesse dans les jambes et tombe assis sur le radiateur bouillant.

Le mécano, affolé, quitte sa voiture et bondit en brousse par la portière de gauche. Le boy-mécanicien, paniqué, en fait autant par celle de droite.

Sur la route, notre éléphant ébouillanté fait face à la Land Rover, charge, la retourne une fois, deux fois, et le coussin du siège ayant coincé le klaxon, celui-ci rugit furieusement. Notre éléphant, croyant à un sursaut de son adversaire, charge à nouveau.

Dans cette nouvelle charge, il engage sa pointe dans la portière, jusque sous le siège, où elle se coince dans les caissons métalliques. Lorsqu'il force pour soulever l'adversaire, sa pointe se casse et de douleur il barrit plus fort encore. Il est furieux.

En brousse, nos deux hommes sont fort inquiets de tant de bruit.

Enfin, près d'une heure plus tard, le silence se fait. L'éléphant est entré en forêt, la Land Rover, en piteux état, gît dans le fossé. Nos deux compères regagnent donc leur base à pied et on leur apprend qu'un éléphant furieux ne cesse de barrir dans la forêt toute proche.

Sur cette base étaient rassemblés les ateliers mécaniques, les cases des employés mécaniciens et conducteurs d'engins. Toute la nuit, on entendit l'éléphant barrir effroyablement. Le nerf de sa dent à vif le faisait cruellement souffrir à chaque obstacle rencontré en brousse et il devenait enragé.

Au matin, grande alerte! L'éléphant, déchaîné, oreilles largement déployées, la trompe furieusement tendue, fonce dans la savane. Tout le monde se met à crier et s'éparpille dans la base. L'éléphant charge au bruit et à l'odeur et, passant en trombe entre deux cases, il se prend la tête dans une couverture mise à sécher et étendue sur un fil au soleil. C'était la couverture du conducteur de bulldozer! Aveuglé par cette couverture dont il ne peut se dépêtrer, l'éléphant fonce dans le noir et, paniqué, se dirige droit devant lui, vers la forêt, où il parvient à vive allure. Mais aveuglé, il se cogne partout.

Au village, les langues allaient bon train. Cet éléphant ne pouvait être qu'un « sorcier », et chacun s'interrogeait sur son identité réelle. Quant au propriétaire de la couverture, le conducteur du bulldozer, il ne trouvait pas le fait naturel et accusait sa femme d'adultère, car il s'agissait de SA couverture et cela était bien mystérieux. Comme chacun sait, rien ici n'est naturel et il y a toujours derrière des faits insolites la malice de quelque malveillant. La nuit vient, semblable à la veille. Barrissements en brousse. Palabres au village.

Au matin le mécano envoie le conducteur de bulldozer effectuer le graissage de son engin. Notre homme, occupé à son travail, est étonné de découvrir, face à lui, notre éléphant, sans la couverture cette fois et fort agressif. Effrayé, il pense à la fuite, met son moteur en marche et veut manœuvrer. A ce moment, la bête charge et heurte de front la grille de protection du radiateur. Le conducteur, pour éviter la trompe qui le cherche, lève la lame du bulldozer et la laisse retomber sur les pattes avant de l'éléphant qui titube.

Sûr de son avantage, notre homme met en marche avant et, relevant et abattant sa lame, « charge » à son tour. Bulldozer et éléphant se font face et chargent en même temps. Le choc est terrible... mais l'éléphant est vaincu!

Les jeunes Belges paraissent consternés de la défaite de l'éléphant. Les parents eux aussi s'apitoient sur ce pauvre animal et ses souffrances, la pointe cassée, le nerf à vif! Quant à moi, je crois spirituel de dire :

– Tout a commencé parce que cette Land Rover n'avait pas de freins!

Le regard de Guizard me couvre de son dédain.
Pas de freins! J'ai eu autrefois, poursuit-il, une des rares voitures existant alors à Port-Gentil. Il faut vous dire que la ville à cette époque n'avait pas de rue carrossable et qu'on n'a construit que bien plus tard la « route en ciment », faite de dalles de béton coulées directement sur le sable.

J'avais donc une C4 limousine, transformée en camionnette. Le moteur tournait rond. Mais cette C 4 n'avait pas de freins! mais alors pas du tout! Pour remédier à cette carence, j'avais installé un système extrêmement simple.

Au bout d'un câble de quinze mètres, j'avais fixé une ancre de marine, genre grappin à trois crochets. Le câble solidement arrimé à l'arrière de la voiture, l'ancre reposait en attente sur le plancher arrière du véhicule. Lorsque je voulais m'arrêter, je criais à pleins poumons : « Mouillez! » Aussitôt, Hubert, mon boy-chauffeur, qui se tenait prêt, debout sur la plate-forme arrière de la voiture, jetait l'ancre! L'arrêt était brutal, mais efficace. Cependant, il fallait tenir compte de la longueur du câble et lancer l'ordre de mouillage une quinzaine de mètres avant le terminus.

7

Peureuses panthères...

Il pleut sur le camp à la nuit tombée. Une pluie violente accompagnée de coups de vent qui font tomber les mangues dans la boue. Chaque fois, ça claque et le chat sursaute. Nous sommes tous vautrés sur la véranda, fatigués. L'apéritif du soir est servi. Ce matin, les Belges, satisfaits de leur séjour, ont rejoint Libreville. Tout l'après-midi nous avons crapahuté sur les pistes pour voir des buffles. Mais les vents changeant sans cesse ne nous ont pas permis de faire de bonnes approches. Deux troupeaux nous ont ainsi éventés et nous n'avons pu réussir de photos. Nous avons trouvé dans la savane le crâne d'une grande antilope, un settu-tounga qui avait sans doute été tué par une panthère.

– Une plaie, ces panthères! avait grogné Guizard. Il y en a plus de cent sur cette réserve. C'est beaucoup trop.

– Pourquoi n'en abattez-vous pas quelques-unes? m'étonné-je.

– Parce qu'on ne chasse pas facilement les panthères. Ce sont des bêtes que l'on rencontre par hasard, mais qu'il est difficile de pister. Si en savane une antilope vous aperçoit dans les parages, elle lève la tête et vous la repérez facilement. Si c'est une panthère, alors la bête, en alerte, s'aplatit au sol, couchant ses oreilles sur l'encolure, l'échine ondoyante serrant le sol au plus près. La couleur de son pelage favorise le mimétisme avec les couleurs alentour. Les panthères chassent surtout la nuit et très rarement dans la journée. Sans doute peut-on les piéger. Mais le piège est aveugle et se refermerait sur n'importe quel autre gibier. Et puis, piéger n'est pas mon fort!

Le cri du coq nous fait sursauter. Le canard lui aussi se manifeste très fort, d'un couac! couac! énergique. Les deux seuls survivants de la basse-cour sont sur le qui-vive. Ce ne sont pas les clients qui ont mangé les autres, mais les pythons... et les panthères! Le coq est inquiet, ce n'est pas l'heure de son cocorico.

– J'espère, dit Guizard, que les panthères respecteront les derniers témoins des splendeurs passées de mon élevage. Mais les félins ont toutes les audaces.

J'ai peine à croire qu'une panthère ose s'approcher du campement illuminé où le cuisiner entretient dans son coin un feu d'enfer, qui lance des éclairs sur les grands arbres.

– Rien ne les intimide et leur effronterie ici est légendaire. Ma vieille blanchisseuse qui a disparu sans laisser de traces pourrait bien en avoir été victime. C'est en tout cas ce que disent les gens d'ici, et c'est bien possible. Cependant... Oui, il est vrai que la pauvre femme était un peu lépreuse et avait établi son campement à quelque distance du village, consciente de son état.

Ces révélations me font sursauter au moins deux fois. Une panthère a mangé la blanchisseuse... et d'une! La blanchisseuse du campement était lépreuse... et de deux! Mais Guizard, auquel ma surprise n'a pas échappé, sourit et s'efforce de me rassurer. Il m'affirme que la maladie ne s'attrape que lorsque le lépreux a des plaies purulentes et que le contact est vraiment prolongé. Ou encore par les muqueuses. Quant à avoir été dévorée par une panthère, ce n'est après tout qu'une hypothèse. Comme elle vivait éloignée des siens et que durant quelques jours on ne l'a plus vue, on a accusé la panthère.

– C'est ce qu'on dit au village, ajoute Guizard. Mais je n'en suis pas convaincu. On aurait dû retrouver dans ce cas la carcasse de la vieille femme. La préférence de l'animal va vers les parties bien saignantes : les poumons, les viscères... J'ai eu l'occasion de voir dans un petit village trois femmes et un jeune garçon qui avaient été tués par la panthère... Ils étaient éventrés, ouverts jusqu'aux poumons, mais les bras, les cuisses étaient griffés certes, bien abîmés, mais pas consommés.

– Mais alors, la blanchisseuse?

– Elle a été plus probablement avalée par un niloticus – vous savez, il y en a de très gros dans ces marécages –, ou bien par un python, ici ils sont énormes. L'un comme l'autre consomment tout, d'un coup. Pas de traces. Et plus tard, tout se résume en une longue crotte, blanche et cassante, de la taille d'un énorme saucisson. On en trouve souvent sur les pistes menant aux débarcadères de la lagune ou aux marigots. Ce sont les laissées de pythons ou de sauriens. Mais je garde mon opinion pour moi. Je ne veux pas contredire les Africains, qui mettent toujours toutes les disparitions mystérieuses sur le compte de la panthère. Pour eux c'est l'épouvantail, comme le loup-garou au Moyen Age. De plus, ils croient que leurs ennemis personnels peuvent s'incarner dans la panthère. Et souvent, ces croyances sont à l'origine de bien des palabres parmi nos Africains.

– Je croyais que la panthère n'attaquait jamais l'homme, m'étonné-je.

– C'est ce que disent les livres.

– Mais hélas, les panthères ne savent pas lire!

J'ai risqué cette vieille plaisanterie. J'ai eu tort. J'ai coupé son effet à Guizard qui s'apprêtait à me la servir.

– Ah! vous la connaissiez vous aussi, grince-t-il, dépité.

Le coq crie une nouvelle fois et le canard cancane avec fébrilité.

– Au début, j'avais près de quarante volailles derrière des grillages solides, gémit Guizard. Mais pythons et panthères se rient des grillages.

Sans transition il commence :

– Dans la région des Bandjabis, il y a une vingtaine d'années, pendant une seule saison des pluies, quarante-sept victimes de panthères furent recensées dans un seul secteur. Vous imaginez les palabres dans ces villages où chacun accusait son voisin... L'administrateur, à l'époque, se rendit sur les lieux. L'enquête officielle reconnut sur les quarante-sept cas la culpabilité de la panthère pour quarante-cinq victimes. Les deux autres, sûrement pas. On organisa donc une battue à la panthère. Pendant plusieurs jours, sur pied de guerre, les pisteurs étaient surexcités. Enfin, un jour, le fauve est signalé dans une partie de la forêt surplombant la Louétsé. Tous les Bandjabis étaient groupés en rabatteurs et armés de sagaies et de machettes. Certains avaient des armes à feu. L'administrateur, deux villageois anciens combattants, un « milicien » ancien tirailleur et le père M., qui était il est vrai une recrue de première catégorie. D'abord pour ce qu'il représentait en sa qualité de curé face à ce démon qu'était la panthère, et ensuite parce que le père M. était un homme de grande taille, allant sur ses quarante ans, tout en muscles. D'un tempérament plutôt baroudeur. Ex-commando franc-tireur. Bref, un curé de choc, ne craignant ni la panthère ni le diable. Voici donc notre panthère encerclée et réfugiée feulant de colère dans un énorme massif de bambous de Chine et de mayombos. On la savait là, mais on ne la voyait pas.

Tout le monde était autour, mais pas de volontaires pour aller la débusquer.

Cependant la coutume africaine dit qu'un étranger à la région n'a rien à craindre d'une panthère qui a arrêté son choix sur tel ou tel clan.

Parmi nos chasseurs se trouvait un Eschira étranger au lieu. Fort de cette croyance, notre homme, roulant des mécaniques, entra le premier dans le fourré. Le père M. le suivait de près... Notre Eschira se trouva tout à coup face au félin, qui d'un coup de patte lui rompit la nuque. Le père M., qui ne donnait pas dans le détail, tira dans le tas, tuant la panthère.

Cette bête était énorme mais très vieille, et ses crocs étaient usés. Ne pouvant plus chasser comme autrefois, elle se rabattait sur des proies plus faciles : femmes à la plantation, enfants jouant aux abords du village. Lorsqu'on parle de panthères mangeuses d'hommes, c'est toujours de ce genre de panthères qu'il s'agit.

Nous sommes tous assez impressionnés.

En regagnant nos cases respectives, nous balayons les buissons de nos lampes électriques, afin de débusquer les panthères qui pourraient y être tapies.

Dans la nuit, un orage terrible se déchaîne. J'entends craquer les arbres dans la forêt voisine et s'écrouler les branches. Je n'en suis pas fâché. Ce n'est pas un temps à mettre une panthère dehors.

Après un coup de tonnerre terrifiant, une accalmie. La pluie a cessé. Le vent est tombé. Dans le silence revenu, on entendrait trotter un cancrelat.

Subitement, je me redresse sur mon lit. Quelque chose marche près de la case. Ça s'approche, se frotte au mur, puis marche à nouveau dans l'herbe. Plutôt que de trembler sous ma moustiquaire, je préfère me lever et je tâtonne pour saisir ma lampe électrique.

J'ai dû faire trop de bruit, car j'entends les pas s'éloigner et en même temps la chose pousse une sorte de grognement.

Tant pis si ce que je vais voir doit me faire mourir de peur. Tout vaut mieux que l'incertitude. Je marche sur la pointe des pieds jusqu'à la fenêtre et braque le rayon de ma lampe sur la pelouse.

A vingt mètres, au pied d'un palmier, juste en face de la case de Guizard, il y a une masse sombre et jaune tapie dans les herbes.

J'essaie de me rassurer. C'est peut-être le chien du cuisinier, un animal jaunâtre qui vagabonde toute la nuit et fait bruyamment la chasse aux crabes de cocotier.

Un rayon de lumière jaillit brusquement de la fenêtre de Guizard. Il est dirigé sur la pelouse. Il s'arrête un instant au pied du palmier. La bête jaune n'y est plus. Le rayon s'éteint.

Guizard a dû se recoucher. Je l'imite, fataliste.

– C'était une civette, me dit le lendemain matin au petit déjeuner le guide de chasse, un petit fauve noir tacheté de blanc jaunâtre de la taille d'un chien. Pas dangereux pour l'homme, mais mortel pour la volaille. C'est sûrement cette civette que le coq avait repérée, hier soir.

Il ajoute, taquin :

– J'ai vu votre lampe électrique qui balayait la pelouse en même temps que la mienne. Mais moi, j'avais un fusil.

– Mon but était seulement d'admirer l'élégance de mouvement de la panthère, ce superbe félin, fais-je sans rire.

Henri Guizard ne daigne pas relever ma rodomontade.

– La dernière fois, murmure-t-il, que je me suis trouvé exactement *sous* une panthère furieuse, j'ai pu constater que les livres ne mentent pas, qui décrivent son ventre comme entièrement blanc.

C'était au pays bavoungou, où j'avais à cette époque établi ma case. Une grande case en bambou couverte de palmes comprenant deux chambres encadrant une salle de bain commune. Ma fille aînée avait deux ans, et lorsque avec l'une de mes femmes j'occupais une chambre, ma fillette était dans l'autre chambre avec ma deuxième femme. Depuis deux mois, presque chaque nuit la panthère venait rôder auprès de ma case, à tel point que le soir, dès la tombée de la nuit, j'exigeais que mes femmes et l'enfant restent à l'intérieur. Nous avions fini par vivre dans la hantise de cette bête. Nous avions mis une porte solide à l'entrée et du grillage à nos fenêtres. Et toute la nuit, nous laissions en veilleuse une lampe à pétrole allumée dans la salle de bain. Cette nuit-là, tout dormait dans notre maison. Soudain un bruit sourd. Nous avions oublié de fermer la petite fenêtre de la salle de bain, maintenue entrouverte dans la journée par une baguette de bois. C'est la baguette, en tombant, qui m'a réveillé. La panthère venait de sauter dans la salle de bain et, désorientée, hésitait un bref instant entre les deux chambres. Réveillé, mais en état second, réalisant que ma fillette était avec ma femme dans la chambre voisine, d'un violent coup de reins je me dresse sur mon lit et, négligeant d'ouvrir ma moustiquaire, je me précipite, entraînant drap et moustiquaire. Et c'est en roulé-boulé, ficelé dans ces linges, que j'arrive en trombe droit sur la panthère, juste sous son ventre. La panthère bondit, affolée, et se reçoit contre le mur de bambou qui cède en partie. Alors, sentant que là est l'issue, la bête bondit à nouveau. Le mur de bambou craque et elle jaillit dehors dans la nuit en feulant. Tout cela en quelques minutes qui m'ont paru une éternité. Bien sûr, dans la case, le moment de panique passé, nous avons veillé jusqu'au jour.

Guizard me désigne de la main le panneau de bambou et de lianes qui sert de porte à la salle à manger :

– Voyez-vous, me dit-il, ce séko permet au vent de passer mais offre l'inconvénient d'être assez rigide. C'est un rideau de ce genre qui nous valut des sueurs froides, une certaine nuit, dans les monts du Chaillu. Ce soir-là, avec l'un de mes amis prospecteur nous avions installé nos deux lits Picot dans une case de bambou, dont la porte était un séko. Entre nos deux lits, sur une caisse, notre lampe-tempête. Chacun de nous sous sa moustiquaire lit tranquillement dans son lit. Dehors, la nuit calme, sans lune. Dedans, la lumière jaune de notre lampe. Soudain un léger bruit et un rauquement sourd. Nous levons les yeux en même temps vers la porte. Une panthère se tient là, immobile, et le séko qu'elle a poussé en rentrant s'est rabattu, fermant l'issue derrière elle. Surprise à son tour, elle plie l'échine, le poil hérissé, l'œil meurtrier, ses babines retroussées sur ses dents, ses oreilles couchées en arrière, tel un chat face à un gros chien. Mon copain et moi, le livre à la main, nous n'osons pas bouger. Mon fusil est dans l'angle du mur derrière la panthère, mon revolver sur la caisse, près de la lampe. Les secondes passent, longues comme des heures. Le vent agite nos moustiquaires; cela paraît effrayer terriblement le félin, qui feule plus fort maintenant et hésite à tourner le dos à ces étoffes blanches qui bougent au vent. Soudain elle se décide, et d'un bond furieux, griffes en avant, défonce le séko et passe au travers. Nous avons poussé tous deux un tel soupir de soulagement que la lumière de la lampe-tempête m'a semblé vaciller. Ensuite, nous avons repris notre lecture, conclut Guizard, flegmatique.

– Apparemment, fais-je sur le même ton, les panthères qui commettent la folie de pénétrer chez vous ne trouvent leur salut qu'en passant à travers les murs.

– Apparemment. Une autre fois, en effet, c'est encore comme cela que la panthère s'est enfuie. Je l'avais surprise en pleine nuit dans mon poulailler. Réveillé en sursaut par les cris de mes poules, j'ai sauté tout nu de mon lit et, prenant au vol mon Simplex, toujours chargé d'une chevrotine, je me suis précipité vers mon poulailler. Je rentre en trombe prêt à tirer et me voici au milieu d'un nuage de plumes, assourdi par mille caquètements désespérés. Droit devant moi, dans l'obscurité, un grand bond, suivi d'un craquement. La panthère, surprise, vient de se ruer contre le mur de bambou qui s'ouvre sous le choc. Un deuxième bond! Je tire au coup de bras.

– Vous l'avez tuée?

– Non, j'ai tué le coq.

Le soir à la veillée, Henri Guizard fait à nouveau quelques variations sur le thème de ses relations personnelles avec les panthères.

– Soixante et onze poules en une saison! Voilà ce que m'a mangé à ma base de M'Péré une panthère particulièrement effrontée. C'était une bête d'habitudes. Elle attendait que nous soyons endormis, mes femmes et moi, pour s'approcher de notre case, rentrer et se promener dans la salle à manger, où elle prenait plaisir, semble-t-il, à frotter son dos sous la table, contre l'angle des traverses. Au matin, nous trouvions de longs poils collés au bois. Ce sans-gêne m'énervait.

Une nuit, elle mange mon chat! Ce qui est plutôt rare, entre félins... Le drame s'est déroulé dans la salle de bain. Le chat s'est bien battu mais en vain. Le surlendemain, c'est ma petite chienne. Là, trop c'est trop. Je fais dès lors de l'exécution de cette bête une affaire personnelle. Une des nuits suivantes, je l'entends feuler dans la forêt de bambous, derrière chez moi. Je prends ma lampe frontale, baptisée hypocritement « lampe de dépannage », et, fusil en main, je pénètre dans le bois. Dérangée par le rayon de ma lampe, elle feule sur ma gauche. J'avance toujours. La voici derrière la grande touffe de bambous; en un bref reflet, j'entrevois son œil vert. J'approche encore, voici de nouveau ses yeux. Plus rien; elle a dû se faufiler vers l'autre touffe. Je la suis toujours. J'approche. Elle souffle, feule longuement. Je me tiens prêt. Plus rien; elle feule encore, mais plus à gauche, et tournant la tête vers elle... ma lampe s'éteint tout à coup. Là, j'ai entendu mon cœur battre comme un marteau frappant un gong. Un grand froid m'envahit et, tenant toujours mon fusil de la main droite comme une arme de poing, j'essaie de la main gauche, en tâtonnant, de suivre des doigts le fil jusqu'à la lampe. Un feulement encore, et ma peur maintenant me fouille le ventre, comme une lame. Mon doigt est engagé sur la gâchette, je me sens calme. Une seule issue : pas de panique! Lentement je recule et mon dos s'appuie contre la touffe de bambous. Devant moi, tout est noir. Mes oreilles à cette heure enregistreraient même des ultrasons. Je m'entends penser.

Tout à coup... lumière! Mon rayon fouille à nouveau fiévreusement les alentours. Plus rien. La panthère s'est fondue dans la nuit. Mais je m'entête, je l'aurai. Et dès le lendemain, je fais un mirador – oh! un modeste mirador, car le temps presse. Deux poteaux de six mètres que je plante face à un très gros bananier. Mes deux poteaux et ce bananier au fût épais feront donc un tripode que je relie au sommet par une plate-forme légère, renforcée d'un morceau de contre-plaqué. Dès la nuit, je m'installe en haut.

La lune se lève et tout est blanchâtre en bas. Je distingue fort bien le poulailler juste sous mon mirador et, tout près du poulailler, le toit de palmes du petit coin W.-C. Sur la gauche, ma case. A ma droite, le bois de bambous de Chine par où la panthère doit venir. Pas trop de moustiques. Mon fusil est près de moi. Pour ne pas offrir de relief à la lune, je suis couché à plat ventre. Il fait frais et je lutte contre le sommeil, m'efforçant de penser à maintes choses pour me tenir éveillé. Mes yeux cependant s'alourdissent et, malgré moi, une semi-somnolence m'envahit. Je rêve, je rêve que je plane.

Un léger glissement, une sensation de vide et soudain je plane! Il ne faut jamais oublier que le bananier est une légumineuse et pas un arbre! Mon bananier constituant l'un des trois poteaux s'est plié et a cassé comme le ferait une asperge ou un poireau, et ma plate-forme s'inclinant, je pars en glissade. Maintenant je plane vraiment!

Passant au-dessus du poulailler, je pénèbre bille en tête

par le toit de palmes dans le W.-C. champêtre. Mes femmes, à grand-peine, m'extirpent de là. Il ne leur reste plus qu'à me laver et à me parfumer.

C'était une de mes chasses de nuit à la panthère...

Trois mois plus tard, je la tirai un soir à la tombée de la nuit. Elle était énorme, mais n'avait que trois pattes; l'une de ses pattes avant n'était qu'un pilon dont la base avait fini par se « corner ». Quelque piège pygmée sans doute, dans sa jeunesse...

L'empreinte de sa patte au sol faisait quatorze centimètres de diamètre. Son infirmité, limitant son action de chasse, la rendait dangereuse pour les hommes.

C'est la deuxième fois que nous allons nous coucher sans entrain... un peu trop remués par ces histoires de panthères.

Henri Guizard m'accompagne jusqu'à ma case. Je balaie prudemment les buissons du rayon de ma lampe.

– Si vous voyez des yeux verts, c'est la panthère, me confie-t-il. Certains disent qu'elle a des yeux rouges. N'en croyez rien. Ne vous laissez pas abuser par des ignorants.

Je promets. Ma lampe allume mille feux parmi les branches, gouttes d'eau, yeux de grenouilles ou d'araignées, mais nul binocle vert.

– On peut facilement se tromper la nuit sur des yeux de bête, me dit Guizard. Ainsi moi, un soir...

Et sur ce, le voilà qui me gratifie d'un nouveau conte de chasse effrayant. En guise de « night-cap » sans doute!

– Après un long périple ce jour-là, je regagnais ma base à la nuit et de ma lampe éclairais la piste devant moi. Arrivé dans un bas-fond, le rayon de ma lampe accroche deux yeux, l'instant trop bref ne me permet pas de saisir la couleur. Sans doute une antilope. Ma lampe cherche encore. Voici de nouveau un bref reflet. Je tire; les yeux s'effacent. Je me précipite. A terre, du sang. A quelques mètres encore, du sang devant un buisson, des pistes d'animaux partout... Puis plus de sang. Il est tard, je poursuis ma route jusqu'à ma case. Au matin, j'emprunte le chien de mon cuisinier, un chien bassingi, hargneux et coriace. On le dit bon chasseur. Nous arrivons sur les lieux. Le chien renifle, met la queue entre les pattes et passe derrière moi. Cela m'étonne. Le cuisinier, son maître, qui nous a suivis, est vexé du comportement de son animal. Le saisissant par le cou sans ménagement, il le jette carrément dans le buisson. Le chien couine et ressort comme une balle, et cette fois détale à toute vitesse. Le cuisinier est ébahi. Je crois avoir compris.

C'est avec grande précaution que je m'avance à mon tour, auscultant des yeux le buisson. Voici le sang, là sur une souche, et dans le sous-bois succédant au buisson, une branche près du sol est retournée, présentant ses feuilles à l'envers.

Maintenant je sais et, accroupi l'arme prête, j'avance encore un peu. Puis je me fige. Seuls mes yeux balaient l'espace en quart de cercle, à vingt pas devant. Une souche au sol... Il me semble voir un léger mouvement. Elle est derrière la souche et, intriguée par mon silence, lentement elle se soulève, les yeux au ras du tronc, essayant de me localiser. Encore quelques secondes. Je la distingue enfin et la tire.

C'était une belle panthère, avec une peau magnifique. Blessée la veille et n'ayant pu s'éloigner, elle m'attendait de pied ferme.

Pas fou, le chien du cuisinier!

Guizard réfléchit un instant, et me prend familièrement le bras.

– Voyez-vous, ces chiens bassingis ne sont pas vraiment des chiens de chasse, mais ils s'avèrent très utiles en une occasion : quand vous les voyez foutre le camp, vous savez que ce n'est pas un écureuil qu'ils ont trouvé là-derrière.

Je lui promets de m'équiper d'un de ces précieux animaux à ma prochaine chasse à la panthère.

Nous nous disons cordialement bonsoir.

Dans ma case, je me déshabille à gestes mesurés, pour ne pas effrayer une panthère, au cas où une de ces pauvres bêtes hypernerveuses m'observerait de ses craintifs yeux verts par la fenêtre sans grillage...

8

Ève et les serpents

Ce matin, arrivée d'un jeune couple fort sympathique. Lui, grand pêcheur de tarpons. Elle, très jolie rousse aux yeux verts.

Dès le petit déjeuner, grand branle-bas vers les cuisines. On court dans les broussailles derrière le hangar. Surexcités, les boys s'arment de machettes. Le cuisinier, ayant entendu gémir son chien, s'est aventuré dans les herbes à sa recherche. Il a dérangé un python énorme, paraît-il, qui s'apprêtait à l'étouffer. Le python s'est sauvé.

Le chien « miraculé » est là, titubant, tête basse, ayant peine à reprendre son souffle, gêné par ses côtes enfoncées. S'en sortira-t-il? Je suggère qu'on lui fasse boire du lait. On lui présente une écuelle, mais... il ne se sent pas en appétit.

Et tout ce monde parle de pythons, rappelant telle ou telle histoire où ce serpent tient la vedette.

Guizard arrive aux nouvelles.

– En cette saison, soupire-t-il, il y a plein de pythons à proximité de la lagune. Récemment on en a tué un de plus de sept mètres, près du poulailler. Il avait avalé cinq poules que nous avons retrouvées en le dépeçant. La queue du python est assez appréciée, par ici.

Je frémis.

– Sept mètres! dis-je impressionné.

– Peuh! J'en ai tué un, dans les monts de Cristal, que nous avons soigneusement mesuré de la tête à la queue : dix mètres et huit centimètres. Cette taille m'avait tellement étonné que je l'avais consignée à l'époque dans mon agenda. Sa tête était aussi grosse que celle d'un mouton.

– Un dragon! m'écrié-je, capable, j'imagine, de tuer un homme.

– Un python de sept mètres pèse bien autour de cent cinquante kilos et est déjà fort capable d'assommer un homme. Ces serpents chassent surtout la nuit, repérant leur gibier à l'onde de chaleur.

Le cuisinier avait donc raison de réclamer la veille au soir, malgré nos moqueries, qu'on le raccompagne le soir au village en voiture.

– Oui, je n'aurais pas dû me moquer de lui. Un python peut parfaitement avaler un homme. Il vous flanque un grand coup de tête, de tout le poids de ses cent cinquante ou deux cents kilos, et vous êtes KO! Le python vous enlace alors et resserre davantage à chacune de vos expirations. Vous n'avez contre lui aucune défense. Comment voulez-vous vous battre? Avec quoi? Vos mains? Si elles sont encore libres! Essayez toujours! Une fois qu'il vous a encerclé, du bout de sa queue il agrippe un arbre, pour avoir bonne prise. Vous allez mourir étouffé. Quand vous ne bougez plus, il vous enduit de salive et commence à vous avaler par la tête...

Je me sens le souffle court.

Pourquoi dit-il « vous »? Aurait-il appris par hasard qu'hier soir, avant de rejoindre ma case, je suis allé quelques instants me promener seul sur la piste de forêt?

– Il est donc imprudent de se promener le soir dans la forêt, dis-je d'une voix faible.

– Très imprudent. L'auriez-vous fait par hasard?

– Euh! quelques dizaines de mètres, hier soir... mais j'avais pris ma lampe, me hâté-je d'ajouter en voyant Guizard froncer les sourcils.

– Il ne faut jamais aller en forêt la nuit sans me prévenir et sans arme, grogne-t-il. De jour non plus, d'ailleurs.

Voici ce qui m'arriva un jour, alors que je chassais vers Ozouri.

J'effectuais un grand détour pour approcher des hippopotames et je m'apprêtais à traverser un grand espace herbeux, suivant une piste d'animaux. J'étais fort préoccupé à repérer mon gibier droit devant moi et je négligeai de regarder où je posais mes pieds.

Soudain, sous mon pied gauche, une souche. Non! sous la semelle ça bouge! Je fais très vite un bond et l'arme à la main je me retourne. Je venais de poser le pied sur un très gros python, allongé là, en travers de la piste, où il attendait le passage d'un gibier.

Je m'interroge encore : pourquoi ne s'est-il pas rabattu sur moi à mon passage? M'a-t-il trouvé un gibier trop ... « vertical », peut-être plus difficile à saisir qu'une vulgaire antilope?

J'estime avoir eu de la chance!

Il est resté immobile un instant, me fixant de ses yeux froids. J'ai attendu à deux mètres, sans faire le moindre mouvement, le regardant. Il pouvait mesurer six mètres cinquante et son diamètre était celui d'un ballon de rugby.

Alors, très lentement, il s'est déplacé sans un bruit. Ce n'est que quelques mètres plus loin qu'il a manifesté sa curiosité. Il a levé la tête à un bon mètre du sol et m'a toisé insolemment.

Dans ce même secteur, j'ai eu un jour très peur! Figurez-vous que j'étais entré dans un marécage à l'eau jaunâtre. De l'eau jusqu'à la taille, j'en suivais les bords boisés de palétuviers. Les hippos étaient là, derrière le rideau d'arbres, à une centaine de mètres. Je progressais lentement dans cette eau opaque. Mes pieds s'enfonçaient dans la vase jusqu'aux chevilles.

Soudain, à moins de un mètre de mon coude, sur une racine de palétuvier, un énorme tas verdâtre : un python immense y était logé, atteignant en volume une grande corbeille à linge. Et – horreur! – ce serpent descendait dans l'eau, lentement, à mes pieds. La tête n'était plus visible dans cette eau opaque et le reste du corps glissait toujours à quelques centimètres de mes jambes. Il descendait toujours..., le tas sur la racine du palétuvier diminuait.

Mon angoisse augmentait. Il eût suffi qu'il m'entoure les jambes, et j'étais irrémédiablement perdu.

La respiration bloquée, m'efforçant de ne pas raidir mes jambes, le doigt sur la gâchette, le canon au ras de l'eau, essayant de calculer si, en tirant – au cas où ce serait là ma dernière chance –, l'onde de choc pourrait avoir un quelconque effet qui me sauverait.

J'ai attendu, immobile, tétanisé, un moment qui m'a paru un siècle, avant de battre en retraite avec mille précautions.

J'ai vraiment eu beaucoup de chance ce jour-là, conclut Guizard.

– Je me souviens d'avoir lu dans *La Mémoire du fleuve*, le livre de souvenirs de Jean Michonnet, un pionnier du Gabon, le récit d'un combat épique entre un python et un éléphant.

Guizard lève un sourcil ironique.

– Oui, je l'ai lu aussi. Mais sans doute était-ce un tout petit éléphant et un très grand python.

Entre pionniers, on ne se fait pas de cadeaux!

Quelques jours plus tard, nous rencontrons à Omboué Jacques Michonnet, le frère de Jean Michonnet. Il est commerçant dans ce Fernan Vaz immense et seul marchand de carburant de la région. Guizard s'approvisionne chez lui pour l'alimentation de sa base.

Il nous reçoit avec la gentillesse habituelle sous l'équateur et a lui aussi une histoire de python sur le cœur.

– Je m'étais mis en tête d'élever des moutons, me raconte-t-il. J'avais parqué quelques brebis et un bouc dans un enclos grillagé derrière un hangar. Un python a enfoncé le grillage et chopé une brebis. J'ai réparé la brèche et renforcé la clôture. Quarante jours après, il est revenu, a démoli le grillage et emporté une autre brebis. J'ai encore bouché le trou. Quarante jours après, il est à nouveau revenu et il m'a bouffé une autre brebis. Quarante jours devait être le temps qu'il lui fallait pour digérer un mouton. J'ai renoncé à mon élevage.

– Vous auriez pu l'abattre! m'étonné-je.

– Je ne pouvais pas monter la garde toute la nuit et pas

un gardien, ici, n'aurait voulu s'en charger. Les moutons laissaient entrer le python sans pousser un seul bêlement. Des poules ou des chèvres auraient fait un tapage infernal qui m'aurait réveillé. Les moutons sont vraiment trop « fatalistes »!

– La chasse au python est délicate et parfois pleine d'imprévu, nous explique Guizard au dîner. Une nuit, dans ce campement, je suis brusquement réveillé par un coup de feu. Je me lève, inquiet. Je découvre mon vieux pisteur dans la cour, son fusil fumant à la main. « Missié! Z'ai eu python! », clame-t-il, tout excité. Et lampe-tempête en main, il me conduit jusqu'au garage. Dans le mur, un trou énorme! Sa charge de chevrotines est passée par là. Le python est bien touché car il y a du sang. Les boys nous ont rejoints. La nuit est très noire et nous n'avons pour tout éclairage que cette lampe-tempête. Nous déplaçons des planches et des caisses. Enfin, voici ce sacré python, bien amoché. Nous l'achevons à la machette. Il est assez gros et mesure bien six mètres.

Tout à coup, de la main j'arrête tout le monde sur place et nous entendons un sifflement ténu, comme celui qu'émet le mamba noir si on le dérange. Plus personne ne bouge. On me passe la lampe et le boy, tremblant, me donne sa machette. Ce mamba doit être là, devant nous, dans la zone d'ombre, prêt à frapper l'un de nous. Nous le savons tous : sa morsure est mortelle. Alors, parce que je suis le chef, j'avance lentement, avec précaution, la machette haute et la lampe à bout de bras, vers ce sifflement que notre peur amplifie. Encore un pas et me voici devant mon canot pneumatique Zodiac. Il se dégonfle lentement... Il avait pris des plombs destinés au python!

La jeune épouse rousse du pêcheur de tarpons se récrie :

– Ainsi, les pythons se promènent librement sur le campement!

Elle tremble en pensant qu'elle a flâné sans méfiance dans le jardin.

– Heureusement, se rassure-t-elle, les pythons ne pénètrent pas dans les bungalows.

– Tiens donc! s'exclame Guizard, le mois dernier, alors que nous étions à l'apéritif, là, sous la véranda, l'une de nos clientes va à son bungalow et revient intriguée. « Il doit y avoir quelqu'un dans ma chambre, dit-elle. Lorsque je veux ouvrir la porte, je sens qu'on la pousse de l'intérieur. » Étonnés, nous la suivons. J'appuie sur la porte qui s'entrebâille, résiste et... se referme. Je vais donc à la fenêtre et en passant ma tête à l'intérieur je vois un python volumineux roulé en boule qui, lorsque nous appuyons sur la porte, doit se soulever, mais son poids referme la porte comme un *yale* à ressort. Celui-ci aussi était un beau python.

L'émotive rousse pâlit.

Guizard se lèche les babines comme une panthère. Rien de tel pour séduire les femmes que de leur faire peur; si ce n'est les faire rire.

Et comme Guizard est un virtuose, il va faire rire la jeune rousse après lui avoir fait peur.

– L'histoire que je vais vous conter, chère madame, fait-il en se tournant vers sa tendre victime, illustre cet épilogue africain : il en est des pythons comme d'autres gibiers. Ils sont encore plus dangereux morts que vivants.

Je revenais de Fougamou, avec l'un de mes amis, ingénieur en poste dans la région. Nous étions à bord d'une voiture Peugeot « commerciale » et roulions bon train. Tout à coup, au bord de la route un groupe d'enfants nous fait de grands signes. Intrigués, nous ralentissons et voyons le motif de l'affolement des gamins. Sur le bas-côté de la route, un énorme python semblait les guetter. Mon ami était au volant. Je lui recommande donc la tactique habituelle en ce cas. « Avance sans heurt vers le python et d'un coup d'accélérateur tu montes dessus avec ta roue avant. Bloque ton frein et ne bouge plus. » Ce qui fut fait. La roue arrêtée à quelques centimètres derrière la tête le maintenait au sol, mais son corps immense s'enroulait autour de la roue. C'était impressionnant.

Je descends de voiture et m'étant armé du cric, je cogne très fort sur la tête. Je pense qu'il est mort. Le chauffeur fait marche arrière, dégageant ainsi le python... qui se redresse, furieux. Mon ami vient à la rescousse, la manivelle à la main, prend son élan pour frapper le python, qui l'évite. Emporté par son élan, mon ami tournoie devant le python qui, dressé mais handicapé tout de même par la « tisane » de cric que je lui ai administrée, veut le mordre... et le manque!

Les enfants hurlent leur panique et nous encouragent de loin. Le python alors veut prendre le large et rentre dans les broussailles où il va disparaître. L'ayant cramponné à pleines mains, je tire et ramène l'animal sur la route. Le voici, malgré lui, sur le « ring ».

Là, mon cric bien en main maintenant, je lui assène un coup qu'il ne peut parer. Le voici bien mort. Il approche les sept mètres. Mon ami voudrait bien le ramener à D'dendé pour le montrer à sa femme. Nous avions dans notre voiture, derrière la banquette arrière, une grande caisse fourre-tout. Nous la vidons et y mettons notre python. Cela fait un gros tas. La caisse est pleine. Nous rabattons le couvercle. Nous reprenons la route. Nous nous arrêtons cependant quelque cinquante kilomètres plus loin pour embarquer deux manœuvres employés de mon ami qui doivent rejoindre la base de D'dendé. Tous deux prennent place sur la banquette arrière et nous roulons. Devant, nous devisons gaiement. Derrière, nos deux passagers somnolent. Nous roulons à bonne vitesse.

Soudain, un hurlement inhumain!

Nos deux passagers, ouvrant leur portière à la volée, viennent de sauter sur la route. Le couvercle de notre caisse s'étant soulevé, sous les contractions *post-mortem* de notre serpent, le python... mort avait chuté sur les épaules de nos gars somnolents. Ils avaient cru qu'il était entré dans la voiture à notre insu. Affolés, d'un même réflexe, ils avaient sauté!

Nous nous arrêtons immédiatement et nous récupérons

nos deux acrobates. Celui qui avait sauté par la droite avait amerri dans un marigot... Celui qui avait sauté sur la gauche, moins chanceux, avait ouvert une tranchée dans un tas de latérite à quelques mètres de la route. Ils n'étaient pas jolis à voir. Boîtant et geignant, ils choisirent cependant de poursuivre leur voyage à pied, refusant catégoriquement le voisinage d'un python, même mort. Nous les laissons libres de leur choix et reprenons la route.

Une heure après, nous voici devant la case de mon ami. Sa femme est sous la douche et nous nous installons sur la véranda pour nous rafraîchir. Au préalable, et afin que l'épouse de mon ami puisse bien voir notre python dans toute sa longueur, nous le sortons de la voiture et l'étalons sur la dernière marche de la véranda. Ensuite, bien installés dans nos fauteuils, mon ami appelle le boy pour le service. Celui-ci arrive avec son plateau chargé de verres et de bouteilles, voit le python et trébuche. Nous recevons sur les genoux le boy, les verres, les bouteilles.

La dame, elle, alertée par ce tintamarre, apparaît. Voyant le python et croyant qu'il venait directement du jardin, elle tombe en syncope. Le boy a de multiples coupures et a mis du sang partout.

La femme de mon ami, revenue à elle mais très choquée, a eu de petites crises de rire nerveux toute la soirée.

Tout ça pour vous dire que même « bien » mort, un python reste dangereux.

Notre guide de chasse s'étire dans un bâillement communicatif : c'est le signal du couvre-feu. Nous devons tous partir nous coucher, si nous voulons demain à l'aube être dispos pour une tournée en brousse.

Le boy qui nous regarde, narquois, prendre congé de Guizard dit tout à coup à son patron :

– Missié, tu dis pas eux comment eux doivent dormir à cause du python ?

Guizard rit alors et nous dit :

– C'est une mauvaise plaisanterie, je vous la raconterai un de ces jours.

Mais la jeune dame rousse du pêcheur de tarpons ne l'entend pas de cette oreille et veut tout savoir tout de suite.

Elle se suspend, suppliante, au bras du guide de chasse. Nous allons nous rasseoir.

– C'est une histoire parfaitement stupide et qui ne me fait pas honneur, annonce Guizard.

L'un de mes amis de Libreville souhaitait que sa famille passe quelques jours de repos à Iguéla. Un Cessna les déposa un matin sur le terrain d'aviation de la réserve.

La journée se déroule comme d'habitude; pêche, tournée de vision en savane. Le soir, nous voici autour de cette table. M. et Mme M., les parents de mon ami, sa sœur et son mari.

Au cours du repas, on nous sert un terrible vin rosé, que nous buvons sans méfiance. Et M. M., assis à ma gauche, entreprend de nous conter avec ardeur ses hauts faits de guerre, chargeant ici, sabrant là.

Afin de couper à ces assauts guerriers, je demande à sa femme :

« Vous, bien sûr, vous ne ronflez pas? »

« Non, me dit-elle, mais mon mari ronfle. Y aurait-il un ennui à cela? Notre case est assez éloignée de la vôtre, semble-t-il. »

« Oh! madame, ce n'est pas de moi qu'il s'agit. Ce qui m'inquiète, c'est qu'il est regrettable que votre mari ronfle. »

Et devant son air intrigué, je précise :

« Car voyez-vous, la femelle du python, quand elle est d'humeur folâtre, émet un ronflement qui inévitablement attire les mâles. »

Effarement de la brave dame, qui prend son mari à partie et menace de dormir sur la table de la salle à manger, laissant son époux aux prises avec les pythons.

Voyant alors les proportions prises par la querelle et afin de faire diversion, je me tourne vers le jeune couple et leur demande :

« Votre bungalow est-il bien le dernier, au fond du jardin? »

« Mais oui, pourquoi donc? »

« Oh! ce n'est pas grave, mais étant en limite de la concession, près de la brousse, prenez la précaution de fermer votre porte, et si vous le pouvez aussi, gardez les jambes écartées en dormant. »

« Pourquoi les jambes écartées ? » s'inquiètent-ils.

« Si un python arrive jusqu'à vous pendant votre sommeil, leur dis-je, c'est d'abord par vos pieds qu'il commencera à vous avaler. »

Et je leur raconte alors ce drame authentique dont j'ai bien connu le héros.

C'était un Banzabi déjà âgé qui un samedi soir se rend à une danse au village voisin. Au matin, après une nuit de beuveries, notre homme rejoint son village mais, trop ivre pour rentrer dans sa case, il s'étend dehors devant la véranda et s'endort d'un profond sommeil.

Au jour, il se réveille, hurlant de douleur. Pendant son lourd sommeil, un python a commencé par avaler sa jambe droite et, parvenu à l'aine, ne pouvant aller plus loin et dans l'impossibilité de régurgiter, il mordait dans les chairs.

Tout le village réveillé brusquement accourt. On se précipite à son secours et on tue le python. On l'ouvre à la machette et on dégage la jambe de la victime. Sa jambe était toute rosée, car les sucs digestifs du serpent en avaient digéré la pigmentation, son tibia était légèrement incurvé, et son pied était complètement déformé.

Il vécut encore quelques années et, fier de son aventure, montrait sa jambe aux touristes.

Les deux jeunes gens sourient bravement. Mon récit les a troublés. Je ne fais rien pour les rassurer.

Au matin, le petit jour approchant, je leur annonce que le café est prêt et les attend dans la salle à manger. Je vois d'abord arriver M. et Mme M. Celle-ci a les yeux pleins de sommeil.

« Pas pu fermer l'œil, me dit-elle, il a ronflé tout le temps ! »

Lui me réclame de l'alcool et me montre son épaule.

« Toute la nuit elle n'a pas cessé de me pincer, elle prétendait que je ronflais et elle entendait le glissement des pythons mâles contre la cloison. »

Ensuite, voilà les jeunes, ils ont l'air fatigués, leur démarche en canard m'intrigue.

« Vous comprenez, me disent-ils en chœur, nous nous sommes relayés pour dormir, car dès que l'un de nous s'endormait, il refermait les jambes. Nous ne sommes pas habitués, voyez-vous. »

Nous partîmes dans la savane en voiture. J'étais seul à être éveillé à bord. Mes quatre passagers, indifférents au paysage et aux animaux, ronflaient lourdement sur les banquettes.

La jeune épouse rousse sourit, amusée.

– Comment peut-on être aussi sot : dormir les jambes écartées!

Le guide de chasse lui coule un regard un rien sadique.

9

Les « fourmis de l'adultère »

– Attention! Montez la vitre! me crie Guizard.

Sans demander d'explication, je remonte prestement la vitre de mon côté, le cœur battant.

Ouf! ça y est, la trompe de l'éléphant furieux ne m'attrapera pas. Et tourné vers Guizard :

– C'était un gros « la viande » qui nous courait après?

– Mais non, s'exclame Guizard surpris, il n'y a pas d'éléphant... C'étaient des sanguingués, les « fourmis à feu ». Elles envahissent la forêt en certaines régions et se tiennent dans les branches. On les rafle au passage en bordure de piste si on laisse les vitres de la voiture ouvertes.

Nous roulons en effet en forêt, dans un tunnel étroit de verdure. Nous espérions voir des gorilles, mais après des heures d'errance, en savane et en forêt, nous n'avons pas eu la chance de les rencontrer.

– Ce sont de véritables pestes, ces fourmis-là, grogne Guizard. Elles ne mordent pas, mais c'est pire! Elles lâchent sur la peau des gouttes d'acide formique qui brûlent comme une cigarette.

– Ça y est! J'en ai une dans mon pantalon!

Du feu en effet. Je me tortille. Comme je déboucle ma ceinture, Guizard m'arrête :

– Inutile de perdre votre temps à la chercher dans votre caleçon. Une fois qu'elle a lâché son acide, elle est inoffensive.

C'est vrai, la brûlure s'estompe peu à peu et je ne sens plus maintenant qu'une vague douleur cuisante.

– Quand je vous ai parlé de vermine, l'autre jour, dit Guizard, j'ai laissé de côté les fourmis. C'est qu'elles méritent un développement particulier.

Nous tous, ici, les redoutons autant que les fauves. Une invasion de sanguingués ou de sangounaguendas, autre espèce de « fourmi à feu », peut vous ruiner un hôtel de brousse, une auberge ou un campement de chasse. On s'en défend en arrosant le sol et les abords des cases au grésil et au pétrole. Mais sans grand succès. Quant aux magnans, les fourmis carnivores, lorsqu'elles envahissent un secteur, on n'a pour les détourner ou les arrêter que la ressource de mettre le feu. Et si vous êtes surpris la nuit dans votre case, dans un camp de brousse, par les magnans, vous n'avez d'autre issue que la fuite.

Tenez, cela m'est arrivé chez les Nkomis. La nuit, un bruissement insolite sur le toit d'abord, puis sur les murs, enfin partout. Hasardant ma main hors de la moustiquaire... des magnans! Je bondis hors du lit. Mes pieds sont aussitôt piqués, puis ils me grimpent sur les mollets. Il m'en tombe sur les épaules. Je me rue vers la porte que j'ouvre à la volée, je me précipite dehors. Il y en a partout et au hasard, je fonce dans la nuit droit devant moi, vers le hangar du garage. J'en ai sur tout le corps. Je me secoue, me débats et me réfugie vers la fosse à graissage, espérant que les relents de carburant les en auront écartés.

Bonne idée. Ici, il y en a bien moins. Vite, j'arrache tous ceux qui sont encore cramponnés à ma peau. Quelle nuit! J'ai attendu là le jour, pendant de longues heures.

Au matin, prudemment, je suis retourné vers ma case. Au sol, sur les murs, plus de fourmis. Mais dans mon poulailler, toutes mes poules étaient mortes, comme vidées de l'intérieur. Et dans sa cage, mon petit chimpanzé était mort aussi. Quelques fourmis retardataires sortaient de sa bouche. C'était partout le nettoyage complet. La colonne de magnans avait poursuivi sa route. Dans la case, en revanche, je n'eus plus de longtemps ni rats ni cancrelats!

Nous étouffons à cause des vitres fermées. Guizard accélère pour sortir au plus vite du tunnel, d'autant que de nombreuses branches cassées indiquent que les éléphants ne sont pas loin. C'est très hasardeux d'être chargé sur la piste en pleine forêt...

Nous débouchons enfin dans la savane. Nous ouvrons les vitres. Guizard ralentit.

– Un jour, chassant avec un ami, nous nous sommes égarés en forêt, ne retrouvant plus la rivière Nfoubou qui nous eût servi de fil conducteur. J'avais abattu un éléphant et failli perdre mon ami. En effet, aussitôt qu'il vit l'éléphant s'écrouler, il se précipita vers lui. Trop tôt, et surtout de trop près. Dans un spasme réflexe, la bête rabattit brutalement sa trompe, frôlant mon ami et l'envoyant bouler à trois mètres. Un coup de trompe pareil, bien appliqué, vous disloque un homme.

Maintenant la nuit vient et nous cherchons tous deux un refuge pour passer la nuit. Blottis dans les contreforts d'un gros arbre, sans feu, nous essayons de somnoler un peu, mais pas trop, attentifs aux bruits de la nuit qui nous entourent de toutes parts. Au loin, un orage gronde. Tout paraît calme et mon ami soudain me dit : « J'entends venir la pluie. » En effet, un bruissement partout alentour. Je sens une piqûre sur ma jambe, puis deux, puis dix, puis mille. Alors je gueule : « C'est pas la pluie! c'est les magnans! » et vite sur pied, tirant mon ami, je lui recommande : « Suis-moi, surtout ne t'arrête pas! » Et je fonce dans le sous-bois, en aveugle, éclairé seulement par de brefs éclairs. Mon ami suit, titube, bute. Je ne le lâche pas. Je l'engueule, je le houspille, je le tire. Maintenant, sous nos pas, je reconnais une piste et je fonce, hurlant et le tirant. Cent mètres, deux cents mètres... je ne sais, nous fonçons toujours. Et soudain sous nos pas : le vide. Nous chutons dans la rivière N'foubou, que nous avions cherchée en vain toute la journée. J'en aurais pleuré de joie. Nous sommes restés dans l'eau jusqu'au jour, bien protégés, là, des fourmis.

Je demande timidement s'il est vrai que les magnans sont capables de dévorer un être humain, comme en court la légende.

– Il pourrait arriver, dans un village, alors que les gens sont à la plantation et qu'il y a dans une case un vieillard impotent ou un infirme, que le passage des magnans soit dramatique. Une personne ne pouvant se déplacer serait certainement perdue.

Je veux en savoir plus.

– Est-il vrai que les anciens rois noirs avaient coutume de livrer aux fourmis ceux qui leur avaient déplu ?

– C'est bien possible. Mais c'était il y a bien longtemps sans doute. Ces abus ne pourraient jamais se produire de nos jours.

Je suis soulagé ! Il doit être tout à fait terrible d'être dévoré à petites bouchées.

– Toutefois, corrige Guizard, les « fourmis de l'adultère » sont toujours en service.

Je frissonne... Les « fourmis de l'adultère ». Je pressens quelque horrible pratique.

– Les « fourmis de l'adultère », continue Guizard, sont ainsi nommées parce qu'elles sont préposées à la vengeance des maris cocus. Ce sont de grosses fourmis noires, pourvues de pinces solides, qui vivent dans certains arbres que l'on a appelés, de ce fait, les « arbres de l'adultère ». Ces arbres ont ceci de particulier : la terminaison de leurs branches comporte, inclus dans le bois, de petits canaux par où circulent ces fourmis. Cet arbre est donc une fourmilière. On attache donc la femme coupable et son amant, face à face, chacun à un de ces arbres. Quelquefois, on les enduit de miel. Ensuite on s'en va, les laissant là, ficelés en tête à tête... Plus tard, ce lieu de forêt devient tabou, il est interdit au commun d'y pénétrer. Cependant, le sorcier, l'homme-médecine ou les initiés peuvent y revenir. Sans doute alors trouvent-ils les deux amants à l'état de sacs de peau fripée, vidés... Les fourmis ont pénétré par les orifices du corps et tout dévoré. C'est évidemment une punition sévère. Elle se pratique encore peut-être dans certaines régions, loin des centres et loin du monde, qui sait ?

– Je croyais, hasardé-je, que les histoires d'adultère s'arrangeaient assez facilement entre Africains.

– En général, oui. Mais cela donne toujours lieu à des palabres. On doit convenir de l'indemnité à verser par l'amant au mari. D'où aussi des abus, car certains maris, avec la complicité de leurs femmes, pourraient en prendre l'habitude.

– Oui, mais alors les fourmis?

– Les fourmis sont réservées aux adultères qu'on ne peut absoudre. Par exemple, lorsqu'un garçon de condition inférieure a des relations avec l'une des femmes d'un grand chef, d'un grand notable, et lorsque ce palabre se règle au sein du groupe et à l'insu, bien sûr, des autorités.

Nous croisons en ce moment un break tout terrain, flambant neuf. Au volant, un grand gaillard hilare nous salue au passage. Guizard, qui le connaît bien, lui rend son salut et me dit :

– Voyez ce garçon sympathique, c'est un Othello de la forêt vierge. Je vous raconterai ce soir son étrange aventure. Vous verrez qu'en Afrique les adultères ne se terminent pas toujours très gaiement.

Je devrai donc patienter jusqu'au dîner!

Henri Guizard aime prendre ses aises dans son grand fauteuil, le soir, pour raconter une histoire à laquelle il tient particulièrement.

Nous roulons vers la base. Guizard freine et arrête la voiture. Sur sa cuisse, une énorme fourmi se promène.

– Voyez-vous, cette fourmi-là, me dit-il, c'est un « soldat ». Remarquez ses deux pinces à l'avant. Il existe en forêt des fourmis bien plus grosses encore et que l'on utilisait autrefois, et encore sans doute en brousse aujourd'hui, à des fins de chirurgie primitive. En effet, d'une blessure ouverte, on rapprochait les lèvres des chairs et on leur présentait la fourmi. Les deux pinces aussitôt se refermaient, ancrées dans les chairs. Ensuite on pinçait la fourmi à hauteur de son abdomen. La tête et les pinces restaient donc figées...

On renouvelait cette opération de suture au point le plus rapproché et ceci tout au long de la plaie. Les pinces restaient en place, maintenant la plaie fermée.

Toujours pas de gorille en vue. Cependant, toute une famille de colobes-satan, ces grands singes noirs, bondit dans les arbres sur notre gauche, gagnant, en criant très fort, les plus hautes branches.

Une rousse de feu comme on dit. Une fille très belle et qui aime plaire. Elle rit aux bons endroits des récits de notre guide de chasse. Elle ne ménage pas ses exclamations. Son œil vert caresse Guizard qui se déploie comme une caravelle de haute mer. Le mari pêcheur de tarpons se rencoigne, placide. Il est habitué.

– Oh oui! jubile la rousse épouse, une histoire d'adultère africain! Racontez!

Guizard a un sourire coquin. Est-ce une histoire graveleuse?

– Vous avez tout à l'heure croisé ce break tout neuf, conduit par ce grand garçon très bien tenu. Rien d'un sauvage, n'est-ce pas?

– Il m'a paru très bien, en effet, dis-je.

– Eh bien, cet homme raffiné a perpétré contre l'amant de sa femme la plus terrible vengeance qu'ait jamais concoctée un mari jaloux!

– Il y a donc des Africains amoureux de leur femme? s'étonne la rousse épouse, interrogeant notre guide de chasse.

– Il faut croire, dit Guizard.

Je m'imaginais moi aussi que les Africains ignoraient l'amour-amour, invention de l'Occident décadent.

– L'amour-passion est peut-être rare chez eux, mais quand il s'allume ça flambe, proclame Guizard rigolard.

Puis il se tait.

On attend la suite de son histoire, mais il joue distraitement avec son couteau. Il regarde à droite, à gauche, d'un air absent. Comme s'il avait oublié ce qu'il avait commencé de conter. C'est qu'il n'aime pas être interrompu, même par une jolie rousse. Il nous le fait payer par un long silence.

Une tragédie se déroule pendant ce temps-là au plafond. Un petit lézard, un de ces geckos à pattes à ventouses qui chassent à longueur de soirée des insectes plus gros qu'eux, vient d'attaquer une immense mante religieuse. La mante rue furieusement. Le gecko, secoué comme un prunier, lâche prise et tombe dans la crème anglaise. La mante choit dans les petits fours.

Guizard s'en empare et la coupe en deux. Il repêche le gecko et le met à sécher sous la lampe. Il lui offre les deux moitiés palpitantes de la mante. Le gecko, mis en confiance, les croque. Guizard, ravi, se frotte les mains.

– Je disais donc que ce chauffeur supposait sa femme infidèle, reprit-il tout ragaillardi par cet incident de chasse. En effet, sa femme, qui se disait malade, suivait un traitement de soins indigènes chez un guérisseur et pour ce faire devait séjourner de longues périodes au village de l'homme-médecine.

Celui-ci, pour ses soins, recevait du mari de la malade, outre des honoraires substantiels, du vin, du gin, des pagnes, etc. Le traitement pouvait durer!

La femme passait donc un mois chez le guérisseur et une semaine chez son mari. Et cela durait effectivement depuis déjà un an. Intrigué, le mari résolut de mieux s'informer. Il eut bientôt des doutes sérieux sur les procédés employés par le guérisseur.

Un jour, il prit une décision...

Lors d'un séjour de sa femme chez lui, il prit des dispositions « spéciales ».

Nous vîmes un jour arriver à notre débarcadère une pirogue qui accostait avec maintes précautions. Un homme en descendit, pâle, hâve, plié en deux avec pour seul habit un pagne lui ceignant la taille, et très gonflé vers l'avant.

C'était notre guérisseur.

Il soutenait l'avant de son pagne, s'employant à ce qu'on n'y touche pas, et venait nous réclamer du secours. Son sexe, par on ne sait quel sortilège, avait pris la dimension d'une énorme aubergine et ne désenflait plus...

Il gémissait, gris de souffrance autant que de peur. Que

lui arrivait-il ? A l'évidence, on lui avait donné le « médicament ».

Je l'ai expédié par avion à Port-Gentil. On a dû l'opérer; je ne sais ce qu'on lui a coupé, mais il est, paraît-il, maintenant impuissant.

– Comment le « médicament » avait-il pu lui être administré ? demande la rousse auditrice. La femme du chauffeur était-elle complice de son mari ?

– Bien sûr que non! s'exclame Guizard.

– Mais alors ?

– Alors, le guérisseur a reçu le « médicament » quand il a couché avec elle.

– Dois-je comprendre que le mari avait mis le médicament « dans » sa femme ?

– Bien entendu.

– Dans son... ?

– Pardi!

Le mari de la rousse s'agite dans son coin. Il secoue la tête, accablé.

– Quel pays! soupire-t-il.

Que craint-il donc ?

Guizard a donné une tape amicale au gecko qui traverse la table en trombe, dégringole le long du pied, court sur le carrelage, grimpe au mur et va retrouver sa réserve de chasse au plafond.

– L'adultère, dit le guide de chasse, de la voix lointaine qu'il prend pour nous conter ses souvenirs très anciens, se règle, par ailleurs, suivant des us et coutumes bien précis, où l'amant doit dédommager le mari en tenant compte de la valeur de la dot et du préjudice causé. Il existe des juges coutumiers pour cela. Cependant, certains usent de chantage, et là alors, c'est le palabre.

Voici un jour ce qui m'arriva, alors que j'étais jeune encore.

La rousse flamboyante couve Guizard d'un regard brillant. Elle l'admire. Elle n'a pas l'air de trouver qu'il n'est plus tout jeune.

– En ce temps-là, j'étais forestier. Un deuil dans un village éloigné avait motivé le voyage de ma première femme. La seconde devait elle aussi partir dans sa famille pour revoir ses parents dont elle était séparée depuis longtemps. Me voici seul pour quelques jours, et ce célibat me pesait. C'était la fin de la semaine et les chefs de village accompagnaient leurs femmes qui nous apportaient les vivres pour notre personnel. Le grand chef de canton les accompagnait aussi, car il percevait une prime sur les contrats. Il vint me saluer comme à l'accoutumée.

« Comment, lui dis-je, toi un si grand chef peux-tu laisser un grand commandant comme moi seul, privé de femme ? »

Il ouvrit des yeux tout ronds, me dit ignorer que mes femmes fussent absentes et il s'exclama :

« Mais missié, pourquoi tu n'as pas parlé moi plus tôt? Je vais t'envoyer quand même un petit femme. »

Elle est arrivée le soir, avec un sourire candide et malicieux. Elle s'appelait Claire et était la fille du chef de canton. Elle s'est installée chez moi sans façon, comme si elle était chez elle. Elle est restée là deux semaines, gentille, agréable. Puis un jour, un courrier m'annonça le retour de mes femmes. Elle jugea plus prudent de s'éclipser quelques heures avant leur arrivée.

Elle est repartie, toujours souriante, heureuse de son cadeau et du pagne offert.

Quelque temps après, un porteur me remet une lettre. Une enveloppe sale, à la suscription maladroite. Il était exceptionnel que je reçoive du courrier en brousse. Étonné, je décachette la « chose » et j'en tire une feuille de cahier d'écolier, sur laquelle il était écrit, à grands jambages, cet étonnant ultimatum :

« Meussieu Moutanguani (le Blanc). Tu faire tentation à ma femme malgré la dot j'ai payé lui son père, tu me dois l'adultère. Je te taxe la somme de cinq mille francs tout suite autrement je te foutré plainte chez commandant. Je vous salue à bout portant. Je signe copie conforme. Badinga Apollinaire, ancien combattant du général di Gaulle. »

Furieux, je relis une fois encore. Mon sang fit au moins deux tours. Me demander le paiement de l'adultère!

C'était déjà fort et personne jusque-là ne s'y était hasardé. Ensuite, se référer à de Gaulle pour me faire payer un adultère!

Je me promis de lui faire chaud aux fesses à la première occasion, à cet ancien combattant survivant.

Mais voici, justement, que le même soir, le chef de canton se pointe à mon camp. Je l'interpelle vivement.

« Comment, chef, tu me portes une qualité de femme " dotée " et tu me fais gagner un palabre avec ce con de " copie conforme " Badinga Apollinaire! »

Le chef est « soufflé » de l'audace d'Apollinaire. Il m'affirme que la dot n'a jamais été payée et que Claire est claire de partout. Il ajoute qu'il fera citer lui-même au tribunal ce faux gendre qui vient faire le bruit au « Tangani » (c'est moi), pour rien! Il prend, dit-il, l'affaire en main.

Mon « faux époux bafoué » ne se manifesta plus.

Mais je devais le rencontrer un jour, et pour son malheur.

Ce jour-là, à bord d'une pirogue « moustique », c'est-à-dire avec un seul pagayeur, j'accostais au débarcadère d'Oravidiokoué. Au moment où je descends de ma pirogue m'aidant de ma canne – je souffrais encore de mon dernier accident avec le buffle qui m'avait blessé à la hanche –, mon pagayeur me dit très vite, me montrant un garçon en train de mettre sa pirogue à l'eau : « C'est lui, c'est le mari de Claire, lui qui t'a demandé l'adultère. »

Soudain, furieux, je fonce vers l'ancien combattant du général de Gaulle et, le menaçant de ma trique tendue vers lui, je l'insulte copieusement, lui promettant une belle raclée. Affolé, il pousse très vite sa pirogue vers le large et pagaie très fort pour s'éloigner rapidement. Moi, rentré dans l'eau jusqu'aux mollets, furieux de voir mon type s'échapper, je lui lance maintes malédictions mélangeant mon « français-tirailleur » avec du provençal.

Les Noirs, derrière moi sur la berge, ne perdaient rien de cette scène, et riaient de la fuite de l'ancien combattant... Une heure plus tard accostait au débarcadère la pinasse du courrier, qui avait rencontré la pirogue de l'ancien combattant. Il était affalé au fond, tout un côté paralysé. Alors, aussitôt les Noirs se sont souvenus de ma malédiction dans une langue inconnue, sans doute celle du diable... et depuis on dit : « Oh pardon! le Blanc là quand il est fâché et qu'il te montre avec le doigt, en même temps il lance le " phrase " pour lui, c'est fini pour toi! Tu es mort! »

Plus jamais personne ne me réclama d'adultère.

La jeune épouse rousse du pêcheur de tarpons applaudit avec ardeur. Elle jette un regard brûlant d'admiration sur le grand Nemrod à la carabine infaillible, fameux culbuteur de filles et terrible dans les palabres d'adultères...

Son mari sort de sa somnolence et lève un œil où je vois briller une petite flamme inquiète.

J'ai l'impression qu'à lui aussi Guizard paraît l'homme le plus redoutable du Gabon.

10

Beurre salé

Ce matin, après le petit déjeuner, la belle Diane à la chevelure de feu et son mari ont rejoint Libreville par avion spécial. Ensuite, nous avons effectué avec le guide une tournée d'inspection de la réserve. Nous avons repéré des troupeaux de buffles vers la Louri, mais nous sommes restés à bonne distance pour ne pas les effaroucher. Au retour, près de la lagune, Guizard m'a montré des traces toutes fraîches d'une panthère accompagnée de son petit.

Le guide est soucieux, car il craint que cette femelle ne choisisse ce secteur comme territoire de chasse.

Au retour de notre randonnée, nous avons trouvé, attendant notre arrivée, confortablement installés sur la véranda, deux Gabonais. Deux hauts fonctionnaires venus de la capitale, en mission dans la région.

Le guide les a chaleureusement reçus j'ai été étonné de les voir s'entretenir comme de vieilles connaissances. Devant mon air surpris, Guizard me dit, désignant l'un d'eux :

– Je l'ai connu haut comme trois pommes!

Un instant plus tard, l'un de nos visiteurs se penche vers moi et me confie avec un sourire :

– C'est un vieux colon! Il ne nous en reste plus beaucoup. Maintenant, ce Blanc-là, c'est un Gabonais. Il a des femmes et des enfants. Nous sommes même proches parents.

Et se tournant vers Guizard :

– Au fait, papa, comment vont tes femmes?

Guizard rit et l'assure que toutes vont bien et manifestent beaucoup d'impatience à le revoir.

Nous passons quelques instants à bavarder, mais nos visiteurs doivent prendre congé. Ils veulent regagner Libreville avant la nuit.

Le boy vient de desservir la table.

Le ciel resplendit d'étoiles, pas un nuage. Les moustiques, par contre, sont agressifs ce soir.

Nous espérons qu'à l'heure de la marée la brise va se lever et les chasser.

Sur la véranda, nous sommes installés dans nos fauteuils et notre conversation nous ramène vers nos visiteurs.

– Cette visite, dis-je, a fort occupé notre après-midi et le temps nous a semblé court. Ces gens-là sont très agréables.

– En effet, ils sont sympa, me dit le guide, et leur amitié est sincère. Ces deux-là, je les ai vus grandir. L'un est le neveu de ma première femme, l'autre celui de ma troisième femme. Ces deux garçons sont de deux régions différentes, mais dans le Gabon d'aujourd'hui, tous se côtoient et s'entendent très bien, comme vous l'avez vu. Il n'en était pas de même il y a encore quelques décennies, mais tout cela appartient au passé. Aujourd'hui, en avion, vous traversez le Gabon du nord au sud en deux heures. Autrefois, pour ce même parcours, il fallait des mois et le soir chaque étape était une aventure. Vous traversiez à pied les territoires de vingt ethnies différentes aux coutumes diverses. Chacune de ces ethnies était divisée en clans et en chefferies. Les rivalités dégénéraient souvent en palabres et en affrontements. A pied, vous parcouriez des pistes de grande forêt, grimpant des montagnes, franchissant des rivières, pataugeant dans les marigots, maudissant les moustiques et les sangsues. Seul Blanc avec une poignée d'Africains. Ni eux ni vous ne connaissiez la région que vous traversiez. Les quelques Blancs qui vivaient au Gabon se trouvaient surtout dans les comptoirs de la côte. C'était des administrateurs, des commerçants. Dans les postes « organisés » de l'intérieur, sur le territoire, un ou deux Blancs : administrateur ou missionnaire. Et puis, éparpillés quelque part dans la nature, quelques rares Blancs... aventuriers... marginaux..., des Blancs pas comme les autres. Prospecteurs, forestiers, miniers, traitant de « commerce ». Partant de Port-Gentil, ils entraient à l'intérieur des terres pour plusieurs mois. Un jour on les voyait revenir... on les avait presque oubliés. Quelques-un revenaient... riches. D'autres, plus nombreux, revenaient plus pauvres. Mais tous ramenaient les fièvres et tous repartaient.

Guizard hoche la tête.

– Imaginez, dit-il, qu'à cette époque vous quittiez Port-Gentil, ses cases sur pilotis, son Gentil-Hôtel (à une seule chambre), son café du wharf (dans un hangar) et la poignée de copains qui faisaient le siège du bar. A bord d'une pinasse à moteur Gouach ou Castelnaud, vous rejoignez le premier (et le dernier) poste vers l'intérieur des terres, à l'embouchure du grand fleuve. Là, vous trouvez le Blanc du coin : administrateur ou missionnaire, qui va vous aider à poursuivre votre voyage. Après bien des pourparlers avec les autochtones, vous voilà propriétaire d'une grande pirogue et vous embauchez dix ou quinze pagayeurs. Vous avez avec vous deux hommes de confiance. D'abord le cuisinier, qui va se charger tout au long du voyage de votre logistique et de votre popote. Ensuite votre garde du corps, qu'on appelait « milicien », un ancien tirailleur coiffé de la chéchia et portant un mousqueton et une baïonnette. Ces deux-là vous sont proches et son auréolés de la qualité de « leur blanc ».

Un matin, vous partez de ce poste et quittez votre ami sur la berge. Votre pirogue s'engage sur le fleuve. Vos pagayeurs frappent l'eau en cadence et en chantant. Votre « milicien » maintient l'allure de vos pagayeurs en hurlant. A l'avant, une moitié de vos pagayeurs avec votre « milicien ». A l'arrière, la seconde moitié, sous l'œil du cuisinier. Au centre, un espace libre vous est réservé et vous êtes assis confortablement dans un fauteuil de bambou, votre casque sur la tête, votre fusil sur les genoux.

Au, fil des jours, le fleuve aux berges de papyrus devient rivière et la forêt a envahi les berges qui se rapprochent davantage chaque jour.

Sur la rive, parfois, dans une trouée de la forêt, un village. C'est dans un village semblable que, chaque soir, vous accostez pour dormir. Le chef de village se doit de vous héberger. Votre cuisinier et votre boy vous installent. Votre « milicien » engueule tout le monde pour avoir le poulet qui fera votre repas et l'eau chaude pour votre bain. Le chef s'inquiète de savoir si vous voulez une femme pour la nuit. Il souhaite vous satisfaire, espérant un bon cadeau, et vous présente sa nièce, souhaitant que vous lui laissiez, qui sait, un enfant.

L'accueil est différent suivant les races, mais la motivation est partout la même : le Blanc apporte des cadeaux et des objets nouveaux.

Enfin, vous parvenez au bout de ce long parcours en rivière et au point de rencontre avec la piste. Piste que vous allez prendre pour gagner l'intérieur des terres. Là, à cette jonction rivière et piste, se situe un point commercial et se trouve toujours un chef important. Vous accostez donc. Le chef et ses gens se pressent, car les Blancs sont rares et leur venue est une aubaine. Tous font fête à vos pagayeurs.

Le chef interroge votre cuisinier et votre « milicien » sur la qualité de « ce Blanc », sa destination, son travail... Ensuite seulement, le chef s'approche et vient vous saluer. Vous lui rendez son salut.

Vous faites déposer vos bagages à terre et le « milicien » faisant la mouche du coche engueule tout le monde. Vos hommes sont fiers, parce que toutes les femmes les regardent. Votre cuisinier étale une natte au sol et attend vos ordres pour y déposer les cadeaux pour le chef. Vous faites extirper de vos bagages ce que vous souhaitez lui offrir. Pagnes (autant de pagnes que le chef a de femmes), cinq machettes, un grand couteau de chasse, une hache suédoise, un bidon de un kilo de poudre noire pour la chasse, un sac de sel de cinq kilos, deux barres de plomb de un kilo, six têtes de tabac, un sac de perles jaunes.

Vous faites tout étaler sur la natte. A chaque objet que le cuisinier dépose, les gens du chef qui se pressent autour poussent un grognement rauque en signe d'intérêt. Le chef, lui, regarde, impassible... « impérial ». Il examine cependant tout d'un œil critique.

Un silence se fait.

Le chef se déclare satisfait. Il se tourne vers ses gens et d'une voix de commandement aboie ses ordres. Aussitôt, trois ou quatre de ses hommes se précipitent et, contrôlés par la femme du chef, la principale ou la plus âgée, emportent vos présents vers la case du chef.

Ils reviennent, apportant maintenant les cadeaux qui vous sont destinés : deux grands régimes de bananes douces, un panier d'ignames, six gros ananas. « Ça, c'est pour le Blanc, » déclare le chef avec emphase.

Ensuite arrivent deux grands régimes de bananes plantains et un grand panier de tarots. « Ça, c'est pour les hommes du Blanc », précise le chef. Vos hommes, comme c'est la coutume, aquiescent d'un grognement. Maintenant, le chef dépose une poule devant vous. Vous tiquez, car cette poule est rouge! La coutume veut que, toujours, la poule offerte soit blanche, signe de bon accueil sans arrière-pensée. La poule « de couleur » est la manifestation d'un mécontement du chef à votre égard, ou à l'égard d'un autre Blanc qui vous a précédé.

Donc, aujourd'hui, entre le chef et vous, la poule est rouge! Alors vous prenez l'air offensé, votre cuisinier s'approche car il est aussi votre interprète. Votre « milicien » se met à côté de vous, l'air mauvais, et la main sur sa baïonnette toise méchamment tout le monde.

Maintenant, dans le silence qui s'est établi, vous prenez la parole :

« Chef, je vois que le cœur pour toi n'est pas bon. Je suis le commandant de la forêt. Je viens sur tes terres pour ouvrir ton pays. Faire les routes. Ouvrir une boutique avec toutes les choses des Blancs : le pagne, le sel, le tabac, le vin, tout, tout! »

Tous écoutent et un murmure s'élève autour du chef.

« Et tu reçois mal comme ça un grand Blanc comme moi. Bon, ça ne fait rien! »

Vous ordonnez alors à votre « milicien » :

« Garde, prends les hommes pour moi et ramène de chez le chef toutes les choses que j'ai portées. Nous " fout le camp " de ce village. Il y a d'autres villages devant qui n'ont pas un chef sauvage. »

Vous prenez vous aussi maintenant un air méchant et buté. Déjà, le « milicien » qui a tiré sa baïonnette donne les ordres et vos hommes se rassemblent.

Les gens du village ne sont pas d'accord et invectivent leur chef. Comment laisser partir un Blanc qui va faire une route et surtout ouvrir une boutique! Le chef fait semblant d'hésiter, puis soudain se décide et lance un ordre.

Aussitôt, l'une de ses femmes surgit, une poule blanche à la main. Cette poule devait être en réserve au cas où le Blanc se fâcherait. Le chef la dépose devant vous et la femme reprend la poule rouge. Mais le chef maintenant se tourne vers vous et parle :

« Montangani (ça signifie : mon Blanc), toi ti viens mon village, mais moi je t'ai pas conné encore. Le cœur pour moi était gaspillé à cause l'autre Blanc qui m'a fait la promesse, puis n'a pas vené. Malgré, toi tu parles bien. Alors mon village maintenant c'est pour toi. »

Alentour, tout le monde acclame. Mais ce n'est pas terminé. Le chef parle à ses femmes et l'on fait approcher vers vous une jeune femme dont le pagne simple, s'arrêtant à la ceinture, et la coiffure prouvent qu'elle n'est pas mariée.

« Voilà, dit le chef, c'est la fille propre pour moi, sa mère et moi-même sommes même père, même mère. »

Il veut dire par là qu'étant la fille de sa sœur elle est vraiment de son sang.

« Maintenant c'est la femme pour toi, tout le bien que tu lui feras, c'est dans ta main. »

A nouveau les gens acclament. Les femmes gloussent et lancent maints quolibets à l'élue. Votre « milicien », calmé, regroupe vos hommes et tous suivent votre cuisinier pour installer vos bagages dans la case de passage.

Vous êtes donc en possession d'une jeune femme. La refuser serait désobliger le chef et cela ne pourrait être que préjudiciable à vos intérêts et à la bonne continuation de votre voyage.

Pris au jeu, je m'inquiète alors un peu de cette nouvelle situation, telle que Guizard la définit, et lui demande :

– Mais cette femme, qu'est-ce que j'en fais alors?

– Pour ça, mon cher ami, me répond le guide, je vous fais confiance. Cependant, ce n'est pas là le seul avantage. Cette jeune femme, en dehors des atouts qu'elle représente dans cette chefferie à laquelle elle appartient, va vous servir de caution lorsque au cours de vos voyages vous pénétrerez sur d'autres terres, auprès des autres chefferies. Ensuite, elle vous servira d'interprète et surtout, sur votre oreiller, elle sera votre meilleur agent de renseignements.

– Mais alors, dis-je, si je poursuis mon voyage, amenant cette femme... enfin ma femme.

– Eh bien? demande le guide de chasse.

– Mais les autres chefs vont me faire le même accueil, avec une poule blanche aussi, et... peut-être une autre femme.

– Mais bien sûr!

– Mais alors?

– Alors, votre escorte s'agrandira et il faudra vous organiser.

– Ah!..., me voilà pensif.

– Voyez-vous, me dit Guizard, c'est ce que j'ai fait. Lorsque vous avez plusieurs femmes, comme dans tous les groupes, une hiérarchie se crée, et à chacune d'elle incombe un rôle particulier. Pour moi, à l'époque où je « pérégrinais » beaucoup en forêt, ma première femme, qui, il est vrai, m'était très attachée, me suivait partout, même à la chasse, et à la case supervisait toutes mes autres femmes. Ma deuxième femme avait la charge de tout ce qui était vêtements, lingerie, literie. Ma troisième femme devait s'occuper de toute la popote du ravitaillement et avoir l'œil sur la cuisine. Ma quatrième femme avait la charge de s'occuper de moi personnellement, de ma douche, de mes moindres désirs et c'était elle que les autres rendaient responsable quand j'étais mécontent. Elle devait, entre autres choses, dès que je rentrais à la case, avoir préparé la bassine d'eau salée tiède dans laquelle je trempais mes pieds pendant une demi-heure. Car maintenir mes pieds en bon état, étant donné l'utilisation que j'en faisais, équivalait pour un routier à ménager ses pneus.

– Mais vous aviez cinq femmes, m'a-t-on dit.

– La cinquième assurait l'intérim, suivant les circonstances.

– Et il n'y avait jamais de problèmes entre vos femmes ?

– Si, bien sûr, mais comme je n'aime pas le bruit... lorsque j'intervenais, le silence se faisait automatiquement.

Un ange passe... L'esprit ouvert vers un horizon nouveau, je me laisse aller à rêver. Guizard tout à coup sourit et me dit :

– Ne rêvez pas trop. Écoutez plutôt ce qui arriva à un garçon qui aimait trop les filles africaines.

J'étais à l'époque prospecteur forestier et assurais durant le congé du chef de chantier la marche de l'exploitation. Me trouvant surchargé de travail, je réclamai à la direction de la société que l'on m'envoie un adjoint. La direction accepta et on m'annonça l'arrivée prochaine d'un jeune Européen. Quelques jours passèrent, puis un matin, mon boy me dit :

« Missié, le Blanc pour nous, lui y a en route. Ce soir, lui va coucher à Mokabou. »

J'ai toujours été étonné de la rapidité des informations en brousse, chez les Gabonais.

« Ah bon! comment connais-tu ? »

« Ah! missié, moi conné. »

Le lendemain matin, le boy me servant le café me dit encore :

« Missié, le Blanc pour nous, il est arrivé à Oravidiokoué. Lui sera à Agouma midi. Ce soir lui peut-être y en a ici. »

Effectivement, ce soir-là, des chants vers la piste d'Agouma, et voici qu'au bout de la savane, à l'endroit où débouche cette piste, surgit un groupe de porteurs. A l'avant, un tipoye. Derrière lui, des porteurs de « cantines ». Sur le tipoye, un Blanc.

J'allai à leur rencontre. Le Blanc descendit du tipoye et se présenta : Alain R. Taille moyenne, blond, jeune, sympa.

Je l'entraînai vers notre case et donnai les ordres à mon

contremaître pour que l'on s'occupe de ses bagages.

Nous fîmes avec Alain plus ample connaissance. Mes femmes vinrent le saluer.

Nous voici dans ma case. Une grande case au toit de palmes et aux murs faits avec des écorces aplanies. Le sol est en terre battue. Il y fait frais.

Au milieu, une grande pièce, la « salle à manger-living. » De chaque côté : une chambre et sa salle de bain. Les cloisons n'arrivent pas au plafond, ce qui favorise l'aération.

Dans la salle d'eau, une douche, avec le seau à douche. Il n'y a pas d'eau courante et, par douche, deux seaux d'eau en réserve.

Aux portes des chambres s'ouvrant sur la pièce centrale, des sékos, sorte de rideaux semi-rigides en lames de bambou et en lianes. A gauche, ma propre chambre. A droite, la chambre de passage où Alain va s'installer.

Il est tard et nous passons à table. Repas frugal, café et un fond de cognac, tout ce qu'il me restait d'une bouteille que je n'utilise que si j'ai un coup de « palu ». Le cognac, à mon avis, étant bien supérieur à la quinine.

Nous parlons de choses et d'autres, mais je m'aperçois qu'Alain bâille et souhaite peut-être se coucher. Il me le confirme.

Aussitôt je claque des mains pour appeler le boy. En effet, la coutume étant ici que vous honoriez pleinement votre visiteur, j'avais dans la journée donné ordre à mes contremaîtres et aux chefs de villages proches d'acheminer vers ma case une femme pour le nouveau Blanc. Donc, dans la cuisine, les filles arrivées depuis longtemps déjà attendaient sagement.

Le boy arrive, comprend, s'en retourne et le voici à nouveau faisant entrer au fond de la pièce une dizaine de filles qui se serrent en gloussant. Elles sont toutes très jolies, bien propres et parées de leur plus beau pagne.

Alain, qui à leur entrée leur tournait le dos, se retourne et, ébahi, s'exclame :

« Mais non, Guizard, pas ce soir. Je suis vraiment fatigué après ce voyage. »

Dérobade, fausse modestie ? Je n'ose pas trop insister,

mais tout de même je lui signale deux ou trois jeunes filles parmi le groupe qui semblent sortir de l'ordinaire.

Et tout à coup, une idée.

Je remarque une jeune fille très brune, aux seins arrogants. Je sais que sa famille l'a bien surveillée jusqu'ici, la réservant pour le Blanc. Elle est donc vierge, et ici on traduit en disant : « Missié, elle n'est pas cassé. »

Je la signale à Alain et lui dis :

« Tu la commenceras ce soir et tu la finiras demain. »

Il la regarde, et soit qu'il la trouve jolie, soit afin de ne pas me désobliger, il accepte.

Aussitôt, je donne congé à toutes les autres après leur avoir distribué des cadeaux, en leur disant à demain. Et mes femmes, qui observent en coulisses, s'approchent de la nouvelle et la conduisent à la chambre d'Alain.

Nous bavardons encore un instant et nous souhaitant bonne nuit nous nous retirons chacun dans notre chambre.

Dans la salle à manger, la lampe-tempête en veilleuse diffuse dans toute la case une lumière ténue.

Couché dans mon grand lit, fabriqué spécialement par mon charpentier de chantier, une femme de chaque côté, je m'endors aussitôt. Pour moi, le premier sommeil est le bon, et maudit soit celui qui oserait m'éveiller à ce moment. Pourtant, tout à coup, je reçois dans les côtes un impératif coup de coude qui me réveille en sursaut. Habitué à coucher en brousse, sous la bâche, où l'accès pour les animaux est facile, j'ai la grande prudence, lorsque je me réveille en sursaut, de ne pas faire de gestes impulsifs qui pourraient me valoir morsures ou piqûres.

Donc, me voici éveillé, écoutant sans bouger, et j'interroge à voix basse ma première femme, aux coudes percutants :

« Qu'est-ce que c'est ? »

« Entends le Blanc pour toi. »

« Le Blanc pour moi ? »

Effectivement, j'avais oublié que j'avais maintenant un

Blanc dans ma case. J'écoute donc, attentif. Il ouvre un tiroir. Au bruit, je sais que c'est celui de la commode. Il ouvre une armoire et je reconnais le couinement du battant gauche. Maintenant, c'est la petite armoire dont la charnière grince. Mais comment demander à un Blanc qui est votre hôte la nuit : « Que cherches-tu ? » Cela eût été incorrect. D'ailleurs, il est dans sa chambre, chez lui. Mais ses investigations continuent, il cherche vraiment quelque chose. N'osant pas le questionner, je tousse, raclant ma gorge.

« Guizard, me dit-il, je t'ai réveillé ? »

« Non! lui assuré-je. Que se passe-t-il ? »

« Attends, je viens. »

Intrigué, je saute du lit, et comme je dors à poil, je passe mon slip.

Nous nous rencontrons à la porte de ma chambre et je m'inquiète de son problème. Il me dit en chuchotant ce dont il a besoin et, riant en silence, complice, je vais à tâtons vers l'étagère à pharmacie. Je lui rapporte l'objet de ses préoccupations : un pot de crème émolliente.

Il me remercie et repart chez lui.

Je me recouche aussitôt. Après m'être retourné vingt fois dans mon lit, je me rendors.

Tout à coup, à nouveau, coups de coude impatients dans les côtes. Je me réveille, le poil hérissé de mécontentement. Cette fois-ci, je suis fâché et je sens venir ma mauvaise humeur. C'est donc méchamment que j'interroge ma femme, aux mêmes coudes percutants.

« Entends ton Blanc », me dit-elle.

« Mon Blanc! Ah! oui, il y a ce Blanc. »

Et refrénant mon impatience, j'écoute.

En effet, j'entends, provenant de la chambre d'Alain, des bruits d'eau qui coule...

Mais comment demander à un Blanc qui est dans sa chambre, avec une femme, pourquoi il fait couler de l'eau ?

Ma colère cette fois va éclater. Cependant, écoutant encore cette eau qui coule, qui coule à nouveau et toujours, et pensant qu'il n'y a dans sa chambre que deux seaux d'eau en réserve, je m'interroge aussi. « Que fait-il ? » Et n'osant pas lui poser la question, je retousse, me re-racle la gorge.

« Guizard, me dit Alain d'une drôle de voix, je t'ai réveillé ? »

« Non, l'assuré-je, que se passe-t-il ? »

« Viens voir ! » me dit-il d'une voix suppliante qui m'alarme.

« Viens voir ? » lui demandé-je encore.

« Oui, oui, viens vite ! »

Je fais un bond, enfile à nouveau mon slip et je m'approche de sa chambre.

Soulevant le séko, je vois alors un spectacle inattendu. Debout, devant la table de toilette, Alain une cruche à la main arrose avec précaution son sexe que, de la main gauche, il maintient au-dessus de la cuvette.

Et là... jamais je n'avais vu une chose pareille : boursouflée, mauve, énorme comme une grosse aubergine trop mûre.

Effaré, j'interroge :

« Mais bon Dieu, qu'as-tu donc ? »

« Mais, me dit-il d'une voix plaintive, moi j'ai rien. C'est arrivé comme ça. »

A ce moment-là, un bruit d'eau tout près me fait détourner le regard vers la douche. Là, la fille, les fesses dans la grande cuvette, semblant couver, s'aspergeait frénétiquement aussi.

Affolé, cette fois, je ne sais que faire.

Alain gémit, la fille souffle.

Machinalement, je mets la main sur le pot de vaseline et, sur le côté, je vois sur l'étiquette : MENTHOLATUM FORT.

Mon sang se glace ! Pas possible ! Je relis encore.

Dans l'obscurité, je m'étais trompé de pot. Vite, afin qu'Alain ne voie pas, je repousse le pot derrière la cuvette. La fille non cassée, le Mentholatum Fort, la toison crépue. Tout est lié. Que faire ?

Il m'eût fallu sans doute une crème émoliante ; mais où en trouver ? Alors soudain, une idée.

J'avais un vieux Frigidaire à pétrole, tellement vieux que la fermeture consistait en un étai de bois. J'avais là-dedans une boîte de beurre, du bon beurre de Hollande. Je me précipite et rapporte, triomphant, mon beurre. Alain se plaint de brûlures, et je le comprends! Voyant mon beurre, il reprend espoir.

Je vais à la fille et lui ordonne d'écarter les jambes, je lui en administre un bon paquet entre les cuisses. Puis je donne à Alain la boîte pour qu'il puisse l'employer lui-même. Il essaie. Mais la douleur est telle qu'il tremble et, me rendant le pot, il me dit :

« Je ne peux pas. Par pitié, fais-le toi-même. »

Je n'ai jamais fait ça, mais je lui oinds consciencieusement l'« objet ».

Il soupire, un peu rasséréné.

Ne pouvant le laisser seul dans une pareille épreuve, je reste auprès de lui, essayant de le distraire de sa douleur en plaisantant. D'abord, il ne paraît pas s'intéresser beaucoup à mon bavardage. Et soudain, je m'aperçois qu'il est tout pâle et que des gouttes de sueur perlent à son front.

Inquiet, je m'approche.

Alors il me prend la main, me serrant très fort, et c'est d'une voix faible et mourante qu'il me dit :

« Guizard, ça me brûle trop. Je vais crever. »

Là je m'affole à nouveau, ne sachant plus que faire.

Je reprends en main la boîte de beurre et, sur l'étiquette, je lis : BEURRE SALÉ.

Mon cœur, je crois, s'arrêta de battre quelques secondes.

A ce moment-là, bruit de porte qui bat. La fille vient de se sauver dans la nuit!

J'écarte vivement ce maudit pot de beurre et, désorienté, je cherche le moyen de sortir de cette impasse.

D'abord, lui retirer le beurre.

Je m'approche d'Alain, inquiet, scrutant son visage. Il est blême, prêt à tomber dans les pommes. Je prends une poignée de coton hydrophile et la lui tend.

« Tiens, dis-je, ce beurre fait peut-être un écran imperméable qui te congestionne. Avec le coton, retire donc le beurre. »

D'une voix mourante, il murmure :

« Peux pas. Fais-le... toi! »

Effaré, je regarde la « chose ».

Alors, le coton en main, je la lui ai « débeurrée. » Il poussait des soupirs sanglotants et cela me donnait la chair de poule. Jamais encore je n'avais entendu de pareils trémolos.

Je lui enjoins vertement de se taire, sinon j'abandonne mes... soins.

Au matin, complètement « débeurré », il paraissait moins souffrir. Il resta ainsi plusieurs jours à la case en convalescence mais, toujours au « garde-à-vous », il ne pouvait enfiler son pantalon. Alors il se mit un pagne autour des reins, fixé sur le devant avec un très gros nœud... pour rattraper le... niveau.

Il avait, lorsqu'on le croisait dans la maison, une façon de mettre le bras en arrondi, en avant de son pagne, sans doute pour éviter les heurts, qui lui donnait des airs de maître nageur. Quant à la fille « non cassée », je crois qu'elle l'est encore. En tout cas, elle conseille à toutes ses amies : « Attention, si tu fais l'amour avec le Blanc! C'EST CHAUD! »

11

La mutinerie

Au mur est fixée une carte du Gabon et du doigt j'essaie de suivre les pistes dont Guizard, hier, m'a entretenu.

– Que cherchez-vous donc, monsieur Goulphin? me dit le guide de chasse dans mon dos. Vous avez le doigt sur une région où m'est arrivée une de mes aventures les plus désagréables.

Nous rejoignons le coin salon. Aujourd'hui nous ne sortirons pas en brousse, le temps est pluvieux.

A l'orage de cette nuit a succédé une espèce de crachin qui brouille le paysage.

– Temps cafardeux, dit Guizard.

Il appelle le boy pour nous servir à boire.

– Voyez-vous, me dit-il, à mes débuts au Gabon, mon premier essai en tant que forestier ne fut pas un succès... financier. Et je dus travailler très dur pour rattraper mon retard, et surtout pour modifier la couleur de mon compte en banque qui était alors d'un rouge éclatant. Cela me prit trois ans. Trois ans durant lesquels j'acceptai les travaux de prospection les plus durs et les plus ingrats. Prospecter dans des coins pareils, avec les moyens de cette époque, relevait de l'inconscience. Mais impossible n'est pas français, ni languedocien! J'acceptai donc ce contrat de prospection, mais je dois avouer que j'avais largement sous-estimé les aventures dans lesquelles il pouvait m'entraîner.

Habituellement, nous recrutions nos manœuvres dans

le haut Ngounié, mais à l'énoncé de notre programme de travaux, dans une région réputée inhospitalière, nous n'eûmes pas de volontaires. Je dus me résoudre à embaucher au port des Noirs venus de je ne sais où, « échappés » de leur province où là-bas on les recherchait, peut-être pour rendre des comptes.

Avec moi, cependant, un noyau solide, mon vieux contremaître Joachin, mon cuisinier Yévari, mes trois Bapindjis, qui depuis toujours me suivaient en toutes circonstances, et dont d'ailleurs je dus me séparer plus tard avec bien des regrets. Un jour ils voulurent revoir leur village et partirent en promettant de revenir. Je ne les revis jamais.

A ce noyau il fallait ajouter mes deux femmes. La troisième avait momentanément rejoint sa famille pour « lever de deuil ». Cérémonie à laquelle on ne peut se soustraire facilement.

Nous avions l'habitude de vivre en brousse au coude à coude et nous savions pouvoir compter les uns sur les autres. Quant à mes femmes, je dois dire que tout au long de ma vie en Afrique, j'ai trouvé chez elles le dévouement le plus total, et en toutes circonstances, fussent-elles dramatiques, la plus complète assistance à mes côtés. Une femme gabonaise, à cette époque, vous était confiée par sa famille. Il vous appartenait de savoir la prendre en considération, car si elle était votre « bien », vous aussi vous lui apparteniez. C'était sans fioritures, mais si vrai aussi qu'elles disaient parlant de vous : « Moutanguani » (mon Blanc).

Mes femmes étaient jeunes, j'avais moi-même trente ans à cette époque, et nous nous entendions très bien.

Un jour donc, après un très long voyage en rivière au cours duquel je me rendis mieux compte de l'erreur d'avoir embauché pareille équipe, nous arrivâmes enfin dans la région où devaient débuter mes prospections.

Les conditions établies au départ avec mes types étaient que chaque fin de mois leur salaire devait être réglé, où que nous soyons, même au fond de la brousse.

J'avais donc prévu que le petit avion qui d'ordinaire ravitaillait certains chantiers en brousse ferait les derniers jours du mois, pour mon compte, un parachutage de vivres : riz, manioc, huile, etc., et également une enveloppe contenant les fonds pour la paye.

Les deux premiers mois, tout alla à peu près bien.

Au sol, chaque fin de mois je préparais une zone de *dropping*, faisant abattre les arbres et allumer des feux dégageant beaucoup de fumée. L'avion arrivait, et en plongée sur la forêt à basse altitude, il balançait ses colis. Il est vrai que nos pilotes étaient... « gonflés ».

La fin du troisième mois arriva. Ce mois-là en brousse avait été très pénible et j'avais remarqué au moins six meneurs parmi mes quarante-cinq manœuvres. Joachim et mes femmes les avaient eux aussi repérés.

Depuis le 30 du mois, nous étions donc là en attente de cet avion... qui ne vint pas. Le 5 du mois suivant, nous étions toujours là et... toujours rien.

Alors... « à la gueule », je remis tout le monde au travail, annonçant à la cantonade qu'à la fin de ce nouveau mois, il y aurait double paye à toucher.

Rien n'était moins sûr, et déjà je doutais. J'étais inquiet, ignorant toutefois ce qui se passait en ville. Pourquoi ce retard ? Je ne savais pas que...

A Port-Gentil, entre-temps, parvenait au greffe du tribunal une pièce émanant de France, relative à ma situation de famille et laissant supposer que de là pouvaient me parvenir de nouveaux ennuis.

Le banquier avec lequel j'avais des accords particuliers, déjà inquiet de la fragilité de mon compte, informé de cette rumeur, redoubla de prudence et, à la date prévue, ne transmit pas à l'avion l'ordre de parachutage.

Moi, là-bas, je n'en savais rien. A l'époque... pas de radio, bien entendu.

En brousse, jamais encore je n'avais connu pareil climat avec ma main-d'œuvre. C'étaient des problèmes à tout moment et les esprits étaient très échauffés.

Dès le 25 du mois, plus de la moitié des manœuvres se portaient malades et les autres, sous les quolibets des premiers, ne travaillaient qu'à contrecœur.

Sur les six meneurs, deux étaient particulièrement virulents et agressifs, et je faisais très attention, les cataloguant comme dangereux.

Le premier, dont l'un des noms était Blaise, devait être ivoirien et venir de la Côte, car il connaissait Sassandra. Le deuxième, Léopold, était zaïrois. Comment ces deux « zozos » étaient-ils parvenus jusque-là? Quelle inconscience de ma part de n'avoir pas été plus méfiant!

Donc, le lendemain, le 26, prenant les devants, j'arrêtai moi-même le travail. Nous voici tous dans la zone de « dropping », en attente de cet avion. Viendra-t-il? Les jours me semblaient longs.

J'avais établi mon campement dans une anse de la rivière. Ainsi, sur trois quarts de cercle, je voyais clair alentour depuis ma bâche. En aval, au bord de l'eau, le campement des manœuvres. Près de ma bâche, une deuxième bâche simple, où couchent mon contremaître, le cuisinier et les trois Bapindjis. Dans ma grande bâche Marabout, mes deux femmes partageaient avec moi un très grand lit fait de branches et de bambou sur lequel nous avions jeté un matelas de feuilles recouvert de nos draps.

Arrive le 30 du mois. Dans le ciel, toujours rien. A la ville, là-bas, rien ne se passait. On m'oubliait sans doute.

Je pressentis que ça allait mal finir et pris mes précautions. Je fis débrousser par mes Bapindjis une zone de forêt située derrière nos bâches afin d'avoir un « regard » circulaire.

Au campement des manœuvres, les esprits s'échauffaient, et dix fois par jour de petits groupes en délégation venaient aux nouvelles.

Que leur dire? Je m'efforçais de ne pas paraître inquiet... Mais...

Le 4 du mois suivant arriva. Et toujours rien. En ville, cependant, mon ami L. accosta au wharf avec sa grosse pinasse et à l'heure de l'apéritif, demandant de mes nouvelles à des amis communs, il rencontra un silence gêné. Il s'étonna. On lui décrivit alors la situation, la rumeur, les inquiétudes du banquier, etc.

Lui savait dans quelles conditions je travaillais. Il connaissait aussi la qualité de mon recrutement. Il piqua donc une grosse colère, obtint du banquier de reconsidérer sa position, rassembla les fonds que j'attendais et se mit en quête de l'avion. Par malchance, cet avion était loué pour un mois par des cinéastes italiens qui filmaient vers la frontière du Congo. Qu'à cela ne tienne, mon ami L. décida de m'envoyer sa pinasse avec l'un de ses contremaîtres, pour m'apporter les fonds et les vivres. Mais pour me rejoindre, il fallait plusieurs jours. Faisant le forcing, ils mirent exactement quatre jours. Sur place, tout se déclencha le 7 du mois, le troisième mois impayé...

Cette nuit-là fut très agitée au campement. Le tam-tam avait résonné sans répit. Nous n'avions pas dormi. Aussi, au jour naissant, le sommeil nous avait pris. Je m'éveillai en sursaut, conscient qu'il faisait déjà jour.

N'ayant pas entendu les oiseaux comme tous les matins, j'en avais déduit que le temps était couvert. Je me levai donc, ouvris à tâtons la fermeture de ma bâche et, les yeux pleins de sommeil, encore à poil, je sortis et m'avançai à quelques mètres pour pisser.

C'est là seulement que je les vis.

Ils étaient une trentaine, tous assis en tailleur, leur machette à côté, me regardant en silence.

Je continuai, m'efforçant de rester impassible. Ensuite, les ignorant, je fis lentement demi-tour vers ma bâche. Là-bas, accroché au poteau central, mon fusil...

Alors, tous se levèrent comme un seul homme, mais trois seulement avancèrent jusqu'à moi. Blaise, Léopold et un troisième dont j'ai oublié le nom.

Eux portaient encore leurs peintures de la danse de la nuit. Blaise et Léopold avaient sur la tête une peau de civette et une touffe de raphia faisant cimier, mais je surveillais surtout le couteau triangulaire que Blaise tenait en main et dont je connais bien l'utilisation. Fiché dans votre bas-ventre, il suffit de le soulever pour vous ouvrir en deux.

Je fis face, et comme à poil dans un cas pareil on a l'air con, n'ayant pas de poches, je mis mes mains derrière le dos. Je ne pouvais donc rien faire. Tourner le dos équivalait à être assailli tout de suite, et je sais qu'ici un homme par terre est fichu.

Mes femmes, Joachim, Yévari et les Bapindjis n'allaient pas peser lourd... Il fallait gagner du temps et mes méninges tournaient à plein, cherchant une parade.

Je faisais donc face, les mains au dos.

Blaise, le premier, les yeux injectés de sang, les pupilles dilatées par le chanvre, vint tout près. Il était plus grand que moi. C'est de lui que me viendrait le coup. Léopold, lui, sautait sur place, scandant une litanie que je ne comprenais pas. L'autre aussi s'approchait sournoisement, essayant de me contourner. Tous les autres, à l'arrière-plan, restaient immobiles et muets. Alors Blaise, bavant, entreprit de m'insulter méchamment, méthodiquement, commençant à s'en prendre au sexe de ma mère, disant les pires insanités.

Je sais que quand il aura fini de parler, il va me porter le coup de couteau fatidique. Pas facile à parer... Avec les mains? Avec les genoux? A ce moment-là, derrière moi, je perçois un mouvement. Mes deux femmes enroulées dans leur pagne sont sorties de la bâche. Elles sont solides, certes, et décidées. Dans la bagarre, on doit pouvoir compter sur elles. Mais contre des fous, que peuvent-elles faire? Ma première femme vient derrière, tout contre moi. Ma deuxième femme est collée à elle.

Je sens dans mon dos, contre ma peau, l'étoffe de leur pagne. Et, soudain, une main cherche la mienne, dans mon dos... Un doigt tremblant, malhabile, essaie d'écarter mes poings serrés. Je pense qu'on veut me prendre la main en signe de réconfort, car tout va finir bientôt.

A quelques centimètres de mon visage, la face suante et grimaçante éructe les dernières insultes. Ma main, en réponse à celle de ma femme, cramponne un doigt cherchant sa main, et voilà que je reconnais contre ma paume ouverte le froid du métal.

J'avais, toujours chargé, sous mon oreiller, un revolver. Un 9 mm Herstal, que mon ami Henri, « Lou Marquis », m'avait donné la veille de mon départ là-bas, dans mon village.

Une bouffée d'émotion me monte à la gorge.

Crevé! Pas encore!

Ma main se referme sur l'arme, que les pagnes de mes

femmes cachent aux autres. Mon pouce rejette le cran. La balle est là dans le canon. Maintenant, j'ai chaud dans les reins. Et tout à coup, je dégage ma main gauche, la lève comme un orateur. Surpris, Blaise sursaute, et je vois sa main blanchir sur son couteau.

Alors, la voix forte et méprisante, je l'insulte à mon tour, agressif, mauvais, parlant de sa grand-mère accouchant d'un gorille, de sa mère au sexe de crapaud...

Il écume, il jaunit, je sais qu'il va frapper.

Ça y est, c'est parti! Trop tard pour lui! Ma main droite a jailli et le lourd canon du Herstal a heurté ses dents à la base de son nez. Sous le coup, sa lèvre a éclaté et sa tête s'est rejetée en arrière. Alors je tire, et ma balle sectionne net au-dessus de sa tête le cimier de raphia au ras de la peau de civette. Pratiquement à bout portant, avec cette arme, je savais ne pas manquer mon coup.

Abasourdi, étourdi, Blaise culbute à terre, affolé. Il fixe le trou noir du canon qui le suit.

Alentour, tout le monde hurle, se bouscule dans une fuite éperdue.

Alors je tire dans le sol deux balles encore. Blaise, maintenant à quatre pattes, bondit dans le sous-bois, rattrapant tous les autres en pleine débandade.

Autour de moi, Joachim et ses compagnons sont là, m'interrogeant du regard. Qu'allons-nous faire maintenant? Vite je prends ma carabine, Joachim le fusil à piston deux-coups que m'avait envoyé de France Gabriel, mon ami de toujours. Fusil dont je lui avais fait cadeau!

Chacune de mes femmes tient fermement en main un de mes couteaux de chasse.

Mes trois Bapindjis, l'air farouche, brandissent leur sagaïe et leur machette.

Tous nous faisons face. Il faut jouer serré.

Au campement là-bas, au bord de la rivière, ce ne sont que vociférations et tumulte. Deux camps se forment. Les uns disent que le palabre va trop loin et que ce n'est pas de ma faute, à moi, qui suis en brousse avec eux, si la paye n'est pas arrivée. Les autres, devant ce palabre grandissant, et craignant des représailles, perdent pied. Certains préparent déjà leurs bagages pour prendre le large. Les autres veulent les en empêcher. Tous me voient sur mes gardes et me savent dangereux. Parmi eux, quelques-uns s'approchent, méfiants, et me crient :

« Missié, le palabre c'est fini. C'est trop les mauvais types. Nous contents durer avec toi. »

Moi, circonspect, je ne réponds pas et par trois fois je tire en l'air pour les maintenir à distance. Prendre le temps de réfléchir. Mais voici bientôt la nuit. Je fais allumer trois grands feux cernant nos bâches, pour qu'il y ait ainsi un peu de lumière alentour.

Les feux crépitent et voilà Yévari qui sursaute.

« Missié, voilà le Blanc qui vient! » dit-il.

Nous le regardons, inquiets. Devient-il fou?

« Missié, répète-t-il, moi entendé lui deux fois. »

Incrédule, j'écoute quand même. Rien! Il est vrai que lorsqu'on est perdu en brousse, on a la ressource de communiquer très loin, en frappant très fort sur le contrefort de certains arbres qui résonnent comme des gongs, portant à plusieurs kilomètres.

Joachim écoute aussi, et je le vois tendant l'oreille, plus attentif. Il se tourne vers nous et dit :

« C'est vrai, on tape là-bas. »

Yévari a bondi sur la hache et du revers cogne les contreforts d'un « Eveus » tout proche.

Trois coups très forts.

Nous écoutons et, résonnant dans la nuit, trois coups à peine perceptibles nous répondent.

Alors une joie immense nous envahit. Mes Bapindjis avec Joachim et Yévari improvisent une danse burlesque. Mes femmes sont tout contre moi, rayonnantes.

Mais au campement là-bas aussi ils ont entendu et ils nous crient :

« Ça y est, Missié, tout c'est fini. Y en a le Blanc qui vient avec la paye. »

Furieux, je tire un coup en l'air.

La nuit paraît interminable.

Au matin, Yévari cogne déjà. Nous écoutons. Il cogne encore, et cette fois la réponse arrive bien distincte. Verrons-nous bientôt la fin de ce cauchemar? Vers neuf heures, le soleil est déjà haut et, à nouveau, mais plus proches, trois coups bien sonores résonnent. Au camp, c'est l'allégresse. Tout le monde danse. A onze heures, ils arrivent enfin : six hommes chargés comme des baudets avec à leur tête Matamba, le vieux contremaître de mon ami L. Je vous laisse imaginer l'accueil que nous leur faisons.

Je fixe la paye au lendemain.

Je prends tout mon temps ce matin-là. Mes femmes ont sorti ma petite table pliante. Je suis assis sur une caisse. A ma gauche, mon contremaître, debout, silencieux. A ma droite, un feu pétille, joyeux.

J'appelle mes hommes un à un, commençant par ceux qui m'ont donné le plus d'inquiétude. De ces meneurs, il en reste trois. Blaise, Léopold et l'autre se sont enfuis. J'appelle donc le premier des trois.

« Approche, voilà ton compte. »

Sur la table, j'ai fait trois petits tas de sa paye. Négligemment, je prends les deux premiers tas et les pousse vers lui. Il attend le troisième.

Alors je prends ce troisième tas et le jette dans le feu, et comme je le fixe sans ménagement, il se détourne, penaud.

Je paie ainsi les trois meneurs. Sous les regards des autres manœuvres qui, silencieux, attendent leur tour, ils regagnent le campement. Je leur donne un jour pour préparer leurs bagages et... disparaître.

Pour tous les autres, je continue à distribuer la paye normalement.

Le deuxième jour au matin, nous prenons la piste vers la rivière.

Le cauchemar est fini.

12

Le pont de Moukoro

Ce soir nous sommes rentrés de notre randonnée assez tard.

A un passage de rivière à gué, notre roue avant s'est enfoncée dans un trou profond créé par l'érosion des dernières pluies.

J'ai dû faire à ce moment-là un brusque mouvement involontaire et je ressens maintenant une douleur dans les reins. Guizard, inquiet, voudrait me faire frictionner le dos par la boyesse. On ne sait jamais avec ce diable d'homme s'il parle sérieusement.

– Ah! si nous avions un tipoye! me dit-il. Avec un tipoye, de pareils accidents n'arrivent pas. Quel confort, et puis c'est bien plus pittoresque!

– Pittoresque, peut-être, lui dis-je, mais je trouve pour ma part le tipoye trop proche de la litière des rois fainéants, et j'aurais quelques scrupules a être porté par des esclaves.

– Des esclaves? les tipoyeurs! s'exclame Guizard, détrompez-vous. C'était au contraire des gars choisis, des gars virils et forts. Ils étaient enviés, admirés et, à chacune de nos étapes, ils étaient toujours bien reçus par les habitants du village. Les femmes ne leur ménageaient pas leur admiration. L'auréole du chef ou du Blanc qu'ils portaient leur donnait beaucoup de prestige. Leurs chants qui accompagnaient leur course faisaient partie du folklore local et, aujourd'hui encore à la veillée, on parle de certains tipoyeurs restés célèbres pour leur force, leur vélocité et leur utilité. Personnellement, je n'aimais pas aller en tipoye, redoutant que l'un des porteurs ne fît un dérapage, lorsque la piste était trop glissante. Cependant, j'utilisais parfois ce moyen de transport parce qu'il est plus rapide; en effet, en un jour, seul à pied, vous parcourez vingt kilomètres au plus. Dans le même temps, en tipoye, vous en couvrez trente-cinq. Au cours d'un trajet, le gain est appréciable. Mais il est vrai qu'être porté en tipoye donnait l'image d'un chef. Autrefois, les grands chefs et les administrateurs ne se déplacaient qu'ainsi. Je me souviens même que l'un de nos derniers administrateurs coloniaux est mort en tipoye.

Son tipoye suivait à vive allure une piste traversant une savane aux grandes herbes. Dans cette savane gîtait un buffle blessé par la sagaie d'un chasseur. Les tipoyeurs, affolés, lâchèrent leur attelage et détalèrent en tous sens. Et voici notre administrateur empêtré dans son tipoye, face au buffle déchaîné.

On retrouva le pauvre homme écharpé, le tipoye en mille morceaux. Le buffle disparut. Les tipoyeurs aussi... On ne les revit jamais!

De ceux-là, la légende ne chante pas la virilité, mais que vouliez-vous qu'ils fissent?

Pour ma part, mes tipoyeurs étaient solides, sûrs, rapides. Ils étaient aussi orgueilleux et vantards. Il est vrai qu'une colonne, avec à sa tête son tipoye, apportait dans le paysage une note peu banale. A l'avant de votre colonne courait votre « aboyeur » vêtu de son seul pagne en raphia autour des reins. Il courait et tenant en main une tige de bambou feuillue il faisait mine d'écarter, de « balayer » de votre chemin les mauvais esprits.

A l'approche d'un village, il clamait très fort et très « avantageusement » les qualités du chef ou du Blanc qui arrivait.

Après lui, venait votre tipoye, porté par quatre garçons musclés et rapides.

De chaque côté de votre tipoye et se maintenant à sa hauteur, vos deux gardes d'accompagnement, communément appelés « miliciens ». Coiffés d'une chéchia écarlate, armés d'un mousqueton et d'une baïonnette, ils étaient chargés d'écarter les gêneurs qui au passage dans les villages voulaient approcher le Blanc.

Derrière le tipoye, couraient les quatre tipoyeurs de rechange. Ensuite, venait votre cuisinier, toujours coiffé d'un chapeau. Homme respectable, car il avait en charge la « bouffe » du Blanc. Il allait, superbe, saluant de gauche et de droite.

Derrière lui, venait le boy, qui de toute la colonne avait le rôle le plus délicat, car il portait la lampe Pétromax. Cette fameuse lampe, dont bien des coloniaux parlent encore aujourd'hui avec nostalgie, était dotée, hélas! d'un manchon d'une fragilité déconcertante. Ce boy devait, durant le parcours, déployer des talents de funambule, afin que ce manchon arrive en bon état à la fin de l'étape. La paye de sa journée garantissait l'équilibre de la lampe, et il y apportait, croyez-moi, toute son attention. Le deuxième boy portait la popote-voyage et le régime de bananes douces pour le Blanc.

Suivant le boy de près, voici le marmiton, véritable homme-orchestre portant tous les ustensiles de cuisine et trottant dans un joyeux tintamarre métallique. Ensuite, vos femmes.

La première, parée de son plus beau pagne, ne portait rien. La deuxième, rivalisant de coquetterie avec l'autre, portait cependant sur sa tête la machine à coudre Singer à manivelle de la première. De ce fait, sans doute pourrait-elle l'utiliser elle aussi. La troisième portait les « bioumes » (bagages) de la première, et les siens. La quatrième portait les bagages de la deuxième et les siens. La cinquième portait tous les bioumes que les autres n'avaient pas voulu porter.

Derrière vos femmes, vos porteurs, soit deux porteurs par cantine suspendue à une longue perche. Chacun des porteurs à l'extrémité de la perche. Pour huit cantines, seize porteurs. Ensuite les femmes de vos porteurs. Une trentaine portant les bagages et les vivres des porteurs.

Derrière les femmes, courant en rang d'oignons, les enfants de tout ce monde, le plus petit en fin de cette colonne qui s'étirait sur quatre cents mètres.

Votre contremaître, lui, n'avait pas de place définie. Il devait être partout à la fois. Habillé comme un Blanc, il portait sur son épaule son fusil à piston.

Traversant certaines régions particulièrement boisées et peu peuplées, j'ai eu par trois fois le désagrément, à l'arrivée à l'étape, de constater qu'il me manquait un des plus petits enfants, parmi ceux qui trottaient en fin de colonne. Et c'était toujours le plus petit et le tout dernier. Vous imaginez le drame à l'arrivée et les palabres que cela soulevait!

Nous prenions également de ce fait, chaque fois, une journée de retard dans notre programme de déplacement.

– Comment, m'exclamé-je, vous perdiez un enfant comme ça? Vous ne pouviez donc pas le retrouver?

– Vous savez, cher ami, à cette époque-là, dans des disparitions de ce genre, il y avait peu d'espoir de retrouver les victimes. Trop de fétichisme, de sorcellerie et aussi trop de crainte et de superstitions. Aujourd'hui jugulées, toutes ces croyances anciennes font partie d'un passé à jamais révolu. Devant ces faits, j'ai donc chargé mon contremaître, armé de son fusil, de marcher en serre-file. A partir de ce jour-là, nous n'eûmes plus de disparition.

Cependant, un jour...

Ayant à l'étape mangé une espèce de fruit rouge ressemblant à une cerise, provenant d'une plante parasite aux grandes feuilles, et que l'on appelle ici andoum, j'eus de très fortes coliques, très gênantes quand on se déplace en tipoye.

Profitant donc de la traversée d'une forêt touffue, je laissai mon tipoye prendre quelque avance et après que la colonne se fut éloignée, je m'écartai seul dans la nature.

Alors que, silencieux, j'écoutais les derniers bruits décroître, voici que devant moi passe une silhouette furtive paraissant suivre ma colonne. Aussitôt en alerte, je la suis à mon tour. Maintenant je distingue mieux mon type. Bariolé de tatouages blancs et rouges, une queue de civette lui pendant dans le dos, une sagaie à la main, il approche de mes gens. Un homme-panthère!

Devant lui, le plus petit de nos gosses trottait sur les talons de celui qui le précédait. Mon contremaître, en mon absence, avait rejoint la tête de la colonne.

Maintenant, mon type s'accroupit derrière des racines. Je m'arrête aussi, silencieux, attentif.

Il repart, je le suis.

Il n'est plus très loin du dernier gosse, sagaie en main. La piste oblique légèrement. Il se rapproche. Le voici à portée de sagaie.

Alors, sans hésitation, je le mets en joue et lui envoie une balle entre les omoplates.

– Il est mort ?

– Je l'ai laissé là. Quand j'ai rejoint mes gens, qui avaient entendu mon coup de feu, ils furent étonnés de me voir revenir sans gibier. J'ai dit à mon contremaître : « Manqué ! » Mais lui avait compris.

Dans cette région-là, à partir de ce jour nous ne perdîmes plus personne dans nos déplacements.

– Mais, dis-je intrigué, lorsqu'on est atteint par une sagaie, on doit crier, me semble-t-il, si l'on n'est pas mort sur le coup bien sûr.

– Les hommes-panthères enduisent leur lame d'un poison à base de strophantus qui paralyse aussitôt.

Silencieux, je revivais le drame et ne savais qu'en penser. Mais Guizard continuait.

– Un jour, cependant, bien que les considérant comme vaillants, je me suis fâché très fort contre mes tipoyeurs. Il faisait très chaud et le balancement du tipoye portait à la somnolence. Le soleil était au zénith et, abruti de chaleur, je m'endormis. Je crois que c'est le silence soudain qui me réveilla. Ouvrant les yeux, incrédule, entre mes pieds, en bas, à trente mètres au-dessous de nous, le cours bouillonnant d'un torrent. Mon tipoye oscillait lentement. Mes tipoyeurs, muets, assuraient précautionneusement leurs pieds sur un tronc d'arbre lisse comme une peau de « machoiron ». Un seul faux pas, et tous nous basculions dans le vide. La peur au ventre, je regardai en bas les roches noires et les eaux écumantes. Je n'osais plus bouger un cil, les tripes nouées. Nous étions sur un maigre tronc d'arbre qu'une tornade avait jeté en travers du canyon. Ce tronc était utilisé comme pont par mes tipoyeurs, qui par paresse voulaient écourter le grand détour par la vallée que la piste ordinaire leur imposait. Pas à pas, mes quatre hommes s'efforçant de synchroniser leurs efforts de funambules, nous avancions lentement. Quelques minutes plus tard, qui me semblèrent des heures, nous voici au bout de ce... pont. Là, j'ai mis pied à terre et le tipoyeur de tête, que je rendais responsable de cette brillante idée, ne dut son salut qu'à sa vélocité décuplée.

– Mais... si vous aviez glissé ? dis-je.

– Eh bien, cher ami, nous ne serions pas là à deviser aujourd'hui ! dit le guide, fataliste.

Et, riant tout à coup comme amusé par un souvenir, il poursuit.

– D'ailleurs, ce genre d'aventure ne m'est pas arrivé seulement en tipoye. Il existait un vrai pont sur une rivière en pays Pounou, qu'on appelait pont de Moukoro. D'une portée d'une trentaine de mètres, ce pont rustique était construit en bois : deux étroites longrines de roulement espacées de la largeur des roues d'un camion. Pour le franchir, il fallait prévoir un boy-chauffeur qui, marchant à reculons devant votre camion, vous guidait de la voix et du geste. Ce pont était situé au fond d'une gorge encaissée et pour y parvenir, la route offrait donc des pentes fortement accentuées. Lorsque notre camion, chargé de grumes, approchait de ce pont, nos boys-chauffeurs sautaient avant l'amorce de la descente et suivaient à pied, des cales à la main, le véhicule qui lentement s'avançait, face aux longrines. Vous dire quelle attention nous lui accordions à ce fameux pont...

Un soir donc, c'est le dernier voyage de la journée de notre camion grumier. Ce camion était un vieux GMC, vétérant de la dernière guerre. Ses trois ponts étaient un avantage certain pour ce travail de forestier, compensant en partie un fort appétit en carburant. Notre GMC comportait une cabine « décapotée » et nécessitait en temps normal trois hommes au pilotage. D'abord Thomas, le chauffeur, surnommé « l'Antilope », car en cas de coup dur... il sautait! Pour parer à cet inconvénient, je lui imposais le port de la veste, ce qui me permettait, le cramponnant au revers, de le maintenir de force au volant, alors que torse nu et suant il m'eût glissé entre les doigts. Ensuite, moi-même, assis à côté du chauffeur et tenant le levier de vitesses, attentif à ce qu'elles ne sautent pas... elles aussi! car la boîte de vitesses fatiguée nous abandonnait souvent au moment de l'effort maximum. Enfin le troisième homme, auxiliaire, chargé en dernier ressort du frein à main. Celui-ci était plutôt symbolique car il ne serrait pas toujours régulièrement.

Ce jour-là, à bord, Thomas, moi-même et Antoine, le gérant de la scierie qui au dernier voyage rejoignait ainsi sa case. Chacun de nous face à son propre rôle. A l'arrière, touchant presque notre dos, une très grosse grume de bois d'Iriko, de plus de sept tonnes, chargée sur la plate-forme. Et chevauchant cette grume, tout en haut, trois boys-chauffeurs assis à califourchon, chacun serrant contre lui une énorme cale. Eux trois devaient, en haut de la pente, sauter et, leur cale en main, suivre alors à pied le camion de façon à pouvoir placer sans retard leur cale à l'avant des roues, si la vitesse de descente leur paraissait devenir excessive.

Nous roulions et, la nuit tombant, nous allumâmes les phares. Un seul, côté chauffeur, s'alluma. Celui de droite devait être grillé. Le phare solitaire éclairait la route devant nous, et soudain dans le faisceau lumineux... une civette! Une énorme civette, de la taille d'un gros chien, noire, mouchetée de blanc, le poil luisant. La civette, ici, est honnie de tous ceux qui ont des poules ou des canards, et lorsqu'on en voit une, le premier réflexe est de l'abattre ou de l'écraser. Cette civette courait à vive allure devant le GMC, « canalisée » par le rayon de lumière. Thomas, instinctivement, accéléra et nous rattrapâmes la civette. Accélérant elle aussi, elle se maintint un instant devant le camion, puis elle disparut sous le capot. Nous pensâmes l'avoir écrasée. Thomas relâcha l'accélérateur et ralentit légèrement.

Soudain, à l'avant du capot, voilà notre civette qui resurgit, courant toujours dans la lueur du phare et semblant tirer le camion derrière elle. Les boys-caleurs, du haut de leur grume, trépignaient, clamant très fort leur mécontentement et injuriant le chauffeur d'avoir raté sa proie. Celui-ci, vexé, accéléra, voulant en finir avec cette maudite civette. Le moteur rugit et cette fois nous fonçons vraiment. Nous voici presque sur la civette... ça y est!... on va l'avoir!

Et soudain s'élève une clameur immense!

Roulant un train d'enfer, nous étions engagés dans la brutale pente de Moukoro!

Notre phare éclairait là-bas, en bas, ce maudit pont qui nous apparaissait alors plus étroit encore.

Les boys-caleurs hurlaient, cette fois de peur! Antoine, cramponné à son frein, glapissait! Quant à moi, la main droite tétanisée sur le levier de vitesses, ma main gauche accrochée à sa veste, je bloquai Thomas au volant!

Tous à présent, voyions venir la mort, à cent à l'heure! Thomas, immobilisé et affolé, voulant tenter quelque chose, mit la main sur la mienne qui tenait le levier, et soudain, dans un grincement atroce... la vitesse sauta. Débrayés, nous voici en roue libre. Sept tonnes de bois dur nous poussaient au cul!

Ce pont en bas montait rapidement vers nous dans un halo lumineux.

Thomas alors plongea ses mains fébriles vers le tableau de bord, et dans ses tâtonnements, éteignit le phare! Les clameurs redoublèrent dans cette soudaine obscurité.

Dans le ronflement du moteur emballé que dominent des clameurs d'épouvante, cette fois nous plongeons vers une mort certaine. Dans le noir absolu, c'est une véritable descente aux enfers! Mourir oui, mais pas dans le noir!

Je lance mes mains moi aussi vers ce tableau de bord, triturant les boutons, au hasard, et d'un coup... la lumière jaillit!

Nous roulions toujours plein pot... O miracle! nous avions passé le pont!

Nous applaudissons de bon cœur. Guizard est tout pâle, comme s'il venait à l'instant de descendre du GMC miraculé.

Zorro bondit sur ses genoux. Le guide de chasse se remet lentement en passant ses doigts dans la fourrure du gros chat jaune.

13

Un safari-papillon

Nous sommes confortablement installés dans nos fauteuils, sur la véranda.

Le guide de chasse, le chat Zorro sur les genoux, protège avec une soucoupe posée sur son verre le porto blanc qu'il a additionné d'eau fraîche, des grands papillons blancs qui envahissent la véranda.

– Tiens, dit-il, déjà un « essaimage »! La saison change.

En effet, ce soir une foule de papillons tout blancs, tous semblables, dansent dans le halo lumineux de nos lampes, qui repoussent la nuit. Au ciel pas une étoile. Va-t-il pleuvoir ?

Et tout à coup surgit, jaillissant au milieu de ce bal de papillons, comme lorsque au centre d'un ballet soudain la danseuse étoile apparaît, un magnifique papillon de nuit. Il tourne, fonce, slalome, se heurte au mur, nous frôle. Il est magnifique, marron, brun, velouté. Zorro le chat l'observe d'un œil intéressé.

Le guide alors décrète :

– C'est un *Samia cinthia*!

Je le regarde, étonné de sa science. Et il poursuit en riant :

– C'est que, voyez-vous, moi maintenant les papillons, je connais. J'ai eu un sacré professeur.

Alors il s'enfonce dans son fauteuil et, après une gorgée de porto, il continue :

– J'ai eu ici, voici déjà quelques années, un homme charmant, client délicieux, mais redoutable. Il était ministre en France, touriste au Gabon, homme disert, informé sur l'Afrique, s'intéressant à la nature, aux oiseaux, aux insectes, à tout.

Le ministre G., hôte de notre président, arriva donc un jour par hélicoptère. Il avait prévu de passer trois jours à Iguéla. Il y resta une dizaine de jours. Et plus tard, il nous envoya sa femme et ses enfants. Ici, nous avons tous gardé d'eux un excellent souvenir, mais lui, quel client redoutable! Jugez-en plutôt.

Dans la journée, nous parcourions savanes et forêts, à la recherche des éléphants, des buffles, des antilopes, des singes. Avec des ruses de Sioux, nous faisions nos approches, observant religieusement. Nous approchâmes un soir un beau mâle de settu tonga, doté d'un trophée magnifique. Dans le soleil couchant, il avait un port de tête royal. Nous étions immobiles, tout proches, à bon vent.

Pensant lui offrir ce trophée prestigieux, silencieusement je lui tendis ma carabine. Il me jeta un regard horrifié... et mon estime pour lui grandit encore.

Nous rentrions à la nuit, exténués, mais heureux.

Puis un soir, après le dîner, se tournant vers moi, il me dit :

« Monsieur Guizard, vous connaissez beaucoup de choses sur les animaux et la chasse, mais je vais vous apprendre une chasse que vous ne connaissez pas. »

« Ah! lui dis-je, mais dans le monde de la chasse, comme dans tous les domaines, on apprend tous les jours. »

« Nous allons chasser le papillon. »

J'étais curieux d'apprendre, certes, mais après les fatigues d'une pareille journée, se lancer de nuit dans une chasse – fût-ce au papillon – ne m'enthousiasmait pas vraiment. Cependant, me composant un visage réjoui, je me déclarai prêt au départ.

Chasser le papillon, c'était dans mon esprit un sport de jeune fille. Passaient dans ma tête des images de jeunes personnes en robe d'organdi, brandissant gracieusement des filets de mousseline...

« Mais nous n'avons pas de filets à papillons », m'exclamai-je.

Le ministre écarta cette objection d'une main dédaigneuse.

« Nul besoin de filets à papillons. C'est une chasse très spéciale. Vous allez voir! »

Il s'affaira un instant dans ses bagages et soudain me demanda :

« Pourrais-je avoir un tournevis? »

J'appelai le boy-chauffeur, qui arriva en courant. Alors, se tournant vers lui, le visage cordial, le ministre lui dit, avec son mélodieux accent de l'ENA :

« Cher ami, auriez-vous, je vous prie, un tournevis? »

Ébahi, le boy-chauffeur, peu habitué avec moi à un langage châtié, restait bras ballants. J'intervins :

« Apporte le tournevis! »

Cette fois, il comprit et partit en courant. Il revint aussitôt et tendit le tournevis au ministre.

« Je vous remercie. Auriez-vous maintenant un coutelas? »

Complètement « déconnecté » par tant de civilité, le boy-chauffeur contemplait le ministre, mais ne bougeait pas.

« Le coutelas, lui dis-je, énervé, c'est la machette. »

Le boy-chauffeur repartit toujours en courant et revint avec la machette.

A présent, il était presque aussi intrigué que moi. Que pouvait-on faire avec un tournevis et une machette pour une chasse aux papillons? Nous allions le savoir.

« Il me faudrait un porteur », me dit le ministre.

Le boy-chauffeur, toujours là, me parut tout indiqué pour ce rôle. Il lui désigna une toute petite caisse de la taille d'un carton à chapeau et lui dit :

« Voudriez-vous vous charger de porter cette caisse, cher ami? »

Le boy-chauffeur, un instant interloqué par ce langage ampoulé, et m'ayant lancé un regard étonné, se précipita et mit la caisse sur sa tête.

Ensuite, le ministre prit sous son bras un paquet d'étoffe blanche qui me parut être un drap de lit. Il avait en main une canne sophistiquée que les chasseurs utilisent en France comme siège de battues : elle se déploie sur trois pieds et l'on peut y poser ses fesses. Se tournant alors vers moi :

« Quel est, cher ami, à cette heure, le chemin le plus facile pour aller en forêt ? »

Moi-même interloqué un bref instant, je lui indiquai au hasard une piste, là... dans la nuit. Alors, éclairant nos pas d'une torche électrique, nous nous engageâmes sur la piste. Nous marchâmes un moment en forêt et arrivâmes à une éclaircie de feuillage nous permettant de mieux voir le ciel.

Le ministre s'arrêta.

« Cet endroit me paraît parfait, dit-il. Qu'en pensez-vous ? »

J'approuvai, sans trop savoir pourquoi.

Alors, se tournant vers le boy-chauffeur, il lui dit :

« Voulez-vous poser je vous prie votre caisse ici, et dégagez-moi un peu ces baliveaux. »

Pour la caisse le boy-chauffeur ne demandait que ça. Mais pour les baliveaux... Il se tourna vers moi, inquisiteur et inquiet. Et je lui dis :

« Le Blanc, il dit : tu coupes tout là autour avec ta machette. »

Aussitôt, il débroussa autour de nous tous les... baliveaux !

Déployant enfin son paquet d'étoffe, le ministre en sortit deux draps tout blancs.

« Il me faudrait deux perches », réclama-t-il.

Maintenant j'avais compris. Je pris l'affaire en main, et sur les deux perches fichées verticalement, j'installai un drap. Au sol, devant cet écran, un autre drap. Avec son tournevis, le ministre dévissa le couvercle de sa boîte et il en sortit un tout petit groupe électrogène japonais. Il installa au sommet de la perche soutenant le drap une forte ampoule bleutée et raccorda un fil à son moteur. Lorsque tout fut monté, il lança son moteur qui se mit en route avec un ronflement feutré. Le ministre déploya sa « canne » et s'assit. Il se tourna vers moi satisfait et me dit : « Dans un instant, ça va venir. » Je m'assis au sol et, comme au cinéma, je regardai l'écran. Soudain une blatte énorme vint percuter le drap blanc et comme si c'eût été un signal, dix, vingt, cent, mille papillons de toutes formes et de toutes couleurs surgirent de la nuit, sur un coup de baguette magique. Ils volaient, virevoltaient, s'agrippaient à l'écran blanc bleuté. Papillons aux ailes magnifiques, papillons gris, papillons noirs, papillons somptueux aux ailes veloutées, aux dessins hallucinants. Je regardais, émerveillé, ce spectacle fascinant de vie et de couleurs. Le ministre, lui, avait ouvert une boîte à compartiments multiples et préparait des sachets transparents. Il observait tous ces papillons et parfois en saisissait un et, après l'avoir longuement observé, le glissait dans un sachet. Tandis que je lui désignais des papillons étonnants de couleurs, il me disait d'un ton détaché : « Oh! c'est un *Troides priamus precubus*, ou bien encore : c'est un *Catocola nupta*... c'est très commun, très commun... » Soudain, avisant un papillon sombre sans attrait particulier, me semblait-il, il se précipitait, s'exclamant : « Oh! merveilleux! Celui-ci est rarissime! », et avec précaution il l'introduisait dans son sachet. Et le temps passait. Tout autour de nous, la nuit dont les bruits se devinaient au-delà du ronronnement du moteur.

Maintenant, les yeux alourdis de sommeil, je risquai un regard sur ma montre. Minuit et demi déjà! Une forte courbature dans les épaules me rappelait que là-bas au campement, un lit moelleux m'attendait. Je bâillai et le ministre, s'en apercevant, me dit :

« Cher ami, nous avons fait ce soir une belle moisson. Vous semblez avoir sommeil. »

Malgré mes hypocrites dénégations, il se leva en souriant :

« Allons, rentrons maintenant, un peu de repos nous fera du bien. »

Ouf! j'allais enfin pouvoir dormir.

Alors, se tournant vers moi, notre ministre me dit, affable :

« Ami, voulez-vous me réveiller à trois heures? Vous verrez, c'est encore meilleur vers le matin, pour les papillons! »

A ma montre, il était une heure et demie!

Effondré, je lui dis sans conviction :

OK, reposez-vous bien. A tout à l'heure. »

Et je me précipitai sur mon lit.

Mon réveil sonna et je crus que je venais à peine de me coucher. Trois heures déjà! Titubant, je m'approchai de sa porte et appelai « mon » ministre. « Voilà », cria-t-il, et il surgit devant moi, déjà habillé, chapeau sur la tête. Stupéfait, je bondis vers ma case et plongeai dans mon pantalon. Vêtu à la hâte, je le rejoignis et nous voici bientôt face à notre écran.

Rallumant le moteur, nous reprîmes notre veille. En effet, les papillons venaient plus nombreux encore. A ma montre les aiguilles tournaient. Dans le ciel, le jour se devinait. L'écran nous parut moins lumineux. Le ministre dit alors :

« Le jour vient. Une bonne tasse de café nous fera du bien. »

J'acquiesçai sans réserve.

Pliant bagages, nous regagnâmes le camp.

Le café était là, chaud dans nos tasses. Nous le bûmes religieusement. Je pensais à mon lit qui m'attendait, car bien sûr après une nuit pareille, je me préparais à un bon sommeil réparateur et à une grasse matinée bien gagnée. Déjà, dans mon esprit... j'étais au lit...

Soudain, le ministre se lève, s'étire et, souriant, me dit :

« Après un pareil café, je suis en forme. Où allons-nous ce matin, monsieur Guizard? Quelle belle journée! J'adore marcher! »

Et déjà, son chapeau sur la tête, il était prêt à partir... Je pensais avoir mal entendu, et je le regardais, incrédule. Quel cauchemar! pourtant c'était vrai, il était prêt! Et face à la piste, superbe, il m'attendait!

Voilà, n'est-ce pas, un client redoutable! Mais il était tellement agréable que je lui ai pardonné.

Lorsque le ministre fut reparti, je vis arriver quelques jours plus tard Mme G. et ses enfants. Deux grands adolescents, déjà des hommes, pêcheurs acharnés. Mme. G était fort préoccupée de ses grands garçons et les accompagnait parfois à la pêche.

Un jour, alors que dans la grande pirogue nous

rentrions vers le camp, nous rencontrâmes un hippopotame en compagnie de son petit. Nous voulûmes les photographier. Moteur au ralenti, nous nous approchâmes.

Le petit « hippo », cabotin, se montrait sans méfiance, jouant à cache-cache dans l'eau, et paraissait amusé par notre approche. Mais la femelle, inquiète, nous observait d'un sale œil. J'étais attentif à son comportement. Elle soufflait très fort, plongeait et tout à coup surgissait, plus proche de nous à chaque fois.

J'eus comme un pressentiment et déjà je faisais signe au pilote du hors-bord de faire marche arrière.

Trop tard!

Un soufflement rauque!

Un choc d'une violence inouïe nous précipita tous cul par-dessus tête au fond de la pirogue. Par miracle, aucun de nous ne tomba à l'eau. La femelle avait chargé, percutant notre bateau plein flanc.

Je fis accélérer car je savais qu'elle allait récidiver et essayerait certainement de soulever l'embarcation. Nous dégageâmes notre pirogue de ce mauvais pas et, le moteur lancé à fond, nous laissâmes sur place cette mère irascible.

Au campement, nous soignâmes nos bleus et nos écorchures.

Car, voyez-vous, les hippopotames sont chez eux dans l'eau, et si on les dérange trop, ils peuvent devenir agressifs.

Dans le Fernan Vaz, un vieux mâle redoutable régnait dans une anse de la lagune.

Une nuit, ma pinasse, revenant de Port-Gentil, s'engagea dans le Rembo Nkomi. Notre lampe-tempête à l'avant éclairait la route d'un halo bien pâle. Nous évitâmes d'un coup de barre impromptu une épave flottante qui me parut être la moitié d'une grande pirogue. Je n'y apportai pas grande attention. Mais soudain, dans la nuit, je crus entendre un appel, là-bas vers la berge. Mon pilote aussi prêtait l'oreille. « Patron y a les gens qui appellent là-bas! » Et il désignait un point dans la nuit. Moi je savais que là, il n'y avait ni village ni embarcadère et que la berge était uniforme et couverte de papyrus. Pressentant un drame, je fis ralentir le bateau. Nous orientant aux appels maintenant plus distincts, nous approchâmes de la berge. Et là, flottant dans l'eau, accrochés aux papyrus, des gens criaient, effrayés. Vite, nous les hissâmes à bord. L'homme et sa femme, âgés, tremblaient de froid et de peur. L'autre femme, plus jeune, serrait contre elle son enfant. Ils nous racontèrent leur mésaventure.

Alors qu'avec leur pirogue – dont nous avions rencontré l'épave – ils regagnaient leur village en pagayant, ils avaient été attaqués par ce vieil hippopotame irascible qui, fort heureusement les méprisant, s'était acharné sur la pirogue. Ils avaient eu de la chance, car très souvent dans un cas semblable l'« hippo » s'en prend aussi aux naufragés.

A Lambaréné et dans les lacs, ces accidents-là ne sont pas rares. Et bien que l'hippo soit herbivore, sa gueule ouverte est impressionnante et peut vous couper un homme en deux.

Nous déposâmes nos naufragés à leur village et je me promis, à la prochaine occasion, de régler son compte au vieux mâle devenu maintenant dangereux.

Et le guide poursuit :

– Il m'arriva un jour dans l'Ngounié une aventure semblable. C'était dans les années 1948. De passage à Fougamou, me rendant aux prières de mes gens, je décidai de tirer un « hippo » qui mettait à mal les plantations, en bordure de l'Ngounié.

Je partis donc sur une pirogue Moustique avec un seul piroguier à l'arrière. Nous nous engageâmes dans l'un des bras de l'Ngounié, en amont des chutes de l'Impératrice-Eugénie, dont on entendait le sourd grondement. Et nous patrouillâmes, attentifs...

J'employai alors ma tactique habituelle pour la chasse à l'hippopotame. Avec la crosse de ma carabine, je frappai quelques coups sur le rebord de la pirogue. Cela résonne au fond de l'eau, et s'il y a là un hippo dans les parages, il prend cela pour une provocation et surgit aussitôt.

En effet, soudain, droit devant, dans un jaillissement d'eau, voici mon « hippo » agressif, soufflant sa colère. Mais je l'attendais, et lui plaçai une balle de 10,75 en pleine tête.

Il disparut dans un bouillonnement d'écume et réapparut aussitôt, tournant sur lui-même, déjà mort, entraîné par le courant. Je fis signe à mon pagayeur de le suivre, afin de le récupérer et de le tirer vers la berge.

A ce moment-là, une force extraordinaire nous souleva brusquement et je fus éjecté très haut, puis retombai dans l'eau à côté de la pirogue retournée et je m'y cramponnai désespérément... car je nage très mal.

Un second « hippo » avait surgi sous notre pirogue et nous avait projetés en l'air ! « Pourvu qu'il ne revienne pas à la charge », me dis-je.

Mon piroguier, sans s'occuper de moi, nageait ferme vers la berge, d'une brasse éperdue. Je flottais, mais le courant était fort et je me tenais à grand-peine accroché.

Me voici plein courant maintenant, filant vers les chutes dont le bruit se faisait soudain tout proche... Je me sentis perdu. J'essayais de gagner la berge, mais je n'osais pas lâcher ma pirogue, qui bien que renversée me permettait de flotter.

Le courant me déporta vers le bord et à grande vitesse je passai au ras des arbres, car l'inondation de cette saison avait noyé les berges. Le courant y était très fort. Mais ayant gardé ma carabine à la main, j'essayai avec la courroie de crocheter dans une branche. J'y parvins, mais je décrochai, une fois, deux fois, et je pensai alors que ma pirogue, offrant trop de prise au courant, était un handicap. Dès que ma courroie crocheta à nouveau une branche, je lâchai ma pirogue et m'agrippai au bois.

Ouf ! Je tenais la branche très fort. Je me hissai à la force des bras jusqu'à la fourche. Mais mon arbre n'était pas très gros et le courant très violent le faisait osciller régulièrement tel un balancier. Peu importe, je le tenais. Pour rien au monde, je ne l'aurais lâché. La chute était là, toute proche, et l'écume qui l'environnait soulevait comme un brouillard.

Je suis sorti de l'eau, mais je ne suis pas sorti pour autant de cette affaire. Partout de l'eau qui court terriblement fort! Une inondation de plus de cinq mètres rend inaccessibles tous les arbres alentour depuis mon perchoir. Me remettre à l'eau. Impensable. Attendre.

J'attendis deux longues heures. Puis soudain, suivant le rivage, arriva une grande pirogue avec une dizaine d'hommes à bord, avançant avec précaution, se cramponnant aux arbres.

Là-bas, au village, mon pagayeur avait alerté tout le monde. Et ils recherchaient mon corps, car bien sûr, personne ne pensait que je pouvais sortir vivant de cette aventure. J'appelais au secours, le bruit de la chute couvrait ma voix. Aucun des pagayeurs ne regardait dans ma direction et déjà, la chute étant trop proche pour qu'ils puissent continuer sans risque, ils s'apprêtaient à faire demi-tour. J'étais désespéré. Allaient-ils me laisser là? Soudain, l'un d'eux me vit! Aussitôt les voici, pagayant frénétiquement vers moi, joyeux, mais pas tant que moi-même...

Ils me récupérèrent, me tâtèrent sur toutes les coutures, étonnés de me trouver... intact. Heureux comme des enfants. Ce soir-là, j'achetai pour eux deux dames-jeannes de vin de palme et la danse dura toute la nuit.

Notre guide de chasse a à peine fini de parler que vers la lagune, soudain, un « rauquement » profond retentit, suivi d'un bruit plus sourd dans l'eau.

– Tiens, dit le guide, voici Oscar qui manifeste.

Et nous apprenons qu'Oscar est l'« hippo » de service qui, au moins une fois par semaine, vient visiter notre embarcadère.

Nous écoutons encore, mais plus rien. Cependant, le guide sourit :

– Connaissez-vous, nous dit-il, la dernière blague d'Oscar?

Nous écoutons, ravis et attentifs.

– Plusieurs clients étaient venus ce week-end-là. Dans la première case, un couple déjà âgé. Lui, grand, sec, un peu triste, renfermé. Elle, petite, ronde, agitée, bavarde.

Tous deux très gentils. Dans la seconde case, un couple jeune... amoureux. Répartis dans les autres cases, deux par deux, des couples sympathiques venus de Libreville. Des coopérants. Promenades, vision, pêche, tout allait très bien.

Le soir, la petite dame ronde, qui avait dans la journée vu un hippopotame, me posa cette question :

« Monsieur Guizard, les hippopotames ne viennent donc jamais, ici, tout près ? »

« Oh ! madame, les " hippos ", la nuit, sont souvent là. »

Et comme tous nos visiteurs, attentifs, tendaient l'oreille, j'ajoutai :

« Voyez-vous, chère madame, hier Oscar était là, près des pirogues, et toute la nuit nous l'avons entendu souffler, bâiller. »

Ravie, la petite dame ronde applaudit et se tourne vers son mari silencieux :

« Chéri, quelle chance, si Oscar nous rendait visite cette nuit. »

Et sur ce, elle applaudit à nouveau, au grand amusement de tous.

La soirée et la nuit se passèrent sans histoire.

Mais au matin...

Nous étions déjà tous à table pour le petit déjeuner lorsque arriva la petite dame ronde, agitée, suivie de son maigre mari. Elle vint à moi, directement, les yeux brillants de joie.

« Monsieur Guizard, dit-elle, avez-vous entendu Oscar cette nuit ? Car c'était lui, n'est-ce pas ? »

Bien qu'ayant entendu la nuit quelques bruits vers les cases, je n'en avais pas rendu Oscar responsable. Mais enfin, comme tout le monde était là et écoutait...

« Oscar ? Oh ! mais bien sûr, je l'ai entendu souffler et il a crié même plusieurs fois. »

Alors, ravie, la petite dame ronde se tourna vers son mari et l'apostropha gentiment :

« Tu vois, chéri, c'était bien Oscar ! Mon Dieu ! Ce souffle ! Et ces soupirs profonds, sauvages ! »

Et soudain poétique, elle continuait :

« On entendait là comme un appel sauvage. Un souffle! un soupir profond qui vous fouillait l'âme! Quels soupirs! »

Et imitant le cri et les soupirs d'Oscar : « Houm! houm! houm! », elle soufflait et soupirait très fort... comme Oscar!

A table, deux de nos visiteurs avaient le nez sur leur assiette. C'était les deux amoureux, voisins de la petite dame ronde, qui, eux, la nuit... n'avaient pas entendu Oscar!

14

Hommes-panthères

La tisane de citronnelle fume dans nos tasses. J'ai voulu connaître ce breuvage et le trouve à mon goût. Guizard veut me persuader qu'une goutte de rhum y apporterait un parfum indispensable et prédisposerait à une nuit sereine.

Me voici soudain attentif à une rumeur qui vient de l'office ou des cuisines; l'on parle de palabres, de fétiches, de bilongo.

Bilongo!

Le mot m'étonne et j'interroge Guizard.

– Le bilongo, cher monsieur Goulphin, c'est le terme qui définit le poison, le mauvais « médicament ». Il peut vous être donné comme un poison ordinaire. Il peut vous être prodigué par les esprits, les pratiques de magie noire, auxquels d'ailleurs tout le monde ici croit fermement. Votre poison peut être dans votre apéritif ou votre potage, ou dans l'eau de votre bain, ou en poudre dans votre pyjama, ou bien dans vos... chaussures, ou bien dans les « sorcelleries et envoûtements » les plus étranges auxquels nous ne voulons pas croire, pourtant...

Et le guide de chasse poursuit.

– J'ai été « bilongoté » moi-même, je ne sais pas encore exactement comment. Mon évacuation sanitaire d'urgence vers un hôpital parisien m'a sauvé. Cependant, les grands professeurs y perdaient leur latin. Sûr que j'étais empoisonné, mais comment? Un médecin américain, de passage à l'hôpital, qui s'était attardé à mon chevet, a dit à mon médecin traitant :

« J'ai vu deux cas semblables en Amazonie. Il s'agit d'un empoisonnement par les simples. Si en sus on n'a pas ajouté de nécrose, il peut avec beaucoup de chance s'en sortir. Sinon c'est un homme perdu! »

Du fond de mon lit, je le fusillai du regard. En effet... je savais. Lorsque ici, en brousse, on vous fait un poison avec des plantes, écorces, feuilles ou racines, c'est classique, vous allez certainement crever. Quelquefois, pour donner plus d'efficacité, on ajoute au poison de la cervelle en putréfaction. Pour l'obtenir, on prend un crâne pas trop vieux. On perce les sinus avec une queue de lime et au moyen d'un fil de fer assez rigide, on retire de la cervelle. Ajoutée à la mixture intiale, cette préparation est imparable. Nous n'avons pas, paraît-il, dans notre pharmacopée occidentale de contre-poison à cela.

Impressionné, je regarde Guizard.

– Des poisons inconnus de la médecine?

– Oui, ici tout est possible, reprend-t-il, et tout a une raison que notre esprit cartésien ne veut ou ne peut admettre. Tenez, par exemple, le fétiche M'boumba. M'boumba signifie : arc-en-ciel.

– Serais-ce donc un fétiche d'espoir?

– Par un certain côté, peut-être. Mais cependant, que de morts ne représente-t-il pas! Voyez plutôt et imaginez que vous êtes africain, contremaître ou commerçant, et que votre situation fait des envieux. On pense, et cela se dit, que votre réussite est le résultat de quelque fétiche. Vous-même, pris au jeu, vous laissez ces rumeurs s'établir et s'ancrer. On ne vous en considère que davantage et on finit même par vous craindre. Et vous-même... finissez par y croire. Maintenant, face à des circonstances qui risquent de troubler votre équilibre social ou financier, vous cherchez la parade, et vous vous tournez vers un féticheur pour vous aider. Personne ne s'en étonne, puisque dans l'esprit des gens, depuis longtemps déjà, c'est votre recours. Là commence l'engrenage. Les « médicaments » conçus par le féticheur manquent d'efficacité. Et le féticheur, qui ne veut pas vous perdre comme client, vous laisse entendre que les esprits réclament un effort supplémentaire. Il impose le « sang », c'est-à-dire la vie de quelqu'un de votre sang, pour la confection de « protections » plus efficaces. Et vous commencez alors à trouver les signes avant-coureurs de cette nouvelle escalade. Devant votre porte, par exemple, trois pierres ou trois mangues posées en triangle. Et puis un matin, votre féticheur vous fait déposer un flacon. Ce flacon, nous pouvons l'imaginer tel que ceux utilisés pour des produits pharmaceutiques, avec à l'intérieur trois doigts de breuvage rougeâtre et dans le goulot, une plume rouge de la queue d'un perroquet. Vous devez destiner ce breuvage à quelqu'un de votre sang, donc lié à vous par le côté maternel. Cette personne va être la caution de l'efficacité du fétiche qui vous est destiné, et après sa mort, elle pourra vous être plus utile encore. Bien sûr, vos proches inclus dans ce choix se dépêchent de s'écarter. Imaginons maintenant que tout le monde ait fui votre voisinage, alors vous devez obligatoirement vous résoudre à consommer vous-même ce breuvage. Vous allez certes y perdre la vie, mais vous aurez obtenu auparavant l'assurance d'une meilleure vie au-delà, d'une plus grande richesse et de plus d'honneurs... ailleurs, dans la nouvelle vie qui vous est promise.

– Donc, au fond, le fétiche M'boumba ne serait-il pas un fétiche d'espoir ? L'arc-en-ciel annonçant les félicités d'un monde meilleur ?

– Voyez-vous, pour nous ce n'est pas si simple, dit Guizard.

– Effectivement, et je n'arrive pas à comprendre.

– Dans la rivière Olindé, autrefois, je m'étais beaucoup intéressé à un jeune homme qui venait de quitter l'école et travaillait comme pointeur. Ses efforts pour se perfectionner avaient attiré ma sympathie. Il s'appelait Arsène K. A la fin de la saison, ne l'ayant pas vu depuis plusieurs jours, je demandai de ses nouvelles à ses amis. Ils prirent tous un air discret et peu informé. Cela m'intrigua quelque peu et je n'y pensai plus. Au hasard de mes pérégrinations en brousse, je passai dans son village et je remarquai alors un groupe de gens rassemblés et parlant à voix basse. Je m'approchai et m'informai. Non sans réticence, ils me dirent que là habitait Arsène, mais qu'il avait le fétiche M'boumba. Sa porte était fermée. Je la poussai et entrai dans une case noyée de pénombre. D'abord je ne vis rien, puis mes yeux s'étant habitués, je distinguai sur la couche un homme étendu. Je m'approchai et reconnus Arsène, le visage jauni, les yeux fiévreux. Je fis ouvrir porte et fenêtres afin d'y voir clair, mais personne ne voulait entrer. Je m'approchai encore et là je vis... Il était complètement paralysé, tout son corps tétanisé ne portait sur la natte que par les talons et la nuque. Il était tendu comme un arc. Dans le visage émacié, seuls les yeux bougeaient. Il me fixa et j'y lus un tel désespoir que je me détournai. Pris de pitié, je voulus le faire boire, mais je ne pus lui desserrer les mâchoires. En forçant avec le manche d'une cuillère, j'ébréchai une dent. J'ai fait refermer porte et fenêtres et je suis ressorti tristement. Le lendemain, on m'apprit sa mort.

Ce peuple tourné aujourd'hui vers l'an 2000 a des racines anciennes, profondes, qui proviennent de couches enfouies que nous ignorons. Beaucoup de leurs poisons sont à base de strophantus qui se présente en brousse sous forme d'une liane. Les hommes-panthères en enduisent leurs couteaux et leurs sagaies. Si l'on est blessé par ces armes, la paralysie est immédiate, ce qui explique le peu de résistance des victimes à leurs agressions.

Un samedi matin, levé avant le jour, je me rasais devant un miroir éclairé par ma Pétromax. Ma bâche était dressée à proximité d'un village perché en haut d'une colline et surplombant une rivière serpentant dans la forêt vierge. J'avais envoyé les femmes de mes manœuvres aux plantations. Elles étaient parties sur la piste de très bonne heure, afin de rapporter les vivres pour les rations de mes hommes avant midi. Tout à coup, des cris stridents et des bruits de course éperdue. Tout le village semblait se réveiller en hurlant. Je vois arriver un groupe agité de femmes traînant l'une d'elles ensanglantée, titubant, les yeux dans le vague, paraissant droguée. Tous criaient dans leur dialecte : « Les hommes-panthères! Les hommes-panthères! » Depuis quelque temps, en effet, on m'avait signalé leurs méfaits.

« Où ? » demandai-je.

« A la rivière, au pont. »

Je bondis sur mon fusil, toujours chargé, accroché au poteau de ma bâche, et fonçai sur la piste vers la rivière.

J'avais trente ans, et je courais, croyez-moi. Je fus plus vite sur les lieux que ces lascars ne s'y attendaient. Je surgis donc sur un entablement rocheux, à l'aplomb de la rivière, surplombant ce « pont », qui n'était en fait qu'un arbre abattu en travers de l'eau. A mes pieds, deux hommes bariolés de rouge et de blanc, un masque de raphia garni de plumes sur le visage, un lambeau de peau de panthère sur les épaules, couteaux et sagaies. L'un deux traversait avec précaution la rivière sur ce « pont » et allait parvenir à la berge. Le second l'y attendait. Il me vit et alerta son compère, mais trop tard. Ma première balle jeta à l'eau celui qui était sur le « pont ». L'autre s'enfuit dans la forêt. Le blessé se débattit et rejoignit péniblement la berge. Je doublai et il chuta dans les fourrés. Les branches bougèrent, puis plus rien. Mes hommes, maintenant armés de machettes et de haches, arrivaient. Nous approchâmes des fourrés. Rien. Mais mon pisteur releva une trace de sang. De grosses gouttes sur les branches, tous les mètres, à bonne hauteur. L'homme devait être blessé au torse. Le sang était bien rouge, donc ce n'était pas une blessure aux poumons. Nous suivîmes les traces sur cinq cents mètres. Nous trouvâmes alors une grosse flaque de sang, et cette fois, au centre, on distinguait nettement l'empreinte d'un pied. A côté, le piétinement que nous relevions nous faisait supposer que, rejoint par son compère, celui-ci avait posé un pansement hâtif sur la blessure. Alentour, plus une trace. Nos hommes, peu enthousiastes pour continuer, préférèrent retourner vers le village. Mon pisteur, homme d'expérience, me dit : « Missié, maintenant il faut laisser. »

Et je compris.

Plus tard je m'informai auprès d'un de mes vieux amis, lui-même sorcier. Il me regarda longuement, puis il me dit :

« Toi, tu n'es pas le Blanc comme les autres, à toi je

peux parler. Dans le palabre là, le type de panthère ne devait pas toucher les hommes pour le Blanc. Lui avait tort. Toi tu tirais lui, avec raison puis tu laissais lui, puni, se sauver. Nous tous nous connaissons. L'homme là n'est pas mort, mais dans le dos pour lui, il a les cartouches pour toi. Le palabre là, c'est fini. »

La jeune femme fut soignée chez ce sorcier. Sa plaie, qui avait beaucoup saigné, n'avait pas retenu tout le poison et la paralysie disparut au bout de quelques mois. Seul son bras gauche resta engourdi.

Je frissonne.

– Diable, c'est à peine croyable, dis-je distraitement, l'esprit encore là-bas, tout près de cette forêt, de son envoûtement, des hommes-panthères, de ses fétiches M'boumba.

Je fixe le fond de mon verre, où tremble un cognac doré et chatoyant.

– Y voyez-vous une plume rouge de perroquet ? s'enquiert Guizard, moqueur.

15

Ils sont fous ces clients

Ce matin nous guettons l'avion que la radio nous a annoncé. Il doit déposer deux clients et leurs épouses. Des Hollandais qui veulent faire de la pêche sportive et vont rester jusqu'à demain soir.

Un bourdonnement vers le nord a fait jaillir le personnel de la cuisine.

– Missié, l'avion!

Maintenant le vrombissement du moteur emplit le ciel. Le voilà.

L'avion surgit au ras des palmiers, fait trois battements d'aile pour nous saluer. Il décrit là-haut un grand cercle sur le campement et, amorçant son virage au-dessus de la lagune, va se poser sur le terrain sommairement balisé.

Nous voici au canot. Nous traversons la lagune. La Toyota est de l'autre côté du débarcadère, nous mettons en route et allons au terrain à la rencontre de nos visiteurs. Mais déjà dans le ciel nous entendons ronfler le moteur de l'avion. En effet, il décolle. Le plan de vol devait être chargé et le pilote n'a pas pu nous attendre.

Nous allons trouver sans doute les passagers assis sur les balises.

Nous roulons et, enfin, voici le terrain. Mais là, personne, pas de Hollandais. Nous scrutons la savane. Rien. Nous sommes très étonnés. Se seraient-ils ravisés au dernier moment? Bizarre tout de même. Guizard décide de revenir au campement et d'essayer de joindre Libreville par radio, pour obtenir des explications.

Nous voici donc face au poste qui grésille mais reste muet. La météo est mauvaise ce matin.

Arrive midi, heure plus propice, m'a dit le guide de chasse, pour le contact radio. Mais toujours rien. Nous passons à table.

La voix du chef des opérations d'Air-Affaires-Gabon nous parvient dans la salle à manger.

Enfin Libreville!

Il nous dit, étonné, que l'avion a fait la rotation comme prévu et a bien déposé nos clients comme convenu.

Là, Guizard est franchement contrarié et inquiet.

– Ils ont peut-être, suggéré-je, été dévorés par une panthère, quoique le temps m'ait semblé court entre le décollage de cet avion et notre arrivée au terrain.

Mais ma plaisanterie tombe à plat. Guizard ne rit pas. Il est responsable de ses clients dès leur arrivée sur la réserve.

– Faites préparer le canot, tonne-t-il, alors que nous quittons la table.

A cet instant surgit Joseph, le pisteur.

– Missié, y a plein le Blanc, là-bas en face au débarcadère.

Aussitôt nous voici sur la terrasse et Guizard s'empare des jumelles.

– En effet, ils sont là, mais où diable étaient-ils passés? Envoyez le canot, dit-il.

Ils se présentent, le visage « ensoleillé » sous des mèches blondes..., hilares.

– Où étiez-vous donc? interroge Guizard, acerbe.

– Cette savane était tellement belle, et le soleil si beau que nous avons décidé de ne pas perdre de temps. Nous sommes allés nous baigner dans la lagune, derrière le petit bois tout proche du terrain, nous dit la plus petite des dames blondes. Nous avions apporté notre ballon.

Le guide la fixe sans ménagement.

– Vous parlez de la lagune Louri? Et bien sûr vous vous êtes baignés, interroge-t-il, et vous avez joué au ballon dans l'eau?

– Oh! mais oui, l'eau était tiède, figurez-vous. Cependant, comment se fait-il qu'elle ne soit pas très claire? s'étonne la jeune dame.

Guizard la regarde avec compassion.

– Madame, lui dit-il, l'eau n'est pas claire, car cette lagune Louri est le déversoir de tous les marécages environnants. Et jamais, jamais on ne s'y baigne.

– Tiens, pourquoi donc?

– Dans cette lagune, madame, poursuit Guizard, se trouvent les plus gros crocodiles de la réserve. Certains dépassent les sept mètres.

– Mais, balbutie la jeune femme, nous avons joué au ballon dans l'eau...

Maintenant le regard du guide va de l'un à l'autre des visiteurs. Il s'apprête à parler, lorsque l'un des hommes, sans doute pour faire diversion, lui dit :

– En traversant le bois, nous avons vu des crottes d'éléphant encore chaudes et les branches sur la piste étaient cassées. Ça sentait très très fort. Des éléphants devraient être tout près.

Trop c'est trop! Guizard explose :

– Comprenez bien, rugit-il, vous arrivez sur une réserve dont j'ai la charge, et je suis responsable de votre vie dès le moment où vous descendez de l'avion. Et vous disparaissez dans la nature, seuls! Vous vous baladez dans le fief d'Astérix, qui est un éléphant dont les réactions sont imprévisibles et dangereuses. Vous vous baignez en jouant au ballon dans une lagune où même un Ngowé ne hasarderait pas un orteil. Vous avez une chance insolente, mais maintenant c'est assez. Désormais : ou bien vous vous conformez au programme de séjour que je vais vous tracer, ou bien vous reprenez votre « avion-retour ». Dans moins de deux heures, sur un appel radio, votre avion peut être là.

Les Hollandais, les yeux écarquillés, le regardent en hochant la tête, réalisant enfin leur imprudence et, penauds, ne savent quelle attitude prendre.

– Maintenant, dit Guizard, cassant, vous passez à table. Les boys vont s'occuper de vos bagages et les porter à vos cases. En fin d'après-midi... la pêche.

Puis, soudain radouci, devant leur mine consternée, il leur dit :

– Nous comptons sur vous pour avoir un beau « rouge » sur le gril ce soir. Ensuite, je vous montrerai le genre d'équipier que vous auriez pu avoir pour votre partie de ballon, ce matin, dans la lagune Louri.

– Oh! s'écrie l'autre dame blonde, vous parlez des crocodiles? Mais c'est dangereux!

– Oui, mais nous n'irons pas les voir à la nage. J'ai sur cette lagune une pirogue disponible.

J'espère que cet après-midi, nos Hollandais vont pourvoir au menu du soir.

Ils sont revenus, juste avant la nuit, plein de poissons dans leur pirogue. Nous avons choisi un beau « rouge » et un barracuda moyen, le cuisinier les a pris en charge. Présentés sur un immense plateau, les deux poissons sont sur notre table et l'un des pêcheurs multiplie les flashes. Guizard a perdu sa mauvaise humeur et l'ambiance est devenue plus amicale. La citronnelle et le café ont été expédiés et le pisteur est là, attendant les ordres. Guizard a proposé une promenade nocturne sur la Louri. Sans doute veut-il prouver aux Hollandais qu'il y a bien des crocodiles dans cette eau qui leur avait paru si propice à la baignade.

Nous voici au canot. Nous traversons la grande lagune, et en Toyota nous rejoignons le terrain d'aviation, au-delà duquel se trouve la lagune Louri.

Dans le phare, soudain, deux buffles qui, éblouis, se lancent dans une course éperdue et traversent la piste devant la voiture.

Enfin la Louri. Guizard éteint les phares et coupe le moteur. Nous descendons de voiture dans l'obscurité. Autour de nous, tout est silencieux.

Le pisteur nous guide vers une grande pirogue dont nous devinons la forme qui se découpe sur le noir miroir de la lagune.

Nous nous installons. Sagement. Sur nos banquettes nous n'osons pas bouger. La pirogue s'écarte de son mouillage.

Pour l'instant tout est noir et hostile autour de nous.

Soudain, un violent rayon lumineux perce les ténèbres.

A l'avant de notre pirogue, dans le faisceau lumineux qui frappe l'eau, une volée de poissons bondit, argentés, et retombe, nous éclaboussant.

Puis, plus rien.

Sur la rive, un œil vert pris un instant dans le phare disparaît.

Sans doute un félin.

Guizard, phare en main, balaie la berge de son faisceau. Les arbres se découpent en ombres chinoises, à la limite de la lumière.

Le moteur ronronne au ralenti. La pirogue avance, faisant dans l'eau une espèce de crissement.

Soudain, là à gauche, deux points rouges, très rouges. Le rayon s'est arrêté sur cette cible, et la pirogue glisse lentement à sa rencontre.

Et voici que les formes se précisent.

Nous distinguons maintenant la tête énorme et, à l'arrière, le corps sombre à mi-eau.

Un sillage se dessine. Il vient vers nous. Ses yeux paraissent nous fouiller. Quel monstre!

Le phare le fixe. Le pisteur a coupé le moteur.

Pirogue et crocodile vont l'un vers l'autre.

A bord, nous retenons notre souffle.

Guizard, son phare d'une main, a saisi sa carabine; de l'autre, il est prêt à tirer si la bête fonce.

Le crocodile dévie légèrement sa route.

Cinq mètres, deux mètres, un mètre...

Un remous soudain, et la pirogue oscille. Le crocodile a plongé.

– Il était beau, apprécie le guide de chasse.

– Énorme, renchérit l'un des Hollandais.

Et l'une des dames dit d'une petite voix grêle :

– C'est une bête horrible!

Le moteur s'est remis en route.

Nous avançons un peu plus vite, notre phare fouillant la nuit.

Tout à coup, devant, en plein milieu de la lagune, deux yeux rouges, puis d'autres encore, et un jaillissement argenté d'écume.

Un barrissement menaçant nous glace d'effroi.

– Zut, les éléphants, dit Guizard.

La pirogue prend son virage à angle droit. Il n'aurait pas fait bon percuter ce troupeau qui traverse la lagune.

Maintenant, notre pirogue fait demi-tour.

– Nous rentrons, dit le guide de chasse. Les éléphants sont dans l'eau, et en alerte. Ils pourraient être dangereux. Je connais ce troupeau. Il y a là sept femelles dont trois sont suitées. Il est préférable de les laisser tranquilles.

Nous avons rejoint la Toyota et roulons vers le camp.

Un oiseau se lève dans nos phares.

– Tiens, dit Guizard, un engoulevent de Virginie.

Ce matin nous prenons le petit déjeuner alors que le jour n'est pas encore levé.

Nos Hollandais sont là, beurrant leurs tartines.

– Ce monstre, cette nuit, était impressionnant, dit l'une des dames avec un frisson rétrospectif.

Les autres approuvent, hochant la tête. Et tous pensent sans doute à leur baignade lors de leur arrivée à Iguéla.

Nous sommes déjà dans la Toyota. Le ciel s'éclaircit. Bientôt le jour sera là. Nous allons faire un tour en savane, à la rencontre des buffles et des éléphants. Nos visiteurs sont sur les banquettes arrière, bardés d'appareils et de caméras.

Ce matin, nous nous sommes mis en route, de très bonne heure. En effet, nos Hollandais doivent repartir dans la matinée et l'horaire de leur avion nous impose le retour à neuf heures.

Maintenant, alentour, la nature s'éveille et le soleil se devine déjà à l'horizon à la cime des grands arbres. Soudain, notre pisteur lance :

– Antilope à dix heures!

En effet, sur notre gauche un céphalopode noir à dos jaune a surgi d'un bas-fond et galope parallèlement à notre piste. Nous le suivons sans forcer et stoppons pour la photo. Nous redémarrons, la piste côtoie un marigot.

Une silhouette sombre devant nous se hâte pour rejoindre la frange forestière.

Un koulou-kamba!

Avant d'atteindre la forêt, il se retourne, furieux, et nous insulte copieusement.

Tout le monde rit.

Les photos, je crois, seront réussies.

Le koulou-kamba est une espèce de primate très rare. On n'en trouve que dans cette zone côtière du Fernan Vaz, vers Iguéla. Ni gorille ni chimpanzé, la silhouette longiligne, la tête détachée du buste, il marche plus volontiers debout que ses deux « cousins ». Sans doute une espèce de primate en fin de parcours, m'assure Guizard. Mais, il s'agit certainement d'une espèce plus évoluée.

– A midi, l'éléphant! annonce le pisteur.

Droit devant nous, trois éléphants traversent la savane. Une grande femelle et deux petits d'âges différents. L'un d'eux a la taille d'un gros buffle mais le second est tout jeune et la femelle va lentement, réglant sa marche sur l'allure du plus petit dont les pattes tricotent littéralement.

Le guide a fait arrêter la voiture pour leur laisser le temps de gagner du terrain.

– Car, me dit-il, si nous les obligeons à forcer l'allure, dès que la femelle verra que le petit a peine à suivre le train, elle se retournera et chargera.

Les voici maintenant assez éloignés. Nous redémarrons. Un passage bourbeux et le moteur ronfle plus fort.

Là-bas, la femelle s'est arrêtée et, tournée vers nous, claque des oreilles. Les deux jeunes continuent; le plus petit suivant son aîné, ils entrent enfin dans la forêt.

Alors soudain, la femelle, trompe en avant, nous charge délibérément!

Guizard force un peu sa vitesse, mais laisse aux Hollandais le temps de la photo, puis accélère.

L'éléphant barrit furieusement, le guide accélère encore et nous distançons la bête. Alors, faisant demi-tour, elle trotte rapidement vers la forêt.

Le soleil est bien haut maintenant. Bientôt neuf heures. Nous rentrons.

Nous n'espérons plus voir de buffles ce matin, lorsque à notre droite apparaît un troupeau, surgissant d'un repli de terrain. Une trentaine de bêtes, suivant une grande femelle toute noire. Le troupeau accélère pour franchir la piste, à cent mètres devant nous, en direction de la forêt. Un troupeau de femelles et cinq à six bufflons tout roux galopent dans leurs pas. A l'arrière, un tout jeune bufflon court désespérément derrière sa mère. Le guide arrête sa voiture pour ne pas les effrayer davantage.

– Voyez-vous, me dit-il, il ne faut pas les paniquer, car sinon les bêtes affolées vont semer les petits à la course. Et ceux-ci, forçant leur allure, vont au-delà de leurs forces. Ils risquent dès lors d'être malades. Et leur odeur de bêtes malades inquiète le troupeau qui les abandonne. Alors vous trouverez un bufflon abandonné et triste, seul dans une savane. C'est une proie facile pour les panthères. Vous comprenez donc pourquoi je gueule après les pilotes d'avion de tourisme qui par jeu font du rodéo au-dessus des troupeaux de la réserve? J'ai dû me fâcher pour qu'ils mettent fin à leurs excentricités.

L'avion est parti à l'heure avec les Hollandais.

Guizard s'est accordé l'après-midi pour s'occuper avec son mécanicien du groupe électrogène qui manifestait hier quelques défaillances.

Je me suis plongé dans la lecture, mais somnole à demi.

L'après-midi passe calmement.

Un insecte énorme vient à choir dans ma tasse vide.

Guizard repose sa tasse de citronnelle sur la tablette et me dit :

– C'est une reine. Une reine de termite.

Un corps de fourmi, doté d'un abdomen disproportionné, tout noir, de la taille d'un haricot vert.

– Ouf! dit-il, les voilà partis. Ce genre de client est toujours sujet à problèmes.

Et le guide se rencognant sur le divan, les jambes reposant sur un tabouret, bien à l'aise, poursuit :

– La plaie des guides de chasse, ce sont ces clients farfelus, comme par exemple ces trois officiers français, des aviateurs venus de Franceville, lors des essais du terrain d'aviation. Des gens qui n'avaient certes pas froid aux yeux. Je les avais pourtant prévenus de la présence de crocodiles dans la lagune. Tout particulièrement vers l'embouchure, où à l'aplomb d'un rocher se trouve une grotte immergée, refuge certain d'un énorme crocodile que j'ai vu plusieurs fois plonger à cet endroit.

Ces trois gars vont donc avec mon canot et mon mécanicien pêcher à l'embouchure. Craignant de ne pas les voir revenir à l'heure prévue, je prends une autre embarcation et vais les rejoindre. Et je les trouve se baignant, plongeant, replongeant, riant en pleine eau juste devant l'entrée de la grotte au crocodile. Je leur dis mon mécontentement. Mais ils étaient sympa et je tempère ma mauvaise humeur.

Le soir, me rendant à leur souhait de faire une balade nocturne sur la lagune, nous voici arrivés à l'embouchure, notre phare balayant les berges.

Soudain, à l'aplomb de notre grotte, là où nos trois gars tout à l'heure se baignaient, voici le monstre nous fixant de ses gros yeux rouges. Un crocodile de plus de sept mètres. A bord, pas un de nos trois lascars ne parlait. Tourné vers eux, je leur ai suggéré : « Alors, que diriez-vous d'une petite baignade ? »

Un silence. Puis le guide de chasse poursuit :

– Tandis que je gérais la réserve de la Tsombou à D'dendé, je reçus un jour deux clients américains. Deux grands diables exubérants, rigolards, mais inquiétants tout de même par leur comportement insolite. C'était des Texans. L'un d'eux, industriel dans le milieu automobile, l'autre, fabricant de roulements Timkem. Leur armement était sophistiqué. Quatre carabines Waterbey à lunettes, de calibres différents, pour la grande chasse. Deux fusils à canon lisse Remington automatiques. Mais ce qui m'inquiéta le plus, ce fut leur harnachement, le lendemain matin, premier jour de chasse. Habillés en cow-boys, Stetston sur la tête, chaussés de bottes fauves, et, accrochés à un large ceinturon clouté, deux pistolets! Un de chaque côté. Et, les jambes écartées, ce matin-là, devant notre case, ils s'entraînaient à... dégainer. Je sentis tout de suite que bientôt nous aurions des problèmes. Cependant... Le premier jour se passa très bien. A cette époque, le carnet de chasse comportait deux buffles par permis. L'un d'eux, le matin, tira un buffle dans de bonnes conditions, d'une seule balle de 460. L'autre manqua un cob-defassa qu'il voulut tirer de trop loin, contre mon avis. Le soir, je rentrais d'une courte tournée où j'étais allé reconnaître le pied de l'éléphant que je souhaitais leur faire tirer au cours de ce safari. Mes deux clients, debout sur le terre-plein devant la case, me regardaient approcher. J'aurais dû me méfier... Soudain, l'un d'eux écarta ses jambes, prenant la position « Lucky Luke », dégaina ses deux pistolets et vida ses deux barillets devant mes pieds. Savez-vous que lorsque les balles pénètrent dans le sol au ras de vos chaussures, instinctivement, malgré vous, vous sautez sur place?

Je ris... mais jaune. Dans le même après-midi, nous quittâmes le campement et, à pied, nous nous engageâmes dans la savane. Moi devant, avec mon pisteur. Eux, marchant derrière nous, à dix mètres en retrait. Soudain un coup de feu nous fit sursauter. Je me retournai l'arme en main, et les vis tous les deux se tordant de rire. Mon pisteur à côté de moi ramassait son chapeau percé d'un trou. Dans ses cheveux, la balle avait fait un sillon. Mes deux Américains se trouvèrent soudain face au trou noir de ma carabine et je leur annonçai d'une voix blanche que s'ils bougeaient d'un poil, je leur faisais sauter un genou! Lorsque la tension fut retombée, j'ajoutai : « Ne recommencez jamais! » Et à mon air, ils comprirent qu'il était préférable de ne pas récidiver. Ils s'excusèrent, m'assurant qu'au pistolet ils étaient sûrs et habitués à tirer. Alors me vint une idée : « Voyez-vous, leur dis-je, nous, dans mon village, nous avons aussi de bons tireurs, mais nous ne les classons vraiment qu'à partir de tests autrement fiables que vos trucs de cirque. » « Ah bon? » me répondent-ils, incrédules. « Eh bien, chez moi, on tire au pistolet les chauves-souris et, croyez-moi, j'ai vu des tireurs qui n'en loupent pas une. Je ne pense pas que vous puissiez les égaler. »

De gros rires les secouent. Et ils s'esclaffent, réclamant des chauves-souris comme cible. Le lendemain matin, un porteur nous accompagne avec leurs deux lourdes musettes emplies de balles de 357 Magnum. Eux ne portent que leurs pistolets au côté. Nous nous rendons à une grotte nommée Banguinbou (ce qui signifie chauve-souris). Je les place donc là, en poste à l'entrée de la grotte. Ils étalent sur un foulard, à leurs pieds, en un tas impressionnant, toutes leurs munitions. Un revolver dans chaque main, ils sont fin prêts. Je rentre dans la grotte avec mon pisteur, chacun de nous une branche feuillue à la main. Un coup de lampe déclenche des cris aigus et des battements d'ailes. Une multitude de « roussettes » sont agrippées au plafond de la grotte. A grands coups de branche, nous semons la panique dans toute cette population. Les « roussettes », affolées, se ruent vers la sortie. Et nous parvient alors un feu roulant de détonations. Dehors, ils s'en donnent à cœur joie. Les « roussettes » sortent, reviennent, se croisent en un tourbillon bruyant et malodorant. Soudain, le rayon de ma lampe accroche un reflet sur un rocher, là-haut près du plafond. Je ramène le rayon et là, je vois, en un énorme tas, un python d'une taille extraordinaire. Dérangé, il se laisse glisser lentement du haut de son rocher et sa tête aussi grosse qu'une tête de mouton est déjà presque au sol. Mon pisteur est horrifié et moi je ne me sens pas bien tranquille. Nous n'avons comme arme que nos couteaux de chasse. C'est bien insuffisant contre une bête de cette taille. Il descend toujours et maintenant sa tête au sol, s'oriente vers le rayon lumineux. Diable, que faire ? Nous hésitons encore. Un coup de lampe en haut. Sur la roche, le tas que faisait le serpent lorsqu'il était lové a bien diminué et plus de quatre mètres sont déjà déployés au sol, dans notre direction. Avec le pisteur nous fonçons vers la sortie de la grotte. J'agrippe alors le pisteur par le bras et lui dis : « Surtout ne parle pas du serpent. Ces cons-là voudraient rentrer pour le voir. » Il approuve sans réserve... Et nous sortons. Nos deux Texans sont là, triomphants. Autour d'eux, partout des « roussettes » mortes. Plus de quatre cents! A leurs pieds, un tas de douilles vides! Il ne leur reste plus une seule cartouche. Quel soulagement!... pour nous.

– C'était là le moyen le plus efficace pour éviter des ennuis avec ces cow-boys, dis-je, amusé.

Mais Guizard poursuit :

– Dans cette même grotte, un an plus tard, je faillis avoir un grave accident par la faute d'un client tout aussi farfelu. C'était encore un Américain! Lui était de Chicago. Il était gentil et très calme, celui-là. Je l'avais baptisé Œil-de-lynx, car lorsque nous cherchions le gibier en savane, il le voyait toujours le premier. C'est vexant, non? Lors d'un repas, la conversation vient sur les grottes et il me dit être fort intéressé par la spéléologie. Je lui parle donc de Banguinbou. Et nous voici le lendemain en route vers la grotte. Nous sommes rentrés avec précaution, le souvenir du python encore à l'esprit. Notre lampe balaie partout. Les « roussettes » recommencent leur sarabande. Mais la saison des pluies a détrempé le sol, et là où se trouvait la grande salle, voici maintenant un grand lac. L'eau est d'une transparence extraordinaire et fait penser plus à un aquarium qu'à un lac. Ma lampe éclaire le fond et soudain, montant dans le rayon lumineux, un énorme silure, de la taille d'un homme, approche à la surface, curieux et hideux. J'éclaire toujours. Il affleure presque, et en voici un second qui le rejoint. Mon client est à côté de moi, légèrement en retrait, et j'entends son souffle. Soudain, une détonation effroyable me déchire le tympan et l'eau du lac me saute au visage. Mon abruti vient de tirer le silure avec son... Express 450. Un roulement terrible résonne dans la grotte, répercuté par mille échos. Je bondis sur lui et le colle à la paroi. Il était temps! Du plafond tombent des quartiers de roche et la poussière s'élève de toutes parts. Complètement paniquées, les « roussettes » sont partout à la fois et leurs ailes nous fouettent le visage. Ma lampe est tombée quelque part par là. Le silence s'est fait tout à coup. A tâtons je cherche ma lampe et la frousse me prend moi aussi. Enfin, sous ma main, voici la lampe. J'éclaire. Mon client est là contre la paroi, tétanisé. J'essaie de le rassurer, mais une crainte me vient. Serions-nous emmurés? Cette idée subitement m'électrise. Et, prenant mon client par le poignet, je l'entraîne vers la sortie. Las! devant nous, des blocs partout et plus d'issue. Je sens que je vais paniquer. De ma lampe je suis la corniche rocheuse. Nous y arrivons, nous avançons encore. Il me semble sentir un courant d'air sur le visage. Mais non, tout est noir. Nous avançons toujours et là, il me semble entrevoir une pâle lueur. J'éteins ma lampe. En effet, un peu de jour devant nous. Mais le plafond est très bas et nous devons avancer pliés en deux, puis à plat ventre. Mon client est à ma droite, nous rampons péniblement vers le jour. A ma gauche, soudain, un glissement. Je pense aussitôt au python et mon sang se glace. Je m'arrête, attentif, tout ouïe. Le glissement recommence. Il m'a semblé entendre même un souffle rauque. Et d'un coup... c'est parti! Une ruée sauvage... Du sable nous saute au visage. Un feulement épouvantable et la bête jaillit dehors. Une panthère, paniquée elle aussi par le coup de feu, avait trouvé la même issue. Nous avons eu bien de la chance qu'à la sortie elle nous ait refusé... la priorité.

16

Debout les morts!

La brise s'est levée ce soir et nous apporte le vrombissement sourd d'un bateau qui croise au large. Le bruit porte très loin la nuit, sur l'eau. Le mâle d'une chauve-souris réfugié dans le manguier fait résonner comme un métronome ses clap! clap! réguliers. C'est énervant.

Guizard, silencieux depuis que nous sommes là sur cette même véranda, le visage tourné vers la fraîcheur de la nuit, me dit alors :

– Voyez-vous, cher monsieur Goulphin, je dis toujours que rien n'est plus dangereux qu'un gibier mort et cela est vrai. Mais je le répète surtout pour inciter mes clients à moins de confiance dans leur tir, lorsque leur gibier leur paraît foudroyé par leur coup de fusil.

Un jour, il y a bien longtemps, en pays pounou, j'accompagnais un client à la chasse à l'antilope. Ce client de nationalité allemande était un homme d'âge mûr, un véritable chasseur ayant parcouru le monde au bout de son fusil. C'était un homme calme, bon tireur et son safari fut au demeurant un safari agréable pour moi, car je m'accordais très bien à son tempérament.

Un jour nous repérâmes un cob-defassa. Un mâle splendide au trophée exceptionnel. Nous fîmes une approche savante qui me conforta encore davantage dans l'opinion que j'avais de mon Allemand. Arrivés à bonne distance, nous dûmes marquer un temps d'arrêt. Le cob, bien que ne nous ayant pas éventés, devait avoir un pressentiment. J'ai souvent remarqué ce phénomène, chez certains grands mâles de quelque espèce de fauves que ce soit, à l'approche du danger. Peut-être saint Hubert leur souffle-t-il un message! Ce cob donc, tout à coup, redressa la tête. Le soleil jouait sur son pelage et il me sembla voir frémir son échine. Son trophée splendide se découpait sur le ciel. Mon chasseur regardait lui aussi, troublé. Peut-être ne tirerait-il pas. Hélas, il n'avait pas encore atteint la sérénité, qui à un certain âge est l'apanage... ou le défaut du vrai chasseur vieillissant. Il tira. Le cob s'effondra, foudroyé. Bien qu'un peu amer de voir finir une aussi belle bête, je le félicitai pour ce coup parfait. Nous approchâmes et il photographia l'animal par deux fois. Le voyant empêtré dans son appareil et son arme, je lui proposai de le photographier avec son cob. Et le voici à genoux, soutenant le trophée, ayant posé sa carabine entre les cornes. Je reculai, le cadrai correctement et pris deux clichés. Alors, se relevant et laissant son arme entre les cornes du cob, mon client vint vers moi m'expliquer un nouveau réglage de son appareil qu'il voulait doter d'un autre objectif. Penchés sur l'appareil, nous entendîmes un bruit, comme une bête qui s'ébroue. Relevant la tête, nous vîmes... le cob debout. D'un bond le voici s'enfuyant d'un galop souple au travers de la savane... emportant avec lui, dans ses cornes, accrochée par la courroie, la belle carabine 300 Magnum de notre client. Nous le poursuivîmes bien sûr, levant la piste du cob sur le vif, entrant en brousse derrière lui, traversant marigots, savanes et forêts pendant trois heures. Nous ne le revîmes plus jamais et pas davantage la belle carabine.

– Il restait heureusement la photo...

– Voyez-vous, me dit le guide de chasse, le fait qu'une bête soit à terre ne signifie pas toujours que c'est définitif pour elle. Écoutez plutôt.

Mes clients étaient ce jour-là de jeunes Anglais d'une classe assez privilégiée, me semblait-il au vu de leurs armes et de leurs équipements. Chacun d'eux voulait un trophée de buffle et bien sûr nous recherchions des « super-buffles ». Dans cette réserve de la Tsoulbou, certains mâles sont de magnifiques spécimens. Dès huit heures, après en avoir approché deux que nous avions classés comme médiocres, nous voici enfin sous le vent d'un buffle splendide. Nous commençâmes notre approche, rampant, et là enfin à bonne distance, d'une seule balle de 378 Magnum, l'un de mes Anglais coucha au sol ce beau mâle, foudroyé. Nous nous approchâmes. Mes jeunes clients se congratulaient chaleureusement. Je félicitai le tireur. Nos deux Anglais, chacun à tour de rôle tenant la tête du buffle entre leurs jambes, la carabine bien en vue, prirent une dizaine de photos. Ensuite, tournant le dos à leur buffle, les voici plaisantant et se passant un paquet de Craven. Quant à moi, ayant quelque urgence à satisfaire, je m'écartai de quelques mètres et leur tournai le dos. Par chance, si j'avais une main à ma braguette, j'avais l'autre sur le canon de ma carabine, jetée sur mon épaule. Un bruit comme celui d'un sabot frottant du gravier m'alerta. Je jetai un coup d'œil en arrière... La bête maintenant était debout et, tête tournée vers nos Anglais, allait charger. Là, leur compte était bon. J'ai pivoté très vite et tiré à l'épaulé. Le buffle boula. La tête entre les pattes, il fit une belle culbute, et jeta dans son élan nos deux chasseurs à terre. Ils se relevèrent comme si on leur avait mis du poivre aux fesses, un peu pâles. Stupéfaits, pensant alors aux moments où tenant la tête de leur buffle à pleins bras, ils avaient posé souriants. Au dos des photos, ils ont écrit, juste après la date : « Posé avec un buffle vivant. »

– Quelle chance ont eue ces garçons!

– Mafoumbi en a eu encore bien plus!

– Mafoumbi?

– Oui, c'était alors mon plus proche voisin. J'étais à ma case, en pays eschira. Il était bientôt midi et je m'apprêtai à déjeuner. Je dois vous dire que même lorsque je suis en brousse, je tiens à respecter certaines traditions. J'exige mon repas à l'heure habituelle. Je veux que ma table soit impeccablement dressée, même si le repas doit être frugal. Car en Afrique, si vous vous laissez aller à un laxisme exagéré, vous en arrivez vite à vivre comme un clochard. Il est ensuite très difficile de se ressaisir.

Ce jour-là donc, je me disposais à passer à table. Le boy

s'apprêtait au service, mais paraissait intrigué et tendait l'oreille.

« Monsieur, on a tiré un coup de fusil là tout près. »

J'avais moi aussi cru entendre un coup de feu. Mais maintenant plus rien. Soudain deux détonations, puis une troisième encore. Que se passait-il? Je m'informai. Ma femme apparut et me dit :

« On tire là à côté, dans la plantation! »

Nous écoutâmes un instant. Plus rien. C'est alors qu'un homme arriva, surexcité, suivi de trois autres gesticulant. Je reconnus dans le premier Mafoumbi que j'estimais beaucoup.

Inquiet, j'allai l'interroger, mais déjà...

« Missieu Guizard, pardon! vite tu peux me donner les cartouches, le buffle là, il est trop méchant. »

Et il m'expliqua fiévreusement qu'ayant pris au piège un buffle dans sa plantation, il avait voulu le tuer avec sa 10,75, mais que ce buffle ne voulait pas mourir. Je lui fis donner par ma femme trois cartouches. Il partit en courant. Je poursuivis mon repas. Un coup de feu à nouveau, suivi de deux autres.

« Ça y est, me dit Guidountsa en riant, cette fois le buffle est mort! »

Et soudain, nouvelle course éperdue devant la case. Voici Mafoumbi, la main tendue :

« Missieu Guizard, pardon, trois cartouches vite s'il vous plaît. Le buffle là c'est trop fort. »

Guidountsa lui remit trois nouvelles cartouches. Et il repartit, toujours courant. Deux coups rapides et enfin un troisième, sans doute le coup de grâce. Je me pris à soupirer, plaignant le pauvre buffle. Guidountsa s'approcha, rigolarde :

« Je vois Mafoumbi qui vient encore courant », me dit-elle.

En effet, il rentra hagard, l'air défait, le teint jaune.

« Missieu Guizard, pardon, le buffle là finir tous les cartouches, lui jamais mort. »

J'hésitai à y aller moi-même, mais mon repas n'étant pas terminé, je fis signe à ma femme de lui donner encore trois cartouches. Et voilà Mafoumbi, courant à nouveau vers sa plantation. Les trois coups claquèrent, réguliers. Plus rien. Et soudain une clameur s'éleva.

Inquiet cette fois, je me levai de table et Guidountsa, qui avait compris, me tendit ma carabine. Il se passait là-bas quelque chose d'insolite.

Je me pressai sur la piste, Guidountsa sur mes talons. Trois femmes affolées venaient à notre rencontre et nous croisant poursuivirent leur fuite. Devant nous, on criait et se lamentait.

Et là, au milieu des maniocs couchés comme par une tornade, un énorme buffle, vieux, aux cornes usées, tout sanglant, mais encore redoutable, était pris au piège par une patte arrière. Le câble qui devait le retenir à un arbre s'était distendu et lui permettait de tourner en cercle sur un rayon d'une dizaine de mètres. Sur les arbres alentour, cinq hommes étaient réfugiés et hurlaient :

« Attention, monsieur Guizard, lui trop fâché! »

Le buffle, cornes basses, beugla tout à coup et de ses naseaux souffla bruyamment. Maintenant, grattant du sabot, il allait charger. Je stoppai net sa charge, d'une balle au garrot. Ils m'apportèrent un filet de ce buffle. Ce buffle-là, croyez-moi, ne s'était pas attendri en vieillissant.

– J'imagine la tête de votre Mafoumbi, en haut de son arbre. S'il avait pris dans son piège un éléphant, il se serait fait cueillir comme une mangue, dis-je.

– Un éléphant, dites-vous? fit Guizard, en verve ce soir. Je chassais, vers les années 50, en pays eschira. Ce jour-là, il était déjà tard et je me pressais pour rejoindre mon campement avant la nuit. Parvenu dans une grande savane, je vis tout au fond un troupeau d'éléphants se dirigeant vers la forêt. Je me mis à courir, mais je n'avais pas grand espoir de tirer, car la clarté du jour allait s'amenuisant. Je continuai cependant. Le gros du troupeau était déjà entré dans le bois. L'arrière-garde allait parvenir en lisière.

A l'arrière, un éléphant de très grande taille marchait majestueusement en serre-file. Je fus arrêté dans mon approche par un marigot profond et que je savais infesté de sangsues. La distance me paraissait encore grande, mais n'ayant pas d'autre solution, je tirai. La bête s'effondra avec un han! de bûcheron.

En forêt, un fracas de branches brisées accompagnait la fuite du troupeau. J'étais assez étonné du résultat de mon coup de feu, car à cette heure tardive, le point de mire était à peine visible. Je m'approchai. Mon pisteur et les deux hommes qui m'accompagnaient me rejoignirent.

Le géant était là, à terre, bien mort. Je tournai autour de lui un instant et je vis que ma balle l'avait frappé en pleine tête. Cependant, l'entrée de cette balle me parut un peu haute. Sur le moment, je n'y attachai pas grande importance.

La nuit était proche et la tornade grondait. Je pressai donc mes gens. Mon pisteur s'activait à couper la queue de l'éléphant, ainsi que le veut la coutume. Ensuite nous reprîmes sans plus tarder le chemin du campement. Le pisteur portait sur son épaule la queue de cet éléphant d'ailleurs très fournie en poils noirs et luisants. De grandes exclamations saluèrent notre arrivée au camp et ce soir-là, tout le monde fit la fête.

Après une nuit agitée, bien que rafraîchie par la tornade, nous voici, au petit matin, prêts pour le dépeçage de notre bête. Un groupe de vingt femmes, chacune le panier maintenu sur le dos par une tresse de lianes frontale, se mit en route. Nos quatre manœuvres les suivaient de près. Mes femmes, mon contremaître et mon pisteur m'escortaient. Et même mon cuisinier vint en curieux voir un éléphant de près.

Nous arrivons sur les lieux, mais... au sol, rien! Du sang sur les feuilles écrasées. Mais pas d'éléphant! De cet éléphant, je n'eus... que la queue.

– Mais il était tombé foudroyé, il n'était pas cardiaque tout de même? dis-je.

– Oh! certainement pas, cependant il est un détail dont je me suis souvenu plus tard. J'avais remarqué que ma balle était placée trop haut dans sa tête. Or, l'éléphant a le haut de sa boîte crânienne composé d'un os épais et spongieux, comme cloisonné, et touché à cet endroit, il est KO. Seulement, ce coup-là n'est pas mortel. Revenu à lui, dans la nuit, il est reparti.

– Sans sa queue, dis-je.

– Oui, j'ai gardé cette queue en souvenir. Mais il est vrai que ce coin de forêt ne fut, cette saison-là, guère propice à la chasse. Je connus pendant mon séjour dans ce campement maintes mésaventures.

Je compris que Guizard voulait profiter de la brise ce soir, car sur la terrasse il faisait bien meilleur que dans nos bungalows.

– Ma bâche donc était dressée dans cette plaine, tout près d'un boqueteau d'hévéas. A trois cents mètres de là, sous le vent, étaient dressés mes fumoirs. Mon personnel habitait à proximité, sous une bâche. Une nuit de pleine lune, ma femme me réveille. Elle me murmure à l'oreille :

« L'éléphant est tout près, là dehors. » Je me lève sans bruit et sors. Dehors la lune répand une lueur laiteuse et tout objet que vous fixez alors prend des airs de fantôme. J'écoute. Et en effet, j'entends nettement le borborygme que fait l'éléphant qui digère. Cela provient du boqueteau d'hévéas. J'y pénètre avec précaution. On y voit très clair. Devant moi, au centre du boqueteau, un citronnier. Derrière le citronnier, se profile la silhouette de l'éléphant. Tout autour, la savane à l'herbe rase. Il ne peut m'échapper. Je fais corps avec un tronc d'hévéa et lève lentement ma carabine. J'attends que l'éléphant bouge. Rien ne se passe. Soudain le silence m'inquiète. Intrigué, je risque un œil sur le citronnier. Lui n'a pas bougé mais... l'éléphant n'y est plus. Il m'a éventé et est reparti silencieusement, « sur la pointe des pieds ».

Je suis vexé et je pars sur sa piste. Dans cette plaine, l'herbe humide garde la trace visible de ses pas. Il va vers le marigot et ne peut être loin. Je cours. La lune éclaire le marigot et là, immense, mon éléphant, parvenu de l'autre côté et qui, suivant la piste, va atteindre un grand rocher.

J'ai grande habitude de ma carabine. Je la braque d'abord vers le ciel tout clair, prends dans l'œil mon point de mire et je descends mon arme face au tronc noir où l'éléphant va parvenir. Une fraction de seconde et j'envoie ma balle. La détonation claque sec. L'oreille tendue, il m'a semblé entendre l'impact. Mais est-ce bien sur l'éléphant? Rien à faire à cette heure; je rejoins ma bâche.

Le matin au jour, avec mon pisteur, nous sommes à l'emplacement de mon coup de fusil. Du sang atteste qu'il est touché. Suivant la trace, je pense qu'il est bien blessé et je décide de le suivre avec mon pisteur et deux hommes. La piste nous conduit en brousse. Nous progressons. Soudain, dans un clair-obscur, voici mon éléphant. Je tire, et le voilà parti fonçant droit devant lui.

Nous reprenons la piste et la remontons. Nous trouvons alors plusieurs traces qui se croisent. Nous arrivons au faîte d'une forte colline. La forêt y est dense, et voici encore notre éléphant. Je tire, il tombe, se relève. Je tire à nouveau et il repart. Je commence à m'énerver et, pensant couper la route à la bête, je prends une piste voisine qui coupe la montagne à mi-flanc. Je cours devant, mon pisteur sur les talons. Et je manque de peu d'être renversé par l'éléphant qui traverse la piste à la vitesse d'une locomotive. Je fais un bond de côté et lui lâche un coup de feu. Cette fois-ci, je stoppe pour faire le point et j'essaie de raisonner. Cet éléphant est partout à la fois. A ce moment-là, un bruit vers la rivière, en bas. On entend comme un fort battement dans l'eau, comme font les femmes africaines à la baignade, quand elles frappent l'eau de leurs mains en cadence. Nous approchons lentement, attentifs, méfiants.

Un éléphant est là, appuyé à un tronc, et il bat l'eau de sa trompe. C'est mon éléphant. Je m'approche et l'abats à bout portant d'une balle. Ouf! je m'assois et j'appelle mes hommes. Ils me répondent à leur tour par un appel. Exaspéré, je vais à leur rencontre. Ils sont eux aussi devant un éléphant mort. Et Adrien, l'un d'eux, me montre la trace fraîche et les feuilles maculées de sang sur la piste d'un troisième éléphant. J'ai donc tiré trois éléphants dans cette même forêt!

Nous sommes rentrés au camp et, fatigué, ce soir-là je me couchai très tôt, Guidountsa à mes côtés. Je n'imaginais pas quel réveil j'allais avoir.

Nous avions rassemblé deux lits pliants sous une même

moustiquaire. Notre bâche était haubanée, à l'extérieur, par des cordeaux solides, tendus par des piquets alentour.

Minuit! Une bourrasque parut s'abattre sur notre bâche. Nous voilà éjectés du lit, pliés, roulés dans nos draps, nos moustiquaires... nous heurtant l'un l'autre. Pris dans la bâche comme dans une nasse. Tirés, roulés, tractés, dans le noir le plus absolu, nous hurlons d'épouvante. On nous tire au sol, comme dans un sac semble-t-il! Quel enfer!

Soudain une énorme secousse. Un craquement. Puis, silence complet. Nous sommes éreintés, pliés, empaquetés, et un coup de genou de Guidountsa dans mes gencives a rendu mes mâchoires douloureuses. Je râle ferme et promets mille morts à l'auteur d'une pareille affaire. On tire, on s'étire, on rampe, et enfin on s'extirpe de notre bâche.

A nos cris, nos gens sont venus la lampe-tempête à la main et regardent, effarés, le spectacle. Notre bâche roulée en un tas d'étoffe informe est là devant nous, mais à trente mètres de son emplacement de la veille. Que s'est-il passé ?

Ce n'est qu'au matin, devant les traces au sol, que nous avons eu l'explication. Un buffle, la nuit, s'était pris les pattes dans les tendeurs de notre bâche et, se croyant piégé, avait foncé, nous traînant en remorque.

A chaque buffle que je tirai cette semaine-là, je disais en guise d'oraison : « Tiens ça, c'est pour la nuit de pleine lune. »

17

C'est moi, Marcel! L'homme au stetson

Ce matin « c'est récré ». Pas de traque à l'éléphant ni au buffle. Nous paressons un peu, et après le déjeuner Guizard va à son débarcadère. Je le vois, le mètre de charpentier en main. Que prépare-t-il ? Intrigué, j'approche.

– Que faites-vous donc, hasardé-je.

– Mon cher, me dit-il, j'ai en projet un catamaran et je prends les dimensions de mes pirogues.

– Un catamaran ? m'étonné-je.

– Oh ! pas exactement, mais imaginez plutôt un ponton fait d'un léger platelage posé sur deux pirogues.

– Ah bon !

– Oui, autrefois, me dit-il, j'en avais construit un et je l'avais baptisé modestement le *Kontiki*. Je vous raconterai son odyssée dans la soirée.

La journée a passé calmement, à l'exception du cuisinier venu signaler un mamba noir sous le garde-manger. Tout le monde vite alerté se retrouve à la cuisine, mais le mamba a disparu.

Vient le soir, et alors que soupirant d'aise le guide se coule dans son fauteuil, je lui demande à brûle-pourpoint :

– Ce *Kontiki*, Guizard, qu'était-ce au juste ?

Rappelé ainsi à sa promesse, Guizard sourit et me dit :

– Oh ! Tout cela commença lorsque je décidai d'abandonner la forêt pour l'or. Et ce jour-là fut le début d'une longue épopée.

J'étais, il y a une trentaine d'années, dans la région de N'Péré, où je terminais l'exploitation d'un permis de bois. De quelques pérégrinations au long de certaines rivières gabonaises, j'avais ramené la fièvre de l'or. Un jour je franchis le « Rubicon ». Il fallait déménager mon matériel forestier et je souhaitais l'acheminer vers la N'gounié. Ce parcours imposait quelques jours de flottage sur la rivière Obangué, puis la route, qui de Massand vers Yombi devait m'amener en pays eschira. Composé de GMC et de Dodges, ce matériel n'était pas d'un transport facile en rivière et j'entrepris donc la construction du *Kontiki.* Le *Kontiki,* le mien, était composé de trois grandes pirogues d'okoumé d'égales dimensions, espacées d'un mètre environ et reliées par un platelage fait de traverses d'okoumé. Le tout solidement cloué, boulonné, attaché, donnait une plate-forme flottante de onze mètres sur sept.

Pris en couple par le *Joëlle,* ma pinasse à moteur de 10 CV, le *Kontiki,* même lourdement chargé, remplissait bien son rôle. Nous fîmes entre autres deux voyages dont je garde un inaltérable souvenir.

D'abord au premier voyage, j'embarquai un GMC et une bonne partie de mon personnel d'ethnie eschira, qui retournait dans son fief et avait à sa tête mon vieux et fidèle contremaître, Marcel Z. Leur absence du pays durait depuis cinq ans. Lui et ses femmes avaient à bord du Kontiki le privilège d'être à l'avant et c'était un spectacle rare et émouvant que de voir la joie enfantine qu'ils avaient tous à retrouver des villages bien de chez eux et surtout des visages amis sur la berge, tout au long de ce voyage.

Marcel Z., conscient de son importance, avait dès le départ fait ouvrir à ses femmes sa cantine en fer personnelle. Elles en avaient retiré un complet blanc immaculé, avec des boutons de métal doré, et un superbe casque colonial tout neuf. Marcel revêtit cet ensemble et se tourna vers moi tout fier. On aurait dit un administrateur le jour du 14 juillet.

Sur les berges, annoncés par un embarcadère où quelques pirogues sommeillaient, nous découvrions des villages blottis dans une échancrure de la forêt vierge. Les habitants se précipitaient au bord de l'eau pour nous voir passer et nous saluaient joyeusement. Ils n'étaient pas habitués à voir pareil équipage. Ils étaient eschiras et reconnaissant les leurs à bord de cette étonnante embarcation, ils débordaient d'enthousiasme. Les nôtres leur rendaient leur salut et se nommaient. Alors, du bord ce n'étaient qu'exclamations d'allégresse.

Marcel E. donc, ainsi « sapé », se mit à l'avant et semblable à un empereur romain, à chaque village, main gauche levée en un auguste salut, clamait : « Mbolo ani ô! Bolo ani! (Bonjour à vous tous!) C'est moi Marcel! C'est moi Marcel! »

Au bord de l'eau, les autres disaient : « C'est Marcel Z.! » puis, « O, mais c'est Marcel Z.! Ah tata! (papa) Marcel, M'bolo ô, c'est Marcel! »

Un pareil succès grisait à ce point notre Marcel qu'il ne se méfia pas. Et lorsque notre *Kontiki* heurta durement une branche immergée, Marcel, projeté à l'avant comme un boulet, fit un plongeon digne des jeux Olympiques.

Hurlement de tous à bord, glapissements aigus des femmes de Marcel. Marcel ne savait pas nager.

Je me précipitai à l'avant, penché sur l'eau. Pas de Marcel. Et soudain, sous mes pieds, sous le platelage du *Kontiki*... une voix : « Moi y en a là, missié. Pardon, moi n'a pas conné marché dans l'eau »!

Marcel était ressorti sous le bateau et, cramponné sous le platelage, il en était prisonnier. Pour en sortir, il lui fallait plonger. Il serait possible alors de le repêcher au passage par l'arrière. Je fis bien vite arrêter la pinasse et nous nous efforcâmes de maintenir l'embarcation immobile dans le courant.

Penché sur Marcel Z. dont je distinguais les yeux affolés, par les interstices des traverses, je lui expliquai ce que nous attendions de lui.

« Lâche tout, Marcel! Plonge, nous on va t'attraper par-derrière! »

Ce à quoi le malheureux répondait comme une litanie : « Moi n'a pas conné nagé ô! »

Et ses doigts crispés aux interstices des traverses le maintenaient flottant.

Alors aux grands maux, les grands remèdes : à coups de talon sur les doigts, je lui fis lâcher prise.

Dans un hurlement déchirant, il disparut dans l'eau! Cramponné d'une main à l'arrière du *Kontiki,* je l'agrippai au passage. Il avait copieusement bu, mais nous le tenions enfin.

Nous le hissons à bord. Après pareille émotion, nous éclatons tous d'un rire libérateur. Marcel pouffe en s'ébrouant. Puis, soudain sérieux, il regarde d'un œil critique et navré son bel uniforme. Ses femmes n'osent souffler mot. Soudain il se déride et ordonne à ses femmes de rouvrir sa cantine en fer. Elles en sortent alors un ensemble beige et Marcel troque ses vêtements mouillés contre les nouveaux.

Alors, sidérés, nous contemplons Marcel Z. habillé d'un costume en tous points semblable au premier, mais beige clair celui-ci, assorti à son nouveau casque colonial. Il était au moins aussi beau que tout à l'heure!

Et incorrigible, le voici de nouveau à l'avant, mais méfiant cette fois, reprenant ses saluts, recueillant les mêmes clameurs en retour.

Ce voyage en rivière se termina sans autre incident et le lendemain, nous accostâmes à Massana. Là, le *Kontiki* fut déchargé de tout le matériel et tous nos bagages furent hissés sur le GMC qui allait par la route conduire tout ce monde vers les villages.

A l'avant du GMC, sans capote, j'avais pris place avec ma deuxième femme qui m'accompagnait ce jour-là. A l'arrière, sur le plateau, tous nos bagages et nos gens assis pêle-mêle. Cependant sur une grande caisse, qu'il avait astucieusement collée contre la cabine, Marcel Z. se mit là aussi debout, tout beau dans son costume. Ainsi offert à l'acclamation des foules, il fit sur cette route, dans les villages traversés, un effet extraordinaire. « M'Bolo ani ô! C'est moi Marcel! » Dans les villages, on le reconnaissait. Tout le monde là aussi lui rendait son salut et les enfants couraient derrière le camion. Le Roi-Soleil n'était pas son cousin! M'Bolo ani ô! C'est moi Marcel! »

Soudain glapissement général. On me crie : « Arrête Moutangani! Arrête. Marcel fini quitté! »

Je fais stopper, et tourné vers l'arrière je vois à cinquante mètres, dans les branches d'un manguier, deux jambes dans un pantalon beige qui battent désespérément.

Occupé à saluer, Marcel n'avait pas vu venir le manguier qui surplombait la route, et une branche au passage l'avait « cueilli. »

Maintenant, les bras jetés par-dessus la branche, il essayait, mais en vain, un rétablissement difficile.

En marche arrière, nous plaçant lentement sous lui jusqu'à ce que ses pieds retrouvent la caisse, nous le récupérons. A son habit, pas un accroc. Sur sa tête, son casque colonial restait vissé.

Comme il était contremaître, donc homme de « prestige », et surtout que je l'aimais bien, je donne ordre au chauffeur de rouler plus lentement et de faire attention aux arbres. Alors, reprenant confiance, il se remet debout sur son piédestal et reprend sa superbe. « C'est moi Marcel, M'Bolo ani ô! »

Je ris, franchement amusé par ce récit, mais Guizard continuait.

– Quant au second voyage que je fis une quinzaine de jours plus tard, il fut moins amusant et faillit même être tragique.

Attentif, j'écoutais.

– Je dois vous dire que quelques jours avant de quitter M'Péré, j'avais vu arriver chez moi un nommé Jules P. qui me demandait de bien vouloir l'amener chez les eschiras à l'occasion du prochain voyage du *Kontiki.* J'aurais eu mauvaise grâce à refuser. A l'époque, la solidarité jouait assez entre nous. Quoique de prime abord, cet homme me parût bizarre. Il me dit venir du Venezuela et ne paraissait pas très bavard. Mais son accoutrement était plus bizarre encore. Il était vêtu d'un costume militaire kaki, mais pas en tissu colonial, non. En grossière étoffe, genre bure de laine, qui devait tenir très chaud. Pourtant il ne suait jamais. Aux pieds, de grandes bottes de trappeur, lourdes et inusables. Sur la tête, un immense chapeau de cow-boy que l'on appelle je crois Stetson. Et plus étonnant encore, accrochés à un ceinturon large d'une main, pendaient sur ses côtés deux énormes revolvers dans leurs gaines.

Son visage taillé à coups de serpe s'avantageait d'un fort nez en bec d'aigle allant à la rencontre d'un menton en galoche. Ses yeux étaient noirs et son teint basané. Ah! j'oubliais son poignard dans la botte droite!

Ainsi, croyez-moi, il ne passait pas inaperçu. Cependant, malgré cela, il était aimable bien qu'un peu taciturne.

Le jour du départ arriva. Je chargeai à bord du *Kontiki* mon Dodge 4 × 4, quelques cantines et du matériel de garage. Nous prîmes place à bord avec Jules P. et j'amenai avec moi Guissassakou, le chauffeur du Dodge.

Le voyage en rivière se passa sans incident.

Arrivés à Massana et suivant la technique employée au premier voyage, nous chargeâmes le Dodge de quelques caisses seulement. Plusieurs voyages seraient nécessaires pour amener le tout. Nous prîmes place à l'avant du camion. Guissassakou au volant, moi au milieu, Jules P. sur le côté.

Nous roulions bon train. Sur la route pleine de nids-de-poule, le Dogde faisait des bonds désordonnés. Soudain, dans un virage, nous perdons... la barre de direction. Alors le Dogde, quittant la route, fonce directement dans une plantation. Une énorme souche arrête net notre course et tous trois nous décollons, passons par-dessus le capot et plongeons dans la verdure de la plantation. Guissassakou, traversant en vol plané un plan de tarots, se récupère très vite. Quant à moi, je franchis comme une fusée un groupe de bananiers et me relève aussi, mais un peu étourdi. Quant à Jules P., moins chanceux, qui a percuté de plein fouet une termitière, il est « groggy ». Assis sur ses fesses, il essaie de se débarrasser de son chapeau. En effet, par le choc, il s'est enfoncé sur sa tête jusqu'au ras du menton et ses oreilles ainsi comprimées gênent ses efforts pour retirer sa coiffure.

Ahuri, je le contemple, au bord du rire, quand tout à coup arrive Guissassakou, affolé, tremblant de peur que ses Blancs n'aient eu du mal par sa faute. Il vient vers moi, me tâte et, rassuré, me dit :

« Ah! Merci missié, le Bon Dieu y en a là! »

Mais se tournant alors vers Jules P. qui se débat toujours avec son chapeau, il pousse un feulement d'horreur. La tête du Blanc s'est enfoncée dans ses épaules! Alors, en pleine panique, il veut remettre « ça » en place. Agrippant à pleines mains, en une même prise, le chapeau et les maxillaires de Jules P., tandis que de ses genoux il lui bloque les épaules, il effectue vers le haut une puissante traction, afin, pense-t-il, d'extraire la tête, qui a disparu. Dans son chapeau Jules P. hurle, et son cou, sous la prise puissante de Guissassakou, s'étire dangereusement. Sa pomme d'Adam, qu'il a protubérante, vibre comme un yoyo! Agrippé à Guissassakou, j'essaie de l'arrêter, mais il est très fort et me dit :

« Aide-moi missié, lui voir mal. »

En effet, les hurlements, bien qu'étouffés par le feutre, redoublent. Le cou s'est étiré jusqu'à limite de rupture. Guissassakou force toujours. Alors je prends mon élan et les percute tous les deux d'un violent coup d'épaule. Ils roulent à terre et Guissassakou lâche sa prise. Couché sur le flanc, Jules P. râle toujours dans son chapeau.

Je fis comprendre sa méprise à Guissassakou et il en resta la bouche ouverte, dans le plus profond étonnement. Et je parvins à retirer le chapeau de Jules P. Il n'avait plus qu'un petit filet de voix et ses yeux m'interrogeaient sur le traitement qu'il venait de subir. Pendant un mois il porta un cache-col de laine et de toute la saison il fut condamné à regarder de face, ne pouvant tourner la tête en aucun sens.

18

Le bal des éléphants

Ce matin la radio a grésillé de bonne heure. Un message pour le guide de chasse. Les clients attendus pour onze heures demandent à reporter leur venue d'une semaine. Ils doivent être reçus aujourd'hui même à Libreville par le Premier ministre. Il s'agit d'un groupe de financiers européens qui, désireux de connaître du Gabon autre chose que la capitale, souhaitent séjourner à Iguéla. Ce domaine d'Iguéla résume au Gabon l'attrait du tourisme insolite. Nous les verrons donc arriver un jour prochain.

Guizard, ce matin décontracté, m'amène seul en brousse. Nous roulons en voiture depuis quelques instants, lorsque le guide coupe le moteur. Le véhicule, sur sa lancée, atteint la lisière de la forêt. Nous descendons. Alors Guizard me montre au sol, devant nous, de larges empreintes. Les éléphants sont passés par là.

– Voyez-vous, monsieur Goulphin, je crois que vous avez appris quelque chose d'important à Iguéla. Voir la nature et la comprendre. Maintenant, je voudrais vous initier à saisir les nuances de la vie sauvage. Lorsque vous chassez le buffle, pensez buffle. Lorsque vous chassez l'éléphant, pensez éléphant. Et c'est en partant de ce principe que vous jouirez pleinement de vos émotions de chasseur. Voyez-vous, au sol, les traces vous dévoilent la vie des animaux. Ici, ces éléphants sont au nombre de trois : une grande femelle... voyez ses ongles. Puis une jeune femelle, d'assez belle taille toutefois. Une jeune femelle, en effet, car une « grande » ne supporterait pas un mâle aussi âgé, alors qu'elle a un tout-petit. Celui-ci d'ailleurs a voulu s'écarter et, juste là, il s'est agenouillé pour téter.

Nous avançons encore, et entrons dans la forêt. A la chaleur sèche de la savane succède la fraîcheur des sous-bois. Nous parvenons à un marigot que traverse une piste où sont inscrites en creux de nombreuses traces d'éléphant.

– Ici, me dit le guide, viennent régulièrement sept ou huit bêtes, de taille moyenne.

Nous marchons maintenant dans une forêt plus claire et avisant un énorme tronc abattu, nous nous y asseyons un instant.

– L'année dernière, dit le guide, j'ai eu la visite de gens extrêmement intéressants, le Dr Douglas Hamilton et sa femme. Ils vivent au Kenya et étaient au Gabon en voyage d'étude et d'information. Le docteur est un scientifique et sa femme l'aide dans ses recherches. Un couple extraordinaire et charmant. J'ai gardé d'eux le meilleur souvenir. Ils aiment beaucoup les animaux et ont consacré toutes leurs études à la vie des éléphants. Des documents irréfutables prouvent qu'au Kenya ils vivent avec eux en complète symbiose. Ils m'ont offert d'ailleurs un livre que je vous passerai : *Les Éléphants et nous*. Je les ai gardés ici une dizaine de jours. Je leur ai confié mon fils, mon pisteur, deux manœuvres, une bâche, un Zodiac. Avec cette équipe, je les ai fait conduire à un point de la réserve où ils ont dressé leur campement, en un lieu où les éléphants se trouvent en permanence. Et là, ils ont vécu au plus près avec un troupeau d'assalas, l'éléphant nain du Gabon. Le docteur voulait tout particulièrement étudier cette espèce qu'il ne connaissait pas. Leurs recherches leur imposaient donc d'approcher au maximum des animaux, ce qu'ils faisaient par habitude. Mais ici, les assalas ont la réputation d'être très agressifs et la témérité de nos amis inquiétait Makita, mon vieux pisteur, qui leur conseillait : « Missié, pardon, la qualité l'éléphant là, c'est pas un viande pour jouer. »

– Y a-t-il encore beaucoup d'éléphants au Gabon ? demandé-je au guide.

– Au Gabon, en effet, il y avait beaucoup d'éléphants, mais il s'en détruit aussi beaucoup depuis quelques années. Les plus beaux porteurs d'ivoire ont été abattus. Si ce massacre continue, les éléphants auront disparu du Gabon avant trois décennies. Il faut espérer que les autorités réagiront avant, mais ne sera-t-il pas trop tard ?

Un bruit de branche qui éclate résonne tout à coup là, sur notre gauche. Inquiet, les yeux écarquillés, j'interroge le sous-bois.

– Ce n'est rien, me dit le guide, les éléphants vont vers la lagune.

L'un d'eux a cassé une grosse branche. Je ne suis qu'à demi rassuré.

– Les cimetières d'éléphants existent-ils vraiment ? demandé-je.

– Non, me dit le guide, je n'en ai jamais vu. Mais tous les animaux se cachent pour mourir. Il est probable que les éléphants, lorsqu'ils sentent leur fin proche, se retirent au plus profond de leur forêt et n'en ressortent plus. D'ailleurs, pensez que les ossements se désagrègent rapidement, et l'ivoire « mort » est bien souvent rongé par les écureuils et, même fossilisé, il n'a pas de valeur. La légende des cimetières d'éléphants provient certainement du fait qu'autrefois, à l'époque du troc et du commerce des ébènes et des esclaves, les chefs cachaient dans les marécages des lots entiers de pointes d'éléphants. Par la suite, les guerres tribales étant nombreuses et permanentes, ces dépôts étaient oubliés. Rares ont dû être ceux qui retrouvés plus tard ont pu représenter une quelconque valeur marchande. Voyez-vous, autrefois, lorsque je suis arrivé au Gabon à vingt-cinq ans, j'étais un chasseur impénitent et les circonstances aidant, j'ai tué beaucoup de gibier et beaucoup d'éléphants. Je tirais en moyenne de dix-huit cents à deux mille balles par an. Mes fumoirs faisaient quatorze mètres sur quatre. Ils devaient être pleins en permanence. Aujourd'hui, je ne tire pratiquement plus. J'ai bien davantage de plaisir à voir un buffle ou un éléphant traverser la savane qu'à mesurer mètre en main un quelconque trophée. Mais il est vrai qu'autrefois... Afin de parer au manque de munitions – car si je tirais deux mille cartouches, le droit d'achat n'en tolérait que cent par an –, je décidai un jour de chasser comme les Pygmées... à la sagaie. Cependant, le Pygmée, lui, a une tactique personnelle que favorise sa taille. Sur la piste habituelle de l'éléphant, il creuse un trou de la largeur de ses épaules et d'environ un mètre de profondeur. Il se tient accroupi dans ce trou, sa lance à la main. Il s'agit d'une lance spéciale, à la lame très longue et large ayant la forme lancéolée d'une feuille. Cette lame est en fer et affûtée sur tout son pourtour, elle taille comme un rasoir. Elle est emmanchée sur un épieu dont la base plus large et épaisse offrira une bonne prise à la paume de la main. Car, accroupi dans son trou, le Pygmée tient sa lance verticale, la pointe effleurant à l'orifice du trou. Et dans le creux de sa main va se loger la base en forme de boule de la lance. Au passage de l'éléphant, sur la piste au-dessus du trou, le Pygmée va jaillir et lui enfoncer verticalement sa lance dans la panse. L'éléphant, avec cinquante centimètres de lame dans les boyaux, est perdu. Affolé, il va fuir, puis chercher un marigot pour se plonger dans l'eau et la boue. Son agonie durera plusieurs jours. Les Pygmées à la piste ne le lâcheront plus.

– C'est tout à fait épouvantable! fais-je, remué.

– J'ai pourtant voulu, pour parer à la pénurie de cartouches, chasser à la sagaie, moi aussi. Ma technique était la suivante : fabriquer une sagaie et la tirer avec un fusil à piston à poudre noire. Peut-être avez-vous vu ce genre de fusil, aujourd'hui devenu arme de collection. Le fusil à piston comportait une cheminée que l'on coiffait d'une capsule extérieure amorcée au fulminate. Dans le canon on mettait de la poudre noire « de traite » qui se vendait à l'époque ici, dans les factoreries, en petits bidons métalliques ou bien en morceaux de la dimension d'un sucre. Je m'outillai donc pour ce genre de chasse. Je dessinai un fer de sagaie qui avait sur les côtés la forme d'un harpon, mais la pointe en était sectionnée en « pan coupé », cela afin d'éviter que trop fragile elle ne s'émousse ou se casse en rencontrant un obstacle dur... un os par exemple. J'envoyai à mon ami maréchal-forgeron de mon village ce dessin et une note explicative. Il me renvoya dix sagaies conformes au modèle. La lame avait été tirée d'un ressort de voiture et taillait comme un rasoir sur ses trois côtés. Ce triangle tronqué était soudé sur un morceau de tube long de cinq centimètres, emmanché sur une baguette de bois à la dimension du canon du fusil, lequel était chargé de sa poudre et de sa bourre. Quant aux fusils à piston, mon ami Gabriel me les envoya de mon village. J'en reçus deux.

– Mais où tiriez-vous l'éléphant, avec ce fusil à piston? dis-je, sceptique.

– Cela il est vrai imposait une technique de chasse tout à fait particulière. Mon pisteur à l'époque s'appelait Moukétou et était bapounou. Efficace et courageux. Il fallait d'abord rechercher des laissées d'éléphant très fraîches et... « juteuses ». Il importait alors de s'en enduire tout le corps. Je sais que c'est répugnant, mais c'était indispensable et le seul moyen pour approcher les éléphants, surtout si la bête choisie évoluait au milieu d'un troupeau. Nous voilà donc bien... « odorants ». Puis il fallait observer la bête que vous aviez choisie. Ce choix reposait sur cette observation : lorsque l'éléphant vous avait éventé et qu'il fuyait, faisant ses crottes en marchant, allongeant encore son amble, vous deviez vous en désintéresser. Mais lorsque l'éléphant vous ayant éventé revenait sur ses pas pour vous reconnaître, là vous teniez la bête qui convenait.

– Bien! Mais, votre choix fait, comment procédiez-vous?

– Il fallait d'abord ne pas se presser. Lorsque l'éléphant se retournait vers vous, vous « décrochiez » sagement. Cette opération se renouvelait plusieurs fois. Alors la bête habituée à votre odeur vous acceptait à proximité. A cet instant seulement vous deveniez vraiment opérationnel.

Nous voici donc à trente mètres de la bête, qui vous sait là, mais vous néglige, votre odeur d'homme n'étant pas décelable. Vous choisissez le moment où l'éléphant est dans un sous-bois, propice à votre approche rapide. Et dès qu'il vous présente sa croupe, vous vous décidez. Vous parcourez très vite la distance qui vous sépare et vous voici à moins d'un mètre derrière lui, « à l'abri » de sa masse. S'il tourne, vous tournez aussi, derrière lui, comme son ombre. Vous devez alors avoir en main votre fusil à piston chargé de votre sagaie. Vous ne pourrez pas l'épauler, car le recul vous jetterait immanquablement à terre. Vous devez tenir la crosse contre votre hanche et tenir compte que le recul vous fera légèrement pivoter. Très vite maintenant, vous vous présentez sur son flanc à l'arrière..., votre sagaie dirigée vers sa hanche, vous tirez. Le recul est très fort, mais votre sagaie a plongé dans le flanc à l'arrière des côtes. Et l'éléphant barrissant de douleur charge droit devant lui. Un conseil : ne restez pas sur place. Repliez-vous en courant et suivez le comportement de votre bête. Ensuite, vous prendrez sa piste. Vous le trouverez au bout...

– Eh bien, dis-je, ça c'est du « sport »!

– Non, me répond le guide, aujourd'hui, même si j'avais la forme de mes trente ans, je n'aimerais pas chasser de cette façon...

Et le guide reste silencieux un instant.

– Mme S. un jour me commanda une paire de pointes dont la courbe devrait être harmonieuse et... arrondie, afin d'encadrer un miroir. Il est exceptionnel qu'un éléphant soit doté d'une pointe présentant une courbure arrondie aussi accentuée et parfaite que Mme S. l'exigeait. Pendant plusieurs mois, malgré la rencontre de nombreux éléphants, je ne vis aucune paire de pointes de cette forme. Cependant un jour, accompagné de Jean, mon jeune pisteur du moment, je suivais un troupeau qui à l'heure de la sieste s'était attardé à l'ombre des okoumés. A bon vent, je pénétrai au milieu du groupe et avec d'infinies précautions, je me déplaçai d'un arbre à l'autre. Le troupeau était composé d'une trentaine de bêtes, en deux groupes. Le plus éloigné était bien à cinquante mètres et comptait une dizaine de mâles de bonne prestance. C'est vers celui-ci que je devais aller, mais il me fallait pour y parvenir traverser le troupeau de femelles, dont cinq étaient suitées. Je me trouvais au milieu de ce dernier groupe. Pour l'instant j'étais parvenu au pied d'un Eveus et je me tenais debout au plus profond d'un de ses contreforts. Jean vint près de moi et se glissa dans le contrefort voisin. Un mètre à peine nous séparait. Alentour, les femelles paisibles se baguenaudaient tranquillement. Un éléphanteau, haut de un mètre à peine, s'étant écarté de sa mère vint tout près de nous, fouillant les feuilles mortes de sa trompe. Il parvint au contrefort voisin du mien, où sa trompe, furetant dans les feuilles mortes aux pieds de Jean, s'arrêta sur ses orteils. L'éléphanteau se figea et Jean, d'un mouvement incontrôlé, lui prit la trompe à pleins bras. Barrissement aigu de l'éléphanteau surpris qui, retirant brutalement sa trompe, projeta Jean en l'air à près de quatre mètres. Je le vis passer en vol plané bras et jambes écartés et tourbillonnant, il atterrit brutalement tout près de moi. Mais tout autour de nous, avec des barrissements terrifiants, les femelles chargeaient en tous sens, et je pensais que ça allait mal finir. Ma carabine à la main, je veillais à ne pas me faire repérer. Les bêtes en pleine panique marquèrent un temps d'arrêt à quelques mètres, puis démarrant tout à coup dans une charge aveugle, s'enfoncèrent en forêt. Vite je courus à Jean, le pensant mort. Je mis la main dans sa chevelure crépue et lui relevai la tête. O miracle, ses yeux ouverts me regardaient, bien vivants. Mais alors, il mit ses mains devant ses yeux et réenfouit sa tête, la face plaquée au sol, dans les feuilles. Il était choqué et m'a avoué par la suite qu'il se croyait déjà mort, et me voyant, il pensait que je venais de le rejoindre dans l'au-delà...

– Il a bien failli avoir raison votre pisteur, dis-je à Guizard.

– Savez-vous, me dit-il, que les éléphants ont une réaction étonnante face à la mort. Si vous tuez un éléphant et que plus tard vous repassiez sur les lieux, vous verrez que les ossements ont été éparpillés très loin. J'ai même vu, alors que je chassais vers la Manégua, une grande femelle transportant avec sa trompe une omoplate d'éléphant provenant d'une bête abattue la saison précédente à plus de un kilomètre de là. Et lorsque dans le petit Mayombé des Bapounous mon pisteur fut tué par un éléphant blessé, je retrouvai son corps recouvert de branchages que la bête y avait apportés. Ensuite, elle avait couvert le tout de ses excréments. C'est de cela que je la punis, car l'ayant rejointe le lendemain, j'achevai cette bête blessée d'une seule balle de 404, dans le marigot où elle s'était réfugiée.

Un céphalopode gris vient de traverser le sous-bois devant nous, sa courte queue toute blanche sans cesse en mouvement. Au-dessus de nos têtes des branches d'arbres frissonnent, deux petits singes kakous, collier blanc et calotte rouge, s'égaillent dans les basses branches. Ils nous ont vus et manifestent bruyamment. Kakou! kakou!

Le guide alors reprend :

– Cependant, voyez-vous, les éléphants sont solidaires. Alors que je prospectais le diamant chez les Mitsogos, je dus pour parvenir au « flat » sur la montagne traverser une vieille plantation. Cinq éléphants étaient là, parmi les vieux plants de manioc abandonnés. Et intrigué par leur comportement, je m'approchai. L'un deux n'avait plus de trompe : peut-être prise dans un piège avait-elle été sectionnée. Stupéfait, je vis alors un spectacle étonnant. L'infirme grognait plaintivement. Son voisin le plus proche lui introduisait alors entre les lèvres des branches feuillues de manioc. Je n'en croyais pas mes yeux et dissimulé contre un palmier je les observai un bon quart d'heure.

Guizard maintenant écoutait, attentif. Il lui avait semblé entendre un cri bizarre. Nous écoutâmes mais n'entendîmes plus rien. Il reprit :

– Avec mon vieux pisteur Makita, nous franchissions les monts Tendous d'est en ouest et abordions la chaîne de montagnes par une grande piste d'éléphants. Les traces des éléphants étaient très nombreuses. Un beau troupeau avait croisé la grande piste, en direction de la vallée. C'est lui que nous suivîmes. Sur le flan du troupeau, je relevai la trace d'une bête énorme que j'estimai à plus de six tonnes pour quarante kilos d'ivoire à la pointe. Les éraflures sur l'écorce des arbres semblaient confirmer mes estimations. Mais Makita paraissait intrigué par une autre trace. Là, entre deux empreintes d'une femelle, reconnaissable à la forme du pied, une tache laiteuse teintée de sang. « La femme là est malade », me dit Makita. Un instant plus tard, alors que notre piste suivait le flanc du piton, Makita s'immobilisa et me montra du doigt, à cent mètres de là, sur le flanc nous faisant face, plusieurs éléphants arrêtés. Au même moment je remarquai un peu plus loin, dans une sorte de carrière que l'érosion avait creusée, un second groupe dominé par la haute stature d'un bel éléphant, aux pointes magnifiques. Je comptai cinq mâles, immobiles, silencieux. Seules leurs oreilles s'agitaient lentement. Mon regard revint vers le premier groupe, dont le comportement m'intriguait. La grande femelle, la plus proche, appuyant sa croupe sur les branchages et reculant, écrasait et repoussait les taillis. Trois autres femelles rejetaient de leurs trompes branches et feuilles et soulevaient une poussière que le vent apportait jusqu'à nous. Ensuite, ayant balayé le sol de leur trompe, elles piétinaient sur place. Une femelle et un éléphanteau, légèrement à l'écart, restaient immobiles. Deux autres femelles encore faisaient face à une troisième qui titubait légèrement. Elle tourna une fois, puis une autre fois encore sur elle-même et enfin se coucha sur le flanc. Était-ce la femelle dont Makita m'avait signalé les traces insolites ? Alors, soudain, s'éleva un barrissement sourd, auquel d'autres barrissements sur le même ton répondirent en écho. Les femelles se répondaient entre elles. La plus grosse parut fort agitée tout à coup, et repoussant les deux plus proches s'approcha de celle qui était couchée, comme si elle eût voulu la soulever. Makita près de moi me dit :

« Missié nous partir, la femme faire le “ moana ” (l'enfant), nous n'a pas resté. C'est défendu. »

Et il entreprit un repli stratégique, m'invitant fermement du geste à le suivre.

Je regardai là-bas le groupe des mâles avec le beau porteur, tous immobiles, figés. Ensuite ces femelles agitées. Soudain, la femelle suitée plus proche de nous parut inquiète. Sa trompe dressée interrogeait le vent. Allait-elle nous éventer ?

Makita revint alors vers moi et, me saisissant par le poignet, il me dit, soucieux :

« Missié, nous partons, la femme va nous sentir, alors tous vont faire méchant. Pour nous c'est interdit quand la femme pour l'éléphant il fait le " moana ". »

En effet, le vent tournait.

A regret, je l'ai suivi...

Guizard s'écarte du tronc qui nous servait de siège et époussette son pantalon, où s'agrippent encore quelques fourmis.

J'en fais autant.

Nous reprenons notre promenade et après avoir franchi un marécage, nous rencontrons une clairière.

Le guide s'est arrêté et me dit :

– Sentez-vous cette désagréable odeur ?

En effet, âcre, vaguement nauséabonde, une odeur de moisissure, semble-t-il, est perceptible.

Alors Guizard me montre du doigt, au milieu de la clairière, l'énorme souche d'un arbre, sans doute abattu par la tornade et qui a pourri sur place. Il reste cette souche fichée dans le sol, comme une colonne tronquée. Tout autour, le sol est damé, lisse comme du bitume, rappelant par la surface la piste d'un cirque forain.

– Voyez-vous, monsieur Goulphin, me dit le guide de chasse, cette odeur provient de cette souche et là tout alentour, c'est la piste de danse des éléphants.

S'adossant à un arbre proche, il continue.

– Une nuit de pleine lune, alors que je chassais à Akori, me voici seul dans une immense savane, avec pour compagne une seule carabine Mauser. J'espérais profiter de cette lune providentielle pour tirer un buffle. J'avais ramené des Eschiras une grande expérience de cette chasse. J'allais donc, attentif aux jeux d'ombre, la lune dans mon dos, comme il se doit. La brise soufflait, légère. J'entendais le bruit de la mer, proche. Soudain, dans le vent, un bruit, peut-être un appel. Je m'arrêtai, et j'écoutai. Rien ! J'étais sûr pourtant d'avoir entendu. Et voici à nouveau, bien distinct, une sorte de barrissement sourd, lent – j'allais dire : langoureux ! Et ce bruit se prolongeait, durait, diminuait, s'arrêtait. Qu'est-ce que cela pouvait bien être ? Éléphant, ou bien hippopotame ?

Intrigué, je me figeai, attentif. Et cela recommença, semblant provenir d'un îlot de forêt, là, au milieu de la savane. J'interrogeai le vent et je m'approchai avec précaution. Maintenant c'était tout près. C'était bien dans ce bois. J'arrivai en lisière et lentement, choisissant la place de mes pas, j'approchai. J'entendis comme un lourd piétinement, dominé par ce bizarre barrissement, doux, comme feutré, sur plusieurs tons me semblait-il. J'approchai encore, et là je vis!

Je vis une quinzaine d'éléphants, se bousculant sans brutalité, marchant les uns derrière les autres, la trompe reposant sur la croupe de celui qui le précédait. Les éléphants se suivaient et tournaient en rond dans un même sens autour d'une énorme souche. L'odeur forte du bois se mélangeait à l'odeur des éléphants. Et comme au cirque, barrissant sourdement, gémissant presque, les éléphants, la croupe ondulante, balançant leur tête, battant des oreilles, fiévreux, la trompe agitée, tournaient comme en une lente farandole... Ils dansaient!

Avec précaution je suis ressorti de cette forêt et je me suis éloigné rapidement, me maintenant à bon vent. Joseph Maugaboula, mon vieux pisteur, m'avait bien dit un jour, prenant un air mystérieux: « Missié, la nuit pendant la lune les éléphants ils dansent. » Et j'étais resté sceptique. Je venais d'assister, à mon tour, à la danse des éléphants.

Et le guide se tut, rêveur.

Le bal des éléphants. Ces mots ont soulevé en moi une extraordinaire émotion. J'ai été nourri, comme beaucoup de petits garçons à l'époque, de Jack London, de Curwood, de Jules Verne et surtout de Kipling, le Kipling de Toomai des éléphants, le petit garçon indien, apprenti cornac que l'éléphant Kala Nag emmène, une nuit dans la forêt, assister au grand bal des éléphants.

– Le bal des éléphants, murmuré-je bouleversé. Kipling avait donc dit vrai!

– Oui, me répondit le guide de chasse, Kipling a dit vrai et comme son héros Toomai des éléphants, j'ai vu moi aussi la grande danse des éléphants, la nuit, au cœur de la forêt.

19

La « gabonite »

Un vieux du village voisin est là, au bas des marches de la véranda. Un pagne à fleurs ceint sa taille et il porte une veste noire qui a connu des jours meilleurs. Il a retiré son chapeau pour nous saluer et il nous tend un paquet fait de feuilles, que serre une liane.

Le guide le salue aussi.

– Tiens, Ngowa, on ne te voit plus depuis, depuis...

Et l'homme acquiesce, souriant.

– Ah! missié, c'est le travail la plantation. Pour la santé c'est la « souffrance », et la disette. Comment va les femmes pour toi ?

– Bien, Ngowa, mais que m'apportes-tu là ?

– C'est les œufs pour toi, missié, dit Ngowa.

En effet, lorsqu'un Gabonais rend visite, il apporte toujours un présent, si modeste soit-il.

Ensuite, il vous donne de ses nouvelles, lesquelles invariablement font mention de ses maladies, ses « souffrances » comme il dit, et des décès dans son entourage.

Enfin, il vous avoue le but réel de sa visite. Cela peut être une demande de médicaments, un « secours » en vin ou autres boissons pour une prochaine cérémonie de deuil, ou tout autre besoin matériel.

Le guide de chasse le remercie et lui dit :

– Taté Ngowa, tu vois là, je suis avec les étrangers, viens me voir demain la journée, je suis un peu tranquille.

Le vieux hoche la tête, toujours souriant, et nous dit :

– Le bonjour Moutangani, Koungoualio (à demain).

Et il se retire.

Guizard appelle le boy et lui tend le présent du vieux. Le boy ouvre le paquet avec circonspection et montre à son patron le contenu, épiant une réaction sur son visage. Dans le paquet, une dizaine d'œufs sombres qui ne nous paraissent pas de la première fraîcheur.

Guizard rit et dit alors :

– Emporte ça vite, on dirait qu'ils ont été couvés par Fernand !

La réflexion m'étonne et je questionne.

– Est-ce l'un de vos boys ce Fernand ?

– Oh non ! me dit Guizard, cela fait partie de nos anciennes histoires gabonaises, d'autrefois. Je vous raconterai cette histoire ce soir.

Maintenant nous voici, comme chaque soir, cherchant sur la véranda un peu de fraîcheur, avant de rejoindre notre case. Et Guizard, en forme, commence :

– Fernand M. était un excellent homme. Mais fort original ! Mécanicien, coiffeur, électricien, il savait tout faire, même couver. Il avait une passion pour les poules... Les vrais poules qui pondent. Lorsque nous étions à N'dendé, c'était devenu une coutume pour R., l'administrateur colonial, et pour moi d'apporter tous les jours à midi un sandwich et une canette de bière à Fernand M. qui... couvait. Sa case en bambou couverte de feuilles était située au bout du petit village. Là, en effet, sur son lit Picot, à l'abri de sa moustiquaire, Fernand M. couvait. Sous lui, entre ses cuisses, sous ses aisselles... des œufs. Et bientôt des poussins, car il disputait aux couveuses les plus réputées les meilleurs résultats : dix-huit poussins pour vingt œufs à la couvaison. Au-dessus de la moustiquaire qui surplombait le lit, les poules frustrées étaient perchées et caquetaient à notre arrivée, à chaque fois que nous ravitaillions « leur » grand homme.

– C'est extraordinaire, dis-je. N'était-il pas un peu fou ?

– Fou! Mais, mon cher ami, ici au Gabon, j'en ai connu autrefois plus d'un du même genre! Cette folie, ici, s'appelle la «gabonite ». Ayant quitté l'Europe après cette « drôle de guerre », fuyant un monde qui ne paraissait pas nous convenir, nous nous sommes retrouvés ainsi plusieurs garçons à Port-Gentil, comme ailleurs au Gabon, venant d'horizons différents, avec enfouis au fond de nous des souvenirs et des images... d'une autre vie, là-bas... sur une autre planète. Quelques-uns se casèrent vite dans le commerce, prenant un bon départ. Certains partirent... ailleurs. D'autres cherchèrent leur voie vers la forêt, l'or, l'aventure. J'étais de ceux-là, et ainsi nous nous trouvâmes une dizaine de gars, au coude à coude, jeunes, intrépides, insouciants, marginaux sans doute. Nous faisions « case commune » et l'ambiance était détendue. Le soir, quand venait l'heure d'éteindre la lampe, qui du haut de son support éclairait l'immense dortoir, comme dans les baraques Adrian de l'armée, nous nous apercevions, trop tard, que nous étions tous déjà dans notre lit. Alors, on éteignait la lampe au pistolet. Quant aux rats, ils avaient droit chaque soir à une chasse au colt et au Beretta, et comme ils couraient partout, sur les chevrons, sur les cloisons, ce safari pouvait être dangereux, car les murs en planche et en bambou laissaient passer les balles.

C'est ainsi que la boulangerie du Sénégalais, notre voisin, faillit fermer. Son pétrin avait écopé de plusieurs balles et les mitrons exigeaient des primes de risque.

Parmi nous, il y avait un garçon de souche sicilienne, Angelo C., petit, mais d'une impressionnante carrure, tête ronde, cabochard et hargneux; c'était un ancien fusilier marin.

Un soir, nous le trouvâmes préoccupé. Pressé de questions, il nous avoua avec embarras :

« Voilà, les gars, l'amitié là, entre nous, c'est au poil! On s'engueule mais on s'entend bien. Pourtant c'est pas une vie ça. Alors moi, je vais me marier! »

Un silence général accueillit sa déclaration, et soudain rires et exclamations fusèrent.

« T'es pas fou! Une femme, Angelo, c'est pas facile à supporter. Elle te cachera les cartes, te mettra de l'eau dans ton whisky. »

« Rien à faire les gars! dit Angelo. C'est parti! Enfin je veux dire... Elle sera là bientôt. »

Nous apprîmes alors qu'il avait choisi une femme par « correspondance », et quelle arriverait peut-être au bateau qui, chaque mois, nous reliait à l'Europe.

Nous le plaisantâmes quelques jours, puis nous oubliâmes.

Un matin, nous voyons Angelo tout habillé de blanc, arborant un magnifique nœud papillon et coiffé d'un superbe... canotier! Ainsi paré, il ne pouvait pas passer inaperçu. Cependant, il sortit subrepticement de la case par la porte arrière, cachant un bouquet de fleurs sauvages derrière son dos.

Lui laissant un peu d'avance, nous le suivîmes discrètement. Nous voici au port, sur le quai.

Débarqua alors du bateau une sorte de midinette, ébouriffée, qui nous parut assez empruntée et craintive, quoique bien bâtie et de visage avenant.

Nous étions tous sagement alignés, en retrait derrière Angelo. Et comme il cachait toujours son bouquet derrière son dos, la fille, hésitant un instant, le frôla et continua jusqu'à S. qui était, il est vrai, le plus beau de la bande. Juron d'Angelo, qui cette fois brandit son bouquet et récupéra sa femme.

Elle répondait au doux nom de Ginette.

Dans notre grande case, nous aménageâmes pour le couple un petit appartement, plus intime, bien que séparé de notre chambrée par une mince cloison.

Tout se passa bien. Angelo C., énamouré, ne chercha plus querelle à personne. Elle, discrète, nous paraissait comblée. Bref, tout allait bien. Cela dura deux mois. Puis en quelques jours tout changea. La femme nous parut plus... hargneuse et criarde. Angelo, plus cabochard encore, et aux cartes on ne pouvait trouver plus « mauvais perdant ». Dans cette ambiance survoltée, le drame déjà couvait.

Un soir, Angelo C. jouait au poker, le sort, contraire, le

rendait de mauvaise humeur. Les verres de whisky se succédaient. Son fric, sur la table, fondait. Derrière la mince cloison, on entendait sa femme rouspéter et marmonner à l'adresse d'Angelo je ne sais quelles malédictions, auxquelles il répondait vertement.

La soirée avançait, et toujours Angelo perdait et râlait méchamment. Sa femme rouscaillait et le maudissait de plus en plus. Tourné vers nous, le visage fermé, Angelo nous dit :

« Enfin, je joue pas comme ça d'habitude. C'est elle qui me fait perdre. Je vais lui casser la gueule! »

Nous le calmâmes.

« Mais non, Angelo, c'est rien. Les femmes, tu sais, il faut les laisser parler. »

Mais il perdait encore. Et elle parlait toujours.

Alors Angelo se leva, pâle, les mâchoires bloquées. Nous écartant d'un geste, il quitta la table de poker, éructant au passage.

« Maintenant c'est trop, je vais lui mettre une " toise "! »

Il repoussa le rideau qui fermait sa porte et entra « chez lui ». Cris, glapissements, les coups résonnaient, sourds, violents.

« Arrête, Angelo, ça suffit maintenant », criai-je.

Mais ça cognait toujours. Alors tous, nous nous levâmes pour sauver cette faible femme. A cet instant, un dernier grand coup assené très fort. Et Angelo, arrachant le rideau au passage, franchit la porte à un mètre du sol... à l'horizontale. Il atterrit « groggy » dans nos jambes. Sur le pas de la porte, la douce Ginette, le visage grimaçant, nous toisait. Nous relevâmes Angelo, pantelant, qui crachant une dent nous dit dans un souffle : « Elle m'a eu à la surprise. »

Nous n'en doutions pas.

– Oh! me dit Guizard, il n'était pas le seul phénomène à l'époque. Un jour je remontais l'Ogoué en pinasse, avec à bord mon ami Gachon. Parti la veille au soir, le jour venait à peine de se lever et nous naviguions toujours dans le ronronnement sourd du moteur. A l'avant du bateau, notre lampe-tempête était accrochée, encore allumée. Dans notre cabine, nous étions allongés sur les banquettes et le jour naissant entrait, bien pâle, par les hublots. Gachon, adossé à la cloison près du hublot, lisait paisiblement. Moi, je rêvais.

Soudain un coup de feu, suivi d'un bruit de verre brisé. Nous sursautons. « On a tiré sur la lampe! » Et par le hublot, je vis sur la berge qui défilait... un Noir et un Blanc. Le Blanc, une carabine à la main, suivait toujours notre pinasse de son canon. Il allait doubler! J'ai toujours eu des réflexes rapides. Mon Mauser vite en main et passant le canon par le hublot, j'aligne ce fou. Dans cette cabine étroite, ma détonation nous assourdit et l'odeur de cordite nous prend à la gorge.

Je l'avais peut-être manqué, car Gachon avait mis la main sur mon canon, en hurlant :

« Fais pas le con! c'est un copain! c'est Totor. »

Et passant la tête par le hublot, il cria :

« Totor, c'est moi! Ça va? »

Une bordée de jurons lui répondit.

Gachon rit de voir son copain encore vivant, car il savait que mon Mauser tirait juste d'habitude.

Il gueula au pinassier :

« Accoste! »

Et nous sortîmes à l'avant du bateau, prenant en pleine face les pires insultes d'un type qui, à terre, trépignait, brandissant son fusil à bout de bras et clamait :

« Quel est ce con que t'as avec toi, il est fou ce mec. Je vais te le déglinguer. »

Prudent, je récupère mon Mauser et j'arme le percuteur. Moi, les copains à Gachon, je ne les connais pas tous! Gachon se marrait.

Nous descendîmes à terre. Je restais très attentif aux gestes du type. Il vint vers moi, mais Gachon s'interposa.

« Laisse, Totor, je te dis que c'est un ami, merde, laisse tomber! T'as rien à boire? »

Le Totor était petit, maigre, teigneux, le visage mangé par une barbe de plusieurs jours, des yeux fiévreux.

Il s'approcha, hargneux, puis me tendit une main osseuse, dure, et me dit :

« T'es pas louf ? Tu as vu mon chapeau, espèce de con ! il était tout neuf ! »

Et il arracha des mains du Noir qui l'escortait un superbe casque colonial tout blanc, en sureau, que son boy venait de ramasser à terre. La visière du casque sur un côté était arrachée. C'était paraît-il ma balle. Je compris mieux alors sa mauvaise humeur et je pensai que Gachon lui avait évité une « migraine » définitive. Mais Gachon lui dit encore :

« Si t'as rien à boire, alors on part ! »

Le Totor poussa un barrissement retentissant.

« Suis fauché, mais j'ai toujours à boire pour les copains. »

Et nous le suivîmes à sa case. Une case comme toutes nos cases, bambou et palmes.

Arrivèrent alors, du village tout proche, quelques gosses curieux, et en arrière-plan, quelques grandes filles aux seins provocants, essayant d'apercevoir les Blancs, visiteurs de Totor.

Totor avait construit là un fumoir et il chassait l'éléphant. La viande était vendue aux chantiers isolés en brousse. Je ne savais pas encore que plus tard je ferais un jour ce travail, ici même, pendant quelque temps.

Nous devions repartir sur l'heure... nous sommes restés deux jours. Deux jours pour terminer le whisky de Totor ! Il faut vous dire que le Gabon était autrefois une colonie de « doublage », c'est-à-dire que certains bagnards libérés de Cayenne devaient avant de rejoindre un jour la France faire au Gabon un séjour en résidence assignée, égal à la durée de leur peine. Ainsi une douzaine d'anciens bagnards vivaient au Gabon. Totor est l'un de ceux dont l'on se souvient. Il était bizarre, certes, mais on l'aimait bien car sous ses airs de « tranche-montagne », il cachait un grand cœur. Son défaut était de tirer sur les copains qui ne s'arrêtaient pas en passant devant sa case. Il était tatoué jusqu'au nombril. Sur son bras gauche, une ancre de marine surplombait une inscription : A MA LULU.

Sur son bras droit, enserré dans un serpent vert aux yeux rouges : A MA GIGI. Sur sa poitrine, une flèche noire traversait un double cœur rouge et les gouttes de sang écrivaient plus bas : A TOI POUR LA VIE. Plus haut : NI DIEU NI MAÎTRE. Et autour de son cou, des points noirs faisaient le tour : A DÉCOUPER SUIVANT LE POINTILLÉ. Vers le bas... je ne sus jamais ce qui était écrit. Quand il se présentait, avec une vigoureuse poignée de main, il annonçait, la mine sévère : « Totor, vingt ans de dur! Vingt ans de doublage! Le premier qui me fait chier, je le bute! » Et alors, sortant un immense couteau de « nettoyeur de tranchées de 14 », sans avoir l'air de rien... il se nettoyait les ongles!

C'est ce même Totor que j'ai revu ensuite au Davo. Là, sur la piste entre Lambaréné et Fougamou, il avait installé sa case et il chassait dans les monts du Davo. Quelquefois, il allait à Fougamou voir son copain C., que l'on appelait « le cheval ».

Celui-ci était un personnage peu banal. Obèse, frisant les cent vingt kilos, doté d'une panse énorme débordant toujours entre le bas de la chemise et le haut du pantalon. Les déplacements hors de Fougamou ne l'enchantaient guère, aussi refusait-il toujours les invitations de Totor. Et Totor se récriait : « Tu me fais le coup du mépris! Tu refuses toujours de venir bouffer chez moi. »

Un jour tout de même, « le cheval » accepta. A midi, le voici au Davo, dans la case de Totor, à table. Au repas... une omelette flambée. Quelques instants après, finis le repas... et la case. Car tout flamba, seule la cantine en fer put être sauvée.

Ce « cheval » aussi était un original. Énorme, difforme, hâbleur, cabochard, grossier. Le matin, au petit jour, il faisait l'appel de ses manœuvres. Toujours à la même heure, heure qui coïncidait avec un réveil intestinal que rien ne pouvait différer. Son w.-c. champêtre était une sorte de guérite perchée sur une estrade. On accédait à la guérite par un escalier en bois de huit marches. De là-haut, la porte ouverte, vous dominiez la place libre au centre de la concession. C'est de là-haut donc, à l'heure sacrée, que « le cheval », assis sur son trône, faisait l'appel de ses manœuvres... se levant furieux, le pantalon sur les pieds, lorsque le manœuvre répondait avec retard à l'appel de son nom.

Sa femme, Alberte, était d'une taille impressionnante et surtout d'un tour de taille inégalable. On l'appelait « Zéro-tonne-cinq-cents », mais son nom de baptême à la mission était Alberte. C'était une bien brave femme. Et pour nous, tout jeunes et frais arrivés à l'époque, notre Providence. Elle nous entourait d'une maternelle sollicitude et nous l'aimions bien.

Un jour, un gouverneur organisa une tournée dans l'intérieur, qui l'amena avec sa suite à Fougamou. Leurs femmes faisaient partie du voyage. Pendant que le gourverneur et ces messieurs étaient en visite chez le commandant, ces dames étaient au repos, dans la grande case du « cheval ». Les dames européennes n'allaient jamais en brousse à cette époque et c'était, à leurs yeux, un acte héroïque que d'avoir accompagné leur époux jusque-là.

Serrées dans des robes peu adaptées à l'Afrique, elles se tenaient guindées, assises dans un fauteuil. Le « cheval » leur avait fait servir des rafraîchissements et était enfoncé dans son fauteuil spécial, car dans un autre il eût été coincé comme dans un étau.

Ces dames bavardaient peu. Pincées, elles scrutaient d'un regard inquisiteur les murs, le plafond, redoutant d'y découvrir la mygale, le scorpion, le cancrelat, qui devaient à leur avis immanquablement y séjourner. Elles agrémentaient leurs investigations de réflexions aigres-douces que « le cheval », sourcils froncés, écoutait patiemment... pour l'instant.

Dans l'arrière-salle, l'Alberte ronchonnait contre ces femmes blanches qui la regardaient avec dédain et curiosité, et dont les réflexions commençaient à l'indisposer. Les ronchonnements et les réflexions d'Alberte en réponse aux ordres du « cheval » faisaient glousser ces dames, mais elles faisaient aussi monter d'un cran l'énervement du « cheval ».

L'une d'elles, dont le mari était directeur de cabinet, voulant sans doute paraître plus avertie, répétait les réflexions de l'Alberte et, y ajoutant ses aigres commentaires, recueillait les rires étouffés de ces dames.

Vêtue d'une étroite robe d'étoffe beige, elle portait un

chemisier à manches longues fermées au poignet, et au col serré. Sur sa frêle silhouette, cet ensemble rendait plus évidente encore sa maigreur. Un ruban noir retenait une croix dorée sur ses amygdales. Ses yeux sans indulgence allaient du décor à ses compagnes et une mimique ponctuait chacune de ses réflexions. « Oh, tout de même, disait la dame, mon mari ne supporterait pas qu'une femme indigène fasse de telles réflexions. »

« Le cheval » lui lançait maintenant un regard menaçant. La dame sans méfiance et avec une insouciance manifeste reprit ses attaques, sans doute encouragée par les gloussements de ses compagnes. « Imaginez ça dans le lit de Thierry! Ouh! Quel monstre! » Avec Gachon, assis à l'écart, nous sentions venir l'orage et échangeâmes un regard inquiet.

« Le cheval » se tourna alors vers la dame critique, et le regard torve, il lui dit en grasseyant :

« Mais ma petite dame, je peux la renvoyer l'Alberte, si vous voulez venir me la sucer tous les soirs! »

Un silence glacial, puis dans un caquètement frénétique, ces dames, lançant au « cheval » des regards horrifiés, se ruèrent vers la sortie. « Le cheval », la panse tressautante, riait bruyamment. Dans l'arrière-salle, l'Alberte gloussait joyeusement.

Du Davo à Lambaréné la distance est courte. Le Totor était plus souvent à Lambaréné qu'à sa case et il avait établi son PC à l'Auberge Provençale, qu'avait ouverte Juvin. Là, accoudé au bar, perché sur un haut tabouret, il laissait errer son regard sur les palmiers qui étalaient leur feuillage plus bas, au bord du fleuve.

Ce jour-là, que vit-il arriver? Montant les interminables marches qui conduisaient à l'auberge, un grand gaillard costaud, regardant curieusement alentour, car peu habitué encore au lieu. Il « faisait » la rivière et commandait un bateau pour la SHO. Marius R. n'était pas une demi-portion. Très brave oui, mais le vin brutal. Fort comme un Turc, il chaloupait un peu comme les gens de mer. L'allure du nouveau venu piétinant son fief déplut à Totor. Alors sautant de son tabouret, il alla à la rencontre de Marius. Là, dans l'allée centrale que balisaient les petites tables et les fauteuils, ils se trouvèrent tout à coup face à face. Marius, immense, la bedaine un peu « avancée » par la quarantaine et le whisky, fixait étonné le haut du crâne de Totor, dont le nez arrivait à hauteur de sa ceinture. Totor, arrêté devant lui, lui interdisait ainsi l'accès au bar.

Un silence d'abord, puis Totor se présenta :

« Totor, vingt ans de dur! vingt ans de doublage! le premier qui me fait chier, je le bute! »

Et sortant avec une dextérité de prestidigitateur son immense couteau, il appuya peut-être un peu trop la pointe de son « lingue » sur la bedaine de Marius. Celui-ci eut un hoquet et, sans transition, ses poings qu'il avait comme des melons cognèrent à la volée.

Un grand bruit de chaises brisées...

Marius, maintenant prêt, parcourait les alentours d'un regard étonné, se demandant où était passé ce type qui l'avait piqué. Il n'avait pourtant pas rêvé, mais ne se souvenant plus de quel côté il avait cogné pour la dernière fois, il regardait partout. Enfin, un bruit de table raclant le sol, puis de chaise qu'on retourne, et Totor sortit à quatre pattes, un œil fermé et le nez gros comme une papaye... Il se releva, se secoua et il s'approcha de Marius qui, méfiant, le regardait durement.

Les voici à nouveau face à face. Alors soudain Totor, loyal et généreux, tendit la main à Marius et lui dit orgueilleusement :

« J'espère que tu as compris! »

Marius c'était un cas.

Il commandait pour la SHO le *Bangania*, bateau en fer, chauffant au bois, qui assurait le trafic fluvial en amont des chutes de l'Ogoué.

Raconter sa vie serait un roman. Retrouvons-le seulement, ce jour-là, à Boué, où il reçoit de sa compagnie l'ordre de ramener le *Bangania* à Port-Gentil, pour une opération de radoub. Cela n'était pas une mince affaire, car il était impensable de franchir les chutes de l'Ogoué avec un bateau pareil. Et, bien entendu, la logique aurait voulu que le *Bangania* soit d'abord démonté, transporté par voie de terre et remonté ensuite en aval des rapides, et enfin remis à l'eau. Mais quel boulot! Et que de temps!

Le délai était très court. La SHO, d'autre part, avait fixé à neuf mille francs (de l'époque) la prime, si tout se passait bien et si le bateau était en câle de radoub à Port-Gentil à la date fixée.

Alors Marius...

Les chaudières chauffées à blanc, les matelots enchaînés, Marius au « tafia », à la barre, le *Bangania* fonça toute sirène hurlante vers les chutes.

Faire un pareil parcours pour un bateau en fer de ce tonnage est impossible. Marius le fit. Fort cabossé peut-être, mais le *Bangania* fut au jour J en cale de radoub! Le montant des dégâts, hélas! irrita la direction de la SHO à Paris et la prime de neuf mille francs ne fut jamais payée à Marius. Alors, à chaque nouveau directeur commercial qui arrivait à son nouveau poste à la SHO de Port-Gentil, Marius rendait une visite de courtoisie. C'était plus symbolique qu'autre chose. Et chaque fois, la même scène.

Marius entrait dans le bureau du nouveau directeur, lequel, déjà prévenu, se faisait tout petit sur son siège. Il se présentait alors, mais l'autre savait déjà.

« Oh! voyez-vous, disait Marius, je suis venu pour cette petite prime... vous êtes sans doute au courant. »

« Oh oui! monsieur Marius, si ça ne dépendait que de ma seule décision, mais Paris, vous savez... »

« A Paris, c'est tous des cons! Mais avec vous ici, nous allons pouvoir régler ça sur place. »

« Mais c'est impossible, monsieur Marius... impossible, hélas! »

Alors Marius se levait, l'air méchant. Il prenait le directeur d'une main au col de la veste, de l'autre à la ceinture, et le soulevant, les pieds ne touchant plus terre, il le transportait au bout du wharf.

Derrière Marius, cramponnés à sa chemise, le retenant de tout leur poids, les employés de bureau gabonais suppliaient :

« Pardon patron, ne pas faire ça, pardon, laissez-lui! »

Inébranlable, pareil à un bulldozer, Marius continuait jusqu'au bout du wharf où il jetait le directeur dans l'eau. Ensuite, il allait au café du wharf tout proche, et là, au bar, il clamait : « Tournée générale! »

20

Pygmées
La chasse du général

– Mais enfin, Guizard, dis-je tout à coup, l'or...

Le guide de chasse dans son fauteuil sursaute.

Cette question me trotte dans la tête depuis le matin et vingt fois, j'ai failli la poser à notre guide de chasse.

– L'or? interroge Guizard, surpris. Que voulez-vous dire, monsieur Goulphin?

– Mais oui, lui répliqué-je, hier vous m'avez dit que dans les années 50, vous aviez quitté l'exploitation forestière pour l'or.

Nous sommes comme chaque soir à l'heure sereine où les bruits du campement se sont tus, et où nous passons en tête â tête d'agréables moments de bavardage.

– Effectivement, c'est bien à cette époque que la fièvre de l'or me prit, avoue Guizard.

Et après quelques instants de silence, rêveur, il commence :

– Le Gabon est un pays merveilleux et l'on ne connaît encore que bien peu de chose de ses richesses minières. Il est vrai que la carapace forestière est un sérieux handicap pour les prospections. Je ne connais de l'or que l'exploitation artisanale où l'on exploite des « flats », au long des rivières à vocation aurifère.

– Il n'existe donc pas de filons aurifères au Gabon, demandé-je.

– Il en existe sûrement, mais leur exploitation demanderait des moyens trop importants pour de simples chercheurs comme moi. L'or est un métal généreux, qui se laisse découvrir lorsqu'il reconnaît dans l'homme qui le cherche le courage et la persévérance. Un jour, j'étais parvenu dans une zone où un chercheur d'ethnie massango avait découvert de l'or dans le lit d'une rivière. Et d'autres, comme moi, se dirigeaient vers ces montagnes. Arrivé la veille, j'avais établi mon camp à mi-pente d'un piton. Ma tente était dressée sur un escarpement rocheux. En bas, juste au-dessous, j'entendais couler une rivière sur des cailloux. De grands arbres m'en cachaient le cours.

Ce jour-là, en fin d'après-midi, de violents coups m'intriguèrent et je vis alors un grand Noir qui, à coups de hache, abattait, en contrebas de ma tente, un énorme « fromager ».

Cet arbre est certes très grand et très gros, mais son bois n'est pas dur.

Réalisant que, si ce géant tombait, ses grosses branches risquaient d'atteindre ma bâche, j'interpellai vertement l'abatteur. Celui-ci, rassurant, me dit :

« Missié, lui ne peut pas tomber aujourd'hui, lui trop gros. Je le commence maintenant, je finirai lui, demain dans la journée. »

Je n'étais pas très rassuré. Ayant de la forêt et de l'abattage des arbres une certaine expérience, je lui intimai l'ordre formel de déposer sa hache. Ce qu'il fit de mauvaise grâce. Mais cet arbre, tel que je le voyais, pouvait s'abattre dans la direction de mon campement. Déjà entaillé à la base, je redoutais qu'un coup de vent, la nuit, le fît tomber sans prévenir.

Et je n'avais pas tort.

Deux heures avant le jour, le vent se leva très fort. Un craquement épouvantable et c'était la catastrophe. Seules, cependant, les branches atteignirent ma bâche et je sortis à quatre pattes d'un épais feuillage recouvrant mon « campement ». Aussitôt, fourmis et insectes de toutes sortes vivant dans ce feuillage m'envahirent. J'allumai vite un grand feu et j'attendis le jour, promettant au joyeux bûcheron une leçon exemplaire. J'étais furieux. Le jour pointait à peine, et encore engourdi, je faisais quelques pas alentour, contemplant les dégâts de mon camp dévasté et taillant une branche... à la dimension de ma colère envers l'imprudent abatteur.

Soudain de grands cris d'allégresse et de joyeux éclats de voix, là en bas, vers la base du « fromager ».

Je m'approchai pour voir ce qu'il en était. Si c'était ce bûcheron que j'entendais, il allait déchanter.

Et là, je vis effectivement mon bûcheron, radieux, à genoux, comme en prière. Il tendit ses mains vers moi, et je vis alors les pépites les plus étonnantes qui soient. Minces et longues, retenant prisonnières des racines fines comme des cheveux. Il en avait deux pleines mains. Il riait, fou de joie.

Ma colère tomba d'un coup et je ris avec lui, heureux de son bonheur. Le « fromager » tombant, ses racines s'étaient soulevées, dressant à la verticale des pans entiers de roche et de terre. Là, au long des racines, de l'or restait prisonnier. Notre bûcheron en récolta une pleine bouteille à whisky.

– Quelle chance! m'exclamé-je.

– Chercher l'or, voilà ce qui est captivant, ensuite... quand on l'a trouvé, ce n'est plus amusant du tout.

Je ne suis pas entièrement de l'avis de Guizard.

Mais celui-ci poursuit :

– Un jour, deux jeunes prospecteurs, deux frères, remontaient une rivière en pinasse. Le jour diminuait et ils décidèrent de s'arrêter pour la nuit. Ils avisèrent l'embouchure d'une rivière. Là, sur le banc de sable qui séparait les deux cours, un énorme taillis de bambous de Chine avait poussé. Mais ces bambous ont la réputation d'être un gîte à serpents. Les deux frères préférèrent coucher à bord de leur pinasse. Ils attachèrent donc leur « touline » d'ancrage aux bambous de Chine. Afin d'avoir de la place pour s'étendre à bord, ils mirent à terre, contre les bambous, les fûts et autres bagages qui gênaient. Ensuite, les bâches de protection de côté de la pinasse rabattues, ils se couchèrent.

Dans la nuit, une tornade terrible...

Le matin, les deux frères découvrirent qu'ils étaient au milieu de la rivière, toujours ancrés aux bambous. Mais ces bambous et le gros banc de sable qui les portait avaient été pendant la nuit détachés de l'embouchure par la violence du courant. Ils formaient maintenant une petite île au milieu de la rivière. Là-bas, sur la rive près de l'embouchure, amputée d'une moitié de ses bambous, les fûts et les bagages étaient restés. Nos deux frères détachèrent leur pinasse de leur île et allèrent sur la berge récupérer leurs biens. Et là, face à la coupe de terrain ouverte, au flanc de la berge d'où l'île avait été arrachée, ils virent à nu des traces bien nettes d'or. Ils firent donc leur campement à proximité de cette pointe, à l'embouchure. Ils extrayèrent de ce gisement quatre cents kilos d'or! Quelque temps après, ils quittèrent le Gabon.

Guizard s'accorde un temps de silence, que je respecte, imaginant le cours de ses pensées.

Et le guide enfin reprend :

– Dans le haut Ivindo, les gîtes aurifères sont importants certes, mais mettre les orpailleurs au travail n'est pas une chose facile. Là-bas, j'ai tout essayé, même les Pygmées.

– Vous avez approché des Pygmées! m'exclamé-je.

Étonné, Guizard me regarde :

– Bien sûr, la race existe toujours. Ce sont eux, sans doute, les premiers Gabonais. Chaque ethnie au Gabon a sa propre histoire. N'ayant pas d'écriture autrefois, ils ont fixé leur histoire par le conte et le chant. Et aux veillées de pleine lune, alors que la place du village tous sont assis en cercle, le conteur ou le chanteur rapporte les temps anciens. Leurs contes et leurs chants sont accompagnés du tam-tam, qui par saccades marque les temps forts des histoires. Et toutes ces histoires évoquent les épopées de la race, lorqu'elle parvint jadis au lieu où elle est fixée aujourd'hui.

Les Pygmées n'ont pas de maître! Et cela est bien vrai.

Nous étions donc dans le haut Ivindo et je remontais la Nouna en pirogue. A bord, ma deuxième femme Ibinga et trois pagayeurs, des Pygmées. C'était la première fois que j'en employais, ce fût aussi la dernière. La journée était déjà assez avancée et le placer aurifère où nous nous rendions, encore loin.

Tout à coup, le pagayeur de tête manifesta le désir

d'accoster, nous exprimant par gestes qu'il avait des coliques. Nous accostâmes, mais ma méfiance était en éveil. En effet, il suffit qu'un Pygmée repère une mouche à miel pour qu'il disparaisse à sa poursuite. Il ne reviendra qu'après avoir épuisé tout le miel de la ruche.

Je tenais donc à l'œil les deux autres Pygmées.

L'un deux se leva aussi, s'étira et fit signe que lui aussi voulait aller à terre.

J'hésitai, mais devant l'air souffreteux qu'il prit, je le laissai descendre. Un bon quart d'heure déjà et aucun d'eux ne revenait.

Je surveillais le troisième qui, resté dans la pirogue, paraissait... absent. C'est son air indifférent, je crois, qui m'alerta. Après avoir appelé en vain, je descendis à terre et relevai la piste de mes deux lascars. Les deux pistes convergeaient vers le même point. Maintenant, ils devaient être loin et se goinfrer de miel.

Un pressentiment me fit retourner rapidement à la pirogue. Effectivement, le troisième Pygmée avait lui aussi disparu. Et Ibinga me dit, dès que je fus à terre, que celui-ci m'avait suivi. Je ne l'avais même pas vu. Je ne le revis jamais. Mais nous voici donc avec une pirogue, chargée d'affaires, en haut de cette rivière. Que faire? Retourner certes, mais avec un courant pareil, une pirogue aussi chargée et nous deux, pagayeurs néophytes, cela paraissait impossible. Nous le fîmes pourtant, mais ce fut un véritable voyage aux enfers. Je me mis à l'avant de la pirogue. Ibinga à l'arrière. Nos pagaies bien en main, nous repoussâmes la pirogue de la berge et nous retrouvâmes au milieu du courant.

Là, l'épreuve commença. Alors que nous étions obligés de pagayer quand l'eau était calme, dès que nous approchions d'un virage l'accélération du courant était telle que nous l'abordions à pleine vitesse. Avec une pirogue aussi chargée et deux pagayeurs aussi peu entraînés, nous manquions souvent les virages, et passant au travers des feuillages, nous percutions violemment les berges. Cent fois, nous faillîmes faire naufrage. Dix fois, nous perdîmes une partie de nos bagages. Mille fois je promis aux Pygmées une agonie affreuse, le jour où ils me tomberaient sous la main.

Nous voyageâmes jusqu'à la nuit. Nous nous accordâmes alors un moment de repos. Toujours dans la pirogue et cramponnés tous les deux à pleines mains à une branche, pour retenir notre embarcation que le courant entraînait. Ensuite, lâchant la branche, nous repartîmes dans la nuit sur la rivière. La lune, par miracle, se leva. Cela nous évita une mort certaine. Alors que nous débouchions d'un virage, nous trouvâmes en plein milieu du courant un éléphant qui se baignait. Notre bonne étoile voulut que nous passions à trente à l'heure, au ras de sa croupe et non devant sa trompe. Il eut aussi peur que nous et barrit de panique alors que nous étions muets de frayeur. Jamais de nuit je n'ai vu un éléphant d'aussi près. Tantôt pagayant, tantôt entraînés par le courant, griffés par les branches des berges, perclus de fatigue, nous arrivâmes à notre point de départ au petit jour.

Notre campement nous apparut sur la berge dans les couleurs pâles du jour qui s'annonçait. Arrivés à notre bâche, nous nous jetâmes sur notre lit et restâmes étendus le corps endolori, l'esprit vide, jusqu'au lendemain...

– Je suppose que vous n'avez plus jamais engagé des Pygmées, dis-je à Guizard.

Il me regarde, puis haussant les épaules :

– Oh ! vous savez, en Afrique on a de brusques colères, mais on oublie très vite. Un matin, à mon débarcadère se tiennent deux Pygmées attendant que je sorte de ma bâche. Leur vue me met de mauvaise humeur ! Je m'avance peu amène et, prudents, les deux gars reculent vers leur pirogue, prêts à détaler. Mon cuisinier approche et les interroge. Leur dialecte est difficile à comprendre, même pour un Gabonais. Après un instant d'explications bafouillées par l'un des Pygmées, le cuisinier me dit : « Le chef des Pygmées, là-bas, après les chutes, a une femme enceinte qui ne peut pas faire son enfant. Il dit qu'elle va mourir si tu vas pas la voir. »

– Mais, dis-je, vous n'étiez pas médecin, pourquoi venaient-ils vous trouver ? Comment font donc les femmes d'habitude ?

– En effet, d'habitude leurs femmes accouchent normalement. Mais autrefois, lorsqu'en brousse une femme ne parvenait pas à « sortir » son enfant et que les matrones avaient épuisé tout leur savoir, le « sorcier » sortait au couteau l'enfant, morceau par morceau.

Incrédule, je regarde le guide de chasse.

– Que vouliez-vous donc qu'ils fassent? Quand la femme est épuisée et ne peut plus forcer, que l'enfant ne sort pas, les deux vont mourir. En sacrifiant l'enfant, on sauve la mère. La mère vivante est une valeur de par sa place dans la famille et le clan. Cependant, après avoir épuisé le savoir des matrones et la science des sorciers, avant l'ultime recours au couteau, s'il y a un Blanc dans le coin, pensant que le Blanc connaît tout, ils viennent le voir.

J'étais certainement plein de ressentiment envers les Pygmées, mais tout de même, dans un cas pareil, on ne peut pas rester insensible. Je me rends donc dans leur village, au-delà des chutes. Rien sur la berge ne signale un village. De même je n'y vois personne. Mais à peine ai-je mis pied à terre que je suis entouré d'une dizaine de Pygmées, sautant et piaillant, heureux de me voir venir à leur secours. Ils me précèdent sur la piste et nous arrivons à une clairière. Au centre de la clairière, un grand feu, coiffé d'un grand fumoir. Sur le pourtour, de petites cases rondes en forme de demi-oranges, couvertes de larges feuilles. L'entrée de ces cabanes est une ouverture basse, que protège un auvent arrondi, un peu comme l'entrée d'un igloo.

La femme est dans l'une de ces cases où de l'intérieur me parvient un chant plaintif, une lamentation. Je demande qu'on sorte la femme. Tous me regardent, horrifiés. Leurs femmes n'accouchent jamais dehors, au jour. Je risque donc ma tête à l'intérieur et me recule aussitôt, suffoqué par la fumée et une odeur âcre indéfinissable. Rentrer en entier là-dedans, pas question! Je sais les Pygmées très sales, remplis de poux et de morpions. Donc je refuse tout net et retourne sur mes pas.

Alors ils me suivent en courant et m'expliquent avec force gestes qu'ils vont faire, pour que je puisse travailler, une case plus grande.

Je retourne vers le village. Plus de dix hommes s'agitent déjà dans la clairière. Ils entreprennent de dresser rapidement quelques piquets et y posent un toit de larges feuilles. En vingt minutes, une espèce de hangar est construit. Ils tendent des nattes et des peaux comme cloisons. La case ainsi faite est de ma hauteur, et à l'intérieur il n'y fait pas trop sombre.

Ils sortent la femme gémissante de la case ronde et, enfouie dans une couverture, ils l'amènent dans la nouvelle case. Là, je la fais étendre au sol, sur des feuilles. De ses mains elle cache son visage. Son ventre est énorme, le père n'est sûrement pas un Pygmée, mais un Noir. En effet, si une femme pygmée a un enfant d'un homme de grande taille, le bébé peut être très volumineux; l'accouchement est alors toujours difficile et même dangereux. De plus, les femmes pygmées ont le bassin très étroit.

Je demande de l'eau que l'on m'apporte dans une large calebasse. J'ai un morceau de savon de Marseille et les ciseaux de ma femme. Je me coupe les ongles et savonne mes mains. Puis je réclame de l'huile. Ils n'en ont pas. Ils m'apportent sur une large feuille une graisse jaune qui doit être de la graisse de porc-épic. Je m'en enduis largement les mains. Maintenant on peut commencer.

Je la mets sur le dos, reposant sur ses omoplates et les jambes en l'air, genoux pliés

Après de longs moments d'efforts, je m'arrête, inquiet. Sous mes doigts en traction, quelque chose a craqué dans le pelvis de la femme. Elle crie doucement à petits coups comme quelqu'un qui va mourir. Et soudain, j'ai peur qu'elle finisse là, tout à fait. Alors je fais vite. Elle hurle et... voici enfin l'enfant dehors! Énorme ce bébé! Son père n'est sûrement pas un Pygmée! Je le remets aux matrones. Et là, devant moi, alors que tout à l'heure dans un réflexe d'hygiène je me suis lavé les mains, je vois les vieilles matrones édentées prendre une pleine bouchée d'eau à la calebasse et venir la rejeter sur le bébé.

Je sors de la case sans retard, ayant besoin de respirer le bon air au-dehors. Je retourne à mon campement et là je raconte à Ibinga, impatiente de curiosité, cet accouchement insolite.

Le lendemain matin au jour, deux Pygmées sont là à nouveau au débarcadère, m'apportant une poule et, dans un sac de feuilles, une vingtaine d'œufs.

Dans leurs yeux j'ai cru voir une lueur d'amitié.

– D'amitié, dites-vous ? Mais ils auraient pu vous dire merci.

– D'amitié, cher ami, peut-être... mais avec les Pygmées je n'ai pas eu que des contacts amicaux. Un jour, en colère pour je ne sais plus quel palabre, je me saisis d'un chef pygmée et le balançai à l'eau. Or, un Pygmée ne se lave jamais. Il ressortit de la rivière frissonnant, furieux et... rouge ! Car si les Noirs, ici, sont très propres et passent une partie de leur vie à se baigner, les Pygmées, eux, ne se lavent jamais et leur peau, rougeâtre au naturel, n'est noire que par la pellicule de crasse, de poussière ou de suie qui s'y agglutine au fil des jours.

Et riant soudain au souvenir sans doute d'une autre aventure avec les Pygmées, le guide de chasse poursuit :

– Pourtant il m'est arrivé de passer une nuit chez les Pygmées. Je reçus un jour, par courrier officiel, une note m'informant que le général R. serait mon hôte et souhaitait chasser l'éléphant. Il arriva la semaine suivante. Assez grand, sec, nerveux. Le même jour, je vis arriver du chef-lieu de province... trois gendarmes. Un adjudant-chef, taillé comme une armoire, rigolard d'habitude, mais ce jour-là sérieux comme un pape. Deux gendarmes l'accompagnaient. Ayant connaissance du séjour du général, ils se présentaient soucieux d'assurer auprès de celui-ci une « protection rapprochée ». Ce dessein, à demi avoué, ne plut pas au général, qui préférait « qu'on lui foute la paix ».

Le lendemain donc, nous partîmes en safari, le général et moi, flanqués de notre pisteur Makita. Mais les gendarmes, « indécrochables », nous suivirent.

Le général, d'abord réticent, finit par les accepter. Par la suite, j'ai pensé qu'il voulait ou s'en débarrasser en cours de route, ou leur faire payer leur excès de bonne volonté. Car...

Ce général faisait, disait-il, des pas de... soixante-quatorze centimètres et ne s'en privait pas ; ainsi foncions-nous sur les pistes, tant en savane qu'en forêt, au pas du chasseur alpin en parade.

Makita lui-même, mon pisteur, qui marchait devant le général, en avait les talons endoloris, tant le général le suivait de près. Moi, vu mon poids léger, je tenais le train. Mais les gendarmes, garçons solides et depuis de longs mois sédentaires dans leur poste, tiraient la langue. Le général, lui, fonçait toujours.

L'adjudant-chef, handicapé par sa taille, se prenait souvent dans les branches. Les pieds emprisonnés dans des lianes, ses chutes étaient parfois spectaculaires. Il faisait, en touchant le sol, autant de bruit qu'un okoumé qu'on abat. Le deuxième gendarme ne parlait pas, retenant son souffle et rêvant à un whisky bien frais avec un glaçon « tintillant ». Le troisième, lui, pourtant le plus jeune, suivait le train, ménageant son souffle. Mais à voir son visage, on devinait qu'il lui tardait que ce « cirque » finisse.

C'est ainsi, à vive allure, pressant notre pisteur, que nous arrivâmes près d'un éléphant, peu habitué à une approche pareille. Le combat fut « chaud ». Le général mit en joue rapidement. Les gendarmes déjà se rapprochaient, déterminés en cas de coup dur. Timidement, à côté du général, je restais attentif, ma carabine à la main. Mais ce général avait décrété, alors que la veille je m'informais : « Non, laissez-moi faire ! Je connais ! je m'en charge seul. » Dans ce cas-là, le guide ne doit tirer que si son client est en danger.

Le coup partit, brutal.

La bête pivota, fit face, soufflant, la trompe en l'air.

Le visage de l'adjudant-chef resta de marbre et il ne bougea pas un cil. Les deux gendarmes se rapprochèrent dans le dos de leur adjudant-chef. Le général lâcha un deuxième coup, puis un troisième très vite. L'éléphant barrit très fort. Allait-il charger ? Je levais déjà ma carabine, ne souhaitant pas que par ma faute la France perdît un général. Mais la bête pivota et fonça dans le sous-bois, dans un fracas de branches brisées.

Le général poussa un juron et s'élança. Fermement, je le calmai et lui montrant les traces, lui dit :

« Maintenant laissez faire Makita, mon général, un éléphant est toujours au bout de ses traces. »

Qui eût dit mieux ?

J'en conviens en hochant la tête, et le guide de chasse continue :

– La poursuite commença. Sur la piste... du sang. Du sang rouge et parfois une trace rosée. J'en déduisis qu'il avait probablement une blessure à la tête et une autre aux poumons.

Nous marchâmes sans arrêt tout l'après-midi, ne prenant même pas le temps de casser une croûte. Par contre, le général, de temps en temps, marquant un bref arrêt, sortait de sa large poche une boîte argentée et, se tournant vers nous, nous offrait alors... un carré de sucre ! « C'est irremplaçable, assurait-il, pour compenser l'effort. » La mimique de l'adjudant-chef gobant son sucre était inimitable. Lui qui était habitué à des déjeuners réputés copieux. Lui dont la femme était, et c'était vrai, un parfait « cordon bleu »... Quel régime ! Quant aux deux gendarmes, après s'être assuré du regard de la position de leur adjudant-chef, ils suivaient, résignés.

Nous voici à la rivière. Depuis cinq heures nous marchions sans arrêt, derrière ce maudit éléphant. Je dis alors au général :

« Cet éléphant monte vers la grande piste qui va vers le Congo. Nous ne le rattraperons pas. Ses blessures ne sont pas mortelles. »

Le général me fusilla du regard, repartit sur la piste à enjambées de soixante-quatorze centimètres.

Nous traversâmes une rivière et l'eau nous parut froide. Derrière nous, les soupirs des gendarmes que ce bain de pied forcé délassait un peu. En effet, leurs chaussures lourdes et réglementaires leur avaient mis les pieds en feu.

Nous avions maintenant de l'eau jusqu'à la ceinture. Enfin nous voici sur la berge.

Me retournant, je vis alors un spectacle inattendu.

Debout, sortant à l'instant de l'eau, le gendarme, son pantalon descendu sur les chaussures, contemplait, lui-même surpris, ses jambes nues couleur « aspirine » et son caleçon blanc à fleurs d'un air contrit et chagrin. En effet, au passage dans la rivière, les grandes poches de son treillis s'étaient emplies d'eau et le poids avait abaissé son pantalon.

Nous éclatâmes de rire, le général daigna sourire.

Et la poursuite reprit.

Maintenant la montagne.

Makita devant, assez râleur.

Le général, toujours sur ses talons.

Moi ensuite.

Et derrière nous, s'épaulant mutuellement, les gendarmes, l'adjudant-chef en tête.

L'éléphant devait être loin, mais la nuit était proche.

Où allions-nous coucher?

Makita me dit :

« Patron, y en a un village pygmée là-devant, leurs traces même sont là. »

Et il me montra en effet une branche « pliée » et non coupée, sur le bord de la piste. Ainsi font les Pygmées quand ils veulent se déplacer silencieusement, car une machette qui frappe une branche est toujours bruyante. Prenant l'initiative, sans demander son avis au général, je dis à Makita :

« En avant, direct sur les Pygmées. »

Nous arrivâmes dans leur village. Il faisait déjà nuit. Mais ils avaient dû nous observer sur la piste dans la forêt proche, alors que nous ne les avions même pas repérés. Leurs femmes, serrant leurs enfants contre elles, étaient dans l'ombre, à l'entrée de leurs cases. Les hommes se tenaient accroupis à côté du feu, visages fermés et hostiles. Je m'approchai, suivi de Makita, qui traduisit : « La place pour coucher. »

L'un deux se leva et, le regard bas et sournois, me conduisit vers une espèce d'appentis, composé d'un toit de feuilles reposant sur de maigres piquets.

Notre groupe s'installa dans ce faible abri. Le feu éclairait parcimonieusement le campement. Par moments, quand un morceau de viande ou de graisse tombait du fumoir sur les braises, des étincelles jaillissaient et une flamme plus vive lançait un rayon de lumière fugitif.

Je fis ouvrir notre musette et nous mangeâmes nos provisions, que le sucre imposé par le général avait permis d'économiser. Ensuite, résignés, chacun de nous choisit une place pour s'étendre. Je ne sais pas dormir à plat, je mis donc une bûche sous ma tête comme oreiller. Le général voulut en faire autant. Alors à tâtons, il ramena une chose sombre et assez souple, puis y posa sa tête. Il se tournait, se retournait et, à moitié endormi, me confia : « Guizard, ça pue la charogne et la merde. »

Je lui répondis par un grognement, déjà pris par le sommeil.

Au matin, nous nous levâmes avec le jour. Je remarquai alors que la joue gauche du général avait une teinte jaunâtre et j'en fus inquiet. Étonné de ma mimique, le général m'interrogea. Il passa la main sur sa joue et la ramenant poisseuse, il la renifla et fit une grimace. « Ça pue la merde! »

Alors nous nous aperçûmes que l'oreiller du général était un gigot d'antilope, si avancé qu'il en était vert pomme!

Le général, ce matin-là, décida d'arrêter la poursuite. Le soupir des gendarmes fut entendu loin sans doute dans la forêt, car soudain les chimpanzés déchaînés lancèrent leurs clameurs là-bas vers la vallée.

Nous prîmes donc le chemin du retour.

21

Un singe snob

Guizard m'emmène ce matin encore voir les gorilles. Échaudé par nos précédentes tentatives, le guide de chasse ne me laisse pas beaucoup d'espoir. Les gorilles sont des animaux de pleine forêt et ne se hasardent en savane que le temps du passage d'une forêt à l'autre.

– Peut-être mon gorille-frigo va-t-il nous faire son numéro... dit Guizard.

Il a ainsi surnommé un gros mâle déjà vieux qui a pour sa sieste une préférence marquée pour un boqueteau qui a poussé sur les ruines d'une vieille case incendiée. De cette case, il reste encore debout un vieux réfrigérateur à pétrole tout rouillé.

– J'ai un jour, m'a confié Guizard, ouvert ce vieux frigo, et un grand mamba noir qui s'y cachait m'a sauté au visage...

Nous approchons...

Soudain, à ma joie mêlée d'un peu d'appréhension, le gorille-frigo surgit du bosquet, imposant. Son poil est grisâtre et son cimier est couvert de poils cuivrés.

Il pousse un « rauquement » sonore et nous fait face.

La voiture est arrêtée et nous descendons avec précaution.

Alors le gorille se redresse de toute sa taille, et martèle sa poitrine de coups de poings. Il paraît furieux et nous injurie violemment.

J'ai failli demander à Guizard : « Que dit-il ? »

Nous sommes immobiles et cela paraît l'intriguer.

Trente mètres nous séparent.

Maintenant il gesticule et marmonne à voix basse. Et soudain, méprisant, il nous tourne le dos et part vers la forêt. Puis brusquement, il fait volte-face et nous crie très fort un avertissement que nous ne comprenons évidemment pas.

Nous ne bougeons toujours pas. Alors, il repart, risquant par moments un coup d'œil par-dessus son épaule.

– Il est content, dit Guizard. Il a fait son numéro.

Nous repartons. Nous ne rencontrons malheureusement pas d'autres gorilles.

– Les gorilles, me confie Guizard, ont mauvaise réputation, mais ce sont en réalité des bêtes bien tranquilles. Elles ne deviennent dangereuses qu'en cas d'agression, ou si vous approchez leur famille de trop près. Lorsque j'avais ma case à la Boamba, tout au haut d'une colline, j'avais comme proches voisins toute une famille de gorilles qui campaient au sommet de la colline en face. Nous nous voyions tous les soirs – cent cinquante mètres à peine nous séparaient. Une heure avant la nuit, ils arrivaient et occupaient le kombo-kombo (parasolier) qui couronnait leur colline. Les plus petits, tout en haut de l'arbre, jouaient avec les graines et les feuilles en attendant la nuit. Les femelles logeaient à hauteur des fourches et restaient calmes. Les mâles se réservaient les branches basses, où ils apportaient des branches brisées et feuillues pour faire leur lit. Au sol, le gros mâle veillait, assis sur ses fesses, mais l'œil attentif. Nous n'eûmes jamais de palabres de voisinage. Ces bêtes sont paisibles si on ne les dérange pas. Mais leur force est terrifiante. Alors que nous prospections dans les monts du Chaillu, les rencontres avec les gorilles étaient fréquentes. Tout se passa bien jusqu'au jour où le chien de mon contremaître poursuivit une femelle. Le grand mâle intervint rapidement et ayant saisi le chien, il l'écartela littéralement. J'ai vu aussi le fusil de mon ami V. saisi à pleines mains par un grand gorille, et plié en deux comme une épingle à cheveux. Quant aux histoires de gorilles s'attaquant aux femmes pour les violer, ce ne sont que des légendes ou billevisées de Blancs intoxiqués par quelque bande dessinée. Ici, je n'ai jamais entendu parler de femmes violées par un gorille. Par contre, j'ai connu des femmes qui ont été attaquées, mais toujours dans les plantations. Soit qu'elles aient voulu chasser les gorilles de leurs bananeraies, soit qu'elles portaient dans leur panier-hotte, sur le dos, un beau régime de bananes.

Je suis un peu sceptique. J'ai lu quelque part le récit d'un prospecteur des monts de Cristal qui avait dû se résoudre à abattre un gorille, qui tous les jours venait contempler sa femme à la toilette. Chaque jour il s'approchait davantage de la case...

Et Marcel Sauvage, dans son célèbre reportage *Les Secrets de l'Afrique Noire* *, raconte comment un vieux broussard habitant avec ses deux filles dans une autre région à gorilles du Gabon, les montagnes du Mayombé, avait miné les alentours de sa maison pour la faire sauter, au cas où les « copains » l'auraient attaquée en bande.

« Vous comprenez, disait-il, j'veux pas que les petites deviennent des putains. »

Je rapporte ces faits à Guizard qui me regarde, éberlué. Lui émet deux hypothèses et me les confie.

– Dans le premier cas, le prospecteur n'avait jamais vu de gorille, ou bien sa femme devait être... très poilue! Dans le second cas, ce vieux broussard devait consommer du mauvais whisky et cela lui occasionnait des cauchemars lubriques.

Et le guide de chasse continua :

– Alors que je prospectais pour le diamant, vers les sources de la Waka, en 1952, je parcourais chaque jour de grandes distances en forêt, au sud de la région des Abeilles. Quelquefois je rentrais très tard et il m'est même arrivé de ne pas rentrer du tout, car perdu en forêt. Bien sûr, avant de me résoudre à préparer ma bâche pour la nuit au pied d'un arbre, j'avais essayé tous les moyens possibles pour situer mon campement. J'avais toujours avec moi, outre mon fusil, une lampe-torche, une boussole et une « pibole » que j'utilisais autrefois en France lors des battues au sanglier et qui m'avait suivi au Gabon.

* Éditions Grasset/Aventures.

Ne retrouvant pas la bonne piste, du haut d'une montagne je soufflais dans ma trompe. Le son portait très loin. Si par chance, au campement, ils entendaient, alors ils répondaient en cognant très fort du talon de leur hache sur le contrefort d'un arbre. Le son me revenait et me donnait la direction à suivre. Ce soir-là, j'avais tout essayé. A mes appels de trompe, seuls les toucans avaient répondu. Je me résignai donc, et serrant des feuiles dans le contrefort d'un arbre, je préparai mon gîte pour la nuit. Je ne pus faire du feu, mes allumettes humides refusaient de s'allumer. La nuit vint. Mon fusil entre les genoux, ma lampe à portée de main, accroupi, j'essayai de ne dormir que d'un œil. Les heures s'écoulaient, infinies. Seul, par moments, le cri d'une chouette. Par deux fois cependant, le daman cria son effroi. Je me secouai, dans mon demi-sommeil, ayant cru entendre un craquement. Je tendis l'oreille et soudain, à quelques mètres, une branche tomba avec un bruit sec. Je levai la tête vers les branches d'un arbre voisin. Un oiseau ou un lémurien pouvait avoir fait tomber une branche sèche. Et pourquoi pas un serpent? Je pris alors ma lampe électrique et mon faisceau éclairant les branches parvint à une large fourche. Là, énorme, la masse noire d'un immense gorille reposait. Dans le rayon il cligna des yeux, en grognant sourdement. Dérangé lui aussi dans son sommeil, sans doute voulut-il changer de place. Alors, pour s'aider, il avança une large main vers la branche et trompé par la lumière, il étreignit... l'ombre portée de la branche. Cela le déséquilibra et, avec un cri rauque, il tomba. Au sol, un bruit sourd, lourd, et un grognement inarticulé. Nous trouvant maintenant au même « étage », je jugeai plus prudent de mieux situer, sans retard, mon éventuel agresseur. Ma lampe le retrouva et s'attarda sur sa silhouette massive. Il me tournait le dos. Il se retourna lentement, avec précaution, ses deux mains étreignant ses reins. Et là je crus voir le concierge de ma cousine Julia, le jour où s'étant pris les pieds dans un tapis, il dévala les escaliers sur les fesses. Il fixa le rayon lumineux, cherchant à me voir. Sa mimique butée traduisait bien son ressentiment. Puis, mécontent, marchant avec précaution, il s'éloigna dans l'obscurité en marmonnant sourdement.

Je restai quand même vigilant jusqu'au jour... Parler de gorilles me rappelle ma première frayeur en brousse, à mes débuts de forestier.

Ce matin-là, j'avais quitté ma case au jour, et j'étais parti seul, coupant à travers brousse, vers les zones d'abattage d'okoumé. La piste que j'avais prise était peu fréquentée et fort accidentée, mais m'épargnait le long détour de notre piste principale. La forêt était silencieuse et je m'étonnais de n'entendre ni chimpanzé ni gorille. Les gorilles!

Alors que nouveau venu au Gabon, je m'étais attardé au bar du wharf à Port-Gentil, j'écoutais un « ancien », à cette heure, il est vrai, imbibé de whisky, nous raconter ses chasses, et parlant de gorilles, il assurait : « Le gorille c'est un balèze, d'accord, mais c'est un bluffeur. S'il vient vers toi et qu'il se met à se marteler la poitrine à coups de poing en gueulant, alors prends-le au mot. Tu lui fais face, tu le regardes droit dans les yeux, et là, tu cognes fort sur ta poitrine. Y se déballonne! » Et c'est l'air farouche et roulant des yeux terribles que notre « ancien » nous donnait ces conseils. Je n'appris que bien plus tard qu'il était mécanicien au port et n'avait jamais mis les pieds en brousse. Mais ce jour-là, je ne le savais pas encore.

Je cheminais donc sur cette vieille piste lorsqu'en bordure d'une flaque boueuse, je vis la trace toute fraîche d'un pied énorme. Un pied de gorille! Je regardai instinctivement tout autour. Pas de gorille. Mais là, en haut d'un talus, une trouée dans la végétation. Je pris mon élan, et d'un bond j'atteignis la trouée dans la végétation, manquant percuter en plein dans son dos un gorille paisiblement assis, décortiquant une gousse de kombo-kombo. Nous eûmes l'un et l'autre une sacrée peur. Il poussa un aboiement rauque et brusquement il fit face, grimaçant, agressif, et deux coups de poing appliqués violemment sur sa poitrine éclatèrent à mes oreilles, comme deux coups de canon.

D'un seul bond, je fus à nouveau sur ma piste. L'idée ne me vint pas de lui faire face. Et sûr de ne pas faire le poids, je piquai un sprint dont je me souviens encore aujourd'hui avec orgueil. Je suis sûr que Jesse Owens lui-même en aurait été sidéré.

Mais derrière moi, le gorille fonçait, rassemblé en une énorme masse noire, courant bizarrement à quatre pattes, cahotant mais rapide. Je le distançai au départ, mais alors que ma piste épousait une courbe, il surgit sur ma gauche, ayant coupé au plus court en forêt. Il me loupa de peu, mais affolé de le voir aussi près, je décollai dans un rush éblouissant et le laissai pratiquement sur place... Nous ne nous sommes jamais revus.

La Toyota nous ramène à travers la savane, vers le campement.

Nous sommes secoués, Guizard me dit :

– Je regrette que nous n'ayons pas encore rencontré de koulou-kamba.

– Qui est-ce ? demandé-je, surpris.

– Oh ! pour beaucoup, c'est un inconnu.

Je suis franchement intrigué, mais dans cette cabine cahotante et dans le bruit de ce moteur, la conversation n'est guère facile.

– Faites-moi penser à vous le présenter ce soir, me dit en riant le guide de chasse, cramponné à son volant.

Un vol de flamants roses se dirige vers les bancs de sable de l'embouchure. Que d'harmonie dans le vol de ces oiseaux magnifiques sur les tons pastel de ce ciel au coucher du soleil ! De notre véranda, nous faisons face à la lagune qui s'assombrit.

Une grèbe laisse sur l'eau un sillon qui frissonne.

Pas un bruit. La nature se recueille à cette heure. Et tendant vers Guizard mon verre où tintent des glaçons, je lui dis :

– Parlez-moi donc du koulou-kamba.

Souriant, il me sert un whisky et commence.

– Le koulou-kamba est, comme je vous l'ai dit, un inconnu pour beaucoup. Moitié gorille, moitié chimpanzé, il n'est ni l'un ni l'autre, et encore moins un bâtard des deux, comme certains voudraient nous le faire croire. Non! le koulou-kamba est un grand primate dont l'espèce est plus avancée que celle de ses « cousins », gorilles et chimpanzés. Presque aussi grand qu'un gorille, mais plus longiligne. Avec un cou plus long, qui marque bien la séparation de la tête et du tronc, il se déplace beaucoup plus fréquemment debout. Quant à sa ressemblance avec le chimpanzé, elle se limite à la face et au comportement « drolatique ». Le gorille est plutôt taciturne et morose. Le chimpanzé est un vrai clown! Par ailleurs, si la femelle du gorille prépare son nid à la fourche d'un arbre en confectionnant une plate-forme en branchage, la femelle du koulou-kamba ajoute à celle-ci un toit de même conception.

Certains « scientifiques » paraissent s'y intéresser. Des savants belges, danois, anglais m'ont écrit. Mais ils me réclament... des têtes. Alors vous comprenez!

Un jour, j'accompagnais un client chasseur et nous étions au repos, en brousse, à l'heure du pique-nique. Je le laissai se reposer quelques instants, avec nos deux porteurs pour lui tenir compagnie. Je m'éloignai avec mon pisteur vers la rivière, à la recherche d'une piste fraîche de situtonga, la grande antilope aux belles cornes que vous avez vue sur la plage. Soudain, un coup de feu nous mit en alerte et nous rejoignîmes notre client en courant. Nous le retrouvâmes tout près de notre halte du déjeuner. Il s'était déplacé à la rencontre des singes qu'il avait entendus. Mais là, à terre, gisait une jeune femelle koulou-kamba qui râlait doucement.

Je me tournai vers cet homme et je le regardai dans les yeux... J'avais une envie folle de lui balancer ma main sur la figure. A ce moment-là, nous entendîmes comme un vagissement dans la végétation à côté. Je me penchai et vis un tout-petit, roulé en boule, me regardant de ses yeux tout ronds. La femelle agonisante s'est alors soulevée sur un coude, elle haletait. Ses yeux chavirés cherchaient l'enfant qu'elle entendait. Et soudain, elle me fixa, me regarda intensément et je lus dans ses yeux une ultime supplication... et comme un reproche infini. Puis du sang lui vint aux babines et coula sur son menton. Elle s'affaissa, et le silence s'appesantit sur nous.

Les vagissements du bébé me ramenèrent aux réalités. Mon pisteur regardait durement le client qui, penaud, ne disait rien. Je pris le petit koulou-kamba dans mes bras. Il m'enlaça et sa main dans mon dos cramponnait ma chemise. Il me tenait très fort. Je passai devant mon client et lui dis d'une voix sans réplique : « Nous rentrons. » Tête basse, il me suivit sans un mot.

Guizard se secoue et reprend :

– Il existe aussi parmi les chimpanzés un chimpanzé nain, bien qu'il soit tout de même d'assez bonne taille. Sous le poil, la peau de sa face est blanche, sur sa tête, les cheveux sont plutôt courts, alors que sur le côté du crâne, ils forment une couronne de poils plus longs descendant jusqu'au cou, un peu comme la coupe de cheveux de Léo Ferré. Il est, je crois, plus intelligent que les autres chimpanzés. On le surnomme aussi, je ne sais pourquoi, chimpanzé « affreux ». J'en ai eu un tout jeune, alors que j'exploitais à N'dendé le Relais Saint-Hubert. Il était devenu la vedette de l'auberge. Je lui réservais sa table au restaurant, mais je lui avais interdit le bar, car plus rapide que la barmaid, il se servait lui-même. Le matin, au petit déjeuner à la terrasse du Relais, il s'installait à sa table. Le boy lui apportait son couvert et versait dans « son » bol du chocolat au lait. A côté de lui, ses tranches de pain et son beurre. La confiture était dans un pot où il lui était interdit de mettre les doigts. Je dois vous dire que ce fut ardu pour l'habituer à ne pas le faire. Imitant à la perfection les gestes des humains, il beurrait sa tartine et la recouvrait de confiture. Ensuite, il la trempait dans son chocolat. S'il se salissait, vite il reposait son bol et prélevait une serviette en papier dans le paquet qui lui était réservé. Et alors il s'essuyait consciencieusement. Il faisait de ces serviettes une consommation effarante. Cependant, attention! Quand il consommait, il ne fallait jamais rire. Si un rire fusait, alors il se fâchait, vous insultait et descendait de sa chaise, prêt à la bagarre.

La bagarre d'ailleurs, il connaissait ça. Il avait comme

ennemi personnel un vieil ivrogne banzabi. Ce Banzabi, toujours en état second, escaladait les palmiers et plaçait au faîte ses calebasses pour récupérer le vin de palme. Notre chimpanzé avait observé le manège et, profitant de l'absence du Banzabi, grimpait au palmier et buvait le vin jusqu'à la dernière goutte. Ensuite, titubant, il regagnait sa niche et y dormait du sommeil du juste.

Mais un jour, alors qu'il s'était attardé sur les lieux de son larcin, voilà que surgit le propriétaire des calebasses. Notre chimpanzé, assailli d'insultes par le Banzabi, descendit en vitesse du palmier, injuriant à son tour son agresseur. Et chacun dans leur langue, les deux ivrognes se dirent les pires insanités. Excédé et à court d'arguments, le Banzabi, saisissant une brique, la jeta sur le chimpanzé. Mais le manqua!

Alors le chimpanzé « affreux » ramassa la brique et la lança vers l'autre ivrogne qui la reçut en plein front. Il s'effondra. Nous nous précipitâmes pour le relever. Pendant ce temps, le chimpanzé faisait les cent pas sur la terrasse, roulant des mécaniques, s'applaudissant lui-même, étonné qu'on ne l'ovationne pas.

Cependant, ce chimpanzé devenu adulte prit une bien mauvaise habitude. C'était une femelle, et bien que jamais elle n'ait connu le mâle, l'instinct de maternité devait la préoccuper. Elle montait aux grands arbres de la concession, et là-haut, à la fourche des branches, elle faisait son nid. Puis un jour, elle captura un petit cabri, et le tenant dans ses bras comme on porte un bébé, elle le monta là-haut et l'installa douillettement. Sans doute eut-elle un moment d'inattention, car le petit cabri tomba de plus de trente mètres. Au sol, disloqué, il ne bougeait plus.

Alors, là-haut, se déchaînèrent les clameurs les plus déchirantes, et notre femelle se laissa glisser le long de l'arbre. Elle alla au petit cabri, le retourna, le cajola. Et comme il ne bougeait plus, elle vint vers moi, suppliante, et me prenant la main, elle m'entraîna vers le petit corps, mendiant mon aide pour lui rendre la vie. Par la suite, elle récidiva encore avec d'autres cabris.

Mais moi je craignais surtout qu'un jour elle ne fasse le

même essai avec un enfant. Vous imaginez le drame. Justement, notre voisin, le Dr M., avait deux fillettes, bien mignonnes, qui souvent venaient rendre visite à notre chimpanzé. Alors je dus, la mort dans l'âme, me résoudre à la mettre en cage. Mais que de regrets et de honte lorsque je la voyais cramponnée à ses barreaux...

Et depuis ce jour, je n'ai jamais accepté d'avoir à ma case un singe ou un oiseau. J'estime que c'est un crime envers le Dieu de la nature que de les mettre en cage.

Le guide de chasse nous resservit à boire et ajouta dans nos verres de nouveaux glaçons.

Il poursuivit :

– Même les petits singes sont attachants, et lorsqu'on les perd, on en garde toujours chagrin et amertume. Certains cependant sont de vrais larrons.

A la plaine Mavassa, mon poulailler diminuait de jour en jour. Le jardinier que je rendais responsable, voulant se disculper, monta une garde sévère. Un soir, il vint me trouver.

« Missié, me dit-il, moi conné maintenant le voleur, c'est qualité le singe noir. Nous faire le piège. »

Le lendemain en effet, je pris à mon tour la garde. Je m'étais assis dans l'appentis du jardinier, guettant par l'interstice des bambous.

En bordure de la concession, une troupe de singes batifolait dans les branches. De grands singes noirs appelés ici « mécaniciens ».

Tout à coup, le grand coq blanc sonna l'alarme. Une poule s'égosillait derrière le poulailler. Et je vis l'un de ces « mécaniciens » se sauver, étreignant une poule qui se débattait et perdait ses plumes. Dans les arbres, les autres « mécaniciens » manifestaient. Le voleur les rejoignit et toute la troupe disparut.

Mon jardinier fabriqua donc son piège.

Les trois premiers jours, pas de résultat. Cependant, il manquait toujours une poule par jour. Mais le quatrième jour, un grand « mécanicien » fut pris au piège. Mon jardinier, armé d'une sagaie, allait le tuer. Je l'en empêchai. Appelant en renfort le personnel de l'atelier de mécanique, nous nous saisîmes du singe et l'immobilisâmes. En lisière de la forêt, les « copains » du prisonnier manifestaient bruyamment. Alors, utilisant un grand pinceau et la peinture blanche réservée à l'entretien de notre pinasse, nous le peignîmes tout en blanc, de la tête à la queue. Les yeux inquiets roulaient effarés et il poussait des cris déchirants. Maintenant il était presque sec. Alors je lui rendis la liberté. Il partit comme une flèche et fonça vers ses copains.

Là-bas des cris d'alarme déclenchèrent la fuite de tout le troupeau. Ils ne reconnurent pas leur copain qui, parti noir, revenait blanc! En pleine panique, ils fuyaient tout affolés. Lui, le blanc, vociférait et les poursuivait pour s'expliquer. Nous ne sûmes jamais s'il y parvint.

Toujours est-il que plus jamais nous n'eûmes de volailles enlevées par des « mécaniciens ».

Guidountza, ma première femme, m'avait apporté un petit singe, un cercocèbe à collier blanc, appelé ici kakou. Ce nom devint le sien. D'un pelage gris bleuté, ventre blanc, col et barbe blanches, calotte rouge. Espiègle et amusant, il grandit vite. Un jour vint où je dus rentrer en France, et je décidai de l'emmener au pays des Blancs. Là, commença pour Kakou une véritable odyssée que je vais vous raconter.

Le guide de chasse se cale confortablement dans son fauteuil et continue :

– C'était en 1959 ou en 1960 peut-être. Mais peu importe. Pas fortuné, je devais cependant rentrer pour des raisons de santé. Je pris donc un billet à la Compagnie Aigle-Azur, qui utilisait des avions Loockheed. Un avion arrivait sans ennuis, le suivant non! Il fallait avoir confiance! Mais à cet âge-là... Kakou fit le voyage dans sa cage. Ce voyage dura... quatre jours. Je ne ferai pas de commentaires sur le voyage lui-même, sinon que nous fîmes escale à Lagos, Kano, Zinder, Tamanrasset, El Goléa et Tunis. Un soir vers vingt heures, nous atterrissons enfin à Nice. C'était encore l'ancien aéroport. C'est là que tout commence.

Au contrôle douanier, un Corse tatillon veut à tout prix

vérifier que dans la cage de Kakou rien n'est dissimulé. Je l'avertis gentiment que ce singe enfermé depuis quatre jours doit être pressé de sortir et qu'ouvrir sa cage, là, maintenant, n'est pas très raisonnable. Le douanier me fixe d'un œil soupçonneux, puis d'un air sévère me dit :

« Croyez-vous que c'est le premier singe que je vois ? »

Je me rends à ses raisons et le laisse faire.

Penché sur la cage, il ouvre la trappe et Kakou, qui se croyait arrivé, lui saute sur l'épaule, urinant copieusement dans le cou du douanier corse et tatillon.

Hurlements, imprécations en langage continental et en langage insulaire. Affolé, Kakou fait un bond magistral et... le voici cramponné à un énorme globe blanc opaque qui, accroché au plafond, est l'un des deux grands globes éclairant tout le hall. Et amusé, Kakou se balance. En bas, parmi nous, le douanier hurle, les manutentionnaires rient et les voyageurs s'amusent de ce spectacle.

A mes côtés se tient Charles, un jeune Européen qui venu de Port-Gentil rentre définitivement en France. Il est charmant, mais paraît simple et naïf. Sur son poing, depuis quatre jours, il porte, tel un fauconnier, un perroquet du Gabon gris avec la queue rouge. Celui-ci, particulièrement doué et mal embouché, s'ébroue et siffle à chaque nouvelle prouesse de Kakou. Le Jacquot est vraiment en forme et ponctue son enthousiasme de tonitruants : « Connard ! Macaque ! » Les facéties de Kakou le remplissent d'aise et il brûle d'envie d'y participer. Et Kakou, décidément en forme, se lance soudain vers le second globe qu'il atteint miraculeusement, ainsi que je l'avais vu faire au cirque par des trapézistes italiens. Maintenant Kakou se balance, et les deux globes, de par l'impulsion donnée, vont l'un vers l'autre avec une régularité de métronome. Pourvu qu'ils ne se télescopent pas. Et déjà, je m'efforce d'estimer le coût de ces deux globes et leur incidence sur ma bourse, en cas d'accident.

Sortant de ma poche un sachet d'arachides, j'appelle Kakou qui me reconnaît dans la foule et se laisse choir au milieu des bagages. Là-haut, les deux globes continuent leur balancement dangereux. Mais tout à coup, nous frôlons le drame.

Il y a toujours dans la foule des gens qui aiment se faire remarquer. Cette fois, c'est un garde mobile, qui voyage lui aussi. Sapé comme un général, fourragère au vent, grand, large, musclé, un beau spécimen, mais qui ne peut entrer à la Garde républicaine sans que la SPA intervienne... en faveur du cheval! Cent dix kilos, bon poids, sans brioche!

Il se précipite pour capturer Kakou qui, terrifié, voit bondir le garde au-dessus des bagages. Mais il se prend le pied dans la poignée de ma valise et atterrit durement, écrasant un volumineux carton à chapeau. Sa fourragère arrachée et pendouillante, la visière de son képi, dissociée de la calotte, lui barre le visage à hauteur du nez. Il se relève. Dans mon dos, Jacquot provocateur clame : « Connard! Macaque! » Rouge de colère, sous les risées de la foule, il me cherche du regard et voyant mes soixante-sept kilos, il charge, les poings fermés, gros comme des melons.

Mais moi, j'ai du réflexe.

Ouvrant à la volée mon étui à fusil, je dégage très vite mon Herstal, et en un temps record je garnis le magasin de chevrotines. Affolés, le douanier et son collègue, cramponnés à moi, essaient de me dissuader d'ouvrir le feu. Ce à quoi je réponds, montrant le garde mobile sidéré, arrêté en plein élan :

« Tu as vu la dimension des poings de ce type! Aujourd'hui la parole est au plomb. »

Le garde mobile bat en retraite et tout le monde le félicite de son calme. Il repart dignement, satisfait.

J'enferme mon fusil dans sa boîte. Mais Kakou, redoutant le drame, s'est réfugié sur la cage vitrée du bureau des douanes, et de là, me réconforte de ses véhéments : kakou! kakou!

A ce moment-là, l'inspecteur des douanes, lassé de ces événements, sort de sa cage de verre. Chaudement vêtu d'un pardessus, son chef s'orne d'un superbe chapeau « taupé ». C'était la mode cette année-là. Kakou, là-haut, regardait, médusé, ce « taupé » d'un noir luisant aux reflets soyeux. Il bondit sur les épaules de l'inspecteur des douanes, saisit le chapeau et s'enlevant d'un bond, le voici à nouveau sur la cage de verre. Et là...

Avez-vous remarqué qu'en France, il est rare que les vitres de ces cabines soient bien nettes.

Là, il part en joyeuse cavalcade, balayant de son chapeau les vitres assombries de poussière.

Comment le rattraper?

Là-haut, les deux globes se balancent toujours. Vont-ils se rencontrer?

Sur la verrière, Kakou gambade. Dans quel état se trouvera le beau chapeau « taupé » après le nettoyage? Et si Kakou passe au-travers de la verrière?

Financièrement, mon congé peut s'arrêter là! J'en tremble.

Enfin je rattrape mon Kakou.

L'inspecteur des douanes, au bord des larmes, contemple son beau chapeau « taupé », tout gris maintenant.

Charles et Jacquot sont à mes côtés, solidaires.

Tout à coup arrive un homme bien vêtu et qui, s'approchant de nous, déclare :

« Je suis le vétérinaire. »

Qui avait pu l'appeler?

Il regarde Kakou et le trouve en pleine forme, et se tournant vers Jacquot, il dit, mi-figue mi raisin, en tendant imprudemment son doigt vers celui-ci :

« Quant à celui-là... »

Jacquot alors, d'un coup de bec imparable, le « chope » jusqu'à l'os. Aux hurlements du « véto », Jacquot répond : « Connard! Macaque! » Il est prêt à la bagarre. Ça va saigner...

En fait, ce doigt ouvert saigne déjà beaucoup. Le « véto » rédige son ordonnance de la main gauche; et croyez-moi, c'est une ordonnance « salée ».

Et le guide, intarissable, continue :

– Mais il est maintenant plus de minuit! Les passagers du dernier vol ont déjà rejoint la ville. Charles, son perroquet toujours sur le poing, moi, mon Kakou à nouveau en cage, nous sortons de l'aéroport cherchant un taxi. En voici un en vadrouille. Nous embarquons en direction de l'hôtel Prince, où nos chambres sont réservées. Sur la porte, une pancarte annonce que les animaux ne sont pas admis. Mais le portier somnole... Camouflés sous nos imperméables, Kakou et Jacquot gagnent les étages. Charles se retire dans sa chambre avec Jacquot, mais un Jacquot poli maintenant.

Je rentre dans la mienne. Et regardant d'un œil critique la cage assez modeste de mon Kakou, je me rends à la salle de bain et la dépose sur le tabouret, près de la baignoire. Trouvant que cela ne fait pas très propre, je prends la serviette immaculée et en coiffe soigneusement la cage. Puis revenu dans ma chambre, je défais ma valise.

A cet instant on frappe à la porte et sur mon injonction, une femme de chambre entre. Elle demande avec un fort accent « lusitanien » si je désire prendre un bain. Sur ce, elle va à la salle de bain, se penche sur les robinets et... pousse un cri aigu. Elle me regarde, me dévisageant sévèrement. Je lui rends un regard assez étonné.

L'eau coule dans la baignoire avec un grondement sourd. La soubrette se penche, tend à nouveau la main vers le robinet et pousse soudain un cri déchirant. Je me retourne, inquiet... Elle est dans la baignoire, de l'eau jusqu'aux genoux et, le visage livide, elle me désigne du doigt la petite patte noire de Kakou qui, soulevant la serviette, essaie de la pincer à nouveau. Elle quitte mon appartement en me maudissant en « lusitanien ». Elle me parle avec tant d'ardeur et de fureur que je ne saurai jamais si elle était espagnole ou portugaise. Mais elle aussi, comme Jacquot, était vraiment mal embouchée!

Le lendemain, avec Kakou, nous prenons la route pour mon village. Là, il apprend à connaître les raisins, les figues, les amandes et ma foi se francise rapidement.

C'est l'été, il est attaché à une très longue chaîne à l'un des deux ifs qui encadrent la porte d'entrée. Il a ainsi assez d'espace pour gambader. Il ne s'en prive pas, et un jour il ouvre lui-même le mousqueton de sa chaîne et part en balade dans le quartier. Il arrive à une maison, où au premier étage la fenêtre à « mi-corps » étant ouverte sur l'automne, une vieille grand-mère tricote benoîtement ces interminables bas noirs que tricotaient toutes les grand-mères avec les quatre longues aiguilles de fer. La grand-mère depuis plusieurs années ne sort plus de sa maison, et chaque jour comme aujourd'hui, assise près de sa fenêtre, elle est à sa tâche. A côté d'elle, somnole son vieux chat jaune, assis sur le rebord de l'ouverture. Kakou, vagabond, grimpe le long du cheneau et surgit à côté du chat endormi. Ce dernier, surpris, le poil hérissé, fait un bond, crachant sa peur et sa colère, et il disparaît. Kakou, étonné, s'assied à sa place.

La grand-mère, entendant ce chachut insolite, risque par-dessus ses lunettes un œil vers son chat.

De stupeur, elle manque perdre son dentier.

Son chat s'est transformé en un monstre grimaçant! La grand-mère n'a jamais vu de singe.

Affolée, oubliant ses rhumatismes, retrouvant ses reins de vingt ans, elle se dresse d'un bond, s'exclamant horrifiée : « Lou Diablé! » en pur languedocien.

Et elle tombe en syncope.

Deux jours durant elle reste sans connaissance. Les membres de sa famille me regardent férocement. Heureusement, le troisième jour tout s'arrange...

Quant à moi, maintenant rassuré sur ma santé, il me faut penser à mon retour au Gabon. Mais que faire de Kakou, aujourd'hui occidentalisé? Je décide de le laisser en France, terre d'asile. Je fais paraître des annonces, je prends des contacts.

Enfin, un jour, coup de fil! Une dame à la voix grave nous donne rendez-vous à Kakou et à moi au « Sabot de Noël », à Montpellier. Ce « Sabot de Noël », nouvellement ouvert, est un salon de thé, très moderne et un peu snob.

Nous y allons, moi tiré à quatre épingles, Kakou, propre et parfumé. La salle est grande, longue, ceinturée de miroirs. Le mobilier moderne. La clientèle chic. Les pâtisseries et autres gourmandises abondent sur les présentoirs. Autour des petites tables, rien que des dames élégantes.

Intimidés, nous entrons tous les deux, l'un portant l'autre. Kakou sur mon bras, voyant ses frères dans les miroirs, lance de joyeux kakou! kakou! qui mettent toutes les clientes en émoi. Tout le monde nous regarde. Et je me sens tout petit, petit. Puis c'est l'enthousiasme, chacun s'exclamant : « Mon Dieu qu'il est beau, qu'il est beau! » Dépité, je comprends que c'est de Kakou qu'il s'agit.

C'est alors qu'au fond de la salle, une dame se lève. La cinquantaine bien préservée. Grande, brune, volumineuse, conquérante. Somptueusement vêtue de noir, un renard de fourrure sur les épaules. Martelant le carrelage de ses talons pointus, elle vient vers nous.

Kakou, médusé, la regarde, et ne voit... qu'elle!

Elle... ne regarde que Kakou.

Enfin là, elle tend vers nous des bras de « catcheuse », et prenant Kakou à pleines mains, elle veut l'embrasser.

Mais Kakou, glacé d'horreur, fixe, incrédule, la tête de renard de l'étole de fourrure, dont les yeux jaunes brillent de convoitise, lui semble-t-il. Kakou a toujours été un battant, sachant que la meilleure défense est l'attaque. Alors, il attaque. Lançant un cri de guerre aigu, celui qu'au Gabon il réservait aux civettes, il lance sa main et saisit sur l'épaule de la dame la tête du renard.

Il tire un coup sec et mord dedans.

La dame pousse un glapissement rauque. Mais ce n'est pas fini... Kakou tirant sur l'étole voit surgir la deuxième tête du renard, qui se trouvait tout à l'heure dans le dos de la dame.

Kakou réagit vite devant ce nouvel assaillant. De la main gauche, il attrape le deuxième renard. Et réunissant les deux agresseurs, il les met en charpie de ses quatre mains. Partout volent du poil de renard et du poil de singe. Tout cela retombe sur les gâteaux.

Toutes ces dames, témoins de la bataille, se sont levées, renversant les plateaux et piaillant éperdument.

C'est alors que l'œil en verre du renard violemment arraché chute sur le baba au rhum d'une cliente. Horrifiée, croyant que c'était l'œil du singe, elle tombe en syncope et, les jupes retroussées, s'effondre à nos pieds.

Le « Sabot de Noël » est alors en folie!

Libérant sa colère, Kakou, survolté, pisse sur une dame rousse qui essaie de le calmer. La grande dame en noir, d'une voix de commandant de vaisseau, réclame le calme et l'obtient. Je lui laisse Kakou, définitivement amadoué par des boules au chocolat...

Quelques jours plus tard, veille de mon départ, je descendais la rue Maguelonne et je croisai la dame en noir, vêtue de voiles comme une caravelle.

Elle tenait Kakou par la main. Un Kakou vêtu d'un complet bleu, chaussé de mocassins.

Il passa, superbe, indifférent... sans un mot ni un regard pour moi.

22

La nuit des enfants

C'est notre dernière sortie en brousse.

Demain à l'aube, je quitterai Iguéla.

Je me remplis, une dernière fois, les yeux de l'ample tableau de savanes et de forêts.

Un éléphant là-bas vient de rentrer sous bois. Est-ce Astérix ?

Je l'ai contemplé le regard avide, pour le fixer à tout jamais dans ma mémoire, comme si c'était le dernier éléphant. Et aussi ces buffles bondissants, vernis par la pluie qui passe en rafales.

Un rayon de soleil perce soudain qui fait chanter les couleurs et allume des orchidées blanches dans le feuillage d'un arbre géant.

Guizard stoppe la voiture.

– Je vais vous montrer quelque chose de curieux.

Nous descendons et marchons jusqu'à une portion de terrain dénudée et bosselée de petits mamelons.

– Une colonie d'oiseaux troglodytes, me dit Guizard en me désignant les petites flèches bleues qui raient le ciel. Ils creusent leurs nids dans le sol. Les déblais forment de petites élévations qui font ressembler la colonie à une chaîne de volcans miniatures.

Il se penche et observe quelque chose à ses pieds. Il va d'un pas rapide à la Toyota et revient avec une machette. Il l'abat deux fois. Entre les cratères, un python saigne et se tortille. Il ne mesure guère plus d'un mètre cinquante. Sa tête est engagée dans l'un des nids souterrains. Je l'attrape par la queue et tire. La tête sort du trou. Le python, dans son agonie, régurgite un petit oiseau bleu, englué de mucus, puis un second.

Guizard contemple, pensif, le serpent agonisant.

– Je me demande, dit-il, si j'ai eu raison de le tuer. D'intervenir dans le processus naturel de la lutte pour la vie. D'un côté, ce serpent faisait son boulot de serpent et je n'avais pas à m'en mêler. De l'autre, l'aurais-je laissé faire qu'il détruisait à coup sûr, en moins d'une semaine, toute la colonie de ces jolis oiseaux.

Il secoue la tête avec un sourire étonné.

– Que m'arrive-t-il donc! Il y a vingt ans, je ne me serais pas posé ce problème. Je vieillis, voilà, et je deviens « moral ».

Je proteste : il n'est pas vieux. Bien des jeunes lui envieraient sa minceur sportive, son allant, son endurance.

Mais il secoue toujours la tête avec tristesse.

– C'est l'âge! La réflexion prend le dessus sur l'action. Tel est l'effet du ralentissement des métabolismes.

Je me récrie encore. Plût au ciel que je fusse affligé d'un aussi favorable métabolisme.

– Mais non. Moi, je le sens bien, je ne suis plus tout à fait le même. Il y a des folies merveilleuses que je ne ferais plus. Je ne ferais plus aujourd'hui ce que je fis il y a trente ans et plus, lorsque l'inspecteur L. vint pour chercher mes fusils.

C'était un inspecteur des Eaux et Forêts. Un homme opiniâtre et un rude gaillard. Saisir mes fusils, vous voyez cela! C'était un ordre du gouverneur qui trouvait que je tuais trop d'éléphants. Mes fusils! Tiens! Comme ça!

Mon campement en ce temps-là était au centre des plaines de Mandji. Mandji, un ancien poste militaire, avait été fermé en 1913. Le dernier commandant s'appelait Chamarante. Il a laissé dans le pays une bien détestable réputation. Au point que le vieux Mavikana, lorsqu'il m'entretenait du temps jadis, me disait : « Missié, ici, aux Eschiras, le temps de Chamarante, même les oiseaux finir parler. » Ce Chamarante était un fou. Le gouverneur le chassa et ferma le poste. Depuis, ces immenses plaines avaient retrouvé le calme et les Eschiras, leur tranquillité.

A mon campement ce soir-là, grande effervescence. Le tam-tam avait donné la nouvelle qu'un « commandant la forêt » allait arriver pour saisir les fusils de Missé Guizard.

Mes femmes s'agitaient. Moi, pas encore inquiet mais intrigué, je commençai à prendre mes dispositions. Je fis partir des émissaires à la rencontre de ce « commandant la forêt », sur la piste en direction de Yombi.

Le vieux chef Morambo était un allié, et son fief se trouvait justement sur la piste de l'envoyé du gouverneur. Le vieux chef Mangaboula lui aussi fut prévenu. Puis on m'apprend soudain que « le camion du Blanc, lui y en a à Nzifala », petit village akélé.

Ce « commandant la forêt » L. avait un Ford-Poissy. Les pistes trop étroites n'allaient pas lui permettre de l'utiliser bien longtemps. Mais pour plus de sécurité, la même nuit, j'envoyais mes hommes saboter le pont de la NDondo. Ils abattirent en travers un arbre énorme et au bois extrêmement dur, un gowou. Cet arbre de l'espèce des bois de fer nous valut de casser trois haches à l'abattage.

Donc, maintenant, L. était à pied. Allait-il rebrousser chemin? Le lendemain, un émissaire du chef Morambo m'annonçait que L. continuait à pied et embauchait des porteurs. Aussitôt, j'envoyai vers lui deux jeunes garçons qui proposeraient leurs services.

En fait, ce seront mes espions dans l'escorte de L.

Je fis donc immédiatement mes préparatifs, pour prendre moi aussi la piste, à l'opposé. Le lendemain, mes deux « observateurs » me font savoir que L. est arrivé à Mayéssi. Il n'est que temps pour moi de partir. Guidountza et mes autres femmes ont préparé les bagages. Mais elles resteront là, au campement, pour me servir de base-information et empêcher que L. ne touche à mes affaires. Je sais qu'avec Guidountza et mes gens, il ne s'y hasardera pas. Accompagné de Joachim, mon vieux contremaître, et de dix Eschiras sûrs, nous prîmes la piste vers les plaines Péni. Sur cette piste, plus de deux jours de marche nous séparaient du premier village. Le chef du village s'appelait Mombo Marcel, je le connaissais et je ne doutais pas de son accueil.

Le premier soir, nous campions au fond des dernières savanes lorsque le « courrier » de Guidountza me rattrapa. Elle me faisait savoir que L. était arrivé et, très fâché de ne pas m'avoir trouvé à mon campement, se préparait à continuer sa poursuite. Là, je réfléchis. Ce L. commençait vraiment à m'emmerder. Je pouvais, là, le faire stopper d'une « colique »... définitive.

Allais-je prendre cette décision? Le « coursier » attendait.

Puis-je pensai que ce n'était qu'un Blanc, comme moi. Que ce n'était pas lui le gouverneur. Qu'il n'était qu'un outil... et ne méritait pas pareil traitement. Le lendemain matin, je fis lever le camp et nous rejoignîmes Péni le soir très tard. Mombo m'y accueillit et, apprenant la nouvelle, fit planquer toutes les provisions afin que les porteurs de L. ne puissent se ravitailler chez lui.

La nuit passée, je quittai son village pour me diriger vers le village de Bongo. Ce gros village marquait la fin de la piste. Il était situé sur le Rembo Ndogo, qui par la lagune Setté Cama aboutissait à l'océan. Je ne connaissais pas encore cette région. Mais heureusement, le chef de Bongo, lui, avait entendu parler de moi grâce à mes alliances avec les Eschiras. A mon arrivée, le chef sortit de son koundounga. « Koundounga » (déformation du nom « corps de garde », donné par les tirailleurs) est l'appellation locale de la case commune aux hommes, et qui sert parfois pour les rites coutumiers. Il s'avança vers moi, accueillant, et me salua. Je le saluai à mon tour, et après les paroles d'usage lui posai la question :

« Chef, combien as-tu de pirogues? »

Il compta sur les doigts de sa main et me dit :

« Toute la main, manqué un. »

C'est-à-dire neuf pirogues. Mais Joachim m'avait déjà signalé qu'il y en avait douze.

« Chef, lui dis-je encore, ta bouche donc est comme la bouche du caïman. Pourquoi fais-tu menteur? Tu as douze pirogues. »

Ébahi et inquiet, il me regardait, essayant de deviner mes intentions. Alors je lui expliquai.

« J'achète toutes tes pirogues, je paie tout cash, je m'en

sers même une semaine. Je te les rends cadeau. Tu as gagné l'argent. »

Il n'était pas d'accord. J'insistai et ne pouvant faire autrement, il se décida.

« D'accord », dit-il.

Et déjà, Joachim mon contremaître et ses hommes préparaient les pirogues et les pagaies.

Le soir même, mes espions me firent savoir que L. et son escorte étaient arrivés à Péni, chez Mombo. Le lendemain, à l'aube, nous embarquâmes dans nos pirogues. Nous descendîmes le courant pendant deux heures, puis nous choisîmes six pirogues et coulâmes les autres.

Derrière nous, au village Bongo, l'inspecteur L. eut ce soir-là une surprise, car la piste pour lui s'arrêtait là!

Nous voici maintenant sur ce Rembo Ndogo, qui est une très belle rivière. La légende chez les Eschiras racontait que sur le cours du Ndogo il existait une plage de gravier rouge qui marquait l'embouchure d'un lac où il y avait des carpes énormes. Et la légende ajoutait qu'autrefois un jeune Eschira, après un grave palabre avec son oncle, alors chef, aurait quitté les plaines et avec quelques compagnons serait parti par ce Rembo Ndogo vers d'autres terres. Ils n'en seraient jamais revenus.

Nous ignorions alors que notre voyage allait apporter confirmation et explication à cette légende.

Le premier jour se passa sans incident, même si de nombreux bois obstruaient la rivière par endroits. On devait descendre dans l'eau et ouvrir le passage aux pirogues. Mais le deuxième jour, sur la berge droite, apparut un banc de gravier rougeâtre, latéritique. Mes hommes alors reconnurent là les graviers rouges de la légende. Et en effet, c'était l'embouchure d'un chenal aboutissant à ce fameux lac aux « carpes énormes ».

Comme rien ne nous pressait maintenant, je donnai mon accord pour camper là et pêcher dans le lac.

Nous y restâmes un jour et nous délectâmes de merveilleux poissons. Le lendemain, nous reprîmes le cours de la rivière. Mais là, commença pour nous un « chemin de croix » bien spécial.

A la suite de notre consommation de ces poissons très bons mais aussi très gras, nous eûmes tous une diarrhée effroyable. Imaginez douze hommes sur leurs pirogues avec des arrêts obligatoires à des moments différents. J'ai bien cru que jamais ce Rembo Ndogo ne finirait.

Six jours après notre départ de Bongo, nous sortîmes en pleine lagune. La lagune N'dogo Setté Cama s'étendait autour de nous et le vent soufflant de la mer y créait des vagues, sorte de violents clapots qui agitaient dangereusement nos pirogues. Mes Eschiras n'étaient pas des marins et moi, j'ai pour l'eau beaucoup de méfiance.

Nous allions, scrutant les berges. Soudain, nous découvrîmes un embarcadère où l'on distinguait quelques pirogues sur le sable. Je voulus accoster, mais mes hommes protestèrent, me disant : « Missié, on ne connaît pas ici. Il faut aller d'abord doucement, voir la qualité des hommes. »

Nous accostâmes donc directement dans les bois de la berge. Nous tirâmes nos pirogues pour les camoufler dans les racines de palétuviers. Ensuite, à terre, nous nous avançâmes à travers la forêt en direction du village.

Nous progressions sans bruit et approchions des plantations précédent le village.

Nous voici en lisière. Là, devant nous, une dizaine de femmes sarclaient des arachides. Les vieilles devisaient entre elles en travaillant, les jeunes chantaient et s'interpellaient. Et toutes parlaient... eschira! Alors, mes hommes, reconnaissant leur dialecte, sautèrent dans la plantation et allèrent vers les femmes.

Celles-ci, surprises, se sont toutes redressées, et voyant des étrangers, avec un ensemble parfait détalèrent en criant vers leur village. Mes hommes les suivirent pour s'expliquer. Inquiet, je les suivis. Mais au village, les hommes occupés autour de leurs cases virent arriver leurs femmes affolées, criant à tue-tête, poursuivies par des étrangers. Ils bondient sur leurs machettes, leurs haches, leurs sagaies et coururent à notre rencontre. Allait-on s'entre-tuer ?

Je sortis mon pistolet et je tirai deux coups en l'air. Aussitôt, tous marquèrent un temps d'arrêt.

« Y a le Blanc! »

Je m'avançai, sévère, et de la pointe de ma chaussure je traçai au sol, entre eux et nous, une ligne. Et je leur annonçai :

« Le premier qui passe la ligne, je lui fais sauter la tête. »

Ensuite, j'appelai Joachim, mon contremaître, et tourné vers les villageois, je réclamai le chef.

Un grand gaillard, encore jeune, s'avança sagaie en main. Je donnai alors la parole à Joachim qui en dialecte expliqua notre aventure. Ensuite il interrogea le chef sur son village et sa race, et déclina lui-même son nom, son clan, sa propre race.

Alors le chef, d'abord incrédule, se tourna enfin convaincu vers ses gens, répétant les paroles de Joachim. Tous s'exclamèrent, criant très fort, et tous s'approchèrent soudain, accueillants.

Le chef nous raconta à son tour l'histoire de son village. Ce village était celui qu'avait construit jadis le jeune transfuge, après son départ de chez les Eschiras.

Nous fûmes, vous l'imaginez, reçus à bras ouverts. Cette nuit-là, nous veillâmes jusqu'au jour et le tam-tam ne cessa qu'à l'arrivée du soleil. Le lendemain nous partîmes pour Enioungou sur le Rembo N'gowé. C'était le village principal du chef Mboula. Nous restâmes là avec nos amis plus d'un mois. La région était giboyeuse et je tirais beaucoup de gibier pour eux. Un jour pourtant, il fallut repartir.

Et, le cœur bien triste, après de grandes promesses de revenir, nous descendîmes le cours du Rembo N'gowé jusqu'à Akaka et, laissant à notre droite le Rembo Eschira, nous parvînmes à un village, niché dans une anse, dont les cases coiffaient une colline envahie de palmiers. De ce village nous devions partir le lendemain, afin d'atteindre la lagune N'gowé et rejoindre sur la berge opposée un embarcadère où commençait la piste de N'pivié.

Mais la lagune était très agitée. Et continuer imposait de demander au chef de ce village de nous faire le « grigri » pour que la lagune se calme et nous permette le passage sans accident. Ce n'était que superstitions bien sûr, mais je décidai de m'y soumettre. Alors, à la nuit tombée, le chef sortit de sa case une vraie cloche que son père avait autrefois récupérée sur une épave que la tempête avait jetée sur la plage. C'était une grande cloche de brume de la dimension d'un immense seau renversé. Bien que fêlée, le son portait très loin sur la lagune. Ensuite, il y eut danses et beuverie qui durèrent jusqu'au jour.

Lorsque le soleil se leva, je remis au chef mes cadeaux, pour lui et ses femmes, et, prenant aussitôt après le départ, nous abordâmes la lagune N'gowé. O miracle, le vent était tombé!

Nos pagayeurs frappaient l'eau en cadence et rythmaient leurs efforts de leurs chants. Le soir, nous étions au débarcadère de M'pivié, où nous couchâmes. Le lendemain nous prîmes la piste et, retrouvant le Rembo Nkomi, nous rejoignîmes par la rivière Offabou notre point de départ, en pays eschira.

Ce fut « grande fête » ce jour-là! Nous étions partis depuis trois mois. L'inspecteur L. avait depuis longtemps retrouvé son bureau à la capitale. Le gouverneur devait avoir d'autres soucis. Moi je retrouvais Guidountza, mes femmes, mes gens, mon beau pays eschira.

Le guide de chasse lève le bras et désigne d'un geste circulaire la brousse qui nous entoure. Il y a de la nostalgie dans ce geste.

– Tous mes rêves d'adolescent, je les ai réalisés ici dans ce pays qui me tient aux tripes. J'ai vécu dans cette brousse des émotions que peu d'hommes ont connues. J'ai accepté l'Afrique telle qu'elle est, et c'est ainsi que je l'aime. Mais ce beau livre « Gabon » que j'ai parcouru page par page pendant quarante années, y puisant tant d'émotions et tant d'amour, approche pour moi de sa fin. Bientôt il se refermera sur une page inachevée, mais de ce livre merveilleux, j'aurai pour ma part parcouru le meilleur.

Il a l'air si attristé que je le plaisante.

– Allons donc, monsieur Guizard, pour moi vous serez toujours le farouche chasseur de buffles, grand maître des éléphants, et terrible dans les affrontements avec les sorciers, le grand Guizard dont on m'a tant parlé à Libreville et même à Paris. Vous êtes fameux dans le petit cercle de chasseurs de grand gibier. Vous serez toujours ce Guizard-là!

Une lueur brille dans l'œil du guide de chasse.

Il est content tout de même, mais ne le montre pas.

– Ah! s'écrit-il, ce genre de réputation entraîne parfois des aventures comiques.

J'entre un jour, avec un ami, dans un bar de Libreville. Au comptoir pérorait une sorte de hâbleur, de fanfaron de chasse. « Je chassais ce jour-là l'éléphant avec Guizard », l'entends-je proclamer. Je n'avais jamais vu ce type-là. Jamais chassé avec lui.

« Guizard tire et le manque, poursuit l'homme, je tire à mon tour, l'éléphant tombe. J'avais attendu, moi, que l'éléphant soit bien placé pour pouvoir le tirer entre l'œil et l'oreille. Guizard m'a félicité de mon coup de fusil. Il a vu que j'attendais toujours que l'éléphant soit en bonne position, et que même s'il semblait vouloir charger, je ne perdais pas mon sang-froid, en tuant à la hâte. Guizard était vachement impressionné. »

Je me suis levé, et avant de partir lui ai lancé :

« Il y a une chose à faire quand ton éléphant est mal placé. Chope-le par la queue, tu la lui tords à droite ou à gauche, et il se met dans la bonne position. »

Après mon départ, le Nemrod haussant les épaules dit à mon ami resté au bar :

« Qui c'est ce petit con? »

« C'est Guizard, le guide de chasse », répondit mon ami.

Je ris. Voilà bien une anecdocte « pur Guizard ».

Elle a chassé la mélancolie qui m'envahit quand je pense à mon départ prochain.

– Savez-vous, me dit Guizard avec une douceur inattendue, quel est mon plus beau souvenir de brousse? Ce n'est pas une chasse à l'éléphant ni une poursuite de buffle blessé. C'est une veillée en forêt, à la belle étoile, avec des enfants.

J'avais embauché, en complément à mes équipes de

prospection forestière, une équipe de jeunes collégiens, pendant la durée des vacances scolaires. Je les employais comme pointeurs, chaîneurs, voire prospecteurs. Leur salaire les aidait à continuer leurs études et leur faisait de l'argent de poche pour la rentrée.

Un soir, après une rude journée de prospection, je m'aperçois que nous avons perdu la piste. Le temps nous manque pour mieux nous repérer et le jour s'amenuisant, je décide de bivouaquer. Demain, au jour, nous retrouverons le chemin du retour. Pour mon vieux contremaître et mon vieux cuisinier, et les vieux de mon équipe, cette situation n'a rien d'inquiétant. Mais pour mes jeunes recrues, la nuit en forêt apparaît sinistre. Et leurs mines inquiètes amusent mon équipe de vieux briscards.

Il arrive qu'on se perde en forêt, mais nous étions, nous, une équipe bien rodée, et tous savaient qu'en forêt... je m'en sors toujours. Je choisis une clairière propice à un campement. Je fis préparer comme d'habitude, dans l'angle d'un contrefort, ma « litière » de feuilles. Massandé, mon pisteur, recueillit de la cire d'okoumé et confectionna des torches. Mon cuisinier donna ses ordres pour qu'on lui apporte du bois. Mon contremaître, prenant quatre jeunes, leur fit confectionner au sol un matelas de feuilles. Au centre de la clairière un grand feu fut allumé. Massandé fabriqua avec une écorce un grand pot et l'emplit de cire d'okoumé. Maintenant la nuit était arrivée.

Le grand feu qui crachait de hautes flammes et la grande torche dans son pot illuminaient la clairière comme pour une nuit de Noël. Les enfants s'assirent en cercle autour du feu, comme ils le faisaient au collège lors des feux de camp. Mais leurs yeux inquiets épiaient la nuit et leurs oreilles étaient attentives au moindre bruit. Tout à coup, le cri du daman jaillit des fourrés et tous sursautèrent, apeurés. Ce cri, il est vrai, surprend toujours. Tsingui, le vieux cuisinier, leur expliqua. Et il parlait encore, lorsque vers la rivière le bruit sourd d'une branche morte qui tombe fit sursauter les jeunes. Était-ce l'éléphant ? Joachim, le contremaître, les rassura.

Je les regardais, touché; leur inquiétude était palpable. Ils grignotaient hâtivement leurs provisions, et redoutant de s'éloigner du feu, jetaient un œil pas très enthousiaste vers leur « lit », un peu en retrait. Alors j'appelai mon contremaître, lui désignai les enfants et lui dis :

« Vois avec Tsingui, ce soir c'est trop triste, alors nous allons faire la nuit blanche. »

Et Joachim et Tsingui, jouant les compères et s'interpellant, commencèrent un récit des temps passés. Soudain, les jeunes furent attentifs et leurs traits se détendirent. Récits et chants se complétaient, se succédaient. Maintenant, jeunes et vieux avaient oublié la nuit.

Les Noirs n'ont pas d'écriture qui ait fixé leur histoire, mais une poésie parlée et chantée, mémoire du clan, de la race.

Auprès du feu et des torches, dans une lumière rougeoyante, où les étincelles fusent comme des feux follets, tous étaient pris au jeu. Autour de nous, la nuit de l'équateur, pleine de bruits inconnus, de murmures angoissants. Fond sonore que trouaient par instants un cri aigu, une plainte éperdue, ou le gémissement de l'arbre qui pleure. Gémissements qu'occasionne dans cet arbre la montée de sève, annonçant pour bientôt la pleine lune.

C'est en parlant que Tsingui a commencé son récit légendaire, simple et bien connu, comme un conte de Perrault. En parlant d'abord d'une voix douce, monocorde, puis élevant peu à peu le ton pour finir en chantant.

Le feu et les torches projetaient de grandes ombres sur les bois, tandis qu'ils célébraient bêtes, dieux ou héros du vieux folklore africain.

Et les enfants n'avaient plus peur. Ils scandaient par des exclamations rythmées aux moments les plus forts du récit ces merveilleux chants du passé.

Oubliées les terreurs de la nuit.

Et les voix juvéniles, les claquements de mains, les chants des vieillards couvraient les cris sauvages de la forêt.

J'étais assis dans le creux de mon arbre, sur une couche de feuilles.

Je contemplais alternativement les étoiles et la scène si

prenante de ces vieux qui essayaient de rassurer les jeunes par la magie de la poésie. Moi non plus, je n'ai pas dormi de la nuit.

Me croyez-vous, si je vous dis que ce fut la plus belle nuit que j'aie passée en brousse ?

Maintenant, nous nous sommes arrêtés au bord de la lagune. Une tombe s'élève là, en pleine brousse, délimitée par une rangée de bouteilles, le goulot enfoncé dans le sable.

Je lis sur la croix de bois blanc un nom et une date.

– C'était l'ermite de la réserve, m'explique le guide de chasse. Il s'était retiré là, à quelques pas, dans le creux de la berge et y méditait sur les vanités du monde, accroupi sous un arbre, comme un sadhou indien. Dans le pays, on l'appelait « le fou ».

Il n'était pas fou, c'était un sage.

Il s'était bâti un petit auvent avec une vieille tôle et trois piquets, à l'abri d'un bouquet d'arbres. Il vivait d'huîtres de palétuvier, de baies de brousse, de poisson. Les bêtes ne le craignaient point et s'approchaient frileusement le soir, auprès de son feu.

Un jour, dans la savane, je vis un troupeau de buffles, et au milieu un animal étrange, portant un long cou, dominant le plus grand des buffles. On eût dit une girafe au milieu de ces buffles. Je m'approchai, incrédule.

Et je n'en crus pas mes yeux.

C'était mon ermite qui, une grande branche sombre sur l'épaule, traversait le troupeau. Les buffles ne s'inquiétaient nullement de sa présence. Sans doute avait-il perdu son odeur d'homme.

Il est mort il y a deux ans. On le découvrit, assis, les yeux ouverts, appuyé à sa cahute. Il paraît que c'est la posture dans laquelle mourut Bouddha. Je l'ai fait enterrer à côté de son ermitage. C'est moi qui ai fourni le pagne.

– Le pagne ?

– Le linceul, pour l'ensevelir.

Henri Guizard me regarde gravement.

– C'est ici que peut-être je serai moi aussi enterré. Et

mon âme rencontrera sans doute le grand buffle noir des savanes eschiras ou le grand Matimbou, éléphant solitaire des monts Gouadi. Et là, dans ce paradis retrouvé, les animaux et les hommes seront sans crainte et sans contrainte.

Je me récrie, indigné. Non, monsieur Guizard, vous ne mourrez pas de sitôt.

– Plus fringant que vous, quand vous courez la brousse, je n'en ai point rencontré. Vous conduirez encore longtemps de vos pas de jeune homme, à travers savanes et forêts, vos amis amoureux des bêtes, vers les grands troupeaux de buffles, les ombrageuses familles d'éléphants et l'irascible Astérix. Et longtemps encore, vous conterez le soir à la veillée, au campement de chasse d'Iguéla, cette Afrique dont vous êtes le livre vivant.

Il ne se refermera pas de sitôt.

Et il y aura d'autres histoires...

Je monte à l'aube dans la pirogue du départ.

Des bancs de brume traînent encore sur la lagune.

Je regarde s'éloigner le petit campement de chasse d'Iguéla et ses cases au-dessus desquelles ondulent les palmes.

Sur la rive seule, une silhouette agite le bras.

Une silhouette qu'on pourrait prendre pour celle d'un jeune homme...

Un vol éclatant de perroquets s'abat sur le grand manguier.

Ils saluent de leurs cris joyeux le soleil qui jaillit.

Une indicible nostalgie me serre le cœur.

Table

Cet ouvrage a été réalisé sur
Système Cameron
par la SOCIÉTÉ NOUVELLE FIRMIN-DIDOT
Mesnil-sur-l'Estrée
pour le compte des Éditions Flammarion
le 13 mai 1987

Imprimé en France
Dépôt légal : juin 1987
N° d'édition : 11267 – N° d'impression : 6798